Les sœurs Deblois

– Tome 2 –

Émilie

LOUISE TREMBLAY-D'ESSIAMBRE

Les sœurs Deblois

– Tome 2 –

Émilie

www.quebecloisirs.com

UNE ÉDITION DU CLUB QUÉBEC LOISIRS INC.

Dépôt légal — Bibliothèque nationale du Québec, 2005
ISBN 2-89430-687-3
(publié précédemment sous ISBN 2-89455-173-8)

Imprimé au Canada

À mes six petits-enfants,
Claudine, Samuel, Simon, Jean-Nicolas, Marie-Maude
et Moli, avec amour…

Note de l'auteur

Charlotte n'a pas encore mis les pieds sur le bateau qui l'emportera vers l'Angleterre que déjà la fébrilité des mots m'envahit…

Pourtant, je m'étais promis deux mois de repos avant d'entreprendre l'écriture du deuxième tome. Je n'y arrive pas.

Comme le volcan qui se prépare à faire éruption, j'entends les mots qui grondent en moi. Ils bousculent mon confort, détruisent mes intentions de détente, me tirent du sommeil alors que la ville dort toujours au-dehors. Ces mots qui sont tour à tour mes amis, mes tyrans… Je sais qu'il ne sert à rien de me battre contre eux, ils seront les plus forts. Je vais donc leur céder toute la place encore une fois et je vais permettre à Charlotte, Émilie, Raymond, Blanche et Anne d'installer leurs quartiers dans ma vie. Je les entends déjà trépigner à la porte de mon cœur, de ma pensée.

Je vous invite à partager encore une fois leur destinée, à poursuivre le voyage en leur compagnie. J'aimerais tant vous dire que la traversée du temps saura apporter paix et bonheur à la famille Deblois. Mais au moment où j'écris ces mots, je ne le sais pas plus que vous.

Tout comme Charlotte pour qui les souvenirs sont autant d'images emmagasinées dans sa tête, qu'elle trie et regarde parfois comme les photos d'un album, tout comme Émilie qui voit la vie d'une douleur à une autre, d'une aquarelle à une autre, ce livre se dessine en moi en une succession de petits tableaux qui, mis bout à bout, traverseront les années.

Ce livre, je l'offre d'abord à Émilie. Elle en sera le témoin principal. Mais en même temps, il continuera d'être un peu celui de Charlotte, de Raymond et de Blanche… Même la petite Anne qui grandit veut prendre sa place.

Alors…

Alors, je leur permets de puiser tout simplement à même mes émotions, mes rêves et mes mots. Ils en feront bien ce qu'ils voudront…

Bref retour dans le passé

Charlotte a quatre ans. Aînée de famille avec une mère, Blanche, presque toujours malade, elle doit, pour sa petite sœur Émilie, être l'exemple à suivre. Pourtant, malgré son jeune âge, Charlotte est consciente qu'il se passe des choses anormales chez elle. Comment se fait-il qu'Émilie soit si souvent malade, elle aussi ? Et quel est ce sirop que sa mère donne régulièrement à sa sœur mais jamais à elle ? Quand Émilie sera hospitalisée puis opérée vers l'âge de huit ans, Raymond, le père, admettra enfin que les cris d'alarme poussés par son aînée avaient un fondement. Il deviendra méfiant à l'égard de Blanche puis de plus en plus soupçonneux et sur ses gardes quand il s'apercevra que sa femme s'est mise à boire.

C'est à cette même époque qu'il revoit par hasard Antoinette, une amie de jeunesse, de qui il tombera follement amoureux. Un curieux compromis s'établit alors entre Raymond et Blanche : elle pourra continuer de boire sans tomber dans l'excès et lui sera libre de ses allées et venues sans avoir de comptes à rendre. Jusqu'au jour où Blanche est de nouveau enceinte d'un bébé dont elle ne veut pas. Homme de devoir avant tout, Raymond reprend sa place à plein temps auprès des siens et quitte la belle Antoinette sans savoir qu'elle aussi attend un enfant de lui. Quand la petite Anne naît enfin, c'est Charlotte qui s'en occupe puisque Blanche restera hospitalisée pendant de longs mois. Quand Blanche revient enfin chez elle, elle repousse l'aide de Charlotte, alléguant qu'elle est la mère et que c'est à elle de s'occuper de son bébé. Le cœur blessé, Charlotte se détachera alors de plus en plus de cette famille où maladies réelles et imaginaires occupent toute la place. Par chance, une amie très proche, Françoise, ainsi que sa mère, Adèle Simard, l'aideront à traverser cette période difficile qu'est l'adolescence. Puis vient l'époque des premières amours, et le cœur de Charlotte se mettra à battre pour le beau Gabriel, un peintre de quinze ans son aîné qui partage pourtant avec elle cette passion folle. Charlotte a dix-sept ans, mais déjà elle sait ce qu'elle veut faire de sa vie: vivre auprès de Gabriel et écrire.

Quand Gabriel quitte Montréal pour se joindre à un atelier de Paris afin de parfaire son art, Charlotte l'attend avec l'espoir de retrouvailles prochaines comme Gabriel l'avait promis. Mais l'Europe est en guerre et on ne voyage plus facilement. Même les nouvelles de Gabriel arrivent au compte-gouttes avant de se tarir. Après des mois d'attente, désabusée, Charlotte se tourne vers Marc, un ami d'enfance auprès de qui elle tente d'oublier son grand amour. Peine perdue... Le jour où elle comprend qu'elle est enceinte, Charlotte préfère fuir Montréal plutôt que d'épouser Marc. Taisant donc le lourd secret de sa maternité, elle s'engage dans l'armée dans l'espoir de quitter Montréal rapidement pour l'Europe, croyant naïvement qu'ainsi, elle se rapprochera de Gabriel...

Première partie

1942-1943

« Sois vrai envers toi-même ; et, comme la nuit vient après le jour, tu ne pourras être faux envers autrui. »

William Shakespeare

Chapitre 1

La lettre de Charlotte

Blanche jeta les yeux sur la grande enveloppe que le facteur venait de lui remettre en main propre parce qu'il n'était pas arrivé à la glisser dans l'ouverture habituelle et qu'il tenait à respecter l'inscription *Ne pas plier*, écrite en majuscules et soulignée de rouge. Elle reconnut aussitôt l'écriture de Charlotte, longue, souple, qui avait adressé l'envoi à la famille Deblois. Un bref merci et Blanche se dépêcha de refermer la porte sur la froidure de novembre qui la glaçait jusqu'aux os. Puis elle retourna vers la cuisine à pas traînants et le bruit fatigué de ses vieilles pantoufles meubla pour un instant le silence quasi monacal de la grande maison. En soupirant, elle laissa tomber l'enveloppe sur la table et se dirigea vers la cuisinière pour se servir un troisième café. Celui-ci lui fournirait peut-être l'énergie dont elle aurait grand besoin pour attaquer la journée.

Depuis que Charlotte était partie, Blanche était fatiguée en permanence. Trop de soucis, de choses à prévoir, d'occupations... Et cette grisaille du ciel qui n'en finissait plus. Si au moins il pouvait neiger, le petit carré de la cour serait moins désolant...

Blanche s'étira longuement en faisant rouler sa tête sur ses épaules. Puis elle soupira.

Cette fatigue devenue journalière, elle l'avait prédite, mais Raymond n'avait rien voulu entendre. Savoir que sa femme n'y arriverait pas sans Charlotte n'avait pas suffi à le faire revenir sur sa décision et aujourd'hui, Blanche devait se débrouiller toute seule.

Les reins appuyés contre le comptoir, Blanche se mit à boire son café fumant à petites gorgées prudentes. Derrière la vitre dégoulinante de pluie, le jardin offrait un tableau navrant. Des tas de feuilles brunâtres jonchaient la petite terrasse ceinturée de hautes clôtures. Encore quelques jours et elles auraient fini de pourrir avant que Raymond n'ait pu les ramasser, puisqu'il pleuvait sans arrêt depuis deux semaines. C'était déprimant.

Blanche déposa sa tasse dans l'évier en soupirant encore une fois. Le café ne lui avait pas apporté les résultats escomptés. Au lieu de se sentir en forme, elle se sentait fébrile. Son cœur battait trop fort dans sa poitrine et ses mains tremblaient.

Elle n'aurait donc pas le choix.

Blanche ouvrit la porte qui menait au sous-sol et se tenant à la rampe, elle descendit silencieusement pour se retrouver dans ce qui s'était transformé en buanderie au fil des dernières semaines. Suspendus à une corde de fortune, les draps raidis par l'empois attendaient d'être repassés. Dans un coin, la fournaise grondait sourdement, s'attaquant à l'humidité qui s'infiltrait de partout. Blanche s'attarda quelques instants à regarder les flammes qui valsaient. Puis, sans hésiter, elle fit volte-face et se dirigea vers le coin le plus reculé, le plus sombre de la cave, là où s'élevait l'amoncellement des boîtes qui avaient servi au déménagement quelques années plus tôt. D'un geste sûr, elle en déplaça quelques-unes et souleva celle qui contenait les vêtements de bébés qu'elle conservait en souvenir, disait-elle. Aussitôt, sa main se mit à fourrager à travers les vêtements. Dessinant un vague sourire, Blanche retira, emmêlée aux minuscules jaquettes roses, une grosse bouteille aux épaules carrées. Curieusement, ses mains ne tremblaient plus quand elle enleva le bouchon et elle avait le geste toujours aussi sûr lorsque, sans attendre et fermant les yeux à demi, elle avala une longue gorgée du liquide ambré, légèrement sirupeux. Le temps d'une profonde inspiration avant de soulever une seconde fois la bouteille pour une deuxième gorgée, puis une troisième en enfilade… Blanche sentait la chaleur du brandy qui coulait dans sa gorge, jusque dans son ventre lui semblait-il, et c'était bon. Elle eut un gros rot qui goûtait le café et l'alcool mélangés et cela aussi était bon. Elle se dit qu'il était dommage de ne pouvoir poser le geste ouvertement. Mélanger brandy et café, chaque matin, les siroter lentement, assise au salon, aurait ajouté à l'agrément d'une habitude qu'elle devait satisfaire en cachette. Blanche soupira. Et puisqu'elle savait aujourd'hui les conséquences désastreuses qu'engendrait l'exagération, qu'elle tirait même une certaine fierté à savoir se maîtriser comme elle le pensait complaisamment, Blanche résista à l'envie d'en prendre encore plus et replaça la bouteille sous les petits pyjamas, replia deux camisoles par principe avant de remettre la boîte derrière les autres où elle se fondit aussitôt dans l'anonymat.

Parfait…

Puis, afin de donner une justification à son incursion à la cave, elle ramassa les draps avant de remonter à la cuisine.

Blanche inventait toujours une bonne raison pour descendre au sous-sol parce que Blanche détestait se sentir coupable de quelque chose…

En déposant sur une chaise l'encombrant baluchon des draps et des taies d'oreiller, son regard effleura l'enveloppe brune abandonnée sur la table. Ah oui ! la lettre de Charlotte… Elle la prit par un coin, du bout des doigts, et la regarda longuement, pensivement. Avait-elle, oui ou non, envie de l'ouvrir ? Après tout, elle était adressée à la famille et la décacheter ne serait pas déplacé. Mais plutôt que de se dépêcher de déchirer un coin de l'enveloppe, Blanche dessina une petite grimace qui déforma ses lèvres minces capables d'ébaucher un si merveilleux sourire quand elle le voulait. Non, vraiment, elle n'avait pas particulièrement envie d'ouvrir cette lettre.

Indifférence ?

Peut-être.

Que quelqu'un veuille s'engager dans l'armée en temps de guerre était déjà en soi une aberration aux yeux de Blanche, mais si ce quelqu'un était en plus une femme, cela frisait la folie. Et cela justifiait ce que Blanche avait toujours pensé : Charlotte était une bien curieuse personne, si différente. Alors, savoir ce que sa fille faisait de ses journées d'entraînement et de préparation ne l'intéressait guère.

Mais il y avait plus et Blanche eut l'honnêteté de se l'avouer.

À son indifférence s'ajoutait une certaine dose de rancune.

Charlotte était partie sur un coup de tête, à quelques jours seulement de préavis, l'abandonnant seule avec toutes ces corvées et ces obligations alors que Charlotte la savait de santé fragile et capricieuse. Et pour cela, Blanche entretenait une colère sourde, doublée de déception. Une fille qui a du cœur n'abandonne pas sa mère dans de telles circonstances pour s'enfuir comme une voleuse. Alors oui, Blanche lui en voulait terriblement et non, elle n'ouvrirait pas la lettre. L'envoi était adressé à la famille, on y verrait donc en famille.

Cette décision lui donna bonne conscience.

Elle plaça l'enveloppe au beau milieu de la table, appuyée contre le bol de pommes, en se disant que Raymond serait heureux de l'ouvrir lui-même. Cette idée acheva de la réconforter. Elle recula d'un pas pour juger de la visibilité de l'enveloppe brune et n'y pensa plus. Elle avait d'autres chats à fouetter que de s'inquiéter de Charlotte. Et comme présentement elle se sentait d'attaque grâce aux multiples vertus du brandy, elle s'occuperait donc des draps avant de s'en prendre aux tentures du salon et ainsi, avoir le prétexte de descendre au sous-sol à quelques reprises au cours de la journée. Merveilleux! Ce mardi ne serait peut-être pas si terrible après tout. Elle reprit à bras le corps l'échafaudage des draps posés en équilibre sur la chaise et tout en se dirigeant vers l'autre extrémité de la cuisine où elle rangeait la planche à repasser, Blanche lança par-dessus son épaule:

— Anne? Où es-tu, là?

Un silence que Blanche qualifia aussitôt de boudeur lui répondit. Décidément, plus les années passaient et plus Anne ressemblait à Charlotte. Blanche se pinça les lèvres pour contenir son exaspération. Affichant un semblant de calme, elle répéta avec une pointe d'humeur:

— Veux-tu bien me dire où tu te caches? Cesse de faire ta tête de mule et réponds-moi! Je ne sais pas ce que tu fais et je n'aime pas ça!

Assise en tailleur sur son lit, Anne commença par soupirer bruyamment puis se dépêcha de répondre à sa mère:

— Je suis dans ma chambre. Je joue avec mes poupées.

Et pour confirmer le tout, la petite attrapa la vieille poupée de chiffon qui dormait paisiblement au pied de son lit et la cala contre sa cuisse. Anne détestait les poupées mais savait que Blanche avait une tout autre opinion sur le sujet: une fille, une vraie, ne peut faire autrement que d'aimer jouer à la poupée. En plaçant ainsi la poupée tout près d'elle, si par hasard sa mère venait à monter pour vérifier ses dires, cette dernière serait heureuse de la voir câliner ce simulacre de bébé et n'insisterait pas pour partager un moment avec elle, ce qui s'avérait souvent désastreux.

Toute seule, Anne s'ennuyait toujours, c'était certain. Mais elle préférait s'ennuyer en paix plutôt qu'en compagnie de sa mère.

Cela faisait longtemps qu'Anne avait compris que Blanche ne savait pas jouer.

À peine savait-elle lire une histoire. Et encore! Du haut de ses cinq ans, Anne faisait déjà la différence entre lire et raconter. Comparées aux aventures échevelées que son père inventait parfois pour elle et aux personnages mystérieux et colorés que Charlotte faisait apparaître jusque dans sa chambre, les lectures de Blanche n'étaient qu'une piètre tentative. Les histoires de sa mère se résumaient à des mots récités sans émotion qui n'avaient comme mérite que le pouvoir de meubler le silence. Les longues minutes que Blanche s'entêtait à vouloir partager avec sa fille n'étaient d'aucun agrément pour Anne qui préférait, et de loin, les jeux de garçon où Charlotte excellait. Jouer à la balle, grimper aux arbres ou faire la course répondaient tellement mieux à cette énergie débordante que la fillette sentait fourmiller jusqu'au bout de ses orteils parfois.

Comme le disait son père en riant, Anne était une petite fille qui avait la bougeotte! Et qui de mieux que Charlotte pour partager cette envie irrésistible de gigoter? Mais voilà! Charlotte était partie, emportant avec elle les parties de ballon, les courses au parc et la permission de grimper aux gros arbres. Même la perspective d'entrer à l'école, qui était encore à l'été un *peut-être, on verra* dans la bouche de sa mère, avait été reportée d'un an, au mieux. En effet, lorsque sa grande sœur était encore à la maison, Blanche n'avait opposé qu'une timide résistance devant les arguments de son aînée qui se faisait une farouche adepte de l'école.

— Et pourquoi pas, maman? Je n'avais que quatre ans, moi, et jamais je n'ai trouvé cela difficile. Laisse donc Anne entrer à l'école. Ça ne doit pas être drôle tous les jours de rester ici toute seule avec toi. Tu sais comme elle aime bouger! Et ne t'inquiète pas: j'irai la reconduire. Mes horaires sont suffisamment flexibles pour cela.

— Peut-être, oui... On verra.

Même Émilie avait été d'accord avec le principe. « Mieux vaut plus tôt que trop tard », avait-elle dit en faisant un drôle de visage. À ses yeux, même si elle n'en parlait jamais, c'était une vraie honte de se préparer à entrer en versification, alors qu'au même âge, Charlotte était admise à l'université. Désastreux comme constat quand on a dix-sept ans! Se présenter chaque matin dans une classe où la moyenne d'âge frisait les quinze ans était une humiliation inqualifiable. C'était pourquoi, dès qu'on avait abordé le sujet, Émilie s'était rangée derrière Charlotte, tenant ainsi tête ouvertement à Blanche, ce qui était un peu surprenant de sa part. Mais curieusement, dès le mois d'août, Charlotte avait cessé de harceler Blanche qui, de son côté, en avait profité pour clore le débat.

— Non, finalement, après mûre réflexion, il n'en est pas question, Anne. Tu es trop jeune encore.

Blanche avait même eu son sourire triomphal quand Charlotte avait annoncé son départ.

— Et voilà! Qu'est-ce que je disais? Je le savais! Je le savais donc que ça finirait comme ça. En bout de ligne, c'est toujours moi qui écope des corvées. Avec Charlotte partie, qui aurait été obligée d'aller reconduire Anne à l'école? Moi! Et avec mes problèmes de santé, malheureusement, je ne peux m'engager à le faire régulièrement. Tu admettras avec moi, Raymond, qu'on ne laisse pas une enfant de cinq ans se promener seule dans la rue! Pas dans un quartier aussi achalandé. Peut-être l'an prochain...

Un *peut-être* accompagné du geste habituel de la main balayant l'air et les probabilités devant Blanche. Ce qui avait fait pousser un gros soupir de déception à Anne. À cinq ans, quand on a une semaine à attendre, c'est déjà très long, alors que dire de toute une année? Surtout une année sans Charlotte! Ne restait que les trop rares moments qu'elle passait avec son père pour pouvoir jouer à son aise. Même s'il ne grimpait pas aux arbres, Raymond l'encourageait à le faire quand l'occasion se présentait et il savait lancer une balle encore mieux que Charlotte! Malheureusement, son père était beaucoup plus occupé que sa sœur et les heures passées ensemble se mesuraient au compte-gouttes dans une semaine. Le reste du temps, Anne s'ennuyait en s'amusant à faire semblant d'aller à l'école, faire semblant de travailler dans un bureau, faire semblant d'être institutrice... Elle passait des journées entières devant sa petite table, à dessiner, classer des feuilles que son père lui apportait du bureau, tracer son nom et les quelques mots qu'elle connaissait, complétant le tout par des gribouillis et des dessins plus ou moins réussis, s'inventant une pléthore d'amis à qui elle parlait à voix basse pour meubler le silence et créer un semblant d'activités autour d'elle, ce qui faisait pousser des cris d'impatience à Blanche.

— Mais veux-tu bien arrêter de parler toute seule? C'est insignifiant. Tu vas me rendre folle! Et puis, ça me donne mal à la tête!

Anne baissait alors le ton, se contentant de murmurer, car elle savait très bien que si elle poussait sa mère à l'exaspération, elle aurait droit à un long moment de punition, debout sans bouger dans un coin de la cuisine. Le pire des supplices pour une petite Anne! Mais elle ne cessait de placoter pour autant. À l'instar de Charlotte, les migraines de sa mère la laissaient plutôt indifférente et il lui fallait bien occuper le temps en attendant que son père revienne du travail, ce qui, parfois, pouvait prendre un temps infini.

En effet, depuis quelques semaines, Raymond avait repris ses anciennes habitudes de partir tôt et revenir tard.

Depuis le départ de Charlotte, Raymond avait renoué avec la désagréable sensation d'être passé à côté de quelque chose d'essentiel dans sa vie. Ce n'était pas nouveau ce vague à l'âme qui grisonnait le quotidien mais cela faisait longtemps qu'il n'avait ressenti pareil désarroi devant l'incompréhension d'un mal d'être qu'il n'arrivait pas à identifier clairement. Qu'il ne voulait pas identifier clairement.

Quelques jours avant son départ, Charlotte avait parlé d'Antoinette et Raymond avait dû admettre que son amour pour elle n'était pas mort. À peine s'était-il endormi, car la seule mention du nom avait suffi à faire débattre douloureusement son cœur, ce qui ne lui était pas arrivé depuis longtemps. Et il y avait ce petit garçon dont sa fille avait parlé... Ce jour-là, le temps s'était arrêté au-dessus du bureau de Raymond et il était resté immobile à ne rien faire d'autre que de permettre aux émotions de l'envahir. Ennui, souvenirs, questions, regrets s'étaient partagé son cœur et ses pensées durant des heures. Mais la logique de cet homme pondéré avait eu le dernier mot. Qu'aurait-il pu changer à une vie que le destin avait tracée d'avance? Sous quel prétexte aurait-il débarqué de nouveau dans l'existence d'Antoinette? Pour dire à cette femme merveilleuse que finalement, à bien y penser, il était toujours amoureux d'elle? Ou encore pour lui annoncer qu'il voulait vérifier les dires de Charlotte et voir de lui-même cet enfant qui peut-être... Ridicule! De toute façon, Antoinette habitait aujourd'hui à des centaines de kilomètres de chez lui et elle était mariée. La réflexion de Raymond s'était arrêtée là-dessus. L'entreprise était vouée à l'échec. Il avait pensé que c'était surtout courir le risque d'aller peut-être au-devant d'une douleur intolérable. Il savait à quel point il aimait ses filles, alors s'il fallait qu'il découvre qu'il avait aussi un fils… Raymond avait donc jugé qu'il y avait eu suffisamment de souffrance et de regrets dans sa vie pour ne pas ajouter d'autres raisons d'avoir mal.

Mais Charlotte avait bel et bien réveillé la passion qui sommeillait, latente, au fond de lui. Et de ce jour, l'envie de la belle Antoinette était revenue le hanter. Son corps épanoui qui répondait si bien au sien, ses rires et ses réflexions justes lui manquèrent comme aux premiers temps suivant leur rupture. Alors, comme il l'avait déjà fait à cette époque, Raymond avait choisi de s'abrutir par le travail pour tenter d'oublier. S'il ne se permettait pas d'y penser, s'il n'avait pas le temps de le faire, les émotions finiraient bien par se rendormir. Il le fallait… Mais malgré cette volonté plus que sincère, Raymond restait avec la pénible sensation d'être dans l'attente de quelque chose. Il ne savait trop quoi, il ne savait trop qui, mais il attendait.

Alors il avait permis à l'ennui d'Antoinette de se fondre à celui de Charlotte et l'ennui de l'une était aussi devenu l'ennui de l'autre. Cela donnait un sens à l'attente.

C'est pourquoi, quand il vit l'enveloppe appuyée contre le bol de pommes et qu'il reconnut l'écriture de Charlotte, Raymond connut un bref instant de soulagement. Cette lettre donnait, elle aussi à sa façon, un certain sens à l'attente.

Tout comme Blanche l'avait fait avant lui, Raymond prit l'enveloppe du bout des doigts, la soupesa, dessina un bref sourire en constatant qu'elle était relativement lourde puis la reposa sur la table. Il l'ouvrirait plus tard. Par contre, cette fois-ci, aucune indifférence ou vile rancune n'accompagnait le geste mais uniquement le désir de faire durer le plaisir. Il partageait cette façon d'être avec Charlotte et tentait de la développer avec Anne : l'attente d'une joie avait autant de prix et d'importance que la joie elle-même.

Raymond attendit donc au dessert pour se décider à l'ouvrir.

— Maintenant que tu as vidé ton assiette, Anne, on va pouvoir regarder ce que Charlotte nous envoie !

C'était devenu une seconde nature chez lui que de surveiller l'alimentation de sa cadette. Dans un premier temps, la surveillance s'était installée par crainte de la voir ressembler à Émilie. À ses yeux, c'était vital ! Puis la peur s'atténuant avec les années, elle s'était transformée en réflexe. D'être confronté soir après soir à Blanche et à Émilie qui se contentaient de chipoter devant elles sans jamais rien avaler, ou peu s'en faut, lui suffisait amplement. Il exigeait donc qu'Anne vide son assiette quel que soit le menu ! Mais comme celle-ci n'avait aucune difficulté à obéir à son père, étant gourmande de nature, Anne avait donc rapidement mangé tout ce que Blanche avait déposé devant elle. La petite dessina un sourire ravi aux derniers mots de son père. On allait enfin savoir ce que Charlotte avait à raconter ! Elle ne pensait qu'à cela depuis le midi et avait tellement harcelé Blanche pour qu'elle ouvre la fameuse enveloppe brune sans la présence des autres que cette dernière n'avait eu d'autre choix que de l'envoyer au coin pour réfléchir afin de la faire taire.

Raymond déchira l'enveloppe avec précaution. De nombreuses feuilles s'en échappèrent. Il y avait plusieurs dessins et quelques pages couvertes de la longue écriture de Charlotte. Raymond, devant les étoiles qui brillaient soudainement dans le regard d'Anne, lui tendit aussitôt les dessins.

— Tiens, prends ça ! Je crois que c'est pour toi.

Puis reportant les yeux sur les papiers qui lui restaient dans la main, il ajouta avec une véritable gourmandise dans la voix :

— Et maintenant, voyons voir ce que Charlotte a de bon à nous raconter !

Sa moustache en frémissait d'impatience !

Elle écrivait bien, Charlotte, et maniait les mots avec une aisance toute naturelle. En quelques phrases précises, agrémentées d'images claires et vivantes comme des tableaux bien brossés, elle avait su parler de son quotidien parfois difficile, décrire les gens qui l'entouraient avec sincérité et donner un aperçu de ses supérieurs avec une petite pointe d'humour un brin sarcastique mais présenté si finement que sa lettre avait traversé l'obstacle de la censure sans problème. Elle concluait en parlant de son départ pour l'Angleterre, prévu pour très bientôt, car les infirmières en devoir avaient grand besoin d'assistance: «...et je ne sais comment je vais réagir aux appels des sirènes car, paraît-il, Londres et sa banlieue sont régulièrement bombardées. Mais je présume qu'il en va de cela comme d'autres choses. On finit toujours par s'adapter quand on n'a pas le choix. Je ne m'inquiète donc pas outre mesure et je traverserai la rivière quand j'y serai.»

Un long silence suivit ces derniers mots. Blanche, incapable de réprimer le geste, commença à se tordre les mains, l'indifférence du matin s'étant subitement transformée en inquiétude. Émilie, fidèle à elle-même, semblait plutôt froide devant la nouvelle, mais le fait de fixer intensément un pli de la nappe laissait deviner une forte émotion. Quant à Raymond, sa moustache tombante prouvait à elle seule le tourment sans nom qui l'accablait. Ce fut Anne qui rompit la lourdeur de l'atmosphère. Toute à ses dessins, un seul mot avait écorché son oreille parce que c'était pour elle un mot nouveau dont elle ignorait le sens. Elle leva la tête et fixa son père en fronçant les sourcils.

— Ça veut dire quoi *bombardé*?

Raymond sursauta. Que répondre à cela? À peine le temps de se dire qu'Anne s'ennuyait suffisamment de sa grande sœur sans y ajouter une raison de s'inquiéter et il décidait d'éluder la question. S'efforçant de dessiner un sourire, il lança plutôt avec un enthousiasme qu'il était loin de ressentir :

— Et sais-tu ce que Charlotte a ajouté à sa lettre? Un post-scriptum!

— C'est quoi ça?

— C'est un message que l'on ajoute à la suite d'une lettre.

— Ah bon! fit Anne en haussant les épaules. Et c'est quoi le message de Charlotte?

— À première vue, je dirais que ça ressemble à une histoire.

Les yeux d'Anne recommencèrent à briller. De convoitise, cette fois-ci. Elle adorait les histoires de Charlotte.

— Donne-moi un instant, je vérifie, poursuivit Raymond en penchant la tête, soulagé de voir que la petite avait oublié les bombardements.

Puis après quelques instants, il confirma :

— Effectivement, c'est une histoire. Une histoire qui parle d'animaux, d'après ce que je peux voir, et qui va avec les dessins qu'elle t'a envoyés. Et parlant des dessins, on peut les voir?

— Bien sûr!

Et Anne d'étaler devant elle la dizaine de feuilles vivement colorées qui représentaient surtout des animaux.

— Regardez comme ils sont beaux! Elle est comme moi, Charlotte, elle aime mettre plein de couleurs dans ses dessins! C'est pour ça que les animaux ont l'air vrais même s'ils sont un peu drôles! As-tu vu le chat? Sa queue est bien trop longue!

— C'est pas bien grave pour un chat d'avoir la queue trop longue. Mais tu as raison! C'est vrai que des dessins bien colorés sont plus jolis! Et si on se dépêchait de finir le dessert? Après, je pourrais te raconter l'histoire de Charlotte. Comme ça, on pourrait voir si ta sœur a bien réussi son coup quand elle affirme que les dessins vont avec l'histoire. Qu'est-ce que tu en dis?

— Oh! oui, alors!

Occupé par cette petite conversation qui l'éloignait confortablement des bombardements, Raymond n'avait pas vraiment porté attention à Blanche qui triturait la nappe ni à Émilie qui blêmissait à vue d'œil. Aussi fut-il un peu surpris quand cette dernière se leva de table en bousculant sa chaise et quitta précipitamment la cuisine. Une lueur de tristesse traversa le regard de Raymond. Il savait l'attachement qu'Émilie ressentait pour sa sœur. Elle devait être bouleversée par la lecture de cette lettre. Pendant un instant, il crut même entendre le bruit d'un bombardement agaçant ses oreilles et l'inquiétude lui revint en force.

Mais s'il avait su ce qui bouleversait vraiment Émilie, son inquiétude aurait été tout autre.

Émilie avait hérité du tempérament indolent de Blanche dont elle abusait parfois effrontément. Et chez elle, il n'y avait jamais de période d'affolement intense qui menait à l'activité fébrile comme Blanche en connaissait souvent. Non, pour Émilie, c'était le calme plat en permanence. En un sens, cela servait à merveille sa nature plutôt passive mais, curieusement, cette façon d'être alimentait aussi une forme de rancune envers la vie qui, selon elle, s'était montrée fort peu généreuse à son égard. Une santé assez fragile et une indéniable paresse intellectuelle, ajoutées à sa langueur naturelle, faisaient d'Émilie une jeune femme un peu boudeuse, souvent maussade, qui utilisait ses malaises pour s'attirer une certaine sympathie à défaut de le faire par une personnalité flamboyante comme l'était celle de Charlotte. Elle justifiait le tout en se disant que la santé est gage de talent et de succès. Et comme elle en était privée…

Pourtant, cette attitude n'avait pas toujours été. Lorsqu'elle était enfant, Émilie vouait une admiration sans bornes à l'égard de sa sœur, cherchait son approbation, espérait tellement un rapprochement entre elles. Ce n'était qu'avec le temps que ce sentiment avait lentement évolué vers une envie de plus en plus marquée.

Ce soir, Émilie avouait même une jalousie certaine.

Tout chez Charlotte était vif et vibrant alors qu'elle-même n'était qu'un lavis d'aquarelle de teintes pastel. Il n'y avait qu'à voir les dessins et entendre ce que son père en disait...

Cette constatation avait de quoi déprimer.

Et si l'inquiétude soulevée par la mention des bombardements était sincère, ce qu'Émilie ressentait présentement se jouait à un autre niveau.

Assise dans le noir face à la fenêtre de sa chambre, Émilie se berçait mollement.

Elle attendait que le tumulte qui l'habitait consente à s'apaiser pour essayer d'y voir clair. Depuis sa plus tendre enfance, Émilie avait appris à attendre. Que le temps passe, que sa mère vienne la chercher, qu'une journée trop longue finisse, qu'une douleur s'efface, que l'espoir de ressembler à Charlotte se réalise... Émilie ne connaissait aucune autre réponse à offrir aux diverses émotions qui la sollicitaient et c'était pour cela qu'elle se berçait. Quiconque l'aurait observée aurait pu penser qu'elle se reposait calmement en attendant l'heure de se préparer pour la nuit. Pourtant, l'orage qui grondait en elle était puissant, presque dévastateur.

Même à distance, Charlotte continuait d'éblouir et cela lui faisait mal.

Émilie intensifia le mouvement de la chaise berçante.

Elle n'avait pas été surprise par l'éloquence de la prose de Charlotte. Elle connaissait depuis longtemps la qualité de l'écriture de sa sœur car, à l'insu de tous, elle suivait l'histoire de Myriam, et ce, depuis les tout premiers débuts. Dès l'enfance, un peu par désœuvrement, Émilie avait pris l'habitude de fouiller dans les affaires de sa sœur lorsqu'il arrivait qu'elle se retrouve seule à la maison. Plus tard, souvent éveillée par des crampes, Émilie avait constaté que Charlotte passait parfois de nombreuses heures sans dormir. La curiosité avait alors remplacé l'ennui et c'était ainsi qu'elle avait découvert les cahiers de croquis où Charlotte écrivait ce qu'elle avait appelé *L'histoire de Myriam.* À cette époque l'admiration d'Émilie s'était muée en envie. L'intensité des mots employés par Charlotte et celle des émotions soulevées par la femme passionnée dont elle racontait l'histoire l'avaient envoûtée. Émilie s'était mise à exagérer ses malaises pour pouvoir rester à la maison, surtout les jours où elle savait que Blanche sortait avec Anne pour faire des courses. Que ses douleurs soient plus fréquentes, que son besoin de rester alitée coïncide avec les sorties de sa mère n'avaient suscité aucun questionnement, Blanche ayant décrété qu'avec les années, Émilie lui ressemblait de plus en plus.

— Pauvre enfant! Ce n'est pas facile, mais on s'y fait...

Ce fut ainsi qu'Émilie avait pu poursuivre ses lectures en toute discrétion. Les heures passées en compagnie de Myriam lui permettaient d'oublier la tiédeur de sa propre vie. Elle avait pleuré avec elle, s'était emportée contre les injustices de l'existence et elle avait espéré des jours meilleurs pour ce personnage qu'elle considérait maintenant comme une amie. Charlotte écrivait si bien! Sa déception avait été totale quand elle avait compris, au lendemain du départ de sa sœur, que Charlotte avait emporté avec elle tous les cahiers qui renfermaient cette belle histoire. Émilie connaîtrait-elle le dénouement du roman de Myriam? Et saurait-elle un jour d'où venaient les petits croquis qui illustraient parfois le coin d'une page? La qualité de ces petites esquisses en marge de l'écriture de sa sœur ne faisait aucun doute. Et les dessins que Charlotte avait envoyés à Anne semblaient bien confirmer qu'elle en était l'auteure. Émilie renifla les quelques larmes qui lui piquaient le nez.

Charlotte avait-elle donc tous les talents?

Comme Anne l'avait si bien constaté malgré son jeune âge, les dessins de Charlotte étaient flamboyants, ce qui les rendait si vivants alors qu'elle-même, malgré un coup de crayon talentueux, n'était à l'aise que dans les demi-teintes et les délavés.

Émilie avait beau prétendre que l'aquarelle ne se prêtait pas à l'utilisation des couleurs vives, elle savait pertinemment que c'était plutôt elle qui ne se prêtait pas à cet usage. Finalement, ses tableaux étaient assez réussis sans être très attirants. Émilie savait très bien pourquoi. Elle était la seule responsable de cette tiédeur. Dans la vie comme en peinture, la jeune fille avait peur des trop forts contrastes et craignait l'inhabituel.

Émilie passa donc la soirée toute seule, assise dans le noir, à ruminer sa rancœur. Seule la santé permettait les audaces, effaçait les peurs, donnait toutes les permissions. Mais Émilie n'avait pas de santé. Les crampes et le besoin d'aller fréquemment à la salle de bain enlevaient toute envie d'explorer le monde et ses multiples possibilités. Depuis toujours, Émilie avait appris à se contenter de ce qu'elle avait. N'était-ce pas là ce que sa mère lui avait toujours conseillé de faire? Malgré tout, Émilie considérait que son lot était bien petit quand elle se comparait à Charlotte.

Depuis longtemps elle avait choisi de se rassurer en se disant qu'en compagnie de Charlotte, elle oserait peut-être aller plus loin. Peut-être... Mais voilà, Charlotte avait quitté la maison. Adieu les grandes idées de libération! C'était un peu pour tout cela que les réflexions d'Émilie débordaient rarement du monde des probabilités ou des rêves inaccessibles qu'elle entretenait uniquement pour rendre le quotidien de ses malaises supportable. Comme elle entretenait la conviction qu'avec sa sœur, elle se serait sentie en sécurité et qu'alors tout aurait été possible. Elle était si forte, Charlotte ! Malheureusement, celle-ci s'était toujours défilée devant elle, considérant probablement qu'Émilie n'était qu'un boulet inutile à traîner. Charlotte n'en avait toujours fait qu'à sa tête et c'était un peu sa faute si Émilie était si souvent seule… Son départ précipité avait anéanti les derniers espoirs qu'Émilie se plaisait encore à caresser, imaginant toujours qu'un rapprochement entre elles pourrait être possible et apporterait la solution à tout. Mais Charlotte était partie en emportant sans le savoir les espoirs d'Émilie et, dans quelques jours, elle serait même en route pour l'autre bout du monde.

Pour l'instant, Émilie n'avait d'autre choix que de remiser ses attentes. Et s'il fallait que la guerre emporte Charlotte, elle devrait même les oublier à tout jamais…

Le mot « bombardement » s'imposa brutalement et lui fit fermer les paupières.

Ce soir, emmêlée à la jalousie, à l'inquiétude et à l'ennui, il y avait aussi la détresse d'un espoir brisé qui donnait à Émilie l'envie de pleurer… Pleurer sur Charlotte, pleurer sur elle-même, pleurer sur une existence insipide à mourir…

Émilie passa la soirée dans sa chambre à se complaire dans sa tristesse. Tout, n'importe quoi, la ramenait à la banalité de son quotidien mais pour l'instant, c'étaient les dessins de Charlotte qui avaient attisé sa rancœur chronique envers la vie, la ramenant à son éternel constat : la santé était gage de vie pleine et épanouie. Sans elle, rien n'était possible…

Raymond s'occupa d'Anne qui, à son grand soulagement, ne reparla pas des bombardements. L'histoire que Charlotte lui avait envoyée la porta tout doucement jusqu'aux limites du pays des rêves et la petite fille s'endormit avec un sourire au coin des lèvres, les dessins multicolores éparpillés autour d'elle sur le couvre-lit. Raymond les ramassa un à un, se surprit à être drôlement ému devant leur naïveté toute naturelle et les déposa en pile sur la table de chevet de son bébé. Le réveil serait agréable.

Mais dès qu'il passa le pas de la porte de la chambre d'Anne, ses épaules s'affaissèrent. Une lassitude sans nom l'attendait, embusquée dans un coin du corridor. Il passa sans bruit devant la chambre d'Émilie. Il aurait aimé voir filtrer quelque lumière sous le battant, aurait voulu partager un moment avec elle. À travers l'inquiétude ressentie pour Charlotte, ils auraient pu tenter de se rejoindre. Mais comme il n'y avait aucune lumière, Raymond passa son chemin.

Assise au salon, Blanche lisait. L'inquiétude connue au souper avait filé dans le tuyau de renvoi de l'évier en même temps que l'eau de la vaisselle. Pourquoi perdre de précieuses énergies à se tourmenter puisque Charlotte elle-même ne semblait pas s'en faire ? Charlotte n'avait jamais accepté que sa mère l'aide ou la conseille. Depuis qu'elle était enfant, elle n'en faisait qu'à sa tête. Il en irait donc maintenant comme il en avait toujours été. Charlotte n'avait pas besoin d'elle. C'était donc sans le moindre scrupule qu'elle avait ouvert son livre. Raymond s'occupant d'Anne, Blanche pouvait enfin se reposer et penser à elle. Aussi, quand Raymond glissa la tête dans l'embrasure de la porte pour lui annoncer qu'il irait faire un saut au bureau, une curieuse lueur brilla dans son regard. Un éclat de satisfaction que Blanche camoufla adroitement sous un battement de cils qui pouvait, à la rigueur, passer pour une marque de déception.

— Encore ? Il me semble que tu as beaucoup de travail pour une période de l'année habituellement plutôt calme.

Comme si Blanche ne savait pas que si Raymond fuyait à tout

propos vers son bureau, c'était parce qu'il s'ennuyait de Charlotte et qu'il était mort d'inquiétude pour elle ! Raymond se contenta de hausser les épaules, n'ayant aucune envie d'entrer dans les détails. Puis il lança derrière lui, alors qu'il se dirigeait déjà vers le hall d'entrée :

— C'est comme ça. Ne m'attends pas, j'en ai pour un bon moment.

Cette fois-ci, Blanche ne chercha même pas à camoufler son sourire. Enfin seule et libre de faire comme bon lui semblait puisque Émilie et Anne dormaient déjà. Elle attendit que retentisse le bruit de la portière qui claquait pour se pencher sur son livre.

Dans quinze minutes, quand elle serait bien certaine que Raymond ne reviendrait pas parce qu'il avait oublié quelque chose, Blanche irait à la cave pour vérifier l'état des tentures. À sa dernière descente au sous-sol, il lui avait semblé qu'une légère humidité persistait dans les plis…

Chapitre 2

Charlotte s'en va-t-en guerre

Quand Charlotte reçut son ordre d'embarquement, elle apprit du même souffle qu'elle bénéficiait de trois jours de permission pour retourner dans sa famille une dernière fois avant le départ pour Halifax où elle s'embarquerait à bord du navire militaire qui l'emporterait si loin...

Son cœur se gonfla de joie à la pensée des bras de son père se refermant affectueusement sur ses épaules pour la serrer contre lui et à ceux tout ronds et potelés de sa petite sœur qui voudrait se pendre à son cou.

Sa joie fut cependant de courte durée.

Que dirait-elle, que ferait-elle si le regard d'aigle de Blanche détectait la toute légère rondeur de son ventre? Pour un œil étranger, rien n'y paraissait encore, mais en serait-il de même pour Blanche? Charlotte ne pouvait courir le moindre risque. Si Blanche s'apercevait que sa fille était enceinte, il y aurait assurément un mariage précipité.

Et de cela, Charlotte ne voulait plus.

Autant unir sa destinée à Marc lui avait semblé une solution souhaitable durant un bref moment, autant aujourd'hui cette même solution lui donnait froid dans le dos. Les quelques semaines qu'elle venait de vivre à Valcartier lui avaient confirmé hors de tout doute qu'elle était faite pour l'action, pour le mouvement, et Marc était tout ce que l'on voulait sauf un homme d'action. Charlotte reconnaissait aisément les grandes qualités du jeune homme, mais il n'en restait pas moins qu'ils étaient fort différents l'un de l'autre et que les chances de succès d'une union entre eux étaient très minces. La simple perspective d'une vie calme et rangée aux côtés d'un homme calme et rangé suffisait à faire pousser un profond soupir d'ennui à Charlotte. Son père avait raison quand il lui avait dit, à quelques jours de son départ, que l'amour devrait toujours exalter ce qu'il y a de meilleur en nous. À ces mots, Charlotte avait tout de suite pensé à Gabriel qui avait réussi à faire parler ses émotions les plus fortes, les plus grandes à travers ce qu'elle vivait et à travers les mots qu'elle écrivait. Si ce n'était pas Gabriel, l'homme qui voudrait unir ses pas à ceux de Charlotte devrait être en mesure d'attiser le feu qui couvait en permanence en elle. Tant par sa simple présence que par ses encouragements, son soutien, son enthousiasme.

Charlotte ressentait depuis toujours le besoin viscéral d'être approuvée par ceux qu'elle aimait, mais jamais elle n'avait ressenti ce besoin face à Marc.

Malheureusement, Marc n'était pas l'homme capable de faire bouillir Charlotte. Elle ne pouvait donc se permettre de rentrer chez elle. Même le fait de porter l'enfant de Marc ne changeait rien à sa décision. En fait, Charlotte considérait ce bébé comme étant le sien. À ses yeux, le père n'avait qu'une importance toute relative et les décisions à prendre ne le concernaient pas.

Charlotte se contenterait donc du téléphone pour un ultime au revoir. Elle se gaverait de la voix de ceux qui lui étaient chers pour y revenir aux heures d'ennui. Car Charlotte savait qu'elle s'ennuierait des siens. De son père et d'Anne, bien sûr et avant tout, mais aussi d'Émilie et de sa mère. Elle avait fait un choix et elle devait maintenant l'assumer jusqu'au bout. Malgré les embûches et les difficultés qui ne manqueraient pas. À commencer par les explications qu'elle aurait à donner bientôt. Charlotte souhaitait seulement être déjà solidement établie en Angleterre lorsque ce jour viendrait.

Charlotte revint au dortoir à pas lents, pensive. L'exigence des semaines qu'elle venait de passer, les exercices quotidiens, les horaires stricts et harassants avaient eu le bénéfice de lui faire oublier, durant de nombreuses heures chaque jour, la crainte obsessionnelle qui couvait en elle depuis qu'elle avait compris qu'elle était enceinte. Qu'allait-elle dire et faire le jour où cela se verrait ? Et les jours où l'oubli serait encore permis tiraient à leur fin. Dans quelque temps, la présence du bébé serait évidente pour tous. Pour elle comme pour les autres. Charlotte avait intérêt à avoir une solide explication. L'armée n'était pas particulièrement ouverte à ce genre de situation. Quelques jours à Valcartier avaient amplement suffi pour lui faire admettre qu'elle n'avait peut-être pas eu la meilleure idée de sa vie en se réfugiant ici. Mais qu'aurait-elle pu faire d'autre ? Désemparée, Charlotte avait saisi la première perche qui s'était tendue vers elle. Entrer à l'armée, c'était se soustraire aux regards de sa famille, éviter une confrontation avec Marc et c'étaient là les seules préoccupations qui l'avaient effleurée. Se cacher, cacher son état, car une jeune fille de bonne famille n'attend pas un bébé hors des liens sacrés du mariage. Charlotte n'avait aucune difficulté à imaginer les cris d'horreur que sa mère aurait poussés et l'insistance qu'elle aurait mise à ce qu'un mariage vienne régler la situation dans les plus brefs délais. Elle s'était dit qu'elle aimait mieux essuyer une pluie de questions plutôt que d'affronter une crise d'hystérie de Blanche. Pourtant, elle aurait préféré attendre ce bébé en sécurité chez elle. Mais la chose était impensable. Et Marc ne l'aurait pas accepté. Comme le temps ne jouait pas particulièrement en sa faveur, Charlotte s'était précipitée vers la première porte de sortie apparente. Cependant, quand venait le temps de trouver une explication logique à sa présence dans l'armée malgré sa condition, une explication suffisamment étoffée qui ne justifierait pas son renvoi immédiat, Charlotte l'imaginative était à court d'idées. Sur le sujet, c'était le vide total, le noir absolu. D'autant plus que pour expliquer sa condition, il lui faudrait trouver à son histoire deux versions plutôt qu'une. Une version pour l'armée et une autre pour sa famille. En ce qui concernait cette dernière, Charlotte avait la certitude que si elle retrouvait Gabriel rapidement, le problème ne se poserait pas. L'explication coulerait de source. Mais il en allait autrement pour l'armée et c'était une cause d'insomnie plus souvent qu'autrement. Toutefois, comme pour l'instant elle ne suscitait que de l'approbation autour d'elle, Charlotte décida de remettre à plus tard l'élaboration de la kyrielle de mensonges qui la sauveraient peut-être du déshonneur. Elle voyait dans son départ prochain une première étape à franchir. À ses yeux, c'était relativement sécurisant puisqu'elle se disait qu'une fois arrivée en Angleterre, il serait beaucoup plus difficile de la renvoyer à ses foyers sans aucune forme de procès. D'autant plus que l'hiver était à deux pas et que les traversées se faisaient alors plutôt rares.

Charlotte consacra donc le plus gros de ses énergies à préparer son départ et remit de jour en jour l'appel qu'elle voulait faire à sa famille. Quand elle se décida enfin, elle avait les mains tremblantes et le cœur palpitant. Elle savait qu'elle n'aurait plus l'occasion de leur parler avant de longs mois, sinon des années, et elle devait faire un effort surhumain pour donner une intonation normale à sa voix. Une grosse boule s'était formée dans sa gorge. Elle ne voulait surtout pas se mettre à pleurer. Elle détestait les larmes versées publiquement, c'était pour elle une forme de faiblesse qu'elle trouvait déplacée. Aussi, quand son père lui demanda si elle était bien certaine de vouloir partir, Charlotte ferma les yeux un instant, incapable de répondre spontanément à cette question. Elle aurait voulu lui dire que ce qu'elle aurait souhaité plus que tout, c'était rentrer chez elle parce qu'elle attendait un bébé et qu'elle avait peur. Elle aurait aimé avoir une famille capable de la comprendre, capable de l'aimer malgré tout et capable surtout de la soutenir en faisant fi des conventions sociales. Laisser l'avenir décider pour et par lui-même, paisiblement, à son rythme. Mais Charlotte savait que son rêve était irréalisable. Une telle attitude était impensable dans sa famille, dans la famille de Blanche.

L'hésitation de Charlotte n'avait duré qu'un instant, ressemblant beaucoup plus à un amalgame des émotions disparates qui l'agitaient depuis quelques semaines qu'à une réflexion claire et précise. Bouleversée par l'impression que même à distance son père arrivait à lire en elle, Charlotte dut se faire violence pour articuler ces quelques mots d'une voix détachée :

— Ne crains rien, papa. Partir est vraiment ce que je veux.

Ce fut au tour de Raymond de rester silencieux un moment. Il était celui qui avait donné son autorisation à l'engagement de sa fille. S'il fallait qu'il lui arrive quelque chose, il ne pourrait jamais se le pardonner. C'est pourquoi il insista une dernière fois :

— Es-tu bien certaine de vouloir partir ? Parce que si c'est juste une question d'engagement ou de parole donnée, je peux très bien parler à tes supérieurs. Tu es encore très jeune et je suis certain qu'ils accepteraient de revoir ta décision.

Le cœur de Charlotte battait à tout rompre et l'envie de tout dévoiler lui effleura l'esprit. Pourquoi pas ? Son père comprendrait, elle en était persuadée, et à deux, ils arriveraient peut-être à influencer l'attitude de Blanche. Ne lui avait-il pas dit que rien sinon l'amour ne pouvait justifier un mariage ? Oui, Raymond comprendrait. Mais il y avait autre chose dans la démarche de Charlotte. Il y avait Gabriel qu'elle espérait retrouver. Et pour ce faire, il n'y avait peut-être que l'armée pour l'aider, parce que le monde était en guerre et qu'on ne partait pas pour l'Europe sans une bonne raison. Alors, malgré la peur qui lui tordait le ventre et le besoin de se confier, Charlotte répéta:

— Je sais ce que je fais, papa.

— Es-tu bien certaine?

Blanche qui, à deux pas derrière Raymond, assistait à l'entretien, même si elle n'avait entendu qu'une partie des propos, comprit vite de quoi il était question. Son cœur se souleva d'espoir. Enfin! Enfin Raymond avait compris à quel point la vie sans Charlotte était difficile pour elle et il avait décidé d'intervenir. Si elle s'était écoutée, Blanche lui aurait arraché le combiné des mains pour parler elle-même à Charlotte, pour mettre un peu d'emphase dans les propos de son mari qui, fidèle à lui-même, employait un ton un peu trop terne à son goût. Quand elle entendit Raymond accepter la position de sa fille, elle regretta de ne pas avoir agi.

— ...d'accord, mon Charlot. Si c'est vraiment ce que tu veux.

La déception de Blanche n'eut d'égal que sa colère envers Raymond. Cette manie qu'il avait de toujours soupeser le pour et le contre avant de s'engager. Finalement, plus souvent qu'autrement, Blanche avait l'impression qu'il agissait toujours trop tard. Quand il lui tendit l'appareil pour qu'à son tour elle puisse dire quelques mots à Charlotte, Blanche haussa les épaules.

— Je n'ai rien à lui dire. Si Charlotte espère m'entendre lui donner ma bénédiction, elle se trompe. Jamais je ne pourrai envoyer ma fille dans la gueule du loup avec le sourire aux lèvres et la paix au cœur. Je l'aime, moi, vois-tu!

Le tout claironné suffisamment fort pour que Charlotte l'entende. Puis elle sortit de la cuisine, amèrement déçue. Raymond n'en ferait jamais d'autres ! Toujours à temporiser, tergiverser, soupeser... Tant et si bien qu'encore une fois, il avait raté une occasion de se rendre utile.

Après avoir parlé à Anne qui lui affirma que si elle continuait de lui envoyer des histoires, elle ne s'ennuierait pas trop et après avoir rassuré Émilie qui lui avait avoué son inquiétude, Charlotte termina son appel sur ces quelques mots à l'intention de son père :

— Ne t'en fais pas pour moi. D'après tout ce qu'on a appris, les risques ne sont pas si grands, en Angleterre. Et dis-toi bien que pour une fois, j'ai l'impression d'être vraiment utile à quelque chose. Comme ça, tu accepteras mieux mon départ.

Effectivement, Charlotte avait dit exactement ce que Raymond avait besoin d'entendre. Il comprit l'allusion à toutes ces corvées que Charlotte devait faire parce que Blanche prétendait souffrir de malaises, d'indispositions. Il raccrocha donc avec une certaine sérénité au cœur. Pour aussitôt repenser aux mots de Blanche et éprouver à son égard une animosité sans nom. Comment avait-elle pu refuser de parler à sa fille ? Pourtant, s'il avait su à quel point ces quelques mots avaient paradoxalement réconforté sa fille aînée, il ne s'en serait pas fait.

Dieu que Charlotte avait bien fait de partir de chez elle !

La voix nasillarde que sa mère employait quand elle était en colère lui avait rappelé à quel point elle pouvait être excédée quand sa mère se plaignait d'un malaise ou d'un autre, larmoyait sur son manque de vitalité en demandant à Charlotte de prendre la relève tandis qu'elle-même irait s'allonger pour tenter de récupérer un peu de forces. Oui, Charlotte avait bien fait de s'enfuir. Parce que c'était précisément ce qu'elle avait fait : une fuite en bonne et due forme. Si elle était restée chez elle, grossesse ou pas, Charlotte aurait fini par mourir à petit feu.

Et avec Marc aussi, probablement. De cela, Charlotte était de plus en plus convaincue.

Elle finit donc de préparer son barda le cœur en paix.

* * *

La traversée fut calme et très froide. Pourtant, Charlotte puisa dans ces quelques journées intemporelles la force nécessaire pour affronter l'avenir immédiat. L'immensité de l'océan, la course du soleil d'un bout à l'autre du ciel, la sensation de n'appartenir à aucun monde la ramenèrent à elle-même, à ses préoccupations, mais sans la hantise qui les avait accompagnées durant de longues semaines. Charlotte n'agissait pas ainsi uniquement pour elle-même, mais aussi pour l'enfant qu'elle portait. Cette pensée lui fut salutaire et effaça du même coup la sensation de solitude immense qui l'oppressait.

Charlotte n'était pas seule. Elle ne le serait plus jamais.

L'arrivée en Grande-Bretagne, même assortie des incontournables contraintes et obligations militaires, eut une connotation touristique qui charma Charlotte. L'esprit anglais, empreint de politesse surannée, de courtoisie mais surtout d'une réserve qui semblait naturelle, eut l'heur de plaire énormément à Charlotte. Ici, chacun semblait se mêler de ses affaires et cela la changeait agréablement d'une famille où la mère sentait l'obligation de voir à tout. Pour une des rares fois de sa vie, Charlotte avait l'impression de pouvoir respirer en paix. Il n'y avait qu'aux côtés de Gabriel où elle avait ressenti une telle sensation de liberté et de respect. D'emblée, elle aima tout de suite le pays et les gens qui l'habitaient. Noël approchait et malgré les restrictions de toutes sortes et l'interdiction d'utiliser des lumières, les vitrines arboraient des décorations à la Dickens qui lui donnèrent l'impression de se rapprocher de Gabriel. Cet homme lui avait toujours fait penser aux livres de Dickens, et c'était d'ailleurs ce trait de ressemblance qui l'avait d'abord amusée, puis intéressée. Cependant, elle comprit rapidement qu'elle ne pourrait se mettre tout de suite à sa recherche. La dernière carte envoyée provenait de Paris, pas de Londres. De toute façon, Charlotte ne savait pas par quel bout commencer ses recherches. Naïvement, elle s'était imaginé qu'une fois arrivée en Europe, tout coulerait de source. Peut-être s'imaginait-elle qu'il serait au quai à l'attendre ?

L'enthousiasme de Charlotte baissa d'un cran.

Si la chose était possible, la vie au quotidien s'avéra tout de suite encore plus exigeante, envahissante que tout ce que Charlotte avait pu connaître jusqu'à ce jour. Enceinte maintenant de quatre mois, il arrivait régulièrement qu'elle oublie son état tant les journées étaient bien remplies. Affrontant la maladie, les blessures de toutes sortes, elle avait rapidement amorcé une réflexion, à son corps défendant, qui se poursuivait inlassablement, jour après jour. Combien pitoyables lui apparaissaient les états d'âme de sa mère et les crampes d'Émilie à la lumière des blessures qu'elle aidait à soulager ! Blessures du corps, blessures de l'âme chez des hommes que la guerre laisserait marqués pour la vie. Même sa grossesse lui apparaissait tout à fait dérisoire à côté de ce qu'elle côtoyait chaque jour. Elle profitait au maximum des jours de permission qui lui étaient accordés afin de faire le vide, mais l'image de ses patients restait gravée en elle en permanence. Et demain, elle partait pour Londres avec Yolande, une jeune infirmière qui était arrivée ici quelques mois avant elle. Elles avaient deux jours de permission et entendaient bien quitter le campement situé à plusieurs kilomètres de la cité pour aller faire quelques achats afin d'envoyer des cadeaux à leurs proches pour le Nouvel An. Entre elles, une belle amitié avait vu le jour spontanément dès l'arrivée de Charlotte et chaque fois que l'occasion se présentait, elles en profitaient pour passer quelques moments ensemble. Yolande était aussi menue et blonde que Charlotte était grande et brune, mais elles avaient toutes deux une rage de vivre et une générosité hors du commun. Yolande ressemblait à la sœur que Charlotte avait espéré trouver en Émilie. Une jeune femme vive qui n'avait pas froid aux yeux, rieuse et spontanée qui ne ramenait pas tout à elle-même. Tout comme elle le ressentait parfois avec son père, Charlotte avait l'impression que Yolande pouvait parfois lire en elle tellement elles avaient de points communs. C'est pourquoi Charlotte fut à peine surprise lorsque Yolande lui proposa de passer par le rayon de la lingerie avant de quitter le magasin pour reprendre le train qui les ramènerait à leur campement.

— Avec ça, tu devrais gagner quelques semaines de plus.

Charlotte resta silencieuse un moment avant de sentir le rouge lui maquiller les joues.

— Comme ça, ça se voit, murmura-t-elle sans même chercher à dénier la chose.

— À peine. Avec un bon corset, comme je le disais, tu vas sûrement gagner quelques semaines de tranquillité.

— Ouais…

Un trac sans nom s'empara de Charlotte. Le jour où elle serait convoquée par ses supérieurs commençait à se préciser et brusquement toute la peur déjà ressentie revint la submerger comme un raz-de-marée.

— Tu crois qu'avec un corset…

— Pour quelque temps, oui, l'interrompit alors Yolande en

levant la tête pour regarder Charlotte droit dans les yeux. Pour quelque temps…

Ce fut à cet instant que Charlotte sentit distinctement en elle une sorte de déclic qui provoqua l'avalanche. Dans le train les ramenant à leur campement, Charlotte raconta sa vie. Sa famille, Gabriel, Marc, ses études, sa grossesse… Une véritable cure de libération. Ses déceptions, ses colères, ses frustrations, ses espoirs… Charlotte en ressortit épuisée mais soulagée.

— C'est curieux, mais je ne suis pas déçue d'être enceinte. J'ai l'impression que pour une fois, je vais avoir quelqu'un à aimer sans restriction. Quelqu'un à moi…

— Quelqu'un à aimer, oui, approuva Yolande d'une voix très douce. Mais pas quelqu'un à toi. Cet enfant-là ne t'appartiendra pas plus que tu n'appartiens à tes parents.

Charlotte se contenta de sourire tristement. Puis elle tourna son visage vers la fenêtre et se mit à contempler le paysage qui défilait. Il y avait certaines choses que personne, jamais, ne pourrait comprendre. Même si elle savait que Yolande avait raison et que le bébé aurait sa vie bien à lui, Charlotte s'était juré qu'elle tisserait entre eux les liens qu'elle aurait tant aimé avoir avec sa mère. C'était cela qu'elle avait voulu dire. Toutefois, Charlotte ne rectifierait pas les choses entre Yolande et elle. À ce sujet, elle n'avait ni l'envie ni le besoin de se confier.

Puis le temps des fêtes arriva. Comme Yolande l'avait prédit, Charlotte avait réussi à gagner du temps. Personne ne semblait s'inquiéter de son sort. On lui demandait d'être efficace et elle l'était au-delà des attentes. Personne ne pourrait lui faire le moindre reproche. Charlotte était persuadée que sa planche de salut passait par là. Aussi, quand elle reçut une note lui ordonnant de se présenter immédiatement chez la caporale Langlois, l'infirmière responsable du personnel de l'hôpital, Charlotte eut d'abord le réflexe de se demander ce qu'elle avait bien pu faire pour justifier un tel ordre. La réalité, sa réalité lui sauta en plein visage quand son regard heurta celui de la caporale Langlois. Charlotte eut la désagréable impression de recevoir une douche glacée sur la tête tant les yeux qui la détaillaient étaient froids et durs. Une vraie banquise. Mais curieusement, ce regard chargé de sévérité la réveilla, réveilla son esprit engourdi depuis de longues semaines. Charlotte redressa les épaules et regarda la caporale droit dans les yeux même si ce n'était pas permis. La caporale Langlois avait les yeux d'un vert intense qui, sous une lourde chevelure rousse retenue en chignon, laissaient deviner des origines irlandaises. Charlotte eut l'impression de voyager à la fois dans le temps et dans l'espace. Et pendant une fraction de seconde, elle se retrouva chez elle devant le regard froid et insistant de Blanche qui la scrutait.

Ce fut suffisant.

Charlotte avait retrouvé toute son habituelle facilité à manipuler les mots quand elle leva la main pour saluer tout en baissant les yeux. Elle avait tant de fois inventé des subterfuges pour se soustraire aux corvées familiales que la simple sensation que c'était sa mère qui la regardait suffisait à lui redonner tous ses moyens.

— Vous avez demandé à me voir?

— Vous voir... Effectivement, le terme est bien choisi.

Et sans l'inviter à se mettre au repos, la caporale se cala sur sa chaise. Frappant machinalement dans la paume de sa main avec un lourd coupe-papier d'argent, elle prit tout son temps pour détailler Charlotte. Puis, se redressant, elle demanda d'une voix impatiente:

— Alors?

— Je suis enceinte.

— Je vois bien que vous êtes enceinte. Ce n'est pas ce que je veux vous entendre dire. Je veux savoir pourquoi vous êtes ici.

— C'est très simple…

Et Charlotte se mit à parler calmement. Mi-vérité, mi-mensonge, les propos s'enchaînaient avec une facilité désarmante. Elle avait la curieuse sensation d'avoir le cerveau qui fonctionnait à trois niveaux: elle réfléchissait au futur et parlait au présent en s'inventant un passé. Dans la bouche de Charlotte, il y eut un grand amour, un fiancé appelé sous les drapeaux et disparu trop vite. Il y eut aussi l'envie qu'elle avait ressenti de donner un nouveau sens à sa vie et cette réalité, cette grossesse, constatée quelque temps après son arrivée ici. Il y avait aussi et surtout une famille puritaine qui n'accepterait pas son enfant.

Pendant que Charlotte parlait, la caporale s'était relevée pour venir se poster devant la fenêtre. Elle flairait les mensonges à plein nez. Pourtant, elle n'arrivait pas à voir Charlotte comme étant une menteuse. Cette jeune femme-là avait le regard trop direct pour être foncièrement malhonnête. Elle essayait de s'en sortir tout simplement. C'était malhabile, c'était exagéré, mais c'était sincère.

Quand Charlotte se tut enfin, la caporale resta un moment silencieuse. Elle-même était entrée à l'armée au décès de son mari, durant la Grande Guerre. Alors quand Charlotte disait qu'elle était ici suite au décès d'un fiancé, c'était plausible à défaut d'être vrai. Mais il y avait surtout l'image que Charlotte projetait et allait projeter de plus en plus au fil des semaines à venir.

L'image de la vie.

Ici, la mort faisait partie du quotidien. On se battait contre elle, on tentait d'en repousser les limites, l'échéance. Et voilà que devant elle se tenait une toute jeune femme qui avait choisi de se battre pour la vie. C'était rafraîchissant. C'était en soi la plus belle raison d'espérer. Et pour cela, seulement pour cela, la caporale Langlois n'avait pas envie de repousser Charlotte. Elle n'avait pas le droit de le faire. Mais alors que se poursuivait la réflexion de sa supérieure, Charlotte qui ne croyait ni à Dieu ni à diable suppliait le ciel qu'on ne lui demande aucun nom pour corroborer son histoire. Quand la caporale se retourna enfin, elle avait l'air plus fatigué qu'en colère. En elle, la femme et la militaire s'étaient battues et finalement c'était la femme qui avait gagné. Denise Langlois avait choisi de donner une chance à Charlotte, de donner une chance à la vie. D'autant plus que les rapports à propos de la jeune femme étaient tous élogieux. Mais cela, Charlotte n'avait pas à le savoir. Denise Langlois regagna sa place sans lui accorder le moindre regard.

— Si l'on vous pose des questions, vous n'avez rien à dire. Je vous ferai connaître mes directives en temps et lieu. Vous pouvez disposer.

Charlotte vécut la pire semaine de toute sa vie. Non seulement elle n'avait pas la moindre idée si l'on avait cru à son histoire, mais en plus elle ignorait complètement ce qu'on allait faire d'elle. Charlotte s'attendait à toutes les éventualités, surtout celle d'être renvoyée chez elle. Sinon pourquoi ce délai? La caporale Langlois devait l'employer à lui trouver une place sur le prochain bateau qui quitterait l'Angleterre en direction du Canada. Et comme il n'y en avait pas souvent puisque l'hiver était bien installé, Charlotte s'imaginait arrivant chez elle, au printemps prochain, précédée d'un ventre immense qui parlerait de lui-même. Ce scénario était encore pire que si elle avait tout dévoilé depuis le début. Pire encore que de s'être mariée. Et quand Charlotte reçut une note provenant du bureau de la caporale, elle crut qu'elle avait vu juste. Si l'on avait décidé de la garder ici, on l'aurait convoquée pour lui faire part des directives à suivre.

Le simple papier envoyé par la caporale devait être son renvoi.

Elle dut s'y reprendre à deux fois pour décacheter l'enveloppe tellement ses mains tremblaient. Et quand elle eut fini de lire le bref message, elle se laissa tomber sur la première chaise venue tant ses jambes étaient flageolantes.

— Ça ne va pas, Charlotte ? Une mauvaise nouvelle ?

Brigitte, une compagne de travail qui œuvrait dans les mêmes salles qu'elle, s'était approchée, l'air soucieux.

Charlotte leva la tête et lui offrit un sourire radieux.

— Non, non, tout va bien. Tout va très bien.

La caporale venait de lui signifier qu'elle bénéficierait de trente jours sans solde au moment de la naissance et qu'elle devrait trouver une famille pour s'occuper du bébé, car il n'y aurait aucune autre permission accordée. « ... Vous garderez votre statut actuel. Toute demande de modification ou d'affectation nouvelle sera refusée. Je vous convoquerai pour vous faire part des modalités quand je le jugerai à propos. Si ces conditions ne vous conviennent pas, j'accepterai votre demande de démobilisation et avertirai votre famille de votre arrivée prochaine. » C'était direct, c'était sans possibilité de négociation et Charlotte n'avait pas la moindre idée si la caporale avait cru à son histoire. Pas plus qu'elle n'avait envie de vérifier. À ses yeux, rester ici était bien la meilleure nouvelle reçue depuis fort longtemps. Elle n'avait qu'à demander la discrétion la plus absolue à Yolande et la version des faits donnée à la caporale deviendrait la version officielle de son histoire pour les gens qu'elle côtoyait ici.

Ne restait plus que sa famille...

Quand elle regagna sa chambre, Charlotte ne sentait pas la fatigue habituelle qui faisait qu'elle tombait dans son lit comme une roche pour n'en ressortir qu'au matin.

Depuis le souper, elle sentait le bébé bouger et elle avait

l'impression de rêver. Avait-il été surpris par l'intensité des battements du cœur de Charlotte quand elle lisait la note? Peut-être bien, après tout. Mais les mouvements étaient si doux, à peine des frôlements, qu'au début Charlotte n'y avait pas porté attention.

Présentement, le doute n'était plus permis et Charlotte n'avait aucune envie de dormir.

Elle allait donc en profiter pour écrire à Montréal. Les mouvements du bébé lui donnaient une assurance, une force qu'elle n'avait jamais ressenties auparavant. Charlotte avait la certitude que malgré les apparences, elle venait de reprendre le contrôle de sa vie. Elle allait se battre pour arracher la meilleure part possible à une existence qui commençait de façon cahoteuse, elle en était douloureusement consciente.

Et puisqu'il semblait bien qu'elle était coincée en Angleterre pour quelque temps encore, il lui fallait s'inventer un amoureux. Elle ajusterait son tir le jour où elle retrouverait Gabriel.

Présentement, cette éventualité ne faisait aucun doute. Un jour, sa vie croiserait de nouveau celle de Gabriel.

Ce soir, Charlotte avait des ailes.

C'est en repensant à cet homme qu'elle aimait toujours que Charlotte se rappela les nombreux mois qu'avait pris la lettre de Gabriel pour se rendre de l'Europe à Montréal. Sa missive prendrait-elle autant de jours et de semaines avant d'arriver à destination?

Impulsivement, Charlotte souhaita que non. Elle se disait qu'elle dormirait tellement mieux le jour où elle saurait que sa famille est au courant de l'existence d'un homme dans sa vie.

Pour aussitôt changer d'avis.

Peut-être bien après tout qu'un certain recul aiderait à brouiller les repères du temps. Car il lui faudrait bien retourner chez elle un jour, n'est-ce pas?

Et quand elle reviendrait chez elle, Charlotte ne serait pas seule…

Charlotte prit un crayon à mine.

Pour une rare fois, elle sentait le besoin de faire un brouillon. Elle ferma les yeux et laissa l'imagination s'emparer de ses pensées. Lentement, sa propre vie s'emmêla à l'imaginaire du destin de Myriam. Elle vit un homme qui ressemblait à Gabriel. Il venait vers elle en courant, il était beau, il était pilote dans la Royal Air Force. Alors Charlotte dessina ce demi-sourire qui précédait toujours l'écriture.

Elle ouvrit les yeux, fronça les sourcils et se penchant sur la feuille blanche, elle se mit à écrire.

Quand ses parents recevraient cette lettre, ils apprendraient que Charlotte avait rencontré un jeune militaire anglais et que tous les deux, ils s'entendaient fort bien…

Chapitre 3

À propos d'Émilie

Au départ de Charlotte, une espèce de vent d'agressivité avait balayé la demeure des Deblois. Et depuis, chacun restait sur son quant-à-soi, s'enfermant dans une tour d'ivoire où les autres n'étaient pas admis. C'était conforme aux habitudes familiales que d'agir ainsi : chez les Deblois chacun vivait pour soi depuis toujours. Mais si c'était peut-être normal à leurs yeux, ce n'était pas agréable pour autant tous les jours.

Et comme depuis quelques mois maintenant, la situation allait empirant, Émilie en souffrait terriblement, elle qui n'aspirait qu'à la paix autour d'elle, rêvant de liens durables avec ceux qu'elle aimait.

Blanche était de plus en plus impatiente et brusque, ce qui dénotait chez elle un désarroi incontrôlable. Émilie savait fort bien que chez sa mère, la moindre contrariété se traduisait par cet affolement qui menait trop souvent, hélas, aux migraines et troubles digestifs variés. Mais dans le cas de Blanche, parler d'inquiétude aurait été déplacé puisqu'elle ne connaissait d'inquiétude que devant les maladies, surtout les siennes. Comme pour l'instant Charlotte se portait fort bien à en croire ses lettres, Blanche ne pouvait réellement s'en faire pour elle. N'empêche que l'absence de son aînée causait moult désagréments à Blanche qui avait coutume de s'en remettre régulièrement à Charlotte pour la seconder dans les inévitables corvées du quotidien. Alors, même si Blanche n'était pas préoccupée par le sort de sa fille, elle était néanmoins agacée par son absence et cela suffisait à la rendre tout à fait désagréable à vivre. Malgré cela, il était hors de question qu'Émilie prenne la relève. Elle détestait tout ce qui touchait de près ou de loin aux obligations domestiques et quelques crampes savamment orchestrées permettaient de s'y soustraire avec élégance sans susciter trop de commentaires. Émilie préférait, et de beaucoup, assister aux exagérations agitées de sa mère et essuyer quelques remarques désobligeantes plutôt que de participer aux corvées familiales.

Quant à Raymond, par ses absences répétées et prolongées, il exprimait hors de tout doute la tristesse que lui causait le départ de son aînée. Dans son cas, Émilie savait que l'inquiétude pour Charlotte y était pour beaucoup. Avec lui, Émilie aurait bien aimé être capable d'intervenir. Depuis qu'elle était enfant, elle rêvait d'être aussi proche de son père que l'était Charlotte. Mais il semblait bien que les règles familiales avaient été établies autrement dès le départ. De telle sorte qu'au fil des années, d'un événement à un autre, la famille avait pris une curieuse tangente et s'était scindée en deux parties bien distinctes: d'un côté, les bien portants et de l'autre, les moins bien nantis, Anne faisant, pour l'instant, figure de trait d'union entre ces deux mondes. Elle était encore assez petite pour que chacun se laisse séduire par son charme. Il n'y avait plus que devant ses mots d'enfant ou sa joyeuse naïveté que les membres de la famille échangeaient parfois des regards complices. Mais comme depuis le départ de Charlotte les moments de joyeuse insouciance se faisaient plutôt rares, même l'attitude d'une petite fille comme Anne ajoutait à la lourdeur de l'atmosphère familiale. Empêtrée dans toutes sortes d'hésitations et de gênes, Émilie ne savait trop comment s'y prendre pour se sortir du bourbier.

Émilie en avait assez. De la situation comme de l'immobilisme de sa vie.

Émilie en avait assez de passer le plus clair de ses jours à attendre elle ne savait trop quoi. Peut-être simplement que le temps passe… Elle n'aspirait pas à une grande destinée, convaincue que si elle était aussi petite par la taille, c'était qu'elle était vouée à une existence toute simple. Elle voulait seulement que sa vie goûte quelque chose. Car, malheureusement, jusqu'à ce jour, sa destinée était plutôt insipide.

Mais comment s'y prendre ? Comment faire pour s'aider elle-même et pour aider les autres qu'elle sentait malheureux ?

Émilie n'était pas habituée d'agir, Blanche lui ayant plutôt enseigné à vivre avec ses problèmes. Laisser venir les choses et s'ajuster ; attendre le lever du jour pour savoir à quoi ressemblerait la journée, puis attendre le coucher du soleil pour présager de la nuit à venir ; ne rien accepter à l'avance, ne rien prévoir, ne rien vouloir d'autre qu'une journée sans douleur. Pour tout le reste, Blanche s'était occupée d'elle à outrance et choisissait, encore aujourd'hui, ce qui serait le mieux pour sa fille. Jour après jour, semaine après semaine. À dix-sept ans, de longues années étiraient leur ennui derrière Émilie. Elle ne voulait surtout pas que celles à venir leur ressemblent.

Le départ de Charlotte, à tout juste dix-neuf ans, venait de lui confirmer douloureusement que dans une vie, on pouvait peut-être faire autre chose que d'attendre.

Mais qu'espérait-elle de la vie au juste ? Émilie n'arrivait pas à le dire, trop habituée qu'elle était à se contenter de ce qu'elle avait. Mais sa mère avait peut-être raison sur un point : une journée sans douleurs d'aucune sorte était une bénédiction aux yeux d'Émilie.

Sous prétexte de crampes plus soutenues qu'à l'habitude qui l'obligèrent à garder le lit, Émilie se plongea dans une profonde réflexion qui, dans un premier temps, lui donna l'impression de tourner en rond.

Suite à ces quelques jours de réflexion, elle n'apprit pas grand-chose sur ce qu'elle espérait vraiment. Par contre, Émilie sut ce qu'elle ne voulait plus.

L'idée fut séduisante dès le premier instant où elle lui effleura l'esprit. À la suite de quoi, la décision d'Émilie fut aussi subite qu'irrévocable. Et personne ne se mettrait en travers de sa route. Émilie se surprenait elle-même par la virulence de son entêtement. Qu'on se le tienne pour dit: pour une fois, elle irait jusqu'au bout.

Mais l'annoncer à ses parents était une tout autre histoire.

Comment fait-on valoir ses revendications?

Jusqu'à ce jour, Émilie avait été plutôt silencieuse et n'avait, de toute façon, revendiqué que fort peu de choses. Ce qu'elle connaissait de la séduction et de la persuasion passait habituellement par quelques lamentations, un regard énamouré et ce sourire dont elle savait doser l'intensité. La technique avait fait ses preuves, puisque Blanche abandonnait alors ses activités sur-le-champ pour se consacrer uniquement à elle et que Raymond proposait de décrocher la lune pour lui être agréable. Mais cette fois-ci, l'intuition lui dictait que ce ne serait pas une bonne idée que d'emprunter le chemin habituel. Face à Blanche, ce serait en partie efficace, Émilie n'en avait aucun doute, mais face à Raymond, il en allait autrement… Il lui faudrait innover, il lui faudrait du concret. Et pour ce faire, emprunter à Charlotte certaines attitudes qui s'étaient avérées efficaces lui sembla intéressant.

Mais chose certaine, d'une façon ou d'une autre, Émilie ne voulait plus aller à l'école.

L'humiliation de se retrouver en classe avec des gamines de quatorze ou quinze ans avait assez duré.

La lourdeur qui s'abattit sur ses épaules lorsqu'elle retourna enfin à l'école par un mercredi pluvieux et froid fut suffisamment éloquente pour la convaincre que son idée était la bonne. Le babillage de ses compagnes de classe lui résonnait aux oreilles de façon intolérable. Qu'avait-elle en commun avec ces gamines sinon que par la taille, elle leur ressemblait ? Nul doute que, petite et délicate, Émilie pouvait se fondre à la masse des filles de sa classe, mais pour le reste… Un long soupir d'ennui scella sa décision. Émilie devait trouver l'argument qui ferait fléchir ses parents pour se soustraire à ce calvaire répété chaque matin.

Émilie n'en pouvait plus d'avoir l'impression de contrôler sa vie uniquement à travers des douleurs réelles qui ponctuaient désagréablement le quotidien et celles un tantinet exagérées qui lui permettaient de se soustraire aux obligations qui la harassaient. Chaque fois, elle avait l'impression qu'elle vivait d'un sursis à un autre. Ce n'était plus suffisant.

La perspective d'une solution durable s'offrit sur un plateau d'argent dès le lendemain, au cours d'arts plastiques.

Et pourquoi pas ?

Le dessin était bien la seule compétence qu'Émilie se reconnaissait, le seul domaine où elle pouvait revendiquer l'excellence.

Et dans la vie, son père le disait souvent, chacun doit viser l'excellence s'il veut réussir.

Émilie ébaucha un sourire en se penchant sur la feuille blanche qu'elle allait couvrir de dessins. Si ce n'était pas là la solution rêvée, elle était prête à se faire hara-kiri. À tout le moins, cela méritait une sérieuse réflexion, modula-t-elle intérieurement, peu encline aux audaces en tous genres.

Puis elle saisit adroitement un bâton de fusain et se mit à l'ouvrage.

Le vase de fleurs au programme ce matin-là, exécuté aux pastels à l'huile, rivalisa en couleurs avec les petits animaux que

Charlotte avait dessinés à l'intention d'Anne.

Émilie y vit un présage du meilleur augure.

D'où lui venait cette subite envie d'utiliser des couleurs franches était un mystère pour Émilie. Mais force lui était d'admettre que son dessin était nettement plus agréable à regarder, foisonnant de clarté, de contrastes et de luminosité.

Elle le rapporta chez elle comme un trophée, surprise du résultat et très fière d'elle-même. Se pourrait-il qu'elle soit capable d'audace, elle aussi?

Sa mère s'extasia:

— Quelle évolution, ma chérie! Tu devrais te mettre à la peinture à l'huile...

— J'y pense, interrompit adroitement Émilie. Mais encore faudrait-il que j'aie le temps de le faire. Avec les cours, les études...

Remarque passée sur un ton désinvolte avec une adroite suspension des mots, servie par Anne qui arriva fort à propos pour interrompre la conversation, soulageant ainsi Émilie qui ne savait trop comment poursuivre.

— Oh la la! Mais c'est vraiment beau... Enfin, tu t'es décidée à mettre de la couleur pas lavée.

— Délavée, Anne... On dit délavée.

— Bof!

Quant à Raymond, un froncement de sourcils approbateur la fit rougir, car il était aussi éloquent qu'une longue tirade. L'appréciation de Raymond se réduisit à un simple grognement de satisfaction. Mais au regard brillant de fierté qu'il posa sur elle, Émilie se sentit fondre. Ne restait qu'à trouver des arguments en béton pour étoffer le tout. Car pour elle, cela ne faisait aucun doute: il lui faudrait être solidement préparée pour convaincre son père qu'elle avait tout à gagner en quittant l'école sans avoir terminé sa versification. Même si elle faisait preuve d'un talent certain en dessin et même si son père le reconnaissait sans hésitation.

Dès le lendemain, Émilie fut donc atteinte d'un irréversible besoin de dessiner. Le moindre moment libre était consacré aux arts. Et malgré le fait que le pinceau était attiré irrésistiblement vers les roses et les lilas, Émilie se faisait violence pour le diriger vers les rouges et les violets. L'exercice était épuisant. Bien sûr, elle aimait le dessin mais elle l'avait toujours considéré comme un agréable passe-temps plutôt qu'un mode de vie. Toutefois, se rappelant à quel point son père défendait Charlotte qui passait un temps inouï à lire, parlant de cette manie comme d'une passion, Émilie se disait qu'elle devait transformer son violon d'Ingres en passion si elle voulait atteindre son but. Et utiliser des couleurs qu'elle jugeait un peu criardes soutiendrait sa thèse même si ce faisant, elle avait l'impression d'agir contre nature. Mais elle ne lâcherait pas. Son père l'avait dit assez souvent : il préférait et de loin les œuvres hautement colorées.

On était à la fin de janvier, et Émilie se donnait jusqu'au prochain bulletin pour mener sa croisade à terme.

Elle avait donc trois semaines devant elle.

Trois semaines pour essayer de ressembler à Charlotte par son indépendance, son besoin d'action, ses réparties et sa nouvelle passion. Pas vraiment facile quand on s'appelle Émilie et que, plus souvent qu'autrement, on s'en est remis aux autres pour décider à sa place. Quand elle se couchait, le soir, Émilie était exténuée. Une incursion à la bibliothèque de l'école avait permis une abondante récolte de livres traitant des peintres de talent. Mais cela avait été une amère déception : peu d'entre eux avaient confortablement vécu de leur art et Raymond était un farouche adepte de l'indépendance à tout prix.

— Peu importe que l'on soit femme ou homme, Blanche, je veux que mes filles soient capables de se débrouiller seules dans la vie.

Ce à quoi Blanche répondait d'un haussement d'épaules agacé. Puis elle poussait un soupir qui se voulait indifférent. Cette façon de voir les choses n'aurait dû la toucher que fort peu puisqu'elle la rangeait dans la catégorie des *lubies de Raymond.* Voir si une femme avait besoin de travailler en dehors de son foyer ! Le rôle d'une femme, c'était d'être une bonne mère et une épouse fidèle, rôle auquel Blanche souscrivait sans compter, avec dévouement, depuis plus de vingt ans. Et Raymond osait dire que ce n'était pas suffisant ?

Le sujet attisait même une sérieuse réflexion chez Blanche depuis quelques mois. Elle était bien consciente qu'Émilie n'était pas heureuse et elle avait toujours dit qu'elle ferait tout en son pouvoir pour la rendre heureuse, justement. Pauvre Émilie ! Si elle avait connu l'existence et la teneur de cette réflexion, elle ne se serait pas donné tout ce mal pour essayer de convaincre ses parents que l'avenir, dans son cas, devait passer par l'art avec un grand A. Sans lui, point de salut pour Émilie, la médiocrité de ses notes dans les autres matières parlant d'elle-même.

Et voilà qu'à son insu, Blanche en était arrivée à la même conclusion. Le savoir aurait aidé grandement la principale intéressée.

Depuis son entrée à l'école, Émilie éprouvait des difficultés. Cela était dû à sa fragile constitution, Blanche ne cessait de le répéter. Pauvre petite chérie, elle était si souvent absente ! Il n'y avait que Raymond pour oser supposer qu'une certaine paresse pouvait peut-être contribuer au rang décevant qu'Émilie occupait dans sa classe. Et il s'entêtait ! Pour lui c'était évident : Émilie n'avait qu'à fournir un peu plus d'efforts et il n'y aurait pas de problème. On n'avait qu'à regarder Charlotte ! Elle avait toujours été studieuse et elle avait récolté ce qu'elle méritait. Quand il osait parler de la sorte, Blanche fulminait. Comment osait-il comparer la fragile Émilie à la bonne grosse Charlotte ? Autant demander à une délicate orange de se transformer en citrouille, sans vouloir enlever les mérites qui revenaient à Charlotte, bien entendu ! C'était Raymond qui n'y comprenait rien et mélangeait tout. De toute façon, il n'avait jamais rien compris à la maladie. Comment Émilie aurait-elle pu être plus vaillante alors que des douleurs récurrentes la gardaient clouée au lit si souvent ?

Si Émilie avait eu à répondre sous serment, elle aurait dit que les deux avaient raison. Bien sûr, elle aurait pu fournir plus d'efforts et d'attention en classe. Sur ce point, son père n'avait pas tort, elle en était tout à fait consciente. Mais à sa défense, Émilie aurait pu ajouter que d'être si souvent absente et d'avoir sans cesse à mettre les bouchées doubles pour rattraper le temps perdu l'avait dégoûtée à tout jamais des études. Alors, en ce sens, Blanche non plus n'avait pas tort.

Quand ses parents discutaient de la chose, Émilie évitait généralement de donner son avis, ne voulant surtout pas fournir de munitions à l'un ou à l'autre. La situation était suffisamment pénible en soi. Elle s'esquivait silencieusement, laissant la dispute se poursuivre sans elle. Émilie détestait les éclats de voix et les dissensions en tous genres. Et à chaque bulletin, c'était à prévoir, la querelle revenait sur le tapis. La diversité des mots que ses parents utilisaient pour traiter du sujet semblait inépuisable.

Quand Émilie présenta son bulletin, à la mi-février, les hostilités reprirent donc de plus belle. D'autant plus qu'avec la nouvelle passion qui l'occupait pratiquement à plein temps depuis quelques semaines, ses notes étaient en chute libre. La réaction de Raymond fut instantanée et l'orage éclata avec fracas.

— Mais qu'est-ce que c'est que ce torchon ?

Blanche, assise à l'autre bout de la table, lui lança un regard furibond. Dès que quelqu'un attaquait Émilie, elle se sentait écorchée au passage.

— Pardon ?

Raymond était remonté à bloc. À ses yeux, deux échecs justifiaient amplement cette réaction.

— Tu ne viendras toujours pas me dire que tu endosses ce ramassis de mauvaises notes ?

— J'admets que les résultats sont un peu décevants, mais de là à dire que…

— Décevants ? l'interrompit Raymond en secouant la feuille devant lui. Mais tu ne sais pas lire, ma pauvre Blanche. Deux échecs ce n'est pas décevant, c'est irrecevable !

— Toujours les grands mots ! Toujours aussi blessant ! Comment peux-tu te montrer aussi dur face à ta fille ? Ce ne sont que des chiffres, après tout !

Raymond serra les poings d'exaspération. Et dire qu'autrefois, quand Charlotte revenait avec des notes inférieures à 95 pour cent, elle avait droit à une remontrance en règle de la part de sa mère ! Ce fut ce bref retour dans le passé qui donna à Raymond l'envie de poursuivre. Avec Blanche, il y avait toujours eu deux poids, deux mesures, ce que Raymond avait toujours trouvé injuste. Il reprit de plus belle :

— D'accord, ce ne sont que des chiffres. Mais ces chiffres-là parlent d'eux-mêmes. Ce que j'en dis, c'est pour Émilie. C'est de son avenir à elle qu'on parle. Dans le fond, je m'en fiche de ses notes ! C'est uniquement ce qu'elles préparent qui m'inquiète.

— Tu t'en fiches ? Tu oses dire que tu te fiches de ce qui arrive à ta fille ?

— Mais tu le fais exprès! Je n'ai jamais rien dit de tel. Pauvre Blanche, tu ne changeras donc jamais? Ton sens de la répartie n'a d'égal que ton talent à manipuler les mots pour leur faire dire ce que tu veux!

— Et toi tu embrouilles toujours tout et finalement on finit par ne rien comprendre de ce que tu veux dire!

— C'est assez!

Assise entre les deux, Émilie avait assisté à la dispute comme on assiste à un match de tennis, passant de l'un à l'autre avec la désagréable impression d'être la balle en jeu. La tournure qu'avait prise la discussion dépassait les bornes qu'elle acceptait généralement et c'était pourquoi elle s'était levée toute tremblante, bousculant sa chaise qui s'était renversée derrière elle avec fracas. Blanche et Raymond avaient tourné la tête vers leur fille avec une symétrie frappante et un même regard surpris. Emportés par leurs propos, ils en avaient oublié la présence d'Émilie.

— C'est assez, répéta cette dernière avec un sanglot dans la voix. Vous avez l'air de deux chats de gouttière qui se disputent un vieux restant de table.

Surprise par son audace, Émilie ne put s'empêcher de sourire devant l'image qu'elle venait d'employer. Pourtant, elle n'avait pas le cœur à rire.

— À quoi ça rime, tout ça? Avant de vous chamailler comme des chiffonniers, vous êtes-vous demandé ce que moi, je voulais? Est-ce que j'ai la permission de dire quelque chose ou est-ce que vous allez décider à ma place encore une fois?

C'était la première fois qu'Émilie osait parler sur ce ton. Dix-sept ans de patience et de résignation avaient enfin un exutoire, trouvant un prétexte merveilleux dans cette conversation à propos d'elle, devant elle, menée à la troisième personne.

Une lueur de tendresse traversa le regard de Raymond. Enfin

Émilie parlait ! Toute seule, sans passer par Blanche qui cherchait toujours à intervenir dans la vie de sa fille sous prétexte qu'elle était malade comme elle.

— Tu as raison, Milie, prononça-t-il enfin d'une voix douce. Alors, qu'est-ce que tu veux ? Y a-t-il quelque chose que je puisse faire pour t'aider ?

— M'aider ? Je ne crois pas. C'est à moi de le faire, n'est-ce pas ? Comme tu l'as si bien dit, je suis en train de préparer mon avenir. Et vois-tu, je ne crois pas qu'il doive passer par l'école, cet avenir. Sinon peut-être par l'école des beaux-arts.

— Quelle bonne idée !

Blanche jubilait, ayant aussitôt oublié le bulletin, la dispute et tout ce qui s'y rattachait. N'est-ce pas qu'elle avait toujours eu raison de dire que les notes, dans le cas d'Émilie, n'avaient qu'une importance toute relative ?

— Merveilleux, apprécia-t-elle, pétillante. Je savais, ma chérie, que tu finirais par trouver ta place. Comment se fait-il que je n'y aie pas pensé toute seule avant ? C'est évident. Avec le talent que tu as. Par contre, les beaux-arts…

Blanche fit la moue. Elle ne voyait pas sa fragile Émilie se fondre à la faune plutôt colorée des artistes qui fréquentaient cette école. Une faune que Blanche qualifia aussitôt de malsaine. Ce n'était pas un milieu de vie et d'apprentissage pour la fragile Émilie. Elle éluda le problème de son geste habituel de la main balayant l'air devant elle.

— Laisse-moi régler ce léger détail, ma belle. Il doit sûrement exister des maîtres qui se déplacent et vont à domicile. Quelle bonne idée, répéta-t-elle, ravie.

C'est alors que Raymond se décida à intervenir.

— Tu ne parles pas sérieusement j'espère ? Émilie ne peut quitter l'école comme ça sans au moins…

Blanche détourna la tête pour porter un regard sévère sur Raymond.

— Et pourquoi pas, si Émilie dit que c'est ce qu'elle aimerait faire ? interrompit-elle vivement avant d'assener un coup fatal. Je suis aussi sérieuse que toi le jour où tu as autorisé Charlotte à s'engager, déclara-t-elle en détachant bien les mots et en plantant son regard droit dans celui de son mari.

La flèche atteignit sa cible et Raymond courba les épaules, ramené à cette décision qu'aujourd'hui, il regrettait par moments tant Charlotte lui manquait. Puis il se répéta ce qu'il ne cessait de se dire depuis le départ de sa fille: ce qu'il avait fait, il l'avait fait dans l'intérêt de Charlotte, sans penser à lui. Et c'était bien d'avoir agi ainsi. Alors pourquoi en serait-il autrement aujourd'hui ? L'agressivité face à Blanche lui revint entière alors qu'Émilie venait de comprendre qu'elle s'était trouvé un allié de taille. Qui mieux que Blanche pouvait mener une croisade à terme ? Et la gagner ! Sa persuasion se doublait d'un entêtement hors du commun, le tout soutenu par force migraines au besoin. Pourtant, Émilie était loin de ressentir le soulagement ou l'excitation que le revirement de situation aurait dû lui procurer. Encore une fois, elle sentait la tournure des événements lui échapper et elle était déçue, même si le but poursuivi semblait à portée de main. Entre-temps, les hostilités avaient repris de plus belle entre Blanche et Raymond. Au ton chargé de colère que ses parents employaient, Émilie comprit qu'elle n'était plus qu'un prétexte à l'échange verbal et elle s'éclipsa silencieusement. Elle était épuisée.

— Et qu'est-ce que tu connais en peinture, mon pauvre Raymond, pour oser dire que je n'arriverai jamais à...

— Au moins autant que toi, coupa sèchement l'interpellé, puisque notre culture commence et s'arrête aux quelques expositions qu'on a vues ensemble.

— Nenni monsieur ! C'est ce que tu crois, mais tu te trompes. Parce que moi, vois-tu, je me renseigne, je lis autre chose que le Code civil ! Et je pourrais te citer quelques noms qui commencent à faire parler d'eux au-delà de nos frontières.

— Tu ne vas tout de même pas t'imaginer que ces grands de la peinture vont se déplacer pour...

— Et pourquoi pas ? Émilie a un grand talent et...

— Émilie dessine bien, rectifia Raymond en l'interrompant. Ce qui ne veut pas dire qu'un jour, elle pourra vivre de ses toiles.

— Encore ! Et pourquoi devrait-elle absolument vivre de son talent ? Jolie comme elle l'est, Émilie va sûrement se marier un jour et...

— C'est ça, elle va se trouver une bonne poire comme moi et ainsi elle pourra satisfaire tous ses petits caprices sans se préoccuper de...

— Pourquoi toujours être méchant, Raymond ?

L'agressivité de Blanche était tombée d'un seul coup, remplacée par une grande tristesse à l'instant où Raymond regrettait ses paroles. Comment se faisait-il que chaque discussion avec Blanche se terminait toujours en affrontement ?

— Je ne voulais pas être méchant, je m'excuse. Les mots ont dépassé ma pensée. De toute façon, je crois qu'on débordait largement du sujet. On n'en est pas encore à choisir un maître de dessin pour Émilie ni un mari. N'est-ce pas, Blanche ?

Cette dernière haussa les épaules.

— Moi je crois, au contraire, que c'est même une urgence. On dirait que tu n'as pas entendu ce qu'Émilie nous a dit.

— Ce qu'elle a dit, c'est qu'elle aimait le dessin et qu'elle n'aimait pas l'école. Mais ce n'est pas nouveau. Émilie n'a jamais aimé l'école. Ce n'est pas une raison pour tout laisser tomber.

— Au contraire. Si Émilie est malheureuse, on doit faire

quelque chose. Si tu essayais de la comprendre, tu verrais probablement la situation sous un autre angle. C'est ce que j'essaie de faire. Notre devoir, Raymond, c'est d'aider nos enfants à prendre les bonnes décisions. Émilie va bientôt avoir dix-huit ans. Ce n'est plus une gamine. J'aimerais que tu le prennes en considération avant d'imposer quoi que ce soit.

Et c'était Blanche qui osait dire cela, avec une candeur et une sincérité désarmantes dans la voix et dans le regard ! Elle qui surprotégeait Émilie depuis la naissance, qui l'avait même rendue malade à force d'inquiétude et d'interventions répétées. Si Émilie était aussi délicate aujourd'hui, ce n'était pas une simple question d'hérédité. Sur le sujet, les médecins avaient été formels. Pourtant, Raymond ne contredirait pas Blanche ni ne la confronterait sur ce sujet trop délicat. C'était le passé et présentement il était question d'avenir. Et en un sens, Blanche n'avait pas tort : ils n'avaient ni l'un ni l'autre le droit d'imposer leur vue.

Raymond se leva de table. Encore une fois, Blanche avait su retourner la situation à son avantage. Il n'irait pas plus loin même s'il était conscient que ce n'était en fait qu'une manipulation des mots et des intentions.

— D'accord, vois ce que tu peux faire et on en reparlera.

Le regard de Blanche se mit à briller de plaisir anticipé. Puis elle baissa les yeux.

— Merci, Raymond. Merci pour Émilie. C'est un beau cadeau que tu lui fais aujourd'hui en acceptant qu'elle quitte l'école. Ça fait des années qu'elle y est malheureuse. Dès demain, je m'occupe de sa carrière. Elle ne perdra pas son temps, promis. Et qui sait ? Un jour elle vivra peut-être de son art.

À sa façon, par ces derniers mots, Blanche lui faisait comprendre qu'elle acceptait ses excuses et qu'elle regrettait tout comme lui la tangente qu'avait prise la discussion. Raymond ne répondit pas. Entre Blanche et lui, depuis si longtemps déjà, les différends se réglaient à demi-mot enrobé d'émotions pâles. Il retint un soupir qui aurait pu être mal interprété et tout en quittant la cuisine, il se contenta d'espérer que la famille connaîtrait une période de sursis. Alors, même Anne profiterait de la situation, car l'air redeviendrait respirable et on n'entendrait plus de lamentations à tout propos.

Habituellement, lorsque Blanche se sentait investie d'une mission, elle n'était jamais malade.

Ce fut à l'instant où il referma la porte de son bureau sur lui que l'ennui de Charlotte l'enveloppa d'un vif regret. La vivacité et la spontanéité de son aînée manquaient à toute la maisonnée.

Brusquement, il comprenait à quel point l'absence de Charlotte se faisait cruellement ressentir.

Chapitre 4

Peut-on parler d'amour ?

Une semaine pour engager des discussions avec le principal de l'école des beaux-arts.

— Comme vous pouvez le constater, ma fille a sûrement un certain talent pour faire de si jolis dessins !

Une autre semaine pour le convaincre qu'Émilie n'arriverait jamais à suivre les cours sur place.

— Comme j'essaie de vous l'expliquer, ma fille est plutôt fragile, côté santé. Doit-on pour autant sacrifier son talent ?

Une troisième semaine pour se convaincre elle-même qu'un bon étudiant pourrait probablement faire l'affaire à défaut d'un grand maître. Et quelques autres pour analyser les pour et les contre, soupeser les avantages, éliminer les inconvénients, étudier la liste des candidats potentiels remise par le directeur, faire quelques appels, préparer une kyrielle de questions à poser lors des entrevues…

Étourdis, Émilie et Raymond assistaient aux démarches de Blanche qui se faisait un plaisir de leur détailler ses journées, le soir, au souper, autour de la table.

— Ouf ! Quelle aventure ! J'espère que j'ai pensé à tout !

Blanche était rose de plaisir. Toujours bien mise lorsqu'elle ne couvait aucune maladie ni ne souffrait d'aucun mal sournois, ce soir, Blanche avait les cheveux en bataille et Raymond remarqua qu'elle s'était habillée à la va-vite, oubliant momentanément les sacro-saintes règles de l'agencement des couleurs auxquelles elle dérogeait si rarement. Une vieille jupe brune s'accommodait tant bien que mal d'un chandail verdâtre. Devant elle, Blanche avait étalé les nombreuses feuilles de renseignements, couvertes de son écriture fine puisqu'elle les avait lues et relues, annotées, raturées… Raymond la trouva jolie. Lui qui espérait un sursis quand Blanche avait décrété qu'elle verrait elle-même à la carrière d'Émilie voyait ses attentes comblées au-delà de ses espérances. La famille Deblois au grand complet semblait baigner dans un joyeux mélange de fébrilité. Blanche était partout, voyait à tout, s'intéressait à la moindre discussion. Elle trouvait même moyen d'inclure la petite Anne dans ses recherches, lui confiant tâches faciles et menues responsabilités.

En un mot, Blanche ne ressemblait plus à Blanche.

À cette pensée, l'enthousiasme de Raymond baissa d'un cran. Comment Charlotte appelait-elle cela encore quand elle était toute petite? Un mot qui qualifiait sa mère certains jours de bonne humeur. Un mot qu'elle avait de la difficulté à prononcer…

Effervescence…

Raymond fronça les sourcils. C'était du pur Charlotte que d'employer ce mot pour qualifier quelqu'un, mais au demeurant, il était fort bien choisi: Blanche pétillait effectivement comme du 7 UP. Mais anciennement, lorsque Blanche affichait une si bonne humeur et déployait une énergie qui semblait inépuisable, c'était qu'elle tirait cette vigueur du fond d'une bouteille.

Se pourrait-il que Blanche ait recommencé à boire?

Raymond fixa sa femme intensément qui, à des lieux de l'examen qu'elle subissait à son insu, détaillait, au profit d'Émilie, les qualités respectives des différents noms qu'on lui avait suggérés. Non, c'était impossible, Blanche ne pouvait plus boire. Il écumait régulièrement la maison à la recherche des bouteilles maudites, et ce, depuis des années. En fait, depuis que Blanche avait cru trouver la solution miracle pour calmer Anne qui n'était alors qu'un bébé plutôt difficile et agité. Elle lui faisait avaler quelques gorgées de brandy pour l'amener à dormir et en profitait pour en faire autant. À ce souvenir, Raymond ferma les yeux. Cela avait été la pire période qu'il lui ait été donné de vivre... Blanche avait alors connu une longue dépression d'où elle n'était sortie que des mois plus tard, fragile, démunie comme une enfant. L'hospitalisation, le sevrage d'alcool et les soins reçus semblaient l'avoir complètement brisée. Raymond avait alors assisté à la reconstruction de Blanche, c'était le seul mot qui lui venait à l'esprit quand il repensait à ces longues semaines où d'un détail à un autre, d'une journée difficile à une autre plus calme, d'un souvenir pénible à un événement agréable, Blanche avait réussi à se rebâtir des souvenirs et une image d'elle-même valable. Et pour cela, Raymond lui vouait un grand respect. Mais c'était aussi depuis ce temps qu'il fouillait systématiquement la maison, chaque mois ou peu s'en fallait, à la recherche de bouteilles d'alcool. Il ne voulait pas d'une autre descente aux enfers. Heureusement, il n'avait jamais rien trouvé. Alors...

Il reporta les yeux sur Blanche. Il est vrai aussi que sa femme avait toujours été radieuse lorsqu'elle se sentait indispensable. Quelle mère ne le serait pas? Il revit alors l'époque où Blanche avait décidé de montrer à lire à Charlotte puis, l'année suivante, quand elle lui avait enseigné l'art du travail bien fait, la persévérance en tout et le désir d'être la meilleure. Certains avaient pu dire qu'elle exagérait. Mais le temps lui avait donné raison. Charlotte était aujourd'hui une jeune femme brillante et vive, et sûrement que Blanche y était pour quelque chose.

— As-tu remarqué, Raymond? La neige est presque toute

fondue dans la cour. On voit déjà les plates-bandes. J'ai hâte que les crocus pointent leurs premières feuilles !

Raymond sursauta, hésita une seconde, le temps de revenir parmi les siens, puis il répondit au sourire de Blanche qui venait de parler d'une voix ravie.

— Non, je n'avais pas remarqué...

Il se leva de table pour la rejoindre devant la fenêtre.

— Tu as raison ! La neige a fondu rapidement. On dirait bien que le printemps est en route. Et cette fois-ci c'est pour de bon !

— Il était temps !

Blanche avait toujours adoré le printemps. L'éternelle frileuse qui sommeillait en elle passait l'hiver à se languir d'un peu de chaleur. Le retour des beaux jours combiné avec la croisade qu'elle menait étaient bien suffisants pour rendre Blanche effervescente. Pourquoi toujours chercher ailleurs, pourquoi toujours s'inquiéter ? L'instinct lui souffla qu'il était normal de s'inquiéter devant Blanche, mais une pensée pour le regard serein d'Émilie remit cet instinct en état de latence. Depuis qu'elle avait quitté l'école, Émilie aussi était radieuse. Raymond avait l'impression que sa fille, fragile bouton de rose, tout comme les fleurs qui n'allaient plus tarder, était en train d'éclore tout doucement et que ses pétales se déployaient lentement, l'un après l'autre. Il la sentait plus calme, plus disponible, et les crampes étaient moins vives. Encore une fois, Blanche n'avait-elle pas eu raison ? Avec un élan du cœur qu'il n'avait pas ressenti depuis longtemps, Raymond entoura les épaules de Blanche d'un bras protecteur et durant quelques instants, ils parlèrent joyeusement des fleurs qui n'allaient plus tarder.

Quand il quitta la maison, le lendemain matin, Raymond était détendu comme il y avait fort longtemps qu'il ne l'avait été. Même l'absence de Charlotte était moins lourde à porter.

N'avait-elle pas écrit dans une lettre reçue la semaine dernière que l'ami dont elle leur avait parlé venait de lui présenter sa famille et qu'elle avait été très bien accueillie ?

« …et ils sont charmants. Je me suis tout de suite sentie à l'aise chez eux. Andrew est si gentil ! »

Ces quelques phrases qui l'avaient agacé à la lecture de la lettre, puisqu'il ne pouvait juger par lui-même, apparaissaient ce matin comme un heureux présage. Et la confirmation qu'il avait eu raison de permettre à sa fille de s'enrôler dans l'armée. Malgré la guerre, malgré l'éloignement. Le fait que Charlotte s'était trouvé un nouvel ami aussi vite était la preuve la plus éloquente qu'elle n'était pas amoureuse de Marc même si elle avait voulu se marier avec lui.

Raymond sifflota tout au long des rues qui le menaient à son bureau. Il réussit à garer sa voiture à quelques pas seulement de l'édifice qui abritait son étude. Il faisait un temps splendide et déjà, malgré l'heure matinale, le soleil était tiède à travers l'épaisseur du manteau. Blanche avait raison d'espérer voir poindre les crocus. Avec une telle température, la nature n'allait plus tarder à sortir de sa torpeur hivernale. Tant mieux. Raymond non plus n'appréciait pas particulièrement la neige et les bourrasques.

En s'installant à son bureau, il eut une seconde pensée pour Marc. Il trouvait dommage que le jeune homme ait décliné son offre de travailler avec lui. Pourtant, les deux hommes s'entendaient bien et Marc ayant terminé sa cléricature le printemps dernier, ils auraient pu former une belle équipe. Même s'il pouvait comprendre la raison qui avait poussé Marc à refuser, Raymond regrettait leurs discussions. Il se demanda si Charlotte lui avait écrit, si elle avait eu l'honnêteté de lui dire qu'il y avait peut-être quelqu'un d'autre dans sa vie. Avec Charlotte, on pouvait s'attendre à tout et à n'importe quoi. Elle était une impulsive qui se fiait à ses émotions pour agir. Il soupira, le temps de se dire qu'une telle attitude pouvait avoir ses côtés négatifs, puis se pencha sur le dossier qui l'occupait depuis plus d'une semaine. La succession des Lamoureux était un vrai casse-tête et dans l'instant, il oublia tout ce qui ne se rapportait pas à ce fichu dossier.

Mais si Raymond avait su à quel point Marc avait regretté sa décision de ne pas donner suite à sa proposition, probablement qu'il n'aurait pas hésité et l'aurait appelé sans tarder.

Car si Marc avait répondu négativement à son appel, c'était uniquement sur un coup de tête.

Le départ de Charlotte l'avait blessé autant dans son orgueil que dans ses sentiments. Après avoir accepté sa demande en mariage, Charlotte était revenue sur sa parole, lui demandant un plus long moment de réflexion, un peu de temps pour voir clair en elle. Et quelques jours plus tard, elle était déjà partie sans même le revoir ou l'appeler à la dernière minute pour un ultime bonjour. Le surlendemain, Marc avait communiqué avec Raymond pour décliner l'offre de travailler avec lui dans son étude. Il avait utilisé les mêmes arguments que Charlotte pour justifier sa position: il avait besoin de temps pour réfléchir, ne sachant trop si c'était une bonne chose de mêler amitié et affaires. Depuis, il n'avait donné aucun signe de vie à la famille Deblois, pas plus que Charlotte ne lui avait écrit. À peine quelques mots à l'époque des fêtes, vagues et impersonnels à l'exception d'une toute petite phrase qu'il avait souvent relue. «La vie fait en sorte que je pense à toi tous les jours.» Suivaient les bons vœux d'usage pour lui comme pour sa famille. Depuis, plus rien. Pour une femme qui disait penser à lui, Charlotte était plutôt silencieuse. Et Marc trouvait la chose un peu surprenante. Que voulait-elle dire, au juste? Ce n'était pas dans la nature de Charlotte d'écrire qu'elle pensait à lui si ce n'était pas vrai. Alors pourquoi ce silence qui perdurait? Marc avait longuement soupesé la question et en était venu à la conclusion que si Charlotte n'écrivait pas, c'était qu'elle manquait de temps. Comme il n'était pas homme à se pencher longuement sur ses émotions, l'explication lui avait parfaitement convenu. De toute façon, agissait-il mieux qu'elle? Marc savait fort bien que s'il maintenait une certaine distance entre la famille Deblois et lui, c'était par réflexe de négation devant une situation qui lui échappait beaucoup plus que par réelle indifférence.

C'est pourquoi, comme il n'avait jamais été question de rupture formelle entre Charlotte et lui, Marc décida enfin de se présenter à la porte des Deblois. S'il s'ennuyait de Charlotte, s'il ne comprenait pas vraiment son silence, les avis de Raymond lui manquaient tout autant. La grande expérience de ce dernier lui permettait de jeter un regard nouveau sur des procédures qu'il jugeait parfois fort complexes et fastidieuses. Et peut-être finirait-il par avoir des nouvelles fraîches qui lui permettraient de comprendre le silence persistant de Charlotte?

Il profita de ce que le temps était au beau fixe, justifiant ainsi une longue promenade, pour se diriger vers le quartier où habitait la famille Deblois. Et s'il ressentit une gêne certaine en soulevant le heurtoir, il eut la décence d'admettre que c'était beaucoup plus en raison du fait qu'il n'avait pas reçu de nouvelles de Charlotte que de visiter la famille de cette dernière. Il fut accueilli par le sourire de Blanche qui n'avait jamais caché la sympathie qu'elle ressentait à l'égard du jeune homme. Calme et réfléchi, un peu comme l'était Raymond, Marc lui inspirait confiance.

— Marc! Quelle belle surprise! Mais entre, voyons…

— Je ne voudrais pas déranger. Je… Je passais. Il fait si beau depuis quelques jours, j'en ai profité pour…

Blanche avait déjà ouvert toute grande la porte.

— De grâce, pas de manières avec moi et surtout pas d'excuses pour frapper chez nous. Je t'ai connu quand tu portais encore la couche, tu es donc ici chez toi. Allons, viens, suis-moi, nous sommes tous au salon. Je peux t'offrir un café ?

Sans attendre de réponse, Blanche filait déjà vers la cuisine dans un froufroutement de robe de chambre et de pantoufles. Le samedi, Blanche aimait bien prolonger l'heure du café jusqu'à midi.

Intimidé de ne pas avoir été annoncé, Marc resta un instant immobile dans l'embrasure de la porte puisque personne n'avait daigné lever la tête. Instinctivement son regard fut attiré vers la grande fenêtre du salon avant de glisser sur la banquette où Charlotte s'était installée pour l'attendre le soir du bal au printemps dernier. Ce soir-là, Marc avait osé avouer l'amour que lui inspirait Charlotte. Les longues minutes qui avaient suivi, alors qu'ils étaient blottis l'un contre l'autre cachés derrière un bosquet touffu du mont Royal, lui avaient donné lieu de croire que cet amour était partagé.

Mais tout cela, c'était hier, c'était si loin déjà.

L'image de Charlotte et lui, enlacés dans la nuit, le ramena douloureusement à l'éternelle question qui le taraudait depuis les fêtes : pourquoi Charlotte ne lui écrivait-elle pas ? Indifférence, manque de temps ou subtil message ? Ne dit-on pas que certains silences sont plus éloquents que les longs discours ? Marc poussa un soupir discret avant de reporter les yeux sur la pièce. De Raymond, on ne voyait qu'une paire de jambes croisées sous un journal largement déployé. Recroquevillée dans le canapé, enveloppée d'une couverture de laine rose, Émilie tenait une liasse de feuilles blanches dans une main et une tasse dans l'autre. Marc se sentit encore plus mal à l'aise, comprenant qu'il venait de s'immiscer dans l'intimité d'une famille qui n'était pas la sienne et où il n'avait pas été convié. La voix de Blanche, pétillante et haut perchée, fit sursauter tout le monde.

— Veux-tu bien me dire ce que tu fais planté là ? Entre, voyons ! Prends-toi un siège. Si je me rappelle bien, tu mets un peu de sucre dans ton café, n'est-ce pas ? Je suis chanceuse, il en restait quand je suis passée chez le marchand du coin. Tu ne trouves pas que c'est vraiment contraignant toutes ces restrictions ? Je déteste m'en remettre à des coupons pour m'approvisionner. Et que dire du café ! Mais trêve de lamentations ! Tiens, c'est pour toi.

Repliant la page de son journal, Raymond glissa un regard par-dessus la feuille. Un large sourire détendit aussitôt ses traits.

— Marc ! Quelle bonne surprise !

Quant à Émilie, dès qu'elle entendit le nom de Marc, elle repoussa les feuilles qu'elle lisait scrupuleusement à la demande de sa mère et levant la tête, elle offrit au jeune homme un splendide sourire. Pour elle aussi, Marc était un merveilleux souvenir d'enfance, les deux familles ayant longtemps vécu voisines l'une de l'autre. Gertrude, la mère de Marc, avait souvent remplacé Blanche quand celle-ci était clouée au lit par quelque migraine ou problème quelconque. Et quand Émilie allait chez Gertrude, il arrivait souvent que ses crampes abdominales soient moins fortes. Émilie n'avait jamais compris pourquoi, mais c'était bien suffisant pour voir en Marc un merveilleux souvenir dans une enfance surtout marquée par les douleurs et les expériences désagréables. Et contrairement à ses frères, Marc ne s'était jamais moqué d'elle parce qu'elle ne participait pas à leurs jeux violents, alors que Charlotte était souvent celle qui les proposait. Émilie était d'autant plus surprise et heureuse de le voir qu'elle ne comprenait toujours pas que sa sœur ait pu penser à s'enrôler alors qu'un si beau garçon était visiblement amoureux d'elle. Quelle mouche avait donc piqué Charlotte? Ils avaient plutôt l'air de bien s'entendre tous les deux. Mais du jour au lendemain, on avait cessé de voir Marc se pointer à la maison sous mille et un prétextes, Charlotte avait annoncé son départ et quelques jours plus tard, elle était partie comme une voleuse. Non, décidément, Émilie ne comprenait pas. Elle avait la vague impression que sa sœur avait fui quelque chose, et c'était assez déroutant puisque Charlotte était plutôt du genre à faire face aux situations. De toute façon, tout allait si bien dans la vie de Charlotte ! Que s'était-il donc passé ?

Ramenant les jambes devant elle, Émilie déposa les feuilles sur la table à café et tendit la main vers Marc.

— Je suis contente de te voir. Ça faisait un bon moment, non ? Viens t'asseoir et dis-moi ce que tu deviens. Ton nouvel emploi est-il à la hauteur de tes attentes ?

Émilie n'était peut-être pas de tempérament actif, mais par la force des choses, elle avait appris à écouter et savait mettre les gens à l'aise. S'installant près d'elle, Marc fit un signe de tête en direction de Raymond et un sourire pour remercier Blanche qui lui avait préparé un café. Aussitôt les deux jeunes gens se lancèrent dans une discussion animée portant sur un tas de choses avant d'en venir au projet d'Émilie.

— Ce n'est pas très facile de choisir. Nous avons effectivement rencontré quelques-uns des étudiants suggérés par le directeur, mais je ne suis pas plus avancée. Ils sont tous gentils. Quant à savoir celui qui est le plus compétent, je ne me sens pas à la hauteur pour en juger.

— Et si tu laissais ton instinct décider ?

— Mon instinct ? Je ne comprends pas.

Émilie était plutôt encline à laisser son corps décider pour elle.

Ou Blanche quand elle se sentait incapable de prendre une décision éclairée. Depuis qu'elle était toute petite, Émilie avait appris à mettre de côté ses envies, ses espoirs, ses attirances puisque souvent son état de santé ne permettait pas d'aller jusqu'au bout de ses projets et elle s'en remettait à sa mère pour faire les meilleurs choix à sa place. C'était moins décevant. Avec le temps, elle avait fini par s'y faire et ne pouvait concevoir que la vie puisse être différente. La proposition de Marc la déconcertait donc un peu. Pourtant, il semblait vraiment emballé par son projet et en parlait avec un enthousiasme indéniable. Mais de là à se laisser tenter par sa proposition, il y avait tout un monde. Se fier à son instinct ou à ses envies n'était, aux yeux d'Émilie, qu'un risque inutile de connaître une déception amère. Alors elle fit la moue, déchirée entre l'envie de se laisser aller à ses instincts, comme le disait Marc, et la peur perpétuelle de se tromper et par ce fait, de déranger tout le monde autour d'elle. Émilie n'avait pas vraiment confiance en la vie et encore moins en elle-même. C'était sans compter la patience angélique de Marc et l'amitié sincère qu'il ressentait pour Émilie. Il se souvenait trop bien de ses hésitations d'enfant et de ses regards tristes quand elle ne pouvait suivre le groupe des joyeux lurons qu'ils formaient, ses frères, Charlotte et lui, pour en rester là. À force d'arguments et de cajoleries, il parvint à dérider la jeune fille et même à lui faire admettre que malgré le risque de se tromper dans son choix, les conséquences n'auraient que peu d'importance.

— Dans le fond, qu'importe que tu choisisses l'un ou l'autre puisque tu ne sauras pas s'il est le meilleur !

— Ouais… Tu as bien raison. Mais quand même…

— Alors base ton choix sur les dessins que tu as vus de lui. Tous ces candidats doivent bien t'avoir montré quelque chose qu'ils ont fait, non ?

Sur ce, Blanche entra dans la discussion, approuvant ce que Marc venait de dire. Effectivement, on avait vu des dessins, des petits croquis, des aquarelles et même quelques tableaux à l'huile. On tenta donc de se les rappeler; on argumenta sur ce qu'on avait vu; on écarta certains candidats. Finalement, dans un éclat de rire, Émilie lança:

— Allons-y donc pour Marcel. Ses dessins sont tellement différents de ce que je fais que je devrais apprendre du nouveau avec lui. Et puis, avoua-t-elle en rougissant, c'est celui que je trouve le plus beau.

— Tiens donc!

— Marc! Youpi!

Anne venait d'entrer en trombe dans la pièce, interrompant la conversation. La petite fille se jeta au cou du jeune homme.

De sa chambre, elle avait cru reconnaître sa voix et pendant une fraction de seconde elle s'était dit que si Marc était là, c'était que Charlotte était revenue. Autre fraction de seconde, de déception cette fois, sur le seuil de la porte du salon, comprenant qu'il était seul, puis Anne avait foncé droit sur lui. Elle adorait l'ami de sa sœur qui savait fort bien grimper aux arbres et l'écouter quand elle avait quelque chose à raconter. Souvent les grandes personnes disent qu'elles n'ont pas le temps de s'occuper des enfants. Pas Marc. Il était toujours disponible et jamais il ne se moquait. La conversation sur le projet d'Émilie se termina donc avec Anne juchée sur les genoux de Marc.

Ce ne fut qu'au moment où il regagna le trottoir pour rentrer chez lui que Marc prit conscience que personne n'avait parlé de Charlotte. Le plaisir ressenti à discuter tout ce temps avec Émilie et sa mère disparut aussitôt.

Comment se faisait-il que personne n'avait parlé de Charlotte?

Brusquement, il lui semblait inconcevable qu'on n'ait même

pas mentionné son nom. On devait bien se douter que s'il était là, c'était en partie à cause d'elle, non ?

Il revint chez lui plus triste et perturbé que jamais. Non seulement n'avait-il pas eu de nouvelles de Charlotte mais en plus, un doute insistant venait de se greffer à son interrogation. Personne n'avait parlé de Charlotte parce qu'il y avait certaines choses que lui ignorait. C'était évident. Mais quoi ?

Marc s'endormit très tard ce soir-là après avoir écrit une longue lettre à Charlotte où il lui redisait l'amour qu'il ressentait toujours pour elle. Il avait employé des termes qui ne pouvaient la laisser indifférente et qui exigeaient une réponse. Si jamais le silence de Charlotte persistait malgré tout, Marc le verrait comme une rupture entre elle et lui. Comme une preuve de lâcheté, et l'estime qu'il ressentait à l'égard de la famille Deblois n'aurait plus de raison d'être. Alors, il couperait définitivement les ponts.

Émilie aussi avait ressenti le même malaise quand elle avait aperçu Marc. Pour elle, Marc et Charlotte ne faisaient qu'un et jusqu'à l'automne dernier, elle s'attendait beaucoup plus à une annonce de mariage qu'à une annonce de départ. À un point tel que les deux dernières lettres de sa sœur l'avaient laissée songeuse. Qui donc était ce jeune Andrew dont elle parlait avec enthousiasme ? Un bon ami comme Charlotte en avait eu parfois à l'époque de ses études au couvent ou au cours de sa jeunesse, ou bien quelqu'un qui avait pris beaucoup d'importance dans sa vie ? Et si c'était le cas, qu'avait donc représenté Marc pour elle ? Et lui, pourquoi était-il venu ce matin ? Pour leur annoncer que tout était fini entre Charlotte et lui, ce que visiblement il n'avait pas réussi à faire, ou tout simplement pour les saluer en passant comme il l'avait prétendu ?

Émilie soupira. Chose certaine, elle avait vivement pressenti que si elle parlait de Charlotte, tout le monde se retrouverait dans une espèce de zone grise mal définie. Tant mieux si la conversation sur ses projets de cours et l'arrivée bruyante d'Anne avaient permis de l'éviter. Émilie détestait tout ce qui créait des tensions, ayant confusément l'impression qu'elle en était toujours la cause.

La soirée était particulièrement favorable à la détente, une certaine douceur de l'air prédisposant à ne penser qu'à des choses agréables. Même si tout comme sa mère, Émilie était plutôt frileuse de nature, ce soir, elle avait entrouvert la fenêtre et la brise saturée d'une forte senteur de terre mouillée s'infiltrait jusqu'à elle. Cette odeur lourde, presque sensuelle, lui fit penser à Charlotte. Que devenait-elle vraiment? Y avait-il, en Angleterre, un printemps comme ici et Charlotte avait-elle le temps d'en profiter? Avait-elle le temps d'écrire, de rêver, elle qui parfois pouvait passer des heures à la fenêtre de sa chambre à ne rien faire d'autre que regarder, comme si elle s'imprégnait de l'ambiance qui l'entourait? Sur ce point, elles se ressemblaient toutes les deux: elles aimaient la solitude et trouvaient moyen d'arracher de ces instants de plénitude au tourbillon du quotidien. Chacune pour soi, chacune à sa façon. Émilie eut l'honnêteté de se dire que c'était plus facile pour elle que pour Charlotte si souvent sollicitée pour seconder leur mère. Et pour la première fois, Émilie regretta sa paresse. Si elle avait été plus disponible, Charlotte aurait eu plus de temps à elle pour rêver, pour écrire. Et elle écrivait si bien… Émilie pensa alors à l'histoire de Myriam. Charlotte l'avait-elle continuée? Et aurait-elle la chance de la lire un jour? Aurait-elle le courage d'avouer à Charlotte qu'elle avait violé son intimité et connaissait l'existence de Myriam? Émilie eut un long soupir frissonnant. Quand donc aurait-elle la force d'aller jusqu'au bout d'elle-même?

Oser, foncer, croire enfin qu'elle était capable de dépassement, pour la simple satisfaction d'avoir bâti quelque chose, au lieu de passer son temps à attendre après les autres, après une vie pleine qui ne viendrait peut-être jamais ? Comment se faisait-il qu'elle était si différente de sa sœur ? Le nom de Marcel lui traversa alors l'esprit. Marcel Filiatreault, étudiant de troisième année aux beaux-arts. Celui qui faisait des dessins tout en couleurs et en contrastes. Voilà une forme de dépassement à sa mesure. Un but à atteindre. Un jour, Émilie aussi arriverait à faire des toiles colorées, vives, plus vraies que vraies. Émilie n'avait qu'à le vouloir pour y arriver. Elle savait qu'elle avait du talent en dessin, le reste finirait bien par couler de source un jour. Pourquoi toujours chercher à être autre chose qu'elle-même ? Charlotte était Charlotte et Émilie ne ressemblerait toujours qu'à Émilie.

Elle s'endormit en pensant à Marcel et rêva de dessins tellement vrais qu'ils se mettaient à bouger les uns après les autres, au fur et à mesure qu'elle les dessinait, et cachée dans l'ombre derrière elle, Charlotte l'encourageait en répétant à l'infini qu'elle était capable d'y arriver…

* * *

Blanche contacta Marcel Filiatreault dès le lundi. On s'entendit pour commencer le mercredi suivant à raison de trois séances chaque semaine.

— Le matin à compter de huit heures. Les idées sont claires et la main est plus sûre.

Marcel semblait un homme déterminé. Blanche tenta d'y apporter quelque modulation.

— C'est que, voyez-vous, le matin, Émilie est plutôt lente à démarrer. Je ne sais trop si…

— C'est à prendre ou à laisser. De toute façon, c'est la seule disponibilité que j'ai dans un horaire plutôt chargé. De huit à dix heures, lundi, mercredi et jeudi.

La voix du jeune homme était froide et cassante. Blanche se sentit légèrement désemparée, elle qui avait toujours logé les artistes à l'enseigne de l'émotivité à fleur de peau. Marcel semblait être tout ce que l'on voulait sauf émotif.

— J'en parle à Émilie et je vous rappelle.

— Alors faites-le dès ce soir et rappelez-moi tout de suite après. Je veux me préparer pour mercredi.

C'en était trop. D'emblée, Blanche sut qu'elle n'aimerait pas ce jeune homme. Il était trop incisif. Elle décida aussitôt qu'il était probablement imbu de lui-même, arrogant et prétentieux pour oser lui tenir pareil discours alors qu'elle s'apprêtait à l'engager, donc à lui verser une confortable rétribution, ce qui aurait dû l'amener à être nettement plus conciliant, à défaut d'être poli. Le ton de Blanche, jusqu'à maintenant réservé parce qu'elle était décontenancée, changea du tout au tout et se fit à son tour froid et cassant.

— D'accord. Mais dites-vous bien qu'Émilie sera la seule juge pour déterminer la possibilité d'un cours ou d'un autre. Si nous optons pour cette formule, c'est justement parce que ma fille ne peut s'engager à être régulièrement présente aux cours des beaux-arts. Elle est de santé fragile et vous devrez en tenir compte. Comme vous le dites si bien, c'est à prendre ou à laisser.

Les hostilités étaient ouvertes. Blanche tenta de persuader Émilie que Marcel n'était peut-être pas le choix idéal, compte tenu du peu de disponibilité dont il semblait disposer. Peine perdue, le charme d'un sourire moqueur avait tracé la voie et pour une rare fois, Émilie tint son bout.

Marcel s'avéra être un professeur exigeant, s'attardant aux

détails, repoussant tout ce qui n'était pas à la hauteur de ses attentes, déchirant même de nombreuses feuilles dans de grands élans d'impatience. Et se surprenant elle-même, Émilie dut avouer qu'elle appréciait ces exigences, alors qu'on l'avait plutôt habituée à être complaisante à l'égard d'une certaine forme de paresse. Elle allait jusqu'à tolérer ces colères, disculpait Marcel face à Blanche qui rongeait son frein quand lui parvenaient des éclats de voix. Avec une patience infinie, Émilie reprenait les croquis qui ne satisfaisaient pas son maître, les travaillait, les peaufinait jusqu'à sentir ses mains endolories. Mais elle tenait bon. Au contact de Marcel, elle avait l'impression de sentir brûler en elle une flamme ardente qui lui donnait des ailes. Et plus question de se cacher derrière les malaises ou les douleurs, Marcel détestait les jérémiades.

— Et alors? Qui n'a pas mal au ventre, ou à la tête, ou ailleurs? Ça arrive tout le temps et à tout le monde d'avoir mal ici ou là et la vie continue. Vos croquis ne sont pas faits? Alors je m'en vais. Je n'ai pas de temps à perdre, moi. Quand le travail demandé sera fait, et bien fait, appelez-moi et je reviendrai. Mais en attendant…

Malheureuse, Émilie voyait Marcel quitter l'appentis transformé en atelier de la même façon qu'il y était entré: en coup de vent. Pourtant, Émilie n'inventait pas ses douleurs, elles étaient réelles et si les croquis n'étaient pas faits, c'était tout simplement le résultat d'une soirée particulièrement éprouvante où les coliques l'avaient presque empêchée de respirer. Que pouvait-elle y changer? Rien, sinon essayer de prévoir. Alors Émilie se mit à décortiquer tout ce qu'elle avalait à un point tel que même Blanche, farouche adepte de l'alimentation sélective, était découragée.

— De grâce, mange autre chose que des rôties au miel!

— J'adore les rôties au miel.

— Oh ! Ça je le sais… Mais ce n'est pas une raison pour te transformer en moineau. C'est bon pour les oiseaux, se nourrir aux miettes de pain.

— Tu l'as dit : j'ai un appétit de moineau justement.

— Mais tu le fais exprès ! Raymond, dis quelque chose.

— Ta mère a raison, Milie. Tu devrais manger mieux que ça, sinon tu vas finir par tomber malade.

— C'est justement parce que j'en ai assez d'être malade que je mange des rôties au miel. Avec ça, je n'ai jamais de crampes.

À ces mots, Blanche leva les bras au ciel, prenant Raymond à témoin.

— Mais qu'est-ce qu'on a fait au ciel pour avoir des filles aussi butées ?

Les filles faisant allusion à Charlotte et Émilie, bien sûr, Raymond l'avait fort bien compris, Anne étant encore trop jeune pour être qualifiée de butée. Habituellement, si la petite s'avérait difficile, Blanche disait plutôt qu'elle avait la tête dure ou la traitait d'insignifiante. Indifférente à la discussion, assise à l'autre bout de la table, Anne dégustait une pointe de tarte aux pommes. Raymond ne put s'empêcher de sourire en la voyant repêcher du bout du doigt toutes les miettes qui restaient au fond de son assiette. Ce n'était pas avec elle qu'ils auraient des problèmes de nutrition : Anne ressemblait à Charlotte sur ce point. Raymond sursauta. Blanche qui n'avait pas suivi sa réflexion venait de hausser le ton.

— Non mais vraiment ! Tu trouves ça drôle ?

Blanche fustigeait Raymond du regard. Ce dernier ravala son sourire.

— Non, pas du tout. C'est juste que… Laisse tomber.

Puis se tournant vers Émilie :

— Ta mère n'a pas tort en disant qu'il faut manger raisonnablement. Essaie de voir avec elle. Depuis le temps qu'elle s'occupe de toi, elle doit sûrement savoir ce qui te convient ou pas.

Émilie leva les yeux vers son père.

— Peut-être... Je vais voir. Chose certaine, je ne veux plus prendre de retard dans mon travail et je ne veux surtout pas manquer un cours.

À ces mots, Blanche ne put retenir la réplique qu'elle était en train de transformer en litanie depuis quelques semaines devant la nature vive et irritable du professeur de sa fille.

— Marcel est un vrai tyran.

Tournant les yeux vers Raymond, Blanche ajouta:

— Tu devrais l'entendre, Raymond. Sec, froid, cassant. Cet homme n'est vraiment pas fait pour notre fragile Émilie. Si elle...

— Pas du tout, l'interrompit Émilie avec précipitation, avant que sa mère n'en rajoute. Il est exigeant, c'est vrai. Mais il a raison de l'être. En quelques cours à peine, je vois une nette amélioration dans mon coup de crayon. Et comme il le dit: une fois le dessin fait et bien fait, la couleur, ça va tout seul.

Puis brusquement, alors que Blanche ouvrait la bouche pour répondre, les yeux d'Émilie s'emplirent de larmes.

— Non, s'il te plaît maman, ne dis plus rien. Pour une fois, n'interviens pas et essaie de me faire confiance. Je sens que j'ai raison en disant que Marcel est le professeur dont j'avais besoin.

Pendant qu'elle parlait, Émilie s'était levée de table. Elle fixa longuement sa mère avec une véritable supplication dans le regard. Puis, avant de quitter la pièce, elle répéta avec une curieuse intonation dans la voix, faite de crainte et de détermination entremêlées:

— Non, s'il te plaît, n'interviens pas. Pour une fois, ne te mêle pas de mes affaires. Et arrête de dire que je suis fragile, je le sais.

Pas besoin de me le rappeler à tout moment.

Blanche eut l'impression qu'Émilie demandait une permission tout en posant un ultimatum et que la décision de choisir entre les deux lui revenait. Elle opta pour la permission, c'était plus sécurisant.

— D'accord, Émilie. On va faire comme tu veux.

Déjà Émilie n'écoutait plus. En quittant la pièce, elle esquissa un imperceptible haussement d'épaules parce qu'elle, c'était l'ultimatum qu'elle avait choisi. Mais alors qu'elle commençait à monter l'escalier menant à sa chambre où elle espérait compléter ses croquis, la voix de Blanche, toujours sur sa lancée, la rejoignit :

— Ne t'inquiète pas, ma chérie. Je vais trouver une solution. Parce qu'il faut quand même que tu recommences à manger normalement.

À ces mots, les épaules d'Émilie s'affaissèrent.

Le lendemain, quand Émilie revint du parc La Fontaine où elle avait enfin réussi à faire des dessins qui la satisfaisaient, Blanche était au salon. De l'étage parvenait la voix d'Anne qui parlait à un invisible interlocuteur.

— Mon Dieu qu'elle m'énerve ! Insignifiante... C'est insignifiant de parler toute seule comme ça !

Blanche n'avait que murmuré, mais comme Émilie avait déjà un pied dans le salon, elle avait tout entendu. Elle fronçait les sourcils au moment où Blanche leva la tête.

— Tiens, tu es là ! Alors, cette séance de croquis ? Pas à ton goût ? On dirait que tu as ta face des mauvais jours...

Émilie haussa les épaules.

— Les croquis, ça va. C'est ce que tu as dit.

Blanche souleva les sourcils au-dessus d'un regard franchement surpris. Elle ne voyait vraiment pas où Émilie voulait en venir.

— Ce que j'ai dit? Mais qu'est-ce que j'ai dit? C'est hier soir, à cause de Marcel quand je l'ai traité de tyran?

Émilie ébaucha l'ombre d'un sourire.

— Non. Sur ce point, tu as raison: Marcel est un vrai tyran. Mais vois-tu, je trouve que c'est très bien comme ça. J'ai enfin trouvé quelqu'un qui me stimule… Non, c'est plutôt ce que tu disais quand je suis entrée. Anne t'énerve? Pourquoi?

À ces mots, Blanche éclata de rire.

— Ce n'est que ça! Ça ne t'agace pas, toi, de l'entendre parler toute seule? Moi, j'ai l'impression qu'il y a une folle dans la maison et ça me met hors de moi.

Émilie resta silencieuse un moment. L'attitude de sa mère la choquait et l'attristait en même temps. Comment pouvait-elle parler ainsi de sa petite fille? Quand elle se décida enfin à répondre, la voix d'Émilie était très douce.

— Non, ça ne m'agace pas d'entendre Anne parler toute seule. Au contraire, je trouve ça normal et je ne comprends pas que tu penses qu'elle est folle. Comment peux-tu dire ça? Anne n'est qu'un bébé encore. Elle va avoir six ans. Te rappelles-tu ce que c'est d'avoir six ans, maman? Six ans, c'est l'âge des jeux avec les amis, c'est l'âge de faire semblant, de s'inventer des histoires et d'y croire. Moi aussi, j'en avais des tas d'amis imaginaires. Parce que j'étais malade et que je ne pouvais pas jouer comme les autres. Alors, je me roulais en petite boule dans mon lit, je fermais les yeux et j'imaginais que j'étais en train de m'amuser avec des tas d'amis et je leur parlais dans ma tête pour passer le temps. Alors tu n'en as rien su. Pour Anne, c'est la même chose. Elle n'est pas malade, bien sûr, mais elle aime bouger. Comme Charlotte. Malheureusement, elle ne peut presque jamais aller jouer dehors parce tu as peur qu'elle attrape un coup de soleil ou la grippe ou qu'elle se salisse. Dans le fond, Anne n'a joué dehors qu'avec Charlotte et comme elle est partie… Anne n'a pas d'amis, alors elle passe le temps comme elle peut. Elle s'invente des amis et c'est normal. Six ans, c'est l'âge des amis. Alors laisse-la tranquille. Et de grâce, ne dis plus qu'elle t'énerve. Ce serait très malheureux si elle t'entendait. Elle a le droit de vivre, elle aussi, à la manière que vivent les petites filles de six ans.

Les mots sortaient de la bouche d'Émilie et elle était presque aussi surprise que Blanche de les entendre. Depuis combien de temps au juste rêvait-elle d'avoir le courage de les prononcer? Mais quand elle vit les yeux de sa mère se mettre à briller de larmes, elle les regretta aussitôt.

— Non, s'il te plaît, ne pleure pas. Je ne voulais pas te faire de peine.

Dans un élan du cœur, Émilie avait fait les quelques pas qui la séparaient de sa mère et était venue la rejoindre sur le canapé. D'un geste maternel, Émilie entoura les épaules de Blanche et se mit à la bercer lentement contre elle. Elle la sentait tendue. Alors Émilie lui frotta doucement le dos comme Blanche l'avait si souvent fait pour elle quand elle avait mal et, peu à peu, les sanglots cessèrent.

Ce ne fut qu'au moment où elle emprunta l'escalier pour monter à sa chambre qu'Émilie sentit à quel point elle était tendue, elle aussi. Un vilain frisson s'entêtait à agacer son dos, comme une lourdeur au creux des reins qui rendait la démarche difficile. Elle s'arrêta au beau milieu de l'escalier. Pourtant, elle n'avait aucun remords d'avoir parlé à sa mère comme elle l'avait fait. C'était important pour Anne et elle ne voyait pas en quoi sa demande était si difficile à accepter. Elle ne comprenait pas d'où venait la réaction démesurée de sa mère.

Jusqu'à maintenant, malgré les erreurs qu'elle avait pu commettre, Émilie avait toujours perçu Blanche comme une femme forte et c'était pour cela qu'elle lui avait confié sa vie. Avec Blanche, rien de fâcheux ne pouvait lui arriver. Elle savait toujours quoi faire et prenait les bonnes décisions. Depuis toujours, Émilie avait eu une confiance aveugle en elle.

Mais aujourd'hui, la tenant tout contre elle, consolant la détresse qu'elle avait involontairement causée, Émilie avait eu l'impression de bercer une enfant. Une enfant fragile, vulnérable, incapable de prendre soin d'elle toute seule.

Et cette tension qu'elle ressentait au creux de ses reins, Émilie avait la fulgurante impression que c'était de la peur.

La peur de s'être trompée depuis toujours...

Et quand elle arriva enfin sur le palier, au lieu de prendre à gauche pour rejoindre sa chambre, elle tourna à droite.

Subitement, Émilie avait l'urgente envie de serrer Anne tout contre elle. Et Émilie savait pertinemment que c'était à elle-même qu'elle ferait le plus plaisir.

Chapitre 5

La saison des regrets

Quand elle avait vu son bébé pour la première fois, l'idée qu'elle avait été profondément injuste avait effleuré l'esprit de Charlotte. Trop fatiguée pour approfondir cette première impression, elle s'était contentée de trouver sa fille fort jolie puis s'était endormie. Le lendemain, lorsqu'elle avait pu contempler le bébé tout à loisir, cette intuition s'était transformée en certitude et un long gémissement de douleur, de regret et de crainte face à l'avenir avait salué sa constatation.

Alicia, avec ses yeux immenses et son petit menton volontaire, ressemblait étrangement à Marc.

De quel droit Charlotte avait-elle décidé de tenir Marc à l'écart de cette réalité lourde de responsabilité et d'amour?

Brusquement, elle ne savait plus. Il ne restait en elle que l'intime conviction d'avoir été profondément injuste. Marc aimait beaucoup les enfants, il aurait adoré sa fille.

Ce jour-là, après avoir allaité Alicia, Charlotte l'avait gardée avec elle, la berçant tout doucement contre sa poitrine, remontant l'horloge du temps pour s'arrêter à l'époque de la naissance d'Anne qu'elle avait bercée tout comme elle le faisait maintenant. Une multitude d'émotions et de souvenirs l'avaient submergée et Charlotte avait longtemps pleuré. L'immensité de la solitude qui l'attendait lui faisait peur. Elle avait compris que malgré ses imperfections et ses lacunes, sa famille aurait été un refuge où elle aurait bien aimé se retrouver.

Et qui dit qu'elle n'aurait pas été heureuse avec Marc? Quelle folie, grands dieux, l'avait poussée à quitter Montréal, espérant retrouver Gabriel ? C'était insensé. Cela faisait maintenant si longtemps qu'il n'avait pas donné signe de vie. L'espoir qu'elle avait entretenu n'était finalement fondé que sur un merveilleux souvenir qui le resterait à jamais ; et si aujourd'hui Charlotte était si loin de chez elle, c'était la peur qui l'avait guidée et son imagination fertile qui lui avait suggéré qu'elle n'avait qu'à le vouloir pour retrouver Gabriel et donner un sens à sa vie. La vérité était tout autre. Si Gabriel avait tenu à elle, il aurait trouvé moyen de la contacter d'une façon ou d'une autre. Le monde était peut-être en guerre, la Terre n'avait pas cessé de tourner pour autant. Et si ses lettres à elle arrivaient à destination, celles que Gabriel aurait écrites en auraient fait tout autant. Si Charlotte n'avait rien reçu, c'était qu'il n'avait rien écrit. Voilà la vérité, il était temps qu'elle l'admette. De toute façon, Gabriel avait trouvé le temps d'écrire à ses amis, Charlotte aurait dû accepter dès lors qu'il ne s'intéresse plus à elle. Un post-scriptum au bas d'une carte postale ne veut rien dire.

Ajoutée à la fatigue engendrée par un travail très long et un accouchement difficile, la tristesse de Charlotte fut absolue. Elle serait seule jusqu'à la fin de sa vie. Qui voudrait d'une femme avec un enfant illégitime ? Car c'était là le cadeau qu'elle avait fait à sa fille : si l'on appelait les choses par leur nom, Alicia était une enfant illégitime au lieu d'être une petite Lavoie, comme Marc.

Et à Montréal, les enfants illégitimes n'avaient pas leur place.

De toute façon, comment pouvait-elle oser espérer revenir chez elle un jour avec une enfant qui ressemblait autant à son père ?

Six jours plus tard, Charlotte en était toujours au même point. Elle regrettait amèrement les erreurs qu'elle avait accumulées les unes sur les autres mais désormais, elle n'aurait plus le choix. Il lui faudrait s'enfoncer encore un peu plus dans les mensonges afin de préserver l'avenir de sa fille.

Heureusement, à travers toutes ses déceptions et les craintes qu'elle entretenait face à l'avenir, Charlotte avait trouvé une excellente famille pour s'occuper d'Alicia le jour où elle devrait reprendre du service.

Elle avait connu les Winslow à l'époque des fêtes. Cultivateurs maraîchers, c'étaient eux qui avaient reçu l'ordre d'approvisionner l'armée canadienne en denrées fraîches, lesquelles se résumaient, en ce temps de l'année, à des pommes de terre qui commençaient à bourgeonner, quelques légumes racines qui sentaient de plus en plus l'humidité et de rares pommes qui avaient connu des jours meilleurs. C'étaient eux aussi qui leur fournissaient les cynorrhodons, petits fruits rouges produits par les rosiers qui poussaient en abondance en Angleterre. Une fois broyés et infusés, les cynorrhodons donnaient une tisane odorante et agréable au goût mais surtout très riche en vitamine C, ce qui palliait le manque de fruits citrins que le pays n'arrivait plus à importer depuis le début de la guerre. Grâce aux rosiers, les Anglais ne risquaient pas d'avoir le scorbut, terrible maladie qui avait déjà, en d'autres temps, décimé les rangs de leur marine. C'est ainsi que souvent, le matin quand elle se dirigeait vers son service, Charlotte avait croisé la vieille guimbarde de monsieur et madame Winslow. Ils s'étaient salués d'abord d'un signe de la tête, puis de la main. Un bon matin, madame Winslow était sortie de sa voiture pour engager la conversation, même si l'anglais de Charlotte était un peu primaire, portant essentiellement sur les choses du quotidien, les termes militaires et surtout sur le vocabulaire médical. N'empêche que le gros ventre de Charlotte intriguait madame Winslow et lui rappelait de si beaux souvenirs. Elle-même n'avait pas été choyée par la vie : elle n'avait eu qu'un fils, aujourd'hui adulte et pilote dans la Royal Air Force. Peut-être Charlotte le connaissait-elle? Il s'appelait Andrew. Malheureusement, Charlotte n'avait pas ce plaisir, mais le nom sonnait bien à ses oreilles et ce fut ainsi qu'il apparut dans la lettre suivante où elle annonçait à ses parents que l'ami dont elle leur avait parlé s'appelait Andrew et que sa famille l'avait bien accueillie. Charlotte n'aurait pu si bien dire, cette famille allait en effet l'accueillir à bras ouverts, elle et le petit bébé à naître. Mary-Jane Winslow était aux anges et Charlotte, rassurée.

Et voilà que depuis six jours, elle occupait une chambre sous les combles d'une vieille demeure au toit de chaume. L'air embaumait les premières fleurs des rosiers sauvages qui foisonnaient à leur guise autour de la maison et les plants de lavande étaient déjà en boutons. Si cela n'avait été de la crainte constante que Mary-Jane entretenait pour son fils, Charlotte aurait pu oublier la guerre, oublier surtout que dans dix-sept jours elle devrait abandonner sa fille aux soins des Winslow. Même si la caporale Langlois s'était avérée une présence efficace et presque amicale lors de l'accouchement, le règlement restait le règlement et dans un peu plus de deux semaines, Charlotte avait l'ordre de se présenter au poste. Seul allégement au programme: les Winslow habitant à proximité du campement, Charlotte aurait la permission de quitter tous les soirs pour continuer de nourrir elle-même le bébé au moins une fois par jour. Même si cet arrangement n'était pas parfait, Charlotte admettait que la situation aurait pu être pire. Savoir qu'elle borderait Alicia pour la nuit mettait un baume à la tristesse qu'elle ressentait de devoir la confier à d'autres. Même si ces autres étaient très gentils, Andrew y compris, Charlotte l'ayant rencontré maintenant à quelques reprises.

Ne restait plus qu'à prévenir chez elle, le temps se faisant un redoutable adversaire. Charlotte allait donc s'inventer un mariage et de ce fait, trouver un père à Alicia. Malheureusement, elle prévoyait déjà que ce père n'allait pas survivre à la guerre. Ainsi, le jour où elle pourrait peut-être rentrer chez elle, elle serait veuve et Alicia, orpheline. Charlotte souhaitait seulement de toutes ses forces que la ressemblance aujourd'hui aussi marquée finirait par s'atténuer avec le temps et que sa fille ne serait pas trop grande. En effet, Charlotte n'aurait pas le choix de jouer sur l'âge de sa fille, retranchant de dix à onze mois au moins de la réalité.

Et cette fois-ci, elle allait aussi écrire à Marc. Elle n'avait que trop tardé. Ainsi, elle pourrait peut-être rendre un semblant de justice à l'égard du jeune homme en lui redonnant sa liberté. C'était imparfait, malhabile et combien loin de la vérité, mais Charlotte se devait de prévoir pour l'avenir d'Alicia. La jeune femme était bien placée pour le savoir : on ne peut jamais vraiment prédire ce que la vie nous réserve et elle n'avait pas le choix de faire ce qu'elle faisait. Cependant, Charlotte n'était pas à l'aise avec cette kyrielle de mensonges qu'elle inventait pour sa famille et que maintenant, elle servait tout aussi effrontément à Marc. Seul le prénom d'Andrew arrivait à la faire sourire et permettait de raccrocher la fiction à un semblant de vérité. C'était sécurisant, car elle se disait qu'il lui serait ainsi plus facile de parler de la famille de son mari si un jour le besoin s'en faisait sentir. Comme cela, elle n'aurait aucune difficulté à parler des Winslow avec chaleur et tendresse puisqu'elle ressentait une véritable affection pour eux. Le risque de s'empêtrer dans ses mensonges était moins grand.

Présentement, et pour la vie entière, seule Alicia méritait une sincérité sans faille. Jamais Charlotte ne lui mentirait. Alicia était l'être sur terre qui avait le plus d'importance à ses yeux et elle l'aimait au-delà de ce qu'elle avait pu imaginer. Charlotte comprenait maintenant que l'on puisse avoir envie de donner sa vie pour quelqu'un. Pour Alicia, elle prendrait le temps nécessaire pour faire son deuil de Gabriel. Ensuite, elle verrait à leur bâtir une belle et bonne vie. Charlotte voulait tellement être une bonne mère, à l'écoute et présente aux besoins de ce petit bout de femme qui n'avait rien demandé, surtout pas à naître dans des conditions aussi difficiles. Aujourd'hui elle était là et elle avait tous les droits. Elle avait surtout besoin d'amour.

Mais la sincérité de Charlotte à vouloir oublier les hommes qui avaient croisé sa route pour se donner tout entière à Alicia n'avait d'égal que l'ambiguïté des émotions qui la secouaient. Un matin, tout allait bien, le lendemain, Charlotte ne se reconnaissait plus. Elle était déprimée, maussade et rêvait de se retrouver seule avec Alicia au bout du monde. Elle se réfugiait alors au jardin avec sa fille et pouvait passer des heures à la bercer tout contre elle, persuadée que la vie n'aurait plus jamais rien de bon à lui offrir. Toutes ses émotions s'étaient installées à fleur de peau. Elle qui détestait qu'on la voie pleurer éclatait en sanglots pour des peccadilles. Mary-Jane Winslow laissait alors passer le plus gros du chagrin, puis elle venait s'installer tout près d'elle. Elle se rappelait très bien à quel point elle avait pleuré après la naissance d'Andrew. Même si elle était heureuse, même si elle aimait son petit garçon plus que tout. Et comme la barrière du langage dressait son invisible rempart entre elles, Mary-Jane se contentait d'entourer les épaules de Charlotte et caressait doucement la tête d'Alicia. La chaleur maternelle de Mary-Jane rejoignait alors Charlotte et lentement, le chagrin la quittait. Elle aussi serait une mère de tendresse et de gestes d'affection, elle en avait tant manqué. Charlotte se disait que malgré tout, Alicia était chanceuse d'avoir une Mary-Jane pour s'occuper d'elle et brusquement les nuages noirs filaient au loin jusqu'au prochain chagrin, engendré par Charlotte l'imaginative qui ne pouvait s'empêcher de rêver à un scénario où Gabriel la retrouvait et où ensemble, tous les trois, ils se bâtissaient une vie à leur image. Gabriel peignait, Charlotte écrivait et à leurs pieds, bébé Alicia jouait. À ces moments-là, Marc n'avait que peu d'importance à ses yeux…

À son insu, le rêve de Charlotte n'était pas très loin de la vérité…

Gabriel venait enfin d'arriver à Montréal.

Quand il descendit du train à la gare Windsor, les larmes lui montèrent aux yeux. Enfin, il était de retour. Il poussa un profond soupir de soulagement. Il ne croyait plus que ce moment arriverait tant les mois passés avaient été pénibles.

En effet, les dernières années avaient été un enfer de feu et de déception.

Le bateau qui l'emportait vers l'Europe avait à peine levé les amarres que déjà il comprenait que l'ennui de Charlotte ne le quitterait pas. Bien sûr, il était fier que ses toiles aient été remarquées, il ressentait une excitation indéniable à la perspective de se joindre à une école française, mais il savait aussi que l'exaltation ressentie resterait teintée d'une nostalgie qu'il n'avait aucune difficulté à identifier. Charlotte allait terriblement lui manquer.

Quand il avait débarqué en Angleterre, il ne savait plus ce qu'il devait faire. Pendant quelques jours, il avait même hésité à se rendre à Paris. Les gens rencontrés avaient tous cherché à l'en dissuader. Le continent était mis à feu et à sang, il allait commettre une erreur. Gabriel trépignait d'indécision. Il comprenait fort bien ce que l'on essayait de lui dire, mais comment pourrait-il repartir sans regrets alors qu'il était si près du but ? Le hasard lui avait fait rencontrer de jeunes Français qui partageaient un pot dans un pub. On lui avait offert une place sur un petit bateau qui quittait le lendemain pour le nord de la France et il avait accepté, voyant dans cette rencontre un signe du destin. Il ne resterait à Paris que quelques semaines et après, il rentrerait chez lui.

C'est pourquoi, dès qu'il était arrivé à l'atelier dirigé par Bonnard, il avait écrit à Charlotte que son séjour serait bref. Il espérait du fond du cœur que sa lettre arriverait à destination, car les Allemands étaient partout, les alertes quotidiennes, la nourriture rationnée. Et le temps avait passé. Malgré des intentions sincères de retourner rapidement au Canada, l'atmosphère qui régnait à Paris avait aiguisé sa sensibilité d'artiste, lui faisant réaliser quelques œuvres d'une grande valeur. Gabriel avait reporté son départ de quelques semaines et il avait écrit une longue lettre à Charlotte où il tentait de lui expliquer ce qu'il vivait. Puis un après-midi, alors qu'il était retourné à l'atelier avec ses compagnons, après avoir fait quelques croquis près de la Seine, ils avaient trouvé l'endroit saccagé. Les Allemands étaient passés. Des quelques cartes postales qu'il avait achetées pour les envoyer à Montréal, Gabriel n'en avait retrouvé qu'une, celle adressée à son ancien domicile. Il avait ajouté un post-scriptum à l'intention de Charlotte. Elle comprendrait qu'il l'aimait toujours. Puis il s'était joint à ses copains français qui, la rage au cœur, avaient décidé de se joindre à la Résistance. Il était temps de faire quelque chose, ils n'en pouvaient plus de voir leur pays se faire détruire. Ils n'en pouvaient plus de vivre sous un régime de terreur. Ils avaient rejoint les combattants qui se terraient dans l'arrière-pays.

Mais après avoir vu disparaître et mourir quelques amis, Gabriel avait compris que ce combat n'était pas le sien. Tout ce qu'il voulait, c'était rentrer chez lui, retrouver Charlotte et son atelier. Il s'était décidé à faire route seul, vers le sud, où les combats étaient alors moins soutenus. Peut-être reviendrait-il un jour en France, mais ce serait en temps de paix et avec Charlotte à son bras. Il y pensait tous les soirs avant de s'endormir, parfois à l'abri d'un fossé, parfois caché dans une étable abandonnée.

Lentement, il avait réussi à aller en Provence, s'était dirigé vers l'ouest, avait traversé en Espagne puis de là, avait gagné le Portugal. Après des jours de recherche, Gabriel avait fini par dénicher un bateau de pêcheurs qui projetaient d'aller lancer leurs filets au large de Terre-Neuve. Il avait passé la traversée à scruter l'horizon dans l'espoir d'apercevoir un chalutier canadien. Heureusement, la chance avait été de son côté. Il avait changé de bateau au large des eaux internationales, près des îles Saint-Pierre-et-Miquelon. Puis il avait rejoint les Îles-de-la-Madeleine, la Gaspésie et enfin Montréal. Les étapes avaient été longues. Il avait dû mendier, s'arrêter le temps de faire quelques dessins pour les vendre, s'engager comme manœuvre pour les récoltes, pour de menus travaux.

Il arriva enfin à Montréal au printemps 1943. Cela faisait presque trois ans, jour pour jour, qu'il était parti.

Il retrouva l'atelier comme il l'avait laissé, ses amis de toujours lui firent la fête. Après un si long silence de sa part, ils s'attendaient au pire. Les retrouvailles furent bruyantes et joyeuses jusqu'au moment où le regard de Gabriel croisa celui d'une jeune femme drapée de rouge. Un ancien tableau de Charlotte qu'il avait peint avant de partir. Gabriel éclata alors en sanglots. La tension des dernières années combinée à l'ennui de Charlotte qui venait de renaître avec une vivacité fulgurante trouvaient enfin un exutoire pour s'exprimer. Il pleura jusqu'au sommeil. Quand il s'éveilla le lendemain, il avait la tête lourde mais le cœur en paix.

Dans quelques heures, il tiendrait Charlotte dans ses bras. Il espérait seulement qu'elle l'avait attendu.

Le fait d'apprendre que certaines lettres ne s'étaient jamais rendues mais encore plus, le fait que Charlotte n'était jamais venue à l'atelier pendant son absence lui faisait peur.

Aurait-elle rencontré quelque jeune homme, au gré de ses activités, de ses études, dans les bras de qui elle aurait choisi de poursuivre sa route?

Cette perspective le fit frissonner. Pourtant, il n'aurait qu'à s'incliner. Qu'avait-il à lui offrir sinon une vie incertaine faite d'une passion sincère mais d'un quotidien difficile?

Aujourd'hui, Gabriel ressentait leur différence d'âge comme un obstacle infranchissable.

Tout au long de la journée, il promena sa peur et son espoir. Il refit la route qu'ils avaient si souvent empruntée ensemble. Il arpenta le parc La Fontaine le cœur palpitant, scrutant les gens comme jamais. Il tenta de faire quelques croquis, mais le cœur n'y était pas. Il replia bagage, reprit le chemin de l'atelier, s'arrêtant souvent, se retournant, examinant la foule.

Ce soir-là, il se coucha en se répétant le nom de la rue où Charlotte habitait. Il ne connaissait pas l'adresse, il se fierait donc uniquement à son instinct. Il arpenterait la rue et attendrait. Il finirait bien par l'apercevoir…

* * *

Gabriel se leva à l'aube, incapable de dormir.

C'était un matin où Raymond décida de partir très tôt pour le travail. Il avait promis à Anne de l'emmener jouer au parc dans l'après-midi, alors il voulait avoir terminé son ouvrage avant le dîner.

Cela faisait maintenant des années qu'il avait appris à apprécier la ville au petit jour. L'air était pur et le silence pétillant de chants d'oiseaux lui plaisait. Une fois la cité éveillée, on n'entendait plus les oiseaux...

Déjà concentré sur le dossier qui l'attendait, il ne vit pas tout de suite l'homme qui arpentait le trottoir de l'autre côté de la rue, presque en face de chez lui. Ce fut au moment où il leva la tête qu'il aperçut un homme qui semblait examiner les demeures de sa rue avec beaucoup d'attention. Raymond fronça les sourcils au même moment que Gabriel. Cherchant dans sa mémoire, ce dernier comprit que l'homme aux cheveux grisonnants et à la moustache tombante répondait bien à la description que Charlotte en avait faite. Probablement se trouvait-il face à Raymond Deblois, son père.

Cependant, il n'osait pas faire les quelques pas qui les séparaient. Comment dit-on à un homme à peine plus âgé que soi qu'on est amoureux de sa fille ?

Pendant un court moment, les deux hommes se regardèrent et Raymond eut l'impression que le temps s'arrêtait. Oh ! À peine un instant, tout juste le passage d'une intuition. Qui donc était cet homme qui le fixait ? Le connaissait-il ? Raymond hésita, fit un pas vers la rue, s'arrêta. À cet instant l'inconnu se détourna et regagna le coin de la rue. Alors Raymond plongea la main dans une de ses poches, attrapa ses clés et déverrouilla la portière de la voiture. L'homme aux cheveux longs et à l'allure légèrement débraillée devait être un vagabond qui espérait peut-être quelque menue monnaie. Quand il s'engagea en marche arrière pour sortir de l'entrée, Raymond ne pensait plus qu'au dossier qui l'attendait sur un coin de son bureau. Qu'il ait fini ou pas, à midi, il quitterait son étude.

Quand Gabriel perdit l'automobile de vue, il regretta

amèrement de ne pas avoir traversé la rue pour se présenter. Cet homme était-il seulement le père de Charlotte ? À cause de son manque de courage, Gabriel n'était guère plus avancé qu'au moment où il était arrivé sur cette rue. Il fit donc demi-tour pour revenir sur ses pas et recommença à se promener nonchalamment le long de la rue qui était de plus en plus animée. Des gens sortaient de chez eux, d'autres arrivaient de l'intersection alors que certains se contentaient de humer l'air sur le pas de leur porte avant de retourner à l'intérieur. Gabriel apprécia tout ce mouvement autour de lui. Ainsi, perdu dans l'activité de la rue, son manège ne devrait pas trop attirer l'attention, et il éviterait peut-être la visite de quelque policier bien intentionné.

Ce fut quelques heures plus tard qu'il comprit que la maison qui l'attirait était bien celle de Charlotte et que l'homme aperçu à l'aube était son père quand il vit, devisant joyeusement, deux femmes et une petite fille quitter la demeure. Il s'agissait de la famille de Charlotte, il n'y avait pas de doute possible. Il reconnut aussitôt Blanche à la description que Charlotte en avait faite : très grande, très maigre, très belle, avec une lourde chevelure rousse, qu'elle portait parfois attachée, comme ce matin. Quant à Émilie, elle était tout simplement superbe. Charlotte n'en avait pas donné une description surfaite. Mais si la perfection des traits de la jeune fille attirait l'artiste en lui et lui donnait envie de prendre le crayon, l'homme restait plutôt froid devant elle. Charlotte, avec sa beauté saine et robuste, était à ses yeux beaucoup plus attirante, beaucoup plus femme.

Son inspection du petit groupe qui venait d'emprunter le trottoir s'arrêta à cette pensée alors que son cœur se mettait à battre de plus en plus fort. Si tout le monde avait quitté la maison, c'était donc que Charlotte y était seule. Gabriel attendit que Blanche et ses filles soient disparues de son champ de vision, puis, sans hésiter, il traversa la rue à grandes enjambées et grimpa les quelques marches du perron deux à deux. Sa main tremblait légèrement quand il souleva le heurtoir...

Il n'y eut aucune réponse.

Gabriel colla son oreille sur la porte dans l'espoir de percevoir quelque bruit indiquant une présence. Une grosse horloge égrena dix coups, le faisant sursauter. Il frappa encore, attendit, soupira. Devant l'évidence d'une maison vide, il se décida à repartir à contrecœur.

Mais où donc était Charlotte?

Gabriel se promena sans but durant un bon moment, passant de la joie éprouvée à reconnaître les lieux, les rues, les odeurs de chez lui à l'inquiétude au sujet de Charlotte. Que s'était-il passé durant son absence?

Il s'installa sur la banquette d'un casse-croûte de coin de rue et prit trois cafés d'affilée. Il n'avait plus envie de retourner à l'atelier, il détestait le doute qui l'avait envahi, il ne savait plus ce qu'il avait réellement envie de faire. Un moment, il s'en remettait au hasard pour retrouver Charlotte. L'instant d'après, il se trouvait ridicule de penser ainsi. Pourquoi attendre puisque maintenant, il savait où Charlotte habitait? Mais serait-elle heureuse de le revoir ou, au contraire, Gabriel n'apporterait-il que tourment dans sa vie? Il avait l'impression qu'il était encore un gamin, un adolescent découvrant l'amour.

La journée était belle. Ici, à Montréal, il était facile d'oublier que le monde était en guerre. Gabriel choisit donc de croire que s'il était aussi anxieux, c'était à cause des années difficiles qu'il avait vécues. En Amérique, les valeurs, les choix et la perception de la vie étaient différents. Il aurait à faire des efforts pour se remettre au diapason, mais il finirait bien par y arriver. Pour l'instant, il y avait plus important. Et c'était de revoir Charlotte.

Tant pis si ce qu'il allait découvrir ne lui plaisait pas, au moins il saurait…

Et après, il s'ajusterait.

Quand il vit la voiture de la famille Deblois stationnée à sa place, Gabriel connut un instant de soulagement. Charlotte lui avait souvent dit que son père était plus facile à aborder. Et finalement, malgré la crainte idiote qu'il avait ressentie tôt ce matin, Gabriel était conscient qu'il lui serait plus facile de parler d'homme à homme.

Il se présenta donc à la porte en espérant que ce soit Raymond qui ouvre.

Quand Blanche entendit frapper, elle avait déjà commencé à descendre quelques marches menant au sous-sol. Depuis qu'Émilie avait quitté l'école, les occasions de se revigorer étaient rares et elle profitait du fait que Raymond ait emmené Anne au parc en compagnie d'Émilie pour aller à la cave. Elle avait décliné l'invitation à se joindre au reste de la famille sous prétexte de sortir quelques vêtements plus légers. Ce qu'elle ferait après avoir bu quelques bonnes rasades, car il était vrai que l'été semblait bien arrivé. Elle soupira donc d'impatience de se voir ainsi dérangée dans ses projets. Elle hésita même un instant. Tant pis pour l'importun qui osait se présenter chez elle à un tel moment, Blanche mourait d'envie de boire quelques bonnes gorgées de brandy. Pourtant, quand on recommença à frapper avec plus de vigueur, lui sembla-t-il, Blanche fit demi-tour.

Et si c'était Raymond qui avait oublié sa clé ?

Mais quand elle se heurta à un inconnu, l'impatience de Blanche reflua de plus belle.

— Pardon, madame, je suis bien chez les Deblois, n'est-ce pas ? Pourrais-je parler à Charlotte ?

Blanche dévisagea l'homme qui se tenait devant elle sans

répondre. Comment osait-il? Charlotte ne pouvait fréquenter pareil dépenaillé! C'était un non-sens, contraire à tout ce qu'elle lui avait enseigné. L'homme portait la barbe longue, mal taillée, et ses cheveux flottaient sur ses épaules. Blanche avala péniblement sa salive, se demandant ce qu'elle pourrait bien lui répondre. Elle fixa Gabriel un instant droit dans les yeux puis elle haussa les épaules. Valait mieux s'en tenir à la vérité. Avec les débraillés de son espèce, on pouvait s'attendre à tout.

— Je regrette, Charlotte n'habite plus ici. Elle... elle est absente. En Europe.

Estimant que la distance de tout un océan devrait suffire à décourager l'étranger, Blanche s'arrêta à ces mots. Curieusement, elle qui avait si farouchement débattu la décision de Raymond de laisser Charlotte agir à sa guise ressentait un réel soulagement à annoncer cette réalité. Elle redressa alors les épaules et puisant à même son soulagement, elle détailla l'inconnu de la tête aux pieds et ajouta:

— Nous ne savons quand elle doit revenir. Alors je vous prierais de ne plus venir nous importuner. Ma fille ne saurait que faire d'un, d'un...

Et sans laisser la moindre chance de réplique, avant d'être impolie, elle referma vigoureusement la porte sur Gabriel. Non mais! Pour qui cet homme se prenait-il pour oser prétendre connaître Charlotte?

Blanche se hâta de rejoindre la fraîcheur sécurisante du soussol, se promettant de parler de cette curieuse visite à Raymond.

Et ce soir-là, les pensées de deux hommes se rejoignirent audessus de Montréal. À la description que Blanche avait faite de l'inconnu, Raymond avait compris qu'il s'agissait du même individu qu'il avait vu lui-même au matin. Et il eut alors l'intuition qu'il s'était trouvé face à Gabriel, l'homme dont Charlotte lui avait parlé, le regard brillant de passion. Il regretta d'avoir hésité à se présenter.

Au même moment, Gabriel avait le même regret. Pourquoi n'avait-il pas osé se diriger vers Raymond Deblois ? Sans pouvoir se l'expliquer, Gabriel était persuadé que le cours des choses aurait été différent.

Il s'endormit à l'aube en se répétant à l'infini que si Charlotte était partie en Europe, ce devait être avec l'armée, il ne voyait pas autre chose. Mais c'était aussi, probablement, qu'il n'y avait personne d'autre dans sa vie. Piètre consolation ! Et dire qu'il était si près d'elle quand il avait décidé de quitter Paris...

Il ne lui restait plus qu'à travailler comme un forcené pour ramasser un peu d'argent. Et tant pis si la guerre persistait, il allait repartir pour l'enfer dès qu'il en aurait la possibilité !

CHAPITRE 6

Quand le passé revit

Les lettres de Charlotte avaient mis plus de deux mois avant d'arriver à Montréal.

L'une d'entre elles glissa par la fente de la porte et tomba dans l'entrée de la famille Deblois le lendemain de la rentrée scolaire qui avait vu la petite Anne faire ses premiers pas dans le monde des grands, Émilie étant à la maison, donc disponible pour remplacer Blanche afin de conduire Anne à l'école au besoin. La petite fille avait eu droit à la tunique de serge marine et aux chemisiers blancs amidonnés, accompagnés de longs bas beiges en laine. Ce qui l'avait fait se plaindre haut et fort dès le retour de son premier jour d'école.

— Ça pique, tout ça ! Et puis, c'est trop chaud !

Commentaire repris en écho par Émilie qui avait toujours détesté les uniformes du couvent.

— Et comment que ça pique ! Je détestais la fichue robe noire que j'étais obligée de porter.

Anne avait ouvert de grands yeux.

— Tu étais obligée ?

Puis sans attendre de réponse, elle s'était retournée vers sa mère.

— Mais pas moi, avait-elle lancée triomphale. À mon école, on peut mettre aussi une jupe avec un chemisier. C'est la maîtresse qui l'a dit. Peut-être aussi qu'on peut mettre un pantalon ? Alors demain, je vais porter mon pan…

— Encore ! Un vrai garçon manqué. Tu m'exaspères ! Non, tu

ne porteras pas de pantalon. Je suis certaine que c'est interdit. Et ta jupe rouge ne convient pas à une jeune fille de bonne famille. Demain, et tous les jours de classe, tu vas porter ta tunique, Anne. Et pas de discussion !

Blanche avait tranché. Mais c'était sans compter sur la ténacité d'Anne qui n'entendait pas lâcher le morceau aussi facilement.

— Comment ça, ma tunique ? Je viens de le dire : je ne suis pas obligée de…

— L'école n'oblige aucun uniforme, c'est vrai. Mais moi, je juge qu'il est nécessaire d'avoir une tenue appropriée pour aller en classe. Tu ne vas pas t'amuser au parc, Anne, tu vas à l'école. Pour apprendre.

— Bien justement ! Si tu veux que j'apprenne bien, il faut que je sois bien. C'est déjà *trrrrès* fatigant de mettre une robe, si en plus elle pique, moi, je…

— Moi, je… Une vraie Charlotte ! avait alors répliqué Blanche avec humeur. Ce n'est pas toi qui décides, c'est moi. Alors, plus un mot sur le sujet. M'as-tu compris ?

— Oui, j'ai compris.

Anne avait piqué du nez et avait contemplé les plis du fichu costume qui lui faisait endurer le martyre. Le tissu rugueux lui donnait des démangeaisons, les bas n'arrêtaient pas de descendre et c'était inconfortable pour courir. Bien sûr, elle comprenait ce que sa mère disait et elle était d'accord avec le principe : l'école n'était pas un parc d'amusement. Mais était-ce une raison pour être obligée de revêtir une tenue aussi désagréable ? Elle avait donc tenté une entente à l'amiable.

— Je comprends tout ce que tu dis, maman. Que je suis à l'école pour apprendre et tout ça. Et je ne veux pas te fâcher. Mais je ne comprends pas pourquoi tu tiens absolument à ce que…

— Suffit !

Blanche était exaspérée. Elle ne savait trop comment sa fille s'y prenait, mais Anne finissait toujours par la faire tourner en bourrique avec ses obstinations et ses contradictions.

— J'en ai assez de tes obstinations, Anne. Tu finis toujours par me donner mal à la tête. Tu comprends, tu ne comprends pas, tu veux, tu ne veux pas… Ça m'étourdit. À cause de toi, je vais devoir m'allonger un peu. Je sens ma tête lourde et sensible.

En prononçant ces mots, Blanche avait froncé les sourcils et, l'index tendu sous le nez d'Anne, elle l'avait tancée d'une voix catégorique :

— Et quand je vais redescendre, pas question de reprendre la discussion. Tu ne voudrais quand même pas me donner la migraine, n'est-ce pas ?

Sur ce, Blanche s'était éclipsée, Anne s'était sentie malheureuse et Émilie s'était vue obligée de préparer le repas. Quand Raymond était rentré du travail, tout le monde était de mauvaise humeur. Après quelques explications, il était monté rejoindre Blanche, car il ne comprenait pas comment une histoire de tunique avait pu bouleverser la maison à ce point. Quand Blanche avait entendu son pas dans le couloir et sachant pertinemment que son mari opinerait dans le sens d'Anne pour qui il avait toutes les faiblesses, elle était restée couchée, se contentant de glisser un regard entre ses paupières qu'elle disait lourdes comme du plomb.

Finalement, Anne avait réussi à lui donner la migraine.

Raymond n'avait pas insisté. Les migraines de Blanche n'étaient surtout pas un sujet de discussion. Il s'était contenté de réconforter Anne, lui promettant d'en reparler avec sa mère dès que l'occasion s'y prêterait. Quant à cette dernière, elle n'était descendue que pour passer un coup de téléphone, un peu plus tard en soirée, avant de glisser la tête dans l'embrasure de la porte du salon, l'air alangui, ce qui contrastait curieusement avec sa voix plutôt ferme.

— Émilie, demain tu iras reconduire Anne à l'école. Je ne sais trop comment je vais me sentir après une telle soirée.

— Mais demain Marcel doit être là à…

— Justement, je viens de l'appeler. Dorénavant, les cours auront lieu à huit heures trente. Il est d'accord. Comme cela, il n'y aura pas de conflit quand je serai incapable de me lever.

Émilie avait fermé les yeux une fraction de seconde. Sa mère aurait pu lui en parler avant de tout réajuster à sa convenance. Pour sa part, Émilie aimait bien commencer sa journée par le cours de dessin avant même le déjeuner pour être bien certaine de ne souffrir d'aucun malaise. Et puis, Marcel avait raison quand il disait qu'au saut du lit, la main était plus sûre et les idées claires. Mais quand Émilie avait levé la tête vers Blanche pour tenter d'expliquer, cette dernière avait porté une main à son front en se soutenant de l'autre sur le mur comme si elle allait tomber. Émilie avait donc avalé ses mots avant de les prononcer.

— D'accord, avait-elle soupiré.

Blanche n'avait revu personne de sa famille depuis. Ce matin, elle avait attendu que tout le monde ait quitté pour se lever. Et elle se promettait bien de retourner au lit avant le retour d'Émilie. Elle n'avait pas envie de parler à qui que ce soit. Elle se sentait encore beaucoup trop contrariée pour être d'une conversation agréable. Si Charlotte petite fille l'avait déroutée par sa vivacité et souvent impatientée par ses questions interminables, que dire d'Anne? Elle avait l'impression que c'était Charlotte en pire. Et comme elle n'avait plus vingt ans, le résultat était déplorable.

Blanche finissait de boire un deuxième café en ruminant ses déboires quand elle entendit le courrier qui tombait sur les dalles de l'entrée. Elle allait profiter de son dernier café du matin pour l'éplucher rapidement. Il devait bien rester au moins vingt minutes avant le retour d'Émilie. Blanche aimait bien quand le courrier arrivait aussi tôt. Cela occupait le temps et donnait un merveilleux prétexte pour repousser les inévitables corvées domestiques. Mais quand elle vit la lettre de Charlotte, sa joie retomba aussitôt. Qu'est-ce que sa fille avait encore inventé pour lui être désagréable? D'une lettre à l'autre, Blanche avait l'impression que Charlotte s'ingéniait à inventer des histoires seulement pour l'inquiéter. Pour l'embêter. Charlotte avait passé son temps à l'embêter. Aux dernières nouvelles, sa fille était tombée amoureuse. Comme sur un coup de tête, comme ça, loin de chez elle, sans l'accord de ses parents. Belle excuse que l'armée! Mais Blanche n'était pas dupe. Charlotte avait joué de la corde patriotique pour se soustraire à sa famille. Cela faisait longtemps que Blanche avait compris que Charlotte ne les aimait pas. À part Raymond, bien sûr, car il lui passait tous ses caprices, et peut-être aussi Anne. Allez donc savoir pourquoi, puisque Anne n'était pas une enfant particulièrement agréable. Mais cela ne changeait rien à la situation. Charlotte était une ingrate qui avait profité de la première excuse plausible pour filer à l'anglaise.

Blanche eut un sourire pour son jeu de mots avant de retomber dans son état premier. Blanche détestait que l'on discute ses décisions. Anne l'avait déstabilisée hier. Ce matin, c'était Charlotte qui en rajoutait par le seul fait de cette lettre qui devait continuer la saga sentimentale de sa fille.

C'était amplement suffisant pour avoir besoin d'un remontant. La journée s'annonçait interminable.

Blanche lança donc le courrier sur la table et se hâta de

descendre au sous-sol avant qu'Émilie ne revienne. Drôle d'idée, d'ailleurs, qu'elle avait eue de retirer Émilie de l'école. Encore une fois, Blanche avait pensé à tout le monde sauf à elle. Ce qui faisait que depuis le printemps dernier, elle devait utiliser des ruses de Sioux pour arriver à prendre son viatique. Déjà que la guerre apportait son lot de désagréments quand venait le temps de se procurer de l'alcool, ou du café, ou du sucre, ou de la viande si, en plus, elle devait se surveiller à tous moments… Blanche soupira. Elle savait fort bien que si elle n'avait pas sa dose quotidienne de brandy, elle ne valait rien. Que d'efforts, grands dieux!

Tout en déplaçant quelques boîtes, elle pensa à son mari.

Si Raymond acceptait de comprendre aussi, il n'y aurait plus de problème… Blanche pourrait garder sa bouteille à la cuisine et en prendre une gorgée au besoin. Mais Raymond ne voulait rien entendre sur la question, Émilie était de plus en plus abrupte avec elle, Charlotte n'en faisait toujours qu'à sa tête et Anne… Anne n'était encore qu'une toute petite fille, mais Blanche présageait qu'elle ne serait pas facile.

Lorsque Blanche souleva la caisse de carton qui contenait sa bouteille de brandy, ses mains tremblaient d'anticipation mais aussi de colère envers tous ceux qui l'entouraient. Finalement, il n'y avait personne qui fasse le moindre effort pour la comprendre. Même Émilie prenait ses distances face à elle. C'était à cause de ce Marcel aussi. Un autre qui ne faisait aucun effort pour essayer de s'adapter à ce que Blanche jugeait important. À son contact, Émilie avait beaucoup changé. Elle était la seule personne dans cette fichue famille qui l'avait vraiment comprise et acceptée et voilà que peu à peu, Blanche la voyait s'éloigner. Et c'était malheureux parce que ce faisant, Émilie ne l'écoutait plus et mettait sa santé en péril. Autant elle avait décidé de ne rien manger au début de ses cours par crainte de souffrir de crampes, autant maintenant, elle mangeait n'importe quoi, disant qu'elle devait respecter son appétit. Probablement encore l'influence de Marcel. Pourtant, Émilie le savait : elle ne pouvait manger tout ce qu'elle voulait. Ce n'était pas Blanche qui le disait mais les médecins. Émilie courait au-devant de risques autrement plus importants que de se voir clouée au lit et incapable d'assister à un cours. Blanche voyait bien qu'Émilie avait mal parfois même si elle n'en disait rien. Mais que pouvait-elle y changer ? Émilie n'était plus une enfant.

Des larmes de déception et de dépit débordèrent de ses paupières et roulèrent sur ses joues avant de s'écraser sur le fin tissu de sa nuisette. Blanche souleva la bouteille et porta le goulot à sa bouche.

Chaque fois qu'un nom traversait sa pensée, la meurtrissant et la blessant un peu plus, Blanche saluait cette personne d'une petite gorgée car avec les restrictions, elle devait étirer au maximum chaque bouteille.

Quand elle sentit la chaleur de l'alcool qui commençait à l'engourdir, Blanche arrêta de boire.

Elle était bien. L'éternelle frileuse appréciait cette bonne chaleur qui précédait la douce euphorie. Cette sensation de flottement qui rendait le quotidien plus léger. Au moment où elle replaçait le bouchon, l'agréable sensation se transforma en panique.

Blanche venait de s'apercevoir qu'elle avait bu plus de la moitié de la bouteille sans même s'en rendre compte.

Celle-ci était presque vide. Qu'est-ce qui lui avait pris ?

La dernière fois où elle avait bu autant, Blanche s'était endormie pour ne s'éveiller que des siècles plus tard, à l'hôpital. Elle ne se rappelait ce qui s'était passé qu'à travers ce qu'on avait bien voulu lui raconter. Avec le temps, elle en avait conclu qu'on avait probablement dit n'importe quoi pour lui faire peur. On avait même affirmé qu'elle avait soûlé Anne qui n'était alors qu'un bébé. Blanche se rappelait vaguement qu'elle avait fait boire quelques gorgées à Anne, effectivement, mais pas au point de...

Blanche replaça la bouteille dans la boîte de carton qu'elle déposa sur le sol avant de la camoufler sous d'autres boîtes. Puis elle remonta précipitamment à la cuisine. Il lui fallait retrouver la quiétude de sa chambre avant le retour d'Émilie. Elle resterait couchée le temps que l'étourdissement qui la gagnait petit à petit se soit dissipé...

* * *

Quand Blanche se leva enfin, après s'être débattue contre une nausée persistante qui avait duré des heures, Émilie avait assisté à son cours, elle avait mangé et était repartie. Probablement au parc La Fontaine pour faire des croquis.

Tant mieux.

Blanche refit du café pour se remettre l'estomac et faire cesser le tournis qui s'entêtait. Un café plutôt fade parce que les provisions baissaient dangereusement. Mais elle devrait s'en contenter. Elle ferait ensuite un brin de toilette et sortirait à son tour. Il lui fallait essayer de trouver une autre bouteille et passer chez le boucher afin de choisir une belle pièce de viande pour le souper. Il lui restait quelques coupons qui devraient suffire...

Parce que Blanche était malheureuse et se sentait seule, elle devait s'occuper pour ne pas trop penser.

Depuis le départ de Charlotte, Blanche se sentait souvent triste et seule. Mais personne ne semblait s'en apercevoir dans sa famille. Personne ne se souciait d'elle, finalement. Alors elle buvait pour oublier que personne ne la comprenait et pour se donner le courage d'affronter la vie de tous les jours sans aide. Mais elle devait boire en cachette parce que Raymond n'acceptait pas qu'elle puisse avoir besoin d'un peu de brandy. Alors elle se sentait encore plus seule.

Dieu que tout cela était compliqué.

Pourtant, Blanche aimait bien sa famille. Malgré tout.

Avec un bon repas, elle pourrait peut-être arriver à faire comprendre aux siens combien elle les aimait ? Combien elle avait besoin d'eux ?

Quand elle quitta la maison, Blanche ne se souvenait plus de ce qui l'avait poussée à tant boire ce matin. Qu'est-ce qui avait permis un tel écart à ses habitudes ? Fallait-il qu'elle soit désemparée, car elle savait fort bien où risquaient de la mener les abus. Mais cela ne se reproduirait plus. Blanche était une femme forte. Elle aurait la volonté nécessaire pour se contrôler. Comme elle avait la volonté de passer à travers la maladie et d'avoir une vie presque normale. Malgré l'absence de Charlotte, malgré le peu d'aide qu'on lui accordait.

Quand Raymond revint chez lui et qu'il trouva la table mise dans la salle à manger au lieu de la cuisine comme d'habitude, il fronça les sourcils. Aurait-il oublié un anniversaire ? Pourtant, non. Il eut alors l'impression d'assister à la seconde représentation d'un film de mauvaise qualité. Il y avait même des fleurs sur la table. Avant, il y a de cela bien des années, il arrivait que Blanche se mette en frais pour une telle élaboration. C'était lorsqu'elle avait quelque chose à se faire pardonner. Raymond soupira longuement. Que s'était-il encore passé ? Quand il posa la question, Blanche haussa les épaules.

— Pourquoi la salle à manger ? Comme ça… Pour faire changement. Tu n'aimes pas ça ?

— Je n'ai rien dit de tel. Ça me surprend, c'est tout. Tu t'es donné beaucoup de mal pour un simple souper de semaine.

— J'ai voulu vous faire plaisir.

— Alors merci.

Malgré tout, Raymond n'arrivait pas à se défaire du malaise qu'il ressentait. Blanche était suave, ce qui ne lui ressemblait pas beaucoup. Puis il trouva le courrier, le feuilleta et sa moustache se retroussa. Enfin des nouvelles de Charlotte ! Il déposa la lettre contre son assiette. Finalement, Blanche avait eu une heureuse intuition de préparer un repas un peu spécial. Raymond se sentait tout guilleret…

Quand Raymond eut fini de lire la lettre de Charlotte, un lourd silence s'abattit sur la pièce. Un peu comme un instant de recueillement à l'annonce du décès de quelqu'un. Personne n'osait regarder personne.

La lettre datait de juin dernier et Charlotte annonçait qu'elle allait se marier en juillet…

Charlotte était donc mariée à l'heure où sa famille l'apprenait. Avec qui et pourquoi si vite ?

Raymond avait fermé les yeux pour essayer de se contenir. Quand il les rouvrit et qu'il se heurta au regard étrangement brillant de Blanche, il se demanda à quoi elle pensait pour avoir l'air si fébrile. Déception, inquiétude, colère ? Mais avant qu'il n'ait pu dire quoi que ce soit, sa femme était déjà debout et commençait à débarrasser la table.

— Allons, Anne, tu es assez grande maintenant pour m'aider. Lève-toi et apporte-moi les assiettes sales à la cuisine.

La petite leva les yeux vers sa mère.

— Tu veux que je fasse la vaisselle ? J'ai pas envie de faire ça, maman. Papa a dit que Charlotte était mariée. Pis moi, je ne suis pas certaine que c'est une nouvelle que j'avais envie d'apprendre.

Je ne sais même pas si c'est une bonne nouvelle.

Tout en parlant, Anne s'était levée.

— Demain, oui, si tu veux, je vais t'aider. Mais pas ce soir.

Et se détournant, Anne se dirigea vers la porte.

Les poings sur les hanches au bout de la table, Blanche fulminait.

— Oh celle-là, grommela-t-elle en soulevant une pile d'assiettes.

À ces mots, Raymond comprit que c'était la colère qui animait Blanche. Toutefois, il ne dit rien. La moindre parole aurait pu se retourner contre Anne qui semblait déjà suffisamment malheureuse. Mais il ne s'était pas trompé. Blanche était surtout en colère. Colère de ne pas avoir été consultée, cela lui ressemblait, mais colère aussi devant l'évidence que Charlotte ne serait plus jamais là pour l'aider. Et elle s'en était prise à Anne pour compenser. Cette constatation était inacceptable à ses yeux.

À cette pensée, Raymond se leva brusquement de table et s'éclipsa vers la salle de bain. Quelques instants plus tard, il montait voir Anne qui s'était réfugiée dans sa chambre. Devant le silence buté de sa petite fille, il quitta la maison sans dire où il allait. Il s'occuperait d'Anne demain, quand elle serait disposée à l'écouter.

Brusquement, il avait besoin de respirer de l'air frais, terriblement déçu. Non pas tant par le mariage de Charlotte, mais bien par la façon dont sa famille avait réagi. Chacun pour soi, sans même dire un seul mot de ce qu'il ressentait. Même Émilie, habituellement sensible aux humeurs, était restée de marbre. Comme si le fait que Charlotte leur annonce à demi-mot qu'elle ne reviendrait pas avant longtemps laissait tout le monde indifférent.

Était-ce là le constat à faire dans une famille qui partageait une même destinée depuis si longtemps ?

Il marcha longtemps, jusqu'à ce qu'il soit épuisé. Puis il rebroussa chemin pour revenir chez lui. Charlotte allait lui manquer, mais il lui faisait confiance. Les mots qu'elle avait employés laissaient entendre une joie de vivre qu'il ne lui avait pas vue souvent. Une certaine sérénité, une maturité nouvelle. Et Charlotte savait très bien que, quoi qu'il arrive, son père serait toujours là pour elle.

Quand il entra enfin chez lui, seule Blanche était encore au salon. À ses yeux rougis, il comprit qu'elle avait pleuré. Peut-être s'était-il trompé sur ses véritables intentions? Alors, même s'il n'avait pas vraiment envie de lui parler, il fit un pas dans la pièce et demanda:

— Tu veux qu'on en parle?

Blanche leva la tête vers lui en haussant les épaules.

— Parler de quoi? De Charlotte? Et pourquoi? Ça te surprend qu'elle agisse comme ça? Pas moi. Tout ce que j'ai envie de dire, tout ce que je ressens, c'est que j'ai tout donné pour une ingrate qui n'a même pas eu le cœur de nous consulter avant d'engager toute sa vie. Mais j'aurais dû m'y attendre. Tu l'as tellement gâtée qu'elle n'est aujourd'hui qu'une égoïste qui ne pense qu'à elle. Le moins qu'elle aurait pu faire, c'est de nous demander notre permission. Curieux d'ailleurs qu'elle ait pu se marier sans même notre autorisation. Peut-être que le fait d'être dans l'armée y change quelque chose. Qu'en penses-tu? De toute façon, une fille qui respecte ses parents n'aurait jamais agi comme ça. Mais Charlotte ne respecte rien ni personne. Alors si je pleure, ce n'est pas sur elle ou sur la vie qu'elle est peut-être en train de gâcher, mais sur le temps que j'ai perdu. Et de cela, non, je n'ai pas du tout envie de parler.

Raymond regarda longuement Blanche qui avait reporté les yeux sur le livre qu'elle avait sur ses genoux. Comment une mère pouvait-elle parler ainsi de sa fille? Surtout de Charlotte qui avait tant fait pour elle et pour ses sœurs. Il ne comprenait pas. Il ouvrit alors la bouche pour demander des explications, puis, las et déçu, il la referma sans dire un mot et quitta le salon. Il en avait assez entendu pour ce soir. Il monta à sa chambre, choisit quelques vêtements pour le lendemain, un pyjama et se retira dans son bureau pour la nuit. Il ne voulait voir Blanche ni ce soir ni demain matin. Il quitterait très tôt et irait chercher Anne après l'école. La pauvre petite, elle semblait vraiment bouleversée. Raymond tenterait de lui faire comprendre que c'était une bonne nouvelle pour sa sœur et ensuite, ils iraient l'annoncer à mamie pour qu'elle puisse se réjouir avec eux.

Ce fut au moment où il se sentait glisser dans le sommeil qu'il pensa à Marc.

Charlotte lui avait-elle écrit? Et comment prenait-il la chose?

Raymond se retourna sur son lit de fortune en se promettant de l'appeler. Depuis le printemps, le jeune homme n'était pas revenu les voir. Peut-être avait-il rencontré quelqu'un d'autre? Demain, il appellerait Marc pour savoir ce qu'il devenait et peut-être réitérer son offre de travailler ensemble. Et après, il écrirait à Charlotte. Non pas une lettre familiale comme ils avaient l'habitude de lui envoyer, racontant quelques anecdotes savoureuses et parlant de la pluie et du beau temps, mais plutôt un cri du cœur sur le ton qu'il aurait employé s'il avait pu lui parler en tête-à-tête. Il ressentait en lui l'importance de lui répéter à quel point il l'aimait. Malgré ce que Blanche pouvait en penser, Charlotte devait se sentir bien seule, loin des siens dans un instant aussi décisif de sa vie. Et tant pis pour l'autorisation qu'elle n'avait pas demandée. Était-ce si important?

Raymond sombra dans le sommeil d'un seul coup.

Quand il pénétra dans son bureau, le lendemain matin très

tôt, il était toujours aussi décidé à mettre ses projets à exécution. Il commencerait sa journée par la lettre, téléphonerait à Marc sur l'heure du midi et irait chercher Anne à la sortie des classes. Il avait même pensé à laisser un petit mot sur la table de la cuisine pour que Blanche ne se déplace pas pour aller la chercher.

Ses bonnes résolutions basculèrent dans le néant en l'espace d'une petite minute.

Sur son bureau, bien en évidence, Carmen, sa secrétaire, avait laissé le journal de la veille, plié en quatre à la page des annonces nécrologiques. Un avis de décès était entouré au crayon gras et une petite note était agrafée à la feuille: «Je crois que c'est important…»

Plié en deux, les poings appuyés sur le bureau, Raymond se mit à lire.

«…est décédée Marie-Ange Larue. Elle laisse dans le deuil sa sœur Angèle, son frère Paul et son épouse Ruth, sa fille unique, Antoinette, mariée à Humphrey Douglas de Bridgeport, au Connecticut, ainsi que son petit-fils adoré, Jason…»

La photographie montrait une femme souriante au regard franc. Raymond aurait pu la reconnaître entre mille tant Antoinette était la fidèle réplique de sa mère.

Antoinette…

Raymond se laissa tomber dans son fauteuil.

Antoinette était peut-être la femme qu'il avait le plus aimée dans sa vie. Un amour total qui comblait chacune des parcelles de son être. Il l'avait connue tout jeune homme, encore aux études, à cet âge où il est parfois difficile de reconnaître le véritable amour. Antoinette et Raymond s'entendaient à merveille. Mais le sourire de Blanche, sa fragilité et son grand besoin de protection avaient fait basculer la balance. Raymond s'était senti si important auprès de Blanche qu'il en avait oublié Antoinette.

Ce ne fut que des années plus tard qu'il l'avait croisée par hasard. Ils s'étaient revus, ils avaient travaillé ensemble, ils s'étaient follement aimés. Puis encore une fois, Raymond l'avait éloignée de sa vie. Il venait d'apprendre que Blanche portait un troisième enfant de lui, la petite Anne. Il avait donc été de son devoir d'être entièrement présent à celle qui était sa femme légitime, d'autant plus que la grossesse s'annonçait difficile et que Blanche la refusait. Antoinette était donc partie pour les États-Unis, sous prétexte d'un voyage d'étude. Ils ne s'étaient jamais revus.

Le cœur de Raymond battait à grands coups. Il souleva la feuille de papier journal et relut l'avis. Pauvre Antoinette... Quel que soit l'âge, il devait être difficile de perdre sa mère.

Puis son regard fut attiré par le nom du petit-fils de Marie-Ange Larue. Jason... Jusqu'au moment du départ de Charlotte, Raymond ne savait pas qu'Antoinette avait un fils. Charlotte les avait croisés une fois lors d'un voyage à la plage quelques années auparavant. Mais elle n'avait rien dit de cette rencontre. Pourquoi? Quand elle avait osé lui en parler, quelques jours avant son départ pour l'armée, Charlotte avait dit qu'il devait avoir à peu près l'âge d'Anne. Se doutait-elle de quelque chose pour avoir gardé le secret pendant tout ce temps?

Se pourrait-il vraiment que cet enfant soit son fils?

Raymond s'était alors posé la question. Il avait refusé de faire le calcul et d'envisager cette possibilité. Il avait eu peur de ce qu'il aurait eu envie de faire s'il avait su que ce petit garçon était son fils...

Raymond passa une grande partie de la journée à se demander s'il irait au salon funéraire. Au moment où il quittait son étude pour passer prendre Anne, sa secrétaire lui demanda:

— Avez-vous vu la note que je vous ai laissée sur votre bureau?

— Oui, bien sûr. Merci. Par contre, je ne sais pas si j'irai. Cela fait si longtemps qu'Antoinette a quitté la ville...

— Justement. Vous ne pensez pas que cela va la réconforter de voir que ses anciens amis ne l'ont pas oubliée ? Pauvre mademoiselle Antoinette... Elle était bien gentille ! Dommage qu'on ne la voie plus au bureau.

Raymond fut reconnaissant à sa secrétaire. Sans le savoir, elle venait de prendre la décision pour lui. Une décision qu'il avait envie de prendre. Ce n'étaient que de fausses excuses qui le retenaient. Il irait donc chercher Anne comme prévu, mais au lieu de passer chez sa mère, il la mènerait à la maison, prendrait une bouchée et repartirait. Carmen avait raison : Antoinette devait espérer la présence de ses amis. Ce n'était que prétexte, mais cela n'avait plus vraiment d'importance. Brusquement, il lui tardait de la revoir.

Il en avait même oublié la lettre qu'il voulait écrire et le coup de téléphone qu'il voulait passer...

Quand Raymond aperçut Antoinette un peu plus loin, debout près du cercueil, il comprit à quel point il l'aimait toujours. L'univers entier venait de s'effacer autour de lui. Il ne voyait qu'elle, entendait son cœur battre jusque dans sa tête. Très digne, élégante, Antoinette avait un peu maigri et ses cheveux avaient grisonné.

Elle était encore plus belle que dans son souvenir.

Sentit-elle la présence de cet homme qu'elle n'avait jamais oublié ?

Antoinette venait de se tourner vers lui. Un sourire fugace traversa son visage. Elle avait espéré cette présence tout autant qu'elle l'avait crainte. Si elle était venue seule à Montréal, laissant son fils avec Humphrey, c'était un peu dans l'espoir que Raymond serait présent.

Elle chercha le regard de Raymond et s'y attacha, oubliant

tout ce qui n'était pas l'instant qu'elle vivait. Antoinette en avait tant rêvé. Qu'importaient les circonstances, elle garderait toujours présente à sa mémoire l'intensité de l'émotion qu'elle ressentait en ce moment.

Puis, comme si elle sortait d'un rêve, Antoinette regarda tout autour d'elle et brusquement ses yeux s'emplirent de larmes. Elle comprenait maintenant pourquoi elle n'avait pas encore pleuré le décès de sa mère. Il lui manquait l'épaule de Raymond, une épaule large et forte pour s'y appuyer. Malgré la bonne entente qui persistait entre Humphrey et elle, Antoinette aimerait toujours Raymond et il n'y avait qu'avec lui qu'elle pouvait partager les grandes émotions. D'autant plus qu'elle savait fort bien que la seule faiblesse de son mari était ses larmes à elle, justement. Antoinette s'excusa auprès du vieil ami de sa mère qui lui répétait ses condoléances. Puis elle fit les quelques pas qui la séparaient de Raymond en lui tendant les bras…

D'un commun accord, ils quittèrent le salon funéraire dès que les heures de visite furent terminées. Autour d'eux, on savait qu'ils étaient des amis de longue date et ils avaient dit qu'ils voulaient prendre un café ensemble. Personne ne se posa de questions, personne n'insista pour les accompagner.

Ils marchèrent côte à côte, parlant beaucoup, parlant trop vite, de tout et de rien comme le font deux vieux amis qui se retrouvent après de longues années. Mais dès qu'il eut refermé la porte de son bureau sur eux, Raymond chercha la main d'Antoinette pour l'attirer vers lui. Il n'eut rien à expliquer. Il n'eut rien à demander. Leurs lèvres se joignirent avec impatience comme s'ils s'étaient quittés la veille sur la promesse de s'aimer le lendemain.

Ils firent l'amour sur le tapis comme deux jeunes amants.

Ils firent l'amour avec une douceur triste qu'ils n'avaient jamais connue, réinventant avec émotion les gestes d'autrefois.

Leurs corps n'avaient rien oublié.

Ce ne fut que plus tard, alors qu'ils reposaient enlacés, que Raymond demanda :

— Que deviens-tu ? On m'a dit que tu avais un fils.

Antoinette resta silencieuse. Elle devinait ce que Raymond cherchait à savoir, elle-même avait tant rêvé de pouvoir tout lui révéler. Pourtant, elle hésitait. Elle n'aurait qu'à dire que Jason était le fils d'Humphrey, la chose aurait pu être possible, presque, et probablement que Raymond en resterait là. Mais si entre Raymond et elle, il y avait eu des faiblesses, de la lâcheté parfois et des silences, jamais il n'y avait eu de mensonges. La question de Raymond était claire malgré le non-dit, la réponse le serait aussi.

Elle leva les yeux vers lui.

— Tu veux savoir si Jason est ton fils, n'est-ce pas ?

Raymond ne répondit pas, l'émotion l'empêchant de parler. Antoinette poursuivit d'une voix très douce.

— Tu as deviné. Jason est bien ton fils.

De nouveau, Raymond resta silencieux un moment. Puis il resserra son étreinte autour des épaules d'Antoinette.

— Pourquoi n'avoir rien dit ?

À ces mots, Antoinette répondit d'abord par un long soupir tremblant. Par ses questions, Raymond la faisait revenir dans le temps, à une époque de sa vie à la fois heureuse et douloureuse. Elle lui en avait tellement voulu de rompre par un simple bouquet de fleurs accompagné d'une banale carte. « Je t'aime » avait-il écrit. Et elle aussi, elle l'aimait. Et c'était justement pour cela qu'elle avait choisi de partir. Leur amour n'avait pas le droit d'exister comme ils l'auraient voulu. Mais parce qu'elle avait beaucoup souffert, parce qu'elle n'avait jamais cessé de l'aimer, elle voulut tout partager avec lui.

— M'en as-tu seulement laissé la chance ? demanda-t-elle d'une voix toujours aussi douce. Rappelle-toi la façon dont nous nous sommes quittés, alors tu comprendras mon silence. Et puis, il y avait Blanche qui était enceinte elle aussi, et tes filles... Finalement, je crois que tout s'est passé pour le mieux. Sur son acte de naissance, Jason est le fils d'Humphrey, et c'est très bien ainsi.

Raymond poussa un profond soupir. Ainsi donc, son intuition ne l'avait pas trompé. Il avait un fils. Son cœur se gonfla d'émotion, lui qui aimait tant les enfants.

— J'aimerais le rencontrer, le voir.

La réponse d'Antoinette fut spontanée. Se soulevant sur un coude, elle regarda Raymond droit dans les yeux.

— Non, Raymond. Qu'est-ce que ça donnerait de plus ? Pour toi comme pour lui. Humphrey est un merveilleux père pour Jason. Si tu les voyais ensemble, tu comprendrais. Alors, laissons les choses comme ça. Et surtout, dis-toi bien que jamais je n'accepterai de blesser l'homme généreux qui a offert son nom à mon fils. Vois-tu, j'aime mon mari. Ce n'est pas le sentiment que j'éprouve pour toi, mais à notre façon, Humphrey et moi nous nous aimons. Alors par amour pour ton fils et par respect pour Humphrey, n'insiste pas.

Raymond détourna la tête. Il savait qu'Antoinette avait raison, même si cela lui faisait mal. Il souffrait à cause de ce fils qu'il ne connaîtrait pas et aussi à cause de l'amour qu'Antoinette disait avoir pour un autre. Il eut un soupir désabusé. À l'époque, il n'était guère mieux, lui qui disait aimer deux femmes à la fois. Belle justification ! Dans toute cette histoire, il n'avait aucun droit. Pourtant, malgré tout, ce fut la voix chargée d'émotion qu'il répliqua :

— Tu es dure, Antoinette, très dure.

— Non, Raymond, ce n'est pas moi qui suis dure, c'est la vie. À cause des choix qu'on a faits. C'est tout. Toi, ta vie est auprès de Blanche et de tes filles. La mienne est avec Jason et Humphrey.

— Alors que faisons-nous là, ensemble, maintenant? Ce que tu es en train de me dire, c'est qu'on continue de tricher.

— Non, Raymond, on ne triche pas. L'amour qu'on éprouve l'un pour l'autre est vrai.

— Et ton mari dans tout ça? Tu viens de dire que tu l'aimais.

— Et ça aussi, c'est vrai. Tout comme toi tu auras toujours une forme d'attachement pour Blanche. C'est comme ça. Humphrey sait que tu existes et que je t'aimerai toujours. Comme il sait aussi que cette partie de ma vie ne lui appartiendra jamais. Par contre, il sait aussi que je tiens à lui, à Jason et à la vie que nous menons ensemble.

Raymond se sentait tout tremblant. Il avait l'impression que le notaire en lui était en train de faire un bilan avant d'écrire son testament. Il trouvait l'exercice difficile.

— C'est pitoyable d'en être là, constata-t-il. Je donnerais quelques années de ma vie pour avoir la chance de tout recommencer.

Antoinette avait posé la tête sur la poitrine de Raymond et du bout du doigt, elle caressait son épaule.

— Il ne faut pas penser comme ça. Les choses auraient pu être différentes, c'est vrai. Mais aujourd'hui, on n'a pas le choix d'aller au bout de ce qu'on a voulu. Le seul regret que j'ai, c'est de ne jamais t'avoir dit à quel point je t'aimais. C'était un peu ridicule, cette fausse pudeur qui nous retenait de dire les choses comme on les pensait. Dommage…

— Oui, c'est dommage.

Pendant un long moment, ils restèrent l'un contre l'autre à essayer d'imaginer ce que la vie aurait été si, à vingt ans, ils avaient agi autrement. Raymond fut le premier à briser l'envoûtement qui les tenait prisonniers du passé. Se soulevant sur un coude, il glissa un doigt sous le menton d'Antoinette comme il l'avait si souvent fait avec Charlotte quand il voulait qu'elle lui accorde toute son attention. Plongeant son regard dans celui de cette femme qu'il aimerait jusqu'à son dernier souffle, il se mit à parler. Pour lui comme pour elle, au nom de la vie et de l'espoir.

— Je t'aime, Antoinette. Rien, jamais, ne pourra y changer quelque chose. Tu fais partie de ce que je suis. Tu es mon passé et ma jeunesse. Et à travers notre fils, tu es aussi quelque part dans mon avenir. Malgré les apparences, la vie nous avait destinés l'un à l'autre. Et sait-on jamais ce que le destin nous réserve? Mais pour l'instant, cessons de nous faire du mal et profitons de ce petit cadeau de la vie. Laissons le passé reposer en paix, tu as raison, on ne peut rien y changer, et vivons ce tout petit présent qui nous est donné d'être ensemble.

Raymond vit briller quelques larmes dans les yeux d'Antoinette avant qu'elle ne dégage son visage pour venir se blottir dans son cou.

— Merci d'avoir compris, murmura-t-elle d'une voix enrouée par l'émotion.

Ils passèrent une grande partie de la nuit à parler l'un de l'autre, ce qu'ils devenaient, ce qu'ils faisaient. Antoinette raconta quelques anecdotes de son enfance, lui dit à quel point elle avait admiré cette femme qui avait été sa mère. Puis ils parlèrent de leurs enfants. Antoinette prit les devants pour décrire Jason, un enfant joyeux, vif, toujours de bonne humeur. Avant de se laisser emporter encore une fois par des émotions trop vives, Raymond enchaîna en parlant de ses filles. Il confia sa tristesse devant le départ de Charlotte et son inquiétude pour Anne souvent laissée à elle-même alors qu'elle n'était encore qu'une toute petite fille qu'il trouvait très renfermée sur elle-même. Puis il parla d'Émilie et du peu d'enthousiasme qu'il ressentait face à son choix de quitter l'école pour se consacrer au dessin.

— Comment pourra-t-elle gagner sa vie si jamais elle devait le faire un jour ? Mais comme Blanche était d'accord avec elle, mon point de vue n'a pas pesé très lourd dans la balance.

— Et après ? Laisse-la faire ses propres découvertes. Elle est encore bien jeune. Elle a toute la vie devant elle.

— Peut-être... Si au moins elle avait un style flamboyant, comme on le voit parfois, ça m'inspirerait confiance. Elle aurait peut-être plus de chances d'être remarquée. Mais avec ses couleurs pâles, sans relief...

— Oh ! Fais attention, Raymond.

Antoinette avait un sourire moqueur.

— Je commence à m'y connaître un peu en la matière. Humphrey et moi assistons souvent à des vernissages et nous adorons visiter les galeries. J'ai vite compris que ce qui plaît à quelqu'un ne plaît pas nécessairement à un autre. Humphrey et moi n'arrêtons pas de nous disputer quand vient le temps d'acheter un tableau ! Il aime les marines vaporeuses, dans la brume, et moi je préfère des scènes de ville ou des toiles avec des personnages et beaucoup de lumière, de contrastes. L'important pour un artiste, vois-tu, c'est de trouver son style. Sa signature, comme ils disent dans le milieu. Parfois c'est une couleur, parfois, un coup de pinceau... Le reste a peu d'importance.

— Tu crois ?

— J'en suis certaine.

Et c'était ainsi qu'ils avaient traversé une partie de la nuit. Puis Antoinette avait appelé un taxi.

— Je peux te reconduire si tu veux.

— Non. Je préfère partir seule. Et je préfère aussi que tu ne sois pas aux funérailles demain. Nous allons nous dire au revoir ici, maintenant. C'est mieux ainsi.

— Au revoir ?

— Pourquoi pas ? Je fais confiance à la vie, Raymond. Comme tu le disais si bien tout à l'heure, sait-on jamais ce que l'avenir nous réserve ? J'ose croire qu'il nous reste quelques instants ensemble.

Quand Raymond entra enfin chez lui, l'aube commençait à pâlir l'horizon.

Il se contenta du divan de son bureau pour un bref sommeil agité, se releva avant tout le monde. Il allait faire un brin de toilette, se raser et filer au bureau sans parler à personne. Il n'avait surtout pas envie de croiser Blanche. Il devait faire vite, car Anne ne tarderait plus à se lever. Il sortit le blaireau, le rasoir, ouvrit l'eau à faible jet pour ne pas faire de bruit.

Ses gestes étaient rapides et précis.

Mais quand il leva les yeux vers le miroir, il s'arrêta brusquement.

Alors qu'hier encore le visage qui se cachait sous la moustache touffue lui était familier, ce matin, Raymond avait l'impression de se heurter à un inconnu. Le visage habituel dont il connaissait les moindres détails et qui le suivait depuis toujours avait changé sans crier gare. Comme si la jeunesse lui avait donné un dernier rendez-vous la veille au soir et qu'ensuite elle avait profité de la nuit pour s'enfuir.

Devant lui, Raymond ne voyait plus qu'un vieil homme fatigué. Au coin des yeux, il y avait des rides qu'il n'avait jamais remarquées et la bouche était soulignée d'un pli profond.

Où donc était caché celui qu'il croyait être ? En avait-il profité pour se sauver avec Antoinette ?

Le cœur de Raymond se mit à battre plus fort et ses mains à trembler. Machinalement, il promena le blaireau sur son visage et poussa un soupir de soulagement. Sous la mousse, le visage disparut peu à peu, ne laissant que le reflet d'un regard qu'enfin il reconnut.

Il se rasa rapidement et quitta la maison comme on fuit un sinistre.

En arrivant au bureau, il écrirait à Charlotte. Il lui enverrait la lettre d'un vieux père qui s'ennuie de sa fille et lui souhaite tout le bonheur du monde.

Puis il appellerait Marc.

Il était temps d'apporter un souffle de jeunesse à son étude.

CHAPITRE 7

Une journée importante dans la vie d'Émilie

Septembre avait été plutôt maussade, ce qui n'avait rien amélioré à l'humeur des Deblois.

Quelques semaines auparavant, en fait quand la lettre annonçant le mariage de Charlotte était arrivée, Émilie avait senti un subtil changement dans l'attitude de son père. Il lui arrivait de plus en plus souvent de sursauter quand on l'interpellait, de répondre avec impatience, de s'emporter même. Cela ne lui ressemblait pas du tout. Heureusement, à cette même période, quelques gros contrats avaient été confiés à son étude. Alors Raymond travaillait beaucoup et s'il n'était pas à son étude, il s'enfermait dans le bureau sous prétexte d'un surplus d'ouvrage, ce qui semblait alléger l'atmosphère de la maison, alors qu'habituellement, c'était lui qui désamorçait les tensions. Émilie étant particulièrement sensible aux moindres modifications des caractères autour d'elle, elle ressentait un vague malaise devant une situation qu'elle ne comprenait pas. Quelle mouche avait donc piqué son père ? Il était tellement désagréable avec tout le monde qu'Émilie n'avait osé lui en parler. Était-ce la lettre ou le surplus d'ouvrage qui suscitait cette mauvaise humeur ? Ou peut-être une combinaison des deux ? Puis Émilie s'était imaginé que ce devait être la récente entrée d'Anne à l'école qui avait rappelé à Raymond qu'Émilie aurait dû, elle aussi, se présenter au couvent pour une dernière année. Une telle supposition avait donc fait en sorte qu'Émilie s'était sentie en partie responsable du malaise familial et depuis, elle s'en voulait.

Blanche, pour sa part, et au même moment, avait sombré dans une espèce de léthargie et de ce jour, elle ne faisait même plus l'effort de faire semblant qu'elle était bien chez elle. Était-ce la mauvaise humeur de Raymond qui déteignait sur elle ? À moins que là aussi, ce ne soit l'annonce du mariage de Charlotte qui ait causé tout ce remue-ménage. Émilie n'en savait trop rien. Mais le fait était que depuis la rentrée des classes, sa mère passait une grande partie de ses journées à lire ou à se reposer, évitant systématiquement de rencontrer Marcel, se limitant à l'essentiel dans la maison et se contentant de quelques échanges verbaux avec Émilie quand elle ne pouvait les éviter. Et cela non plus ne ressemblait en rien à ce à quoi la jeune fille était habituée venant de la part de sa mère. Quant à Anne, fidèle réplique de Charlotte, elle n'éprouvait aucune difficulté à l'école et prenait plutôt plaisir à faire le travail demandé. Pourtant, contrairement à ce à quoi Émilie se serait attendue, Blanche ne semblait pas le moindrement intéressée par l'entrée en classe de sa petite sœur. À peine deux semaines et Blanche avait décrété qu'Anne serait assez grande pour aller à l'école toute seule. Émilie connaissait suffisamment sa mère pour savoir que ce n'était pas normal. Alors que celle-ci avait déployé efforts et encouragements pour Charlotte et elle, cette fois-ci, Blanche semblait plutôt indifférente et se contentait de remarques curieusement contradictoires qui variaient selon son humeur de la journée. C'est ainsi que chaque retour d'Anne, en fin d'après-midi, était salué d'une repartie qui ne s'adressait pas directement à elle, mais qui ne laissait aucun doute quant à la destinataire.

— J'apprécie les gens qui savent se débrouiller seuls, lançait-elle certains jours devant la petite fille qui filait invariablement dans sa chambre dès son arrivée à la maison.

Ces jours-là, la famille avait droit à un repas à peu près normal, comme ils y étaient habitués. Toutefois, d'autres jours, elle disait avec humeur, alors qu'on entendait claquer la porte de la chambre d'Anne:

— Et après, on dira que je ne m'occupe de personne ici! C'est plutôt le contraire qui se produit: personne ne s'occupe de moi! C'est à peine si ma fille m'envoie un petit bonjour du bout des lèvres quand elle arrive. Que personne ne vienne se plaindre si je n'ai pas envie de jouer à la servante.

Ces soirs-là, Blanche n'assistait jamais au souper et la famille devait se débrouiller toute seule. Émilie avait beaucoup de difficulté à suivre le raisonnement de sa mère. La seule constante dans tout cela était que les jours où sa mère maugréait, elle passait une grande partie de son temps enfermée dans sa chambre d'où elle ne sortait que la mine sombre et le regard curieusement brillant. S'ensuivait une période de propos lancés à tout venant, parfois incohérents, souvent acerbes et toujours amers dans lesquels Blanche accusait l'univers, les hommes et la vie pour le peu d'intérêt qu'on lui portait. Ces jours-là, Blanche ne se plaignait jamais d'aucun de ses malaises habituels et en oubliait même de prendre les médicaments quotidiens qui, disait-elle, lui permettaient de fonctionner normalement. C'était à n'y rien comprendre, puisque Blanche restait le plus clair de son temps dans sa chambre. Pourquoi rester couchée si elle n'était pas malade? D'ordinaire, quand Blanche souffrait d'un quelconque malaise, elle se faisait un devoir d'en tenir toute la famille informée.

Non, Émilie ne comprenait plus rien à sa famille et elle était malheureuse.

Toutes les contradictions qui avaient entouré sa vie semblaient avoir trouvé leur apogée dans les mois qu'elle venait de vivre. Et elle avait de plus en plus mal au ventre depuis ce temps.

Ce qui, soit dit en passant, ne la surprenait pas vraiment.

Depuis toujours, Émilie avait cru qu'en plus de ses problèmes de santé, les tensions lui donnaient des crampes. Comment expliquer autrement que chaque fois qu'elle avait eu une sortie à faire, surtout quand elle était petite, elle avait eu mal au ventre ? N'était-ce pas là la preuve de ce qu'elle avançait ? Elle se disait qu'elle avait un tempérament nerveux et que tous ses problèmes découlaient de cela. Émilie avait vécu jusqu'à ce jour avec cette certitude au cœur. Aujourd'hui, elle n'en était plus aussi certaine, car les malaises apparaissaient un peu n'importe quand. Était-ce vraiment à cause de son alimentation, comme le proclamait sa mère depuis qu'elle était enfant ? Pourtant, à l'exception de certains aliments qu'elle devait éviter, le médecin n'avait fait aucune recommandation spéciale.

— Tu vas devoir t'habituer, ma pauvre enfant. Les troubles sont irréversibles, lui avait-il dit lors de sa dernière visite.

Et Blanche avait renchéri, disant qu'elle-même vivait ainsi depuis toujours. Émilie était comme elle, c'était héréditaire.

Peut-être bien. Émilie ne le savait plus vraiment, mais elle n'osait se plaindre de peur de voir la situation familiale se détériorer encore plus. C'était à peine si ses parents échangeaient quelques mots à l'heure des repas depuis quelque temps. De toute façon, à force de vouloir être normale, Émilie en était arrivée à se dire que ses problèmes de santé étaient probablement psychosomatiques. Cela rejoignait l'hypothèse de la nervosité. À l'instar de Blanche qui lui avait appris à consulter le dictionnaire médical depuis quelques années déjà, le vocabulaire d'Émilie en la matière était fort pertinent. Elle s'était convaincue que tous ses malaises n'étaient que pure spéculation. Elle n'avait qu'à ignorer sa fragilité pour devenir plus forte. Et ainsi, les crampes finiraient bien par disparaître de guerre lasse. N'empêche que laissée de plus en plus à elle-même alors qu'elle était habituée à s'en remettre aux autres pour prendre ses décisions, Émilie se sentait perdue. Elle en était même venue à regretter d'avoir laissé l'école, son horizon présent étant plus embrumé que jamais. Surtout les jours où sa mère semblait perdue dans ses pensées, marmonnant toute seule, s'inquiétant de tout sauf de ce qui aurait dû l'inquiéter, comme le fait qu'Anne allait et revenait seule de l'école. Mais comment Émilie aurait-elle pu se douter de ce qui se passait vraiment ? Élevée en vase clos entre la maison et le couvent, la jeune fille était aussi naïve qu'une jeune enfant. Alors, quand Blanche affirmait d'une voix pâteuse, prenant appui sur les meubles ou le mur, qu'un médicament spécial contre les problèmes gastriques la rendait nauséeuse et vacillante, Émilie la croyait. Mais cela ne l'empêchait pas de regretter amèrement sa décision du printemps précédent. Les heures qu'elle aurait pu passer au couvent lui auraient permis de se soustraire à l'ambiance de la maison qu'elle supportait de plus en plus difficilement. Tant pis pour ses compagnes qu'elle trouvait jeunes et superficielles : leur babillage insouciant lui manquait terriblement. Et peut-être que ce faisant, l'humeur de son père aurait été meilleure.

Ne restait, en bout de ligne, que les heures qu'elle passait en compagnie de Marcel pour donner un peu d'agrément à une vie plutôt stationnaire. Toutefois, Émilie était loin d'avoir trouvé la satisfaction qu'elle croyait ressentir à ne faire que ce qu'elle aimait. Bien sûr, le dessin conservait tout son attrait à ses yeux, mais les techniques imposées par Marcel la laissaient perplexe. La jeune fille devait avouer que même après des mois d'essai, elle n'était toujours pas à l'aise avec les couleurs vives. Elle réussissait ses dessins de mieux en mieux, mais dès qu'elle appliquait la couleur, l'ensemble lui semblait artificiel et plaqué.

Peut-être n'avait-elle aucun talent ?

Cette constatation la décevait et l'inquiétait. Comme le disait si bien son père : comment allait-elle gagner sa vie si le besoin s'en faisait sentir ?

Malgré tout, elle obligeait son imagination à se faire discrète et alors qu'elle voyait paysages et natures mortes dans des vaporeux d'aube, de soleil voilé et de tulle léger, Émilie s'efforçait de créer des contrastes qui sauraient satisfaire son professeur.

À vrai dire, au-delà des dessins et de la peinture, Émilie était prête à tout pour plaire à Marcel.

La jeune fille qui n'avait connu que quelques amis au cours de son enfance et de sa jeunesse tenait à la présence régulière de cet homme vibrant. Même s'il était exigeant et peu enclin aux discussions, il n'en restait pas moins que le jeune homme avait un charisme indéniable et qu'il était plutôt avenant. Il n'en fallait pas plus pour qu'Émilie tombe sous le charme. Hormis son père qu'elle ne voyait pas vraiment autrement que comme un père et Marc qui avait fréquenté Charlotte pendant quelques mois et qu'elle considérait plutôt comme un frère ou un cousin, Émilie ne connaissait rien aux hommes. La moindre parole gentille venant de Marcel était perçue comme un message discret disant l'intérêt qu'il portait à sa jeune élève. Les émois de son cœur lui semblaient donc tout à fait délicieux et par le fait même, fort éloquents.

Émilie en était convaincue : elle était amoureuse et Marcel le lui rendait bien.

Quand le jeune professeur posait sa main sur la sienne pour guider le crayon ou le pinceau, Émilie avait l'impression qu'il devait entendre son cœur battre tellement elle était émue. La moindre approbation de la part du jeune homme résonnait à ses oreilles comme une déclaration d'amour.

À défaut d'une famille chaleureuse où elle aurait pu s'épanouir selon sa nature propre, Émilie s'était inventé une idylle où son imagination fébrile de jeune femme y trouvait son compte. Il lui suffirait d'attendre un peu pour que Marcel ose se déclarer. Il ne serait pas aussi gentil avec elle s'il n'était pas amoureux.

Un sourire, une parole agréable, un compliment faisait le soleil de sa journée, une remarque désobligeante l'assombrissait.

Octobre venait tout juste d'arriver, repoussant devant lui la grisaille qui avait enveloppé septembre.

Émilie fut éveillée par un rayon de soleil qui frappait le mur de sa chambre, l'illuminant de milliers de pépites d'or. Elle dessina un large sourire. Enfin ! Un peu de soleil ne ferait de tort à personne dans la maison.

La jeune fille se tourna sur le dos et glissant une main sous sa tête, elle poussa un long soupir de contentement avant d'étirer l'autre bras pour ouvrir la tenture. Dans le jardin, la lumière frémissait dans le feuillage orangé du gros érable et la brise qui rabattait mollement quelques fins rameaux du chêne encore vert faisait un mélange de couleurs qui la ravit.

Émilie eut envie de faire un tableau tout de suite. Dans sa tête, elle superposait déjà les couleurs en touches délicates. Non comme Marcel l'enseignait, mais comme sa sensibilité le lui suggérait. Le bleu du ciel était trop tendre, les orangés encore trop doux et les roses qui subsistaient trop délavés pour songer à faire une toile agressive. Si Émilie comprenait le bien-fondé des contrastes qui permet d'ajouter de la profondeur, ce matin le jardin était trop frémissant de gouttes de lumière pour qu'elle ait envie de suivre les conseils de son professeur. Elle ferait une petite toile comme elle la sentait naître en elle.

Et comme le cours d'aujourd'hui n'avait lieu qu'en après-midi, Émilie allait s'y mettre tout de suite et ainsi elle pourrait surprendre Marcel. Peut-être comprendrait-il ce qu'elle essayait de lui expliquer quand elle disait qu'elle n'arrivait pas à sentir les couleurs vives ?

Elle se leva d'un bond, s'habilla à la hâte et descendit à la cuisine qu'elle traversa en coup de vent pour se rendre dans l'appentis qui lui servait d'atelier. En l'entendant passer, Blanche leva les yeux du courrier qu'elle était à vérifier.

— Bonjour quand même... Où est-ce que tu cours comme ça ? Il y a le feu ou quoi...

Émilie s'arrêta en plein élan, juste le temps de se retourner pour répondre.

— Oui, bonjour. As-tu vu comme il fait beau, ce matin ? J'ai envie de peindre notre jardin.

Blanche leva les yeux au ciel. Elle savait apprécier le talent de sa fille, était prête à l'encourager, mais elle jugeait quand même qu'il y avait d'autres priorités dans la vie. Comme celle de prendre soin de sa santé. Pour Émilie, c'était une question vitale.

— Comme ça ? Sans manger ? Ton dessin peut attendre, non ?

— Non, justement, lança Émilie qui fourrageait déjà dans son matériel à la recherche d'une toile déjà montée et vierge. La lumière ne m'attendra pas. Regarde dehors, maman ! Il y a des pépites qui brillent dans l'air et ça ne durera pas longtemps.

Blanche haussa les épaules en jetant un regard distrait vers le jardin. Elle ne vit que la terrasse ceinturée d'arbres. La terrasse de tous les jours, quoi ! Qu'est-ce qu'Émilie avait dit, au juste ? Des pépites dans l'air ? Quand même ! Décidément, tout le monde avait tendance à l'exagération dans cette famille. Raymond était à peine sociable depuis un mois, Anne s'enfermait de plus en plus souvent dans sa chambre au moindre prétexte et voilà qu'Émilie, ce matin, commençait à faire des siennes et faisait fort peu de cas des remarques de sa mère. Depuis que ce Marcel était entré dans sa vie, Émilie prenait sa santé un peu trop à la légère. Cela ne pourrait durer encore très longtemps sans risquer la catastrophe, d'autant plus que Blanche ne pouvait intervenir régulièrement comme elle le faisait quand Émilie était enfant... Elle reporta les yeux sur le courrier en soupirant. Une enveloppe arrivée d'Angleterre acheva de la déprimer. Soleil ou pas soleil, les jours se suivaient inexorablement et se ressemblaient un peu trop à son goût. Blanche lança les lettres en travers de la table.

— Je descends au sous-sol, annonça-t-elle en direction de l'atelier.

Puis après une légère hésitation, Blanche ajouta avec un grand sourire :

— Je veux vérifier les lainages. Même s'il fait très beau, on est tout de même en octobre. L'hiver est à deux pas.

Satisfaite, Blanche ouvrit la porte qui menait à la cave...

* * *

En deux heures à peine, Émilie avait fait une superbe petite peinture. Du moins, la jugeait-elle superbe. Elle avait ajouté une fontaine au décor familier de leur jardin et les gouttes d'eau gorgées de soleil s'unissaient aux éclats de lumière pour faire un paysage très clair, ensoleillé et doux.

Émilie recula de quelques pas pour juger de l'ensemble et aussitôt un large sourire éclaira ses traits. Marcel ne pourrait rester insensible à son tableau. Émilie le jugeait très réussi et il illustrait tout ce qu'elle avait tenté d'expliquer au fil des derniers mois. Malgré l'emploi de couleurs délavées, le paysage était éclatant de lumière, tout comme cette magnifique matinée d'octobre.

Quand Émilie revint à la cuisine pour laver ses pinceaux, elle eut l'impression que Blanche n'avait pas bougé de sa place de tout l'avant-midi. Assise à la table, elle se tenait la tête à deux mains et fixait le vide devant elle.

— Ça ne va pas, maman?

Blanche leva un regard brillant. Émilie pensa aussitôt que sa mère faisait de la fièvre. Déposant ses pinceaux sur le bord de l'évier, elle s'approcha de la table et posa une main sur le front de sa mère. Curieusement et contrairement à ce à quoi elle s'attendait, le visage de Blanche était normal. Au contact de cette main fraîche sur son front, Blanche sursauta violemment.

— Veux-tu bien me laisser tranquille! lança-t-elle avec agressivité.

Pour aussitôt se reprendre en repoussant sa chaise pour se relever.

— Je m'excuse, Émilie. Effectivement, je ne me sens pas très bien, ce matin.

La voix de Blanche avait toujours été un peu nasillarde et haut perchée. Mais présentement, elle semblait surexcitée. Émilie fronça les sourcils au moment où, vacillante, Blanche prenait appui sur le dossier de la chaise.

— Est-ce que je peux t'aider?

Blanche aurait eu envie de dire oui tant elle était étourdie. Depuis quelques semaines, elle avait beaucoup de difficulté à se contrôler et il lui arrivait fréquemment de ne refermer la bouteille qu'au moment où la tête commençait à lui tourner. Mais habituellement, quand elle remontait de la cave, Émilie était encore dans l'atelier avec Marcel et Blanche pouvait regagner sa chambre en toute impunité. Ce matin, elle avait oublié qu'Émilie était seule à la maison. Blanche promena un regard tendu autour d'elle. Il lui restait suffisamment de lucidité pour comprendre qu'il lui fallait trouver une excuse sinon Raymond risquait d'être mis au courant de la situation et lui, il ne se laisserait pas berner facilement.

— D'accord, fit-elle enfin d'une voix à peine audible cette fois-ci. J'ai dû manger quelque chose qui ne m'allait pas, je me sens tout étourdie.

Dans son désarroi, Blanche avait élaboré la seule réponse plausible pour expliquer sa mauvaise mine et cela sembla satisfaire Émilie. Ce n'était pas la première fois que sa mère avait de la difficulté à digérer, c'était même plutôt courant, d'où ce nouveau médicament qu'elle semblait prendre de plus en plus souvent. Cette fois-ci était pire que les autres, tout simplement.

— Viens, appuie-toi sur mon bras, offrit-elle en soutenant Blanche. Je vais t'aider à monter à ta chambre. Une bonne sieste et tu iras mieux.

Blanche ne se le fit pas dire deux fois et s'en remettant à Émilie, elle se laissa guider jusqu'à son lit.

Émilie referma doucement la porte en soupirant de déception. Elle aurait bien aimé montrer sa toile à sa mère et connaître ses impressions avant de la présenter à son professeur. Maintenant, comment pourrait-elle être certaine qu'elle avait bien atteint le but poursuivi ? Émilie ne serait toujours qu'Émilie et elle avait beaucoup de difficulté à se faire une opinion toute seule. Elle redescendit au rez-de-chaussée en se mordillant les lèvres.

Mais quand elle arriva dans l'atelier, elle n'eut plus aucun doute. Pour une fois, elle était sûre d'elle. Le soleil avait poursuivi sa course dans le ciel et si maintenant le jardin semblait éteint, simplement éclairé de l'extérieur et non de l'intérieur comme tout à l'heure, c'était sa toile qui vibrait de lumière, frappée en diagonale par un rayon doré. Non, vraiment, Marcel ne pourrait rester indifférent.

Émilie n'aurait pu si bien penser. Dès que Marcel entra dans l'atelier, son regard fut effectivement attiré par l'œuvre qu'Émilie avait faite et qu'elle avait laissée en évidence sur le chevalet. Il fronça les sourcils, recula, avança de nouveau et se campant sur ses jambes, il mit les poings sur ses hanches. À deux pas derrière, intimidée, Émilie espérait un avis favorable. Au lieu de quoi, s'approchant encore plus, Marcel lança avec humeur:

— Décidément, vous avez la tête dure, mademoiselle Émilie.

Déjà, que Marcel s'entête à la vouvoyer attristait la jeune fille mais qu'en plus, il n'apprécie pas sa toile lui fit monter les larmes aux yeux. Que voulait-il dire au juste? Le dessin était parfait et il était éclatant de lumière. Que demander de plus?

— On dirait un aquarium, poursuivait Marcel sans tenir compte d'Émilie qui n'avait pu retenir un reniflement. Le jeu des contrastes, mademoiselle. Avez-vous oublié le jeu des contrastes? On dirait que votre paysage se noie dans de l'eau de vaisselle.

Enfin Marcel se décida et se redressant, il se tourna vers Émilie.

— Mais qu'est-ce que c'est que ces larmes, maintenant? Je ne dis pas que c'est mauvais, concéda-t-il enfin. Je dis seulement que vous avez oublié de mettre du relief. Tout se perd dans la brume.

Mais c'était là exactement ce qu'Émilie avait voulu rendre: la brume lumineuse d'une belle matinée d'automne. Mais avant qu'elle n'ait pu reprendre suffisamment sur elle pour tenter d'expliquer ce qu'elle avait vu et ressenti, Marcel s'était emparé de sa palette de peinture et armé d'un pinceau, il s'approcha du chevalet.

— Je vais tenter de vous illustrer ce que j'essaie de vous dire. Votre toile s'y prête à merveille. On va jouer de ce que j'appelle le clair-obscur.

Et sans même demander l'autorisation à Émilie, il commença à ajouter de l'ocre et du brun aux arbres que la jeune fille avait peints dans la palette des jaunes et des roses orangés.

— C'est comme votre terrasse, poursuivait-il emporté par l'enthousiasme de ses explications. Votre terrasse manque de profondeur. On dirait qu'elle est plate. Plus elle est près de nous, plus elle doit être foncée. Voici, regardez !

Et d'étayer son discours de touches verdâtres qui effectivement rapprochèrent la terrasse de pierres. Mais Émilie s'en fichait de la terrasse. Ce n'était pas ce qu'elle voulait illustrer par sa peinture. C'était l'atmosphère qu'elle avait voulu rendre, pas simplement un paysage d'automne. Et si par ses touches de couleur, Marcel avait donné du volume aux arbres et de la perspective à la terrasse, il ne restait plus rien de la légèreté lumineuse qu'Émilie avait su insuffler à sa toile. La jeune fille renifla encore une fois. Mais cette fois-ci, c'était de colère. De quel droit Marcel avait-il tout gâché ? Car c'était là le mot qui venait à l'esprit d'Émilie : sa peinture était irrémédiablement gâchée. Techniquement, elle était peut-être parfaite, mais elle était banale.

Quand il se retourna enfin vers Émilie pour voir si elle avait bien suivi ses explications, Marcel comprit qu'il venait de commettre une erreur. Alors qu'il l'avait toujours vue calme pour ne pas dire passive, Marcel se heurta au regard d'Émilie. Un regard qui lançait des éclairs. Mais avant qu'il n'ait pu émettre la moindre contrition, Émilie détourna la tête en disant :

— Je m'excuse, mais je suis incapable de suivre, aujourd'hui.

À chacun son orgueil et sa façon de l'exprimer ! Il n'était pas question pour Émilie d'émettre le moindre commentaire sur ce que Marcel venait de faire. Pas plus sur le résultat obtenu que sur la façon d'agir.

— Je ne me sens pas bien. Je vais devoir me retirer.

Une curiosité certaine traversa le regard de Marcel. S'il savait qu'Émilie était de santé fragile, il ne savait pas de quelle nature était son mal. Sur le sujet, Émilie était intraitable et avait exigé la plus totale discrétion de la part de sa mère. Elle trouvait cela trop gênant, trop humiliant que de parler de ses problèmes intestinaux. Et ce n'était sûrement pas aujourd'hui que la curiosité de Marcel allait être satisfaite. Sans lui accorder la moindre attention, Émilie se glissa dans la cuisine et lança par-dessus son épaule :

— Je regrette, Marcel, mais je ne me sens vraiment pas bien. Nous nous verrons demain. Vous connaissez le chemin, n'est-ce pas ?

Et sans plus, elle se dirigea vers l'escalier pour monter à l'étage, espérant seulement qu'elle n'éclaterait pas en sanglots avant qu'il n'ait quitté la maison.

Elle poussa un soupir de réel soulagement lorsqu'elle entendit la porte d'entrée se refermer. Puis elle passa à la salle de bain, s'aspergea le visage avec de l'eau fraîche et attrapant une veste de laine, elle sortit à son tour. Elle ne voulait surtout pas que sa mère la voie dans cet état.

Ses pas la menèrent tout naturellement au parc La Fontaine. C'était là le seul endroit où Émilie allait sans ressentir l'habituelle hantise de quitter la sécurité de la maison.

Quand elle dessinait, Émilie pouvait passer des heures sans ressentir le moindre malaise.

Elle s'installa sur son banc habituel en proie à des tourbillons de questions contradictoires, à des milliers de sensations toutes plus tristes les unes que les autres. Elle n'avait aucun talent et depuis six mois, tout ce qu'elle faisait n'était que perdre son temps. Son père avait peut-être raison. Elle revit la main de Marcel qui tenait le pinceau pour retoucher sa toile. Pour barbouiller sa toile… La colère reflua avec violence. Pour être aussitôt remplacée par une tristesse sans nom. Marcel n'avait-il aucun attachement envers elle pour avoir agi avec autant de désinvolture ? De nouveau, la menace d'une ondée de larmes se fit imminente et Émilie se mit à renifler vigoureusement pour l'endiguer. Et dire qu'il faisait si beau, qu'elle était si joyeuse ce matin.

Elle s'appliqua à regarder autour d'elle pour tenter d'oublier la douleur qu'elle avait au cœur, qu'elle avait à l'âme. En ce moment, Émilie avait la très douloureuse impression que tout ce qui avait de l'importance dans sa vie était en train de s'effriter. Dans le parc, attirés par la douceur de l'air, les gens déambulaient à pas lents, devisant joyeusement. Émilie était probablement la seule personne à être triste ici. Il faisait trop beau pour être malheureux. Quelques personnes marchaient en levant la tête, les yeux mi-clos pour offrir leur visage à la tiédeur du soleil.

Comment Émilie pouvait-elle avoir des pensées sombres par une si belle journée ?

L'espace d'une seconde, elle regretta de ne pas avoir pris avec elle son calepin de croquis et ses crayons. Puis elle soupira. Cette idée avait ramené l'inconfort de ses indécisions. Pourquoi songer à dessiner puisqu'elle n'avait aucun talent ? Son regard fut alors attiré par un groupe de jeunes gens qui semblaient s'amuser. Leurs rires montaient tout légers dans l'air saturé de soleil. Émilie ébaucha un sourire un peu triste. Ce n'était pas la première fois qu'elle voyait ce joyeux groupe. Leurs rires et leurs discussions animées l'avaient souvent attirée. D'autant plus que ces jeunes gens s'installaient au parc avec chevalet, calepin et attirail de dessin ou de peinture. Ils devaient être étudiants aux beaux-arts, les chanceux ! Elle aurait volontiers donné quelques années de sa vie pour être en santé et pouvoir suivre des cours comme tout le monde, dans une école, avec des amis.

Émilie les avait souvent enviés de venir ici en groupe alors qu'elle était toujours seule. Mais jamais elle n'avait osé les aborder. Sa timidité naturelle finissait toujours par avoir le dernier mot quand elle essayait de se faire violence pour franchir les quelques pas qui parfois la séparaient d'eux.

Mais aujourd'hui, quand elle se mit à les observer avec insistance, la gêne qu'elle avait toujours ressentie fut rapidement remplacée par la curiosité. Que dessinaient-ils ? Quelles couleurs employaient-ils ?

Eux, avaient-ils du talent ?

Incapable de se retenir, Émilie se releva et s'approcha du groupe. Il lui fallait une réponse. Un des membres du groupe, la voyant se diriger vers eux, se mit aussitôt à faire le pitre.

— Attention, les gars, on a de la visite ! Faites gaffe aux coups de crayon, notre avenir se joue peut-être en ce moment même !

Un grognement moqueur lui répondit et il n'en fallut pas plus pour qu'Émilie se mette à rougir comme une pivoine.

— Et en plus, notre visiteuse est très jolie, poursuivait le jeune homme, imperturbable. Vous n'avez jamais pensé à servir de modèle, mademoiselle ? ajouta-t-il en se tournant carrément vers Émilie. Je vous verrais entourée d'un rose très doux, avec une pointe de vert pastel.

Curieusement, même si elle avait l'impression qu'on se moquait gentiment d'elle, à ces mots, toute la gêne d'Émilie s'envola en un instant. C'était la première fois qu'on s'adressait à elle d'égal à égal. Elle était une jeune fille comme toutes les jeunes filles, abordée par un jeune homme qui ressemblait à n'importe quel jeune homme. Et puis, il avait parlé de rose très doux, de vert pastel...

À cet instant un autre jeune homme, jusqu'alors silencieux et concentré sur son travail, se détourna de sa toile pour la dévisager. Il comprit aussitôt ce que son copain avait voulu dire : Émilie était une jeune fille d'une beauté rare. Il lui fit un grand sourire.

— Ne les écoutez pas ! Ce n'est qu'une bande de rustres.

Puis revenant à sa toile, il demanda :

— Vous vous intéressez à l'art ?

— À la peinture, oui.

Émilie n'osait dire qu'elle peignait elle aussi. Pourtant, ce qu'elle voyait n'était ni mieux ni pire que ce qu'elle faisait. C'était différent, tout simplement. Le deuxième garçon revint poser les yeux sur elle :

— Il me semble que je vous connais, fit-il en fronçant les sourcils.

— Peut-être, répondit Émilie, rougissant de plus belle.

Elle se décida d'un coup.

— Je viens parfois dessiner ici, moi aussi.

— Oh ! Vous dessinez ?

Se moquait-on d'elle ? Émilie haussa imperceptiblement les épaules.

— J'essaie. Je ne prétends pas avoir du talent, ajouta-t-elle précipitamment en repensant à l'incident du midi, mais…

— Et qu'est-ce que le talent ? l'interrompit alors le premier garçon. Comme le disait un de mes anciens professeurs, il suffit d'un bon coup de dessin et de beaucoup de persévérance. Une grande partie du talent réside dans le travail.

— Vous croyez ?

— J'en suis certain.

Quelques mots, l'intuition qu'on partageait son point de vue et Émilie avait complètement oublié qu'habituellement, elle était timide.

— Et qu'est-ce que vous faites des techniques ? demanda-t-elle. Le jeu des contrastes, l'emploi des couleurs pour donner du relief, de la profondeur…

À ces mots, trois têtes se tournèrent vers elle. Il semblait bien que cette jeune personne savait de quoi elle parlait.

— C'est bien certain que les techniques sont importantes, reprit alors l'un des garçons. Mais elles ne doivent jamais supplanter l'instinct. Elles doivent être à son service. Chaque peintre doit découvrir l'utilisation des techniques qui lui est propre. Chaque peintre doit avoir son style. C'est à cela qu'on décèle le talent. Le vrai. N'importe qui peut être un bon copiste. Il suffit simplement d'exécuter les techniques. Le talent se voit à autre chose.

Émilie buvait les paroles du jeune homme. Elles rejoignaient tellement bien tout ce que d'instinct, justement, elle avait toujours cru. Mais elle devait être bien certaine qu'elle ne se trompait pas. S'en voulant de cette sempiternelle indécision quand venait le temps d'avoir une opinion, Émilie osa demander :

— Et d'où vous vient cette certitude ? De vos professeurs ?

— Professeurs ? Non, pas dans le sens généralement admis. J'ai déjà suivi des cours de dessin. Des cours formels. J'ai vite déchanté. Avoir un professeur, c'est aussi avoir un carcan. Je veux peindre comme je le sens, pas comme on me dit de le faire. Avoir un professeur, c'est prendre le risque de lui ressembler. Et dans un domaine comme celui-là, c'est la pire chose qui peut arriver.

— Je suis bien d'accord, murmura Émilie.

Elle leva les yeux vers le jeune homme qui lui parlait, avide de savoir, de tout comprendre.

— Mais comment faire ? Moi aussi, il m'arrive de sentir les choses comme si elles faisaient partie de moi. Mais comment les rendre ? Vous ne croyez pas que c'est là, justement, que la technique a toute son importance ?

— C'est certain. Mais il y a autant d'application qu'il y a de peintres… Et c'est le travail en atelier qui permet d'exploiter nos capacités tout en observant comment les autres s'y prennent. C'est pour moi la meilleure école qui soit. C'est stimulant et extrêmement instructif que de travailler avec d'autres.

Le jeune homme lui offrit un beau sourire.

— Et pourquoi ne viendriez-vous pas faire un tour à notre atelier ? Si vous apportiez votre travail, je suis certain que Gabriel se ferait un plaisir de vous conseiller.

— Gabriel ?

— C'est l'un d'entre nous. Il vient d'arriver de Paris. Il a un talent fou, une technique sûre et ses conseils ne sont jamais contraignants.

— Peut-être, murmura Émilie.

La tentation était grande. Avoir l'avis d'un étranger qui s'y connaissait était aussi tentant que la perspective de manger un gros morceau de gâteau au chocolat. La comparaison était boiteuse, mais pour Émilie elle illustrait à merveille ce qu'elle ressentait.

— Et il est où, votre atelier ?

— Pas très loin. Attendez...

Le jeune homme déchira une page de son cahier et inscrivit une adresse.

— Tenez. Vous pouvez venir quand vous voulez, il y a toujours quelqu'un.

Quand Émilie se retrouva assise sur son banc, son enthousiasme damait le pion à son manque de confiance habituel. Elle avait peut-être enfin trouvé une solution à ses problèmes de dessin.

Mais ce bel optimisme ne dura qu'un moment. Et si on lui disait qu'elle n'avait aucun talent ? Imaginer une telle chose lui donna une crampe à l'estomac. Rien de pire ne pourrait lui arriver. Et comment pourrait-elle fréquenter un atelier régulièrement avec ses intestins capricieux qui passaient sans cesse d'un extrême à l'autre, de la constipation la plus douloureuse à une crise de diarrhée encore plus pénible? Avec Marcel, c'était facile: un coup de téléphone et on annulait la séance. En toute discrétion. Alors que dans un groupe, comment s'absenter sans en subir des retards et sans avoir à justifier ses absences? Sans trop savoir en quoi consistait le travail en atelier, Émilie ne pouvait s'empêcher d'envisager une situation où au mieux, elle serait humiliée et au pire, ridiculisée.

Assise bien droite sur un banc du parc La Fontaine, Émilie tournait et retournait le papier entre ses doigts. Aurait-elle pour une fois le courage d'aller jusqu'au bout d'une envie? Il devait pourtant y avoir une solution. Elle n'allait pas passer sa vie à la regarder défiler comme une simple observatrice...

Pendant ce temps, à la maison, quand Blanche avait entendu la porte d'entrée se refermer avec fracas une seconde fois, elle s'était glissée hors des couvertures. L'étourdissement du matin était passé et pour contrer la nausée qui persistait, elle avait besoin d'un café très fort. Ensuite, elle aurait peut-être assez d'énergie pour faire un semblant de journée qui duperait Raymond et tous les autres.

Depuis qu'elle avait compris que Charlotte ne reviendrait plus, Blanche n'avait plus goût à rien.

Quand elle était à jeun, c'était un ennui réel, une inquiétude sincère qu'elle ressentait en pensant à sa fille aînée. Même si celle-ci l'avait toujours un peu déroutée, elle restait quand même sa fille et elle était très fière d'elle, de son intelligence. Comme lorsqu'elle était petite fille et qu'elle était première de classe. La savoir seule, loin de sa famille, la bouleversait. Alors elle buvait pour faire passer son inquiétude. Noyée dans les brumes de l'alcool, l'anxiété était moins grande. Mais d'une gorgée à l'autre, la réflexion de Blanche évoluait. Petit à petit, l'anxiété devenait tourment, puis interrogation et enfin impatience. Quand elle replaçait la bouteille, invariablement, Blanche était en colère.

Contre Charlotte, bien sûr, l'ingrate qui l'avait abandonnée, mais contre Raymond aussi, parce qu'il l'avait laissée faire. Et contre Émilie qui n'était bonne qu'à dessiner et qui ne levait jamais le petit doigt pour l'aider. Quant à Anne, l'impatience qu'elle ressentait à son égard n'avait besoin d'aucun stimulant pour voir le jour. Elle était omniprésente depuis l'instant où Blanche avait appris qu'elle était enceinte. Elle n'y pouvait rien. C'était contre nature d'avoir un enfant à plus de quarante ans, elle l'avait toujours dit.

Quand Blanche sortait enfin de sa torpeur, habituellement en début d'après-midi, il ne lui restait plus qu'une incroyable amertume dans la bouche et dans le cœur. Une amertume qui lui donnait envie de pleurer et de tout recommencer pour faire cesser la douleur. Parfois elle se permettait une autre incursion à la cave. Parfois, elle s'en abstenait parce qu'elle était consciente que l'alcool n'était pas facile à trouver en ces temps de disette. Elle devait étirer les provisions même si c'était désagréable d'avoir à le faire. D'où l'attitude qu'elle avait à l'égard d'Anne quand elle revenait de l'école. À jeun, elle appréciait qu'elle soit autonome. Quand elle avait bu, moins qu'en matinée mais quand même un peu, Blanche prenait conscience à quel point cette enfant l'agaçait. Un peu comme Charlotte qu'elle n'avait jamais comprise. Et toutes ses impatiences refaisaient surface.

Blanche en était à se demander si elle oserait une visite à la cave lorsque Émilie revint de sa promenade.

— Ça va mieux?

L'incident de la matinée revint aussitôt à l'esprit de Blanche. Vague et imprécis, mais suffisamment présent pour qu'elle cherche à savoir comment Émilie voyait la chose. Comment acceptait-elle les malaises qu'elle avait perçus chez sa mère? Avait-elle cru à sa mise en scène? Affichant un sourire, Blanche se hâta de rassurer sa fille. Mieux valait être de très bonne humeur pour tout faire oublier.

— En pleine forme. Et merci pour ton aide.

— De rien.

Le ton évasif employé par Émilie heurta l'oreille de Blanche. Se pourrait-il qu'il reste des interrogations à propos de son indisposition du matin? Il ne fallait surtout pas. Alors, mine de rien, elle demanda:

— Mais toi, par contre, on dirait que ça ne va pas. Des problèmes?

— Pas vraiment.

— Ce qui veut dire?

Émilie regarda longuement sa mère. Comment pourrait-elle lui expliquer? Comment lui annoncer qu'elle ne savait plus si Marcel était vraiment celui dont elle avait besoin? Dans le fond, c'était Blanche qui l'avait aidée à convaincre son père de quitter l'école et c'était encore sa mère qui avait fait toutes les démarches pour qu'elle puisse avoir un professeur à la maison. Comment prendrait-elle le fait que sa fille n'était pas vraiment satisfaite du résultat et qu'elle aimerait peut-être fréquenter un atelier? Mais encore là, Émilie pourrait-elle vraiment s'engager à suivre des cours avec la santé chancelante qui était la sienne? Il y avait tellement d'interrogations, d'incertitude dans tout cela que les larmes montèrent à ses yeux. Ce fut suffisant pour interpeller tout ce qu'il y avait de plus tendre dans le cœur de Blanche. Elle n'avait jamais pu résister aux chagrins de son Émilie. Elle était encore et toujours son bébé. Elle se leva précipitamment et vint jusqu'à Émilie dont elle entoura les épaules de son bras.

— Mais voyons donc ! Qu'est-ce qui se passe ? Tu as mal à quelque part ?

Émilie dessina un sourire tremblant pour rassurer sa mère. Puis s'essuyant le visage du revers d'une main, elle se dégagea et tenta de reprendre sur elle.

— Pas vraiment. Pas plus que d'habitude.

Émilie leva les yeux vers Blanche qui était plus grande qu'elle. Pourquoi cette gêne entre elles ? Blanche l'avait toujours soutenue, avait tout compris, était présente chaque fois qu'elle avait eu besoin d'elle d'aussi loin qu'Émilie se souvienne. Elle n'avait aucune raison de ne pas lui faire confiance.

Elle se décida d'un coup. S'il y avait quelqu'un sur terre qui puisse l'aider, c'était bien sa mère. Émilie lui raconta sa journée et termina en disant :

— Mais comment m'engager à fréquenter un atelier ? Quand je me couche le soir, je ne sais jamais comment je vais me sentir le lendemain.

— Et c'est plutôt embêtant, n'est-ce pas ?

— Et comment !

— Je comprends tout ça, ma chérie. J'ai le même problème. On est pareilles, toutes les deux.

Blanche était songeuse. Elle savait qu'une telle discussion allait survenir un jour ou l'autre. Elle l'avait même souhaitée. Mais pour Blanche, il était clair que le sujet devait être abordé par Émilie. Jusqu'à ce jour, la santé d'Émilie était un domaine délicat. Même s'il n'y avait jamais eu d'accusations directes, Blanche avait toujours senti de nombreuses mises en garde et même des accusations à travers les non-dits et les regards. De la part des médecins bien sûr, mais aussi de la part de Raymond. Dès qu'il était question de la santé d'Émilie, elle devait jouer de prudence. Mais aujourd'hui, Émilie n'était plus une enfant. Elle était une jeune femme capable de comprendre, capable surtout de prendre sa santé en mains. Blanche en était persuadée: avec une médication quotidienne, Émilie parviendrait à mener une vie normale. Et probablement qu'elle arriverait même à fréquenter un atelier comme elle semblait tant le souhaiter. Et cela réglerait le problème de Marcel par le fait même. Blanche n'avait jamais apprécié l'arrogance de ce jeune homme.

— Et si je te disais qu'il y a peut-être une solution?

Émilie afficha un large sourire.

— Une solution? Au problème de l'atelier?

— Indirectement, oui. Mais je pensais surtout à tes crampes, à ta santé.

La joie d'Émilie s'évanouit d'un coup.

— Tu sais bien qu'il n'y a aucune solution. Le docteur Jodoin le disait l'autre...

— Justement, le docteur Jodoin, l'interrompit Blanche. Je ne crois pas qu'il soit encore compétent pour te suivre. C'est un pédiatre et tu n'es plus une enfant.

— C'est vrai, approuva Émilie qui ne voyait quand même pas où sa mère voulait en venir.

À quelques pas d'elle, Blanche lui tournait le dos et fixait la tablette où elle rangeait sa panoplie de médicaments.

— Il y a certains médicaments qui ne sont peut-être pas appropriés pour les enfants, poursuivait Blanche sans tenir compte de l'interruption d'Émilie, mais qui peuvent faire des miracles pour les adultes.

Elle fit quelques pas et tendit la main pour se saisir d'une bouteille avant de se retourner vers sa fille.

— Dans le fond, toi et moi, on souffre d'un intestin nerveux.

Le mot «nerveux» accrocha l'oreille d'Émilie. N'était-ce pas là ce qu'elle avait toujours pensé? Elle se montra de plus en plus attentive aux propos de sa mère, s'attendant presque à voir un miracle.

— Si tu veux bien m'écouter, tu vas peut-être régler une partie de tes problèmes.

Et Blanche de se lancer dans une démonstration des bienfaits d'un peu de ceci et d'un peu de cela, selon les tendances journalières et les besoins spécifiques à chacun des aliments au menu. Démonstration menée de main de maître: quand venait le temps de parler maladie et médicaments, Blanche était intarissable. Quand elle eut terminé, quatre bouteilles s'alignaient sur le comptoir.

— Par contre, je te conseille d'être discrète, précisa Blanche quand elle eut donné toutes les explications qui lui semblaient essentielles. Tu sais comment sont les gens en santé, n'est-ce pas? Ils comprennent difficilement que d'autres puissent être malades. Et ton père n'échappe pas à la règle.

Sur ce, Émilie était bien d'accord avec sa mère. Combien de fois avait-elle essuyé les regards sarcastiques de ses compagnes de classe quand elle quittait la salle de cours précipitamment? Elle n'avait surtout pas envie de reproduire la situation chez elle. Ni même d'engager quelque discussion que ce soit avec son père. Blanche avait raison: valait mieux être discrète. Mais si c'était là la solution à ses problèmes, elle allait avaler toutes les potions dont sa mère lui avait parlé et sans grimace...

Quand elle se coucha ce soir-là, Émilie se voyait déjà entourée d'amis, suivant des cours, allant et venant à sa guise.

Se pourrait-il que ce soit enfin possible?

Elle se demandait seulement pourquoi sa mère ne lui en avait pas parlé avant. Puis elle en arriva à la conclusion que ce devait être tout simplement une question d'âge. Avant, Émilie était trop jeune pour supporter diverses médications. Mais aujourd'hui...

Elle s'endormit en se promettant de refaire sa peinture de mémoire. Elle devrait en être capable. Et quand elle serait bien certaine que les potions de Blanche étaient efficaces, elle se présenterait à l'atelier. Ainsi, ce fameux Gabriel pourrait juger objectivement. Et si tout allait pour le mieux, dans quelque temps, Émilie n'aurait plus besoin des services de Marcel. Le geste qu'il avait osé poser le matin même avait terni son auréole. Émilie n'était plus aussi certaine d'être amoureuse comme elle se plaisait à le croire.

Blanche s'endormit pour sa part en songeant que la journée avait finalement bien tourné. Émilie allait reprendre le contrôle sur sa santé, il n'en était que temps. Pauvre petite, avoir enduré tout ce mal si longtemps. Bien sûr, les crampes n'allaient pas disparaître pour autant, Blanche en connaissait un bout sur le sujet. Mais au moins, elles auraient l'avantage d'être contrôlées et cela permettrait à sa fille de mener une vie normale, tout comme elle. Si l'on avait voulu l'écouter aussi, cela ferait longtemps que le problème serait réglé ! De plus, avec un peu de chance, dans quelque temps, elle pourrait fréquenter un atelier. N'était-ce pas là le juste milieu entre les cours privés et le cours des beaux-arts ? Et ce faisant, Blanche pourrait enfin montrer la porte de sortie à Marcel qui avait une très mauvaise influence sur sa fille et se permettre de boire comme elle l'entendait.

C'était sans compter la réaction du principal intéressé. Même si Émilie l'agaçait par moments avec sa nature passive, qu'il trouvait même un peu mièvre et sans relief, Marcel ne pouvait se permettre de perdre son emploi. Il se présenta le lendemain avec quelques fleurs à la main et des excuses à la bouche. Il n'aurait pas dû s'emporter de la sorte et se permettre de toucher à la toile d'Émilie. Il était impardonnable.

Émilie, quant à elle, devant le changement d'attitude de

Marcel, jugea que l'incident était tout à fait pardonnable.

Elle était aussi rose que les fleurs si gentiment offertes.

Sur ce, elle remisa le projet de l'atelier très loin dans son esprit. Au besoin, il serait toujours temps d'y revenir…

Chapitre 8

Le secret de la petite Anne

Quand Anne était petite, elle avait hâte d'aller à l'école parce que Charlotte lui avait dit qu'il n'y avait rien de plus merveilleux que d'apprendre à lire.

— Tu vas voir ! Quand on sait lire, on n'est plus jamais seule. Un livre, c'est un ami. C'est maman qui m'avait dit ça quand j'étais toute petite et elle avait raison. Quand je m'installe pour lire, le temps n'existe plus et j'ai tous les personnages du livre comme amis.

Anne qui était presque toujours seule et qui trouvait souvent le temps bien long s'était mise à attendre avec impatience le jour où elle irait enfin à l'école. Vivement qu'elle apprenne à lire pour ne plus s'ennuyer !

Puis Charlotte était partie et sa mère avait décidé de reporter son entrée à l'école.

— Tu es trop petite pour faire le chemin toute seule, avait alors décrété Blanche. On verra plus tard. Moi, je ne peux m'engager à te reconduire régulièrement, ma santé n'est pas assez fiable.

Anne avait donc dû patienter toute une longue année de plus pour se faire dire que, finalement, elle ferait le chemin toute seule.

« Insignifiante » avait alors soupiré discrètement la petite Anne.

Elle trouvait que sa mère se contredisait souvent et cela l'agaçait beaucoup. Cependant, elle ne savait trop ce que signifiait le mot « insignifiante ». Mais comme sa mère l'employait régulièrement et avec impatience quand elle l'apostrophait, Anne jugea qu'il était approprié pour qualifier une mère qui l'impatientait de plus en plus souvent.

Puis elle se fit un devoir de passer à autre chose, elle avait plus important à faire que de ruminer des rancunes, elle devait se dépêcher d'apprendre à lire pour vérifier si Charlotte avait raison.

Mais ce fut cette semaine-là que la lettre arriva.

C'était la lettre qui annonçait que Charlotte allait se marier, ou était mariée, Anne n'avait pas trop bien compris. Mais chose certaine, il était question de mariage et elle n'était pas du tout convaincue que c'était une bonne chose.

Papa avait bien tenté de lui faire croire que oui, mais il n'avait pas réussi. Même si deux jours d'affilée, il était allé la chercher à l'école, ce qui était vraiment chouette, car l'établissement était assez loin de la maison, et même si finalement, ils étaient allés en personne annoncer la nouvelle à mamie, que celle-ci semblait heureuse pour Charlotte et qu'elle les avait même gardés à souper, Anne savait que ce n'était pas une si bonne chose que cela puisque, depuis ce jour, plus rien n'était pareil à la maison.

Maman, qu'Anne avait toujours connue malade, grognon ou un peu décousue dans ses discours, était pire que jamais. Blanche qui menait son monde à la baguette dès qu'il était question de prendre une décision concernant la famille en général et ses filles en particulier ne s'occupait plus de rien ou presque. Elle disait qu'elle vieillissait, que sa santé déclinait et qu'elle avait besoin de repos souvent dans la journée. Il arrivait même que les vêtements d'Anne soient restés sur la corde tendue au sous-sol et qu'elle doive aller les chercher elle-même le matin pour s'habiller. C'était plutôt curieux puisque maman disait qu'elle avait beaucoup de lavage à faire et qu'elle descendait souvent à la cave chaque jour. Anne n'y comprenait rien.

Quant à Émilie, elle avait été victime d'une attaque subite de dessin. Depuis quelque temps, elle passait des journées entières dans l'atelier alors que jusqu'à maintenant, elle avait toujours dit que passer de nombreuses heures à dessiner la fatiguait beaucoup. Mais ce qui était encore plus surprenant, c'était qu'Émilie, depuis quelques semaines, sortait tous les jours et même plusieurs fois par jour puisque c'était elle qui faisait dorénavant presque toutes les courses pour maman. Nouveau et vraiment déconcertant…

Émilie n'avait donc plus de crampes?

Avant, Émilie n'aimait pas beaucoup sortir de la maison, car elle disait qu'elle avait trop mal au ventre. Et voilà qu'Émilie ne se plaignait plus d'avoir mal. Pas un mot, jamais. Cependant, Anne avait remarqué que sa sœur faisait souvent des grimaces comme si elle avait très mal. Alors, avait-elle des crampes ou pas? Sur la question, Anne ne pouvait se prononcer. Elle n'avait jamais été malade et son expérience de la douleur se limitait aux écorchures et aux bleus.

Ce qui ne risquait plus d'arriver, car depuis la fichue lettre, papa ne l'emmenait plus au parc pour jouer. Pas une seule fois, pas même durant la fin de semaine. Il disait qu'il avait trop de travail. Cela, par contre, ce n'était pas nouveau. Papa avait toujours eu beaucoup d'ouvrage. Mais avant, il trouvait tout de même du temps pour jouer avec elle. Plus maintenant. Papa n'avait même plus le temps de lui lire une histoire, le soir avant le coucher. D'où l'importance d'être très attentive à l'école pour apprendre à lire le plus vite possible.

Alors, malgré sa tristesse de savoir Charlotte si loin et peut-être mariée, Anne recommença à être bien attentive durant les heures de classe et très studieuse le soir à la maison.

Et qui dit apprendre à lire, dit aussi apprendre à écrire.

Pas seulement les mots faciles comme *Lili a bu* ou *Léo a un bobo*. Ces mots-là, Anne les savait très bien. C'étaient les autres qu'elle voulait connaître. Les mots plus difficiles qui sauraient expliquer ce qui se passait à la maison.

Devant la tournure des événements, Anne avait décidé d'écrire à Charlotte. Premièrement, sa grande sœur serait vraiment surprise de recevoir une vraie lettre, avec des mots et non des dessins comme Anne en faisait habituellement. Mais en plus, Anne lui demanderait de revenir à Montréal. Le fait que Charlotte était mariée ne changeait rien à sa résolution : Charlotte n'avait qu'à revenir avec son mari.

Cela lui faisait tout drôle d'imaginer que Charlotte avait peut-être un mari. Est-ce que les gens l'appelaient madame, maintenant ? La chose lui semblait quasi impossible. Pas Charlotte ! À peine quelques jours avant de partir, sa sœur grimpait encore aux arbres avec elle et cela aurait été inconvenant pour une dame. Alors Charlotte ne pouvait être une vraie dame, pas comme maman. Mais chose certaine, il n'y avait que sa grande sœur pour ramener les choses à la normale. Quand Charlotte habitait ici, la vie était nettement plus agréable.

Et c'était pour cela qu'Anne faisait de gros efforts à l'école. Pour écrire à sa sœur, mais aussi pour le plaisir d'apprendre et pour la perspective de ne plus s'ennuyer quand elle se retrouverait seule à la maison et qu'il ne faudrait pas faire de bruit parce que maman était à se reposer. Et cela se produisait de plus en plus souvent. Charlotte avait tout à fait raison quand elle disait que l'école était bien agréable.

« En tout cas, c'est pas mal mieux que d'être ici, pensait régulièrement la petite Anne quand elle revenait de l'école et que sa mère lui lançait quelque propos désobligeant. Oui, j'aime beaucoup *plusss* être à l'école qu'ici. »

D'autant plus qu'Anne fréquentait une école publique au lieu du couvent. Une école où il y avait des filles mais aussi des garçons dans le bâtiment d'à côté, avec qui elle pouvait s'amuser après les heures de classe parce qu'il semblait bien que sa mère se souciait fort peu de l'heure où se terminaient les cours. Soulagée, Anne s'était vite rendu compte qu'elle n'était pas anormale : dans sa classe, il y avait des tas de filles qui, tout comme elle, aimaient jouer à des jeux vigoureux ! Et contrairement à ce que sa mère lui avait déjà dit, les billes n'étaient pas réservées aux garçons, au grand plaisir d'Anne qui avait toujours été fascinée par les couleurs chatoyantes des petites boules de verre qu'elle apercevait parfois quand elle allait au parc La Fontaine. Si ce n'avait été de l'atmosphère de plus en plus lourde qui régnait chez elle, Anne aurait été bien satisfaite de son sort : chaque jour, elle finissait par gagner quelques billes de plus qu'elle gardait bien cachées dans un sac de toile sous son lit, elle avait de bonnes notes et elle s'était fait des tas d'amis.

Et surtout, elle faisait de gros progrès en lecture et en écriture.

Ce fut ainsi qu'une grande partie de l'automne passa. Octobre avait été particulièrement doux et novembre n'était pas trop pluvieux. On pouvait encore prendre les récréations à l'extérieur dans la grande cour dallée de pierres. Mais il commençait à faire froid. Marcher dix pas par en avant et dix pas à reculons en compagnie d'un professeur, ça ne réchauffait pas vraiment. Faisant fi des recommandations qui interdisaient les courses en tous genres, Anne et ses amis s'étaient lancés dans une partie de chat perché. C'était à qui courrait le plus vite pour échapper aux autres. Et avant qu'une des institutrices n'ait eu le temps de s'apercevoir du manège et de ramener tout ce petit monde à l'ordre, ce qui devait arriver arriva: Anne emportée par le jeu trébucha sur une amie, fit une pirouette et atterrit sur une pierre qui lui écorcha le genou.

— Pauvre toi! Ça fait mal?

— Ça va.

Attroupées autour d'elle, quelques amies tendirent la main pour l'aider à se relever, ce qu'Anne fit toute seule en grimaçant.

Cependant, elle ne put s'empêcher de renifler parce que cela faisait très mal, malgré ce qu'elle en avait dit. Elle dépoussiéra son manteau puis elle se pencha pour voir l'ampleur des dégâts.

Si ce n'avait été que du genou, Anne aurait supporté la douleur sans dire un mot. Elle n'en était pas à un bobo près. Mais il y avait le bas. Un long bas de laine tout neuf, avec des torsades, que sa mère avait accepté d'acheter à la condition qu'Anne ne rouspète plus pour mettre sa tunique et qu'elle promette d'y faire bien attention.

Le bas était déchiré sur tout le genou et une grosse maille filait vers la cheville. Probablement que le reprisage serait impossible.

Et l'écorchure était vraiment vilaine avec plein de petits cailloux dedans et elle commençait à saigner beaucoup.

Alors Anne réagit par instinct. S'il fallait qu'elle revienne à la maison le genou pansé, maman ne verrait plus que le bas déchiré. Ce serait la punition à coup sûr. Cependant, si elle retournait chez elle tout de suite et que maman devait s'occuper de la blessure, ce serait différent.

Quand Anne se faisait mal, maman était toujours gentille avec elle.

— Je crois que je vais retourner chez moi, fit-elle en se redressant.

— Mais on n'a pas le droit de...

— Tant pis, interrompit Anne qui savait pertinemment qu'on

ne devait quitter l'enceinte de l'école sous aucun prétexte. J'y vais quand même.

Et sans donner d'explications, après un regard furtif autour d'elle, la petite fille fila vers l'entrée de la cour aussi vite que le permettait son genou endolori. Il ne fallait surtout pas qu'un adulte l'interpelle, sinon tout son plan tomberait à l'eau. Heureusement, personne ne porta attention à son stratagème et quelques instants plus tard, Anne clopinait en direction de la maison, tout de même un peu inquiète de ce que serait la réaction de sa mère.

Blanche était seule à la maison.

Elle savait qu'elle serait seule pour un bon moment, car Émilie avait plusieurs courses à faire.

Alors elle ne s'était pas réfugiée tout de suite dans sa chambre même si elle remontait de la cave et qu'elle avait un peu trop bu. C'était harassant à la fin de toujours devoir se cacher. Pour une fois, elle allait profiter de sa solitude et s'installer confortablement au salon, enveloppée dans le tartan de laine et somnoler en laissant ses pensées divaguer au gré de ses fantaisies. C'était tellement plus agréable de rester au salon avec tout ce soleil qui entrait par la fenêtre. Si dans une heure elle était toujours aussi étourdie, elle irait se coucher dans son lit...

Quand elle entendit la clé tourner dans la serrure, Blanche sursauta. Même si le bruit semblait venir d'infiniment loin, il avait retrouvé Blanche à travers sa somnolence.

Ce bruit n'était pas normal. Pas maintenant.

L'univers feutré où elle voguait mollement se changea subitement en murs qui tournaient dangereusement autour d'elle dès qu'elle ouvrit les yeux. Tout de suite, Blanche pensa à Raymond. Il avait dû oublier quelque chose. Ou alors, elle avait perdu tout à fait la notion du temps et c'était Émilie qui revenait déjà.

Blanche referma les yeux pour essayer de maîtriser l'étourdissement. Ce fut encore pire. La nausée s'en mêla. Alors elle ouvrit de nouveau les yeux précipitamment. Il ne fallait surtout pas qu'elle soit malade.

Les murs allaient et venaient autour d'elle et le plancher ondulait.

Le soulagement ressenti quand elle vit que c'était Anne qui se tenait dans l'embrasure de la porte fut de courte durée. Mais quelle heure pouvait-il bien être? C'était insensé. Et les murs qui n'arrêtaient pas de valser. C'était vraiment désagréable.

Et pourquoi est-ce qu'Anne la regardait ainsi, en fronçant les sourcils?

Blanche fit un effort surhumain pour se redresser. Elle passa une main malhabile dans ses cheveux pour replacer une mèche grisonnante qui pendait devant ses yeux puis elle essaya de fixer Anne pour réussir à se stabiliser. Mais sa fille semblait monter et descendre avec les ondulations du plancher.

— Déjà de retour?

Blanche lança un rire qui sonnait faux.

— Comment se fait-il que la journée ait passé si vite? articula-t-elle difficilement, essayant de faire diversion.

Blanche avait dit n'importe quoi. Peut-être seulement pour tenter de comprendre ce qui s'était passé. Comment se faisait-il qu'elle ait dormi toute la journée? Cela ne lui était jamais arrivé avant. Et pourquoi était-elle encore aussi étourdie? Toute cette histoire n'avait aucun sens. Où donc était Émilie?

Blanche ne se sentait vraiment pas bien. Elle allait être malade. Et Anne qui s'entêtait à la regarder drôlement sans répondre, sans l'aider…

La question de Blanche avait de quoi surprendre et avait pris Anne au dépourvu. Pourquoi sa mère pensait-elle que la journée était finie? On n'était encore qu'en matinée. Mais ce fut surtout la voix pâteuse de sa mère qui alerta la petite Anne. Sa jambe lui faisait toujours mal et elle aurait bien aimé que sa mère s'en occupe. Toutefois, malgré son jeune âge, elle eut l'intuition qu'il ne fallait pas en parler.

Mais il lui fallait dire quelque chose. Anne voyait bien dans l'attitude de sa mère qu'elle attendait une réponse. Mais la petite fille était figée, incapable de formuler une pensée cohérente, sauf que maman n'était pas bien et qu'il faudrait faire quelque chose. Mais quoi ? Pendant ce temps, comprenant que sa fille ne dirait rien, Blanche cherchait à prendre appui sur le bras du canapé sans y arriver. Sa main glissait sans arrêt et retombait sur sa cuisse. Qu'est-ce qu'Anne attendait pour venir l'aider au lieu de rester plantée là comme une statue ?

L'idée fut aussi subite qu'irrévocable.

Anne n'était là que pour la narguer. C'était un complot pour la prendre en défaut. Un complot entre sa fille et Raymond. Depuis le temps qu'il essayait de la déjouer sans y arriver, il avait trouvé un moyen détourné de la surveiller. Qui pourrait se méfier d'une enfant aussi jeune ?

Mais Blanche n'était pas née de la dernière pluie. Ils allaient voir, eux, si elle allait se laisser berner aussi facilement. Ici, c'était elle la mère et c'était à elle de décider ce qui était bon ou ne l'était pas. Anne n'avait pas d'affaire à la surveiller. Pas plus qu'Émilie ou Raymond, d'ailleurs. Blanche ne faisait de tort à personne en buvant. Tant que le lavage était fait et les repas prêts à l'heure, Blanche pouvait boire comme bon lui plaisait. Quand allait-on enfin comprendre que l'alcool était efficace pour contrer sa constipation et éloigner les migraines ? Le reste ne regardait personne d'autre qu'elle.

S'appuyant des deux mains sur la table à café, Blanche finit par se mettre debout.

— Pourquoi me regardes-tu comme ça?

Maintenant, la voix de Blanche était agressive. Anne pensa aussitôt que sa mère venait d'apercevoir son bas et qu'elle était en colère. Jamais elle n'avait autant regretté de s'être fiée à son instinct. Elle aurait dû rester à l'école. Tant qu'à se faire disputer, aussi bien que ce soit le plus tard possible. Ne restait plus qu'à s'excuser et promettre de faire attention à l'avenir. Peut-être qu'après maman accepterait de nettoyer sa plaie même si elle ne semblait vraiment pas bien. Mais comme la fillette allait parler, Blanche, toujours obsédée par l'impression d'être surveillée, essayait de se rapprocher d'Anne pour lui signifier, bras secoué à l'appui, qu'elle avait intérêt à ne plus recommencer.

Mais le plancher était trop instable pour que Blanche puisse marcher droit sur sa fille. Elle accrocha le tabouret, trébucha et s'étala de tout son long sur le tapis. Le geste avait quelque chose de pathétique qui blessa Anne jusqu'au fond de son cœur. Le bruit de la chute de sa mère sur le plancher, sourd et violent, la sortit de sa torpeur. Elle se précipita vers sa mère, les larmes aux yeux.

— Qu'est-ce qui se passe, maman? Tu es malade?

Glissant son bras sous celui de sa mère, la petite essaya de l'aider à se relever. Mais Blanche n'était pas en état de collaborer. Anne l'agrippait trop fort et lui faisait mal. Blanche la repoussa rudement.

— Laisse-moi tranquille. Et d'abord, qu'est-ce que tu fais ici? C'est ton père qui t'a demandé de venir?

Anne resta sans voix pour un instant.

— Pas du tout.

Anne ne comprenait pas. Qu'est-ce que sa mère voulait dire et qu'est-ce que son père avait à voir avec elle? Anne tenta de la rassurer.

— Pas du tout, répéta-t-elle en reniflant. C'est juste que...

La petite soupira. Pourquoi parler du bas et risquer de tout empirer puisqu'il semblait bien que sa mère n'avait encore rien vu ? Alors, se redressant car il semblait évident qu'elle n'était pas assez forte pour soulever Blanche, elle proposa :

— Veux-tu que j'appelle papa ? Tu as vraiment l'air beaucoup malade.

Anne avait peur. De sa mère, de la situation qui lui échappait. Jamais elle n'avait ressenti aussi vivement le besoin de s'en remettre à quelqu'un d'autre. Qu'est-ce que sa mère pouvait bien avoir pour être aussi faible ? Jamais elle ne l'avait vue dans cet état.

Pendant ce temps, Blanche avait réussi à se redresser toute seule. Assise à même le plancher, elle tentait de faire un peu de clarté dans ses pensées incohérentes quand le mot « papa » résonna dans sa tête comme une alarme. Tout mais pas ça ! Il ne fallait surtout pas que Raymond la voie dans cet état.

— Pas besoin d'appeler ton père, fit-elle agressive. Je suis capable de me débrouiller toute seule.

Et pour prouver ses dires, s'appuyant fermement sur la table à café, Blanche réussit enfin à se lever.

— Tu vois ?

Épuisée, Blanche se laissa retomber sur le canapé. Maintenant il lui fallait convaincre Anne qu'elle n'avait besoin de personne.

— C'est vrai que je ne suis pas très bien ce soir. Mais ça va aller.

Ce soir ? Tout allait de mal en pis, il était à peine dix heures et demie ! Anne n'avait plus simplement peur, elle était paniquée. Sa mère n'avait jamais eu beaucoup de santé, mais là, sa maladie était en train de la rendre folle. Elle en fut convaincue quand Blanche ajouta :

— C'est à cause de ton père si je suis comme ça. C'est lui qui ne veut pas comprendre comment je suis.

Comment son père pouvait-il être responsable des maladies de sa mère? Tout en se balançant sur le canapé, Blanche poursuivait:

— Si je prends tous ces médicaments, c'est de sa faute. Ton père n'aime pas les gens qui se plaignent, alors je m'arrange pour ne pas avoir mal. Il n'a jamais rien compris. Il n'y a qu'Émilie qui…

Le nom d'Émilie fit soupirer Anne de soulagement et elle cessa d'écouter sa mère. C'est vrai, il y avait Émilie qui ne devrait plus tarder. Elle saurait quoi faire. Émilie connaissait la maladie, tout comme sa mère, alors elle aurait une solution.

— Ne bouge pas, conseilla-t-elle alors à sa mère qui marmonnait toujours. Tu es trop faible pour marcher. Émilie va bientôt arriver et elle va t'aider.

Et sans rien ajouter, Anne fit demi-tour.

Elle dévala les marches du perron et fila jusqu'à la rue. Son visage était inondé de larmes. Elle était malheureuse, elle avait peur.

Et si sa mère allait mourir?

Anne avait cru entendre ce mot tandis que Blanche parlait toute seule, assise sur le canapé, juste à l'instant où elle ressortait de la maison. Oui, elle avait dit que Raymond allait finir par la faire mourir.

Et tout en parlant, sa mère se balançait d'avant en arrière comme Anne le faisait quand on l'envoyait dans sa chambre en punition et qu'elle était très malheureuse. C'était donc que sa mère aussi devait être très malheureuse ou qu'elle avait très peur de quelque chose.

Et pour Anne, malgré ce que sa mère avait dit, il n'y avait

qu'une seule personne sur terre capable de prendre la situation en mains et c'était son père. Le bureau était loin de la maison, mais Anne savait comment s'y rendre. Elle l'avait fait tellement souvent en auto avec lui...

Tournant alors à sa gauche, Anne entreprit de traverser la ville. Ce serait long, mais elle allait y arriver. C'était important pour maman.

Ce ne fut qu'au moment où elle traversait l'intersection qu'elle prit conscience que sa jambe lui faisait de plus en plus mal...

Pendant ce temps, loin de se douter de ce qui l'attendait, Raymond se réjouissait très sincèrement pour la première fois depuis qu'il avait revu Antoinette.

Assis devant lui, souriant, Marc venait enfin d'accepter son offre.

L'appel de Raymond avait suivi la lettre de Charlotte de quelques jours à peine. Et sur le coup, Marc avait pensé que la proposition de Raymond ressemblait à un prix de consolation à défaut d'avoir remporté le gros lot. Il réserva sa réponse.

— Je dois y penser. Dans les circonstances présentes, j'avoue que je ne sais quoi répondre.

À ces mots, Raymond avait compris que Charlotte avait eu l'honnêteté de lui annoncer la nouvelle. Tant mieux. Si le jeune homme ne voulait pas en parler, cela lui appartenait. Raymond attendrait donc le temps qu'il faudrait. Il était suffisamment respectueux des gens pour comprendre l'hésitation de Marc.

Quant à ce dernier, il ne mit que quelques jours à admettre que l'indécision entourant la dernière année avait été plus difficile à supporter que le fait de savoir Charlotte dans les bras d'un autre. Quelques jours de plus pour analyser la perspective de travailler avec Raymond et ce matin, il était assis devant lui. Les deux hommes en étaient arrivés à une entente: petit à petit,

Marc acquerrait une partie de l'étude. Ils évalueraient la situation tous les cinq ans.

— Et si Anne n'est pas intéressée à suivre mes traces, le bureau sera à toi au moment de ma retraite.

Raymond était incroyablement soulagé. L'avenir prenait un sens nouveau, il voyait enfin un peu de clarté au bout du tunnel. D'autant plus que grâce à cette association, il aurait enfin du temps libre pour s'occuper d'Anne qui était beaucoup trop laissée à elle-même. Il s'était vite rendu compte que Blanche ne s'intéressait pas aux études de leur fille comme elle l'avait fait scrupuleusement pour Charlotte et Émilie. Alors il prendrait la relève. Il n'était pas dit qu'Anne aurait moins d'attention que les deux autres.

Quand il ouvrit enfin un des dossiers en cours, Raymond ressentit un enthousiasme nouveau. Enfin...

Et ce fut dans ce même état d'esprit qu'il découvrit Anne sur le seuil de la porte de son bureau. Il fut surpris, à des lieues de se douter de ce qui l'attendait vraiment. N'écoutant que la douleur lancinante qui irradiait dans son genou, la petite fille avait passé outre à la demande de Carmen, la secrétaire, et s'était présentée à la porte sans être annoncée. En équilibre instable sur sa jambe, Anne ne savait plus trop ce qui était vraiment important: sa jambe ou sa mère. Au bruit de la porte qui ouvrait, Raymond leva la tête, fronça les sourcils, déposa son crayon. C'est alors qu'il vit la jambe d'Anne. Le bas était déchiré et tout maculé de sang séché.

— Veux-tu bien me dire ce qui s'est passé? Et d'abord qu'est-ce que tu fais ici au lieu d'être à l'école?

La question de son père rejoignait si bien ce qu'elle s'était reproché tout au long du chemin la menant ici qu'Anne fondit en larmes. L'intuition lui soufflait qu'elle n'aurait jamais dû être chez elle à une heure aussi indue et surtout qu'elle n'aurait jamais dû voir ce qu'elle y avait vu. Mais avant qu'elle n'ait pu tenter d'expliquer quoi que ce soit à Raymond, celui-ci s'était levé et approché d'elle en deux enjambées.

— D'abord le genou, fit-il catégorique, prenant la situation en mains.

Puis il ajouta en haussant le ton:

— Carmen, a-t-on une trousse de premiers soins? Nous allons en avoir besoin.

Trop heureuse de voir qu'on s'occupait d'elle, Anne se laissa faire sans dire un mot…

Ce ne fut qu'après avoir été soignée, consolée et bien installée dans le fauteuil face au bureau de Raymond qu'Anne se décida enfin à parler. Elle ne savait trop comment le faire, mais elle n'avait pas le choix. Elle était persuadée que la vie de Blanche en dépendait. Même si celle-ci avait prétendu que Raymond était à l'origine de tout, Anne n'avait pas le choix de parler à son père. Ce serait à lui de s'ajuster pour ne plus faire peur à Blanche. Mais comment dit-on à son père qu'on craint de voir mourir sa mère?

— Alors, vas-tu enfin m'expliquer?

Anne leva un regard reconnaissant. Par sa question, papa lui permettait d'y voir un peu plus clair. Elle n'avait qu'à raconter son avant-midi exactement comme il s'était passé. Exactement comme on raconte une histoire…

— Tout ça, c'est un peu ma faute. Si je n'avais pas couru ou si j'étais restée à l'école, rien ne serait arrivé.

Anne resta songeuse un instant. Puis elle prit une longue inspiration.

— C'était la récréation et mes amies et moi, on avait décidé de jouer à…

Fermant les yeux à demi, Anne raconta ce qui était arrivé.

Comment elle était tombée, son retour à la maison et dans quel état elle avait trouvé sa mère.

— Il faut que tu ailles chez nous, papa, implora-t-elle. C'est vraiment important. Maman est sûrement très très malade, cette fois-ci. Elle a même dit le mot « mourir », tu sais.

Mais qu'est-ce que c'était que cette histoire, maintenant? Raymond avait remarqué l'emploi des mots *cette fois-ci* et cela l'avait attristé. Pauvre petite! Toute sa vie avait été marquée par les diverses maladies de Blanche. Ce n'était pas une vie pour une enfant, tout cela. Et voilà que ce matin, en toute candeur, elle venait d'avouer qu'elle avait peur de voir mourir sa mère. C'était complètement insensé.

Quand donc Blanche allait-elle cesser de croire à toutes ces foutaises?

Raymond soupira longuement. Que Blanche se complaise dans ses maladies, il était capable de l'accepter. Cela faisait des années qu'il avait compris qu'un peu de compréhension, qu'un peu d'empathie et de complaisance à l'égard de sa femme rendait le quotidien supportable. Quand il la plaignait, Blanche buvait ses paroles et curieusement, elle allait toujours mieux après. Mais ce matin, elle avait exagéré. On ne fabule pas sur la mort devant une enfant d'à peine six ans. Anne était encore trop petite, trop fragile pour jouer comme Blanche l'avait fait.

Puis une évidence lui sauta aux yeux à travers un souvenir très désagréable.

— Peux-tu me répéter comment était ta mère? Tu dis qu'elle était très faible. Qu'est-ce que tu veux dire exactement par très faible?

Anne se mordit la lèvre. Comment expliquer autrement que ce qu'elle avait déjà dit? Blanche était faible, avait de la difficulté à se tenir debout. Mais c'était déjà arrivé qu'elle avait dû se tenir sur les murs ou les meubles et Anne n'avait pas été inquiète outre mesure. Elle avait même souvent pensé qu'un jour sa mère finirait par tomber. Ce qui était arrivé. Elle n'avait pas aimé voir sa mère s'effondrer sur le plancher mais dans le fond, elle s'y attendait un peu. Alors qu'est-ce qui faisait que ce matin, Anne avait ressenti une urgence devant la situation? Était-ce l'attitude de sa mère qui en fait ressemblait à celle de tant d'autres événements dans sa vie ou étaient-ce ses propos? C'est à ce moment qu'elle entendit la voix de Blanche qui accusait Raymond de tous ses malheurs. Anne se mit à rougir violemment, brusquement gênée.

— Ben… Tu comprends pas? Je t'ai même dit qu'elle était tombée par terre. C'est ça que je veux dire par très faible. Quand on tombe comme ça, ça doit vouloir dire qu'on se sent tout croche, non? En tout cas, je trouve que c'est pas normal. Alors, on y va?

Raymond comprit alors qu'il ne servait à rien d'insister. Anne s'en tiendrait à cette version simplifiée des faits. De toute façon, il en savait assez.

Il allait confronter Blanche. Anne avait raison: ce n'était pas normal pour une mère d'agir comme elle l'avait fait. Qu'importe la cause…

Raymond soupira.

Ce soir, il écumerait la maison. À moins que Blanche ne soit en train de devenir complètement folle ou victime à nouveau d'une dépression majeure en préparation, il se doutait qu'il allait trouver une de ces bouteilles maudites. Blanche avait dû recommencer à boire. La description qu'Anne avait faite était éloquente.

Et si tel était le cas, sa colère serait incroyable. Mais en attendant, il devait calmer l'anxiété de sa fille.

— D'accord, chaton, fit-il rassurant, on va aller ensemble à la maison. Le temps de rédiger quelques lignes pour laisser le dossier à Carmen et on part. Mais je suis certain que tu as eu peur sans raison. Maman devait avoir tellement mal qu'elle a dit ça comme on dit autre chose. Il y a même une expression qui dit « drôle à mourir ». C'est un mot comme les autres, tu sais.

Anne soupira. Il semblait bien que papa n'attachait pas la même importance à cet incident qu'elle-même le faisait. Sinon, ils seraient partis tout de suite. Tant pis. Elle avait fait tout ce qu'elle pouvait. Prenant son mal en patience, Anne se cala dans le fauteuil et ferma les yeux. Brisée par tant d'émotions, la petite fille s'endormit rapidement…

Dès que Blanche avait entendu la porte se refermer sur Anne, elle avait senti la fébrilité d'agir s'emparer d'elle. Il fallait qu'elle bouge de là rapidement. Elle n'eut même pas la présence d'esprit de se demander où allait sa fille. À ses yeux, il n'y avait qu'une seule priorité : quitter le salon avant le retour d'Émilie.

Ce qu'elle avait réussi à faire, non sans trébucher dans l'escalier. Puis elle avait été malade à s'en arracher le cœur.

Enfin, elle s'était couchée. L'indigestion avait emporté ses étourdissements. Ne restait en elle que le malaise d'avoir été surprise par Anne et l'obligation de se préparer à affronter Raymond si le besoin s'en faisait sentir. Avec une bonne demi-heure de retard, Blanche se demandait enfin où sa fille avait bien pu s'enfuir…

Quand Raymond et Anne finirent par arriver, une grande partie de la journée était passée. Émilie était à la cuisine et Blanche n'était toujours pas descendue.

— Déjà là ?

Émilie était surprise de voir son père arriver aussi tôt, d'autant plus qu'Anne était avec lui.

— Qu'est-ce qui se passe ? Anne est malade ?

— Pas du tout. Une vilaine écorchure, mais ce n'est pas pour ça que je suis ici.

Raymond regarda autour de lui.

— Ta mère n'est pas là ?

Émilie haussa les épaules.

— Couchée. Elle dit qu'elle a une grosse migraine.

— Ah bon... Tu n'as rien vu de spécial ?

— Non. Pourquoi ?

— Pour rien...

Comme pour répondre à son interrogation, Raymond entendit à cet instant précis une porte qui se refermait à l'étage, puis la démarche de quelqu'un qui descendait lentement l'escalier. Blanche parut dans l'embrasure de la porte.

— Il me semblait aussi... Veux-tu bien me dire ce que tu fais ici ?

— Et toi ? Encore couchée à cette heure-ci ?

Blanche ne savait trop si l'intonation de la voix de Raymond était agressive ou sarcastique. Elle préféra y voir du sarcasme. C'était plus rassurant, plus habituel. À un point tel qu'elle savait toujours comment y répondre. Elle haussa les épaules.

— Comme tu vois. Je me suis levée avec une grosse migraine et un violent mal de cœur. J'ai fait l'erreur de mélanger deux médicaments. Et j'ai été malade. Voilà pourquoi j'étais encore couchée. J'avais les jambes en coton.

C'était plausible. Cependant, Raymond semblait ne pas la croire. Il le fallait pourtant. Blanche ne pouvait envisager de vivre sans son brandy. Plus maintenant. Elle en avait besoin pour mener une vie presque normale. C'était même le besoin d'en prendre qui l'éveillait chaque matin. Et dire que tout cela était arrivé à cause d'Anne qui aurait dû être à l'école. Elle se tourna vivement vers elle. Blanche savait qu'elle devait impérativement détourner la conversation.

— Et toi, jeune fille ? Comment cela se fait-il que tu ne sois pas à l'école ? Ils ont appelé, tu sais. Ta titulaire était morte d'inquiétude. Pourtant, ce n'est pas nouveau : tu ne dois jamais quitter l'école sans prévenir.

Anne baissa les yeux.

— Je sais.

— Bien sûr, tu savais. Mais tu n'en fais toujours qu'à ta tête... Et si j'avais été sortie ? Qu'est-ce que tu aurais fait, hein ?

Anne n'osa dire que cela aurait sans doute été préférable. D'autant plus que son père ne disait plus rien. Mais sa mère, par contre, ne semblait pas du tout en avoir fini avec elle. Elle s'était approchée et avait glissé son index sous le menton de sa fille pour l'obliger à lever la tête vers elle.

— Je ne veux plus que tu recommences. M'as-tu bien compris ? Ça aurait pu être dangereux.

Anne ne voyait pas en quoi c'était dangereux de revenir à la maison. Qu'importe l'heure, revenir chez elle, c'était revenir chez elle. Mais quand elle vit son père s'accroupir pour se mettre à sa hauteur, elle sut qu'elle ne répliquerait pas.

— Tu vois, chaton, tu t'en faisais pour rien. Si tu étais restée à l'école, rien de tout cela ne serait arrivé. Maman a raison : ce n'est pas prudent de quitter l'école sans rien dire.

Ainsi donc, papa ne la croyait pas quand elle affirmait que ce matin maman n'était pas du tout comme d'habitude. Tant pis. Anne n'allait tout de même pas insister au risque de se voir confinée à sa chambre en se faisant traiter d'insignifiante. La journée avait été assez pénible comme cela. On disait qu'elle avait exagéré ? D'accord. Elle avait exagéré. Anne haussa imperceptiblement les épaules.

— D'accord papa. Je ne partirai plus jamais de l'école sans prévenir.

Et sans rien ajouter, elle tourna les talons pour monter à sa chambre, tandis que Raymond la regardait partir le cœur serré. Ce n'était pas parce qu'elle avait fait une tempête dans un verre d'eau qu'elle devait être malheureuse. Plus tard, il irait la voir. Et ce soir, il parlerait à Blanche. Elle allait devoir surveiller son vocabulaire devant leur fille.

Après tout, Anne n'était encore qu'une bien petite fille.

Pourtant, au même moment, Anne était loin de se sentir une enfant. Elle savait qu'elle n'avait pas fabulé: maman était différente. Et si elle avait promis de ne plus jamais quitter l'école, ce n'était pas par respect des règles ou parce que cela pourrait être dangereux. C'était uniquement pour ne plus jamais revivre ce qu'elle avait vécu ce matin.

Assise sur son lit, Anne regardait le jardin qui disparaissait peu à peu dans la noirceur. Elle était tellement triste. C'est alors qu'elle pensa à Charlotte. Sa grande sœur n'aurait pas dit qu'elle exagérait.

L'ennui d'elle devint si grand que les larmes lui montèrent aux yeux et le projet de lui écrire se transforma en obligation.

Il fallait qu'elle écrive à sa sœur.

Alors, tout doucement, en même temps qu'elle épelait mentalement les mots qu'elle voulait employer, Anne commença à se balancer d'avant en arrière. Le geste avait quelque chose de rassurant, de réconfortant.

Puis un pâle sourire éclaira furtivement son visage.

Elle venait de comprendre ce que Charlotte avait voulu dire quand elle parlait des mots. C'était vrai qu'ils ouvraient toute grande la porte de la liberté. Et la liberté qu'Anne voyait devant elle passait par le retour de Charlotte à qui elle allait écrire...

Mais contrairement à ce qu'Anne croyait, Raymond était loin de se dire que sa fille avait menti. Toutes les belles explications de Blanche, aussi plausibles pouvaient-elles être, n'avaient rencontré qu'une bonne dose de scepticisme. Il y avait trop de souvenirs pénibles dans le cœur de Raymond pour qu'il ajoute foi aux propos de Blanche sans au moins les mettre en doute, les vérifier. Et il tenait à ce que Blanche sache qu'il n'était pas dupe.

Dès qu'Anne avait quitté la cuisine, Blanche s'était installée à la table, avait déployé le journal devant elle et s'y était intéressée tout de suite. Alors Raymond s'approcha de la table à son tour et comme il était très grand, il se pencha en travers de la table pour appuyer ses deux mains à plat sur le journal. Blanche leva un regard contrarié sous ses sourcils froncés. Raymond s'aperçut à cet instant à quel point sa femme avait vieilli depuis quelques mois. Ses traits s'étaient creusés, comme travaillés de l'intérieur par un mystérieux processus de destruction.

— Mais qu'est-ce que c'est que ces manies désagréables ? siffla Blanche en cherchant à écarter une des mains de Raymond.

— C'est toi qui oses parler de manies ? répondit-il durement, d'une voix étouffée, car il entendait Émilie qui, à deux pas d'eux, fourrageait dans l'atelier, et en mettant tout son poids sur ses mains pour que Blanche n'arrive pas à les bouger. Ce n'est pas une manie, c'est juste un avertissement.

Blanche haussa les épaules.

— Un avertissement ? De quoi te mêles-tu, mon pauvre Raymond ? Tu veux m'avertir de ne plus être malade ? Tu n'y as jamais rien compris.

— Au contraire, je crois que je comprends de mieux en mieux.

Posant alors le même geste que Blanche avait fait quelques instants plus tôt, Raymond vint glisser un doigt sous le menton de sa femme pour l'obliger à lever la tête vers lui. Durant un long moment, ils s'affrontèrent du regard et Raymond comprit que tout ce qu'il ressentait maintenant envers Blanche, c'était de la pitié. Et c'était là un sentiment qu'il méprisait.

— Dis-toi bien que je t'ai à l'œil. Ne t'avise plus jamais de faire ce que tu as fait ce matin, tu m'entends ?

— Des menaces ?

— Prends-le comme tu veux, je m'en fous.

Blanche se dégagea d'un geste vif de la tête.

— Comme moi je me fous de ce que tu peux penser.

Blanche avait les yeux pleins d'eau.

— Tu ne m'as jamais comprise, Raymond. Tu n'as jamais accepté la femme que j'étais.

— Ce n'est pas vrai, Blanche. Et tu le sais aussi bien que moi. C'est toi qui n'as jamais voulu faire d'efforts.

— Comment peux-tu dire ça ? Regarde, Raymond, regarde autour de toi.

Blanche montrait la cuisine d'un large geste du bras. Elle avait maintenant le visage inondé de larmes.

— La maison n'est pas bien tenue ? Tu manques de quelque chose ? Les filles manquent de quelque chose ?

Raymond resta silencieux un long moment. Blanche n'avait rien compris. Comme toujours. Alors il se redressa sans répondre. Ce ne fut qu'à l'instant où il passait le seuil de la porte qu'il se retourna pour parler.

— Oui, il manque quelque chose dans cette maison. Quelque chose d'essentiel. Il manque de respect. Et sur ce point, je ne crois pas être fautif.

Et sur ce, il monta à l'étage pour rejoindre Anne.

Deuxième partie

1944-1945

« C'est seulement en donnant que l'on se possède complètement.
Tout ce que l'on est incapable de donner finit par nous posséder. »

André Gide

CHAPITRE 9

À la recherche de l'amour

L'hiver qui s'achevait avait été particulier.

Malgré l'insistance de Blanche qui reparlait souvent de la possibilité qu'elle fréquente un atelier comme Émilie en avait déjà manifesté le désir, celle-ci tint bon, minaudant et jouant les indécises.

Marcel était si gentil depuis l'incident de la toile barbouillée qu'Émilie ne voulait surtout pas l'éloigner de sa vie. Prendre la décision de fréquenter un atelier, même si elle en avait très envie, c'était aussi accepter de ne plus suivre de cours privés et cela, Émilie en avait beaucoup moins envie. D'autant plus qu'elle avait refait son tableau, de mémoire, et que cette fois-ci Marcel avait plutôt cherché à y trouver des qualités.

Il n'en fallait pas plus pour qu'Émilie y voie des signes encourageants et qu'elle recommence à vivre dans l'attente de la grande déclaration.

Quelques fleurs à Noël, du chocolat à la Saint-Valentin et un fichu de soie pour Pâques avaient bien ficelé le tout. C'était évident : Marcel n'allait plus tarder à se déclarer.

Malheureusement, les intentions de Marcel n'étaient pas aussi claires que ce qu'Émilie se plaisait à l'imaginer. Ces quelques babioles étaient les premiers cadeaux qu'il offrait à une femme. Et ils seraient probablement les derniers. Marcel se sentait plutôt malhabile en la matière. Orphelin en bas âge et élevé par une mère autoritaire, il n'avait jamais été à l'aise avec les femmes. Elles lui faisaient peur. C'est pourquoi dès qu'il fut en âge de quitter la maison, Marcel s'était dépêché à mettre un terme à une vie qui lui déplaisait. Mais poser ce geste lui avait demandé un courage inouï et il s'était juré de garder ses distances envers les femmes dorénavant.

La vie ne lui avait fait aucun quartier. Il avait trouvé quelques menus travaux à faire à droite et à gauche pour subsister tout en suivant ses cours.

C'était à cette époque qu'il avait rencontré Adrien, professeur de dessin, qui avait été pour lui maître, père, ami. L'homme d'un certain âge avait encouragé le jeune Marcel à poursuivre dans la voie qu'il avait choisie, lui-même n'étant venu à la peinture que sur le tard et le regrettant vivement, car il était doué de ce que ses professeurs avaient qualifié de talent naturel. Peu de temps après, devant les difficultés que Marcel éprouvait à joindre les deux bouts, il lui avait offert de partager son appartement.

— Beaucoup trop grand pour un homme seul !

Aujourd'hui, Adrien peignait toujours avec un talent fou que Marcel lui enviait, mais les deux hommes s'entendaient bien. Le fait d'avoir été choisi comme professeur pour Émilie avait mis un baume sur la fierté de Marcel qui voyait bien qu'il n'aurait jamais l'aisance de son maître à manipuler le pinceau. En dessin, Marcel était passé maître, mais sa peinture frôlait la banalité.

Ce n'était donc que pour garantir son emploi que, devant la réaction d'Émilie, l'automne précédent, Marcel avait décidé de l'amadouer avec des babioles. Autrement, il trouvait la jeune fille plutôt terne, pour ne pas dire mièvre, mais peu lui importait puisque, quand on lui demandait ce qu'il faisait dans la vie, il pouvait dire avec fierté qu'il était peintre et professeur.

À ses yeux, ce dernier point ajoutait de la crédibilité à son œuvre.

Ce fut ainsi que Marcel et Émilie traversèrent l'hiver. Elle, faisant de gros efforts pour s'adapter aux enseignements du maître et lui, se faisant violence pour ne plus jamais retoucher des toiles qu'il jugeait aussi ternes que son élève.

Le printemps retrouva une Émilie qui jugeait qu'il serait temps qu'il se passe enfin quelque chose. Elle désespérait de dénicher une raison lui permettant de faire les premiers pas, Marcel étant plutôt timide.

L'occasion se présenta sur un plateau d'argent, sous la forme d'une lettre adressée à la jeune fille. Ses anciennes compagnes de classe l'invitaient à se joindre à elles pour le bal de fin d'études. À la surprise de voir qu'on ne l'avait pas oubliée succéda une joie sincère. Émilie se mit à rougir de plaisir anticipé. Un bal! D'autant plus que les recommandations de Blanche avaient porté fruit: si Émilie avait toujours mal au ventre, et peut-être même plus qu'avant, au moins aujourd'hui, ses crampes étaient contrôlées et plus jamais elle ne craignait de quitter la maison, même pour de nombreuses heures. Une double dose de constipant réglait momentanément le problème. Émilie serrait les dents sur la douleur, sachant qu'elle ne risquait pas d'être prise au dépourvu. C'était là l'important.

Elle reporta les yeux sur la lettre qu'elle tenait à la main et relut l'invitation avec un plaisir grandissant. La rougeur de ses joues gagna en intensité lorsqu'elle comprit qu'elle tenait là l'occasion rêvée de tendre la perche à Marcel.

Il ne pourrait refuser de l'accompagner à ce bal!

Émilie courut donc vers la cuisine pour remettre le reste du courrier à sa mère et lui faire part de la gentille invitation.

— Regarde, maman!

Blanche prit le temps de tout lire, puis elle leva un regard navré.

— C'est très gentil d'avoir pensé à toi. Mais avec qui vas-tu y aller, ma pauvre fille ? Tu ne connais personne !

À ces mots, Émilie détourna la tête pour que Blanche ne puisse y lire l'excitation qu'elle sentait dans chacune des fibres de son être.

— On verra, fit-elle évasive.

Mais c'était tout vu d'avance. Néanmoins, prévoyant que sa mère ne serait pas d'accord avec son projet, Émilie ne la mettrait que devant le fait accompli. Elle savait fort bien que Blanche n'appréciait pas vraiment Marcel, tout comme elle connaissait le pouvoir de persuasion dont sa mère abusait à son égard...

Non, vraiment, valait mieux attendre. En parler tout de suite risquait de provoquer des étincelles...

Émilie passa donc la soirée à échafauder plans et astuces, répétant formules et politesses pour présenter la chose à Marcel. Jamais la présence de Charlotte ne lui avait manqué avec autant d'acuité. Sa sœur qui savait si bien manipuler les mots aurait trouvé l'infaillible manière de parler à Marcel. Laissée à elle-même, Émilie se sentait tout à fait maladroite et incompétente.

Le beau Marcel n'allait-il pas la trouver osée ?

Pourtant, elle n'avait pas le choix : Blanche avait raison en disant que sa fille ne connaissait personne. Hormis Marcel, Émilie ne voyait vraiment pas qui pourrait l'accompagner à ce bal.

Incapable d'arriver à une formule toute faite qui ne laisserait place à aucune possibilité de refus, Émilie se contenta de présenter la lettre à Marcel dès que ce dernier arriva chez elle le lendemain. Le simple fait de lui demander de lire la missive semblait éloquent aux yeux d'Émilie. De plus, il faisait une journée splendide, ce que la jeune fille voyait comme un présage de succès. Comment refuser par une si belle journée ?

Marcel lut l'invitation d'un œil distrait. Où Émilie voulait-elle en venir? Pourquoi lui montrer cette lettre? Cela ne le regardait en rien.

— C'est gentil, admit-il du bout des lèvres tout comme Blanche l'avait fait avant lui, ne trouvant rien d'autre à dire. Mais pourquoi me montrer cette lettre?

Émilie se mit à rougir jusqu'à la racine des cheveux. Marcel ne voyait-il pas? En effet, pourquoi lui montrer l'invitation si elle ne comptait pas l'inviter? Émilie ne s'était jamais sentie aussi mal à l'aise. Mais elle ne pouvait plus reculer. Prenant le peu de courage qui lui restait devant l'évidente indifférence de Marcel, elle lui demanda s'il acceptait de l'accompagner à ce bal. Cela lui ferait grand plaisir.

Marcel resta silencieux. Comment lui expliquer? Comment lui dire que les femmes n'avaient aucune place dans sa vie. Pas plus elle que les autres?

Bien sûr, le regard implorant qu'Émilie levait vers lui le touchait. Mais ce n'était pas suffisant pour l'amener à accepter la proposition de la jeune fille. Cependant, le peu que Marcel connaissait de Blanche laissait supposer qu'à sa manière, celle-ci était une mère autoritaire, comme la sienne. Et là, ce fut suffisant pour le convaincre d'être franc.

— Je ne vois comment je pourrais accepter, Émilie. Ce serait malhonnête.

— Comment malhonnête? Je ne vois pas.

Pourtant, Émilie voyait fort bien. Si Marcel parlait d'honnêteté, c'était qu'il n'appréciait pas sa compagnie. Sinon, il aurait accepté sans s'engager plus loin. Les espoirs entretenus au fil des mois lui semblèrent tout à coup dérisoires. Émilie se sentait idiote d'avoir osé croire que la belle attirance qu'elle ressentait pour Marcel était partagée. Il devait la trouver stupide. Et pourquoi tous ces cadeaux?

Comme s'il avait deviné les pensées d'Émilie, Marcel vint à elle et lui prit les mains dans les siennes. Le geste fit tressaillir Émilie.

— Je vous trouve très gentille même si nous ne partageons pas toujours une même vision de l'art. Cela ne change rien au fait que j'apprécie votre présence.

Marcel se sentait empêtré dans ses explications, encore plus convaincu en ce moment que les femmes n'apportaient que des complications. Les femmes l'intimidaient et ce n'était pas Émilie qui allait y changer quelque chose.

— Disons qu'il n'y a pas de place pour les femmes dans ma vie, fit-il finalement l'air contrit. Et j'aimerais qu'il en reste ainsi.

Émilie ne comprit vraiment pas le sens que Marcel voulait donner à ses paroles. Sinon qu'il n'était pas attiré par elle et ne voulait pas l'accompagner. Pourquoi? Jamais elle n'avait perçu Marcel comme étant un artiste passionné au point d'oublier tout le reste. Il y avait sûrement autre chose que l'art dans sa vie, mais il semblait bien que Marcel avait choisi d'être discret sur le sujet. C'était son choix. Malgré tout, Émilie se sentait rejetée. Le soleil qui brillait de tous ses feux lui sembla trop vif et la clarté éblouissante qui inondait son petit atelier lui fut insupportable. Cependant, cet inconfort ne dura qu'un instant. Après tout, la vie de Marcel ne lui appartenait pas. Elle retira ses mains d'un geste très doux sans le quitter des yeux. Sensible à l'extrême, Émilie sentait de la tristesse de part et d'autre sans qu'elle comprenne d'où elle venait.

— D'accord, Marcel. C'est votre décision et je la respecte.

Puis elle détourna les yeux, soupira et lança d'une voix qui, elle l'espérait, ne trahirait pas son envie de pleurer:

— Le cours maintenant! Avec un tel soleil j'ai envie de paysage d'été...

Mais ce matin-là, elle travailla selon les principes de Marcel, car elle n'avait pas le cœur à l'ouvrage.

Elle sentit le besoin de quitter la maison sitôt le cours terminé. Heureusement, Blanche était dans sa chambre comme tous les matins depuis quelques mois. Dès qu'elle en avait fini avec le lavage, Blanche retournait quotidiennement se coucher, trouvant mille et un prétextes pour justifier sa conduite. Depuis l'atelier, tout à l'heure, Émilie avait vaguement entendu sa mère dire que manipuler le tordeur de la machine à laver lui avait fait mal au dos.

— Tant mieux, pensa-t-elle en traversant la cuisine, tout de même consciente qu'elle n'était pas très gentille envers Blanche.

Mais aujourd'hui, les malaises de sa mère la servaient à merveille. Elle avait besoin de se faire à l'idée avant d'annoncer que finalement, elle n'irait pas au bal.

Endoctrinée par Blanche depuis toujours aux inquiétudes en tous genres, Émilie attrapa sa veste de laine avant de sortir.

Ses pas la menèrent tout naturellement au parc La Fontaine qu'elle n'avait pas fréquenté depuis l'automne, l'hiver ayant été particulièrement rigoureux.

Elle retrouva son banc habituel avec un soupir de contentement. Enfin, il faisait beau !

Puis elle repensa au bal, s'avouant même qu'elle n'était pas si triste que cela. Bien sûr, elle était déçue mais pas malheureuse. Dans le fond, qui connaissait-elle vraiment dans cette classe qu'elle avait fréquentée durant quelques années ? Pas grand monde, les filles étant plus jeunes qu'elle. À bien y penser, si Émilie voulait aller au bal, c'était beaucoup plus parce qu'elle aurait bien aimé avoir une jolie robe, se faire coiffer, se sentir en beauté. Pour une fois se sentir comme les autres…

Émilie soupira. Elle allait s'en remettre. Elle n'en était pas à une déception près. Loin de là.

Mais si cette déception n'en était pas vraiment une, il en allait tout autrement pour ses cours.

Aurait-elle encore envie de voir Marcel plusieurs fois par semaine? Si elle l'avait toléré jusqu'à ce jour, si elle avait endossé chacun de ses enseignements, c'était beaucoup plus pour lui plaire que par réel intérêt. Émilie l'admettait facilement: elle avait une conception de l'art très différente de celle de son professeur. Toutefois, elle était suffisamment honnête pour avouer que sans stimulation d'aucune sorte, sans but précis à rechercher, elle était plutôt paresseuse de nature. Sans Marcel, elle ne travaillerait pas autant et sur ce point elle était d'accord avec lui: le talent était aussi une question de travail assidu.

À ces mots Émilie repensa au joyeux groupe rencontré en octobre dernier. N'était-ce pas là la solution à tout? Elle revoyait le grand garçon moqueur avec qui finalement elle avait eu une discussion intéressante et qui affirmait lui aussi que le talent était une question de travail. Et qu'avait-il encore dit à propos de l'atelier?

Émilie ébaucha un sourire tout en jetant un regard circulaire autour d'elle. Malheureusement, il n'y avait personne. Dommage.

Cependant, elle se souvenait fort bien des mots du jeune homme. Il avait dit qu'elle pourrait se présenter à l'atelier en tout temps, qu'il y avait toujours quelqu'un.

Et comme si cette discussion avait eu lieu la veille, Émilie glissa impulsivement la main dans la poche de sa veste qu'elle avait oubliée au fond du placard. La feuille de croquis où était inscrite l'adresse s'y trouvait toujours, pliée en quatre. Émilie consulta le papier et dessina un grand sourire. Ce n'était vraiment pas loin.

Alors elle sauta sur ses jambes. Il n'était pas dit que cette journée serait complètement ratée.

Elle revint jusque chez elle au pas accéléré.

À peine le temps d'être surprise de voir que sa mère était toujours couchée, Émilie filait vers l'arrière de la maison pour trier les quelques toiles qu'elle voulait emporter.

Elle repartit aussi vite.

L'atelier était situé dans une vieille maison de style victorien, ce qu'Émilie trouva aussitôt charmant.

Elle grimpa les marches rapidement, s'orienta sur le palier, trouva le bon numéro de porte et prit une longue inspiration. Elle se sentait fébrile, elle avait l'impression que son avenir était en train de se jouer.

Elle avait surtout très hâte de savoir ce que ce fameux Gabriel allait dire de ses tableaux. Sur un coup de tête, elle avait emporté les deux copies de leur jardin. Puérilement, elle se disait que si Gabriel préférait la version de Marcel, elle continuerait ses cours. Mais s'il préférait sa version toute personnelle d'un jardin en automne, alors Émilie fréquenterait l'atelier.

Elle frappa discrètement, attendit un moment, puis recommença avec plus de vigueur.

Un vieil homme à la peau parcheminée vint lui ouvrir.

— Que puis-je pour vous, mademoiselle?

Émilie resta interdite. Mais qu'est-ce que c'était que cette histoire? De toute évidence, il n'y avait aucun atelier à l'adresse qu'on lui avait indiquée. Elle se sentait idiote, plantée là sur ce palier, les bras encombrés de ses toiles.

— Je... n'y a-t-il pas un atelier, ici?

Le vieil homme soupira.

— Y avait, jeune fille. Il y avait un atelier. Vous n'êtes pas la première à venir frapper à ma porte. Ils sont tous partis le mois dernier. Pour New York, je crois. Ça sent encore la peinture là-dedans.

— Je vois…

En fait, Émilie ne voyait rien, sauf peut-être qu'elle avait droit à une autre déception.

Elle retint ses larmes à grand renfort de reniflements puis redescendit vers la rue.

Le soleil brillait toujours mais curieusement, Émilie avait l'impression qu'il s'était voilé. Un long frisson secoua ses épaules.

Elle rebroussa chemin sans entrain, les yeux au sol. Décidément tout allait mal, aujourd'hui.

Tout allait mal depuis toujours dans sa vie.

Quand elle arriva en face de sa maison, Émilie ne savait plus trop si elle pleurait de dépit ou de colère. Les déceptions de la journée avaient attisé le ressentiment général qu'elle nourrissait souvent envers l'existence. Émilie était tout à fait maussade quand elle attaqua l'allée qui menait chez elle et qu'elle se heurta à Marc qui venait tout juste de sortir de la maison. Il était venu chercher un dossier oublié par Raymond.

Émilie leva la tête, soupira parce qu'elle n'avait pas du tout envie de parler à qui que ce soit. Marc remarqua aussitôt que la jeune fille avait le visage et les yeux rougis par les larmes.

— Émilie ! Quelle bonne surprise, fit-il, enjoué comme si de rien n'était.

Émilie ne se donna même pas la peine de répondre. Elle se contenta de renifler en reportant les yeux au sol avant de commencer à monter l'escalier. Marc était sur son chemin et cela l'agaçait.

Ce dernier le pressentit. Jamais il n'avait vu Émilie autrement que souriante. Alors, devant son mutisme persistant, il ajouta en fronçant les sourcils :

— On dirait qu'il y a quelque chose qui ne va pas… Je peux t'aider ?

La réponse d'Émilie fut instantanée alors qu'elle levait un regard brillant de colère vers Marc.

— Quelque chose ? répéta-t-elle en mordant dans le mot, sarcastique. Dis plutôt que rien ne va. Et non merci, tu ne peux rien faire.

Et sur ce, elle éclata en sanglots. Toutes ses barrières de colère venaient de tomber. Il ne restait plus qu'une immense sensation d'injustice.

— Allons donc !

Marc recueillit contre lui une jeune femme secouée par les sanglots.

— Veux-tu qu'on en parle ?

Émilie lui offrit la vision navrante d'un visage défait par la tristesse.

— Parler de quoi ? De ma vie triste à mourir ? demanda-t-elle dans un souffle. Il n'y aurait pas grand-chose à dire, mon pauvre Marc. Rien ne va comme je le voudrais. Rien, jamais. Il n'y a rien de bien intéressant dans mon existence. Alors je le répète : parler de quoi ?

— Peut-être de ça ? proposa Marc en montrant les toiles qu'Émilie tenait toujours tout contre elle. On peut parler de ça si tu en as envie.

Émilie haussa les épaules.

— C'est juste des barbouillages.

— Des barbouillages. On ne dirait pas. Je peux voir ?

À contrecœur, Émilie tendit les deux toiles du jardin. Marc les prit aussitôt et les tenant à bout de bras, il les regarda longuement en plissant les yeux.

— On dirait la même peinture. Et en même temps, elles sont totalement différentes.

Il parlait à voix retenue comme s'il était seul. Émilie n'osa intervenir mais brusquement, sa tristesse reculait dans l'ombre. Il y avait longtemps qu'elle espérait avoir une opinion différente de celle de Marcel qui avait semblé marcher sur des œufs quand il avait aperçu la seconde œuvre d'Émilie et de celle de Blanche qui avait déclaré que les deux tableaux étaient trop différents pour pouvoir comparer. À ce souvenir, Émilie soupira. Parfois sa mère pouvait l'exaspérer! Mais là, Marc semblait prendre son rôle au sérieux. Il appuya les deux toiles contre une marche, descendit l'escalier et reprit son observation.

— Un même dessin et deux regards différents, murmura-t-il.

Puis il leva les yeux vers Émilie.

— Et c'est toi qui as fait les deux?

Émilie approuva de la tête. Marc revint aux peintures.

— Curieux... Vraiment difficile de croire que c'est la même personne qui a fait ces deux toiles.

— Disons que celle-ci, précisa Émilie en montrant ce qu'elle appelait son dessin barbouillé, mon professeur y a retouché.

Émilie avait l'impression que l'heure de vérité venait de sonner pour elle et son avenir comme artiste. Pourtant ce n'était que Marc, un ami d'enfance qui n'avait pour l'art qu'une connaissance toute relative. Mais cela n'avait pas d'importance pour Émilie. Elle voulait simplement entendre quelqu'un lui dire que ce qu'elle faisait était joli. Sinon, elle remiserait ses pinceaux. Au point où elle en était rendue, Émilie ne voyait rien d'autre devant elle.

— Alors, poursuivit Marc sans cesser de fixer les toiles, ton professeur n'aurait pas dû retoucher ton dessin. Je trouve l'autre tableau beaucoup plus beau.

— Ah oui?

Émilie osait à peine respirer.

— Oui, beaucoup plus beau, répéta Marc. On dirait qu'il est

éclairé de l'intérieur alors que celui-là est plutôt banal.

À ces mots, Émilie poussa un profond soupir de soulagement. Finalement, elle n'était pas si loin de la vérité. Il lui semblait aussi que ce qu'elle faisait n'était pas aussi nul qu'on voulait bien le lui faire croire. Elle était toute rose de plaisir. Mais sa joie fut de courte durée. Qu'allait-elle faire maintenant ? Poursuivre avec Marcel puisqu'il semblait bien qu'il n'y avait plus d'atelier ? Avec ce que Marc venait de dire, cela lui semblait un non-sens. Rapidement, le nom de Marcel ramena aussitôt l'idée du bal où elle n'irait pas et le regard d'Émilie s'assombrit. Marc, qui avait levé les yeux vers elle, vit tout de suite que quelque chose n'allait pas.

— Ce n'est pas correct, ce que j'ai dit ?

— Non, ce n'est pas ce que tu crois. Ça me fait vraiment plaisir que ma peinture te plaise. C'est juste que ça complique les choses.

— Je ne vois pas.

Émilie ne put s'empêcher de rire.

— Pour moi aussi, c'est un peu obscur. J'ai de la difficulté à m'y retrouver moi-même.

— Alors je répète mon invitation. Si on en parlait ? Je dépose tes toiles dans la maison et on va se promener. D'accord ?

— D'accord.

Autant, il y a quelques instants, Émilie aurait voulu être seule, autant, présentement, elle sentait le besoin de parler.

Et tout en marchant, Émilie raconta sa journée. Puis elle déborda sur son cours, parla de Marcel et confia même les stupides illusions qu'elle avait entretenues à l'égard de son professeur.

— Vraiment ! Je ne suis qu'une imbécile.

— Mais non !

— Mais oui… J'aurais dû comprendre depuis longtemps que Marcel n'était pas intéressé.

— Tu ne pouvais pas deviner.

— Quand même! Faut-il que je sois en manque d'attention pour me contenter de quelques babioles pour oser croire qu'on est en amour avec moi!

Tout en se confiant à Marc, Émilie avait l'impression de faire le point avec elle-même. Et cela lui faisait du bien. Le ton de la conversation s'était modifié tout doucement au fil des confidences. Maintenant il était presque joyeux. Pourtant, Marc, lui, ne pouvait comprendre qu'un tel constat de solitude pouvait être joyeux pour quelqu'un. Mais il semblait bien que c'était le cas, puisque Émilie parlait à présent d'une voix sereine et que son regard avait retrouvé toute la limpidité qu'il lui connaissait.

— Dans le fond, c'est parce que je broyais du noir que tout me semblait obscur. Il doit bien y avoir d'autres ateliers dans la ville de Montréal. Je n'ai qu'à chercher pour trouver.

— Et le bal, lui? Tu avais l'air toute triste en disant que tu n'irais pas.

— Triste, pas vraiment, déçue serait plus juste.

Durant une seconde, elle resta songeuse, puis Émilie pouffa de rire comme une gamine.

— Je ne suis qu'une incorrigible coquette! Ce que je regrette le plus, c'est la robe et tout ce qui va avec. Incroyable comme on peut être superficiel, parfois.

— Et après? Ça fait partie des petits plaisirs de la vie, tout ça.

— Peut-être. Mais en attendant, c'est là un plaisir que je ne pourrai pas m'offrir.

— Pourquoi pas?

Émilie dessina une petite moue comique.

— Parce que ça ne se fait pas, aller au bal sans escorte. J'aurais beau avoir la plus jolie robe du monde, j'aurais quand même l'air idiote.

Puis, redevenue très sérieuse, elle constata, tant pour Marc que pour elle-même :

— Te rends-tu compte ? J'ai dix-neuf ans et je ne connais aucun garçon qui pourrait m'accompagner à un bal.

— Et moi ?

L'idée s'était imposée à Marc comme une évidence. S'il ne suffisait que de sa présence pour voir refleurir le sourire d'Émilie, pourquoi pas ? Même s'il avait gardé un goût plutôt amer de son expérience des bals, il était prêt à servir d'escorte à Émilie.

— Toi ?

Émilie fronça les sourcils. Puis elle regarda Marc franchement, droit dans les yeux.

— Tu es bien certain de vouloir venir avec moi ?

Le nom de Charlotte lui torturait l'esprit. Sans laisser à Marc le temps de répondre, Émilie reprit.

— C'est très gentil de ta part, Marc. Mais je ne sais pas si c'est une très bonne idée.

Marc resta silencieux un moment. Il devinait à qui Émilie pensait. Lui aussi, le nom de Charlotte lui avait effleuré l'esprit. Mais aujourd'hui, il était conscient que Charlotte faisait partie de son passé. Elle resterait toujours un beau souvenir, mais la douleur rattachée à ce nom n'existait plus.

— Si c'est à Charlotte que tu penses, dit-il enfin, ne crains rien. Cette histoire est finie pour moi. Si je propose de t'accompagner, c'est vraiment pour être avec toi et personne d'autre.

Le sourire que lui offrit alors Émilie fut la plus belle des récompenses à ce qu'il voyait comme un petit sacrifice. Marc était beaucoup plus à l'aise sur une patinoire que sur un plancher de danse ! Mais Émilie semblait si heureuse ! Et pour la première fois, Marc s'aperçut à quel point la petite Émilie de son enfance était devenue une jolie femme.

— Dans ce cas, j'accepte! lança-t-elle sans autre forme de réflexion.

Puis, s'approchant de lui et se haussant sur la pointe des pieds, elle lui plaqua un gros baiser sonore sur la joue.

— Et merci, souffla-t-elle à son oreille avant de se reculer.

Les deux semaines qui suivirent furent un feu roulant d'achats, d'essayages, de rêves. Émilie demanda même à Marcel de prendre congé pour ces deux semaines. Elle n'avait pas du tout l'esprit à la peinture. De toute façon, elle ne savait trop quelle attitude adopter devant lui et le brouhaha des préparatifs était si agréable qu'Émilie n'avait pas du tout l'intention d'en diluer le plaisir.

Elle verrait à son avenir plus tard. Et à celui de Marcel par la même occasion.

Lorsque le jour du bal arriva, Émilie ne tenait plus en place. C'était une des premières fois de sa vie où elle allait jusqu'au bout d'un rêve. Quand elle eut enfilé sa robe, que Blanche eut replacé quelques mèches de cheveux, elle demanda qu'on la laisse seule pour quelques minutes.

— Doux Jésus, que de cérémonies pour un bal! Tu ne te maries pas, Émilie, tu vas danser! s'exclama Blanche qui, depuis quelque temps, avait beaucoup de difficulté à suivre sa fille. Je n'ai pas fini. Il reste à ajuster les cheveux sur ta nuque. Il me semble que si on défaisait quelques...

Émilie attrapa la main de sa mère et l'immobilisa. Puis elle planta son regard dans le sien.

— Sors, maman, s'il te plaît.

Ce n'était pas une demande mais un ordre. Pour Émilie il était important d'être seule. Elle n'avait jamais vraiment aimé son apparence : trop petite, trop délicate, comme une enfant. Et voilà que le reflet qu'elle venait d'apercevoir dans la glace était celui d'une femme. Alors elle voulait être seule pour faire connaissance avec elle-même. C'était la première fois qu'elle se sentait bien dans ce corps malade dont elle n'avait jamais voulu.

Quand Blanche eut refermé la porte sur ses exclamations, Émilie attendit que le silence revienne. Puis, lentement, elle s'approcha de la commode et s'assit face au miroir. Elle ne s'était pas trompée : c'était bien une femme qui se tenait devant elle. Tremblante, émue, heureuse. Une femme qui avait enfin l'impression de reprendre sa vie en mains.

Ce soir, Émilie allait danser à s'en étourdir uniquement parce qu'elle en avait envie.

Ce soir, Émilie allait vivre en quelques heures toute une jeunesse qu'elle avait regardé passer sans y prendre part.

Émilie dessina un sourire tremblant.

Et curieusement, durant une fraction de seconde, elle eut la nette impression que le reflet du miroir était une amie qui répondait à son sourire…

CHAPITRE 10

Pour l'amour d'Alicia

Tout arriva le même jour.

Alicia célébrait son premier anniversaire, mais Charlotte ne pouvait se libérer pour organiser une petite fête. Alors, ce qui devait être une joie se transforma en colère le temps de se répéter qu'elle en avait assez.

Une lettre envoyée à Montréal revenait à Charlotte marquée en diagonale de l'inscription: destinataire inconnu. À l'impatience engendrée par l'impossibilité de voir Alicia le jour de son anniversaire s'ajouta la déception de n'avoir reçu aucune réponse tangible. La lettre envoyée à Gabriel lui revenait sans même avoir été décachetée.

Et on parlait déjà d'une victoire des alliés en Normandie. La mission commencée en secret quelques nuits auparavant semblait porter fruit. Les soldats étaient tombés comme des mouches, mais la percée était indéniable. Les canons allemands venaient peut-être de cracher leur feu pour une dernière fois. On parlait de recul, de désordre et même de déroute sur certains fronts.

La guerre serait-elle sur le point de finir?

D'une part, c'était la joie, le grand soulagement d'oser croire que les hostilités allaient peut-être prendre fin. Mais d'autre part, pour Charlotte, c'était la grande inquiétude face à l'avenir: qu'allait-elle devenir si la guerre finissait bientôt comme tout le monde semblait le croire?

Cette journée était marquée de trop d'émotions contradictoires et elle ne savait pas de quoi serait fait le lendemain.

Charlotte détestait se sentir bousculée comme elle l'était depuis le matin.

De deux choses l'une: dans quelque temps, ou elle serait démobilisée ou elle continuerait sa carrière dans l'armée. Les choix n'étaient pas très nombreux.

Mais chose certaine, dès la guerre terminée, elle ne resterait pas en Angleterre encore très longtemps. Qu'elle décide de rester dans l'armée ou pas.

Cependant, elle ne pouvait retourner à Montréal tout de suite, Alicia était trop jeune encore pour que Charlotte puisse jouer sur son âge. Heureusement, il semblait bien que sa fille avait hérité de la morphologie des Gagnon: elle était toute délicate, pas très grande et sa chevelure brillait de mille feux au soleil. Avec un peu de chance, dans quelques années, la duperie serait possible. Si elle en avait encore besoin, car il y avait Andrew.

Aux yeux de Charlotte, la situation était affolante.

Depuis deux semaines, tout allait trop vite.

Pourtant, combien de fois Charlotte avait-elle trouvé que le temps s'éternisait au cours de la dernière année? Elle ne saurait le dire tant certains jours avaient été en soi une éternité.

En fait, elle venait de vivre les pires mois de toute son existence.

Après la naissance d'Alicia, Charlotte avait eu droit à quelques semaines de répit où la caporale Langlois l'avait autorisée à prendre un long moment chaque soir pour voir à sa fille. Cela avait été un temps béni où Charlotte comptait les heures et les minutes qui la séparaient de l'instant où elle pourrait tenir tout contre elle le petit corps chaud et rond de son bébé. Cette minuscule fille donnait un sens à tout le reste de sa vie. Charlotte se couchait sans se laver les mains pour s'endormir avec l'odeur de sa petite fille imprégnée sur elle.

Puis cela avait été le sevrage, et la routine avait repris. L'armée restait l'armée et la guerre continuait de sévir avec ses obligations constantes. Charlotte avait alors eu l'impression de redevenir un numéro matricule sans âme, sans cœur. Et comme tous les numéros, elle n'avait pas le droit d'avoir une vie privée. Surtout pas en temps de guerre. Elle n'avait donc plus vu Alicia que durant ses fins de semaine de permission.

Le temps s'était mis à stagner.

Charlotte s'était mise à détester tout ce qui l'éloignait de sa fille. À commencer par Mary-Jane Winslow. Les attitudes, les façons de faire, les conseils de la brave femme ne rencontraient qu'une opposition générale de la part de Charlotte. Tout était devenu matière à critique. Charlotte était jalouse du temps que cette femme passait avec Alicia. Les sourires que sa fille avait pour une autre lui transperçaient le cœur et alimentaient sa jalousie.

Charlotte était devenue invivable.

Pourtant, Alicia ne manquait de rien. Elle était un bébé en santé, rieuse et entourée d'amour. Et dans les circonstances présentes, la petite fille n'aurait pu trouver une meilleure personne que Mary-Jane pour s'occuper d'elle. D'accord, cela n'était pas du tout ce que Charlotte aurait souhaité, mais qu'aurait-elle pu y changer? Cela avait été long, mais Charlotte avait fini par admettre qu'elle était profondément injuste à l'égard de cette gentille femme qui avait accepté de prendre en charge un si petit bébé.

Ce fut à cette époque, alors qu'Alicia avait environ six mois, que Charlotte avait reporté sa hargne sur l'armée.

Si elle ne pouvait décemment en vouloir à Mary-Jane, il lui fallait quand même trouver un exutoire au flot d'émotions désagréables que la situation suscitait en elle.

Elle était devenue impatiente et colérique envers gens et choses.

Toute l'horreur que la maladie lui avait inspirée au cours de sa vie était revenue en force. Mais qu'avait-elle bien pu penser en demandant de suivre des cours à la Croix-Rouge? Tout était parti de là.

Charlotte était exaspérée: sa vie allait-elle baigner dans la maladie pour longtemps encore? Juste à y penser, elle avait des frissons d'effroi.

Son quotidien n'était plus qu'une succession de corvées et d'injustices.

Charlotte ne voyait aucune issue à sa situation.

Elle qui avait rêvé de complicité, d'amour tendre et doux avec son bébé se voyait confinée au rôle d'une gentille tante qui venait à l'occasion gâter la petite fille. C'était profondément injuste.

Elle qui avait tant souffert des maladies de sa mère était condamnée à s'occuper de blessés à plein temps.

Cela n'avait aucun sens. Sa vie n'avait plus aucun sens.

Le dimanche, quand elle repartait pour le campement, Charlotte s'arrachait un morceau de cœur chaque fois. Elle faisait la route en pleurant toutes les larmes de son corps et en attisant son impatience à l'égard de l'armée et de tout ce qui s'y rattachait.

Comment allait-elle s'en sortir? Comment redonner une raison d'être à une existence qui ne ressemblait en rien à ce qu'elle avait toujours voulu?

Quelle idée absurde avait-elle eue de s'enfuir de Montréal!

Et même si l'ennui qu'elle avait d'Alicia avait fait s'atténuer celui de sa famille, ce fut à cette même période qu'elle avait recommencé à penser à tous les siens de façon quotidienne. Elle s'ennuyait même de Marc à qui la distance donnait toutes les qualités.

Alors pour s'en sortir, impulsivement, Charlotte avait repris le crayon. Il lui fallait exprimer tout ce qui bouillonnait en elle sinon elle deviendrait folle.

Mais le geste d'écrire avait ramené l'ennui de Gabriel.

Le fait de se pencher sur la feuille de papier avec un crayon à la main s'inscrivait trop dans la continuité des plus beaux moments de sa vie pour qu'elle puisse rester insensible à la douleur engendrée par ces mêmes souvenirs. Mais curieusement, Charlotte y avait puisé une sorte d'apaisement. Quand Charlotte écrivait, elle se retrouvait dans l'atelier, elle sentait la présence de Gabriel et elle oubliait la médiocrité de sa vie.

Un deuxième roman commençait à prendre forme…

Et de ce jour, Charlotte puisa la force de vivre à travers l'existence de Constance.

Constance qui avait une petite fille à qui elle pouvait donner tout l'amour du monde. C'était un roman joyeux qui racontait une belle histoire d'amour où Charlotte transposait ses rêves. Elle puisait son inspiration dans les sourires d'Alicia. Le dimanche, Charlotte pouvait passer des heures à la bercer, les yeux fermés, imaginant ce que pourrait être sa vie…

Et elle attendait avec impatience les lettres qui lui parvenaient de chez elle. Elles étaient son lien avec une certaine idée qu'elle se faisait de la normalité. Elles la rapprochaient du but à atteindre. Charlotte se désaltérait aux mots qu'elle lisait, entrevoyant en eux ce qui serait un jour sa réalité. Une réalité déformée, mais qui aurait pour elle un certain sens. En juin dernier, Charlotte avait annoncé son mariage pour juillet; en septembre, une lettre envoyée chez elle avait appris qu'elle était enceinte; au début mai, elle leur avait fait part de la naissance d'Alicia.

La mise en place pour son retour était faite. Il ne lui restait plus qu'à faire mourir son mari dans quelque temps, maladie ou accident, elle ne le savait pas encore, et quand Alicia aurait trois ou quatre ans, Charlotte retournerait enfin à Montréal. Sur ce point, tout était parfait sauf qu'en attendant, avec la perspective d'une paix prochaine, Charlotte n'avait pas la moindre idée de ce qu'elle ferait pour passer ces quelques années. Vaguement, elle imaginait un départ pour Paris. Elle s'ennuyait d'entendre parler français et elle voulait élever Alicia dans sa langue maternelle. Pour une femme comme Charlotte, amoureuse des mots et de leur pouvoir évocateur, il était inconcevable d'imaginer Alicia parlant anglais. Et cette réalité s'ajoutait aux nombreux ressentiments que Charlotte entretenait envers l'existence.

Et Paris, c'était aussi l'espoir entretenu de retrouver Gabriel…

En même temps, à l'instar de Charlotte, Mary-Jane Winslow avait vu poindre la fin de la guerre avec une anxiété croissante. La jeune mère n'ayant plus aucune raison de vivre en Angleterre, n'allait-elle pas partir en emportant Alicia avec elle? L'idée lui était intolérable même si depuis le tout premier instant, Mary-Jane s'était répété que la situation ne serait que temporaire. Mais c'était plus fort que tout raisonnement: depuis un an qu'elle s'occupait du bébé, Mary-Jane en était venue à la considérer comme sa propre fille. La vie sans Alicia perdrait à coup sûr tout son attrait.

Mais comment faire pour s'assurer qu'Alicia ne quitte jamais l'Angleterre?

Au fil des confidences que Charlotte lui avait faites, Mary-Jane avait cru que Gabriel était le père de la petite fille. Devant le silence persistant de celui-ci, elle espérait que Charlotte finirait par l'oublier. Ou, à tout le moins, finirait pas oublier l'idée de le retrouver un jour.

C'était devenu une véritable obsession et rapidement Andrew s'en était aperçu. Fils unique, aimé et entouré par sa mère, les états d'âme de celle-ci ne lui échappaient pas. Et pour lui, tout comme pour Mary-Jane, il n'y avait qu'une solution possible: faire en sorte que Charlotte n'ait aucune raison de vouloir quitter l'Angleterre. Faire en sorte que Charlotte veuille même rester en Angleterre de son plein gré et qu'elle y soit heureuse.

C'est alors qu'il avait entrepris d'apprendre à mieux connaître Charlotte. La vie les avait mis en présence les uns des autres et à ses yeux, cela voulait dire quelque chose.

Andrew avait découvert en Charlotte une femme vive et intelligente. Cela lui plaisait.

Tout comme le fait que Charlotte était plutôt jolie.

Seule, sans attache, la seule amie que Charlotte s'était faite en arrivant ici, Yolande, ayant été affectée à un hôpital de campagne sur le continent, Charlotte avait vu dans ce rapprochement une sorte de planche de salut. Cela lui faisait un bien immense de parler avec quelqu'un qui avait à peu près son âge.

Elle avait accepté une invitation au cinéma et avait accompagné Andrew à quelques soirées non officielles chez des compagnons d'armes mariés, avec de jeunes familles. On avait eu la délicatesse de ne pas parler du père d'Alicia, et Charlotte en avait su gré à tout le monde.

Elle avait enfin l'impression de renouer avec la jeunesse. Parler bébé avec d'autres jeunes femmes était un rayon de soleil dans la grisaille de ses semaines.

Quant à Andrew, il était heureux de constater qu'ils s'entendaient bien. D'autant plus que sa mère était tout aise de voir les jeunes gens se fréquenter. Il était plus que temps que son fils songe sérieusement à s'établir dans la vie. Il venait d'avoir trente ans. Et si Charlotte était cette femme dont Mary-Jane espérait la venue? Ce serait le paradis sur terre!

Pourtant, Charlotte ne voyait rien de plus dans leur relation qu'une belle amitié. Opinion partagée en partie par Andrew. Mais aux yeux de ce dernier, c'était amplement suffisant pour songer au mariage. Il n'était ni inconscient ni futile. Mais pour un militaire de carrière comme lui, la vie se résumait en situations que l'on provoquait ou que l'on déjouait selon les besoins.

Un mariage avec Charlotte était une solution, un événement qu'il pouvait en partie contrôler et il y avait mis les efforts nécessaires pour le voir se concrétiser. Ils s'entendaient plutôt bien, la petite Alicia était un gentil bébé et sa mère serait ravie de les voir ensemble. C'était donc largement suffisant pour espérer un dénouement heureux.

Il avait fait sa demande un certain dimanche soir de printemps alors qu'il reconduisait Charlotte à son campement.

Dans la pénombre, la jeune femme avait dessiné un vague sourire. À peine vingt ans et déjà une seconde demande en mariage. Décidément, la vie avait parfois de ces surprises…

L'idée l'avait amusée un instant, mais le sérieux de la situation l'avait rejointe rapidement. Qu'allait-elle répondre ? Aimait-elle suffisamment Andrew pour songer au mariage ? Charlotte ne s'était jamais attardée sur la question.

Alors, tout comme pour la première fois, Charlotte avait demandé réflexion, ce qu'Andrew avait jugé raisonnable et accepté en précisant :

— Et si tu acceptes, chérie, je pourrais adopter Alicia. Ne serait-ce pas merveilleux pour elle ?

Ces derniers mots avaient laissé Charlotte songeuse.

Et si c'était la solution à tous ses problèmes ? Bien sûr, Andrew, tout comme Marc, était un homme calme, pondéré, organisé. Et probablement que son père y verrait certains inconvénients. N'avait-il pas dit que Charlotte devait espérer trouver celui qui lui donnerait des ailes, celui qui exalterait ce qu'il y a de meilleur en elle? Pour l'instant, elle ne voyait pas précisément Andrew dans ce rôle. Pas plus qu'elle n'y avait vu Marc. Pourtant, malgré tout, Charlotte avait amèrement regretté de ne pas s'être mariée avec Marc. De toute façon, celui qui justement savait éveiller la passion en elle, celui-là même qu'elle espérait retrouver s'était volatilisé sans laisser d'adresse. Si Gabriel avait tenu à elle, il ne serait pas disparu comme il l'avait fait.

Allait-elle encore une fois commettre une erreur sous prétexte de rester fidèle à un fantôme?

De toute sa raison, elle admettait que c'était inutile et douloureux d'entretenir le rêve.

Mais du plus profond de son cœur, Charlotte avait envie de dire oui à ce rêve merveilleux.

Alors, elle avait fait une dernière tentative.

Et si Gabriel était revenu à Montréal? Qu'en savait-elle? Elle lui reprochait de ne pas avoir écrit, mais elle n'avait guère fait mieux.

Charlotte avait donc envoyé une longue lettre disant son ennui et l'envie qu'elle avait de le revoir. Elle n'avait parlé ni d'amour ni de désir, même si dans chaque mot qu'elle avait couché sur le papier, elle avait revu les instants de passion vécus dans les bras de Gabriel.

Elle avait adressé sa lettre à l'atelier. Comment se faisait-il qu'elle n'y avait pas pensé avant?

Et c'était cette même lettre qui lui était revenue en ce matin du 8 juin 1944 avec la mention: destinataire inconnu.

Ainsi donc, même l'atelier avait cessé d'exister…

Charlotte regarda longuement l'enveloppe puis elle la déchira en mille morceaux. L'homme, l'atelier et tous les rêves douloureusement entretenus devaient disparaître de sa vie. Désormais, Gabriel appartiendrait au passé. Charlotte n'avait plus le choix si elle voulait donner le meilleur à Alicia. Elle souhaita seulement que l'avenir lui réserve des moments aussi intenses que ceux qu'elle avait déjà vécus.

Alicia avait un an aujourd'hui. Sa petite fille serait à la fois son présent et son avenir. Et pour elle, pour lui donner une vie normale, Charlotte savait ce qui lui restait à faire. Raymond, son père, s'était peut-être trompé : il n'y avait pas que la passion dans l'existence. Il y avait aussi la sécurité, l'assurance d'un lendemain sans difficultés, le partage d'intérêts communs, l'espoir d'une vie calme et rangée.

Et c'était là ce que lui offrait Andrew.

C'était suffisant pour assurer un présent agréable. Charlotte verrait à ce que tout l'avenir soit logé à la même enseigne.

Un autre groupe de soldats avait débarqué en France la veille pour apporter des renforts. Les pilotes d'avion de chasse les avaient suivis de peu, dès l'aube. Les nouvelles qu'on venait de recevoir confirmaient ce qui ressemblait à une victoire malgré les lourdes pertes.

Quand elle entendit le vrombissement des premiers avions qui revenaient, Charlotte, tout comme ses compagnes, sortit de l'hôpital de campagne pour scruter le ciel.

Qui reviendrait ? Qui serait porté disparu ? À force de vivre dans cette promiscuité de souffrance, les jeunes gens, anglais ou canadiens, se connaissaient tous un peu.

Charlotte avait le cœur qui battait à tout rompre. Le malaise qu'elle ressentait depuis l'aube avait maintenant un nom : elle était morte d'inquiétude.

Quand elle vit Andrew sauter en bas de son appareil, Charlotte sentit des larmes lui monter aux yeux et elle se mit à courir vers lui sur le tarmac malgré l'interdiction de le faire.

Sa joie de le revoir, son soulagement de constater qu'il était sain et sauf n'étaient pas feints.

Charlotte venait de comprendre qu'elle tenait sincèrement à lui. Et elle se fichait complètement du mot qui pourrait définir l'émotion qu'elle ressentait présentement. Amour, passion, attachement se mêlaient en elle en une sensation très douce.

Charlotte se jeta dans les bras d'Andrew et l'embrassa avec fougue. Puis elle se dégagea et prit son visage entre ses mains pour pouvoir plonger son regard dans le sien avant de murmurer :

— Oui, Andrew. J'accepte avec joie d'être ta femme.

Par ces mots, Charlotte disait oui à l'espoir, à l'avenir, à une forme d'amour différent de ce qu'elle avait toujours cherché, mais sincère.

Andrew la serra contre lui à l'étouffer. Il avait eu tellement peur de ne jamais la revoir. Lui aussi venait de comprendre qu'au-delà de la sagesse, le cœur pouvait avoir mille et une raisons de battre.

Ils se marièrent quelques semaines plus tard, en uniforme tous les deux. Charlotte n'aurait porté la robe blanche que pour Gabriel à qui elle avait donné sa jeunesse et son corps pour la première fois. Quand elle jura amour et fidélité, elle savait qu'elle avait fini d'écrire un premier chapitre de sa vie. Et elle l'acceptait avec sérénité. La vie était beaucoup plus qu'un seul chapitre.

Quand elle se tourna vers la petite assemblée des quelques parents d'Andrew et des rares amis militaires, quand elle vit Alicia dans les bras de Mary-Jane, Charlotte comprit que son oui était aussi pour elle. Alors, délaissant Andrew pour un instant, elle s'approcha de Mary-Jane et prit Alicia dans ses bras. Puis elle reprit sa place pour que le cortège se mette en branle. Dans quelques jours, Andrew allait entreprendre les démarches pour adopter légalement le bébé. L'avenir avait à nouveau un sens.

C'est ainsi que Charlotte qui avait quitté Montréal dans

l'espoir de se rendre à Paris pour revoir Gabriel se retrouva en Angleterre et mariée. Pourtant, elle ne regrettait rien.

Avec soulagement, elle se dit qu'enfin, les mensonges des dernières années venaient de s'effacer. Seule la chronologie des événements resterait à jamais différente. Mais cela, personne chez elle ne le savait…

Chapitre 11

Les petits bonheurs d'Antoinette

Après les funérailles de sa mère, durant le long trajet qui la ramenait en train jusque chez elle, Antoinette avait été déchirée entre la joie de revoir bientôt les siens et la nostalgie de quitter sa ville natale. Songeuse, elle avait regardé défiler le paysage sans y prêter attention, alors qu'habituellement elle était ravie de traverser villes et villages et s'amusait des mille et un détails qui agrémentaient la route. Cette fois-ci, inlassablement, elle avait revu en pensée la merveilleuse nuit vécue avec Raymond, convaincue que l'intensité des sensations connues dans ses bras allait terriblement lui manquer.

Quand le train était entré en gare, elle s'ennuyait déjà de Montréal.

Malgré tout, voir Humphrey qui faisait les cent pas à l'attendre sur le quai lui avait fait chaud au cœur et Jason qui s'était précipité vers elle en courant lui avait arraché un sourire.

L'accolade de son mari avait été chaleureuse tandis que Jason se pendait aux plis de sa jupe, sautillant comme un petit chien fou, tout heureux de la revoir.

Antoinette avait donc remisé les émotions engendrées par son voyage. Décès de sa mère, funérailles et Raymond n'avaient pas leur place dans cet instant familial. Elle y reviendrait plus tard et déciderait lucidement de ce qu'elle allait en faire.

Glissant sa main sous le bras d'Humphrey, Antoinette avait attrapé son fils par le col de sa veste, au moment où son mari lançait de sa voix forte :

— Et maintenant, on rentre chez nous.

Antoinette s'en souvenait encore aujourd'hui : ces mots avaient semblé très doux à ses oreilles. Ils lui avaient rappelé combien il est confortable, parfois, de s'en remettre aux autres pour faire son bonheur. Avec Humphrey, il était possible de tout lui confier alors qu'avec Raymond, un rien pouvait être compliqué...

Antoinette avait donc pris son fils dans ses bras et elle avait ajusté son pas aux longues enjambées d'Humphrey qui avait attrapé sa valise. Tous ensemble, ils avaient regagné le stationnement pour récupérer la voiture. Ici, il faisait encore un temps qui ressemblait à l'été et Antoinette avait pris une longue inspiration, les yeux mi-clos. Elle aimait l'odeur marine qui imprégnait l'air...

Et c'est ainsi qu'inexorablement, par-delà les souvenirs, les regrets et les rêves, la vie de tous les jours avait repris ses droits.

Et qu'Antoinette avait réajusté ses émotions pour reprendre sa place dans cette vie de tous les jours.

Tout comme la première fois où elle était arrivée ici, enceinte de Jason, elle avait laissé les choses se décanter et petit à petit, Raymond était redevenu ce qu'il était : un doux souvenir.

Elle n'avait gardé, dans le fil des semaines qui passaient, que quelques instants de solitude où elle permettait au passé de refaire surface. Tout en douceur, mélangeant nostalgie et souvenirs, sans nuire au cours des jours, elle s'était inventé une vie qui aurait pu exister. C'était son petit jardin secret.

Un an plus tard, elle en était toujours là.

Antoinette avait appris à tirer plaisir de ces quelques instants, seule, face à la mer au lever du jour, imaginant paisiblement cette vie qui aurait été différente. Elle aimait tellement Jason qu'elle pouvait facilement se voir entourée d'une ribambelle d'enfants. Invariablement, elle y trouvait une certaine douceur. La vie qu'on s'invente est généralement plus belle que celle que l'on a. Pourtant, malgré cela, cette évasion dans le monde onirique lui permettait d'apprécier la vie qu'elle menait. Antoinette était une femme suffisamment forte et lucide pour être capable de faire la part entre rêve et réalité sans en être perturbée. Et elle connaissait suffisamment Raymond pour deviner que la sérénité de son existence n'aurait pas été la même. Raymond n'avait pas cette tranquille assurance qui faisait d'Humphrey un compagnon solide et agréable à tous moments. Néanmoins, elle était heureuse de penser à Raymond, de l'imaginer un brin différent de ce qu'il était réellement tout en étant heureuse de la vie qu'elle menait. Aujourd'hui, elle arrivait à comprendre ce que Raymond avait vécu du temps de leur aventure. Elle aussi, elle était capable d'être bien et honnête même si elle partageait ses pensées entre deux hommes. C'était saugrenu, Antoinette en convenait aisément, mais elle s'en fichait. Pourvu qu'elle ne blesse pas Humphrey, le reste avait peu d'importance.

Sur le sujet, Antoinette était en paix avec elle-même. Là n'était pas le véritable problème.

Il y avait autre chose.

Un petit regret qu'elle avait reconnu dès l'instant où ses anciens confrères de travail s'étaient présentés au salon funéraire. Ensemble, après les formalités d'usage, ils s'étaient rappelé le bon vieux temps. C'est alors qu'Antoinette avait compris combien elle s'ennuyait de son travail. Elle n'était peut-être pas avocate, le barreau s'étant formellement refusé à reconnaître ses études, mais néanmoins, elle savait que le cabinet qui l'avait engagée à l'époque comptait sur elle et sur ses avis. Et pour une femme de la trempe d'Antoinette, cette reconnaissance était très importante. Elle allait dans le sens de l'éducation que ses parents lui avaient donnée. D'une certaine manière, c'était un engagement social qui complétait celui de sa mère et Antoinette y tenait beaucoup. Aujourd'hui, elle n'était plus que mère à plein temps et elle comprenait que cela ne lui suffisait plus. Jason avait grandi, il allait maintenant à l'école et Antoinette trouvait les journées trop longues.

Et c'était donc aussi à cela qu'elle pensait, le matin, seule face à la mer. À ce vide qu'elle avait enfin réussi à identifier lors de son passage à Montréal, un vide qu'elle ne savait pas vraiment comment combler. Ici, les règles étaient différentes, les lois aussi et le bagage de connaissances qu'elle avait accumulées au Canada ne pesait pas très lourd pour la justice américaine. Que faire pour occuper ses journées?

Antoinette tentait plus mal que bien de cacher son ennui, mais Humphrey n'était pas dupe et il voyait bien qu'Antoinette avait changé lors de son voyage et que la femme qui lui était revenue n'était plus tout à fait la même.

Au début, il avait sincèrement cru que le décès de sa mère l'avait affectée plus qu'elle ne voulait le dire. Il s'était fait discret, se disant que chacun vit son deuil à sa façon.

Ce n'était que plus tard, des mois plus tard, qu'il avait repensé à Raymond. Le décès d'une mère, même si on l'avait beaucoup aimée, ne pouvait persister aussi longtemps.

Il y avait sûrement autre chose.

Il n'avait pas cherché vraiment longtemps. Le nom de Raymond avait fait surface et spontanément, Humphrey avait accolé ce nom à cette autre chose qui rendait sa femme morose. Depuis toujours il savait qu'une femme comme Antoinette ne pourrait oublier celui qui était le père de son fils. Elle avait dû le revoir lors de son séjour à Montréal et elle en avait été bouleversée. Mais que pouvait-il y changer? Toutefois, Humphrey n'était pas jaloux.

Quand il avait épousé Antoinette, il savait que jamais elle n'oublierait Raymond, Antoinette le lui avait clairement dit, et il l'avait accepté. Mais cela n'empêchait pas le fait qu'il était triste de voir Antoinette si songeuse par moment, lui qui s'était juré de tout faire pour la voir sourire.

Il ne la sentait pas vraiment malheureuse, mais ce petit reflet de nostalgie, ou de regret, il n'aurait su le dire, faisait s'éteindre pour quelques secondes l'éclat de soleil qui brillait dans ses yeux noisette, et c'était suffisant pour qu'Humphrey ait voulu faire quelque chose.

Mais quoi?

Il avait alors parlé de voyage. Souvent, s'éloigner de son monde habituel pour quelque temps permet l'oubli. Mais Antoinette avait fait la moue. Jason ne pouvait quitter l'école aussi facilement. Il était en plein apprentissage de deux langues, c'était difficile pour lui. Et puis, elle était bien chez elle et n'avait nul besoin d'évasion pour le moment. Pas dans le sens où Humphrey le lui offrait.

Ces derniers mots lui avaient mis la puce à l'oreille.

Que voulait-elle exactement dire par ce *pas dans le sens où lui l'entendait*? Peut-être bien que Raymond n'avait rien à voir avec cet état nostalgique qui était celui d'Antoinette. Malheureusement, Humphrey n'était pas un homme à demander avis et conseils. Quitte à ce que le processus soit plus long, il trouverait seul ce qui tracassait son Antoinette.

En fait, ce qu'Antoinette admettait, c'était avoir envie de changement mais pas de voyage. Sa réflexion partirait donc de ce point.

De ce jour, trouver une solution au problème d'Antoinette était devenu le principal objet de réflexion d'Humphrey.

Et ce matin, seul dans son bureau, il tentait encore une fois d'y voir clair.

Il mâchouilla le bout de son cigare en soupirant.

Humphrey avait catégoriquement refusé de sacrifier ses précieux cigares à l'autel de la santé. Malgré les avis répétés des médecins, le vieux Texan était obstiné.

— Faut bien mourir de quelque chose, répétait-il invariablement à la visite médicale.

Mais Antoinette avait une tout autre vision des choses ! Alors Humphrey ne fumait plus qu'à son bureau. Cela lui donnait une bonne raison de s'y présenter régulièrement même s'il prétendait être à la retraite, ayant confié le gros des responsabilités à son vieil ami et employé Geoffrey.

C'est ainsi qu'il avait pris l'habitude de se payer chaque jour le plaisir d'un gros cigare, assis à son bureau, les deux pieds sur la table et les yeux mi-clos. Il en profitait pour réfléchir à mille et une choses et depuis quelque temps à sa belle Antoinette qu'il ne sentait pas aussi heureuse qu'il l'aurait souhaité.

C'est alors qu'un vieux rêve refit surface.

Un rêve de jeunesse qu'Humphrey n'avait jamais réalisé faute d'argent au début, puis faute de temps. En fait, c'était ce même vieux rêve qui avait fait en sorte qu'il s'était porté acquéreur de l'imprimerie et qu'ainsi il avait fait fortune.

Et si le jour était venu ?

Si à soixante-six ans bien sonnés, il s'offrait le plaisir de faire ce qu'il avait toujours rêvé de faire ?

Pourquoi pas ?

Aujourd'hui, il avait l'argent et le temps de faire tout ce qu'il voulait.

Et en plus, il y avait Antoinette...

Homme de décision et d'action pour qui les tergiversations et les trop longues réflexions n'étaient que perte de temps, Humphrey présenta le projet dès le soir venu, alors que Jason faisait ses devoirs, que la nuit était tombée sur la mer et qu'une bonne flambée réchauffait le salon qui en avait grand besoin puisque cette pièce était vitrée sur trois côtés. En fait, ils habitaient un ancien chalet transformé en résidence principale, sacrifiant ainsi un certain confort au plaisir d'une vue unique qui embrassait l'immensité de la mer. Ils en avaient déjà discuté, et sur ce point ils étaient tout à fait d'accord : tant pis pour les inconvénients, l'immensité de l'océan leur procurait à tous les deux une joie intérieure qui n'avait pas de prix.

Antoinette avait écouté son mari sans l'interrompre, selon son habitude. Puis elle avait réfléchi cinq bonnes minutes avant de se décider à parler.

— Tu es bien certain que c'est une bonne idée ? Tu n'arrêtes pas de dire que tu apprécies ta retraite et le fait de ne plus te lever à l'aube pour arriver à tout mener de front. Tu ne cesses de dire qu'enfin tu peux faire ce que tu veux quand tu le veux. Il me...

— Justement, l'interrompit Humphrey, aussi excité qu'un enfant à la veille de Noël. Tu viens de le dire : je peux faire ce que je veux quand je le veux. Et décider de ce que je vais imprimer fait partie de mes plus chers désirs. Ne plus me contenter de remplir des commandes mais choisir les livres que je vais réaliser. Décider du format, de la qualité, du contenu. Ne faire que les livres qui me plaisent... C'est pour ça que j'ai acheté l'imprimerie, il y a près de cinquante ans. Mais jamais jusqu'à aujourd'hui, je n'ai eu la chance de mettre mes projets à exécution. Je sais que je n'ai plus vingt ans, j'aime autant le dire moi-même avant que tu ne m'en fasses délicatement la remarque. Mais avec toi je pourrais y arriver, non ? Faire quelque chose ensemble, il me semble que ce serait un vrai beau projet de retraite !

De nouveau, Antoinette resta silencieuse un moment. L'idée était séduisante, mais l'état de santé d'Humphrey la préoccupait.

Comme elle le connaissait, il allait y mettre autant d'enthousiasme que d'énergie et les médecins étaient formels: il devait faire très attention, une autre crise pourrait lui être fatale. Elle leva les yeux vers lui, indécise.

Humphrey avait cessé de marcher de long en large comme un ours en cage et pour faire pression sur Antoinette, il s'était arrêté devant elle et la regardait avec ce regard d'enfant qu'il savait si bien utiliser quand il en sentait le besoin. Antoinette ne put s'empêcher de sourire. Un peu plus et Humphrey se mettrait à se dandiner pour ajouter de la crédibilité à son allure. Avec ses deux cent cinquante livres et ses six pieds trois pouces, l'image qui apparut dans l'esprit d'Antoinette était si grotesque qu'elle accentua son sourire.

— Mon idée est farfelue? demanda Humphrey voyant qu'Antoinette avait l'air de se moquer. Je sais bien qu'on ne connaît pas grand-chose dans ce domaine, mais il me semble qu'avec l'expérience que j'ai acquise à l'imprimerie...

— Pas du tout! s'empressa d'interrompre Antoinette. Ton idée est très alléchante, au contraire. Ce doit être tout à fait stimulant de prendre des décisions, d'affronter les risques et de gagner des paris. Non, c'est toi qui es drôle. On dirait un gamin en train de demander une permission. Comme si tu avais besoin de ma permission pour agir!

Au fur et à mesure qu'Antoinette parlait, elle s'enflammait et bientôt, Humphrey aperçut cette petite étoile de plaisir qui illuminait son regard lorsqu'elle était satisfaite de quelque chose ou tout simplement heureuse. Il sut alors qu'il venait de gagner un pari, comme elle venait de si bien le dire. Son attitude changea du tout au tout. S'approchant d'Antoinette, il s'installa à même le plancher devant elle.

— Je sais que je n'ai pas l'habitude de te consulter pour mes affaires. Et vois-tu, je crois que c'est une erreur. Je ne te demande pas une permission, je te demande si tu veux être mon associée dans ce projet. Qu'en penses-tu ?

— Vu sous cet angle, c'est bien certain que ma réponse serait oui. Rien ne me ferait plus plaisir que de travailler avec toi. Mais il y a ta santé et je…

À ces mots, Humphrey bondit sur ses pieds.

— Ai-je l'air d'un homme malade ? J'ai eu un avertissement, c'est tout. Je me sens en pleine forme.

Puis subitement, son regard se fit sérieux, presque sévère quand il ajouta :

— Je comprends ce que tu veux dire. Mais je ne veux pas m'y attarder. Vois-tu, je ne sais pas combien de temps il me reste à vivre. Mais comme personne ne sait à l'avance le moment précis du grand départ, je ne veux surtout pas que cette idée me tracasse au point d'oublier que je vis encore, Antoinette. Mon cœur m'a signalé qu'il commençait à être essoufflé. D'accord, c'est son droit. Mais moi, vois-tu, justement parce que j'aime la vie, je n'ai pas l'intention de devenir centenaire en me contentant de me bercer. Je veux vivre pleinement jusqu'au bout. Si je dois mourir demain, je mourrai heureux si j'ai fait tout ce que je voulais faire. Et devenir celui qui crée les livres, les fabrique avant de les imprimer en fait partie. J'espère seulement que tu vas accepter de te joindre à moi.

Brusquement, alors que ce projet n'était qu'une aspiration parmi tant d'autres, le fait de devenir éditeur devenait prioritaire pour lui. Comme si d'avoir quelque chose à faire, quelque chose dont il avait si longtemps rêvé, allait reporter l'échéance d'une vie qui filait trop vite.

Pendant un long moment, Antoinette soutint son regard. Leur vie à deux avait été bâtie sur une belle amitié et d'une certaine manière, cela comblait la femme qu'elle était. Mais ce soir, c'était différent. Rarement elle ne s'était sentie amoureuse de son mari comme c'était le cas présentement. Humphrey venait de lui offrir sa vie et ses espoirs. Plus, il lui demandait de partager tout cela avec lui. Elle n'avait pas le droit ni l'envie de le repousser. Elle se leva pour venir le rejoindre.

— D'accord, Humphrey, j'accepte. Mais tu vas devoir être patient avec moi. Je n'y connais absolument rien. Et je n'ai qu'une condition !

— Laquelle ?

— Que tu apprennes à être raisonnable. Si toi, tu te sens prêt à partir n'importe quand, moi, je ne suis pas prête à me retrouver seule.

Antoinette avait pris le visage de son mari entre ses mains et leurs regards se noyaient l'un dans l'autre. Comment avait-elle pu croire qu'une autre vie aurait été plus belle ? Humphrey était le meilleur des hommes, celui qu'elle avait choisi pour être le père de son fils et elle osait encore prendre plaisir à imaginer autre chose ? C'était ridicule.

— Et il y a Jason, aussi, murmura-t-elle tendrement, poursuivant sa réflexion à voix haute. Ton fils a besoin de toi, ne l'oublie jamais…

Du jour au lendemain, à la suite de cette soirée, la vie d'Antoinette se retrouva transformée. Plus de temps mort, plus d'ennui, elle arrivait à peine à suivre le rythme infernal qu'Humphrey avait toujours donné à ses semaines. Elle constata avec satisfaction que son avidité d'apprendre ne s'était pas tarie au fil de toutes ces années d'inactivité et que sa facilité à s'intégrer à une équipe de travail était toujours aussi naturelle. En quelques semaines, elle connaissait tous les rouages de l'imprimerie et les employés appréciaient sa présence efficace.

Pendant ce temps, Humphrey avait consulté notaire et avocats. Une nouvelle entreprise était née. L'un comme l'autre, Antoinette et lui, avaient l'impression que c'était un peu leur bébé. Ils voyaient leur projet prendre forme et grandir comme ils avaient vu Jason le faire.

Et sans qu'il ne le dise ouvertement, à la satisfaction d'Humphrey se greffait un curieux soulagement. Désormais, l'avenir ne l'effrayait plus. Il pourrait partir en paix. Quoi qu'il arrive, Antoinette saurait le remplacer à pied levé.

Mais travailler ensemble ne voulait pas dire oublier les plaisirs qu'ils avaient l'habitude de s'offrir. Si les semaines étaient faites de lecture, de discussions, de recherches, les fins de semaine appartenaient à la vie familiale. Sur le sujet, Antoinette était intraitable.

— Et pas de discussion ! On se garde deux jours par semaine juste pour nous ou je démissionne.

Alors, comme ils le faisaient maintenant depuis quelques années, quand octobre arriva, Antoinette se mit à surveiller les annonces de vernissages et d'expositions. Ils raffolaient tous les deux de parcourir les routes à la recherche de talents nouveaux. Ils n'avaient absolument pas les mêmes goûts en matière d'art, mais ils prenaient un étrange plaisir à se confronter. C'était à qui aurait le dernier mot. Ils se querellaient parfois comme des chiffonniers pour finir par s'entendre sous l'œil narquois des propriétaires de galeries qui commençaient à bien les connaître. Humphrey aimait les marines et les paysages bucoliques, ce qui ne cessait de surprendre Antoinette qui voyait en son mari un homme d'action et non un poète capable de s'émouvoir devant un paysage très doux. Quant à elle, sa préférence allait aux scènes urbaines ou aux portraits illustrant des gens dans le cours de la vie quotidienne.

Et c'est ainsi qu'ils partirent ce samedi-là, salivant à l'avance du plaisir qu'ils auraient à discuter devant les toiles. Jason avait été confié aux bons soins d'une voisine, car il détestait lorsque ses parents se disputaient.

— Mais voyons ! On ne se dispute pas, on discute !

— C'est pareil.

Ils étaient partis très tôt parce que la route, ce jour-là, serait longue. Antoinette avait déniché, dans une revue d'art, qu'il y avait à New York une exposition de jeunes peintres canadiens.

Il faisait très beau et ils prirent autant plaisir à faire la route qu'ils en auraient une fois sur place.

L'exposition se tenait dans un hangar désaffecté que quelques mécènes avaient transformé avec bonheur en immense salle de montre. Comme ils le faisaient généralement, Humphrey partit de son côté et Antoinette du sien. Ils repéreraient chacun quelques toiles qui leur plaisaient puis commencerait l'interminable discussion qui mènerait à l'achat de la journée.

Pour Antoinette, ce fut le coup de foudre.

Un tableau sombre mais en même temps très chaud qu'elle voyait déjà au-dessus de la cheminée du salon. Une jeune femme dont on ne pouvait que deviner le visage offrait sans pudeur son corps aux regards des gens. Un corps tout en courbes et en creux, drapé dans un long rideau rouge. Et c'était ce rouge qui avait d'abord attiré Antoinette. Il était unique, d'une chaleur sensuelle oscillant entre un orangé de flammes et une rose épanouie.

Puis ce fut la femme qui l'interpella.

À la fermeté de son corps, on devinait qu'elle était jeune. Toutefois, elle dégageait une sensualité qui frôlait l'impudeur. Elle dégageait l'assurance d'une femme qui se sait aimée.

— Il vous plaît ?

Antoinette sursauta. À deux pas derrière, elle reconnut un des hommes qui les avaient accueillis à leur arrivée. Elle lui répondit d'un sourire ravi :

— Indéniablement. Cette toile est superbe.

— Vous aimeriez rencontrer le peintre qui l'a faite ?

Antoinette lui renvoya un regard surpris. Elle croyait qu'il s'agissait de peintres canadiens. Elle ne s'attendait pas à pouvoir les rencontrer.

— Il est ici ?

— Oui. C'est un Canadien de Montréal. Un instant, je vais le chercher.

Antoinette fut aussitôt ravie de l'occasion qu'elle aurait de pouvoir dire à l'auteur du tableau à quel point elle l'aimait. Et tandis que le propriétaire de la galerie était parti chercher le peintre, Antoinette, elle, chercha Humphrey du regard. Il fallait à tout prix que son mari voie cette toile. Les trois hommes arrivèrent en même temps.

— Regarde Humphrey, cette femme n'est-elle pas splendide ?

Puis elle se tourna vers les deux autres hommes qui se tenaient près d'elle et elle tendit la main vers un homme moins jeune qu'elle ne l'aurait cru. Malgré ses cheveux qu'il portait longs et attachés, l'homme n'était plus de la première jeunesse. Antoinette lui donna à peu près quarante ans.

— Je suis heureuse de vous rencontrer, monsieur. Il ne m'arrive pas souvent d'avoir la chance de parler à un concitoyen. Antoinette Larue.

Antoinette s'était exprimée en français, puisque le propriétaire de la galerie lui avait signalé que le peintre venait de Montréal, ce qui fit sourciller Gabriel qui ne s'attendait pas à entendre parler français et sourire Humphrey. Il adorait entendre sa femme parler français. Même s'il était courant qu'elle parle ainsi à la maison, Humphrey trouvait que cela lui donnait un petit air exotique qui lui plaisait toujours autant. Quant à Antoinette, elle apprécia la poignée de main du peintre qui dénotait l'homme sûr de lui.

— Madame Larue ! Si je m'attendais à rencontrer quelqu'un de chez nous ! Je m'appelle Gabriel Lavigne. De Montréal.

Après un court silence, il ajouta :

— Comme ça, vous aimez mon tableau ?

— Aimer ? Le mot est faible. J'ai l'impression qu'il me parle.

À ces mots, le visage de Gabriel devint songeur.

— Tant mieux s'il vous fait cet effet. Parce que pour moi, il raconte la plus belle partie de ma vie. C'est un peu pour essayer de la rejoindre que j'ai fait tout ce que vous voyez dans cette partie de l'entrepôt. J'ai besoin d'argent pour retourner en Europe.

Antoinette était revenue face à la toile et pendant un long moment, Gabriel, Humphrey et elle contemplèrent la femme du tableau en silence.

— Je sens tellement d'amour dans ce tableau, murmura enfin Antoinette. Cette femme est chanceuse d'être aimée à ce point.

Gabriel, qui avait observé Humphrey comme il observait tout le monde, tout le temps, lui répondit sur le même ton :

— D'après ce que je peux voir, vous n'avez rien à lui envier, madame.

Antoinette se mit aussitôt à rougir. Détournant la tête, son regard croisa celui d'Humphrey. Celui-ci la regardait avec un éclat brillant au fond des yeux. Cet éclat que l'on ne voit que lorsque deux êtres en arrivent à une complète symbiose. Gabriel avait raison, elle ne l'oubliait que trop souvent. Elle était chanceuse d'avoir croisé cet homme merveilleux qui était son mari.

— Vous avez raison. On tient tellement pour acquis toutes ces choses-là. Vous avez bien fait de me le rappeler, fit-elle en regardant Gabriel.

Puis elle revint à Humphrey et lui offrit un sourire taquin.

— Qu'en penses-tu?

La toile ne ressemblait en rien à ce qu'Humphrey appréciait habituellement. Pourtant, cette fois-ci, Humphrey n'avait pas du tout envie de discuter. La jeune femme du tableau lui faisait penser à Antoinette et pour lui, il n'était pas question qu'elle continue à offrir sa nudité aux regards des étrangers.

— On achète! fit-il à la grande surprise d'Antoinette qui s'attendait à devoir débattre son point de vue.

Et dans un style qui n'appartenait qu'à lui, à la fois débonnaire et grandiloquent, Humphrey s'inclina devant Antoinette et lui fit un baisemain.

— Je te l'offre pour te dire que je t'aime. Cet homme a vu juste, chère Antoinette. Aucune femme ne t'arrive à la cheville. Sauf peut-être celle du tableau. Elle est vraiment très belle même si on ne voit que l'ébauche du visage. C'est peut-être ce qui me plaît le plus: cet espèce de mystère qui l'entoure.

Puis il se tourna vers Gabriel.

— Votre prix sera le mien. En espérant que cela vous aidera à retrouver cette jeune femme.

Gabriel se mit à rire.

— Pour l'argent, vous verrez avec les propriétaires de la galerie, je n'y connais rien. Pourvu que j'en aie assez pour vivre quelque temps une fois arrivé au Portugal, je n'en demande pas plus.

— Au Portugal?

Antoinette trouvait curieux qu'un artiste songe à s'installer au Portugal.

— Oui. J'aurais préféré la France ou l'Angleterre, expliqua

Gabriel, lui donnant ainsi raison. Pour la peinture, et même les arts en général, c'est surtout là que ça se joue. Mais, à cette période de l'année, on n'a malheureusement pas vraiment le choix. En automne, les départs pour l'Europe sont rares. Et comme j'ai très hâte de partir... J'ai donc réservé une place sur le premier bateau en partance. Et ce bateau va au Portugal. Je m'arrangerai bien une fois rendu là-bas. Avec le retrait des Allemands dans cette partie de l'Europe, les déplacements doivent être plus faciles. De là, j'arriverai bien à gagner le sud de la France pour remonter sur Paris.

C'est ainsi que la dame en rouge, comme Antoinette l'avait baptisée, se retrouva à la tête de leur lit. Malgré l'heure tardive, Humphrey l'avait tout de suite accrochée tandis qu'Antoinette leur préparait une collation.

Puis elle s'était installée dans la bergère pour pouvoir la contempler.

Quand Humphrey était venu la rejoindre, Antoinette n'avait pas bougé d'un iota. Elle était subjuguée par l'impression de confiance que dégageait la jeune femme du tableau. Antoinette détourna la tête quand elle entendit Humphrey entrer dans la chambre.

— Elle est belle, n'est-ce pas?

Humphrey l'avait rejointe.

— Oui, elle est belle. Mais pas autant que vous, madame.

La voix d'Humphrey était enrouée. Antoinette leva alors les yeux, inquiète. Le regard de son mari brillait d'une étrange façon.

— Tout va bien Humphrey?

— Ne t'inquiète pas. Tout va très bien. Alors, contente de ton achat?

— De notre achat, spécifia Antoinette. Oui, je suis très

heureuse. J'espère que toi aussi, tu l'aimes un peu.

— Oui. Ne crains rien. Cette femme me fait penser à toi. Je suis certain que tu lui ressemblais quand tu étais jeune.

Et après un court moment de silence, Humphrey ajouta :

— J'aurais aimé te connaître avant, tu sais. Bien avant… J'ai passé ma vie à te chercher, mais tu n'étais jamais là.

Antoinette retenait son souffle. Elle sentait une fragilité entre eux, une magie comme de celles qui ne passent pas souvent.

Humphrey avait posé tout doucement sa main sur l'épaule d'Antoinette. Elle sentit qu'il accentuait la pression quand il reprit :

— Et même parfois encore, j'ai un peu l'impression que tu t'absentes. Oh ! Ce n'est pas un reproche. Mais à ces moments-là, je ne te sens pas vraiment heureuse. Alors, ça me rend triste à mon tour. Je voudrais tellement que ta vie soit parfaite, tout le temps.

Antoinette sentait les larmes qui lui montaient aux yeux. Mais ce n'étaient ni larmes de tristesse ni larmes de regret. Elle était heureuse. D'un bonheur si grand, si fort qu'il fait un peu mal. Alors les larmes paraissent apaisantes, douces et aussi fragiles que l'instant qui passe.

Sans dire un mot, Antoinette posa sa main sur celle d'Humphrey et à son tour, elle lui communiqua sa chaleur par une bonne pression.

Elle venait de comprendre que les émois du cœur sont parfois aussi forts que ceux du corps.

Ils restèrent ainsi un long moment, à regarder la femme en rouge.

Alors Antoinette se surprit à souhaiter du plus profond de son cœur que Gabriel le peintre réussisse à retrouver son modèle pour qu'il connaisse à son tour un bonheur comme le sien. Un bonheur si grand qu'il donne envie de pleurer…

CHAPITRE 12

Une journée particulière

— Cet hiver, je t'apprends à skier.

Émilie écarquilla les yeux.

— Tu n'es pas sérieux, j'espère ?

Ils étaient dans la cuisine et dehors, il tombait une belle neige lourde qui avait déjà enseveli le jardin sous une couette blanche. De là l'idée de faire du ski en compagnie d'Émilie.

Debout à la porte de la cuisine, soupirant de plaisir anticipé, Marc admirait la petite cour des Deblois où les arbustes ployaient leurs rameaux sous le poids de la neige. Il adorait l'hiver. Avec un peu de chance, dans un mois, il y aurait suffisamment de neige pour commencer à pratiquer les sports qu'il préférait. Il en trépignait d'impatience.

Depuis le bal, au printemps dernier, le jeune homme venait régulièrement chez les Deblois. Parfois pour le travail afin de consulter Raymond. Le plus souvent, simplement pour faire un tour. Entre Émilie et lui était née une belle amitié, spontanément, dès le premier soir. À peine étaient-ils assis dans l'auto les menant à l'hôtel où se tenait la réception qu'ils avaient trouvé de quoi alimenter la conversation sans difficulté jusqu'au bout de la nuit. Ils se ressemblaient sur certains points alors que sur d'autres, leurs différences les surprenaient ou les faisaient rire. Marc était suffisamment plus âgé pour se souvenir de la petite fille qu'était Émilie. Il l'avait connue quand elle portait encore la couche ou peu s'en faut. Et du haut de ses sept ans, Marc l'avait prise sous sa protection, la soustrayant à ses frères qui étaient plutôt turbulents. Pour lui, Émilie représentait la petite sœur qu'il n'avait pas, alors que Charlotte était une amie de toute la famille. Quand il avait proposé à Émilie de l'accompagner au bal, c'était encore le grand frère qui parlait. Un grand frère qui aimait beaucoup s'amuser à la provoquer. Émilie, peu habituée aux taquineries, était plutôt soupe au lait. Elle mordait à chaque petite taquinerie pour finalement en rire avec lui quelques instants plus tard. Marc poursuivit donc, imperturbable, en parlant du ski, malgré la visible réticence de son amie.

— Je suis on ne peut plus sérieux.

Émilie soupira et haussa les épaules avec exaspération. Cette fois-ci, ce n'était pas une taquinerie, c'était une proposition à laquelle elle ne souscrivait pas du tout.

— Alors tu vas devoir oublier tes projets.

Émilie regardait Marc, l'air sévère. Mais quelle drôle d'idée d'imaginer qu'elle puisse aimer le sport ! Elle n'en avait jamais fait, ne s'y était jamais intéressée et n'y connaissait absolument rien. Plus, elle ne voulait même pas en entendre parler sauf par Marc, car elle savait que c'était une véritable passion chez lui. Mais elle avait toujours espéré qu'il allait en rester là. En discuter était une chose qu'elle pouvait faire de bonne grâce, mais pas question de pratiquer quelque sport que ce soit. Elle n'y voyait aucun intérêt.

C'était sans compter sur le jeune homme qui avait la tête dure. Pourquoi Émilie ne partagerait-elle pas ce qu'il considérait comme important et agréable dans la vie ? Il s'intéressait bien à sa peinture, lui ! Il devinait surtout qu'Émilie avait le plus grand besoin d'être bousculée. À force de discuter avec elle, il avait vite compris qu'elle n'avait pas vraiment eu de jeunesse. Émilie, la petite fille qu'il avait connue, semblait ne pas avoir vieillie. Il avait donc repris la place qu'il croyait la sienne auprès d'elle et cela faisait maintenant près de six mois qu'ils se voyaient assez souvent. Chaque fois que Marc avait obligé Émilie à faire quelque chose de nouveau, quelque chose de différent, il avait toujours eu l'impression qu'elle redevenait une enfant à la fête foraine.

— Et pourquoi ne ferais-tu pas de ski ? insista-t-il.

Le regard d'Émilie passa de sévère à hostile.

— Tu le sais très bien pourquoi. Il me semble que je n'ai pas de dessin à te faire pour t'expliquer.

Marc devinait ce qu'Émilie allait lui rétorquer tout comme il savait qu'elle était gênée de parler de ses problèmes de santé. Elle était déjà ainsi, enfant. Comme si le fait d'avoir certains problèmes de digestion faisait partie d'une dimension de sa vie où personne n'avait le droit d'entrer. Ce à quoi Marc lui répondait invariablement qu'il n'y avait aucune honte à avoir certaines faiblesses de l'intestin. Que les problèmes viennent du cœur, des poumons ou de l'intestin ne l'embarrassait pas le moins du monde. Mais il avait vite compris qu'il en allait autrement pour Émilie qui se mettait toujours à rougir quand le sujet était abordé. Chose qu'elle évitait le plus possible.

— Oui, je sais ce que tu vas me dire, répliqua-t-il alors, devançant l'inévitable explication. Mais ce ne sera pas suffisant pour échapper au ski. Ce ne sont pas des problèmes occasionnels de l'intestin qui vont mettre un frein à mon projet. Tu es née comme ça et ça ne devrait jamais t'empêcher de vivre, Émilie.

À deux pas, tout en préparant le repas, Blanche tendait l'oreille. Elle aimait beaucoup Marc et sa façon de voir les choses. Juste ce qu'il fallait de sérieux sans tomber dans le mélodrame. Pas comme Raymond qui n'avait jamais rien compris à... Blanche obligea sa pensée à faire demi-tour. Raymond était Raymond et Marc était Marc. Et avec ce Marc, justement, Émilie serait entre bonnes mains. Marc serait même le parti idéal pour sa petite fille. Mais voilà ! Blanche avait beau multiplier les invitations à souper, il semblait bien que les relations unissant les deux jeunes gens ne dépasseraient jamais les limites d'une belle amitié.

Pourtant, Blanche ne ménageait aucun effort.

Déjà que d'être sobre durant les fins de semaine était devenu un vrai calvaire, voilà qu'en plus, lorsque Marc était là, elle s'obligeait à participer à la conversation au lieu de se réfugier dans sa chambre comme c'était devenu une habitude. Seule la perspective d'un éventuel mariage lui donnait la force de persévérer.

Et lorsqu'elle le voulait, Blanche savait encore user de charme. Elle croyait fermement aux pouvoirs magiques d'une belle tenue, d'une conversation intelligente. L'art de séduire n'avait pas vraiment de secrets pour Blanche qui avait toujours conçu qu'elle n'avait pas le choix : avec une santé comme la sienne, seule la séduction l'amènerait à se faire des amis. Sinon, la pauvre Blanche n'était pas des plus intéressantes. Et petit à petit, apprenant à la connaître à travers certaines discussions et au fil des invitations qui se multipliaient, c'était exactement ce que Marc pensait de Blanche : elle était une femme charmante, cultivée et même drôle par moments. Alors quand Émilie lui parlait de sa mère, disant combien elle avait été précieuse pour elle, Marc n'avait aucune difficulté à la croire.

Avec lui, Blanche n'était que sucre et miel, ce qui n'était pas désagréable.

Quant à Émilie, elle avait été bien éduquée en ce sens par une mère qui ne voyait pas comment sa pauvre petite fille pourrait arriver à se trouver un mari sans user du peu de charme qu'elle avait. Qui voudrait s'embarrasser d'une femme malade ? Émilie avait donc appris depuis longtemps l'art d'un savant maquillage et les astuces de certains vêtements qui donnent un peu de volume à un corps malingre sans grand attrait. Si sa mère le disait, c'était que cela devait être important. Quand Blanche avait-elle été de mauvais conseil pour elle, n'est-ce pas ? Jamais ! Alors même si jusqu'à maintenant, les trucs de Blanche n'avaient pas servi souvent, Émilie ne les avait pas oubliés pour autant. Le résultat avait été décevant avec Marcel, mais peut-être en irait-il autrement avec Marc.

Le soir du bal, Émilie était époustouflante. C'était ce que son père avait dit, et la jeune fille avait eu l'impression que Marc n'avait pas été insensible à la femme qu'il avait découverte en arrivant chez elle. Alors Émilie avait continué à se maquiller tous les jours, juste au cas où Marc viendrait. De toute façon, Émilie se sentait beaucoup plus à l'aise camouflée sous du maquillage ou de beaux vêtements. Ces petits artifices lui donnaient une confiance en elle qu'elle était loin de ressentir. Mais il semblait bien qu'une fois de plus, Blanche avait raison. Marc venait de plus en plus souvent à la maison et de moins en moins souvent pour rencontrer Raymond.

À un point tel que, devant la tournure des événements, Blanche n'en voulait plus vraiment à Charlotte d'être partie comme elle l'avait fait. Si son aînée était restée, ce serait elle qui aurait épousé Marc. Et sa petite Émilie serait restée sur le carreau. Alors que maintenant…

Cependant, cette idée de faire du ski ne lui plaisait pas outre mesure. Voir si une jeune femme aussi délicate que son Émilie pouvait penser pratiquer un sport qu'elle qualifiait de violent ! Elle décida donc de se mêler à la conversation, sans pour autant jeter quelque blâme que ce soit sur Marc. Le jeune homme ne voulait que bien faire, Blanche en était persuadée, et sans lui donner raison, elle ne voulait pas le blesser. Il y avait cependant certaines choses que Marc devrait comprendre. S'essuyant les mains sur son tablier, elle se retourna vers les jeunes gens qui continuaient de discuter à savoir si Émilie pouvait ou non faire du ski et elle attacha son regard à celui de sa fille.

— Ne pourrions-nous pas remettre cette discussion à plus tard, Émilie? demanda-t-elle avec impatience. Vous êtes étourdissants à entendre. De toute façon, ce ne sont pas quelques flocons tombés en novembre qui font tout un hiver! Nous en reparlerons après les fêtes.

— Mais maman, ce...

— Pas de réplique, Émilie.

Tout en prononçant ces derniers mots, Blanche avait tourné la tête vers Marc. À son tour maintenant. Blanche l'estimait beaucoup, mais il devait comprendre que certaines limites ne devaient pas être franchies quand on parlait de la santé d'Émilie. Et la limite à ne pas dépasser était celle de savoir ce qui était bon ou pas pour Émilie. Cela ne le regardait pas. Elle poursuivit donc en le fixant droit dans les yeux, mais en changeant de ton, qui de colérique qu'il était pour Émilie se fit curieusement très affable pour Marc.

— Nous traverserons la rivière quand nous y serons, n'est-ce pas Marc? Et je prendrai la meilleure décision à ce moment-là.

Lorsque Marc avait entendu le *pas de réplique* qui était adressé à Émilie, le ton mordant de Blanche l'avait surpris. Comment une mère pouvait-elle être à ce point autoritaire envers sa fille? Il n'était pas habitué à cela. Chez lui, le respect des uns et des autres primait tout le reste. Mal à l'aise, Marc changea aussitôt de conversation, amenant habilement l'idée d'une sortie au cinéma.

Mais lorsqu'il quitta la demeure des Deblois, ce soir-là, il n'arrêtait pas d'entendre les mots de Blanche et il ne savait trop pourquoi il était obsédé par eux. Par cette agressivité qu'il avait sentie.

Ce ne fut qu'en arrivant chez lui qu'il comprit.

Quand Blanche avait parlé à Émilie à propos du ski, elle avait curieusement employé la première personne. Blanche avait dit *nous* et *je* comme si l'invitation s'adressait à elle.

Et c'était cette première personne qui rendait Marc si mal à l'aise…

Il n'arrivait pas à comprendre le message que tout cela sous-entendait. Car il était persuadé que Blanche avait voulu lui passer un message. Il s'endormit avec l'image d'Émilie qui avait courbé les épaules quand Blanche s'était adressée à elle. Marc en était persuadé : si Émilie était d'accord avec sa mère, elle n'était pas heureuse pour autant.

* * *

Et pendant tout ce temps, depuis le printemps jusqu'à maintenant, Anne trouvait que l'assiduité de Marc était un brin exagérée. Après Charlotte, voilà qu'il s'intéressait à Émilie. Ne laisserait-il pas ses sœurs en paix ?

D'autant plus qu'aux yeux d'Anne, c'était tout un mystère.

Il lui semblait inconcevable qu'on puisse s'intéresser à Charlotte et à Émilie l'une à la suite de l'autre. Ses deux sœurs étaient si différentes. Mais le fait était que Marc venait de plus en plus souvent et qu'il passait des heures à jaser avec Émilie.

Anne jugeait que c'était dangereux pour elle, dans une famille où la mère n'avait de mère que le nom et où le père n'était là qu'à moitié.

Qu'allait-elle devenir si sa sœur et Marc décidaient de devenir amoureux ?

Ces choses-là arrivaient souvent avec les adultes. Et Anne ne pouvait imaginer vivre seule avec ses parents. Même si depuis un an, son père était beaucoup plus présent, il n'en restait pas moins qu'Anne se retrouverait beaucoup trop souvent en tête-à-tête avec Blanche si Émilie quittait la maison. Le seul fait de savoir qu'elle risquait de revenir chez elle après l'école sans la présence d'Émilie lui faisait peur.

Quand elle repensait à l'incident de l'année précédente, Anne n'arrivait toujours pas à contrôler la panique qui montait en elle.

Tel qu'elle se l'était promis, Anne avait bien essayé d'écrire à Charlotte, mais elle ne connaissait toujours pas suffisamment de vocabulaire pour exprimer ce qu'elle ressentait. Chaque fois qu'elle avait essayé, les mots n'arrivaient jamais à dire exactement ce qu'elle voulait. Et puis, il faudrait l'envoyer, cette lettre. Anne savait bien qu'elle devrait la mettre dans la boîte rouge au coin de la rue avec un timbre dessus. Mais comment avoir l'adresse sans être obligée d'avouer qu'elle voulait écrire en cachette à Charlotte pour lui demander de revenir ?

Même si papa était bien gentil avec elle, Anne n'arrivait toujours pas à se résoudre à lui confier son secret.

Un secret qui devenait de plus en plus lourd à porter, car elle avait vraiment peur que Marc se décide à devenir l'amoureux d'Émilie. Sinon, il ne serait pas si souvent chez elle.

Quant à sa sœur, pour Anne c'était aussi visible que le nez au beau milieu du visage : Émilie était amoureuse par-dessus la tête. Pour que quelqu'un se donne la peine de mettre toutes ces crèmes dégoûtantes et ces poudres colorées sur son visage, c'était seulement parce qu'elle était amoureuse. Avant, Émilie ne faisait jamais cela. Et selon Anne, Émilie aurait dû rester comme avant. À son avis, sa sœur était beaucoup plus jolie au naturel.

Toutefois, malgré l'inquiétude que la possibilité d'une union prochaine lui causait, Anne était tout à fait d'accord avec Émilie: Marc était tellement gentil qu'on ne pouvait rester insensible face à lui. Cependant, alors qu'elle réclamait sa part d'attention lorsqu'il était l'ami de Charlotte, aujourd'hui, Anne se montrait beaucoup plus réservée. Elle n'allait toujours pas lui donner une raison de plus d'être bien chez elle!

Alors, depuis le printemps, Anne se montrait volontairement maussade, ce qui faisait s'impatienter Blanche qui trouvait toujours prétexte à la réprimander. Cela alourdissait l'atmosphère, et Anne jugeait que c'était parfait. À force d'entendre crier, Marc ne viendrait peut-être pas aussi souvent.

Si Anne avait su que son attitude jouait contre elle, probablement qu'elle en aurait pleuré. D'un côté, elle arrivait à ses fins et effectivement, Marc commençait à trouver que c'était de moins en moins agréable d'aller chez les Deblois. Mais d'un autre côté, justement parce qu'il trouvait Anne d'une humeur exécrable, il se disait qu'il devait en être de même pour Émilie, ce qui l'incitait à proposer toutes sortes de sorties.

Jusqu'au dimanche où il avait parlé de ski...

Depuis, il n'était pas revenu. Anne ne savait trop ce qu'elle devait en penser. D'une part, cela la soulageait de voir que Marc était moins assidu chez elle. Peut-être n'allait-il pas tomber amoureux, après tout? Mais d'autre part, et c'était un peu cela qui compliquait la situation, Anne s'ennuyait de lui. Le monde des adultes lui semblait bien compliqué et la faisait soupirer d'incompréhension quand elle y pensait.

Mais si Marc ne s'était pas présenté chez les Deblois depuis quelque temps, c'était beaucoup plus à cause de Blanche que d'Anne. Il n'arrivait pas à oublier l'incident.

L'incident des quelques mots que Blanche avait prononcés pour Émilie et pour lui.

Ce qui l'agaçait, ce n'était pas vraiment ce qu'elle avait dit, car cela aurait pu être une simple expression, une manière comme une autre de mettre un terme à la discussion qui commençait à s'enliser, mais plutôt le ton qu'elle avait employé quand elle s'était adressée à Émilie qui le laissait perplexe. Un ton incisif, possessif. « Malsain » ne cessait de penser Marc. Mais que Blanche ait immédiatement changé de ton quand elle s'était tournée vers lui le laissait encore plus mal à l'aise.

Pourquoi ?

Cela l'agaçait. Tout comme le regard d'aigle qu'elle lui avait lancé et qui contredisait le mielleux de sa voix.

Chaque fois qu'il revoyait ce regard, Marc avait l'impression que Blanche lui avait fait une mise en garde.

Il se fit donc discret pour quelques semaines, se contentant d'un appel pour dire à Émilie qu'il était pris.

Mais rapidement, Marc comprit qu'il s'ennuyait de la présence de sa jeune amie même s'il n'arrivait toujours pas à comprendre ce qui s'était passé ce fameux dimanche après-midi. En effet, jusqu'à ce moment-là, Marc avait toujours eu l'impression que Blanche appréciait sa présence. Tant du temps de Charlotte que maintenant.

À cette pensée, les traits de Marc se détendirent et un large sourire s'afficha sur son visage. La voilà cette explication qu'il cherchait ! Blanche devait trouver qu'il se faisait trop insistant auprès d'Émilie après avoir courtisé Charlotte. Si l'on ajoutait à cela l'ignorance totale dans laquelle Marc baignait concernant ce qui s'était réellement passé avant le départ en catastrophe de Charlotte, il était persuadé d'avoir la réponse à toutes ses interrogations. Si Charlotte avait parlé de sa demande en mariage, alors, effectivement, il pouvait très bien comprendre les réticences de Blanche. Surtout si elle imaginait que Marc était amoureux d'Émilie.

Mais Marc n'était pas amoureux d'Émilie, n'est-ce pas?

Ce qu'il ressentait à l'égard de la jeune fille n'avait rien à voir avec le feu qui couvait quand il était avec Charlotte; c'est donc qu'il n'était pas amoureux.

À lui de bien le faire comprendre et le problème serait réglé.

Il reprit donc ses habitudes auprès d'Émilie et un beau samedi de décembre, à défaut de ski, il lui proposa d'aller patiner.

— Le rond de glace du parc près de chez moi est ouvert. On y va demain?

Émilie soupira mentalement. Encore un sport! Et encore un endroit où il n'y avait aucunes commodités. Ce qui valait pour le ski valait autant pour une patinoire perdue au milieu d'un parc. Mais comment l'expliquer sans avoir à tomber dans les détails et surtout sans nuire à la relation qui l'unissait à Marc? Émilie ne voulait pas que son ami disparaisse pour des semaines comme cela venait d'arriver. C'était la première fois que quelqu'un s'intéressait à elle et Émilie tenait à cette amitié comme à la prunelle de ses yeux. Pour quelqu'un qui peignait, ce n'était pas peu dire!

Émilie resta silencieuse un instant. Elle n'avait jamais si bien compris qu'en ce moment ce que sa mère avait toujours tenté de lui expliquer quand elle disait que la maladie faisait fuir les gens. Tant d'en parler que d'en être affectée, d'ailleurs!

Et ce qu'Émilie voulait le moins du monde, c'était bien de faire fuir Marc. Alors elle tut ses inquiétudes, s'inventa un sourire confiant et accepta son invitation avec un creux dans l'estomac.

— D'accord. Par contre, je ne sais pas trop si on a des patins. Peut-être que je pourrais en...

Blanche qui n'était jamais bien loin quand Marc venait voir Émilie, intervint rapidement.

— Je crois qu'on a exactement ce qu'il te faut, interrompit-elle en se tournant vers Émilie, affable et d'excellente humeur.

Elle aussi avait eu peur quand elle avait compris que Marc les boudait. Le revoir ici lui coulait sur le cœur comme un grand soulagement. Tout n'était pas perdu.

— On a une vieille paire de patins qui doit traîner quelque part dans la cave, poursuivit-elle joyeusement.

— Je peux y aller si vous voulez, proposa alors Marc qui n'espérait rien de mieux que de revenir dans les bonnes grâces de Blanche.

Celle-ci le gratifia de son sourire merveilleux qui n'avait pas vraiment perdu de son pouvoir magique.

— Nenni, jeune homme ! Je m'en occupe, la cave est un vrai capharnaüm. Mais merci quand même.

Et toute guillerette, Blanche descendit à la cave.

« Pas trop mal pour un samedi, pensa-t-elle en déplaçant quelques boîtes. Juste une goutte et je remonte les patins. »

* * *

Ce fut l'anxiété qui éveilla Émilie à l'aube du lendemain matin. Comment allait-elle s'y prendre pour passer à travers cette journée sans avoir l'air d'une imbécile ? L'inquiétude la fit se tourner et se retourner dans son lit.

Il faisait toujours nuit.

Sachant à l'avance que le sommeil la bouderait, Émilie se leva et descendit à la cuisine.

Peut-être qu'un peu de lait chaud l'aiderait à se rendormir ?

Impulsivement, son regard se porta vers la tablette aux pilules dès qu'elle fit un peu de clarté.

Les pilules et les sirops…

Bien sûr, depuis un an, depuis que Blanche lui avait donné le truc des médicaments pour arriver à contrôler son système,

Émilie avait la vie beaucoup plus facile. Avant, elle devait toujours être bien certaine qu'elle avait fini de tout digérer avant de quitter la maison, car la diarrhée la guettait à tous moments. Maintenant, même si elle continuait d'avoir des crampes très douloureuses, elle arrivait à une certaine régularité qui permettait de sortir de la maison un peu n'importe quand. Mais partir pour une heure afin d'aller dessiner au parc La Fontaine ou pour se diriger vers la rue voisine afin de faire quelques courses n'avait rien à voir avec un long après-midi sur une patinoire au beau milieu de nulle part, en l'occurrence un parc municipal situé près de chez Marc !

Elle se décida d'un seul coup sans réfléchir.

Tant pis pour les conséquences.

Tout ce qu'elle risquait, c'était d'avoir très mal et elle en connaissait tout un chapitre sur le sujet. Alors elle endurerait son mal, ce ne serait pas nouveau. Mais elle ne pouvait prendre le risque de s'échapper sur la patinoire parce que les salles d'aisance étaient trop loin.

Elle prit donc la bouteille de sirop à la fraise, celui-là même que sa mère lui donnait quand elle était petite et que la famille avait à se déplacer. Buvant à même le goulot, Émilie en avala près de la moitié.

— Ça devrait suffire, murmura-t-elle en replaçant la fiole à sa place.

Puis elle regagna son lit, tout de même un peu inquiète de ce qui allait suivre. N'avait-elle pas exagéré la dose ?

Pendant de longues minutes, couchée dans le noir, Émilie épia son corps. Mais rien. Le temps passait et toujours rien. Pas la moindre crampe, ni même un simple gargouillis.

Quand Marc arriva pour la chercher, Émilie en avait presque oublié le geste posé à l'aube. Non seulement elle n'avait aucune douleur, mais elle avait même réussi à se rendormir et elle se sentait en pleine forme. Cependant, elle n'avait rien mangé pour être bien certaine de ne pas être malade et ce devait être cela qui lui creusait l'estomac. À moins que ce ne soit la peur de se retrouver sur des patins…

Ils partirent aussitôt pour profiter du soleil qui était agréable mais qui malheureusement se couchait très tôt à cette époque de l'année. Le long des rues, devant les maisons qu'ils croisaient, les décorations lumineuses, les couronnes et les sapins commençaient à être installés un peu partout. C'était joli même en plein jour !

Il y avait foule sur la patinoire. Des gens de tous âges et même des bébés que leurs parents promenaient dans des traîneaux de bois se partageaient le rond de glace. Les gens se croisaient, se pourchassaient, s'amusaient par une belle journée d'hiver…

— Oh ! Regarde, Marc ! Regarde s'il est beau !

Dans un landau, en bordure de la patinoire, un bébé regardait autour de lui, fasciné par le va-et-vient de tous ces gens. Il souriait, ravi de tant d'agitation.

Depuis toujours Émilie avait été attirée par les bébés. C'était peut-être un vestige de son premier séjour à l'hôpital où elle avait partagé une longue semaine avec des enfants de tous âges et où elle avait eu le droit d'aider les infirmières quand elles voyaient aux plus jeunes. Émilie ne le savait pas exactement, mais chose certaine, chaque fois qu'elle avait l'occasion de voir de jeunes enfants, elle sentait son cœur fondre et était irrésistiblement attirée vers eux. Il n'y avait qu'Anne qui l'avait laissée indifférente même si elle la trouvait jolie. Peut-être parce qu'elle était si petite à la naissance qu'Émilie avait peur de lui faire mal. Peut-être… C'est alors qu'elle repensa à la dernière lettre de Charlotte et tournant la tête vers Marc, elle lança joyeusement :

— Savais-tu que Charlotte avait une petite fille ?

Émilie avait parlé sans réfléchir. Mais depuis qu'ils avaient reçu cette lettre de Charlotte qui annonçait la naissance d'Alicia au printemps dernier, Émilie trouvait que c'était tellement une bonne nouvelle qu'elle avait envie de la partager avec tous ceux qui connaissaient sa sœur. Mais cette fois-ci, en prononçant les mots, elle comprit qu'elle venait peut-être de commettre une grosse erreur. Charlotte était bien le seul sujet qu'ils n'avaient pas encore osé aborder ensemble, Marc et elle. Émilie se mit à rougir violemment.

Cependant, Marc ne semblait pas perturbé. Au contraire, il se hâta de la rassurer.

— Il fallait bien que je l'apprenne un jour ou l'autre, n'est-ce pas ? fit-il, philosophe. Et si ça n'avait pas été toi, ça aurait été ta mère ou ton père.

Après quelques instants de silence, Marc ajouta :

— Ça n'a plus d'importance, tout ça. Au contraire, je dirais même que je suis heureux pour elle.

Et en prononçant ces mots, Marc comprit qu'il était vraiment sincère en disant cela. Charlotte ne faisait plus partie de son présent. La jeune femme avait repris sa place de souvenir d'enfance et de jeunesse. Marc aurait toujours une affection particulière pour elle : Charlotte avait été la première femme qu'il avait aimée, qu'il avait possédée. Mais au-delà de ce souvenir, aujourd'hui, Charlotte appartenait au passé.

En glissant son bras sous celui d'Émilie afin de la guider sur la surface glacée, Marc comprit que sa jeune amie y était pour beaucoup dans cette guérison totale de son mal d'amour. Marc était un solitaire qui n'avait que peu d'amis. Sa famille nombreuse, ses études, le sport et maintenant son travail lui avaient toujours suffi. Émilie avait apporté une dimension nouvelle à sa vie, une dimension féminine qui n'avait rien à voir avec le feu que Charlotte avait fait naître en lui. Émilie était une jeune femme toute simple, ouverte, directe. Marc avait l'impression de la connaître depuis toujours alors que Charlotte était restée en quelque sorte un mystère pour lui. Et en ce sens, Émilie lui ressemblait beaucoup plus que Charlotte. Solitaire par la force des choses, elle non plus n'avait pas d'amies et se contentait de sa famille et de ses activités pour être heureuse.

Et surtout, Émilie, tout comme lui, avait une passion : la peinture. À certains égards, Émilie et Marc étaient aussi loin l'un de l'autre que le sport pouvait l'être de l'art. Mais ils savaient si bien en parler ensemble que Marc voyait cette différence comme une richesse à partager au lieu d'une incompatibilité. Avec Charlotte, il partageait peut-être certaines activités sportives mais dans le fond, il n'avait jamais su ce qu'elle aimait vraiment dans la vie, ce qui la faisait vibrer. Avait-elle une passion, un intérêt particulier ? Charlotte n'en avait jamais rien dit. Ce qu'il savait d'elle, c'était qu'elle avait des relations difficiles avec sa mère et qu'elle suivait des cours de littérature qui la laissaient tiède. Trop occupés à jouer au tennis, à faire de la natation ou du patin, ils n'avaient jamais vraiment parlé ensemble. Malgré cela, quand Charlotte s'était donnée à lui, Marc avait cru que c'était l'amour, le grand amour de sa vie. Aujourd'hui, il savait qu'il n'en était rien. On n'oublie pas l'amour de sa vie aussi facilement.

Et c'était ce qui était arrivé. Le sourire un peu triste d'Émilie avait éclipsé celui, éclatant, de Charlotte sans aucune difficulté. Et Marc admettait tout aussi facilement qu'il était infiniment plus à l'aise avec Émilie qu'il ne l'avait jamais été avec Charlotte.

Même quand il avait fait l'amour avec Charlotte, l'intimité vécue avec elle était différente de ce qu'il connaissait aux côtés d'Émilie. Comme si l'intimité avec Charlotte s'était vécue uniquement à fleur de peau.

Pendant ce temps, concentrée sur ce qu'elle faisait, préoccupée par l'équilibre précaire qui était le sien alors qu'elle exécutait ses premiers pas sur une patinoire, Émilie ne s'était pas inquiétée du retrait silencieux de Marc. Elle avançait avec précaution, s'agrippant au bras de son ami. Mais rapidement, Émilie s'aperçut qu'elle avait déjà une certaine assurance et qu'elle glissait avec de plus en plus d'aisance.

Émilie était euphorique.

Jamais elle n'avait ressenti pareille sensation.

C'était cela le sport? Merveilleux!

Elle abandonna le bras de Marc qui sursauta à ce geste et de ce fait, ramena ses pensées sur Émilie. Maintenant, la jeune fille s'aventurait toute seule. Elle avait l'impression de voler, ressentait une légèreté magique. Durant un long moment, sous les encouragements de Marc, Émilie essaya de le suivre. Elle évoluait de plus en plus vite, arrivait à tourner et même à s'arrêter. Émilie était tout simplement heureuse, émerveillée de ce qu'elle réussissait, de cette si belle journée d'hiver, de ce sentiment d'appartenance à un groupe, le groupe des patineurs.

Tout à son bonheur, Émilie ne vit rien venir.

La douleur la prit par surprise, la pliant en deux.

Incapable de poursuivre, Émilie fila un moment sur son élan avant de s'arrêter toujours repliée sur elle-même. Elle avait l'air de quelqu'un qui vient de fournir un gros effort et qui essaie de reprendre son souffle. Personne ne s'occupa d'elle, se contentant de la contourner. Lorsqu'il se retourna pour l'encourager à le rejoindre, Marc vit Émilie arrêtée et penchée vers la glace. En deux longues glissades, il fut près d'elle.

— Ça va, Émilie?

Incapable de répondre, celle-ci fit un vague signe de la main. Mais quand elle essaya de se redresser, la vague de douleur déferla avec tant d'intensité que les jambes lui manquèrent. Marc eut à peine le temps de la recueillir tout contre lui. Inquiet, il la souleva dans ses bras pour la porter sur un des bancs qui bordaient la patinoire, se jurant que plus jamais il n'insisterait pour qu'elle fasse du sport avec lui. Ému, il constatait à quel point Émilie était légère, fragile malgré l'épaisseur du manteau. Il la déposa avec une infinie douceur.

— Je peux faire quelque chose?

Comme elle avait appris à le faire depuis qu'elle était enfant, Émilie s'était mise à respirer en haletant pour arriver à se détendre. Il n'y avait que de cette façon qu'elle arrivait à surmonter la douleur. D'aiguë, la crampe qui l'avait transpercée comme une lame de feu devint diffuse. Et lentement, Émilie réussit à reprendre son souffle. Alors elle leva les yeux vers Marc.

— Je m'excuse.

Comme toujours elle se sentait coupable d'avoir dérangé.

— Je n'y peux rien. Quand ça m'arrive, le monde cesse d'exister autour de moi tellement ça me fait mal.

Puis elle se redressa complètement.

— Maintenant, ça peut aller.

Incrédule, Marc demanda:

— C'est fini? Tu n'as plus mal?

Émilie ébaucha un sourire.

— Ne va pas croire ça. J'ai encore terriblement mal. Mais je suis tellement habituée que j'arrive quand même à bouger et à penser à autre chose.

— Ça n'a aucun sens, ce que tu dis là. Il n'y a rien à faire?

— Rien. Sauf attendre que ça passe.

À ces mots, Marc se souvint de certains épisodes de leur enfance où Émilie pouvait rester des heures assise dans son coin sans bouger. Déjà à cette époque, elle devait souffrir terriblement pour agir comme elle le faisait. Marc sentit son cœur se serrer. Émilie était en sueur et il la sentait trembler tout contre lui.

— On ne peut pas rester ici, décida-t-il brusquement. On va chez moi.

Émilie regarda Marc avec une curieuse lueur au fond des yeux. À la souffrance qu'il y lisait, Marc vit aussi comme un reflet d'espoir.

— D'accord, approuva aussitôt Émilie. Mais on va y aller doucement. J'ai l'impression d'avoir une épée qui me transperce le ventre.

— C'est toi qui mènes, Émilie, dit alors Marc très gentiment. On va à ton rythme et si tu veux arrêter, on le fait. Tu vas voir, maman a une recette de soupe qui fait des miracles. Elle l'appelle sa soupe des malades.

— Je sais... Elle m'en faisait quand j'étais petite.

C'était justement ce souvenir qui avait fait briller le regard d'Émilie quelques instants plus tôt. Elle s'était rappelé que lorsqu'elle se faisait garder chez Marc, quand Blanche était trop malade pour voir elle-même à ses filles, elle finissait toujours par ne plus avoir mal du tout alors que chez elle, les maux de ventre faisaient partie de sa vie quotidienne. Émilie n'avait jamais réussi à percer ce mystère. Sauf qu'elle était prête à tenter l'expérience encore une fois. La fameuse soupe aurait-elle le même pouvoir sur elle maintenant qu'elle n'était plus une enfant ?

Gertrude, la mère de Marc, l'accueillit à bras ouverts comme si elle ne l'avait jamais perdue de vue.

Quand Émilie appela chez elle pour dire qu'elle restait manger chez Marc, sa mère l'encouragea vivement.

— Quelle bonne idée !

Mais après un instant de silence, elle ne put s'empêcher de rajouter:

— Je t'en prie, ma chérie, fais attention à ce que tu vas manger. Tu sais comment tu es, n'est-ce pas? Et je connais Gertrude et ses portions…

Émilie raccrocha en soupirant. Quand donc sa mère allait-elle cesser de la traiter en bébé?

Quand elle revint à la cuisine, elle fut accueillie bruyamment par le reste de la famille. Certains se souvenaient d'elle alors que les autres en avaient entendu parler.

Émilie eut droit à la soupe des malades et à un gros biscuit au chocolat avec du lait.

— Te souviens-tu, Émilie? Quand tu avais mal au ventre, c'est toujours ce que je te donnais. Et finalement, ton mal finissait par partir.

— Et comment si je m'en souviens!

Par contre, Émilie n'osa demander pourquoi les biscuits de Gertrude ne lui faisaient jamais mal au ventre alors que chez elle… Friande de chocolat depuis toujours, Émilie se contenta d'en demander un second en rougissant…

Le simple fait de manger fit le plus grand bien à Émilie. Si la douleur persistait, et Émilie savait que cela pouvait durer des heures, au moins, maintenant, elle était supportable. Elle passa une bruyante mais agréable soirée chez Marc.

Puis il la ramena chez elle.

Marc poussa même la galanterie jusqu'à descendre de voiture pour la raccompagner à la porte, ce qui fit sourire Émilie. Il était inquiet depuis l'après-midi et cela se voyait dans les regards qu'il posait sur elle et dans les gestes qu'il avait à son égard.

Et cette attitude avait touché Émilie. Elle avait été grandement émue par la gentillesse de Marc qui n'avait pas agi comme certaines de ses compagnes de classe qui se moquaient d'elle en disant qu'elle exagérait sûrement son mal pour se rendre intéressante. Émilie avait senti que la sollicitude de Marc n'était pas feinte. Il était sincèrement désolé et inquiet.

Alors pour lui dire merci, craignant que les mots n'arrivent pas à exprimer à quel point elle avait apprécié sa présence, Émilie se hissa sur la pointe des pieds et déposa un baiser furtif au coin des lèvres de Marc.

Le geste était spontané et les surprit tous les deux.

Émilie fut surprise d'avoir eu l'audace d'embrasser Marc et elle se mit à rougir aussitôt, ce qui la rendit encore plus jolie.

Marc fut surpris par l'intensité du désir que ce simple frôlement avait fait naître en lui et son cœur s'accéléra sous le souffle léger qui frôlait sa joue.

L'un comme l'autre, ils avaient l'impression que le temps venait de s'arrêter.

Puis Marc prit le visage d'Émilie entre ses mains et plongea son regard dans le sien.

La neige s'était mise à tomber, saupoudrant le capuchon d'Émilie de centaines de petites étoiles brillantes. « Aussi brillantes que ses yeux » pensa Marc alors qu'imperceptiblement, son visage s'approchait de celui d'Émilie.

Ils n'avaient ni envie ni besoin de parler. Leurs regards suffisaient à dire l'intensité des émotions.

Spontanément, leurs lèvres s'unirent dans un long baiser.

Alors Émilie, qui avait toujours un peu craint cet instant en même temps qu'elle l'avait ardemment souhaité, se laissa porter par l'étourdissement délicieux qui s'était emparé d'elle.

Et Marc comprit enfin ce que son cœur, lui, savait depuis longtemps. Il était amoureux de cette jeune femme qui lui ressemblait tant. Il se retint pour ne pas serrer Émilie contre lui aussi fort qu'il en avait envie. Elle était si fragile qu'il avait peur de la casser.

Marc acceptait enfin la vérité. Si son corps avait aimé Charlotte, aujourd'hui le cœur et la raison ajoutaient une dimension nouvelle à l'émotion qui le rendait fébrile.

Chaque fibre de son être aimait la présence d'Émilie. Jamais avant, il n'avait connu pareille sensation, pareil sentiment.

Marc savait qu'il était vraiment amoureux pour la première fois de sa vie.

Chapitre 13

La douleur de vivre

Les deux lettres lui étaient parvenues à quelques jours d'intervalle.

Dès qu'elle avait aperçu l'écriture encore ronde et malhabile sur l'enveloppe de la première, Charlotte avait tout de suite deviné qu'elle venait de la part d'Anne. Cela avait été un rayon de soleil dans une journée de printemps pluvieuse, comme il y en avait tant en Angleterre.

La lecture de la lettre avait ramené la grisaille.

Anne était malheureuse.

Anne lui demandait de revenir.

Charlotte avait compris que ce n'était pas un simple caprice. Quand Anne disait qu'elle avait parfois peur de Blanche, Charlotte pouvait très bien imaginer ce qui se passait à la maison. La description qu'Anne faisait de Blanche était on ne peut plus éloquente: sa mère avait recommencé à boire. Alors à l'inquiétude s'était greffée la colère et, venue du plus profond de ses souvenirs, Charlotte avait senti renaître une vieille émotion qu'elle avait reconnue sans peine: le ressentiment.

Et la haine qu'elle croyait morte était revenue l'habiter, amère, douloureuse.

Dieu qu'elle pouvait détester Blanche parfois.

Depuis trois ans qu'elle avait quitté la maison paternelle, c'était là une émotion qu'elle espérait ne plus jamais connaître. La distance et l'absence avaient fait que, jusqu'à maintenant, quand elle pensait à sa mère, Charlotte ressentait beaucoup plus de la pitié que de la colère. Non que ce soit un sentiment qu'elle appréciait. La pitié avait toujours eu pour elle une connotation négative. Pour Charlotte, avoir pitié de quelqu'un, c'était reconnaître son incapacité à l'aider. Mais elle préférait ressentir cette misérable pitié pour Blanche plutôt que de la haine. Après tout, elle était sa mère.

Charlotte reconnaissait aussi que la naissance d'Alicia avait, à sa façon, apporté une perspective nouvelle à ses souvenirs. Être mère n'était pas tous les jours facile et au-delà d'un sentiment intense et indéfectible, il arrivait que Charlotte soit fatiguée de son babillage d'enfant, de ses crises et qu'elle ressente de l'impatience face à sa fille. Ces jours-là, il lui arrivait même de penser à Blanche avec une drôle d'impression de complicité, ce qui n'était pas arrivé souvent dans sa vie.

Mais voilà que la lettre d'Anne avait tout remis en question et Charlotte avait eu l'impression de revenir à la case départ. Savoir sa sœur malheureuse, apprendre surtout qu'elle avait peur de Blanche, avait suffi à faire renaître de ses cendres la rancune qui avait accompagné une grande partie de son enfance et de sa jeunesse.

Et à rendre toutes présentes les peurs qu'elle-même avait entretenues.

Comment une mère pouvait-elle être assez indigne pour inspirer de la crainte à sa propre fille?

Charlotte avait jeté un regard tendre à Alicia qui jouait un peu plus loin dans la cuisine. Du plus profond de son cœur, elle avait souhaité que jamais ce petit bout de femme ne soit malheureuse à cause d'elle. Et Charlotte ne pensait pas à ces chagrins d'enfant ou à ces bouderies d'adolescent qui font partie de la vie. Elle pensait à un cri du cœur comme celui qu'Anne venait de lui lancer.

« Quand maman est tellement malade qu'elle doit se tenir sur les meubles pour marcher, je suis gelée. Je ne suis plus capable de bouger. J'ai peur qu'elle tombe encore une fois. Toi, Charlotte, est-ce que tu peux revenir chez nous ? Quand tu es là, maman est moins malade. »

La petite avait même ajouté un post-scriptum.

« C'est bien d'avoir appris à écrire une lettre à l'école. Comme ça, je sais comment ajouter ce que j'ai oublié de t'écrire. Je veux juste te dire que ma lettre est un secret. Personne à la maison ne sait que je t'ai écrit. J'ai trouvé ton adresse sur une enveloppe que papa a laissée dans son bureau. À bientôt. »

La main qui tenait la lettre était retombée mollement contre la jupe de lainage gris.

Que pouvait-elle faire ? Rien. Vivant aussi loin de chez elle, Charlotte ne pouvait rien faire.

Durant un long moment, elle était restée immobile, songeuse, sincèrement désolée. Anne était bien plus qu'une simple petite sœur pour elle. Dès sa naissance, Charlotte l'avait veillée comme une mère. « En fait, songea Charlotte avec tristesse, je me suis bien plus occupée d'Anne quand elle était bébé que je ne l'ai fait pour Alicia. »

Et c'était vrai. De la savoir malheureuse lui était donc difficilement supportable.

Mais il y avait quelqu'un qui pouvait agir. Quelqu'un qui aurait dû agir depuis longtemps.

Le ressentiment que Charlotte avait éprouvé pour Blanche quelques instants auparavant avait aussitôt changé de cible pour se fixer sur son père. Qu'attendait-il pour réagir, pour s'imposer s'il le fallait ? Ne voyait-il pas qu'Anne avait besoin de lui ?

Malgré la grande tendresse qui l'avait toujours unie à son père, Charlotte n'en trouvait pas moins qu'il était aveugle à certaines situations. Sous prétexte de respect, de tolérance, il hésitait, il cherchait des excuses que Charlotte n'avait que trop souvent entendues. D'accord, Blanche était malade. Mais était-ce une raison pour rendre tout le monde malheureux autour d'elle ?

À moins, qu'une fois de plus, Blanche en était arrivée à si bien tenir son rôle qu'elle réussissait à jeter de la poudre aux yeux de tout le monde...

C'était arrivé à plusieurs reprises.

Charlotte soupira. Jamais elle n'avait senti la distance entre l'Angleterre et chez elle aussi grande. Un immense océan infranchissable.

Au-delà de la terrible envie d'être auprès d'Anne, du besoin instinctif qu'elle avait d'agir, il y avait la triste réalité. Sa réalité. Elle était mariée, elle avait une enfant et surtout, elle n'avait pas les moyens de rentrer chez elle. Ne serait-ce que pour une simple visite.

Ne restait plus qu'à écrire à son père, espérant que les mots sur papier suffiraient à lui faire comprendre ce que vivait Anne. Espérant surtout que la situation ne se retournerait pas contre sa petite sœur. À part l'intuition qui lui soufflait qu'Anne n'avait pas appelé à l'aide pour rien, que le problème était probablement assez profond, Charlotte ne savait pas vraiment ce qui se passait à la maison.

À bien y penser, et Charlotte venait d'en prendre conscience, elle ne savait plus trop bien ce qui se vivait chez elle.

Depuis deux ans, en fait depuis le moment où elle avait appris aux siens qu'elle allait se marier puis, un peu plus tard, qu'elle attendait un bébé, les lettres familiales avaient cessé. Comme si le fait de devenir une femme à part entière avait fait de Charlotte une étrangère aux yeux de sa famille. Les seules lettres qui lui parvenaient régulièrement étaient celles de son père. Et encore !

La vie familiale des Deblois n'y était abordée que de façon superficielle. À croire qu'il ne se passait rien d'intéressant dans la grande maison victorienne.

Ou alors, c'était que son père voulait la tenir à l'écart...

Elle savait Raymond suffisamment délicat pour ne pas l'inquiéter inutilement...

À cette pensée, Charlotte avait senti une immense bouffée d'ennui se propager dans tout son être. Femme d'images, femme d'odeurs, elle avait alors fermé les yeux et une subtile senteur de savon de Marseille avait envahi ses souvenirs. C'était le parfum de son père quand il venait de se raser.

Elle allait donc écrire à Raymond et en même temps, elle glisserait un mot pour Anne. Elle allait lui expliquer qu'elle ne pouvait entreprendre la traversée avec un bébé aussi jeune. Pour sa famille, Alicia n'avait encore qu'un an. Charlotte allait aussi écrire qu'elle savait qu'Anne serait déçue, mais qu'au-delà de cette déception, elle devait parler à leur père et qu'elle pouvait lui faire confiance. Il n'y avait que lui, finalement, qui pourrait apporter une solution à son problème.

Demain, Charlotte écrirait une longue lettre à son père et à sa sœur. Pour leur dire à quel point elle les aimait et que de tout cœur elle aimerait être auprès d'eux.

Elle s'endormit en y pensant, cherchant déjà les mots qui sauraient réconforter sa petite sœur...

* * *

Comme tous les après-midi, Charlotte s'était réfugiée dans sa chambre. Un peu plus tard, elle écrirait chez elle. Mais pour l'instant, elle avait ses deux romans pour s'occuper. Depuis quelques mois, elle les avait relus et en faisait des copies propres et lisibles. Pour le plaisir, pour passer le temps, car Mary-Jane ne tolérait personne auprès d'elle lorsqu'elle voyait au ménage, au lavage, à la cuisine sauf Alicia qui la suivait comme son ombre, mais encore fallait-il que la petite fille respecte les normes.

Malgré d'évidentes qualités de cœur et une grande sensibilité, la bonne Mary-Jane avait une opinion bien arrêtée sur la façon d'administrer une demeure. Et il n'était surtout pas question d'en discuter.

La vie, sous le toit de madame Winslow, avait une rigueur toute militaire.

À peine quelques jours à vivre ici à plein temps, après avoir été démobilisée, et Charlotte avait compris pourquoi Andrew était aussi à l'aise dans l'armée. Les règlements et les interdits avaient toujours fait partie de sa vie. Un peu comme elle. Mais alors que son mari n'y avait vu que des avantages, Charlotte, quant à elle, en gardait un souvenir plutôt amer. Elle se rappelait trop bien sa propre enfance sous la coupole de Blanche qui régentait son monde à coup de contraintes farfelues et d'inquiétudes en tous genres. Elle ne voulait pas d'une enfance étriquée pour sa fille.

Elle avait bien tenté d'en parler à Andrew, mais celui-ci s'était contenté de hausser les épaules.

— Et alors? Je sais que ma mère est exigeante et plutôt à cheval sur les principes. Mais c'est ainsi que j'ai été élevé et je n'étais pas malheureux pour autant.

Charlotte n'avait pas insisté parce qu'elle pouvait comprendre ce que ressentait Andrew. Malgré la rigueur qui régnait chez les Winslow, il y avait un voile d'amour qui enveloppait le tout et c'était probablement cela qui faisait qu'Andrew gardait de bons souvenirs de son enfance. De la même manière qu'Alicia semblait heureuse.

Mais Charlotte, elle, ne l'était pas.

Le mariage n'avait apporté comme solution que celle de légaliser sa situation. Autrement, rien n'allait dans le sens que Charlotte aurait voulu. Elle tentait d'amadouer une petite fille qui ne comprenait pas que la gentille dame du dimanche était sa mère et les journées s'étiraient à n'en plus finir. La fin de la guerre n'avait pas apporté l'allégement des horaires d'Andrew comme Charlotte l'avait espéré et certaines semaines, c'était à peine si elle voyait son mari. Dix mois qu'elle était mariée, six à habiter sous le même toit que Mary-Jane et Charlotte s'y sentait encore une invitée.

Y aurait-il, un jour, sur terre, un tout petit endroit où Charlotte pourrait être heureuse ?

Depuis quelque temps, elle s'était mise à en douter. Et c'était un peu pour toutes ces raisons qu'elle avait repris ses manuscrits pour les lire et les recopier. Cela occupait le temps et lui évitait de trop penser. Charlotte en était arrivée à se dire que l'écriture serait probablement la seule vraie richesse de sa vie, le seul véritable lien entre un passé amer et un présent décevant, permettant à la fois l'oubli et la satisfaction. « Et plus tard, pensait-elle souvent avec espoir, quand elle sera en âge de comprendre, il y aura Alicia pour partager tout ça. »

Elle allait s'installer à la petite table en bois devant la fenêtre lorsque Mary-Jane lui remit l'enveloppe.

Deux lettres pour Charlotte en si peu de temps, c'était surprenant.

Elle fut d'autant plus surprise qu'elle reconnut aussitôt la petite écriture serrée d'Émilie.

C'était la première fois depuis son départ que sa sœur lui écrivait.

Charlotte eut un instant de regret.

Comment se faisait-il qu'elles ne se soient jamais écrit ? Charlotte n'y avait même jamais pensé. C'était triste à en pleurer. Même la distance qui engendre l'ennui n'avait su les rapprocher l'une de l'autre. De tenir entre ses doigts une lettre venant d'Émilie lui faisait comprendre à quel point parfois, sans le savoir, on peut passer à côté de l'essentiel...

À l'intérieur de l'enveloppe, il n'y avait qu'une seule feuille au parfum d'Émilie et Charlotte ferma les yeux pour avoir l'impression d'être chez elle durant une fraction de seconde. Puis elle déplia la feuille.

Émilie n'avait pas écrit grand-chose. Sur la feuille couleur lavande, il n'y avait qu'une seule nouvelle.

Émilie lui annonçait son mariage prochain avec Marc.

« Je tenais à te l'écrire moi-même, compte tenu des circonstances, mais puisque tu es aujourd'hui mariée et maman, la nouvelle ne devrait pas trop t'affecter. J'espère seulement que tu es heureuse avec ta petite famille et nous avons bien hâte de serrer ta petite fille dans nos bras. Je vais regretter ta présence à mes côtés le jour du mariage. Même si nous sommes très différentes, tu es toujours ma grande sœur et tu me manques. Marc se joint à moi pour te dire bonjour. Ta petite sœur qui t'aime beaucoup, Émilie »

Charlotte relut la lettre deux fois.

Les mots se butaient à son esprit fermé.

C'était impossible, Marc ne pouvait se marier avec Émilie. Marc était le père d'Alicia.

Le regret qu'elle avait eu à la naissance de sa fille, l'amère conviction qu'elle avait fait une erreur en taisant sa grossesse, revinrent en force pour ne laisser qu'un immense vide dans le cœur de Charlotte.

Puis les mots éclatèrent dans sa tête.

Émilie allait se marier avec Marc. Émilie allait vivre la vie qui aurait dû être la sienne.

Charlotte resta immobile un long, un très long moment.

Quand la tristesse engendrée par la lettre d'Anne rejoignit ce qu'elle venait de lire, quand le désespoir de Charlotte eut inventé les subtilités qui s'y rattachaient, ses mains se mirent à trembler.

D'en bas lui parvint le rire d'Alicia. Alicia qui riait avec Mary-Jane au lieu de rire avec elle. Alicia qui se trompait souvent et appelait Mary-Jane maman avec tant de confiance dans la voix et de sourire dans les yeux que Charlotte détournait parfois la tête pour ne pas avoir trop mal.

Alicia qui était la fille de Marc…

La douleur fut insoutenable.

Charlotte sortit de la maison en coup de vent sans dire où elle allait.

La journée était froide même si le soleil était présent. Cependant, Charlotte ne sentait pas le vent qui s'engouffrait sous sa pelisse. Son désespoir la réchauffait.

Elle courut à perdre haleine dans le champ derrière la maison. Elle monta la colline et redescendit sur l'autre versant, là où il n'y avait plus que la nature.

Elle courut jusqu'à ce que le souffle lui manque et que la douleur du corps remplace celle du cœur.

Charlotte s'arrêta brusquement, épuisée.

Ici, elle était enfin seule.

Adossée à la colline, Charlotte pouvait se gaver d'infini et y puiser un semblant de réconfort. L'horizon s'arrêtait aux confins de la terre, là où le ciel se mariait aux foins qui ployaient sous la bise. Nulle présence de l'homme, que la nature un peu rigide de l'Angleterre, ses champs fouettés par le vent de la lande, son ciel toujours un peu délavé par trop de pluie, ses amoncellements de pierres laissés intacts malgré le passage des siècles.

Charlotte ne pensait plus vraiment. Tous les mots des deux

lettres se fusionnaient en elle, lui donnant le vertige.

Tous ces mots qui n'avaient plus qu'un sens et qui éclataient en elle comme autant d'erreurs qu'elle avait commises. Marc qu'elle avait fui, Gabriel qu'elle avait laissé partir, Anne qu'elle avait abandonnée…

Le nom d'Anne domina.

Anne, sa petite sœur, son bébé qui la regardait avec tant de confiance dans le regard.

Comme Alicia regardait Mary-Jane…

La vie n'était qu'une suite d'injustices. C'était elle qu'Alicia aurait dû regarder avec des étoiles dans les yeux. C'était elle qu'Alicia aurait aimée si Charlotte avait osé dire la vérité. C'était elle que Marc aurait mariée si Charlotte n'avait pas eu peur…

Tout doucement, les larmes montèrent aux yeux de Charlotte. Elle qui détestait tant pleurer.

Aujourd'hui, elle était mariée à Andrew qui ne vivait que pour l'armée. Aujourd'hui, elle avait une petite fille qui en appelait une autre maman. Comme Marc allait se marier avec sa sœur et lui répéter les « je t'aime » qu'un jour il avait eus pour elle.

La vie de Charlotte n'était qu'une suite d'erreurs malhabiles.

Pourquoi avait-elle laissé partir Gabriel ?

Pourquoi ?

Brusquement, elle eut la certitude que tous ses malheurs découlaient de ce tout petit instant où elle avait vu Gabriel disparaître au coin de la rue.

La réponse s'imposait mais ne la satisfaisait pas. Elle avait laissé partir Gabriel parce qu'elle n'était qu'une enfant. Parce qu'elle croyait encore en la vie, en l'amour. En elle vibrait un espoir qui aujourd'hui était mort parce que la vie l'avait trahie. L'amour aussi. On ne triche pas avec la vie et l'amour.

Aujourd'hui, Charlotte ne croyait plus en rien. Elle se sentait dépossédée de tout ce qui avait de l'importance à ses yeux. La vie lui avait arraché le seul homme qu'elle avait aimé et l'enfant à qui elle avait donné naissance.

La petite Alicia qui semblait la craindre comme Anne craignait leur mère.

Sa petite Alicia…

Ne restait que ses livres. Ils étaient sa fortune, ils étaient peut-être sa planche de salut. Ne restait que l'évasion par l'écriture et sa fille…

Alicia…

Une petite bonne femme qui allait avoir bientôt deux ans et qui commençait à parler anglais, trouvant étranges les mots d'amour que Charlotte avait pour elle parce qu'ils étaient en français. Ce n'était pas normal. C'était à Charlotte d'être aux côtés d'Alicia pour l'aider à découvrir le monde. Pas à Mary-Jane. Il était temps que madame Winslow accepte de se reculer dans l'ombre, de laisser toute la place à Charlotte. Elle n'était que la grand-mère et encore, une grand-mère par alliance. Charlotte avait essayé d'en parler, mais personne ne semblait la comprendre.

Charlotte n'avait plus le choix. Il lui fallait arracher sa fille à cette famille qui était en train de lui voler le seul amour resté intact.

Elle n'abandonnerait pas sa fille aux autres comme elle avait abandonné Anne. L'adoption par Andrew n'avait été qu'un leurre puisqu'il n'était jamais là.

Et pour protéger les liens ténus qui existaient entre Alicia et elle, il lui fallait faire vite pendant que sa fille était encore petite et qu'ensemble, elles pourraient apprendre à s'apprivoiser sans laisser de cicatrices. Les chagrins d'un bébé ne durent pas.

Pour cela, il ne restait qu'une seule chose à faire.

Ce serait probablement très difficile. Mais peut-être aussi que cela irait tout seul. Charlotte n'en savait rien. Tout ne dépendait pas d'elle. Il y avait ces gens tout autour qui ne lâcheraient pas prise facilement et il y avait aussi ces impondérables qui marquaient son avenir… Il faudrait peut-être se battre pour gagner, mais Charlotte allait y arriver. Pour Alicia qui la regardait avec méfiance et qui commençait à parler anglais.

L'immensité de la tâche à accomplir lui fit peur. Elle se mit à trembler. Elle ne savait plus ce qui était bien et ce qui ne l'était pas. N'était-elle pas en train d'inventer un scénario comme elle le faisait pour ses romans ? Qui donc pourrait l'aider ?

L'angoisse de Charlotte se manifesta par un long gémissement. Son cri partait du ventre et faisait tellement mal qu'il se transforma en une plainte déchirante qui survola la lande.

Quand le soleil se mit à baisser sur l'horizon, quand la terre se dissocia du ciel pour ramener le monde à ses dimensions normales, Charlotte était toujours debout adossée à la colline, face au vent.

Et elle hurlait la douleur qu'elle avait de vivre.

Troisième partie

1945-1946

« La fidélité est la seule monnaie d'échange qui garde sa valeur dans le temps. »

François Garagnon

CHAPITRE 14

Le mariage d'Émilie

Émilie vivait un conte de fées depuis deux mois déjà. Jamais elle n'aurait pu imaginer que les préparatifs d'une noce susciteraient autant de plaisir tout en accaparant autant d'énergie. Pour y arriver, elle avait même dû montrer la porte de sortie à Marcel faute de temps pour la peinture.

Celui-ci avait levé les yeux au ciel, par principe.

— Vous ne devriez pas, mademoiselle Émilie. C'est mauvais, ça, tout arrêter comme vous le faites.

Émilie avait balayé l'air devant elle d'un geste vague qui ressemblait étrangement à celui que Blanche faisait quand elle voulait éluder une question qui l'embêtait. Émilie avait même ajouté un haussement d'épaules pour appuyer sa position. Tant pis pour les principes, elle avait d'autres préoccupations.

— J'y reviendrai... un jour.

— Je l'espère. Avec votre talent!

Émilie avait levé un sourcil sceptique. Tiens donc!

Elle n'osa promettre de le rappeler plus tard, même si elle sentait que c'était là ce que Marcel espérait. C'était s'engager à quelque chose dont elle n'avait pas vraiment envie. Depuis que le jeune professeur avait perdu son statut d'éventuel soupirant, ses enseignements n'avaient plus du tout la même portée et surtout pas le même attrait! De toute façon, pour l'instant, Émilie ne savait même plus si elle voulait faire carrière. Sûrement qu'elle continuerait à peindre, c'était viscéral chez elle. Mais au-delà d'un passe-temps agréable, il y avait aujourd'hui des milliers de choses à faire, à prévoir et surtout, il y avait cette famille qu'elle rêvait de fonder.

Un bébé…

Juste à y penser, Émilie se sentait toute frémissante et son cœur se gonflait d'espoir.

Le printemps fut fort occupé, depuis les fiançailles célébrées dans l'intimité à la Saint-Valentin jusqu'au choix du logement et de tout ce qui le meublerait, en passant par les préparatifs du mariage qui devait avoir lieu en juillet.

Et malgré la certitude que le temps s'éterniserait malicieusement et que le jour du mariage n'arriverait jamais, il fut brusquement là.

Tout était prêt, Blanche y avait vu scrupuleusement, brassant de l'air et claquant du talon comme jamais.

— Une réception ne s'improvise pas, mon pauvre Raymond, lançait-elle à tout propos quand son mari soulignait qu'elle en faisait peut-être un peu trop.

— Comment trop ? Tu ne veux toujours pas que les gens disent qu'on ne sait pas vivre ?

Et de repartir en croisade pour dénicher la meilleure pâtisserie, le confiseur le plus renommé, le traiteur infaillible, la couturière aux doigts de fée… Un mariage, on ne riait plus !

Et le jour arriva, et la noce fut prête jusque dans les moindres détails. Occupée comme elle l'était, Blanche n'avait recours au brandy qu'à titre de stimulant, n'ayant plus besoin de tromper son ennui. Mais un stimulant essentiel dont elle usait libéralement. Blanche vécut donc des mois d'extase, portée par la légère euphorie éthylique qu'elle n'avait pas vraiment besoin de cacher. Elle savait fort bien que Raymond la disait fébrile lorsqu'elle avait à planifier événements ou sorties. Alors Blanche se permettait d'être on ne peut plus fébrile ! Et l'origine de cette fébrilité ne regardait aucunement son mari.

Quand Émilie s'éveilla ce matin-là, il y eut l'habituel moment de flottement où elle ne savait trop si elle avait envie de se lever. Elle s'étira longuement comme tous les matins lorsque le déclic se fit dans sa tête. Un curieux vertige lui fit avorter le mouvement. Se roulant en petite boule, Émilie se retourna sur le côté.

Le grand jour était arrivé.

Dans quelques heures, Émilie Deblois deviendrait madame Marc Lavoie.

La jeune femme sentit son cœur battre jusque dans sa gorge.

Émilie resta un long moment sur le côté, les yeux fermés, essayant de comprendre l'étrange sensation qui la faisait trembler.

Elle était heureuse, elle était triste, elle avait peur. Peur de l'inconnu, un peu triste des changements à venir et heureuse de l'engagement qu'elle allait prendre. Elle avait surtout peur de la journée qui commençait, tout simplement. Elle jeûnait littéralement depuis trois jours pour être certaine qu'aucun incident fâcheux ne viendrait troubler ce qu'on disait être le plus beau jour d'une vie. Malgré tout, elle était triste de quitter l'univers de son enfance, même si celle-ci n'avait pas été particulièrement agréable. Qu'importe, c'était sa vie, celle qu'elle avait connue et aimée à travers les difficultés. C'était l'apprentissage de la peinture, c'était ses parents qu'elle ne verrait plus tous les jours, c'était aussi la petite Anne qui allait sûrement trouver la maison bien grande.

Aujourd'hui, Émilie se mariait.

Elle allait tracer une ligne dans sa vie qui, sans rejeter le passé, marquait tout de même le début d'autre chose.

Émilie soupira longuement.

Elle ne s'était jamais vraiment demandé si elle était amoureuse. Amoureuse dans le sens où généralement on l'entendait, avec le cœur qui bat trop vite et les mains moites. Les événements s'étaient enchaînés les uns aux autres comme allant de soi, déjà prévus, incontrôlables.

Peut-être était-ce là ce que d'aucuns appelaient le destin...

Ne disait-on pas, autour d'eux, que Marc et elle étaient faits pour aller ensemble? Mais en ce moment, à quelques heures de faire le grand saut, Émilie ne savait plus.

Chose certaine, Marc et elle s'entendaient à merveille. Ils avaient des tas de points communs, la préparation de leur petit logement en avait apporté une preuve indiscutable. Mais le «oui» qu'elle prononcerait ce matin ne concernait plus la couleur des tentures ou le choix d'une table de cuisine. Ce «oui» allait engager toute sa vie et pour Émilie qui n'avait, jusqu'à ce jour, engagé qu'une seule journée à la fois, le saut était vertigineux.

Un vieux réflexe refit surface: serait-elle à la hauteur?

Dans son esprit il n'y avait aucun doute: Marc, lui, serait digne de ses attentes, mais elle, saurait-elle apporter ce que le jeune homme espérait trouver?

Depuis toujours Émilie avait été celle qui avait dérangé le cours établi des choses avec ses crampes, ses maladies, ses peurs de tout acabit. Marc saurait-il s'adapter à ce qu'Émilie était comme femme? Se courtiser, partager des sorties et des rêves était peut-être illusoire à côté d'un quotidien qu'elle ne pouvait qu'imaginer.

Émilie frissonna de la tête aux pieds en même temps qu'un long soupir vint mourir sur ses lèvres lorsqu'elle se retourna sur le dos. Sur un cintre accroché à un clou de fortune que son père avait planté la veille au soir, la belle robe blanche attendait mollement qu'Émilie lui prête vie.

Un vraie robe de princesse, avec un long voile se terminant en une traîne soyeuse qui ondulait à chacun de ses pas.

Tout cela n'était peut-être qu'un rêve après tout ? Un beau rêve dont elle se réveillerait abruptement les deux mains dans l'eau de vaisselle et subissant les humeurs changeantes d'un mari qu'elle avait choisi elle ne savait trop pourquoi.

Les bruits de la maison qui s'éveillait la tirèrent de ses pensées moroses. Le soleil brillait de mille feux, la brise qui entrait par la fenêtre entrouverte était lourde du parfum des roses du jardin, la journée serait parfaite et, bien sûr, elle aimait Marc. Tout comme lui disait l'aimer. Qu'est-ce que c'était que toutes ces questions, ce matin ? Le sens profond des « je t'aime » échangés entre eux ne viendrait que plus tard. « Comme pour tous les couples, probablement » murmura Émilie en se levant.

Le tourbillon des préparatifs l'emporta loin, très loin de toute forme d'interrogation. Soulagée de s'en remettre à d'autres, en l'occurrence Blanche qui était tendue comme une corde de violon, Émilie cessa d'avoir peur en même temps que sa mère répétait que c'était le plus beau jour de sa vie.

Raymond les attendait dans le hall d'entrée, faisant les cent pas, ajustant le nœud de cravate, le serrant puis le desserrant dans la seconde suivante, tirant sur les manches de sa chemise, vérifiant l'attache des boutons de manchette, refaisant quelques pas, tournant la tête vers l'horloge... Mais quand Émilie apparut enfin en haut de l'escalier, son cœur se mit à battre comme un fou et il s'arrêta net. Et curieusement, ce fut le visage du tout petit bébé qui lui vint à l'esprit. Puis celui, trop mince, de la petite fille si souvent malade, de l'adolescente malingre. Aujourd'hui, c'était la femme, une très belle femme, qui descendait l'escalier à sa rencontre.

Émilie, sa toute petite Émilie.

Raymond leva un regard embué et sa moustache se mit à tressaillir, ce qui fit sourire Émilie. C'était bien là le seul véritable sujet de moquerie entre eux, cette moustache qu'elle disait aussi précise qu'un thermomètre lui donnant l'humeur de son père. Puis elle glissa sa main sous le bras de son père qui, incapable de se retenir, la prit un instant tout contre lui.

Quand ils remontèrent l'allée de l'église, Raymond eut une pensée pour Charlotte qu'il n'avait pas eu la chance de conduire à l'autel. Même si cette journée était celle d'Émilie, la présence de sa fille aînée lui manquait terriblement.

La cérémonie dura le temps d'un soupir, le reste de la journée fut à l'avenant. Tant d'énergie, d'attente, d'espoirs pour réaliser que tout cela était déjà derrière soi, s'estompant dans une brume lumineuse qui rejoindrait bientôt l'album des souvenirs.

Émilie et Marc quittèrent les invités en fin d'après-midi. Ils avaient dit qu'ils passeraient la nuit à l'hôtel avant de revenir déjeuner chez les Deblois, pour ensuite prendre le train qui les mènerait à New York pour une semaine. Mais quand Marc prit place dans le taxi, il donna l'adresse de leur logement.

Où auraient-ils pu être mieux que chez eux pour cette première nuit à deux?

D'un commun accord, ils avaient choisi de se rendre chez eux sans le dire à personne.

Le petit cinq pièces avait été scrupuleusement décoré en tenant compte des désirs de chacun. Sobre dans son ensemble, à l'image de Marc, il n'en restait pas moins étrangement romantique dans une multitude de détails suggérés par Émilie qui avait appliqué les règles apprises de force avec Marcel. Le jeu des contrastes créait un décor où chacun s'y retrouvait avec plaisir.

Marc souleva Émilie dans ses bras pour lui faire passer le seuil de la maison. La délicatesse de sa taille le surprenait toujours et faisait naître chez lui un impérieux besoin de la protéger.

Quand Marc déposa Émilie devant l'âtre, dans le salon, elle eut la sensation de se retrouver dans un écrin. Les murs étaient tendus de rayures abricot qui reprenaient en écho la couleur du canapé de velours. Les boiseries qui ceinturaient la pièce à mi-hauteur des murs étaient d'une teinte plus foncée de quelques tons et pour faire chanter le tout, comme l'aurait dit Marcel, Émilie avait choisi des tentures bleu nuit tout comme le manteau de la cheminée qui se découpait avec élégance contre le mur. Quelques coussins pour adoucir la rigueur des meubles que Marc avait choisis et la pièce s'était transformée en un havre de paix pour l'un comme pour l'autre.

Émilie tourna sur elle-même en soupirant de contentement.

— C'est beau chez nous !

Puis elle revint face à Marc.

— Heureux, monsieur mon mari ? fit-elle malicieuse.

— Oh ! oui, je suis heureux. Heureux d'être ton mari, heureux de ces semaines de vacances qui commencent, heureux de savoir qu'au retour, je vais enfin être chez moi ! Youpi !

Il eut un sourire extatique.

— Chez nous ! répéta-t-il, ravi. Pour un vieux garçon comme moi, tu ne peux savoir à quel point ce chez-moi a de l'importance. Ces mots coulent comme du miel.

Cette sensation de plénitude, de possession un peu égoïste était partagée. Émilie aussi était heureuse d'être enfin chez elle. C'était la première fois qu'elle avait l'impression de posséder quelque chose d'important. Un peu comme un enfant qui est heureux d'être enfin pris au sérieux. Alors elle tendit les bras à Marc.

— Moi aussi, je suis heureuse d'être chez moi. Ici, ça me ressemble, ça nous ressemble et c'est pourquoi je me sens si bien.

Le reste du logis avait été décoré avec ce même souci de leur plaire à tous les deux. Seule une chambre restait fermée sans avoir été touchée. Ce serait la chambre de bébé. Émilie la voyait déjà dans les tons de jaune maïs avec une pointe de vert tendre…

Et c'était comme cela sur bien des sujets. Émilie et Marc finissaient toujours par trouver le point commun qui les unissait ou la différence qu'ils savaient exploiter à leur convenance. Était-ce cela l'amour ? Émilie avait cru que oui. Tout était si simple quand ils étaient ensemble. Toutefois, jamais elle n'avait ressenti pour Marc cet emballement de l'esprit, cet embrasement du corps comme elle l'avait vécu devant Marcel. Mais l'apaisement qu'elle connaissait dans les bras de Marc avait eu plus de poids et d'importance à ses yeux. Émilie avait besoin de se sentir en sécurité pour être heureuse et Marc était un homme stable et solide. Pour le reste, elle ne se faisait guère d'illusions, Blanche l'ayant prévenue que la vie de couple n'avait pas que des avantages.

— La vie à deux, ce n'est pas uniquement les petits plats que tu vas préparer pour ton mari.

Visiblement, Blanche n'était pas à l'aise. Pourtant, elle n'avait pas le choix. Émilie devait savoir ce qui l'attendait. Du moins, en avoir un aperçu. Depuis qu'Émilie était au monde, Blanche s'époumonait à dire que sa fille était à son image. Les crampes et les maladies, les difficultés à digérer et les malaises menstruels d'Émilie lui avaient donné raison. Blanche ne pouvait donc la laisser quitter la maison sans tenter de la mettre en garde. Pas sa petite Émilie, pas son bébé…

— La vie à deux, tenta-t-elle d'expliquer maladroitement, c'est aussi une certaine… comment dire, une certaine promiscuité.

À mots prudes et cachés, Blanche avait donc parlé à sa fille, mais celle-ci ne l'avait pas vraiment écoutée. Le mot « promiscuité » avait fait naître une sorte d'incompréhension, de malaise en elle. Cela ne correspondait pas à l'idée qu'elle se faisait de l'intimité entre deux êtres qui s'aimaient. Mais peut-être Émilie se trompait-elle, la jeune femme n'y connaissait rien. Émilie avait donc fait un effort pour revenir aux propos de sa mère qui semblait plutôt froide devant la vie à deux. Cependant, Émilie n'avait aucun doute : Blanche était heureuse de savoir qu'elle allait épouser Marc, Émilie n'aurait pu trouver meilleur mari, elle passait son temps à le dire. Alors pourquoi cet air désolé maintenant qu'elle lui parlait d'amour ? Blanche était en train d'expliquer que la vie à deux était aussi, à certains égards, plutôt dégradante pour la femme et Émilie essayait de comprendre. Pourquoi Blanche parlait-elle ainsi ?

Blanche s'embourbait dans ses explications. Se soumettre aux désirs d'un homme lui avait toujours semblé dégoûtant avec si peu de plaisir en échange et c'était ce que Blanche voulait dire à Émilie. Pour qu'elle ne soit pas déçue comme elle l'avait été au soir de ses noces...

Et c'était à cela qu'Émilie pensait, la tête blottie contre la poitrine de Marc. Elle entendait son cœur battre et elle trouvait cela rassurant. Blanche devait se tromper : Marc était trop gentil pour que l'intimité se résume à un contact désagréable et inévitable. Un peu comme tous ces maux de ventre qu'elle subissait depuis qu'elle était toute petite.

Désagréable mais inévitable...

Émilie ne se rappelait plus vraiment les mots employés par Blanche, une certaine gêne à aborder ce sujet l'ayant fait détourner la tête. Et puis, elle s'était dit à ce moment-là, en rougissant, que ce qui se vivrait sur l'oreiller ne concernait pas sa mère. Alors elle avait volontairement laissé couler les mots sur elle sans trop y porter attention. Mais le ton de Blanche lui était resté.

Quand sa mère avait parlé d'amour, il y avait du dédain dans sa voix. Et Émilie ne comprenait pas pourquoi. Alors, elle avait un peu peur.

Marc aussi était tendu. Il n'avait connu que Charlotte dans l'intimité. Une femme intense qui avait partagé avec lui une passion fébrile, exigeante et gourmande. Quand il faisait l'amour avec Charlotte, il n'y avait que la recherche du plaisir, la satisfaction des sens et rien d'autre. Marc n'avait pas fait les avances et n'avait pas à faire attention, Charlotte prenait et donnait avec une égale gourmandise. Mais il y avait un monde entre Charlotte et Émilie. Alors Marc ne savait plus. Tout ce qu'il ressentait présentement, c'était une douceur amoureuse toute nouvelle, un peu surprenante. Comme si la passion débridée ne pouvait exister auprès d'Émilie…

Marc prit le visage d'Émilie en coupe entre ses mains et plongea son regard dans le sien. Surprise, Émilie crut y voir une forme d'excuse. Elle en était persuadée: Marc lui demandait pardon à l'avance.

Peut-être Blanche avait-elle raison après tout?

Tout à coup, les mots qu'Émilie pensait ne pas avoir entendus s'imposaient avec tant de précision qu'elle se mit à trembler. Était-ce vraiment aussi dégoûtant et désagréable que Blanche l'avait dit?

Alors Marc la prit tout contre lui et la serra très fort dans ses bras.

— Je t'aime, murmura-t-il à son oreille.

Puis il la souleva et la porta dans leur chambre.

Émilie n'était pas une femme prude et cette attitude donna le ton à leur nuit. Trop d'examens, d'interventions médicales, d'auscultations avaient pavé la route. Émilie avait appris à se dévêtir devant un homme et d'instinct elle sut que c'était ce qu'elle devait faire. À gestes lents, elle enleva les épingles qui retenaient le voile et retira la longue robe qui disait sa virginité. Sur le sol, il y avait maintenant un halo de tulle et de dentelle et Marc trouva que l'image seyait à sa jeune femme. Puis le jupon glissa à son tour jusque sur le plancher dans un bruissement de satin.

Émilie était menue, et plus que jamais Marc comprit qu'il devrait la protéger. Mais il savait que ce ne serait pas difficile: depuis toujours Émilie interpellait ce qu'il y avait de tendre, de doux en lui.

Quand il posa les mains sur sa nuque pour l'approcher de lui, Marc ne put s'empêcher de penser encore à Charlotte. La seule autre femme qu'il avait vue nue. Charlotte et sa taille ronde, ses seins lourds, sa bouche sensuelle qui s'offrait à lui sans pudeur. Mais l'image ne dura pas. Elle s'évanouit d'elle-même au contact du corps d'Émilie. Car curieusement, ce corps d'adolescente à peine pubère faisait naître en lui un désir violent comme jamais il n'en avait ressenti auparavant.

Marc fut tendre et doux, laissant à Émilie le temps de s'ajuster à son désir.

La nuit fut tendre et douce, les craintes d'Émilie s'évanouissant d'elles-mêmes devant l'audace des mains, de la bouche de Marc explorant son intimité avec lenteur.

Et quand les vagues du plaisir la portèrent sur des rivages jusqu'alors insoupçonnés, Émilie ne put retenir les larmes qui débordèrent de ses paupières.

La jeune femme qui avait tant souffert de la solitude venait de comprendre qu'elle ne serait plus jamais seule. Cette communion tant recherchée, ce besoin de partage total prenaient tout leur sens.

Cette grande soif de l'autre qui avait porté Émilie jusqu'à maintenant venait enfin d'être désaltérée…

* * *

La chaleur du soleil sur son visage et celle de Marc contre son dos rejoignirent Émilie dans les vapeurs d'un demi-sommeil.

Puis le souvenir de la nuit l'enveloppa d'un confort aussi tangible que celui d'une chaude couverture de laine par nuit de tempête.

Pourquoi Blanche avait-elle employé le mot « dégradant » ? Au contraire, jamais elle ne s'était sentie aussi belle, aussi femme.

Émilie ouvrit les yeux avec la sensation bien réelle de renaître. Et elle sut que cette fois-ci était la bonne.

Elle coula étroitement son corps nu contre celui de Marc qui n'attendait que ce signe pour lui parler.

— Bien dormi ?

Émilie s'étira longuement puis revint se lover contre Marc.

— Merveilleusement.

— Je peux vous offrir le jus d'orange au lit, madame Lavoie ?

Émilie ne répondit pas tout de suite. Madame Lavoie... La jeune femme ferma les yeux un instant sur le bonheur tout simple que faisait naître cette appellation. Madame Lavoie... Puis elle prit conscience de leur nudité à tous les deux et aussitôt, le contact de la peau de Marc contre la sienne fit revivre des sensations agréables. Alors elle glissa un bras autour de la taille de Marc.

— J'ai envie de tout autre chose que d'un jus d'orange, avoua-t-elle à mi-voix, un peu gênée de son audace.

Quand Marc la prit dans ses bras, Émilie oublia aussitôt qu'hier encore, elle se sentait une petite fille incapable d'une telle effronterie. L'enfant craintive qui avait toujours vécu en elle était morte au contact de Marc et Émilie comprit que plus jamais elle ne reviendrait. À son tour, elle laissa ses mains devenir audacieuses et quand Marc se glissa en elle, il n'y avait plus de doute dans son esprit : ce qu'elle ressentait de bon, de rassurant avec Marc, c'était vraiment de l'amour.

Et Marc aussi avait fait des découvertes au cours de cette nuit.

L'amour partagé avec Émilie, la nuit dernière, avait eu une dimension, une plénitude qu'il n'avait jamais perçues auparavant. C'était à la fois égoïsme et générosité, passion et tendresse. Il était resté éveillé un très long moment à la regarder dormir, partagé entre le désir de l'éveiller pour refaire l'amour et le plaisir qu'il ressentait à être tout simplement à côté d'elle.

L'amour avec Charlotte avait été un feu d'artifice qui éblouit. Avec Émilie, il était la flamme ardente qui réchauffe.

Quand Émilie entra chez ses parents, elle eut la curieuse sensation de n'être plus qu'une invitée. Pourtant, hier encore, elle y habitait.

Elle regarda autour d'elle, un peu surprise mais nullement déçue. Même les odeurs avaient un petit quelque chose qui lui était étranger.

Mais au lieu de se sentir triste, Émilie ressentait une drôle de satisfaction devant cette constatation. Instinctivement, elle redressa les épaules sous l'œil scrutateur de Blanche qui ne pouvait s'empêcher d'essayer de deviner comment avait été la nuit de sa fille. Pauvre gamine ! Si jeune encore et être obligée de... Blanche ferma les yeux pour faire mourir l'image désespérante de sa petite fille, toute nue sous le corps trop lourd de Marc qui...

— Maman ? Ça ne va pas ?

Blanche sursauta et souleva les paupières précipitamment.

— Mais non voyons ! Un peu fatiguée, c'est normal après la journée d'hier. Mais ça va... Et toi ?

Le sourire éblouissant d'Émilie aurait dû la réconforter, il suscita plutôt toutes sortes de suppositions.

— Moi ? Je vais très bien. Et je meurs de faim ! On passe à table ?

Blanche n'osa répliquer qu'elle devrait faire attention à ce qu'elle mangeait. Il y avait dans l'attitude d'Émilie un détachement nouveau qui la paralysait. Chaque bouchée qu'Émilie prenait lui semblait un pas qui l'éloignait irrémédiablement d'elle et Blanche aurait voulu être capable de hurler la douleur qu'elle ressentait. Que deviendrait-elle sans Émilie ? Elle était sa fille, son bébé, le seul être sur terre qu'elle avait aimé au-delà d'elle-même et ce matin, elle avait l'impression de rencontrer une étrangère. Cette femme qui glissait des regards langoureux à un homme ne pouvait être son Émilie. Pourquoi l'avait-elle encouragée à se marier si jeune, aussi ? Juste par crainte de voir Marc s'éloigner ? Allons donc ! Si Marc aimait Émilie comme il le disait, il l'aurait attendue quelques années de plus. Émilie n'était encore qu'une enfant, son enfant, et Blanche n'était pas prête à la voir s'éloigner. Comment allait-elle survivre à ce départ ?

Et Anne se posait exactement la même question, mais pour une tout autre raison.

Si Blanche prenait conscience avec horreur d'une rupture dans sa vie, Anne, elle, voyait dans le mariage de sa sœur le début d'une existence morne et inquiétante. Comment allait-elle composer avec une mère qui n'était qu'un fantôme à certains jours alors qu'à d'autres elle était d'une exigence qui dépassait les bornes ? Avec un père qui travaillait comme un forcené et qui, même s'il lui accordait du temps et de l'attention, passait le plus clair de ses journées le nez dans ses papiers ?

Quand Émilie et Marc quittèrent la maison, Anne se tenait en retrait dans l'escalier qui montait aux chambres. Elle avait l'impression d'assister à une scène qui ne la regardait pas. Elle s'obligeait à voir l'instant présent comme un moment hors de sa vie.

L'image ressemblait au départ de Charlotte. Le même hall d'entrée, la même porte qui s'ouvre sur un taxi qui attend, les mêmes recommandations de son père...

La mauvaise copie d'un acte déjà vu.

Mais la ressemblance s'arrêterait là. Cette fois-ci, Anne ne pleurerait pas. Elle n'avait jamais été proche d'Émilie et le fait qu'elle quitte la maison, si Blanche avait été une mère normale, ne l'aurait pas affectée. Au contraire, elle se réjouissait pour elle, consciente que Marc était un gentil garçon. Son désespoir se jouait ailleurs. Le désespoir d'Anne ne lui labourait pas le cœur, il lui meurtrissait l'esprit.

Pendant que ces gens, là en bas, s'étreignaient en se disant au revoir, Anne gravissait les marches une à une à reculons. Elle devait les voir comme des inconnus. Ce n'était qu'un rêve qui ne la touchait pas. Surtout, ne pas pleurer. Blanche la réprimanderait comme toujours, son père aurait ce regard malheureux qu'il posait parfois sur elle et Émilie serait triste sans comprendre. Pourquoi Anne aurait-elle envie de pleurer alors qu'elle avait toujours repoussé les avances de sa sœur, n'est-ce pas ? Si Anne pleurait, elle devrait expliquer ses larmes et elle n'en avait pas envie.

Quand elle referma enfin la porte de sa chambre sur elle, Anne avait l'impression que son cœur s'était transformé en pierre. Une pierre très lourde et très froide. Elle frissonna violemment alors qu'il faisait vraiment très chaud aujourd'hui. Une chaleur lourde et humide montait du jardin jusque dans sa chambre. Mais Anne avait froid de toute la solitude qui alourdissait ses épaules.

Elle s'installa sur son lit, s'enroula dans le couvre-pied et se balançant tout doucement, elle fixa le jardin sans le voir. La seule personne qu'elle aurait voulu à ses côtés, c'était Charlotte. Mais Charlotte était au bout du monde. Charlotte qui avait envoyé un télégramme pour offrir ses vœux à Émilie et Marc, mais qui n'avait pas répondu à sa lettre...

Elle resserra la couverture autour d'elle. Elle avait vraiment froid. Elle avait l'impression de s'être subitement transformée en une très vieille dame et qu'elle aurait froid jusqu'à la fin de ses jours.

Anne venait tout juste d'avoir huit ans…

CHAPITRE 15

Une saison de pluie

Si c'était la canicule à Montréal, il en allait tout autrement en Angleterre. Après l'enfer de la guerre, maintenant, c'était le déluge. Jamais Charlotte n'avait vu autant de pluie. Un vilain crachin enveloppait le paysage depuis plus d'un mois et le soleil n'apparaissait que furtivement, comme distribué au compte-gouttes pour illuminer accidentellement la campagne qui replongeait quelques heures plus tard dans une grisaille qui semblait encore plus dense, et de ce fait plus lourde à supporter.

Le jour du mariage d'Émilie, prédisposée à la mauvaise humeur à cause de toute cette pluie, Charlotte avait donc été maussade, irritable, pas tant à cause du fait que de l'éloignement. Une vraie crise d'ennui avait souligné cette journée.

Car elle devait l'avouer : sa rage première enveloppée de déception lui était rapidement passée.

De quel droit pouvait-elle exiger quoi que ce soit de la part de Marc ? La vie allait de l'avant pour lui comme pour tout le monde. Il avait le droit de fonder une famille, il avait le droit de se bâtir un avenir comme il le souhaitait. N'empêche que de savoir qu'il mariait sa sœur pour le faire ne la laissait pas indifférente. Par une autre journée sombre et pluvieuse de juillet, Charlotte s'était donc éveillée avec un gros vague à l'âme qu'elle promenait un peu partout dans la maison faute de pouvoir le promener par monts et par vaux, ce qu'elle aurait sans doute fait si le temps l'avait permis. Ses heures de solitude derrière la colline lui avaient fait du bien et elle avait renouvelé l'expérience à quelques reprises, dès qu'elle avait pu mettre les pieds dehors. Parfois seule, parfois avec Alicia. Ces petites évasions lui permettaient de se retrouver, de faire la paix avec elle-même ou de créer tout doucement des liens nouveaux avec une petite fille qui était encore bien jeune pour faire une juste part entre ces deux femmes qui semblaient l'aimer, à la seule différence près que c'était Mary-Jane qui s'occupait d'elle depuis toujours.

Et là aussi, Charlotte avait fini par comprendre et accepter.

Après avoir broyé du noir, après avoir crié et pleuré toutes les larmes de son corps, après avoir accusé Mary-Jane de lui avoir volé sa fille, Charlotte avait repris ses esprits. Mary-Jane ne lui avait rien volé du tout, elle avait aimé Alicia, tout simplement. Elle l'avait aimée comme une mère l'aurait fait et c'était ce dont sa petite fille avait le plus besoin. Charlotte ne pouvait rien reprocher à cette femme merveilleuse qui avait permis à son bébé de prendre un bon départ dans la vie. Ne restait plus qu'à faire la transition en douceur sans heurter les sensibilités. Ni celles d'Alicia ni celles de Mary-Jane. Car au-delà d'une nature autoritaire et indépendante, Mary-Jane restait une femme sensible, une femme de cœur. La présence silencieuse mais affectueuse qu'elle avait sentie près d'elle, alors qu'à l'autre bout du monde toute sa famille fêtait joyeusement les noces de sa sœur, en avait été une preuve de plus.

Ce qui ne rendait pas la vie au quotidien plus facile pour autant. Reconnaître les qualités de quelqu'un était une chose, s'adapter à sa façon d'agir en était une autre. Et c'était là que le bât blessait le plus. Charlotte en avait assez de se sentir encore une invitée après tout ce temps vécu sous le toit des Winslow et Andrew ne faisait rien qui aurait pu améliorer la situation. Il avait même gardé une chambre à la base où il restait dormir régulièrement quand certaines réunions se prolongeaient tard le soir. Charlotte avait bien essayé de lui faire part de son désir d'avoir un endroit bien à elle, plus près de la base, une maison ou un logement lui important fort peu. Mais Andrew, selon une habitude que Charlotte commençait à trouver agaçante, s'était contenté de hausser les épaules.

— Pourquoi ? Je suis fils unique et cette maison me reviendra de droit. Ce ne serait pas logique de s'encombrer d'une autre résidence. Tu ne trouves pas, chérie ?

Andrew avait cette politesse de toujours la prendre à témoin de ses décisions. Ce qui ne l'empêchait nullement de toujours en faire à sa tête. Chez cet homme, militaire de carrière, la logique et l'efficacité alliées au rendement avaient priorité en tous lieux. Le sens du commandement aussi.

Charlotte étouffait.

L'esprit cartésien d'Andrew, qui l'avait séduite au départ, lui rappelant un peu le calme réfléchi de son père, se résumait aujourd'hui à un agacement de plus.

Pourquoi, grands dieux, l'avoir mariée si c'était pour continuer de vivre en célibataire ?

Le flegme anglais l'atteignait de plein fouet, le choc des cultures et des mentalités la bousculait.

Alors Charlotte, la femme de mots et d'imagination, s'était inventé un scénario pour essayer de comprendre comment elle en était arrivée là.

Et petit à petit, imaginant les raisons, malmenant les intentions et élaborant les stratégies, Charlotte en avait donc conclu que si Andrew l'avait mariée, ce n'était que pour l'empêcher de partir avec Alicia. Et tout cela, à cause de Mary-Jane qui n'aurait pu supporter de voir la petite fille s'en aller. Charlotte savait l'attachement qu'Andrew éprouvait pour sa mère, alors cette raison avait probablement été suffisante. Et ce n'était toujours que pour cette raison qu'il restait dormir à la base si souvent et pourquoi il refusait d'avoir une demeure bien à eux.

« L'explication a une certaine logique, se disait-elle, sarcastique. C'est pourquoi Andrew y est aussi à l'aise. Logique et efficacité ! »

Les jours où elle pensait de la sorte, qu'il pleuve ou pas, Charlotte sortait de la maison en coup de vent avant de manquer d'air. Elle grimpait la colline et s'installait de l'autre côté, à l'abri des regards indiscrets. Et là, elle laissait revenir les images d'un passé heureux qui l'aidait à survivre à un présent qui faisait mal. Invariablement, elle se demandait ce que Gabriel était devenu. Elle se revoyait à l'atelier, heureuse de sa présence, heureuse de tous les mots qu'elle couchait sur le papier. Alors, tout doucement, elle rattachait ensemble cette multitude d'images et elle arrivait tant bien que mal à rapiécer tous les morceaux de sa vie à travers la seule constante qu'elle trouvait : l'écriture. Depuis qu'elle était enfant, les mots avaient été son réconfort, sa force, sa pulsion. Les lire ou les écrire faisait qu'ils se joignaient en elle en un tout global qui arrivait à lui procurer suffisamment d'évasion pour tolérer son quotidien. Il en avait été ainsi pendant toute son enfance. Il en était ainsi encore aujourd'hui.

Elle ne pourrait échapper à son présent sans revenir en arrière. Et pour s'en sortir, Charlotte n'avait que ses romans. Ils étaient le seul espoir qui lui restait en la vie.

Le projet demanderait du temps, des efforts et beaucoup de confiance. Mais elle allait y parvenir. Ses deux romans seraient publiés et le jour où elle aurait suffisamment d'argent, elle repartirait pour Montréal.

Pourquoi rester aux côtés d'un homme qui ne l'aimait pas ?

Charlotte admettait qu'ils s'entendaient quand même bien, les rares fois où ils se retrouvaient seuls, Andrew et elle, mais était-ce suffisant pour avoir envie de toute une vie logée à cette enseigne ?

L'impétueuse Charlotte décida que non.

La recopie de ses deux romans prit de longues semaines où elle écrivait parfois de nuit, parfois de jour quand Mary-Jane avait à sortir et qu'elle emmenait Alicia avec elle.

Maintenant qu'elle travaillait avec un but bien précis en tête, Charlotte n'arrivait plus à le faire ouvertement. Seule la pile de feuilles restait en permanence sur le petit pupitre de sa chambre parce qu'elle y avait toujours été. Le pourquoi de la chose ne regardait qu'elle.

Et de fil en aiguille, avec un espoir immense au cœur, au début de septembre, les deux manuscrits furent enfin prêts.

Charlotte profita du fait qu'Andrew quittait la région pour deux semaines, envoyé en Écosse pour un séminaire sur l'avenir de l'aviation dans l'armée de Sa Majesté, pour annoncer qu'elle avait l'intention de faire un saut de l'autre côté de la Manche, taisant comme un vilain mensonge la véritable raison de son escapade.

— Je m'ennuie d'entendre parler français ! expliqua-t-elle à Mary-Jane. Pourriez-vous garder Alicia pendant quelques jours ? Un bain dans la culture de mes ancêtres me ferait le plus grand bien !

Ce à quoi Mary-Jane n'avait rien pu rétorquer puisque de toute évidence, Charlotte s'ennuyait effectivement beaucoup, et ce, depuis qu'elle la connaissait. Après toutes ces années, quelques jours de vacances étaient bien mérités, Mary-Jane en convenait. Ce qu'elle garda pour elle, cependant, c'était que Charlotte aurait dû attendre qu'Andrew puisse être du voyage. Mais comme elle n'était pas dupe et voyait bien que l'harmonie dans le jeune couple battait de l'aile, elle s'abstint donc de tout commentaire, se disant qu'une innocente évasion ne pouvait faire de tort à personne.

Quand Charlotte descendit du traversier, dans le nord de la France, le couvert nuageux commençait à se déchirer et le bleu du ciel qu'elle aperçut avait une intensité qu'elle n'avait pas vue depuis des années. Elle poussa un long soupir de plaisir.

Quand le douanier lui souhaita la bienvenue en français, Charlotte sentit un curieux picotement au bord des paupières. Jamais paroles n'avaient été plus douces à ses oreilles !

Elle fit la route vers Paris dans un train bondé, coincée contre une vieille dame qui sentait l'ail. Mais encore là, cette odeur lui parut agréable tant et aussi longtemps que la dame lui tint compagnie dans un français à l'accent de terroir qui chantait à ses oreilles.

Elle débarqua à Paris complètement seule, complètement désorientée, complètement heureuse. À peine le temps de souffler et elle hélait un taxi pour se rendre elle ne savait trop où.

— Au centre-ville, lança-t-elle à défaut de trouver mieux.

Le chauffeur, une cigarette soudée au coin des lèvres, éclata de rire.

— C'est que c'est un peu nébuleux, ma p'tite dame. Qu'entendez-vous par centre-ville ? C'est que nous sommes en pleine ville, ici... Qu'est-ce que vous cherchez exactement ? Comment puis-je m'y retrouver si vous n'êtes pas plus précise ?

Charlotte hésita à peine. Qu'importe l'endroit, elle s'en fichait.

— Alors emmenez-moi quelque part où je peux trouver un hôtel pas trop cher et des restaurants. Je meurs de faim !

Elle s'installa au premier bistrot venu et commanda un café au lait pour commencer, suivi d'une omelette. Puis, en attendant sa commande, elle s'appuya contre le dossier d'une petite chaise de métal tout à fait inconfortable et soupira de contentement.

L'effervescence qu'elle percevait dans l'atmosphère était tout à fait conforme à l'idée qu'elle se faisait de la France et répondait à ses souhaits les plus chers. Ici, il n'y avait pas eu de bombardements comme à Londres et on pouvait aisément oublier qu'il y avait eu la guerre. Seuls les troncs des arbres qu'on avait abattus le long des avenues rappelaient les années sombres que les Français avaient traversées.

Avec juste ce qu'il fallait d'imagination pour faire abstraction de l'accent, et de cela, Charlotte était tout à fait capable, elle se prit au jeu et s'imagina de retour chez elle. Tous les mots et les rires qui se croisaient autour d'elle la rejoignaient dans ce qu'elle avait de plus viscéral.

Elle s'accouda sur la table, posa son visage entre les paumes de ses mains et ferma les yeux.

Charlotte se laissa tout doucement voguer sur les mots qui l'imprégnaient de leur douceur chantante. L'émotion qui faisait débattre son cœur n'avait aucune mesure. Elle lui étreignait le cœur à travers ses souvenirs les plus vivants, réveillés par les échos de sa langue maternelle qui lui parvenaient.

L'ennui qu'elle avait des siens, de chez elle, de ses habitudes de jeunesse refit surface avec une fulgurance brutale et douloureuse. Elle sentit à cet instant la chaleur mouillée des larmes glissant entre ses doigts.

Charlotte ouvrit les yeux, un peu gênée. Mais qu'est-ce qui lui prenait d'être aussi émotive ? Ce n'était qu'un langage, quelques modulations, des expressions.

Ce n'étaient que des mots… Parmi tant et tant d'autres…

Sur la table devant elle, un gros bol de café fumant l'attendait, odorant, tentant.

Et sur la chaise, juste à côté, tout son avoir.

Un avoir dérisoire qui tenait en si peu de place. Quelques vêtements dans un sac de voyage, et deux gros colis enveloppés de papier brun qu'elle avait déposés dans une valise, par discrétion.

Elle n'avait pas l'intention de parler de son projet, le but ultime lui semblant quelque peu difficile à expliquer.

Dit-on à quelqu'un tous les efforts que l'on déploie afin de se doter des moyens pour le quitter ?

Là, assise sur la terrasse d'un café, elle ne savait trop où exactement dans Paris, Charlotte Deblois Winslow ne pouvait faire autrement que de le constater : elle contemplait, navrée, l'essentiel de sa vie qui tenait sur une toute petite chaise de métal.

Elle eut un sourire amer.

Ce qu'elle possédait se résumait à bien peu de choses. Que des babioles sans grande valeur et un espoir insensé, couché en milliers de mots sur des feuilles de papier brouillon. Le roman de Myriam venu, lui semblait-il, d'une autre vie et celui de Constance qui la projetait dans un avenir qu'elle espérait, mais qui n'avait encore rien de tangible.

« Pas grand-chose pour le présent » constata Charlotte en soupirant.

« Pour le présent, il y a Alicia » cria une petite voix au fond d'elle.

« Oui, pour le présent il y a Alicia » pensa-t-elle.

En fait, tout son présent se résumait à ce prénom.

Alicia.

C'était elle qui, sans le savoir, avait provoqué sa fuite et alimentait ses rêves. Elle était le trait d'union dans une vie que Charlotte voyait scindée en deux parties bien distinctes.

Alicia, c'était son passé et son futur se conjuguant au présent en la personne d'une petite fille au regard d'émeraude, aux cheveux dorés qui tiraient sur le roux et pas plus grande que trois pommes.

Un sourire fugace éclaira le visage de Charlotte, d'une douceur inattendue.

C'était aussi pour Alicia qu'elle s'était mariée. Aujourd'hui, Charlotte pouvait bien l'admettre : il n'y avait pas d'amour entre Andrew et elle. Une solide amitié, d'accord, une entente de bon aloi la plupart du temps et certains points communs, mais pas d'amour. Et surtout pas de passion. Il n'y avait que dans les bras de Gabriel qu'elle avait connu le plaisir.

Charlotte devait avoir l'honnêteté de le reconnaître : elle n'était guère mieux qu'Andrew. Alicia avait dicté ce mariage de part et d'autre. Elle avait été le prétexte pour croire à tout prix que l'amour existait entre Andrew et elle.

« Dommage » songea Charlotte en buvant lentement le nectar qui la changeait agréablement du thé anglais qu'elle prenait habituellement avec Mary-Jane.

Et c'était aussi Alicia qui l'avait fait s'enrôler dans l'armée, alors que Charlotte avait fort peu de prédispositions naturelles à le faire. La vie militaire avec ses obligations et sa loi autoritaire ressemblait trop à l'enfance qu'elle avait vécue. Pourtant, elle y avait sauté à pieds joints. Peut-être par désespoir. Peut-être pour ainsi toucher au fond de l'absurde en vivant la guerre et ses contraintes et lui permettre aujourd'hui de jeter un regard éclairé sur sa vie. Peut-être…

Savoir ce qu'elle voulait et ce qu'elle ne voulait plus. Pour elle et pour sa fille. Alicia qui était sa raison d'aller de l'avant et en même temps le plus formidable boulet aux pieds. Sans elle, toute seule au bout du monde, Charlotte pourrait tout reprendre à zéro. Là, immédiatement, sans obligations, sans interdits. Elle avait ses romans, elle avait quelques vêtements et elle avait la solde versée par l'armée au moment de son départ, ce serait suffisant.

Mais il y avait Alicia…

Charlotte connut un bref instant de déception. Si bref qu'elle en prit à peine conscience, mais il éveilla en elle le besoin impérieux de tenir sa fille tout contre elle. Enfouir son visage dans le cou de son bébé et se gaver de cette odeur de savon et de talc mélangée à la douceur de sa peau.

Malgré les embûches et les difficultés, aujourd'hui, Charlotte ne pourrait plus vivre sans Alicia.

Elle était tout, elle dictait tout. Elle était le but à atteindre et le chemin pour y parvenir.

Alors, tout en mangeant l'omelette que le garçon du café venait de déposer devant elle, Charlotte savoura l'ennui de sa fille.

Quand elle quitta finalement le bistrot, elle était habitée de nouveau par une détermination inébranlable. Alicia avait repris la place qui était la sienne et Charlotte avait réussi à se convaincre que tout ce qu'elle faisait, elle le faisait aussi pour elle. Cela ne prendrait qu'un peu plus de temps. Voilà tout.

Elle se dénicha une petite chambre sous les combles avec vue imprenable sur les toits de Paris.

Une vue qui lui fit penser à la carte que Gabriel avait envoyée…

« Dieu ! Que c'est loin tout ça » songea-t-elle en s'éloignant délibérément de la fenêtre.

Le temps d'un soupir puis elle défit le léger bagage qui était le sien. Quand elle souleva la valise pour la poser sur le bureau, Charlotte dut se retenir pour ne pas relire rapidement une partie de ses romans. Mais il était trop tard pour y changer quoi que ce soit. Les dés étaient jetés…

Demain, elle ferait quelques recherches et trouverait une maison d'édition qui accepterait de lire ses manuscrits. Après, il ne resterait plus qu'à s'en remettre au destin en se croisant les doigts.

Charlotte, qui avait toujours donné l'image d'une femme sûre d'elle-même, doutait de tout et surtout d'un éventuel talent…

* * *

Finalement, après quelques visites, Charlotte avait confié ses manuscrits à deux maisons d'édition différentes. Elle avait ainsi l'impression de multiplier ses chances qu'elle voyait bien minces maintenant qu'il ne restait plus que l'attente.

Dans les deux cas, on avait parlé de plusieurs semaines...

Elle revint lentement vers l'hôtel.

Ce soir, elle se coucherait de bonne heure pour être en forme et s'offrir une dernière journée d'évasion. Demain, elle visiterait Paris ! Le temps de se faire plaisir, le temps aussi de permettre à l'ennui qu'elle commençait à ressentir sérieusement en pensant à Alicia de devenir si grand qu'elle n'aurait aucun regret à quitter la France pour regagner l'Angleterre et son ciel gris.

Charlotte soupira en pensant à l'été de pluie qu'elle venait de connaître. Depuis qu'elle était arrivée en France, il faisait toujours beau...

Le lendemain, Charlotte s'éveilla sur une autre journée de soleil qui dessinait des ombres merveilleuses sur les toits.

Elle s'étira longuement devant la fenêtre grande ouverte, se permettant aujourd'hui de penser à Gabriel. La journée qui commençait n'appartiendrait qu'à elle. Charlotte en ferait ce qu'elle voudrait. Et se donner le droit de penser à Gabriel faisait justement partie de ce qu'elle avait envie de faire.

Elle resta longtemps à admirer les toits de Paris.

Gabriel avait-il lui aussi profité de cette vue particulière, unique au point de devenir sujet de cartes postales ? En avait-il fait des tableaux ?

Depuis qu'elle était éveillée, Gabriel alimentait l'essentiel de ses pensées, sans que Charlotte ne cherche à l'éloigner. Elle avait un peu l'impression de reprendre le fil de sa vie. Elle avait envie de laisser une certaine illusion porter le cours de cette journée. N'avait-elle pas quitté Montréal en grande partie pour venir à Paris afin de retrouver son grand amour?

Ce fut probablement pour cela que ses pas la menèrent à Montmartre. Pour marcher sur des avenues qu'il avait sûrement empruntées, voir des endroits qu'il avait fréquentés et ainsi peut-être arriver à rebâtir l'image de Gabriel qui s'était estompée au fil des années.

Même si elle savait que c'était inutile, même si elle savait qu'elle entretenait la douleur, Charlotte voulait créer des souvenirs avec des images qu'elle n'avait pas vues, qu'elle ne pourrait qu'imaginer. Après, elle retournerait attendre des nouvelles de ses manuscrits auprès de sa fille...

Lorsqu'elle commença à avoir mal aux pieds, qu'elle avait sérieusement faim et qu'elle venait de décider de changer de quartier, Charlotte l'aperçut.

En fait, ce ne fut qu'un éclat fugace qui agaça sa pupille avant de faire son chemin jusque dans l'univers secret de Charlotte, le monde des images, son album aux souvenirs. Dans un coin de la vitrine, là-bas, il y avait ce rouge, cette teinte unique qui n'appartenait qu'à Gabriel...

Charlotte fit demi-tour et revint sur ses pas.

Derrière la vitre d'une petite galerie d'art, posé sur un chevalet, il y avait un portrait de femme sans visage défini. Charlotte reconnut aussitôt l'œuvre de Gabriel.

C'était une toile qu'elle n'avait jamais vue.

Mais, dans le coin à gauche, elle vit les initiales inimitables. Un grand G et un grand L, tout en fioritures... Cette toile avait bien été faite par Gabriel.

Elle osa croire que la jeune femme drapée de rouge, c'était elle...

Puis son cœur bondit comme un fou.

S'il y avait un tableau, cela voulait-il dire que l'auteur était à Paris ?

Charlotte resta longtemps devant la vitre poussiéreuse.

Une image, celle d'une femme drapée de rouge, des milliers de souvenirs blottis à l'abri d'un atelier et Charlotte avait oublié qu'en Angleterre, il y avait mari et enfant qui l'attendaient... Seule la femme du tableau porteuse de ses souvenirs parlait à son cœur...

Elle se décida d'un coup. Mieux valait savoir la vérité que d'entretenir un autre espoir inutile. D'une main aussi tremblante que son cœur, elle poussa la porte qui donnait dans une petite pièce sombre où seuls les tableaux éclairés apportaient un peu de lumière. Un vieux monsieur se dirigeait déjà vers elle...

Charlotte ressortit de la galerie les larmes aux yeux et au cœur. Le vieux propriétaire se rappelait vaguement que ce tableau venait d'un peintre étranger mais sans plus.

— Vous savez avec la guerre... J'ai entendu dire qu'il avait pris le maquis avec ses compagnons, qu'il avait rejoint la Résistance. Je ne saurais vous en dire plus, ma pauvre dame... Sinon que je ne l'ai jamais revu.

Charlotte n'avait plus faim et ne sentait plus la douleur à ses pieds.

Incapable de se décider à partir, elle s'installa sur le pavé et continua de fixer la toile. Longtemps, très très longtemps... Le temps n'existait plus pour elle. Charlotte avait encore seize ans et elle revoyait Gabriel qui peignait pendant des heures sans jamais se lasser. Comme elle écrivait pendant des heures sans jamais s'arrêter...

— Enfin ! Te voilà, chérie !

Charlotte sursauta violemment. À quelques pas derrière elle se tenait Andrew. Il la regardait en souriant gauchement comme s'il était gêné.

— Toi ? Ici ? Mais comment…

Charlotte venait de tomber des nues. L'instant d'avant elle était à Montréal, elle avait seize ans et était éperdument amoureuse de Gabriel et voilà que le monde avait basculé à son insu et que subitement, elle était de nouveau mariée à Andrew Winslow. Il l'avait retrouvée, elle ne savait trop comment, et il la regardait avec une curieuse lueur au fond du regard. Une lueur inattendue qu'elle ne lui connaissait pas.

— Mais comment as-tu fait pour me trouver? répéta-t-elle complètement ahurie de le voir là.

Andrew haussa machinalement les épaules.

— Par instinct, je suppose. Il me semble que Montmartre te ressemble. Tu es une femme d'art, Charlotte. De lettres, de couleurs, d'odeurs.

Tandis qu'il parlait d'une voix sourde, Andrew n'avait toujours pas bougé. Il continuait de regarder Charlotte avec l'air d'un enfant qui demande une permission. C'était tellement différent de tout ce que Charlotte connaissait de lui. Et il y avait aussi cette perception d'elle qu'il venait d'exprimer et qui la laissa sans voix. Se pourrait-il que, caché derrière cette froideur, il y ait un homme sensible, un homme à ce point amoureux qu'il avait réussi à vraiment la connaître? Ce fut Andrew qui brisa enfin le silence.

— La réunion a duré moins longtemps que prévu. Quand je suis arrivé à la maison, *mamy* m'a dit que tu étais à Paris. Je n'ai pu résister à l'envie de te rejoindre.

Charlotte ouvrit les yeux tout grands, ramenée à la dimension terre à terre de l'instant qu'elle vivait.

— Tu… Tu connais Paris ?

— Bien sûr ! J'adore Paris. J'y venais souvent avant la guerre. C'est peut-être même pour cela que tu m'as attiré. Tu me fais penser à Paris.

Charlotte ne put s'empêcher de sourire.

— Tiens donc !

Elle avait sous les yeux un homme différent, un peu mystérieux. Qui donc était Andrew ? Celui d'hier, militaire jusqu'au bout des ongles, ou celui qui se tenait presque penaud devant elle ?

— Mais pourquoi venir jusqu'ici ? Je... Je veux dire que tu aurais pu m'attendre là-bas. Je rentre demain, tu sais.

— Je sais. Mais attendre encore, c'était trop long.

Charlotte entendait bien ce qu'Andrew était en train de dire, mais elle avait la curieuse impression que ces mots ne s'adressaient pas à elle. Andrew n'était pas censé s'ennuyer puisque Andrew n'était pas amoureux.

Charlotte ne trouvait rien à répondre. Elle regardait son mari avec l'impression qu'elle venait de s'éveiller. Les trois derniers jours n'avaient été qu'un rêve merveilleux. Un rêve de ceux qui laissent une petite pointe d'amertume au réveil quand on s'aperçoit que finalement ce n'était qu'un rêve... Pourtant, elle le savait depuis le début et n'aurait pas dû être surprise. Andrew tendit alors la main.

— Tu viens, Charlotte ?

Elle fixa la main qui se tendait vers elle. Une main soignée, aux longs doigts, ferme et chaude, elle le savait. « Une main d'artiste » pensa-t-elle alors en levant les yeux vers Andrew qui attendait sa réponse sans la bousculer. Comme toujours, cette politesse qu'il mettait à formuler la plus banale des questions.

Avait-elle envie de le suivre ? Charlotte ne le savait plus trop. Andrew l'avait tirée de son rêve avant qu'il ne soit fini et elle lui en voulait un peu. Les rêves ne durent jamais très longtemps, mais Charlotte trouvait désagréable d'avoir été tirée du sommeil avant l'heure. Rêve et réalité se rejoignirent alors dans une toute petite phrase. Quelques mots qu'Andrew prononça de cette même voix rauque qui la déconcertait un peu.

— Je t'aime, Charlotte.

C'était lui que de le dire ainsi, avec cette référence un peu précieuse. Mais au lieu d'être agacée, Charlotte sentit les larmes lui monter aux yeux.

C'était la première fois qu'Andrew lui disait l'aimer aussi directement. Aussi simplement, aussi amoureusement. Et si c'était vrai? Et si à travers Andrew, pour lui et avec lui, Charlotte allait enfin trouver la paix? Après tout, il était son mari. Personne ne l'avait obligée à se marier. Et ils s'entendaient bien. À son tour, Charlotte tendit le bras et toucha la main d'Andrew du bout des doigts sans le quitter des yeux.

— Viens, rentrons chez nous, s'il te plaît.

À ces mots, Charlotte comprit qu'à sa manière un peu froide et distante, Andrew avait perçu le même malaise qu'elle. Il y avait dans cette proposition une note d'espoir qui disait beaucoup. Mais la proposition, elle, ne voulait rien dire pour Charlotte. Elle retira sa main.

— Chez nous? Non Andrew, ce n'est pas chez nous. Pour toi, peut-être, mais pas pour moi. Je n'ai plus de chez moi, Andrew.

Tout en parlant, Charlotte avait ouvert les mains devant elle. Ses mains étaient vides. Désespérément vides.

— Si je rentre avec toi, c'est chez tes parents que je vais le faire. Pas chez moi. Pas chez nous.

Maintenant le visage de Charlotte était inondé de larmes. Andrew fit le dernier pas qui les séparait pour la prendre tout contre lui.

Et le geste déclencha un réflexe en Charlotte. Ce vieux réflexe en elle qui faisait qu'elle avait tant besoin d'être approuvée. Sentir la chaleur du bras de son mari autour de ses épaules, c'était comme un rayon de soleil entre deux nuages. Charlotte venait de comprendre ce qui l'avait blessée avec Andrew. Il ne disait rien tout comme sa mère n'avait jamais rien dit devant elle, ou si peu. Alors Charlotte se mit à parler rapidement, comme si elle craignait d'oublier quelque chose et que ce soit important. Parler, parler, tout dire, ne rien cacher et si Andrew acceptait, alors Charlotte aurait envie de le suivre. Parce que devant, il y aurait enfin un but. Alicia ne serait plus sa seule raison d'espérer. Il y aurait à nouveau une vie. Tout simplement une vie à vivre.

Et Andrew accepta. Sa façon de la tenir contre lui disait qu'il acceptait. Alors Charlotte recommença à parler. L'envie d'avoir sa maison à elle, le désir d'aller à Montréal pour revoir les siens quand Alicia serait un peu plus vieille, l'urgence d'apprivoiser ce petit bout de femme pendant qu'elle était encore toute petite, le besoin qu'elle avait d'écrire…

Quand Andrew glissa un doigt sous son menton pour lui faire lever la tête, Charlotte y vit le signe qu'elle attendait. C'était le geste que son père posait quand elle était encore toute petite et qu'il voulait attirer son attention. Malgré elle, Charlotte esquissa un petit sourire un peu triste qu'Andrew cueillit d'un baiser avant de murmurer à son oreille:

— Je t'aime, Charlotte. Et c'est toi qui as raison: nous allons avoir notre maison et peut-être pourrions-nous aller au Canada pour les vacances, l'été prochain. Et de savoir qu'il y a peut-être une Virginia Wolf dans ma vie, c'est un honneur.

Charlotte se contenta d'un sourire en guise de réponse. Puis elle se détourna pour regarder la toile une dernière fois.

De Gabriel elle garderait l'image de cette jeune femme drapée de rouge. Le passage fragile et fugace d'une image à travers toutes celles de sa vie. Ce serait son dernier souvenir de Gabriel. Le seul qu'elle pouvait encore garder vivant. Parce que le visage de Gabriel, lui, cela faisait longtemps déjà qu'il était recouvert par la poussière du temps qui passe…

Alors elle leva la tête vers son mari et glissant un bras sous celui d'Andrew, elle ajusta son pas au sien.

Il était son mari et elle l'avait choisi pour être le père d'Alicia. Elle ne devrait plus jamais l'oublier. Elle était sincère quand elle se dit qu'elle allait donner une deuxième chance à l'amour, à la vie.

Puis elle allongea le pas.

Il lui tardait de revoir Alicia…

Chapitre 16

L'histoire d'une lettre

À l'instant où il avait mis les pieds en sol portugais, Gabriel s'était traité d'idiot. En réalité, il s'était même traité d'idiot tout au long de la traversée. À quoi avait-il bien pu penser pour venir moisir sur ce rafiot ?

La guerre était sur le point de finir, triple imbécile ! Les alliés avaient gagné en Normandie et les Allemands reculaient dans leurs derniers retranchements.

Charlotte avait de bonnes chances d'être de retour chez elle rapidement ; il avait eu la confirmation de l'armée qu'elle s'était bel et bien portée volontaire.

En effet, au lendemain de sa navrante rencontre avec Blanche, Gabriel avait soupesé les possibilités des endroits où pouvait être Charlotte. Elles étaient peu nombreuses. Alors, sans attendre, il avait vérifié auprès de l'armée. Son intuition avait été confirmée par une voix cassante, impatiente. Charlotte Deblois était bel et bien un membre actif de l'armée canadienne.

Quant à savoir où elle était basée, c'était une tout autre histoire. Une seule directive et la même pour tout le monde : adressez-vous à la famille. Ce qui, dans son cas, n'était pas d'un grand recours. Il avait bien tenté d'expliquer la situation mais peine perdue, il s'était heurté à une fin de non-recevoir. À défaut de mieux, il en avait conclu qu'elle devait être en Angleterre ou en France. C'était là que se trouvaient la plupart des soldats canadiens…

Alors, il avait pris tous les moyens pour pouvoir partir et la rejoindre sans penser à autre chose.

D'où son voyage à New York, puisqu'on lui avait dit que les tableaux se vendaient mieux chez les voisins du sud qu'à Montréal. Effectivement, en quelques mois, Gabriel avait amassé suffisamment d'argent pour s'embarquer et malgré les exhortations de ses amis, il avait pris le premier bateau en partance pour l'Europe.

Pour commencer à se haranguer sans ménagement dès les amarres levées. Il voyait encore les gratte-ciel de New York disparaître à l'horizon que déjà il regrettait sa décision.

La traversée avait été pénible. On était en automne et la mer était mauvaise. Le bateau tanguait au gré de vagues immenses et il avait été malade à s'en arracher le cœur.

Quand il avait enfin débarqué du vieux cargo rouillé, Gabriel était affaibli par le mal de mer qui avait fait la traversée avec lui; il était toujours en colère contre lui-même pour cette décision idiote; il était sans le sou.

Et pour aggraver le tout, il était au Portugal.

Et le Portugal, c'était loin de la France ou de l'Angleterre, au cas où Charlotte y serait toujours.

La première chose qu'il avait faite après s'être trouvé une minuscule chambre avec le peu d'argent qui lui restait, cela avait été d'écrire à Charlotte. Aujourd'hui, il connaissait son adresse et n'avait besoin d'aucun intermédiaire. Si elle n'était pas rentrée chez elle, on lui ferait parvenir son courrier. Sa réponse ferait foi de tout.

Si elle l'attendait toujours, il trouverait moyen de la rejoindre.

Si elle avait refait sa vie…

Sa réflexion n'avait jamais débordé de ces derniers mots. Il ne pouvait imaginer ce que serait toute une vie sans elle. Ils avaient déjà perdu assez de temps. Les années qui avaient passé et la trop longue absence avaient fait de Charlotte l'unique, la seule, la muse dont il avait besoin. Sa grande sensibilité d'artiste le rendait vulnérable au souvenir qu'il gardait d'elle. Depuis son départ pour Paris, Gabriel n'avait connu aucune aventure, lui pourtant qui avait aimé tant de femmes avant Charlotte. Il entretenait son amour pour elle par une fidélité toute nouvelle.

Et les semaines avaient passé. Gabriel s'était alors dit que Charlotte devait être encore quelque part en Europe et cela expliquait le délai.

Puis les semaines étaient devenues des mois et il était toujours sans la moindre nouvelle.

Au printemps, il avait compris qu'il n'y aurait pas de réponse.

Alors Gabriel s'était mis à cultiver la nostalgie et la déception qu'engendrait ce silence. Pourquoi ne pas avoir eu l'honnêteté de lui dire qu'elle avait quelqu'un d'autre dans sa vie ? Il avait donc si peu compté pour elle ? Il aurait eu besoin d'une explication claire pour arriver à faire la rupture. Car à ses yeux, il n'y avait qu'une seule et unique raison à cette absence de réponse : Charlotte avait quelqu'un d'autre dans sa vie. Mais qu'elle n'osait le lui avouer l'avait rendu profondément malheureux.

Toute cette complicité, cette passion entre eux n'avaient-elles été qu'un rêve, qu'une illusion ?

Pendant quelques jours, il avait erré comme une âme en peine, s'asseyant de longues heures au port, regardant les bateaux qui partaient.

Mais il avait besoin de manger comme tout le monde et il devait payer sa chambre. Alors il s'était remis à peindre plus régulièrement. Un peu de tout, des paysages surtout, montrant la place où il se trouvait parce que ces petites toiles se vendaient bien malgré les temps difficiles qui continuaient de sévir.

Et quand l'ennui était trop fort, il prenait d'anciens croquis pour faire un tableau de Charlotte. Ces jours-là, il restait à sa chambre et se complaisait de ce vague à l'âme qui magnifiait son art.

Puis il s'était décidé à écrire à ses amis qu'il avait négligés pour leur dire qu'il s'était bien rendu et qu'il faisait presque toujours beau mais qu'il s'ennuyait. Il avait parlé d'un retour éventuel quand il aurait suffisamment d'argent, ce qui, alors, était le principal problème de son existence.

Ils lui avaient rapidement répondu, disant que le propriétaire de la galerie new-yorkaise était intéressé à avoir encore de ses toiles. Elles se vendaient bien et attiraient les gens.

Alors Gabriel avait conclu une entente avec lui, s'accrochant à cette chance avec l'énergie du désespoir. Il ferait parvenir régulièrement des tableaux en attendant de retourner chez lui. Il ressentait une rage à peindre, comme si sa peine pouvait s'amenuiser au fil des dessins qu'il faisait.

Les œuvres qu'il réalisait étaient meilleures que jamais, sa douleur s'inscrivant jusque dans le choix de ses couleurs.

Des ventes réalisées ici, au Portugal, il tirait sa maigre pitance. De celles vendues en Amérique, il retirait l'argent pour son matériel et il en mettait de côté pour repartir. Au rythme où les choses se passaient, s'il n'y avait aucun pépin, il pourrait rentrer chez lui dans un an.

Cependant, malgré tout ce qu'il en pensait, au fil des jours qui passaient, cette résolution s'était mise à pâlir lentement.

Gabriel était toujours aussi obsédé par le souvenir de Charlotte, là n'était pas la différence entre hier et aujourd'hui. Homme d'extrêmes et de passion, il savait qu'il n'y aurait qu'elle jusqu'à son dernier souffle. Mais pourquoi s'obstiner à vouloir retourner chez lui ? Cela n'aurait rien changé à la situation puisque Charlotte ne l'aimait plus. La revoir, lui redire son amour aurait probablement été courir au-devant de souffrances inutiles.

Ici, le climat était merveilleux, les gens chaleureux. Gabriel qui avait toujours aimé peindre en extérieur pouvait le faire à satiété et à longueur d'année. Il s'installait sur la place publique, ou au port, ou à la plage et rapidement de nombreux badauds s'agglutinaient autour de lui en discutant. Souvent, il vendait la toile qu'il était à peindre, alors qu'à certains moments, les gens demandaient à visiter son atelier et repartaient avec une toile de Charlotte.

Il ne pouvait vendre ses œuvres très cher, les temps continuaient d'être difficiles en ces mois d'après-guerre. Mais la vie au quotidien était quand même moins ardue et Gabriel l'appréciait. Il mangeait à sa faim et il avait troqué sa petite chambre contre un logement plus vaste qui pouvait servir d'atelier et de logis.

Il vivait en solitaire, ce qui plaisait à sa nature un peu farouche. Même à Montréal, il comptait ses amis sur les doigts d'une main et le fait d'être seul ne l'incommodait pas. Il avait rapidement coupé les ponts avec sa famille quand celle-ci avait poussé de hauts cris devant son intention de devenir peintre. Et ce, sans le moindre remords. Il préférait vivre pauvre et heureux que riche et malheureux. Il avait tout juste dix-huit ans. Aujourd'hui, à plus de trente-cinq ans, il ne le regrettait toujours pas. Dans le quartier où il s'était installé, les gens le connaissaient, le saluaient, partageaient un pot avec lui à l'occasion et cela lui suffisait.

Et le temps continuait de passer.

On était déjà à l'été quarante-cinq. La guerre n'était plus qu'un souvenir douloureux, Charlotte aussi. Les moments de nostalgie et d'ennui étaient rares, mais quand ils venaient, ils étaient une vague immense qui engloutissait tout. Ces jours-là, Gabriel pouvait passer des heures et des heures à scruter la mer qui se perdait à l'horizon vers l'ouest, vers l'Amérique et il pensait à Charlotte.

Quand il s'apercevait horrifié que le souvenir de son visage se perdait dans la brume que le temps pose sur les gens et les choses, il repartait vers l'atelier et reprenait ses croquis pour faire une toile.

Et de faire renaître l'image de la femme qu'il aimait toujours arrivait à le rassurer pour quelque temps. Jusqu'au prochain ennui, jusqu'au prochain questionnement sur ce qu'aurait été sa vie s'il n'avait pas cédé, un jour, à l'envie d'aller en France...

Aujourd'hui, Gabriel avait décidé de s'installer au port à la brunante. L'éclat rougeoyant du soleil couchant en plein mois de juillet était particulier. La brillance de la grosse boule orangée se reflétait sur l'eau dans une gerbe de lumière féerique. Chaque fois qu'il avait la chance d'assister à cet embrasement, à ce mariage du ciel et de l'eau, Gabriel se jurait de ne jamais quitter le Portugal. Nulle part ailleurs il n'avait senti cette communion totale entre sa pensée et le monde des couleurs. Invariablement, il prenait une minute ou deux pour se repaître les yeux et le cœur de l'incandescence du ciel qui lui faisait penser à Charlotte, puis il sortait son matériel.

Ce soir, sachant que les marines se vendaient fort bien au pays de l'oncle Sam, il ferait quelques croquis et l'esquisse d'une première toile pour fixer les couleurs. Ainsi il aurait du matériel pour travailler en atelier les jours de pluie.

Il était à mélanger du jaune et du rouge pour créer cet orangé brillant qui faisait la magie de ce coucher de soleil quand il entendit une voix derrière lui. Il regarda tout autour et surpris, il constata qu'il n'y avait personne.

La voix était particulière, très attirante. À la fois grave, rauque et chantante, extrêmement sensuelle. Le temps de trouver le ton exact qu'il cherchait en ajoutant une pointe de jaune, puis Gabriel se retourna encore. Il dut faire un effort terrible pour ne rien laisser paraître de sa surprise. La voix si mélodieuse appartenait à une femme plutôt quelconque qui s'appuyait sur deux cannes en bois sculpté pour garder son équilibre. Sous la jupe ample qui descendait à mi-mollet, Gabriel aperçut les pieds tordus qui devaient rendre la marche impossible sans aide.

Même le visage était plutôt ingrat. Des rides au coin des yeux et la bouche aux lèvres minces laissaient supposer que cette femme avait beaucoup souffert. Mais le regard des yeux de braise brillait d'un tel éclat de détermination qu'il donnait à ce visage une sorte de beauté farouche qui attirait. Quand elle s'approcha de lui, Gabriel remarqua que la femme grimaçait d'inconfort. S'appuyant sur une canne, elle posa adroitement l'autre contre sa hanche et tendit la main vers lui.

— Maria-Rosa Rodriguès, fit-elle sans préambule, dans un français à peine hésitant et très mélodieux. J'aime ce que vous faites. Je suis venue à quelques reprises et mon opinion n'a pas changé.

— Je... merci.

Comme Maria-Rosa continuait de tendre la main, Gabriel n'eut d'autre choix que d'offrir la sienne à son tour en se présentant.

— Gabriel. Gabriel Lavigne.

Maria-Rosa le regarda longuement sans dire un mot. Puis elle reprit sa canne et reculant d'un pas, elle se concentra sur la toile.

— Je peins, moi aussi. J'ai en talent ce que la nature m'a refusé en beauté, dit-elle sans le regarder, sans complaisance et sans fausse modestie.

C'était direct. Une simple constatation. Et Gabriel le prit comme tel, ne sentant aucune prétention dans les propos de la femme. Il était clair que Maria-Rosa savait très bien ce qu'elle disait. Puis elle revint à Gabriel.

— J'ai du talent, répéta-t-elle. J'aime la peinture, c'est toute ma vie. Et je suis riche, ma famille est riche. Je cherche depuis longtemps déjà quelqu'un qui aimerait ouvrir une petite galerie doublée d'un atelier pour des cours. Je ne peux le faire seule, ma santé est trop précaire et ne me le permet pas. C'est un vieux rêve que de partager cette passion que j'ai pour l'art. Jusqu'à maintenant, malheureusement, je n'ai trouvé personne qui ait suffisamment de talent pour être professeur… Sauf vous, peut-être. Seriez-vous intéressé ?

Gabriel ne répondit pas immédiatement. Pourtant, la proposition était intéressante puisqu'il avait choisi de vivre ici pour un bon moment encore. Il aimait l'endroit, le climat et surtout, il avait fait son deuil de retrouver Charlotte.

Alors qu'attendait-il ? Pourquoi tant d'hésitation ? À trente-six ans, il était peut-être temps qu'il songe à s'installer quelque part pour de bon…

Gabriel regarda Maria-Rosa à la dérobée, mal à l'aise. Pourquoi pas ? C'était tentant. Toutefois, il n'arrivait pas à dire les mots qui l'engageraient. Il avait toujours été un peu nomade, n'aimant pas les amarres. Charlotte avait été la seule assise stable de sa vie. Et malgré la distance et les années passées sans la voir, elle l'était encore. Elle le serait pour toujours. Quant au reste, il avait toujours dit qu'il s'en fichait éperdument. Et il était sincère quand il avait dit cela. Malgré tout, Maria-Rosa avait fait naître une perception nouvelle de ce que pourrait être l'avenir dans ce pays, loin de Montréal. L'idée d'avoir quelque chose à lui, un but précis, une certaine reconnaissance était intéressante, séduisante même.

Toujours sans parler, Gabriel revint face à la toile à peine ébauchée. Ce qu'il aimait dans la vie, c'était peindre. D'abord et avant tout et même au-delà de l'amour qu'il éprouvait toujours pour Charlotte. Encore aujourd'hui, après plus de vingt ans à passer ses journées devant un chevalet, il était toujours aussi passionné de couleurs. Aimerait-il partager cette passion avec d'autres ? Peut-être. C'était là une perspective qu'il n'avait jamais envisagée mais qui, brusquement, lui semblait attirante. Un peu, finalement, comme lorsqu'il échangeait des idées avec ses compagnons d'atelier. Et d'avoir une petite galerie et quelques élèves procurerait cette sécurité qu'il avait toujours espérée et que la seule vente de ses toiles n'avait jamais pu lui assurer.

Avoir une école et une galerie lui permettrait peut-être d'oser croire qu'enfin l'avenir serait un peu prévisible et qu'il pourrait peindre tant et aussi longtemps qu'il en serait capable...

Il reporta les yeux sur Maria-Rosa. Bien campée sur ses jambes tordues, elle attendait. Gabriel ferma les yeux une fraction de seconde. Lui si sensible à la beauté, saurait-il partager son temps et ses ambitions avec une femme aussi démunie ?

— Mes amis disent qu'on finit par s'habituer à mon apparence, déclara-t-elle calmement dans un souffle de voix, presque un murmure, comme si cette mise au point était habituelle pour elle et comme si elle avait deviné les pensées de Gabriel.

Il se sentit rougir.

Qu'est-ce qui le retenait vraiment ? La laideur de Maria-Rosa ou la peur de créer des amarres qui le retiendraient ici contre sa volonté peut-être ?

Gabriel se décida d'un coup.

— D'accord. Je veux bien essayer. À certaines conditions cependant...

Et Maria-Rosa accepta ses conditions. Elle allait respecter son besoin de liberté et ses humeurs capricieuses, qui, certains matins, lui feraient fuir l'atelier comme s'il était pestiféré uniquement pour combler son envie viscérale de solitude.

Et Gabriel comprit rapidement à quel point elle avait raison: en quelques semaines à peine, il ne voyait plus le handicap de Maria-Rosa. Ce qu'il avait apprécié, toutefois, c'était le talent incroyable qui était le sien et son intelligence brillante. Maria-Rosa était une artiste qui peignait avec une sensibilité peu commune, dans un style qui se rapprochait des impressionnistes tout en étant très personnel. Et elle s'était avérée une femme d'affaires avertie.

L'automne était à peine commencé qu'ils avaient déniché le local, acheté le matériel, décoré la galerie d'art, sélectionné quelques toiles d'artistes locaux à exposer en plus des leurs et fait circuler de la publicité pour l'école.

La réponse fut enthousiaste à un point tel qu'ils durent refuser des élèves, faute de temps. Sur ce point Maria-Rosa et Gabriel étaient unanimes: ils avaient besoin de liberté pour se retrouver seuls devant une toile vierge. Si ce n'était pas quotidiennement, cela devait l'être très régulièrement.

Malgré tout, ils furent vite débordés.

Ils prirent donc l'habitude de travailler ensemble, tous les jours, à l'aube. Chacun devant sa toile, parfois dans un silence monacal, parfois en échangeant des confidences, comme si le simple fait de vivre une passion identique avait fait naître une complicité à travers les émotions, les espoirs, les déceptions...

Gabriel quitta son petit logement et s'installa dans l'arrière-boutique pour pouvoir peindre le plus souvent possible jusque tard dans la nuit s'il le fallait puisque le jour, la chose était de plus en plus difficile.

Quant à Maria-Rosa, elle restait souvent avec lui à peindre, à discuter ou tout simplement à se taire devant une pleine lune porteuse de mystère ou un lever de soleil plein d'audace. Ils apprirent à se connaître et à s'apprécier à travers leurs silences et leurs confidences.

Maria-Rosa parla de son enfance solitaire et des moqueries. De sa famille qui l'avait toujours secondée. Elle parla aussi de cette légende qui racontait qu'un sort avait été jeté à sa famille par un gitan dont on s'était moqué et que depuis, à chaque génération, un être difforme naissait. Mais chaque fois, cette personne avait un don particulier. Pour Maria-Rosa, c'était la peinture.

Gabriel parla de Charlotte et de son amour perdu, des amis qu'il avait en Amérique, de sa famille aussi qui contrairement à celle de Maria-Rosa, ne l'avait jamais soutenu à la poursuite de ses rêves.

Ce fut ainsi qu'une nuit, ils se retrouvèrent dans les bras l'un de l'autre. Rien n'avait prédit une telle chose, mais rien ne l'interdisait non plus. Solitude, envie de chaleur, besoin de partage… Gabriel ferma les yeux sur les milliers de raisons qui avaient pu les emmener là. Ne serait-ce que pour satisfaire un besoin physique qu'il avait ignoré pendant si longtemps. Tout cela n'avait pas d'importance.

Il y avait déjà tellement entre eux.

Maria-Rosa savait que Gabriel ne l'aimait pas de passion. Mais à ses yeux, cela non plus n'avait pas d'importance. La femme qui n'avait même jamais osé espérer que les mains d'un homme se poseraient sur son corps difforme baissa les paupières sur les larmes qui menaçaient de déborder en même temps qu'elle fermait les yeux sur l'image d'une femme drapée de rouge, si belle, si provocante et qui s'appelait Charlotte. Il y avait un grand tableau de cette femme jeune et belle juste devant elle, sur le mur. Elle savait que le cœur de Gabriel appartiendrait toujours à cette femme, et elle l'avait accepté depuis longtemps…

* * *

Gabriel fut éveillé par les cris insistants d'une bande de mouettes. Puis il sentit la chaleur de Maria-Rosa contre son dos et en un instant, il revit la nuit qu'ils avaient vécue.

Alors il se leva sans faire de bruit et marcha jusqu'au port.

L'aube n'était encore qu'une clarté au-dessus des toits, mais déjà quelques bateaux se préparaient à partir dans un grand bruit de chaînes et de voix qui s'interpellaient.

Gabriel eut la subite et douloureuse envie de partir lui aussi. « Tout laisser avant qu'il ne soit trop tard » pensa-t-il en se laissant tomber sur une grosse pierre.

Trop tard pourquoi, il ne voulait pas le savoir. « Juste trop tard » pensa-t-il encore.

Il savait qu'il était bien trop tard pour tant de choses.

Les larmes lui montèrent aux yeux. Larmes de regret sur un passé qu'il aurait voulu refaire. Larmes d'émotion sur un présent qui lui faisait battre le cœur plus fort qu'il ne l'aurait cru.

Gabriel avait l'impression que d'avoir fait l'amour avec une autre avait ressuscité Charlotte le temps d'une étreinte. Qui donc avait-il enlacé dans le noir ? Le souvenir de Charlotte ou une autre femme ?

Cette autre femme qui s'appelait Maria-Rosa...

La femme qu'elle était malgré son handicap.

Il y avait en elle une passion qui ressemblait tellement à celle que Charlotte mettait dans tout ce qu'elle faisait. Une même intensité, une même fougue, une même sincérité...

Alors pourquoi pleurait-il ?

Gabriel fixa la mer en y superposant l'image de Maria-Rosa. Il ne l'aimerait jamais comme il avait aimé Charlotte, mais il était attaché à elle. La passion que Maria-Rosa mettait dans ses dires et ses gestes l'obligeait à se dépasser et c'était bien qu'il en soit ainsi. Gabriel avait besoin d'être bousculé, stimulé. De façon différente, Maria-Rosa faisait naître la même folie créatrice que Charlotte avait déjà suscitée.

Alors pourquoi pleurait-il?

À cet instant, une pensée inavouable lui fit fermer les yeux.

Il fit un effort surhumain pour chasser cette pensée, mais elle s'était incrustée en lui à peine ébauchée, à la fois terriblement injuste mais lucide et froide.

Gabriel savait qu'il s'en voudrait toute sa vie de penser ainsi, mais il venait de comprendre pourquoi il pleurait.

C'était de colère envers lui-même et de désespoir entremêlé à cette colère.

Gabriel venait de se dire que s'il n'avait pas vraiment l'impression d'être infidèle à Charlotte en faisant l'amour à Maria-Rosa, c'était à cause de sa laideur.

Gabriel pleurait parce qu'il venait de comprendre que si Maria-Rosa avait été belle et en santé, il serait amoureux d'elle depuis longtemps.

Et c'était tout cela qui faisait si mal. Cet oubli de Charlotte qui venait de le frapper de plein fouet.

Il resta longtemps immobile à scruter l'horizon, à penser à Charlotte et à Maria-Rosa, le visage inondé de larmes.

Quand il revint à l'atelier, Maria-Rosa dormait encore. Alors il se pencha sur elle et l'éveilla d'un baiser sur le front. Ce qu'il ressentait pour Maria-Rosa n'avait rien à voir avec ce qu'il avait vécu avec Charlotte. C'était différent et cela le serait toujours. C'était peut-être normal, Gabriel ne tenait pas à le savoir. Mais après avoir pleuré sur son passé, alors qu'il regardait l'ouest avec tristesse, sachant que jamais il n'oublierait les bras de Charlotte, Gabriel avait choisi de donner une chance à l'avenir.

Et cet avenir, il le voyait aux côtés de Maria-Rosa.

Seul face à la mer, il avait compris que d'une certaine façon, même s'il avait toujours refusé de l'envisager en ce sens, il aimait aussi Maria-Rosa.

Et cela le rendait profondément malheureux quand il pensait à Charlotte. Charlotte qui n'avait jamais répondu à sa lettre et dont le silence l'empêcherait toujours de tourner définitivement la page…

* * *

Le mariage d'Émilie avait tout bouleversé. Les choix, les priorités, le quotidien. Tout, absolument tout, du lever au coucher, était enseveli sous une pellicule d'ennui, un spleen qui voilait jusqu'au soleil, lui qui, pourtant, avait été plus que généreux cet été. « Comme cela faisait des années qu'on ne l'avait vu » pouvait-on entendre un peu partout, encore aujourd'hui, alors qu'octobre était bien installé.

L'été 1945 aurait un statut particulier dans les annales de la météo.

L'été 1945 resterait en lettres rouges dans les annales personnelles de Blanche Gagnon.

Depuis le mariage d'Émilie, Blanche avait mentalement repris son nom de jeune fille. Comme si le fait d'avoir perdu sa petite Émilie avait mis un terme à une union qui, finalement, n'avait peut-être eu de sens qu'en fonction de cette enfant qui lui ressemblait tant.

Maintenant, Émilie volait de ses propres ailes. Émilie n'avait plus besoin d'elle. Ou si peu. Pour une recette parfois, ou un conseil. Mais ce n'était plus pareil.

La présence d'Émilie, un peu silencieuse, un peu boudeuse, lui manquait tellement.

Le seul répit qu'elle avait connu depuis ce samedi de juillet où

Émilie avait pris mari, c'était quand Anne était retournée en classe.

Dieu soit loué, il n'y aurait plus personne pour la surveiller.

Même si par acquit de conscience, la pauvre Blanche se trouvait toujours quelque prétexte pour descendre au sous-sol, qu'elle y puisait un semblant de justification, les incursions à la cave étant de plus en plus fréquentes depuis qu'Émilie avait quitté la maison, elle avait l'impression qu'Anne la surveillait, se posant mille et une questions.

Mais l'univers de Blanche était conditionné par un besoin de boire de plus en plus irrépressible et elle n'y pouvait rien changer.

Elle en avait même oublié que depuis le mariage, elle n'avait plus aucune raison d'être fébrile. Seul ce besoin viscéral de boire dictait ses gestes et ses pensées. Alors la présence d'Anne durant les vacances d'été s'était vite transformée en cauchemar : sa fille n'était là que pour la surveiller, à la demande de Raymond qui ne pouvait se permettre de rester lui-même, Blanche en était convaincue. Tout devint donc prétexte à réprimandes, à remarques, à paroles désobligeantes.

Tout, n'importe quoi pour qu'Anne sorte enfin de la maison.

Qu'elle aille au parc ou chez des amis n'avait pas la moindre importance. Blanche qui avait scrupuleusement surveillé tant les fréquentations que les allées et venues de ses deux aînées se fichait éperdument de savoir ce qu'Anne faisait de ses journées. Pourvu qu'elle ne soit pas là !

Dieu que cette enfant l'agaçait !

Pas comme Charlotte qui l'avait tant dérangée par ses questions à n'en plus finir ou ses regards accusateurs. Non, cela n'avait rien à voir. Au moins Charlotte était efficace.

Non, avec Anne c'était différent…

Blanche soupira.

En fait, et Blanche avait l'honnêteté de l'admettre, Anne l'énervait par sa seule façon d'être. Par sa seule présence. Pas aussi jolie qu'Émilie, moins brillante que Charlotte, elle n'avait rien d'attirant, rien pour justifier ne serait-ce que l'ombre d'une fierté. Elle mangeait comme un ogre, c'était dégoûtant ; elle rouspétait à rien, c'était fatigant ; elle l'obstinait à tout propos, c'était du dernier désagrément. Non, vraiment, Anne n'avait rien pour elle.

De toute façon, Blanche l'avait toujours dit : quarante ans, c'était beaucoup trop vieux pour avoir un bébé. Aujourd'hui, tout le monde en subissait les conséquences. Anne n'était pas à la hauteur de ses sœurs, pâle copie d'un mélange sans agrément, et elle, pauvre Blanche, devait encore s'occuper d'une petite fille à un âge où elle aurait eu le droit de se reposer.

Blanche soupira de nouveau.

Ce matin, il pleuvait des cordes, comme le disait son père quand il tombait un déluge.

À cette pensée, Blanche eut le cœur gros. Malgré toutes ces années écoulées depuis le décès d'Ernest Gagnon, sa présence lui manquait toujours autant. Elle se rappelait vaguement qu'il y avait eu une certaine époque où elle lui en avait voulu. Mais elle ne savait plus pourquoi. Et cela n'avait plus la moindre importance.

Aujourd'hui, c'était grâce aux intérêts des placements que l'avoué de son père administrait en son nom pour quelques années encore, tel qu'il avait été exigé dans le testament de son père, que Blanche pouvait boire incognito et sans avoir de comptes à rendre à personne.

Et pour cette raison, Blanche vouait un véritable culte à son père sans que les souvenirs n'aient besoin d'intervenir. Blanche buvait pour oublier la lourdeur de sa vie et c'était grâce à son père qu'elle pouvait le faire. Cela suffisait. Cela donnait un sens à tout le reste.

D'un café à l'autre, Blanche promena la nostalgie de sa jeunesse, errant dans les pièces de sa grande maison. « Immense même » pensa-t-elle, découragée. Maintenant que Charlotte et Émilie étaient parties, cette grande maison ne convenait plus. À l'étage, il y avait dorénavant deux chambres de trop.

— Deux chambres à dépoussiérer inutilement, soupira-t-elle en regardant autour d'elle.

Blanche était maintenant dans le salon. Un salon au plafond trop haut, aux murs couverts d'un lambris de chêne qu'elle aurait dû revernir depuis bien longtemps déjà. Comme l'encadrement des portes et fenêtres, d'ailleurs. Et peut-être repeindre la cuisine et...

Mais Blanche n'en avait pas envie.

Depuis le mariage d'Émilie qui l'avait meurtrie, depuis le départ de Charlotte qui l'avait laissée tomber, depuis la naissance d'Anne qui avait bouleversé sa vie, depuis tant et tant d'années, Blanche n'avait plus envie de rien.

Alors Blanche buvait.

Elle n'avait pas le choix. C'était cela ou la dépression, Blanche en savait un bout sur la question. Et comme elle gardait un horrible souvenir de son internement, Blanche prenait tous les moyens pour éviter une récidive. Internement... Juste le mot suffisait à la faire frissonner.

Alors Blanche buvait.

Elle buvait jusqu'au sommeil, elle buvait jusqu'à l'engourdissement. Elle buvait pour oublier que la vie n'était qu'une suite de journées trop pareilles, de journées sans consistance, de journées insipides...

Boire pour ne plus penser. Boire pour éloigner les migraines et espacer les crises de foie. Boire pour éviter d'être malade. Cela, personne ne le comprenait ni ne l'acceptait. Sauf peut-être Émilie. Mais Émilie n'était plus là pour lui tenir la main…

Alors Blanche buvait.

Elle n'avait pas choisi de boire, c'était la vie qui lui avait imposé ce choix. Ce n'était pas la même chose. Elle buvait pour ne plus jamais voir le regard dur que Raymond posait sur elle quand elle était malade.

Comme si elle faisait exprès d'avoir une santé fragile…

Heureusement, Marc n'était pas comme Raymond. Il était si gentil, si prévenant. Avec lui, Émilie ne risquait pas de souffrir de l'incompréhension d'un mari insensible à sa douleur. Et si Blanche était malheureuse de savoir sa fille loin d'elle, au moins savait-elle se réjouir de la chance qu'Émilie avait eue de croiser la route de Marc. Et tant pis pour elle. Blanche avait passé sa vie à se sacrifier pour les siens. Elle était habituée.

Elle jeta un regard déprimé sur la pluie qui ruisselait sur les carreaux. Pas question de lavage aujourd'hui.

Il lui fallait bien trouver une raison pour descendre à la cave.

Un rien ferait l'affaire, mais il lui fallait une raison. Un bruit insolite, une couverture qui gardait un fond d'humidité dans ses plis, une boîte à ranger, une autre à monter juste au cas où le temps fraîchirait. Tout, n'importe quoi, mais quelque chose… C'était devenu une lubie, mais si le protocole n'était pas respecté, Blanche savait qu'elle ne serait pas détendue et qu'ainsi, demain, elle aurait mal à la tête. C'était immanquable.

Elle pensa alors à la boîte de vieille paperasse qu'elle avait au sous-sol. Quoi de mieux qu'une journée de pluie pour trier de vieux papiers ? Cette même boîte avait d'ailleurs souvent servi de prétexte pour descendre à la cave. La dernière fois, c'était pour y déposer une liasse de feuilles qu'Émilie lui avait remise, quelques semaines avant son mariage.

— Tiens, c'est pour jeter, avait-elle dit en déposant une pile impressionnante sur la table.

— Tout ça ? Tu as vérifié, au moins ?

Émilie avait haussé les épaules, l'esprit déjà ailleurs.

— Pour quoi faire ? Je n'ai jamais rien eu d'important...

C'est ainsi que Blanche en avait profité pour faire une visite à la cave où elle avait déposé les papiers d'Émilie avec ceux qu'elle retirait régulièrement de son tiroir à correspondance pour les entreposer dans une vieille boîte au lieu de les jeter.

— Un jour, murmurait-elle invariablement, je ferai le ménage dans tout ça.

C'était surtout une bonne raison pour aller en bas...

Et elle venait de décider qu'aujourd'hui était la journée idéale pour trier des papiers.

Quand elle remonta de la cave, une vingtaine de minutes plus tard, elle se sentait déjà beaucoup mieux. Les vilains frissons du matin avaient disparu, son vague à l'âme aussi.

Elle déposa son encombrant fardeau sur la table, refit du café pour l'haleine au cas où Raymond déciderait de venir manger ce midi, ce qui était plutôt rare, mais sait-on jamais...

Les papiers d'Émilie étaient sur le dessus et Blanche en fit l'inventaire rapidement. Effectivement, il n'y avait rien d'important. Que d'anciennes notes de cours, quelques dessins sans grande valeur. Elle en fit une pile qu'elle irait jeter dans la poubelle dehors.

Puis elle opta pour un second café sans le moindre remords. Avec la fin de la guerre, Blanche pouvait souscrire sans compter à ses deux passions : l'alcool et le café ! La tête lui tournait un peu et Blanche aimait cela. Elle aimait cette sensation d'être à la limite du réel et du fantasme. Autour d'elle, c'était le décor coutumier mais en mieux. Comme si une lumière particulière éclairait la cuisine, donnant un certain relief aux armoires défraîchies qu'elle se promettait de repeindre un jour.

Quand elle était dans cet état d'euphorie, Blanche arrivait encore à s'inventer des projets et elle y croyait.

À jeun, il n'y avait plus rien devant elle et pas beaucoup plus derrière pour donner un sens à sa vie. Alors que maintenant, le simple fait de trier des papiers inutiles lui apparaissait comme d'une importance capitale et lui faisait sentir que la journée n'aurait pas été vaine…

Blanche revint s'asseoir avec un café brûlant qu'elle se mit à déguster à petites gorgées gourmandes.

Dans la boîte, il n'y avait que des papiers sans importance: quelques vieux comptes déjà payés et autres réclames publicitaires périmées.

Elle se lassa rapidement d'en faire l'inventaire.

Alors qu'elle s'apprêtait à tout retirer en vrac ce qui restait au fond de la boîte, elle tomba sur une enveloppe encore cachetée.

Une enveloppe adressée à Charlotte.

Une lettre qu'elle s'était promis de faire suivre et qui, d'une semaine à l'autre, s'était retrouvée en dessous de la pile des papiers inutiles pour finalement aboutir à la cave.

Machinalement, Blanche la prit entre ses doigts et se retourna face à la fenêtre pour la tenir à contre-jour, comme si cela pouvait permettre d'en connaître la teneur…

Elle soupira devant l'opacité du papier.

Mais qui donc avait pu faire parvenir une lettre à Charlotte? La seule qu'elle ait reçue ici depuis son départ.

Elle essaya de voir à quel endroit elle avait été oblitérée, mais l'inscription était diffuse.

Et depuis quand était-elle arrivée, cette lettre ?

Blanche fronça les sourcils. Elle ne s'en souvenait pas. C'était donc que cela devait quand même faire un certain temps et qu'il était probablement trop tard pour l'envoyer à Charlotte.

Tant pis.

Blanche la déposa sur les papiers à jeter. Pour aussitôt la reprendre et la fixer longuement, sa curiosité mise à l'épreuve.

Elle se décida subitement et la décacheta. Elle n'avait pas vraiment le choix. Comme cela, si c'était important, elle pourrait en parler à Charlotte. Sinon, au moins ne se tourmenterait-elle pas inutilement. Elle avait déjà suffisamment d'embêtements comme ça. À commencer par Émilie qui n'était plus là et Anne qui l'impatientait à tout propos.

Ayant trouvé justification à son geste, Blanche eut l'idée de commencer par regarder la signature. Cela lui permettrait de se faire une opinion.

Un homme, un certain Gabriel, écrivait à sa fille.

Blanche fronça les sourcils. Mais pourquoi, bon sang, un homme écrivait-il à sa fille ? Charlotte était mariée, non ?

Blanche se dépêcha de lire, butant sur les mots qu'elle faisait défiler de plus en plus rapidement tout en se mettant à rougir. Cette flamme qu'elle sentait brûler enlacée aux mots, cette intimité qu'elle suggérait, cette indécence à la fin quand ce Gabriel disait que…

Blanche ferma les yeux un instant.

Doux Jésus, c'était inavouable, mais Charlotte avait un amant ! Seule une aventure torride pouvait inspirer de tels mots, même si Blanche avait de la difficulté à imaginer qu'une telle chose soit possible. Les mots employés dans cette lettre ne laissaient place à aucune autre interprétation : Charlotte avait partagé une intimité tout à fait déplacée avec ce Gabriel et comme son mari s'appelait Andrew, ce ne pouvait être qu'un amant. Tout cela était si dégoûtant, si dévalorisant, si…

Elle ouvrit précipitamment les yeux pour essayer de faire mourir les images gênantes qui s'imposaient à son esprit.

Puis elle soupira d'impatience.

Elle le savait, c'était prévisible: laissée à elle-même, Charlotte n'en ferait jamais d'autres. Elle était trop impulsive, trop écervelée pour bien mesurer l'étendue de ses gestes.

Blanche déchira la lettre en mille morceaux. Avec colère. Personne jamais ne saurait qu'un jour, sa fille avait reçu pareil ramassis d'obscénités. Et tant mieux si le fait de ne pas avoir fait suivre la lettre avait permis de mettre un terme à cette aventure. C'était là tout ce qu'elle espérait. Quand même, Charlotte était mariée…

Elle porta aussitôt la pile de papiers et les confettis de la lettre dans la poubelle extérieure malgré la pluie.

Puis elle revint dans la cuisine en frissonnant. Mais Blanche savait que ses frissons n'avaient rien à voir avec la température. C'était toutes ces images que les mots avaient inspirées.

Elle regarda autour d'elle en se tordant les mains. Si Raymond avait eu la présence d'esprit de ne pas autoriser sa fille à partir, aussi, rien de tout cela ne serait arrivé.

Tout était de sa faute. Et depuis toujours. Raymond avait toujours eu une préférence pour Charlotte et toutes les faiblesses à son égard. Aujourd'hui, Blanche était à même de constater les résultats: sa fille n'avait aucun sens des valeurs, aucun respect.

Sa fille avait un amant.

Blanche regarda autour d'elle, déstabilisée. Mais pourquoi avait-elle lu cette lettre-là aussi? Au lieu de se sentir rassurée devant ce qu'elle espérait n'être qu'une insignifiance, voilà qu'elle allait s'en faire à ne plus pouvoir dormir. D'autant plus que

Charlotte était au bout du monde et qu'il lui était impossible d'intervenir...

Puis Blanche fit la moue.

Mais peut-être, par contre, que de ne pas avoir envoyé cette lettre maudite avait permis d'éviter une catastrophe.

Blanche était hésitante, ne sachant que penser. Puis elle releva la tête, rassurée.

Elle avait bien fait de ne pas avoir envoyé la lettre, puis de l'ouvrir.

Oui, c'était bien d'avoir agi ainsi. Par instinct maternel, Blanche avait exactement fait ce qu'il fallait faire.

Elle poussa un profond soupir de soulagement.

Et attrapant la boîte par un coin, elle redescendit aussitôt à la cave pour la ranger.

Il était midi trente.

Raymond ne viendrait donc pas manger et Anne n'arriverait que dans quatre heures.

Blanche lança la boîte par-dessus certaines autres avant de se diriger vers le fond de la cave où elle gardait sa réserve d'alcool, bien camouflée au fond de la boîte des vieux vêtements de bébé.

Elle avait amplement le temps de prendre juste ce qu'il fallait de brandy pour avoir envie de dormir afin d'oublier cette horrible matinée...

Quand Anne revint de l'école, en fin d'après-midi, Blanche dormait toujours. Affalée sur le canapé du salon, elle ronflait la bouche grande ouverte.

Anne dessina une moue de dégoût.

Elle n'avait jamais trouvé sa mère très jolie, même si autour d'elle on disait que Blanche était une belle femme. Elle ne voyait pas en quoi Blanche pouvait être si belle que cela. Mais peut-être était-ce parce que les étrangers ne la voyaient pas comme elle en avait l'occasion. Quand Anne retrouvait sa mère ainsi endormie, elle ne pouvait faire autrement que de la trouver laide. Dans le sommeil, Blanche semblait aussi ridée qu'une sorcière, sa bouche était toujours ouverte de sorte qu'on voyait qu'il lui manquait une dent à l'arrière et Anne n'aimait pas cela.

Mais à quoi bon en parler ?

Même si Charlotte avait fini par lui écrire pour lui dire de se confier à leur père, Anne savait qu'elle n'en ferait rien. Parce que cela ne donnerait rien. Blanche arriverait à convaincre Raymond qu'elle avait eu une attaque de crampes ou une migraine et on passerait à autre chose. Comme l'autre jour quand elle était tombée et qu'Anne avait eu si peur. Comme tous ces jours où Blanche ne ressortait de sa sieste qu'au moment où Raymond revenait du bureau, se plaignant d'une forte migraine. Son père levait alors les yeux au ciel, sa moustache frémissait d'impatience avant de regagner la cuisine pour préparer lui-même le repas. Mais il ne disait jamais rien. Même le fait que sa mère soit tombée, l'année dernière, n'avait rien changé. Après quelques jours de présence plus assidue, son père avait recommencé à partir tôt et à rentrer tard. Bien sûr, durant les fins de semaine, il arrivait souvent que le père et la fille se paient du bon temps ensemble. Et Anne l'appréciait. Surtout quand il l'emmenait au concert. Anne adorait la musique. Mais cela ne réglait pas le problème de tous les autres jours. Tous ces après-midi où Anne trouvait sa mère endormie, ou tout simplement impatiente de la voir.

Même qu'avec le temps, Anne en était venue à préférer les colères de Blanche à ses périodes de somnolence. Ce sommeil profond, comme celui d'aujourd'hui, dont une fois sur deux, Blanche semblait émerger vacillante, les yeux hagards plus qu'elle ne s'éveillait vraiment. Dans ces moments-là, Blanche avait le geste vague, la démarche instable et le propos souvent incohérent.

Ces jours-là, Anne avait tellement peur que sa mère ne tombe encore.

Et ces jours-là, l'attitude de sa mère n'avait rien à voir avec ses migraines où elle ressortait de sa chambre après la sieste en se lamentant.

Il y avait une différence énorme entre Blanche qui dormait au salon et Blanche qui dormait dans sa chambre.

Mais Anne n'en parlait pas. À quoi bon ?

Mais pour l'instant, par chance elle dormait encore.

Alors sans faire de bruit, Anne regagna sa chambre et resta un instant sur le seuil de la pièce, se demandant ce qu'elle allait faire pour passer le temps en attendant que son père revienne.

Elle n'avait pas particulièrement envie de faire ses devoirs. De toute façon, qu'importe les efforts qu'elle y mettait, Blanche trouvait toujours matière à rouspéter.

Anne grimpa donc sur son lit, ouvrit les rideaux et s'amusa pendant un moment à regarder les gouttes de pluie qui glissaient sur les carreaux. Puis tout doucement, impulsivement, elle commença à se balancer d'avant en arrière comme elle le faisait toujours quand elle se sentait malheureuse.

C'était plus fort qu'elle. Quand elle trouvait sa mère endormie dans le salon et qu'elle ronflait, la petite fille avait toujours une seule et unique pensée : un jour, elle la retrouverait morte sur le canapé du salon. Même si elle ne l'aimait pas beaucoup et que sa mère lui faisait un peu peur, cette idée était encore plus effrayante.

Ce fut là que Raymond la trouva en entrant du travail après un détour à la cuisine où Blanche était à préparer un repas rapide.

— Je m'excuse, mon pauvre Raymond, mais on va devoir se contenter d'un en-cas. J'ai eu une de ces migraines, aujourd'hui…

Raymond avait retenu le soupir qui lui était venu spontanément aux lèvres. Puis il avait regardé autour de lui.

— Et Anne, elle est ici?

Blanche avait haussé les épaules.

— Dans sa chambre, probablement.

Blanche espérait seulement qu'elle disait vrai, car elle n'avait pas la moindre idée de l'endroit où se trouvait sa fille.

Raymond avait grimpé les marches deux par deux.

Et c'était là qu'il avait trouvé Anne, toujours assise sur son lit. Elle se retourna en sursautant quand son père ouvrit la porte.

— Qu'est-ce qui se passe, ma puce? Et qu'est-ce que tu fais là, toute seule, assise dans le noir?

Anne haussa les épaules.

— Rien. J'essaie de trouver le courage de faire mes devoirs.

Raymond tourna l'interrupteur et vint la rejoindre en riant.

— Alors là, jeune fille, vous allez trouver le temps bien long s'il vous faut du courage pour faire vos devoirs en troisième année. Les devoirs, ça ne fait que commencer pour vous.

— Je le sais bien…

Sur ce, Anne revint face à la fenêtre, un peu mal à l'aise. En fait, elle n'avait dit qu'une demi-vérité à son père. Bien sûr, c'était vrai qu'elle devait toujours faire un effort pour se mettre à l'ouvrage car, si elle aimait l'école, ce n'était pas le cas pour les devoirs. Elle avait toujours trouvé qu'ils étaient de trop dans une journée. Non, cet après-midi, elle avait plutôt pensé à la lettre de Charlotte dont elle s'ennuyait beaucoup. Si sa grande sœur avait été là, sans doute qu'elle aurait compris ce qu'Anne essayait de dire quand elle affirmait que leur mère n'était pas toujours malade de la même façon. Charlotte prenait toujours le temps de l'écouter quand Anne avait quelque chose à dire ou à demander. Puis de fil en aiguille, Anne s'était mise à réfléchir pour trouver une solution à son problème sans avoir à donner trop d'explications. Même si Charlotte disait qu'elle pouvait se confier à leur père, Anne n'en était pas encore convaincue. Cependant, elle avait peut-être trouvé quelque chose. Elle tourna les yeux vers son père.

— Papa, j'aimerais ça suivre des cours de piano.

L'idée était lancée. Mais contrairement à ce qu'elle craignait, Raymond ne semblait pas surpris outre mesure.

— Des cours de piano ? Et pourquoi ?

Anne n'osa dire que c'était d'abord et avant tout parce que ces cours se donnaient l'après-midi après les heures de classe et qu'ainsi, elle n'aurait plus à revenir à la maison trop tôt. Par contre, son père savait qu'elle aimait la musique et elle espérait que ce serait suffisant pour le convaincre.

— Pourquoi le piano ? demanda-t-elle encouragée par la lueur d'intérêt qu'elle avait vue dans le regard de Raymond. Parce que j'aime bien le son du piano et que c'est le seul instrument qu'il y a à l'école. On peut même faire les pratiques à l'école si on n'a pas de piano chez nous. C'est bien, non ?

Raymond hésita à peine. Pourquoi pas ? Anne était si peu exigeante qu'il ne voyait pas au nom de quoi il aurait pu refuser. Et il savait qu'elle aimait beaucoup la musique.

— Marché conclu ! Demain je communique avec la directrice de ton école et on va voir ce qu'on peut faire pour que tu suives des cours de piano.

— Merci papa !

Anne était rose de plaisir et n'en revenait pas que ce soit si facile. Mais presque aussitôt, elle ravala son sourire en fronçant les sourcils.

— Tu n'en parles pas à maman avant de décider ?

Habituellement, aucune décision ne se prenait sans l'accord de Blanche, cela faisait longtemps qu'Anne l'avait compris. Mais il semblait bien que cette fois-ci ce serait différent, car Raymond avait entouré ses épaules avec son bras et il était en train de glisser un doigt sous son menton pour la regarder droit dans les yeux. Quand son père faisait ce geste, c'était toujours bon signe.

— Et pourquoi devrait-on toujours attendre après maman, veux-tu bien me le dire ? C'est à moi que tu as demandé des cours et il se trouve que je suis d'accord avec toi. C'est une excellente idée que tu as eue là. Je sais à quel point tu aimes la musique. Alors, promis, demain je vais appeler à l'école. Cependant, il faut que tes notes continuent d'être bonnes. L'un n'ira pas sans l'autre.

À ces mots, Anne blottit sa tête contre la poitrine de son père. Et si Charlotte avait raison ? Peut-être bien, après tout, qu'elle pouvait faire confiance à papa. Elle resta un instant tout contre lui puis elle leva la tête.

— Promis papa. Je vais faire de mon mieux.

Puis après un bref silence, Anne ajouta :

— C'est drôle papa, mais avec des cours de piano, j'ai l'impression que même les devoirs vont être plus faciles à faire…

Quand Raymond regagna son étude le lendemain matin, il avait toujours en tête la promesse qu'il avait faite à sa fille et celle qu'il s'était faite à lui-même de l'emmener plus souvent au concert. C'était une excellente idée qu'Anne avait eue là. Même si ce ne devait permettre que d'étirer le temps. Raymond était tout à fait conscient que cela ne devait plus être très drôle de revenir chez elle après l'école sans la présence d'Émilie pour mettre un peu de vie dans la grande maison. Il connaissait suffisamment

Blanche et ses humeurs capricieuses pour deviner l'atmosphère qui régnait chez lui quand il n'y était pas.

Et il savait que sa femme buvait.

L'odeur qu'elle dégageait parfois le soir quand il rentrait ne pouvait tromper. Mais comment la confronter ? Malgré des recherches assidues, il n'avait jamais trouvé la moindre bouteille. Et sans preuve, il ne servait à rien d'essayer de lui parler. Blanche nierait en bloc, se mettrait à pleurer et l'accuserait de ne jamais rien faire pour la comprendre. Il ne lui restait plus qu'à être vigilant et espérer qu'Anne ne se doute jamais de rien.

Il espérait surtout que l'incident de l'année précédente ne se reproduise jamais.

Il pleuvait toujours et comme il était encore très tôt, Raymond dut faire un peu de clarté pour y voir quelque chose dans la pièce. Il remarqua aussitôt le courrier que Carmen avait placé en évidence sur son bureau. Hier, il avait passé l'après-midi chez une vieille dame pour l'aider à faire son testament et il était rentré directement à la maison après son rendez-vous. Parmi les habituelles factures et publicités, il y avait trois lettres personnelles. Deux d'entre elles venaient de Charlotte. Une pour lui et une autre pour Anne. Raymond dessina un large sourire en écartant les deux enveloppes. Il lirait la lettre de Charlotte un peu plus tard. Juste savoir que des nouvelles de sa Charlotte étaient arrivées faisait partie du plaisir et souvent il s'amusait à étirer l'attente. Quant à la troisième enveloppe…

Il l'ouvrit sans tarder et sa main se mit à trembler légèrement quand il reconnut la signature d'Antoinette au bas d'une simple feuille. Dans un style sobre et ému, elle lui annonçait le décès de son mari.

« …heureusement, il n'a pas souffert et il n'aura pas connu l'humiliation d'être diminué. Un homme comme lui ne l'aurait jamais accepté. Pour ma part, j'ai décidé de prendre sa relève et je continue d'administrer l'imprimerie qu'il avait fondée... Je crois que c'est préférable comme cela pour nous deux et pour Jason, même si en ces moments difficiles, ta présence me manque beaucoup... »

Raymond laissa tomber la lettre sur son bureau et se cala dans son fauteuil. Au-delà du fait qu'il était sincèrement désolé pour elle et déçu de voir qu'elle ne songeait nullement à revenir à Montréal pour l'instant, c'était une tout autre évidence qui l'avait heurté de plein fouet quand il avait reconnu son écriture.

Était-ce un signe du destin ?

Raymond reprit la lettre pour la relire machinalement.

Pourquoi ce matin justement ?

Raymond ne comprenait pas pourquoi chaque fois qu'il décidait de s'occuper un peu plus d'Anne, Antoinette faisait irruption dans sa vie...

QUATRIÈME PARTIE

1947-1948

« Les plus ardentes flammes de joie sont souvent allumées par suite d'étincelles inattendues. »

DR JOHNSON

Chapitre 17

Le retour de Charlotte

On était enfin arrivé aux giboulées de mars. Le printemps, le vrai, ne devrait plus tellement tarder.

Tant mieux. L'hiver avait été long, trop long. Froid, trop froid…

Émilie croisa les bras sur sa poitrine en refermant étroitement les pans de son châle sur ses épaules. Depuis le saut du lit, elle frissonnait sans pouvoir se contrôler.

En réalité, c'était depuis l'automne qu'Émilie était frigorifiée en permanence.

Elle savait que la température n'était pas la seule responsable. En elle, tout espoir était probablement mort, car seule la mort pouvait provoquer un froid aussi insidieux qui la glaçait jusqu'à l'âme. Même si elle refusait de se l'avouer.

Debout dans la deuxième chambre, la chambre inoccupée, Émilie avait décidé que ce matin serait un matin de deuil. Elle ne pouvait pas passer sa vie ainsi à errer d'une pièce à l'autre sans autre but que d'attendre et de surveiller. Elle voyait bien que Marc commençait à s'impatienter. Et sans lui donner raison, elle pouvait comprendre.

Elle tourna sur elle-même, lentement. Il n'y avait que des murs blancs, la porte du garde-robe était entrouverte et la fenêtre verrouillée. Elle s'en approcha. La vue donnait sur la cour. Un tout petit carré de neige sale en hiver et de gazon jauni en été, mais il aurait été suffisant pour quelques jeux d'enfant. Et les branches du gros érable auraient été complices de ce beau rêve en tamisant adroitement la clarté du matin si…

Émilie soupira en revenant face au vide immense de la pièce.

Depuis qu'elle était mariée, Émilie avait l'impression que sa vie se résumait à des si et des peut-être...

De grosses larmes rondes glissèrent sans retenue sur ses joues quand elle imagina les murs tendus de rose avec une ribambelle d'oursons joufflus. Dans le coin, elle voyait une commode d'un jaune très pâle avec une veilleuse vert pomme. Et quelques poupées sur une étagère, jaune elle aussi, tenant compagnie à un carrousel multicolore, et près de la chaise berçante qu'Émilie aurait installée à côté de cette haute fenêtre qu'elle voyait habillée de rideaux diaphanes, il y aurait eu un cheval de bois comme elle avait toujours rêvé d'en avoir un mais qu'elle n'avait jamais eu, car Blanche disait que c'était un jeu de garçon...

Cette deuxième chambre aurait dû être celle de leur fille. Car cela ne faisait aucun doute pour Émilie, ils auraient eu une fille.

Mais il semblait bien qu'il n'y en aurait pas. Pas plus que de garçon d'ailleurs. Ni aujourd'hui ni plus tard.

Les larmes d'Émilie redoublèrent.

Elle avait tant rêvé d'avoir des enfants. Les enfants de Marc. Mais la vie lui refusait cette grâce.

Comme elle lui avait refusé la santé.

Pourquoi? Pourquoi elle et pas une autre? Pourtant, Émilie avait payé son dû, non? Les crampes, les douleurs parfois atroces ne suffisaient donc pas? Il fallait qu'en plus, elle ait marié le mauvais homme. Pourtant, elle aimait tellement Marc. Quand il y a autant d'amour, il devrait toujours y avoir des enfants. La vie était injuste.

Émilie avait tout fait ce qui était humainement possible de faire pour s'approcher d'une certaine normalité quand elle avait compris, d'un mois à l'autre, qu'elle n'était toujours pas enceinte.

Elle en avait parlé à sa mère qui, avec les mêmes troubles de santé qu'elle, avait quand même eu trois bébés. Peut-être pourrait-elle la conseiller? Blanche avait été formelle.

— Prends-tu tes médicaments comme je te l'ai déjà dit?

Émilie avait rougi.

— Pas vraiment, pas régulièrement. Je... Il me semble que ça ne va pas si mal.

— Voilà l'erreur.

Blanche avait alors brandi son index accusateur. Celui qu'elle promenait toujours quand elle savait avoir raison.

— Moi, je n'ai jamais manqué une seule journée, tu sauras. Un intestin nerveux comme le nôtre a besoin d'être contrôlé. Va donc savoir si le fait d'avoir des crampes et des diarrhées n'influence pas tout le reste... Moi, je crois que oui, puisque j'ai pu avoir trois bébés sans problème et que j'ai toujours régularisé mon système avec des médicaments. La régularité, Émilie, la régularité! Il me semble que tu l'avais compris. Essaie, tu ne risques rien.

C'est vrai, Émilie n'aurait jamais dû l'oublier, chez les Gagnon, la famille de sa mère, la régularité était une religion! Et s'ils avaient raison? Émilie était revenue chez elle, le moral remis au beau fixe. S'il n'en tenait qu'à cela, dans un mois, elle serait enceinte.

Elle avait donc sorti les bouteilles de la pharmacie afin de les poser en évidence sur le rebord de la fenêtre de cuisine pour être bien certaine de ne pas les oublier et elle avait tenu tête à Marc qui ne voyait pas en quoi une crampe par-ci par-là ou une petite diarrhée pouvaient jouer un rôle aussi important dans le fait de ne pas avoir encore conçu de bébé.

Et les crampes avaient repris comme avant, mais qu'importe puisqu'au moins Émilie connaissait une certaine régularité et qu'ainsi elle était normale. Illusion de normalité qui faisait d'elle une femme comme les autres, une femme comme toutes celles qu'elle croisait sur la rue et qui promenaient fièrement un gros ventre devant elle.

Depuis qu'elle était mariée, Émilie n'avait jamais tant vu de femmes enceintes. Il y en avait partout!

Alors elle serrait les dents sur les douleurs qui étaient revenues, régulières, comme un cycle en elle, de plus en plus serré, les périodes de répit s'espaçant pour n'être plus que des accidents. Mais Émilie tenait bon. Si sa mère disait que c'était important d'être régulière côté intestin, ce devait l'être.

Jusqu'au jour où Marc s'était emporté devant une Émilie blafarde qui picossait dans son assiette sans grand appétit.

— Ça suffit!

Nul besoin de demander ce qu'il avait voulu dire, Émilie s'en doutait. Sous ses cils baissés, elle avait glissé machinalement un regard vers la fenêtre. Et Marc avait suivi ce regard pour venir buter à son tour sur les bouteilles qui montaient la garde devant leur bonheur encore fragile. Si jamais celui-ci finissait par s'enfuir, ce beau bonheur auquel il tenait tant, ce serait ces bouteilles maudites qui lui auraient montré la porte de sortie.

Marc était revenu à Émilie qui baissait toujours la tête et son cœur s'était serré. Déjà si menue, s'il fallait qu'en plus elle cesse de manger...

— Tu crois que c'est bien d'agir comme tu le fais? avait-il alors demandé tout doucement.

Un subtil mouvement de l'épaule avait indiqué l'ignorance. Ou peut-être l'indifférence. Puis, un murmure résigné:

— Je ne sais plus... Il n'y a rien qui marche.

Encore une fois, pas besoin d'être plus explicite, ils savaient tous deux de quoi il était question.

— Et si tu consultais ?

Émilie avait failli dire pourquoi moi ? Spontanément, comme un geste de défense. Le « tu » que Marc avait employé l'avait renvoyée à ses éternels problèmes de santé et cela lui avait fait mal. Encore différente, encore coupable de causer des problèmes. Émilie avait soupiré. Mais Marc devait avoir raison puisque les avatars de santé étaient nés en même temps qu'elle, selon Blanche, et lui collaient à la peau depuis toujours. Le fait de ne pas avoir de bébé devait, sans aucun doute, être une autre facette de ce qu'elle était foncièrement : une femme fragile, sans consistance.

Une femme inutile, finalement...

Les larmes lui étaient montées aux yeux en même temps qu'elle avait acquiescé à la demande de Marc faute de trouver mieux.

— D'accord. Je pense que tu as raison. Je vais consulter.

Émilie avait donc consulté. Dès le lendemain. Le même vieux médecin qui l'avait déjà opérée pour ses douleurs menstruelles. Selon Blanche, on ne devait jamais s'en remettre à tous ces jeunes médecins qui ne vous prennent au sérieux que dans la mesure où vous pouvez leur servir de cobaye. Elle l'avait tellement dit souvent que sans même y penser à deux fois, Émilie lui avait donné raison. De toute façon, elle ne connaissait aucun autre médecin dans ce domaine.

Le vieil homme l'avait reconnue tout de suite et l'avait rassurée d'un même souffle.

— On ne peut se prononcer après quelques misérables petits mois.

— Vous croyez ? Ça ne veut pas dire que je suis anormale ?

— Anormale ?

Le médecin avait froncé les sourcils. Malheureusement, ou

heureusement, il ne savait trop quoi penser, il connaissait Blanche et devinait que ce mot venait tout droit du dictionnaire personnel de cette femme qu'il n'avait jamais tellement aimée. Elle l'appelait au moins deux fois par mois, pour toutes sortes d'extravagances maintenant qu'elle disait que la ménopause la guettait. Il avait retenu un soupir d'impatience. Pauvre enfant ! Cela ne devait pas être très drôle tous les jours d'avoir une femme comme Blanche pour mère. Il avait donc voulu la rassurer même s'il était persuadé que la jeune femme s'en faisait pour rien.

— Anormale, avait-il répété, nous ne croyons pas. Pas du tout, même. Avez-vous vos règles régulièrement ?

— Je... Oui, tous les mois.

— Alors pas de problème de fécondité. Si vous avez vos règles, c'est signe, hors de tout doute, que vous ovulez normalement. Le reste doit suivre son cours.

— Mais pourquoi est-ce que je ne suis pas enceinte, alors ?

— Pour des tas de raisons, peut-être, avait-il éludé de sa voix mielleuse qui avait le don d'agacer Émilie tout autant que cette manie de parler de lui-même au pluriel.

— Mais encore, avait-elle insisté pour être bien certaine de ne pas retourner chez elle aussi inquiète qu'avant sa visite.

Le médecin avait soupiré encore une fois. Que de temps perdu ! Il ne voulait surtout rien préciser, la pente risquait d'être glissante. Il se souvenait trop bien de ce qui l'avait amené à soigner Émilie, à la demande de Blanche. Il se souvenait trop bien de ce cas où il avait mentalement qualifié sa patiente de gamine capricieuse, un peu comme sa mère. Il n'irait pas plus loin que des suppositions pour éviter qu'elle ne se pende au téléphone à son tour au moindre retard. Émilie était probablement trop fragile, trop chétive, trop nerveuse pour enfanter... Il l'avait souvent vu... Mais il se pouvait aussi que le problème soit ailleurs. Cela aussi, il l'avait souvent vu. Le vieux médecin avait levé les yeux vers Émilie. Il y avait tellement d'attente douloureuse dans son regard qu'il avait eu pitié d'elle. Alors, il avait ajouté, en voulant bien faire:

— Et d'abord, pourquoi êtes-vous venue toute seule? Vous n'avez jamais pensé que le problème venait peut-être de votre mari? Aucun homme ne se plaît à l'admettre, mais c'est souvent eux qui sont à la source du problème. Peut-être votre mari est-il stérile?

Et sans attendre de réponse ou de question supplémentaire, le médecin avait conclu rapidement:

— Nous le répétons: il est beaucoup trop tôt pour nous prononcer. Donnez une chance à la nature et si dans un an le problème persiste, revenez nous voir. Avec votre mari, cette fois-là. Nous ferons des tests.

Les propos se voulaient réconfortants, mais le venin était injecté. Par une adroite circonvolution, l'esprit d'Émilie n'avait retenu que certains des derniers mots. En effet, pourquoi est-ce qu'elle devrait être obligatoirement la cause de leur problème? Et si effectivement, c'était Marc?

Tout au long du chemin qui la ramenait chez elle, Émilie s'était réconfortée à cette pensée qu'elle était tout à fait normale. « Ce n'est pas moi, c'est Marc. Ce n'est pas moi, c'est Marc » avait-elle répété en marchant, les mots scandant chacun de ses pas.

Puis elle était parvenue devant la porte de leur logement et la ritournelle s'était tue au moment où Émilie avait cessé de marcher. Elle avait longuement regardé la façade de briques rougeâtres, avait repéré les fenêtres de leur salon et s'était imaginé une frimousse d'enfant qui la regardait. Alors Émilie avait dessiné un sourire. Sa décision était prise.

Comme l'avait dit le médecin, Émilie allait commencer par attendre. Un an. C'était interminable, mais que pouvait-elle faire d'autre ? Avec un peu de chance, les choses se placeraient d'elles-mêmes. Sinon...

Ce soir-là, quand elle avait fait un compte rendu de sa visite au médecin, Émilie avait volontairement péché par omission, trop gênée de répéter les suppositions du médecin. Pourquoi blesser Marc, peut-être inutilement ?

— Il dit que rien n'est anormal, avait-elle fait aussi évasive que le médecin l'avait été. Mes règles, tout ça, c'est beau. Il dit qu'on n'a qu'à attendre.

Son résumé s'était contenté de ces quelques mots. Et Marc aussi parce qu'il se doutait que la réponse ressemblerait à cela. Il l'avait prise dans ses bras et l'avait serrée très fort contre lui. Puis, il avait murmuré à son oreille :

— Alors on va attendre ensemble. Et on va tout faire pour le mettre en route, ce petit bébé.

Et sur le sujet, Émilie était entièrement d'accord. L'intimité avec Marc était la chose la plus merveilleuse qu'il lui ait été donné de connaître. Quand elle était dans ses bras, Émilie avait la sensation d'être une femme entière et normale. Mais cela ne l'avait nullement empêchée de reprendre exactement là où elle avait laissé avant sa visite au médecin. Attendre, surveiller le moindre signe, être déçue chaque mois quand elle comprenait que les quelques jours d'espoir n'avaient été que quelques jours de retard devinrent l'essentiel de sa vie.

Jusqu'à ce matin.

Hier soir, au souper, une dispute plus sévère que les autres l'avait opposée à Marc qui voulait qu'elle jette toutes les bouteilles de pilules.

— Tu vois bien que ça ne donne rien. Sinon que c'est évident que tu endures le martyre. Avant ces maudites bouteilles, il me semble que tu n'étais pas aussi souffrante. Et au moins, tu mangeais un peu plus. Tu vas finir par tomber d'inanition à force de ne rien avaler.

— Ça, c'est toi qui le dis. Je suis habituée à manger peu.

Marc avait touché un point sensible. Depuis maintenant plus d'un an qu'Émilie prenait régulièrement ces foutues pilules, il lui semblait que plus rien ne pourrait fonctionner dans sa vie si elle les laissait tomber. Sa santé, et ce n'était pas la première fois qu'elle le disait, cela ne concernait qu'elle. À défaut d'être enceinte, les médicaments lui procuraient au moins la certitude de pouvoir aller et venir à sa guise sans craindre le besoin subit de trouver une salle de bain. C'était toujours cela de gagné. Si Marc n'aimait pas la voir grimacer de douleur, il n'avait qu'à regarder ailleurs. Il savait qu'elle était de santé fragile avant de la marier, il n'avait qu'à s'en accommoder. Quant au reste... Une eau tremblante avait subitement débordé de ses paupières sans qu'elle n'arrive à dire autre chose.

Marc s'était alors emporté de plus belle.

— Regarde-toi, ma pauvre Émilie ! Quand tu ne pleures pas de douleur, tu le fais pour mille et une raisons. Tu n'étais pas comme ça avant.

— Et alors ? Est-ce que ça te regarde ?

Puis elle avait ajouté dans un souffle :

— Tu sais très bien ce qui me chagrine. Et ce n'est surtout pas à cause de l'effet de quelques malheureuses pilules.

À ces mots, Marc avait levé les yeux au ciel.

— Oh ! Oui, je le sais, pourquoi tu pleures. C'est devenu une vraie obsession. Tu veux un bébé. Tu n'as plus que ce mot à la bouche.

Émilie avait entendu l'exaspération dans la voix de Marc et

elle s'était aussitôt sentie attaquée. La riposte avait été immédiate :

— Et pourquoi pas ? Si c'est là ce que je voulais le plus au monde ? Je n'y ai pas droit ? C'est toi qui veux décider à ma place de ce qui est important pour moi et de ce qui ne l'est pas ?

— Je n'ai jamais dit cela. Moi aussi, j'aimerais ça avoir des enfants. Mais si ça ne marche pas, qu'est-ce qu'on peut y faire ? Ce n'est sûrement pas en te bourrant de pilules que tu vas changer quelque chose.

— Qu'est-ce que tu en sais, hein ? Tu es médecin, ou devin ?

— Non, je ne suis ni médecin ni devin. Je constate, c'est tout. Et je vois que tu n'es plus pareille avec moi. Même faire l'amour est devenu une obligation, un calcul. Regarde le calendrier ! Des ronds, des carrés, des plus, des moins. Notre vie amoureuse est devenue une statistique.

Assise à un bout de la table, Émilie avait levé un visage inondé de larmes.

— J'essaie de nous donner toutes les chances, c'est tout.

— Ah oui ? Alors tu peux au moins arrêter de prendre ces satanées pilules. Comme tu vois, ça ne marche pas.

La voix de Marc avait été sarcastique. Il savait que cette lubie des pilules venait de Blanche, Émilie en avait déjà parlé, et cela le faisait rager. En ce domaine, les opinions de sa belle-mère avaient nettement plus de poids et d'importance que les siennes. Malgré tout, il avait tenté désespérément de mettre un bémol à sa colère, sachant que les mots qu'il disait faisaient mal à Émilie. Et c'était là la dernière chose qu'il voulait. Pourtant, il ne pouvait continuer de la regarder se détruire sans tenter de lui ouvrir les yeux. Il avait donc repris d'une voix plus douce, plus calme :

— Il y aurait peut-être autre chose dans la vie que d'espérer un bébé que tu n'es pas capable d'avoir, non ? Si tu recommençais à peindre ou à…

— Qu'est-ce que tu as dit? l'avait alors interrompu Émilie, vibrante.

— Que tu pourrais recommencer à peindre. Tu étais si…

— Non, non, avant ça!

Marc chercha un moment.

— Que tu ne pouvais pas avoir de bébé? demanda-t-il avant d'enchaîner sans attendre de réponse. Il me semble qu'avec le temps, ça devient une évidence, non?

— Pas du tout.

Maintenant, Émilie était debout et les larmes qui coulaient sur ses joues étaient des larmes de colère, de déception. Tant pis pour Marc, il l'avait cherché. Brusquement Émilie en avait assez d'être le souffre-douleur universel, l'empêcheuse de tourner en rond. D'autant plus que pour une fois, elle n'y était peut-être pour rien. Elle s'était redressée.

— Et si je te disais que le problème ne vient pas de moi?

Brusquement, Émilie venait de comprendre que cette attente morbide n'avait eu qu'un seul but: préserver Marc d'une vérité difficile à admettre. Assis à l'autre bout de la table, Marc la regardait sans comprendre:

— Qu'est-ce que tu veux dire? avait-il demandé d'une voix sourde.

— Tout simplement que le médecin m'a dit, l'an dernier, que si on n'arrivait pas à avoir de bébé, il se pourrait que le problème vienne de toi et non de moi comme tu te plais à le répéter.

— De moi? Foutaises!

Marc avait craché ce dernier mot. Puis il s'était levé à son tour et durant une longue minute il avait soutenu le regard d'Émilie.

— De moi? avait-il répété d'une voix qui n'appelait aucune réponse. Et pourquoi ne pas en avoir parlé avant, si c'est tellement important? Pourquoi n'avoir rien dit?

— Je… Je ne voulais pas te blesser.

— Me blesser ? Me blesser ?

Marc avait martelé chacun de ses mots sur la table avec un index tendu et le geste avait agressé Émilie. Elle avait eu l'impression d'être devant un adulte impatient qui n'arrive pas à faire comprendre une ridicule information à un enfant buté. Elle était cette enfant butée et cela lui était tout à fait désagréable. Émilie avait baissé les yeux.

— Je ne comprends pas ce qu'il y aurait eu de blessant dans le fait que je ne puisse te faire d'enfant. Ce serait triste, c'est certain, mais rien de plus... Par contre, je comprends que tu n'as pas eu assez confiance en moi pour tout me dire. C'est ça, vois-tu, qui me blesse le plus. Si on en est là, effectivement, il est peut-être préférable de ne pas avoir d'enfant ensemble. Tu feras bien ce que tu voudras de ta vie, Émilie, mais moi, je n'embarque plus dans ce petit jeu-là.

Tout en parlant, Marc s'était détourné et avait regagné la porte de la cuisine.

— Marc, je t'en prie, ne pars pas comme ça. On pourrait en parler. Tu pourrais peut-être accepter de consulter. Si c'était bien…

— Non, fit-il sans même se retourner. Pas dans l'état actuel des choses. Commençons par essayer de nous retrouver tous les deux, par donner un sens à notre vie autre que le fait de fonder une famille. Et si nous y arrivons, peut-être, oui, que j'accepterai de consulter. Parce qu'alors, on aura quelque chose de stable à offrir à un enfant. Mais ne compte pas sur moi pour en faire une fixation. J'ai d'autres intérêts dans la vie, moi, vois-tu. Et le fait d'espérer être heureux avec toi en fait partie. Qu'importe la façon qu'on trouve pour atteindre cette sérénité entre nous et qu'importe surtout le fautif dans toute cette histoire. Pour moi, ça n'a pas la moindre importance. Pour le reste, c'est à toi de décider. Comme tu le dis souvent, ta santé, ta vie, ça ne me regarde pas.

Il y avait tellement de douleur dans la voix de Marc qu'Émilie n'avait pas insisté.

Et elle en était là, ce matin, à faire le deuil de l'enfant qu'ils n'auraient pas. À s'obliger à vivre un deuil qu'elle n'était pas prête à faire tout de suite. C'était déchirant. Mais la perspective de voir Marc s'éloigner de plus en plus l'était davantage. Émilie ne pouvait imaginer vivre sans lui. Il était sa seule raison d'être. Il le serait peut-être pour toujours. Alors elle s'imposait ce calvaire, ce matin, pour être sincère envers lui. Mais au-delà de cette réalité qui lui faisait mal, au-delà des apparences qui disaient qu'elle ne serait jamais mère, Émilie ne lançait pas la serviette. Bien sûr, elle allait cacher le calendrier, mais elle ne le détruirait pas. Bien sûr, ils allaient faire l'amour souvent, mais elle laisserait à Marc l'illusion que ce ne serait que pour le simple plaisir de se donner l'un à l'autre et ce ne serait pas vraiment difficile, car ils aimaient faire l'amour ensemble. Puis, comme il l'avait suggéré, elle allait ressortir le chevalet et les couleurs, cela l'aiderait à passer le temps.

Oui, Émilie allait faire tout cela. Elle en était capable. Pendant un an. Une autre interminable année à jouer la comédie de l'oubli, de l'indifférence.

Mais après…

Après, s'il ne s'était rien passé, Marc n'aurait plus le choix, car c'était lui qui l'avait dit: il devrait consulter. C'était illusoire de croire qu'Émilie baisserait pavillon avant d'avoir exploré tous les sentiers qui pourraient mener à un bébé. Mais en attendant, elle acceptait de faire comme Marc l'espérait. Parce que, malgré les mots durs d'hier, malgré la douleur au cœur qu'ils s'étaient infligés l'un à l'autre, Émilie aimait Marc et elle savait que cet amour était partagé. Pour le reste, comme l'avait dit son mari, c'était à elle de décider.

Ce qu'elle avait fait sans la moindre hésitation et sa décision était irrévocable : Émilie Deblois voulait un enfant.

Même si elle était seule à le faire, Émilie entretiendrait la flamme vacillante de l'espoir pour qu'elle ne s'éteigne pas tout à fait.

Quand Marc revint du travail, ce soir-là, il trouva la chambre transformée en atelier. Il retint un soupir de soulagement. Émilie avait planté des clous un peu partout sur les murs et elle avait accroché d'anciennes toiles qui illuminaient la chambre de leur douceur. Une vieille malle en bois qu'elle avait voulu un jour transformer en coffre à jouets faisait office de table et elle avait posé dessus le pot qui contenait ses pinceaux et sa palette de couleurs. Le chevalet avait remplacé l'éventuelle chaise berçante et se tenait droit comme une sentinelle prête à servir, tout à côté de la fenêtre.

Et leur logis sentait bon le repas qu'Émilie avait préparé...

En quelques jours à peine, Marc eut l'impression de retrouver celle qu'il avait épousée.

Émilie était resplendissante.

La sérénité qu'elle avait toujours ressentie à peindre l'avait rejointe et transformée en quelques traits de crayon et deux ou trois taches de couleur.

Émilie qui avait toujours eu besoin de soutien, d'encadrement, de sécurité venait de retrouver le confort d'un univers qu'elle connaissait.

Comment avait-elle pu négliger la peinture pendant aussi longtemps ?

Mystère.

De nouvelles toiles remplacèrent rapidement celles qui étaient accrochées aux murs.

Et ces nouvelles peintures avaient quelque chose de différent. Marc ne s'y connaissait pas suffisamment pour dire exactement en quoi elles différaient, mais c'était un fait: les nouveaux tableaux d'Émilie avaient une perfection que ceux d'avant n'avaient pas.

Émilie aussi en était consciente. D'où lui venait cet instinct qui dictait les ombres et les lumières? D'où venait ce trait de crayon plus libre, plus dépouillé qui suggérait le paysage plus qu'il ne le précisait? Était-ce d'avoir abandonné le dessin pendant plus d'un an ou le fait d'avoir traversé une épreuve qui l'avait laissée meurtrie? Émilie ne le savait pas. Par contre, le résultat était ce qu'elle avait toujours voulu traduire. Ses toiles créaient des ambiances à travers l'éclat d'une lumière intérieure et la douceur des ombres.

Le printemps passa, puis un été précoce se présenta et Émilie peignait toujours avec autant d'ardeur et d'assiduité qu'elle avait surveillé le calendrier, l'année dernière. Les toiles se multipliaient. Marc proposa alors de faire quelques photographies pour présenter les œuvres d'Émilie à une ou deux galeries. On emporterait les plus petites et on ferait un album montrant les plus grandes. Pourquoi faire autant de si belles peintures si c'était pour les garder cachées dans leur logement? La jeune femme lui emboîta le pas avec enthousiasme même si une certaine gêne, tout à fait naturelle chez elle, la faisait rougir. Elle trouvait l'idée un brin prétentieuse.

— Tu crois que c'est assez bon?

Ils étaient dans le salon où le dernier tableau d'Émilie avait remplacé la copie d'un Renoir au-dessus de la cheminée. Un immense jardin de fleurs au soleil de midi faisait chanter le bleu nuit de la cheminée.

— Assez bon? Mais qu'est-ce que tu veux de plus?

— Je ne sais pas…

Pensive, Émilie regardait son œuvre d'un œil qu'elle voulait critique. Mais elle n'arrivait pas à y trouver de défauts. Marc avait raison : ce qu'elle faisait était très bon.

— D'accord, on fait quelques photos.

Cependant, même si elle trouvait l'idée de Marc excellente, elle ne se voyait absolument pas en train d'essayer de se vendre à un quelconque propriétaire de galerie. C'était tellement… tellement osé ! Comment allait-elle s'y prendre ? Comme s'il l'avait deviné, Marc entoura ses épaules avec un bras protecteur et suggéra :

— Qu'est-ce que tu dirais si j'allais les montrer moi-même, ces photos, quand elles seront développées ? Je pourrais prendre quelques petits tableaux en même temps pour qu'on puisse voir les couleurs. J'aurais le temps sur l'heure du dîner. Si jamais on se montrait intéressé, tu pourrais y aller par la suite et conclure une entente avec les galeries qui acceptent de les exposer. Qu'est-ce que tu en penses ?

Émilie tourna un visage radieux.

— Tu ferais cela pour moi ?

Alors Marc prit le visage d'Émilie en coupe entre ses mains et plongea son regard dans le sien.

— Je ferais n'importe quoi pour toi, Émilie. N'importe quoi. Je t'aime, je t'aime, je t'aime…

Émilie vint se blottir contre la poitrine de Marc. Elle aussi, elle l'aimait. Tellement. Puis une ombre traversa son visage. Tout juste un reflet, le temps d'un soupir tremblant. Pourquoi la vie s'entêtait-elle à se montrer aussi injuste ? Hier encore, après plus de huit jours de retard, huit jours d'espoir insensé, Émilie avait pleuré seule, dans la salle de bain. Pourquoi ?

Puis elle s'obligea à ne plus y penser. Elle avait dit un an. Elle attendrait un an. Elle leva la tête et offrit son sourire à Marc.

— Et c'est un départ, fit-elle en forçant un peu l'enthousiasme. La carrière de madame Émilie vient de commencer.

Elle n'aurait pu si bien dire.

Dès la semaine suivante, Marc dut emprunter l'auto de son beau-père pour aller porter les œuvres d'Émilie.

Les propriétaires des deux galeries visitées étaient emballés. Les toiles trouvèrent acheteurs en quelques jours, et on en voulait d'autres.

Le mois suivant, le fait qu'Émilie ait plus de dix jours de retard passa complètement inaperçu. Elle était à préparer un vernissage suivi d'une exposition dans un hôtel du centre-ville qui était prévu pour le mois d'août et elle mourait de peur de ne pas y arriver…

* * *

La lettre que Charlotte venait de lire la fit soupirer. Son père lui parlait de la carrière d'Émilie qui prenait forme. Il était tout simplement délirant, ce qui, venant de lui, était de la dernière extravagance.

« Qui l'eût cru ? Ça m'apprendra aussi à être homme de peu de foi ! Et dire que j'ai failli imposer l'école à ta sœur, prétextant que l'art ne la ferait jamais vivre. C'est formidable, ce qui lui arrive ! Dans le milieu des galeries, on ne parle que de cette jeune artiste jusqu'alors inconnue. Au mois d'août, il y aura même un vernissage. C'est incroyable !… »

Charlotte laissa tomber la lettre sur la table.

Non qu'elle fut jalouse, loin de là, Émilie méritait bien d'avoir sa juste part dans l'existence, elle qui avait été si malade. Mais elle éprouvait quand même une pointe d'envie.

Parce que pour elle, il n'était toujours pas question de carrière.

Pas même l'illusion d'un feu de paille. Et comme elle avait été élevée avec cette ultime obligation, celle de se trouver un bon métier…

Charlotte soupira encore. Tout ce qu'elle savait faire, c'était s'occuper des malades. Et elle avait cela en horreur. La maladie sous toutes ses formes lui faisait horreur. Quant au reste, elle n'avait plus d'illusions.

Après plus de dix mois d'attente et d'espoir, on avait retourné ses deux manuscrits, coup sur coup, la même semaine, avec quelques notes laconiques disant que son écriture était trop ceci ou trop cela. On avait même souligné certains passages en y mettant en marge de gros points d'interrogation.

En un mot, l'écriture de Charlotte ne plaisait pas, on la disait trop territoriale. Charlotte avait froncé les sourcils d'incompréhension.

Et qu'est-ce que cela pouvait bien vouloir dire au juste, « territoriale » ?

Charlotte avait surtout compris qu'on ne savait pas comment lui annoncer que ses livres ne valaient rien.

Quant à espérer un quelconque réconfort de la part d'Andrew, autant espérer une année sans pluie en Angleterre. Bien entendu, il avait compris, il comprenait toujours tout, le cher homme. Il lui avait même serré l'épaule en guise de compréhension.

— Décevant, n'est-ce pas, chérie ?

Décevant ? Charlotte aurait hurlé de rage, oui, de déception. Mais comme on ne hurle pas dans la maison d'Andrew, elle avait fait comme lui. Elle avait haussé les épaules.

Elle avait surtout caché ses larmes parce que depuis son retour de Paris, c'était l'espoir de voir ses livres publiés qui lui avait fait accepter tout le reste. Et cet espoir venait de mourir.

Pourtant, Andrew avait tenu promesse. Aujourd'hui, ils

habitaient un petit pavillon non loin de la base militaire. Un petit pavillon que Charlotte avait pu décorer tout à loisir, Andrew s'en remettant entièrement à elle. Comme il s'en remettait à elle pour à peu près tout ce qui touchait leur vie.

Et c'était là l'immensité du problème.

Après quelques jours d'une curieuse passion éphémère, Charlotte avait vite compris qu'Andrew était et resterait d'abord et avant tout un militaire. Elle en était persuadée: s'il avait à choisir entre l'armée et elle, il choisirait l'armée. Sans l'ombre d'une hésitation. Malgré cela, elle ne mettait pas en doute son amour, son attachement. Andrew l'aimait... à sa manière. Toujours si poli, si gentil, si prévenant.

Charlotte étouffait sous tant de gentillesse polie.

Une bonne colère à l'occasion lui aurait fait du bien. Mais Andrew ne se choquait jamais, ne s'emportait jamais. Quand il était en désaccord, c'était plutôt une atmosphère de banquise qui régnait à la maison. Et cela, invariablement, mettait Charlotte tout à l'envers. Elle en venait même à marcher sur la pointe des pieds, comme lorsqu'elle était petite et que Blanche avait la migraine.

Elle n'en pouvait plus de toujours se retenir.

Certains jours, elle entendait en elle la vie qui se débattait si fort, qui souffrait en silence de cette muselière d'une sagesse imposée, qu'elle avait l'impression qu'elle allait éclater. Quand la douleur devenait insoutenable, Charlotte trouvait une feuille, un bout de papier, une vieille enveloppe pour pouvoir s'exprimer. Même si ce qu'elle écrivait ne valait rien, au moins y puisait-elle un peu de réconfort. Et cela était aussi valable pour la tiédeur de sa vie amoureuse. Quand son corps réclamait sa part d'attention, l'esprit de Charlotte y répondait par l'urgence d'écrire.

Un troisième roman prenait forme à travers ses souvenirs,

tous ces moments d'enfance entrecoupés d'ombre, mais à travers également sa vie actuelle, faite d'éclaircies de soleil auprès d'Alicia mais immanquablement suivies de la brume de ses relations avec Andrew.

Charlotte se souvenait d'avoir un jour comparé son enfance à une courtepointe. Elle s'était trompée. C'était toute sa vie qui ressemblait à une courtepointe faite de pièces sombres avec quelques appliques colorées, comme posées par inadvertance.

Heureusement qu'il y avait Alicia.

Une petite fille qui venait d'avoir quatre ans et qui, aujourd'hui, savait fort bien faire la différence entre une maman et une grand-maman. Une petite fille, curieux hasard de l'hérédité, qui ressemblait étrangement à sa tante Émilie avec sa taille menue et ses longs cheveux acajou. De sa mère, elle avait hérité ses grands yeux couleur d'océan qui semblaient en perpétuelle recherche de quelque chose et l'ensemble faisait qu'on ne pouvait plus penser au moindre rapprochement avec son père.

Même Charlotte ne pensait plus que rarement à Marc en fonction de cette paternité. Alicia était sa fille à elle. Légalement, elle était aussi celle d'Andrew puisqu'il l'avait adoptée. Preuve supplémentaire, s'il en fallait, que son mari était sincère quand il disait que ce n'était pas par mauvaise volonté qu'il était si souvent absent. Mais plus le temps passait et plus Charlotte appréciait les absences d'Andrew. Elles lui permettaient d'écrire en toute liberté. Quand il était là, elle n'osait pas. N'allait-il pas lui dire qu'elle perdait son temps, puisque ses manuscrits n'avaient pas trouvé preneur ? L'efficacité et le rendement gardaient indéniablement leur priorité dans la vie de la famille d'Andrew Winslow.

La vie de Charlotte se résumait donc à cela. Une fille qu'elle adorait, un mari qui la laissait plutôt indifférente. Elle appréciait sa compagnie mais n'en avait nul besoin pour être satisfaite. Ajoutée à cela, il y avait aussi la gentillesse de Mary-Jane qui avait fait un virage complet et se contentait aujourd'hui d'être une grand-mère outrageusement gâteau. Ce qui faisait bien rire Charlotte. Tant mieux. Charlotte se souvenait avec émotion de la complicité qu'elle avait connue avec sa propre grand-mère Deblois, sa mamie, et maintenant qu'Alicia était assez grande pour faire la part des choses, elle encourageait la relation qui unissait sa fille à Mary-Jane.

Si ce n'avait été de la tiédeur de cette vie, Charlotte aurait pu être vraiment heureuse au lieu d'être uniquement bien comme c'était le cas la plupart du temps. Si ses livres avaient été publiés, tout aurait été différent... Alors que maintenant, trop souvent, Charlotte avait l'impression qu'il y avait un manque à combler dans sa vie.

Mais que pouvait-elle y changer? Quel choix lui restait-il? Il valait peut-être mieux se contenter de ce qu'elle avait plutôt que d'entretenir des déceptions malsaines devant un avenir improbable.

Mais voilà que la lettre de son père avait tout remis en perspective et Charlotte n'avait pu faire autrement que d'admettre qu'il y avait un vide immense en elle et autour d'elle.

Impulsivement, elle prit du papier à lettres et se mit à écrire une réponse à son père.

Pour la déchirer dès la relecture. Trop d'emphase, pas assez d'émotion autre que cette envie et cette tristesse en elle qui transpiraient entre les lignes. Elle se disait heureuse pour Émilie, mais cela lui semblait faux. Était-ce là ce qu'elle voulait envoyer à son père? L'image d'une femme aigrie qui n'attendait plus grand-chose de la vie, à qui il ne restait que d'applaudir le succès des autres?

Allons donc, Charlotte n'avait pas encore 24 ans.

Elle ramassa aussitôt les petits papiers qu'elle fit tomber en pluie dans la poubelle.

Puis elle dessina un sourire amer.

Elle venait de jeter une lettre en confettis qui racontait une vie en confettis.

L'image lui fut désagréable au point où elle eut envie de trépigner.

Si elle s'était écoutée, Charlotte aurait balayé le comptoir d'un grand coup de bras pour envoyer valser tout ce qui s'y trouvait. Le geste lui aurait fait du bien. À la place, elle monta à l'étage pour chercher Alicia. Il lui fallait sortir pour prendre un bon bol d'air frais avant de tourner en bourrique.

Elle écrirait à son père et à sa sœur plus tard. Quand son amertume première aurait consenti à jeter du lest. L'impulsive qu'elle était apprenait à se contrôler, petit à petit, aux côtés d'un homme placide. Mais de là à dire si c'était une bonne chose, Charlotte n'en savait rien.

Quand Andrew revint ce soir-là, Charlotte avait réussi le tour de force de croire que sa vie était en tous points parfaite. Que voulait-elle de plus? Elle avait un mari comme elle l'avait souhaité, elle avait une maison comme elle l'avait demandé, elle avait la plus adorable des petites filles comme elle en avait rêvé. Pourquoi chercher ailleurs? Pourquoi toujours avoir envie de chercher autre chose, d'atteindre l'inaccessible, d'espérer l'impossible? C'est Andrew qui avait raison et Charlotte demandait trop à la vie.

C'est pourquoi elle était si calme quand il arriva et que pour une fois, c'était lui qui semblait exubérant.

— Regarde, chérie, regarde!

Andrew lui remit un papier officiel de l'armée. Une lettre lui annonçant qu'il partait pour une mission à l'autre bout du monde.

— J'en rêvais, ajouta-t-il alors que Charlotte lisait le papier.

Elle leva un regard sceptique. Andrew rêver à quelque chose? C'était surprenant. Puis elle s'en voulut aussitôt pour cette pensée mesquine et se promit d'essayer de le mieux connaître. Le problème qu'elle sentait entre eux découlait peut-être de son indifférence, tout simplement. Sur ce, elle reporta les yeux sur la lettre. Pour aussitôt relever la tête.

— Six mois? Tu pars pour six mois? Ce n'est pas un peu long?

— C'est comme ça.

Une réponse à la Andrew, sage, résignée. Charlotte soupira. Qu'allait-elle faire de tout ce temps toute seule? Bien sûr, elle appréciait une certaine solitude, elle en avait besoin. Mais six mois... Charlotte était toujours aussi indécise entre se montrer heureuse pour son mari ou un peu déçue pour elle-même quand Andrew glissa une autre enveloppe dans sa main.

— Je sais que c'est long, six mois, c'est pourquoi j'ai pensé que... Allez, chérie, ouvre. C'est pour toi.

Intriguée, Charlotte déchira un coin de l'enveloppe et retira un autre papier aux couleurs de l'armée britannique. C'était la confirmation que la demande du capitaine Andrew Winslow avait été acceptée et que deux places étaient réservées au nom de madame Charlotte et de leur fille Alicia dans le prochain avion en partance pour le Canada. Avion qui quittait Londres dans exactement dix jours afin de conduire certains colonels et autres commandants jusqu'à Montréal pour une rencontre importante.

Charlotte sentit aussitôt les larmes lui monter aux yeux.

— C'est... c'est pour moi?

Andrew habituellement si maître de lui semblait jubiler.

— Oui, c'est pour toi. Pour toi et Alicia. N'est-il pas temps que cette jeune fille aille rencontrer ses grands-parents ? J'aurais aimé vous accompagner…

Charlotte ne lui laissa pas le temps de terminer sa phrase que déjà elle était pendue à son cou. Elle avait si souvent espéré ce voyage sans que jamais elle n'ait les moyens de le réaliser qu'elle avait fini par se dire qu'il faisait partie des rêves inaccessibles. Elle en était toute tremblante.

— Merci. Si tu savais le plaisir que tu me fais.

— C'est parce que je t'aime, Charlotte.

C'était la seconde fois que ces trois mots passaient les lèvres d'Andrew.

Ils vécurent une semaine merveilleuse, tous les trois, comme Charlotte l'avait si souvent espéré, à préparer les voyages de la famille, à visiter les parents d'Andrew et même à faire des pique-niques.

Puis ce fut la veille du départ. Demain à pareille heure, elle serait chez elle. Charlotte n'arrivait pas à dormir et enviait Andrew qui avait commencé à ronfler, la tête sur l'oreiller. Comment arrivait-il à garder son calme en toutes occasions ?

Quand il la quitta sur le tarmac de l'aéroport, le lendemain, il était aussi froid qu'une banquise. À croire que Charlotte partait pour une promenade. Elle aurait tant voulu qu'Andrew la tienne tout contre lui, sentir sa chaleur une dernière fois avant de si longs mois. Mais elle savait qu'il détestait les effusions en public. Alors, elle se contenta de le regarder longtemps, de plonger son regard dans le sien et de glisser un dernier « je t'aime » à son oreille.

Il allait lui manquer. Malgré tout, il allait lui manquer…

Puis elle se tourna vers Alicia qui ne tenait pas en place et lui prenant la main, Charlotte se dirigea vers le gros appareil qui allait les emporter vers les siens. Elle marcha très droite sans un regard derrière elle. Elle avait trop peur de constater qu'Andrew était déjà parti vaquer à ses occupations...

À l'anxiété d'un premier vol succéda l'émerveillement de se retrouver en plein ciel. Elle commençait à comprendre la passion qu'Andrew nourrissait pour son métier. Cette sensation de légèreté, de liberté... Charlotte se promit de lui demander de l'emmener dans son avion. Il devait bien y avoir des exceptions, non ? Puis elle s'occupa d'Alicia qui avait mille et une questions à poser avant que, brisée par toutes les émotions qu'elle vivait depuis quelques jours, la petite fille s'endorme contre son bras.

Émue, Charlotte la regarda dormir. Heureusement qu'elle avait hérité de la stature des Gagnon. La supercherie devrait tenir le coup. Malgré ses quatre ans, Alicia pouvait facilement n'en revendiquer que trois. Et le fait qu'elle fasse l'apprentissage de deux langues à la fois provoquait une légère hésitation avant de s'exprimer. Son manque de vocabulaire, parfois, n'en serait que plus convaincant. Charlotte se cala contre le dossier du siège et posant une main sur le bras d'Alicia, elle tenta d'imaginer la réaction de ses parents quand ils la verraient arriver.

Charlotte n'avait prévenu personne, préférant leur faire la surprise.

Et comment accueilleraient-ils Alicia ? Et elle, comment réagirait-elle devant Marc ? Serait-elle mal à l'aise ou le verrait-elle facilement comme le beau-frère qu'il était désormais ? Et sa chambre ? Existait-elle encore ou Blanche en avait-elle fait une salle de couture comme il y en avait une dans leur ancienne maison ? Et Anne qui avait dû terriblement grandir, et son père qui avait probablement blanchi. Cela faisait près de cinq ans qu'elle était partie. Cinq longues années...

Charlotte s'endormit à son tour d'un seul coup.

La chaleur qui régnait à Montréal lui sauta au visage dès qu'on ouvrit la porte de l'avion. Charlotte recula d'un pas, surprise. Elle avait oublié le décalage horaire et s'attendait à arriver à la brunante alors que l'après-midi ne faisait que commencer.

Quand elle posa le pied sur le sol, Charlotte sentit encore une fois les larmes lui monter aux yeux. Elle renifla en souriant gauchement. Décidément, pour une fille qui détestait pleurer, elle était plutôt larme à l'œil depuis quelques jours. Mais l'émotion d'être chez elle était trop forte. Elle se pencha et souleva sa fille dans ses bras en la serrant tout contre elle.

— Regarde, Alicia. Ici, c'est chez moi. C'est chez nous.

Après avoir récupéré ses bagages, Charlotte se dirigea vers la sortie. Il lui tardait d'embrasser tous les siens.

Charlotte fit la route le nez à la portière du taxi qu'elle avait fait venir, déclinant l'offre qu'on lui avait faite de la reconduire dans un camion de l'armée. Elle montra à Alicia tous les coins qu'elle reconnaissait. Puis la voiture tourna le coin de la rue, longea quelques maisons et s'arrêta. Charlotte avait le cœur qui lui battait dans les oreilles.

— Viens ma chérie, c'est ici. Tu vas enfin connaître ton grand-papa et ta grand-maman.

Alicia leva ses grands yeux curieux vers elle.

— Mais j'ai déjà comme ça à la maison.

— Oui, je sais. Mais il y en a d'autres ici. Tu vas voir, ils sont très gentils.

Arrivée au pied de l'escalier, de la main elle indiqua au chauffeur de déposer les valises contre la marche.

— Vous ne voulez pas que je les monte?

— Merci, ça ira.

Charlotte voulait être seule avec sa fille quand elle frapperait à la porte.

Le bruit du heurtoir lui sembla très familier malgré toutes ces années. Et elle sentit sa main qui tremblait quand elle entendit le bruit d'un pas dans le couloir.

Puis la porte s'ouvrit sur sa mère qui porta aussitôt la main à son cœur.

— Doux Jésus ! Charlotte !

Incapable de bouger, les jambes soudainement lourdes comme du plomb, Blanche regardait sa fille comme si elle avait vu une apparition, d'autant plus qu'elle filait sur quelque vapeur de brandy. Charlotte eut l'impression de se retrouver devant une très vieille dame tellement sa mère avait changé. Mais cette impression ne dura qu'une seconde. Remise de son émotion première, Blanche brassait déjà de l'air tout autour d'elle et Charlotte se sentit aussitôt en terrain familier. Elle aurait dû s'en souvenir : sa mère était capable de métamorphoses parfois spectaculaires.

— Tu parles d'une idée d'arriver comme ça sans prévenir ! J'aurais pu avoir une attaque... Tu sais comme j'ai le cœur fragile. Mais rentre, voyons, reste pas plantée là ! Mais veux-tu bien me dire ce que tu as pensé de ne pas nous prévenir ? Je n'ai rien de prêt, moi. Ta chambre, le souper...

Blanche s'était reculée pour laisser Charlotte entrer tout en continuant de parler. Mais quand elle vit Alicia, elle figea de nouveau. Si cela n'avait été du regard d'azur, cette petite fille qui la fixait intensément aurait pu être Émilie. Pour la seconde fois en quelques minutes à peine, elle porta la main à son cœur.

— Que d'émotion, murmura-t-elle, immédiatement conquise par Alicia.

C'était le plus beau cadeau que la vie lui ait fait depuis fort longtemps. On lui redonnait sa petite Émilie ! Alors, oubliant qu'elle se disait arthritique, négligeant qu'elle était sujette à courbatures, Blanche se pencha pour être à la hauteur de cette petite-fille venue du bout du monde et elle lui tendit les bras en souriant.

— Et toi, je parie que tu es Alicia.

— Yes… euh… oui.

Sentant la pression de la main de sa mère dans son dos, Alicia fit le dernier pas qui la séparait de Blanche pour l'embrasser sur la joue. Quand elle se redressa, Blanche avait rajeuni de dix ans…

Puis elle se tourna vers l'escalier pour crier :

— Anne, viens vite ! Viens voir qui est là.

Charlotte entendit quelques bruits venant de l'étage, une chaise repoussée, une porte ouverte. Ce qu'elle entendait surtout, c'était son cœur qui battait la chamade. Anne… Anne, c'était un peu sa petite fille, le premier bébé qu'elle avait aimé. Mais alors qu'elle avait en tête l'image d'une gamine à peine plus âgée qu'Alicia, ce fut une grande fille tout en jambes qui parut en haut de l'escalier tandis que Blanche ajoutait d'une voix excitée :

— Allons, Anne, dépêche-toi ! C'est Charlotte ! Tu te souviens de Charlotte, n'est-ce pas ?

Anne lança un regard assassin vers sa mère. Bien sûr qu'elle se souvenait de Charlotte ! Quel enfant pourrait oublier sa mère ou celle qui l'a remplacée ? Blanche n'avait pas son égal pour lancer de ces phrases idiotes ou méchantes qui vous laissent bouche bée.

Anne haussa imperceptiblement les épaules avant de se détourner pour offrir l'intensité de son regard à Charlotte. Les deux sœurs se regardèrent longuement. Il y aurait tant de choses à raconter, à partager…

Puis, toujours sans dire un mot, Anne dévala l'escalier et se précipita dans les bras qui se tendaient déjà vers elle…

Quand Charlotte se retrouva enfin seule dans sa chambre, très tard ce soir-là, elle était épuisée. Alicia dormait déjà, le visage enfoui dans l'oreiller.

Voilà, c'était fait. Elle était de retour. Elle y avait si souvent pensé, elle l'avait tant et tant espéré qu'elle avait de la difficulté à concevoir que c'était déjà derrière elle.

Impulsivement, elle s'était juchée sur le bord de la fenêtre comme elle l'avait si souvent fait dans sa jeunesse et ce simple geste l'avait émue.

Les luminaires jetaient des halos blafards sous les arbres et la rue avait pris des allures de décor de théâtre. Malgré l'heure tardive, il faisait toujours chaud et quelques promeneurs s'attardaient encore sur les trottoirs.

Il y eut un rire, un murmure de voix et Alicia grogna dans son sommeil. Puis ce fut le silence. Un immense silence ouaté qui enveloppa Charlotte d'une pellicule d'inconfort.

Qu'allait-elle faire maintenant de tous ces mois qui se perdaient devant elle ? Chaque fois qu'elle avait tenté d'imaginer son retour, Charlotte n'avait vu que l'instant des retrouvailles. Son imagination n'avait jamais été plus loin que ces quelques heures qu'elle venait de vivre.

Une intuition aussi brève qu'intense lui fit fermer les yeux. Elle venait de reprendre sa place et les dernières années ne seraient plus qu'un rêve qu'elle finirait par oublier.

L'ennui d'Andrew fut si vif, si instinctif, si douloureux qu'elle ouvrit précipitamment les yeux.

Pourtant, la soirée avait été somme toute agréable.

Charlotte dessina un sourire.

Jamais elle n'oublierait l'instant où son père l'avait aperçue. Tout son visage s'était éclairé en une fraction de seconde, brillant subitement d'une joie incrédule. Le *mon Charlot* qu'il avait murmuré d'une voix enrouée par l'émotion lui résonnait encore aux oreilles.

Anne, pour sa part, une fois l'émotion passée, n'avait cessé de pépier comme un petit moineau, remorquant derrière elle une petite Alicia visiblement enchantée d'avoir une tante aussi jeune.

Quant à Blanche...

Charlotte eut un soupir amusé. Malgré son impression première, sa mère était celle qui avait le moins changé. Le temps d'un repas avait suffi à résumer ce qu'avait été sa vie depuis le départ de Charlotte. Migraines, arthrite, douleurs au dos, faiblesse cardiaque et depuis quelques mois, ménopause.

— Il fallait bien que je m'y attende, tous les symptômes sont là. Je dors mal, j'ai chaud tout le temps, les migraines sont pires que jamais. Mais je suis faite forte : je vais passer au travers.

À grand-peine, Charlotte avait réprimé un sourire moqueur. Non, décidément, Blanche n'avait pas changé.

Mais ce qui allait rester comme étant le souvenir le plus vivant de cette soirée, ce serait Émilie.

Le regard d'Émilie, surtout. Celui qu'elle avait posé sur Alicia.

Jamais Charlotte ne pourrait l'oublier. Il y avait tellement d'intensité dans ce regard. Et même si Émilie s'était détournée rapidement, Charlotte avait eu le temps d'entrevoir la brillance des larmes que sa sœur ne voulait pas montrer.

Était-ce la ressemblance avec Alicia qui l'avait émue à ce point ?

Était-ce la peur de voir Marc lui échapper maintenant que Charlotte était de retour ?

Toutefois, Charlotte était rassurée sur ce sujet. Rapidement elle avait compris qu'entre Marc et elle, il serait question d'amitié. Le passé était mort, s'il avait jamais existé. Il n'y aurait que Charlotte pour savoir ce qui aurait pu se vivre entre eux.

Alors d'où venait ce courant d'émotion intense qu'elle avait ressenti à l'arrivée d'Émilie venue se joindre à eux au moment du dessert?

Charlotte secoua la tête comme pour abrutir les idées qui s'y trouvaient. Émilie était heureuse de la revoir, tout simplement. Pourquoi toujours essayer de voir au-delà de la simple réalité?

Charlotte soupira. Elle était trop fatiguée, voilà tout.

Délaissant son poste d'observation, elle se glissa sous les couvertures. Elle avait bien fait de tenir tête à sa mère et de choisir de passer cette première nuit tout contre Alicia. La chaleur du corps de sa petite fille lui faisait du bien.

Charlotte glissa un bras sous la taille d'Alicia, cala sa tête sur l'oreiller contre la sienne et sombra d'un seul coup dans le sommeil.

Chapitre 18

La vérité éclate

Depuis hier, l'image d'Alicia la poursuivait sans relâche. Elle en avait même rêvé pendant la nuit.

À l'exception du regard, bleu comme le ciel, et du petit menton plus carré, plus volontaire que le sien, Alicia était la copie conforme de la petite fille qu'Émilie avait été. Même chevelure en boucles acajou, même traits anguleux, même ossature…

Alicia était la petite fille qu'ils auraient pu avoir, Marc et elle. Qu'ils auraient dû avoir.

À grand renfort de respirations profondes et de volonté, Émilie avait réussi à se contenir tant que Marc avait été là. Mais dès qu'elle entendit la porte extérieure se refermer sur lui, à l'étage inférieur, Émilie éclata en sanglots. Déjà que depuis un mois, elle pleurait pour un oui et pour un non, sans qu'elle comprenne pourquoi, ce matin, son chagrin était insondable.

Émilie pleura jusqu'à l'épuisement total, jusqu'au moment où toutes ses larmes furent taries.

Pourquoi la vie se faisait-elle aussi méchante en plus d'être injuste ?

Émilie ne comprenait pas.

Qu'avait-elle fait pour mériter un traitement aussi dur ?

Et surtout, comment allait-elle s'y prendre pour côtoyer Charlotte et Alicia sans rien laisser transparaître de sa détresse ?

Émilie ne le savait pas. Tout ce qu'elle savait ce matin, c'était qu'elle ne voulait plus voir Alicia. Cela faisait trop mal.

Elle détestait toujours autant se sentir démunie, incapable de décision seule, mais présentement, elle n'aurait pas le choix. Même si instinctivement tout en elle réclamait une oreille attentive à son besoin de confier sa détresse, espérait quelqu'un à qui demander conseil, il n'y avait personne à qui elle pouvait vraiment s'en remettre.

Surtout pas à Marc...

Émilie promena sa peine et ses indécisions d'un bout à l'autre du logement. Puis machinalement, elle entra dans l'atelier.

Une toile à demi finie l'attendait sur le chevalet. Émilie soupira. Malgré l'urgence d'en faire plusieurs, elle n'avait pas le cœur à l'ouvrage. C'était tout juste si elle avait le cœur à vivre, ce matin.

Elle s'approcha du tableau, par automatisme, promena un index léger sur les couleurs afin de vérifier si elles étaient assez sèches pour continuer, recula de quelques pas et se mit à fixer le paysage qui n'avait encore que le bleu du ciel et la limpidité de l'eau d'une rivière. Tout le reste, les arbres, le chemin et les fleurs n'existaient pour l'instant que dans sa tête.

Émilie aimait cette sensation de créer quelque chose à partir de rien. Comme une magicienne elle inventait des paysages, des scènes sortis tout droit de son imagination et qu'elle faisait apparaître au bout du pinceau. Elle était vraiment fière qu'on ait reconnu son talent.

Alors, lentement, presque imperceptiblement, un fragile sourire détendit ses traits crispés.

La peinture était une raison d'être, la sienne puisqu'il semblait qu'il n'y aurait rien d'autre. Elle deviendrait aussi l'excuse facile.

Pour les prochaines semaines, Émilie vivrait cloîtrée puisqu'elle avait un contrat à remplir. Elle avait pris un engagement et elle allait le respecter. Alors pas de visite chez elle, plus de soupers chez ses parents, aucune sortie.

Émilie venait de décider qu'elle n'aurait de temps et de liberté que pour la peinture. Elle ne répondrait même pas au téléphone.

Et ainsi, elle n'aurait aucune explication à donner autre que cet engagement qui occupait tout son temps. Elle avait un vernissage à préparer.

Et Marc ne devrait pas se faire tirer l'oreille pour accepter cette réclusion, ni même poser la moindre question. Il était son plus fervent admirateur et il savait à quel point l'exposition à venir était exigeante, cruciale pour sa carrière et la rendait nerveuse.

Soulagée, la jeune femme se dirigea vers sa chambre pour s'habiller. Tout le monde allait comprendre qu'elle n'avait pas le choix de vivre ainsi recluse. Et personne ne saurait la véritable raison de ce retrait. En agissant ainsi, Émilie n'aurait plus à voir cette merveilleuse petite fille qui lui ressemblait tant... Émilie venait de gagner plusieurs semaines...

Mais alors qu'Émilie se préparait à peindre, se félicitant de sa trouvaille, à quelques rues de là, Charlotte, elle, cherchait un prétexte pour visiter sa sœur. Elle était même déçue qu'Émilie, hier soir, ne l'ait pas invitée à venir voir son petit chez-elle... Probablement qu'elle n'avait pas osé faire les premiers pas. Ce qui ne serait pas nouveau. Ou alors qu'elle n'appréciait pas la présence des enfants. Hier, elle avait cru remarquer qu'Émilie n'était pas vraiment attirée par Alicia. Quand on a une carrière...

Mais était-ce une raison suffisante? À moins qu'elle n'y ait pas pensé, tout simplement.

Charlotte s'étira longuement entre les draps. D'en bas lui parvenaient la voix de Blanche, toujours aussi nasillarde, celle d'Anne, toute ronde et posée, et celle d'Alicia, hésitante.

Il semblait bien que sa fille n'aurait aucun mal à s'adapter à une vie différente. Elle n'avait même pas attendu le réveil de sa mère pour se lever.

Charlotte bâilla sans vergogne, incapable de se décider à quitter son lit. Mais qu'est-ce qui lui avait pris, hier soir, d'avoir peur des mois à venir? C'était plutôt agréable, cette perspective de n'avoir rien à faire...

Ce furent finalement les tiraillements de son estomac qui la poussèrent en bas du lit.

Mais dès qu'elle mit un pied dans la cuisine, avant même qu'elle ait pu dire bonjour, Alicia se précipitait vers elle en sautillant.

— Maman! Je peux au *park with Anne*?

Cette façon bien à elle de s'exprimer dans les deux langues fit sourire tout le monde. À commencer par Blanche qui savait d'ores et déjà qu'elle aurait toutes les faiblesses pour sa petite-fille. Elle s'était réveillée avec le chant des premiers oiseaux, alors que le soleil n'était encore qu'une promesse à l'horizon, elle avait eu le temps de prendre quelques cafés, de préparer le déjeuner, de le servir. L'envie de descendre au sous-sol ne s'était pas encore manifestée. Depuis l'instant où elle avait ouvert les yeux, Blanche n'avait de pensée que pour cette petite Alicia qui ressemblait étrangement à son Émilie.

Alors ce matin, Blanche avait la ferme intention de faire les courses elle-même et entendait bien arracher la permission d'emmener Alicia avec elle. S'il fallait pour ce faire s'abstenir de tout remontant, elle s'abstiendrait. Tous les commerçants du quartier allaient l'envier, comme avant quand elle se promenait avec une petite Émilie qui attirait tous les regards. Cette perspective se suffisait à elle-même pour éloigner la bouteille. Pour ce matin, du moins.

C'est pourquoi elle n'attendit pas que Charlotte donne suite à cette histoire de jeu au parc et elle prit les devants.

— Et moi, j'aimerais l'emmener faire les courses. Alors, que décides-tu ?

Charlotte éclata de rire.

— Hé bien ! Dis donc... J'ai l'impression que tout le monde veut me voler ma fille, aujourd'hui.

À ces mots, Anne et Blanche se regardèrent en chiens de faïence. Ce qui fit monter le rire de Charlotte d'un cran.

— Allons, on ne va pas déclencher une guerre pour ça, n'est-ce pas ? On devrait pouvoir s'arranger.

C'est ainsi qu'Anne partit pour le parc avec Alicia. Mais elle avait donné sa parole d'honneur : elle serait de retour dans une heure au plus tard. Pendant ce temps, Blanche prendrait son bain et ferait la liste des courses à faire.

— Qu'est-ce que tu veux manger, Charlotte ? Aujourd'hui, c'est toi qui choisis le menu.

— Comme tu veux, maman. Je te fais confiance, ce que tu nous prépares est toujours bon !

Jamais Charlotte n'aurait pu imaginer que ces quelques mots seraient si doux à prononcer.

— Et moi, ajouta-t-elle d'une voix gourmande, je vais en profiter pour faire une petite promenade de reconnaissance. Tu ne peux pas savoir à quel point je suis contente d'être à Montréal ! Mais d'abord, quelques rôties avec de la confiture. Je meurs de faim.

C'est ainsi qu'une première semaine passa à toute allure, soulignée de promenades, de visites, de bons repas, de jeux au parc avec les deux petites filles qu'elle aimait tant et de rires avec son père qu'elle retrouvait chaque soir avec un égal plaisir.

Elle avait pris un long moment avec Anne pour discuter, pour renouer les liens que la distance avait relâchés. Toutes les deux, elles avaient parlé musique, école, mari, Angleterre. Elles avaient parlé aussi de Blanche et Charlotte avait eu l'impression qu'une très forte tension avait quitté les épaules d'Anne quand elle avait raconté ses peurs à travers certains événements qui revenaient, selon ses dires, beaucoup trop régulièrement.

— C'est vrai que maman est malade d'une drôle de façon parfois, avait alors approuvé diplomatiquement Charlotte qui se souvenait fort bien de ce qu'elle appelait l'effervescence de sa mère.

Anne n'avait pas eu à entrer dans les détails pour que Charlotte se fasse une image précise de la situation. Toutefois, depuis qu'elle était là, Blanche ne semblait pas boire. Peut-être sa petite sœur avait-elle tellement peur qu'elle avait exagéré la situation ? Charlotte avait alors entouré ses épaules et l'avait attirée vers elle.

— Mais tu n'as plus rien à craindre, je suis là.

Le soulagement d'Anne était presque palpable…

C'est ainsi qu'une semaine avait passé insouciante, joyeuse.

Une semaine sans qu'Émilie ne donne le moindre signe de vie.

Et cela surprenait Charlotte et l'attristait en même temps. En arrivant ici, elle avait vaguement cru qu'étant aujourd'hui deux femmes, chacune avec sa vie et ses espoirs, la communication serait plus facile. D'autant plus que, malgré cette émotivité à fleur de peau qui semblait ne pas avoir changé, Émilie lui avait paru plus sûre d'elle.

Malheureusement, de toute évidence, le mur qui les avait séparées quand elles étaient enfants était toujours dressé entre elles, invisible, mais bien réel.

Ce mur de la maladie et des différences. Ce mur que Blanche avait aidé à édifier pour protéger la si fragile Émilie…

Et Charlotte en était là, à se demander si elle allait débarquer chez Émilie avec ses gros sabots, mine de rien, ou, au contraire, si elle allait attendre que sa sœur lui fasse signe.

Parce que, au-delà de toutes les suppositions que Charlotte se plaisait à échafauder, il y avait Marc. Lui, il était bien réel. Émilie avait-elle peur que Marc revienne à ses premières amours ? C'était peut-être l'explication.

Alors Charlotte hésitait.

Si Émilie était toujours aussi proche de Blanche qu'elle l'était enfant, peut-être bien que sa mère saurait la conseiller. Charlotte avait toujours eu l'impression qu'il n'y avait aucun secret entre Blanche et Émilie. Mais en même temps, Charlotte avait tellement peur que la moindre question, que la plus banale discussion ne ternisse la bonne entente qui régnait entre sa mère et elle depuis son arrivée qu'elle écarta cette pensée aussitôt formulée. Mieux valait ne pas mêler Émilie à leur relation, c'était une intuition que Charlotte décida de ne pas négliger.

Ne restait donc que son père...

De toute façon, elle rêvait d'un tête-à-tête avec lui, d'un moment d'intimité qui n'avait toujours pas eu lieu.

Là aussi, c'était une autre petite déception qui l'attendait à son retour : elle avait sincèrement cru que son père profiterait de la première occasion venue pour l'inviter à son bureau, mais il semblait bien qu'une fois encore, elle s'était trompée.

Tant pis. Avec lui, au moins, elle ne se sentait pas obligée de tenir ses distances et ne ressentait aucune gêne à forcer sa porte.

Elle prétexta donc quelques courses à faire pour confier Alicia à Blanche et à Anne.

— Ce soir, je m'occupe du souper. C'est moi qui t'invite, maman.

— Oh ! N'en fais pas trop. Tu connais mon appétit. Le soir, un petit rien fait l'affaire, tu sais. Sinon, je n'arrive pas à dormir.

Mentalement, Charlotte passa outre. Au diable Blanche et sa mauvaise digestion, il y aurait du rôti de veau au menu. Ils étaient trois à avoir suffisamment d'appétit pour y faire honneur. Sans compter Alicia qui, même si elle était menue, ne laissait pas sa place. Sa fille avait fort bon appétit !

Elle quitta donc la maison en disant qu'elle serait de retour uniquement dans l'après-midi, décrétant qu'elle avait l'irrésistible envie de faire l'inventaire des commerces du quartier pour se rappeler de bons souvenirs.

Elle marcha quelques coins de rue avant de décider d'appeler un taxi. Curieusement, elle n'avait pas cru bon de dire qu'elle allait faire un détour par le bureau de son père.

Peut-être que la présence de Marc qui travaillait à l'étude y était pour quelque chose dans cette subite crainte qu'elle ressentait à avouer qu'elle voulait aller voir son père ? Charlotte évita de se poser la question. Malgré le sentiment qu'il n'y avait vraiment plus rien entre eux, Charlotte n'arrivait pas à imaginer ce que serait sa réaction si elle se retrouvait seule face à lui.

Quand elle arriva au bureau de Raymond, Charlotte eut un sourire devant Carmen, la secrétaire, qui était toujours fidèle au poste. Charlotte trouvait rassurants ces petits repères du temps qui rendaient le passé essentiel, toujours vivant. Visiblement, Carmen partageait cette opinion, car dès qu'elle l'aperçut, elle se leva pour venir à sa rencontre, toute souriante.

— Mademoiselle Charlotte ! Quelle joie de vous voir ! Votre père m'avait parlé de votre arrivée.

Puis, baissant le ton, elle ajouta :

— Si vous saviez le bonheur que vous lui faites ! Ça faisait longtemps que je ne l'avais pas vu d'aussi bonne humeur.

— Alors c'est partagé, fit Charlotte en serrant affectueusement les mains de Carmen. Je me suis beaucoup ennuyée de vous tous.

— Allez, profitez de ce que Me Deblois est seul dans son bureau. On parlera plus tard. On m'a dit que vous aviez une bien jolie petite fille.

— Alicia.

Charlotte était tout sourire.

— Oui, c'est vrai. Moi aussi je la trouve jolie.

Charlotte échappa un petit rire gêné.

— Mais je ne suis peut-être pas le meilleur juge. À tout à l'heure...

Se retournant, elle frappa discrètement à la porte et, comme elle l'avait toujours fait, elle entra avant d'y être invitée. Raymond leva les yeux et dessina aussitôt un large sourire.

— Charlotte ! Quelle belle surprise.

— Je ne te dérange pas, au moins ?

— Toi, me déranger ? Au contraire, j'espérais un moment comme celui-là.

— Alors pourquoi n'avoir rien dit ?

Raymond fit une drôle de petite grimace.

— Je ne sais pas... Je me suis dit que tu n'avais peut-être pas envie de placoter avec un vieux bonhomme comme ton père. Tu dois avoir mieux à faire.

Charlotte fronça les sourcils, l'air faussement sévère.

— Tu ne penses pas vraiment ce que tu viens de dire, j'espère ?

Raymond accentua son sourire.

— Non, pas vraiment. Allez, viens, viens t'asseoir.

Ils échangèrent un long regard de connivence. La glace était rompue. Alors Charlotte referma la porte derrière elle. Mais plutôt que d'obéir à son père et de prendre place devant lui comme il l'avait demandé, elle resta debout et pivota lentement sur elle-même pour se gaver de l'image de cette pièce qu'elle avait toujours aimée. Ici, c'était chez Raymond Deblois, c'était son domaine, et cela se sentait jusque dans le choix des couleurs, des tableaux. À l'exception d'une reproduction de Constable qui avait disparu, remplacée par un jardin lumineux, rien n'avait changé. C'est alors que Charlotte eut l'impression de remonter dans le temps. Il y aurait bientôt cinq ans de cela, elle se tenait ici et venait d'annoncer à son père qu'elle voulait se marier avec Marc.

Et il lui avait répondu d'attendre.

Mon Dieu, qu'elle lui en avait voulu. De quel droit se permettait-il de bousculer ses décisions, son existence?

Pourtant, il avait raison et une nuit avait suffi pour qu'elle le comprenne et l'admette. Malgré la présence de ce petit bébé en elle, malgré ce secret lourd de conséquences, Charlotte savait que son père avait raison. Elle n'était pas amoureuse de Marc et s'apprêtait à faire une lourde erreur.

Tout en se rappelant ce matin d'octobre qui avait changé sa vie, Charlotte s'était approchée de la fenêtre. Ce matin, il y avait un ciel de plomb grisâtre qui se tendait comme une lourde couverture au-dessus de la ville, n'attendant qu'un petit coup de vent pour se déchirer et déverser toute la pluie qu'il retenait. Exactement comme dans son souvenir. C'était debout ici, devant cette même fenêtre, qu'elle avait osé parler de Gabriel, son beau, son merveilleux, son impossible amour.

Le regard butant sur le mur de l'édifice d'en face qu'elle ne voyait pas vraiment, Charlotte sentit renaître en elle l'ennui de Gabriel. Cela faisait longtemps qu'il n'avait pas été aussi vif.

Raymond s'était levé pour venir la rejoindre. Charlotte sursauta au contact de son bras qui lui entoura les épaules. Puis elle appuya sa tête contre lui. Ce contact, cette chaleur de son père lui avaient tellement manqué. Alors, comme s'il avait suivi le fil de ses pensées, Raymond se mit à parler d'une voix rauque.

— Si je me rappelle bien, il faisait un temps comme celui de ce matin la dernière fois où tu es venue ici. Gris et lourd. Et moi, j'avais le cœur gris et lourd parce que je savais que tu allais partir.

Il y eut un moment de silence que ni l'un ni l'autre n'avait envie de briser. Puis Raymond reprit de cette voix émue que Charlotte n'avait pas entendue souvent.

Son père était si avare de ses émotions.

— Ça me fait tout drôle, Charlotte, que tu sois là. C'est si loin tout ça et en même temps, j'ai l'impression que c'était hier.

Puis il glissa un index sous le menton de Charlotte pour l'obliger à lever la tête, pour l'obliger à le regarder.

— Dis-moi, mon Charlot, qu'est-ce que tu es devenue depuis tout ce temps ? Comment va ta vie ? Vraiment.

Charlotte soutint son regard. À lui, elle n'avait pas envie de mentir.

— Si tu veux savoir si j'ai retrouvé ce grand amour dont je t'avais parlé, c'est non. Il m'arrive encore d'y penser, mais je me suis fait une raison... Côtoyer de grands blessés, tu sais, ça change la perspective des choses. J'ai eu peur de perdre ma vie à courir après l'inaccessible.

Elle ne voulait pas mentir, mais il restait certaines vérités que jamais elle ne pourrait confier. La naissance d'Alicia, toutes ces années en Angleterre où elle avait inversé les circonstances, les événements.

— C'est fragile une vie et ça peut être tellement éphémère, poursuivit-elle, s'accrochant aux seules vérités dont elle pouvait parler librement. C'est probablement pour ça que j'ai cessé d'attendre quand j'ai rencontré Andrew. C'est... c'est un homme bon, honnête, droit. Je crois qu'il te plairait. Alors je ne regrette rien.

Raymond resserra l'étreinte de son bras, décidant, devant les confidences de sa fille, de taire l'intuition d'avoir déjà rencontré Gabriel, un matin à l'aube devant sa demeure.

— Tant mieux. C'est un peu ce que j'espérais entendre.

— Non, je ne regrette rien, répéta alors Charlotte en dégageant son visage pour reporter les yeux droit devant. Même si ma vie n'est pas exactement celle que j'aurais souhaitée.

En prononçant ces mots, Charlotte pensait aussi à ses manuscrits. Effarée, elle prenait conscience qu'il y avait encore bien des secrets entre son père et elle. Saurait-elle les partager un jour? Charlotte inspira profondément avant de poursuivre:

— Il y a aussi Alicia qui a changé bien des choses pour moi. Un enfant, ça bouleverse tout. Mais c'est très bien comme ça. Je ne pourrais pas imaginer vivre sans elle. Pourtant, malgré la présence affectueuse d'Andrew, malgré mon adorable Alicia, jamais je n'oublierai ce que tu m'as dit ce matin-là. Te souviens-tu? Tu m'avais dit qu'il ne fallait jamais repousser ceux qui voient le meilleur en nous. J'y pense souvent, tu sais. C'est peut-être à cause de ces mots-là qu'il m'arrive encore parfois de songer à Gabriel. Je sais que c'est inutile, que je ne le reverrai probablement jamais, mais je n'y peux rien. Certains jours, son souvenir s'impose à moi sans que je l'aie recherché et je n'ai pas le courage de l'écarter du revers de la main. Lui, il savait voir le meilleur en moi, comme tu le disais si bien, et parfois ça me manque terriblement.

De nouveau, un long silence s'étira entre eux.

— On en est tous un peu là, tu ne crois pas? reprit alors Raymond d'une voix éteinte comme s'il ne parlait que pour lui. Il y a de ces souvenirs qui nous suivront toute la vie. Quoi que l'on fasse, où que l'on aille.

— Antoinette?

Le nom s'était glissé entre les lèvres de Charlotte sans qu'elle puisse le retenir. Elle connaissait depuis longtemps l'existence de cette femme qui avait eu de l'importance pour son père. S'il venait de dire ces quelques mots, c'était qu'il pensait encore à elle. Et il savait que s'il avait envie d'en parler, il pourrait le faire avec elle.

— C'est vrai, admit-il enfin après une brève hésitation. Moi, il y a Antoinette. Elle fera toujours partie de ces souvenirs qui ne me quitteront jamais. Comme toi tu as ton Gabriel.

— Et toi, tu l'as revue ?

Charlotte sentit la main de son père se crisper sur son épaule.

— Oui, avoua-t-il. Une seule fois. Mais je ne sais pas si c'est une bonne chose.

— Mais pourquoi ?

— Parce que les souvenirs sont parfois moins douloureux que les regrets.

Charlotte avait oublié qu'elle parlait à son père. Le ciel de plus en plus sombre les isolait du reste du monde, inventant un abri où les confidences étaient permises. Ils n'étaient plus un père et sa fille, mais uniquement deux êtres avec leurs rêves, leurs faiblesses, leurs désillusions et qui osaient se montrer à nu.

— Pourquoi n'es-tu pas resté avec elle avant qu'elle ne parte au loin ? demanda Charlotte dans un souffle. Tout ce que tu dis d'Antoinette montre que tu l'aimes.

Puis avec une pointe de regret dans la voix, elle ajouta :

— Toi, au moins, tu as la chance de savoir où elle est.

— Est-ce vraiment une chance ? Je ne sais pas. Honnêtement, je ne sais pas. C'est peut-être tout juste une tentation inutile. Mais je l'aime, oui. Et je l'aimerai toujours. Malheureusement, elle est rentrée dans ma vie à un moment où je n'étais plus libre.

— Plus libre ? Mais qu'est-ce que la liberté si tu ne peux rejoindre celle que tu aimes ? Je trouve que ces mots-là sonnent creux.

— Pas du tout. La liberté, la vraie, c'est celle que l'on prend sans détruire autour de soi. Celle qui se prend dans le respect. Et quand Antoinette est rentrée dans ma vie, il y avait déjà deux petites filles qui s'appelaient Charlotte et Émilie. La place était déjà prise.

Charlotte leva les yeux vers Raymond.

— Tu nous aimais donc à ce point?

— Et je vous aime encore à ce point. Tout comme j'aime Anne. Alors, même si je sais qu'aujourd'hui Antoinette est libre parce que son mari est décédé, je vais rester ici. Et Antoinette l'a compris puisqu'elle a décidé de rester là-bas. Dans l'état actuel des choses, quitter votre mère voudrait dire abandonner Anne. Une fille de cet âge a besoin d'une mère... Et jamais, tu m'entends, jamais je ne laisserai une de mes filles seule avec Blanche. Mais ça ne m'empêche pas de faire confiance à la vie. Un jour, tout prendra sa place, j'en suis convaincu. Quand on y croit vraiment, tout finit toujours par s'arranger.

Pendant que Raymond parlait, l'image d'Alicia s'était imposée à l'esprit de Charlotte. Accepterait-elle de laisser son bébé à Andrew ou même à Mary-Jane pour rejoindre Gabriel? Jamais. Juste à y penser, Charlotte en avait des frissons plein la peau. Elle se fit toute petite contre son père et lui dit dans un murmure:

— Je comprends, papa. Et merci. Pour nous trois.

— Pourquoi merci? Ce n'est pas un sacrifice, tu sais. C'est un choix, c'est tout. C'est plutôt moi qui aurais envie de te dire merci d'être ici.

Tout en parlant, Raymond serrait affectueusement Charlotte contre lui. Elle s'abandonna à son étreinte en murmurant en écho:

— Oui, je suis ici.

À ce moment-là tous les deux pensèrent la même chose. Charlotte n'était que de passage.

Mais ni l'un ni l'autre n'osa le dire.

Ce ne fut qu'en sortant du bureau, longtemps plus tard, que Charlotte prit conscience qu'elle n'avait pas parlé d'Émilie. Mais cela n'avait plus tellement d'importance. Son père l'avait dit: il fallait apprendre à faire confiance. La vie s'occuperait bien de les rapprocher un jour si elles avaient à être proches l'une de l'autre. Mais de quelle façon et pour quelle raison, Charlotte ne le savait pas encore.

Quand elle arriva enfin à la maison, Charlotte avait les bras encombrés des paquets et des sacs de victuailles pour le souper.

En relevant la tête après les avoir déposés sur le comptoir, son regard heurta la tablette des médicaments.

La tablette de Blanche.

Charlotte esquissa un sourire moqueur.

Il semblait bien que sa mère avait effectué un virage et suivi le progrès. Alors que Charlotte avait gardé le souvenir de bouteilles sombres, vertes et brunes, de pots aux épaules carrées ou de fioles au long col comme celui des cigognes, des bouteilles qu'elle savait remplies de sirop, élixir et autre potion au goût infect, aujourd'hui, les contenants étaient différents. Les nouvelles bouteilles étaient plutôt faites en rondeur et transparentes, elles laissaient voir comprimés, pastilles ou poudre.

Une seule constance, une seule rigueur: elles étaient toujours aussi nombreuses à monter la garde sur la santé des Deblois.

Charlotte ferma les yeux en soupirant pour aussitôt les rouvrir. Elle venait de voir la main de sa mère qui se tendait vers la tablette et ce souvenir lui était intolérable.

Invariablement avant chaque repas, Blanche faisait un choix parmi sa pharmacie personnelle. Elle triait et choisissait quelques flacons qu'elle alignait sur le comptoir puis elle se servait.

Comme elle servait Émilie, Charlotte en avait toujours été

persuadée. Elle n'était alors qu'une petite fille, mais le processus avait une telle régularité qu'elle ne pouvait avoir tort. Parce que c'était toujours une heure après les repas qu'Émilie commençait à se lamenter qu'elle avait mal. Jamais avant. Et aussi parce qu'Émilie ne se plaignait jamais, ou si peu souvent, quand elle se faisait garder chez Gertrude. Cela voulait dire quelque chose, non ? Charlotte en avait alors conclu que les sirops étaient la cause de tous ces maux dont sa sœur souffrait.

Malheureusement, il semblait bien qu'elle était la seule à y croire…

Charlotte soupira.

Mais finalement, la vie lui avait donné raison. L'hérédité n'avait rien eu à voir dans l'état de santé d'Émilie. C'étaient les sirops qui avaient tout causé. Aujourd'hui, Charlotte en avait la preuve. Alicia aussi avait hérité de la délicatesse des Gagnon et elle n'était jamais malade…

Charlotte sentit son cœur se serrer comme s'il était pris dans un étau. Peut-être l'étau de son silence. Si elle avait parlé à l'époque, si elle avait raconté son tourment à d'autres que son père en se confiant à Gertrude, ou aux professeurs du couvent, ou à la petite infirmière de l'école que sa mère traitait d'insignifiante, ou au vieux docteur Dugal qui lui faisait si peur, peut-être que les choses auraient été différentes. Peut-être…

L'arrivée en trombe d'Alicia qui se sauvait d'Anne en courant et en riant mit un terme abrupt à sa réflexion. À quoi bon ressasser de vieux souvenirs douloureux ? Aujourd'hui, Émilie semblait très heureuse. Elle avait un mari qui l'aimait et qu'elle aimait, c'était évident, et une belle carrière s'ouvrait devant elle. Le temps d'une dernière pensée amère en se disant qu'à part Alicia, c'était déjà plus que tout ce qu'elle avait et Charlotte s'attaqua au souper. En le quittant, elle avait promis à son père de le surprendre.

— Tu vas voir ! Je suis devenue une excellente cuisinière !

* * *

Charlotte était à Montréal depuis près de trois semaines, déjà, et elle avait l'impression d'avoir fait le tour de tout ce qu'il y avait à voir et à faire.

Et Émilie continuait de l'ignorer.

Et c'était tout à fait calculé, Charlotte en avait la conviction maintenant.

Elle n'avait pas besoin qu'on mette les points sur les *i* pour lire le message. C'était on ne peut plus clair. Elle savait que sa sœur appelait régulièrement leur mère et venait parfois la visiter, mais toujours lorsque Charlotte était absente. Elle ne pouvait s'y tromper : le parfum d'Émilie flottait encore dans la maison quand elle revenait. C'était limpide comme de l'eau de roche : Émilie ne voulait pas voir Charlotte.

Pourquoi la fuyait-elle ainsi ? Charlotte ne tenait même plus à le savoir. À sa déception première avait succédé l'inconfortable impatience qui avait toujours accompagné leur relation. Émilie n'avait pas changé, elle était encore et toujours aussi indécise et capricieuse. La présence de Charlotte l'ennuyait parce qu'elle avait perdu une partie de l'attention de sa chère maman et elle boudait pour le faire comprendre. Ce n'était pas nouveau.

Il pleuvait à boire debout. Depuis deux jours, le ciel était hermétique et toute la ville se déclinait dans les tons de gris. La rue se confondait aux trottoirs, qui épousaient les édifices, qui se fondaient au ciel obstinément bouché. Déprimant ! Habituée aux pluies endémiques de l'Angleterre, Charlotte décida de sortir pour prendre une marche malgré le temps exécrable. Il lui fallait se changer les idées, sinon elle ne pourrait se retenir d'appeler l'armée afin de voir si deux places ne pourraient être libres bientôt en direction de la Grande-Bretagne. Et comme elle avait promis à son père d'assister au vernissage, elle ne pouvait se permettre de repartir tout de suite. Mais c'était bien pour lui qu'elle le faisait, car elle ne voyait pas en quoi sa présence était importante pour Émilie.

Mais c'était un fait: depuis quelques jours, Charlotte s'ennuyait de sa petite maison et de la présence affectueuse de Mary-Jane. Le calme de sa vie toute simple et prévisible avait le charme d'une sérénité qui n'existait pas sous le toit de Blanche. Après quelques jours d'une miraculeuse santé de fer, le naturel de sa mère était revenu au galop sous la forme de deux ou trois migraines.

— Verrais-tu au souper, Charlotte? J'ai la tête dans un casque de fer.

Puis une indigestion l'avait gardée clouée au lit pour deux jours.

— Le temps d'une brassée de lavage et je remonte me coucher. J'ai l'estomac en lavette. Peux-tu faire les courses à ma place, Charlotte? La liste est sur le petit meuble dans l'entrée.

Rien de bien nouveau sous le ciel de Montréal! Charlotte avait alors renoué avec ses émotions d'antan. Elle se sentait devenir agressive et elle n'aimait pas cela. Il lui fallait un exutoire et une longue promenade sous la pluie devrait l'aider.

Charlotte marchait depuis longtemps. La pluie avait traversé son manteau et elle se sentait frissonnante. Il était temps de rentrer. Elle allait faire du chocolat chaud qu'elle partagerait avec Anne et Alicia. Quant à sa mère, une quelconque raideur lui avait fait choisir le confort de son lit sous une montagne de couvertures. Et quand Blanche décidait de rester au lit, elle en avait habituellement pour la journée.

Aussi, quelle ne fut pas sa surprise quand elle entendit la voix de sa mère qui provenait de la cuisine. Suivie de celle d'Alicia qui hésitait de moins en moins en français. « Le voyage aura eu au moins cela de bon» pensa-t-elle un brin injuste, mais toujours d'aussi mauvaise humeur en accrochant son manteau. « Vite, quelque chose de chaud. Je suis glacée jusqu'aux os. » Et Charlotte se précipita vers la cuisine pour s'arrêter pile sur le seuil de la porte. Comme dans ses plus mauvais souvenirs, la main de Blanche se tendait vers la tablette aux pilules. Sur le comptoir, trois bouteilles déjà. À côté d'elle, les yeux grands comme des soucoupes, Alicia la regardait fascinée, et la main tendue.

— Qu'est-ce que tu fais là, maman ?

La voix de Charlotte avait claqué, cinglante, comme le fouet sur le dos d'un cheval. Blanche sursauta.

— Je... C'est mon dos. J'ai tellement mal.

— Je me fiche éperdument de ton dos. Qu'est-ce que tu donnes à Alicia ?

— Oh ! Ça...

Blanche se permit de glisser un petit rire.

— Ce n'est qu'une aspirine. Elle m'a dit que...

— Suffit ! Je ne veux plus rien entendre. Et je t'interdis de donner quoi que ce soit à ma fille. Tes maudites pilules, garde-les pour toi !

— Mais pourquoi faire un drame pour si peu ? Ce n'est qu'une aspirine de bébé. Quand on a mal, c'est normal de prendre quelque chose.

— Bien sûr, approuva Charlotte sarcastique. Et bien entendu, tu as toujours mal quelque part et dans ton cas c'est toujours pire que les autres. C'est pour ça que ça prend au moins trois bouteilles de choses différentes pour calmer ta douleur.

À ces mots, Blanche leva vivement la tête et soutint le regard de Charlotte.

— Tu ne comprendras jamais, hein, Charlotte? Comme ton père. Vous passez votre temps à vous acharner sur moi. Comme si je n'avais pas assez d'être malade.

— Oh, ça! Pour être malade, tu l'es, oui. Là.

Tout en parlant Charlotte se pointait le front du doigt. Blanche blêmit.

— Ce n'est pas vrai. Je n'invente rien. J'ai des migraines, des indigestions.

— Alors pourquoi les médecins n'ont-ils jamais rien trouvé?

— Parce que c'est héréditaire. Je suis née comme ça. Émilie aussi.

Le fait d'entendre le nom d'Émilie changea aussitôt l'impatience de Charlotte en colère froide. Il était peut-être temps de mettre les choses au clair. Si malheureusement cela ne pouvait changer le passé, au moins Charlotte protégerait sa fille.

— Parlons-en d'Émilie, justement. Il fallait que tu joues à Dieu le père avec elle, n'est-ce pas? Il t'en fallait une à ton image.

Le regard de Blanche changea du tout au tout. La flamme qui y brillait s'éteignit comme bougie au vent et il devint neutre. C'était ce regard que Blanche utilisait quand elle voulait faire traîner les choses en longueur. C'était l'étape avant les larmes.

— Je ne comprends pas.

— Tu ne comprends pas? Alors je vais t'expliquer. Tu t'es servie d'Émilie pour justifier tous tes bobos.

— Ce n'est pas vrai. Émilie est comme moi, je n'y suis pour rien. Tu ne peux pas te rappeler, tu étais trop jeune quand elle est née, mais elle était si petite, si fragile.

— Justement, interrompit Charlotte vibrante. Elle était si petite, si fragile. Ce dont elle avait besoin, c'était ton amour, ta tendresse. Pas de ta sollicitude maladive. Et surtout pas de tes sirops que tu lui donnais tous les jours.

Blanche haussa les épaules.

— Tu ne sais pas de quoi tu parles. Sans les sirops, ta sœur ne serait même plus vivante.

— Mais tu es folle, ma parole!

— Pas du tout, s'obstina Blanche. C'est toi qui es folle de penser que j'étais pour laisser ta petite sœur sans soins. De toute façon, tu n'y connais rien.

— Oh oui! Je sais très bien de quoi je parle. Regarde Alicia. Elle ressemble à Émilie, tu ne trouves pas? Aussi menue, aussi délicate. Pourtant, elle n'est jamais malade. Je...

Un cri étouffé interrompit Charlotte et la fit se retourner précipitamment.

Debout dans l'embrasure de la porte, Émilie la regardait les yeux écarquillés, une main sur la bouche. Ce matin au réveil, elle avait compris qu'elle n'en pouvait plus de bouder Charlotte. Elle s'était dit qu'avec une pluie pareille, elle devrait la trouver à la maison et elle avait pris son courage à deux mains pour venir jusqu'ici, sachant qu'elle aurait aussi la petite Alicia à affronter. Elle s'attendait à avoir mal. Elle ne s'attendait pas à trouver l'horreur.

Sans que personne n'ait le temps de réagir, le regard d'Émilie glissa vers Blanche, revint sur Charlotte puis elle se retourna vivement. Le bruit de sa course résonna étrangement, claquement précipité des talons, soutenu par le claquement de la pluie sur les vitres. Le son de la porte d'entrée heurta les oreilles de Charlotte comme un coup de feu qui la sortit de sa torpeur. Alors elle tendit les bras à Alicia qui, inconsciente du drame qui se jouait près d'elle, attendait sagement que les grandes personnes aient fini de discuter. Grand-maman lui avait promis une pilule rose qui était supposée goûter bon.

— Viens, Alicia, on va dans notre chambre.

Alors la petite commença à avancer à pas lents vers sa mère, hésitante, comme à regret.

— Mais ma pilule ?

Charlotte dut prendre une profonde inspiration pour ne pas laisser éclater la rage qui bouillait en elle. Alicia n'avait pas à subir les contrecoups de sa colère.

— Tu n'es pas malade, Alicia, expliqua-t-elle d'une voix très calme. Tu n'as pas besoin de pilule. Mais un peu plus tard, je te donnerai un biscuit. D'accord ?

Sans plus attendre, Charlotte prit sa fille par la main et sans le moindre regard pour sa mère qui se tordait les mains en jetant des regards effarés autour d'elle, elle sortit de la cuisine.

Blanche était pétrifiée. Que s'était-il passé pour que Charlotte se transforme en furie ? Elle n'avait rien fait de dramatique. C'était Alicia qui s'était plainte d'avoir mal à la gorge. Fragile comme elle l'était, avec la pluie qui tombait depuis quelques jours et l'humidité qui régnait, ce n'était pas surprenant. Pauvre petite ! Et dire que Charlotte ne voulait pas soulager son mal !

Quand elle entendit enfin la porte de la chambre qui se refermait, Blanche descendit à la cave. Elle avait un urgent besoin de se réchauffer avant d'appeler Émilie pour lui donner quelques explications. Si elle avait le courage de le faire.

Encore une fois, Charlotte était venue tout gâcher, tout détruire…

CHAPITRE 19

La réconciliation

Charlotte n'avait pas fermé l'œil de la nuit.

Elle s'était tournée et retournée dans son lit sans trouver le repos jusqu'à ce que la lueur de l'aube, de l'autre côté de la rue, commence à découper le feuillage des arbres en une fine dentelle posée contre le ciel. La clarté naissante saupoudrait déjà une poussière dorée qui laissait entrevoir que la journée serait belle.

Sachant que le sommeil continuerait de la bouder, elle s'était alors levée et silencieusement, elle avait changé de chambre pour rejoindre Alicia qui dormait dans l'ancien lit d'Émilie. La chaleur du corps de sa fille l'avait aidée à se détendre et finalement, épuisée, Charlotte avait sombré dans un sommeil agité.

Quand elle s'était éveillée, à peine quelques heures plus tard, Alicia était déjà debout. Charlotte fit une petite grimace de déception. Elle aurait eu besoin d'un gros câlin, ce matin. À défaut de pouvoir cajoler sa fille et puiser un peu de réconfort dans la chaleur de ses sourires, Charlotte se roula en petite boule sous les couvertures, croisant les bras sur sa poitrine, puis elle bâilla longuement en frissonnant. De la cuisine lui parvenaient des voix étouffées qu'elle n'arrivait pas à reconnaître. Blanche était-elle là ? Charlotte n'avait pas du tout envie de la rencontrer. Pas ce matin, pas tout de suite. Elle ressentait encore trop d'amertume, trop de colère envers sa mère.

Et envers elle-même.

Pourtant, elle ne regrettait pas les mots qu'elle avait dits.

Devant le geste que Blanche allait poser, même s'il était anodin, même si une malheureuse petite aspirine n'avait pas de conséquence vraiment grave, elle le savait fort bien, Charlotte n'avait pas eu le choix. Blanche devait comprendre que jamais elle ne tolérerait qu'elle agisse avec sa fille comme elle avait jadis agi avec Émilie. Surtout que la ressemblance était dangereuse, pouvait porter à confusion dans l'esprit d'une femme telle que sa mère. Les mots avaient été durs, peut-être même un peu trop, mais ils étaient essentiels. Sur ce point, Charlotte n'avait pas l'ombre d'un regret. Tant pis si ce qu'elle avait dit avait blessé Blanche, elles n'en étaient pas à une déchirure près. Toute leur relation était ainsi faite de blessures et de réconciliations, d'espoirs et de désillusions.

Toutefois, Émilie n'aurait jamais dû être là. Qu'elle apprenne cette vérité un jour, Charlotte se doutait que cela finirait pas arriver.

Mais pas de cette façon. Et surtout pas par elle.

Charlotte ne se leva qu'après avoir entendu la porte de la chambre de ses parents se refermer sur Blanche qui s'était plainte d'une forte migraine, commençant à se lamenter en bas de l'escalier pour terminer à la plus haute marche, sa voix portant suffisamment bien pour rejoindre Charlotte jusque dans la chambre du fond. Elle ne fut pas surprise. Après la dispute d'hier, c'était à prévoir. Et que Blanche veuille que Charlotte le sache était tout aussi prévisible.

Raymond était déjà parti pour le travail et seules, assises à la table, Alicia et Anne terminaient leur petit déjeuner. Charlotte n'avait pas faim, mais elle se servit une grande tasse de café qu'elle noya dans le lait avant de venir s'asseoir entre les deux filles. Le nez dans leurs assiettes, les deux fillettes mangeaient d'un bel appétit que Charlotte leur envia. Puis elle soupira. Elle savait ce qu'elle devait faire de sa journée mais pour cela, elle aurait besoin de la collaboration d'Anne.

— Est-ce que tu me rendrais un service, Anne?

Cette dernière leva aussitôt la tête et se dépêcha d'avaler sa bouchée.

— Bien sûr! Pourquoi le demander?

— Parce que j'aimerais que tu t'occupes d'Alicia pour une bonne partie de la journée et que cela peut te paraître un peu long. Est-ce que c'est possible?

— Et comment! Aujourd'hui, demain, tant que tu veux! J'adore m'occuper de ma nièce!

L'enthousiasme d'Anne était communicatif et Charlotte ne put retenir le sourire qui lui monta aux lèvres. Même si elle n'avait pas particulièrement le cœur à sourire. Et pour être bien certaine qu'Alicia ne risquait pas de se retrouver seule avec Blanche, elle demanda:

— Tu n'as pas de cours de musique?

— Non, pas aujourd'hui. Je vais aller au parc. Enfin, il ne pleut plus et après, si tu le permets, j'aimerais aller voir mon amie Martine. Elle meurt d'envie de voir Alicia. En fait, toutes mes amies me trouvent chanceuse d'être une «ma tante».

— D'accord, accepta Charlotte en souriant une autre fois à ce «ma tante». Mais tu surveilles Alicia comme il faut, n'est-ce pas? Tu ne la quittes pas des yeux et tu ne la confies à personne.

Elle faillit ajouter «pas même à maman». Elle s'en abstint à la dernière minute. Avoir dit personne devrait suffire.

— Promis. À personne, personne.

Charlotte savait qu'elle pouvait partir tranquille, Anne était une petite fille de parole. Elle se prépara donc rapidement et quitta la maison.

Machinalement, Charlotte marcha jusqu'au parc La Fontaine

et sans hésiter elle retrouva le banc qui avait déjà été le sien. C'était au temps de Gabriel.

Pendant un court moment, Charlotte évoqua cette époque où l'écriture et Gabriel étaient toute sa vie avec un gros vague à l'âme. C'était si loin tout ça. Tellement loin qu'elle avait l'impression que ces merveilleux souvenirs appartenaient à une autre vie. Aujourd'hui, Gabriel n'habitait plus l'atelier et Charlotte ignorait tout de lui.

Pendant un bref instant, elle fut tentée de se rendre à l'atelier puis se ravisa. Pourquoi chercher à se faire mal?

Sa vie présente, celle d'ici comme celle d'Angleterre, s'enroula à ses souvenirs et Charlotte reconnut les signes de l'ennui.

Elle aurait aimé être magicienne pour se retrouver immédiatement chez elle et que tout ce qui avait été dit, hier, ne l'ait jamais été.

Charlotte ferma les yeux et appuyant sa tête contre le dossier du banc, elle offrit son visage à la chaleur du soleil.

Elle avait l'impression que tout se mélangeait dans sa tête. Ses souvenirs, ses regrets, son ennui.

Charlotte soupira.

À ce moment de l'été, les rosiers devaient être en fleurs et l'odeur de la lavande déjà suffisamment forte pour s'infiltrer dans le moindre recoin de la maison. Elle aimait cette senteur de propre, de grand air et pendant un instant, elle s'amusa à imaginer la lande derrière la maison des Winslow puis le petit village où elle faisait ses courses. Tout cela lui manquait. Même le goût un peu âcre du thé anglais lui manquait parce qu'habituellement c'était avec Mary-Jane qu'elle en buvait.

Voilà une grand-maman qui devait s'ennuyer. Une grand-maman en qui Charlotte pouvait avoir une entière confiance. Alors qu'ici…

Charlotte ouvrit les yeux.

Ses pensées l'avaient ramenée à ce qu'elle voulait faire de sa journée. Et pour l'instant, il n'y avait pas de place pour l'ennui. Elle y reviendrait ce soir et écrirait à Mary-Jane et à Andrew, elle n'avait que trop tardé.

Mais avant, elle devait voir Émilie.

Elle ne savait ce qu'elle dirait ni comment elle le dirait. Mais les choses ne pouvaient en rester là.

Peut-être Charlotte avait-elle tout simplement envie de demander pardon. Pardon pour son silence alors qu'il était peut-être encore temps d'agir, quand Émilie était petite.

Pardon pour les mots d'hier qui l'avaient sûrement blessée.

Et cette rencontre avec Émilie déterminerait la date de son départ pour l'Angleterre…

Ainsi, ce soir, dans les lettres qu'elle se promettait d'écrire, elle pourrait avancer une date de retour.

Elle ne savait plus si elle espérait partir demain ou dans un mois. Pour l'instant, seule Émilie détenait la réponse…

Quand elle arriva devant la maison qu'habitait Émilie depuis son mariage, Charlotte leva les yeux en hésitant. Elle était certaine d'être devant le bon immeuble, Blanche en avait si souvent parlé que Charlotte avait l'impression d'être déjà venue. Non, son indécision ne venait pas de là. L'origine de son malaise se situait très loin du moment présent.

Son hésitation à traverser la rue et sonner à la porte venait de son enfance, de toutes ces années où les deux sœurs avaient vécu en parallèle sans vraiment se connaître. Même ce matin, Charlotte n'avait pas la moindre idée de la façon dont Émilie allait l'accueillir.

Serait-elle heureuse, soulagée de pouvoir reparler de tout ça ou au contraire, cette démarche n'allait-elle pas enfoncer un peu plus le couteau dans la plaie ? Ce n'était évidemment pas ce que Charlotte voulait. Pas plus qu'elle n'avait voulu que sa sœur entende ses propos hier.

C'était si complexe que Charlotte sentit ses épaules ployer.

Si les mots, hier, parlaient d'Émilie, ce qui s'était dit ne regardait que Blanche et Charlotte.

Il fallut que quelqu'un la bouscule au passage pour qu'elle se décide enfin. À peine entendit-elle le tintement de la sonnette tellement son cœur battait fort. Puis, au loin, elle reconnut la voix d'Émilie qui disait d'entrer. Elle était penchée au-dessus de la rampe qui bordait le palier. Charlotte leva la tête au moment où Émilie demandait :

— Tu es seule ?

Charlotte haussa les sourcils. Pourquoi cette question ?

— Oui. Pourquoi veux-tu que...

— Alors monte, l'interrompit Émilie en regagnant son logement.

L'invitation était plutôt tiède, laconique. Par contre, elle ne l'avait pas mise à la porte et c'était peut-être bon signe. Charlotte monta donc, mais sans avoir la moindre idée de ce qu'elle allait dire.

Le logement était accueillant et à peine le temps d'y mettre les pieds, Charlotte dut reconnaître que Blanche en avait fait une juste description. Dès que la porte s'était refermée sur elle, Charlotte avait eu l'impression d'être enveloppée d'un voile de douceur.

La douceur d'Émilie.

Celle-ci l'attendait assise dans le salon envahi par le soleil du matin.

— J'ai passé la nuit ici, annonça Émilie sans le moindre bonjour.

Était-ce un préambule ou une mise en garde ? Charlotte essaya d'y voir un signe encourageant.

— Moi non plus, je n'ai pas dormi.

Elles étaient donc sur la même longueur d'ondes. Émilie la regarda un instant avant de détourner la tête.

— Pourquoi es-tu là ?

Charlotte haussa les épaules. En fait, pourquoi était-elle venue exactement ? Elle-même avait de la difficulté à s'y retrouver.

— Je ne sais pas, répondit-elle honnêtement. Peut-être simplement parce que je croyais que c'était important.

— Important pour qui ? Pour toi ou pour moi ?

— Pour nous deux.

À ces mots, un vague sourire flotta brièvement sur le visage d'Émilie avant qu'elle tourne la tête vers Charlotte.

— Alors, pour une fois, j'ai l'impression qu'on pense la même chose. Tu veux t'asseoir ?

En s'asseyant en face d'Émilie, Charlotte remarqua le tableau accroché au-dessus de la cheminée. Elle reconnaissait le trait de crayon de sa sœur mais avec une maîtrise nouvelle. La luminosité que dégageait la toile n'avait rien à envier au soleil qui inondait la pièce.

Émilie avait suivi son regard. Mais avant que Charlotte n'ait pu dire quoi que ce soit, elle demanda :

— Ce que tu as dit hier, à propos des sirops, est-ce que c'est vrai ?

Elle avait besoin d'une confirmation. Même si son opinion était faite et qu'elle était inébranlable quoi que sa mère ait pu faire. Charlotte s'était avancée sur le bout de son siège.

— Jamais je n'aurais pu inventer pareille atrocité.

— Atrocité, répéta Émilie d'une voix lointaine. C'est drôle, c'est à moi que c'est arrivé et pourtant je n'arrive pas à dire que c'est atroce. C'est peut-être malheureux. Et encore, je ne suis même pas certaine.

Charlotte ne comprenait pas. Comment Émilie pouvait-elle accepter sans au moins avoir envie de crier?

— Mais comment peux-tu dire une telle chose? demanda-t-elle en écho à ses pensées. Tes douleurs, tes crampes, tes hospitalisations… Tout ça aurait pu être évité.

— Peut-être oui… Mais j'ai eu beau y penser toute la nuit, je n'arrive pas à en vouloir à maman…

Charlotte avait l'impression de tomber des nues. Comment Émilie pouvait-elle prendre cette révélation avec un tel détachement?

— Mais comment peux-tu pardonner une telle chose? osa-t-elle demander incrédule.

— Pardonner?

Émilie tourna la tête vers la fenêtre pour que Charlotte ne puisse voir le moindre éclat de cette douleur qu'elle ressentait. C'était avec la vie qu'elle avait un compte à régler, pas avec sa mère.

— Pardonner, répéta-t-elle. J'ai de la difficulté à comprendre ce mot-là. Je dirais que je ne lui en veux pas, c'est tout.

— Je ne comprends pas.

Émilie soupira, attendit un instant puis tourna la tête pour regarder Charlotte droit dans les yeux.

— Ce n'est pas difficile à comprendre, Charlotte. Si détester maman me redonnait la santé, alors oui, je la détesterais. De toutes mes forces.

Le regard d'Émilie avait la dureté et la brillance d'un diamant. Charlotte était subjuguée. Jamais elle n'aurait pu imaginer sa petite sœur aussi forte, capable de cette rigueur, de cette inflexibilité qu'elle sentait dans sa voix.

— Mais ce n'est pas le cas, poursuivait Émilie qui maintenant se concentrait sur les plis de sa jupe. Ce qui est fait est fait. Je n'y peux rien. Personne n'y peut rien. Alors non, je ne détesterai pas maman, ni papa d'ailleurs. Parce que lui non plus n'a rien fait, il ne faudrait pas l'oublier dans tout ça. Et veux-tu savoir pourquoi? Parce que je sais très bien que si je laisse la colère prendre le dessus, c'est moi qui serai malheureuse. Ça doit être très long une vie avec de la rancune en soi.

Charlotte avait penché la tête et elle resta silencieuse un moment. Puis elle leva les yeux. Assise très droite dans le canapé, Émilie la dévorait du regard.

— J'envie ta sérénité, Émilie, murmura alors Charlotte.

— Ce n'est pas de la sérénité. C'est comme ça que je suis.

— Alors tu es chanceuse. Moi je crois que j'aurais envie de hurler, de tout briser autour de moi.

— Et qu'est-ce que ça te donnerait de plus? demanda Émilie d'une voix lasse comme si brusquement elle était terriblement fatiguée.

Cela faisait tellement partie de sa vie d'accepter sans pouvoir intervenir que c'était devenu une seconde nature pour Émilie. Elle poursuivit sans attendre de réponse.

— Ça ne donnerait rien. Tout casser ne donnerait rien, fit-elle avec un peu plus d'assurance dans le ton. Je préfère me dire que c'est là ce qui était prévu pour moi... Comme si un grand chef avait orchestré la mesure, les couplets, le refrain et même l'harmonie finale. Si je n'avais pas été malade, obligée de garder le lit souvent, est-ce que j'aurais dessiné un jour? Le sais-tu? Moi, je ne le sais pas. Personne ne peut répondre à ça. Je préfère voir les choses comme elles se présentent. Sinon, c'est là que je serais vraiment perdante et sur tous les plans.

Spontanément, le regard de Charlotte s'était levé vers la toile au-dessus de la cheminée pendant qu'Émilie parlait.

— C'est vrai, tu n'aurais peut-être pas dessiné, admit-elle alors. Et j'avoue que ç'aurait été dommage.

Émilie haussa les épaules.

— Je ne sais pas si ç'aurait été dommage ni pour qui. Mais c'est un fait : j'adore peindre. Et si c'est grâce à la maladie que j'en suis venue là...

Émilie ne termina pas sa pensée. Pendant un long moment elles restèrent toutes les deux silencieuses à contempler la toile. Puis Charlotte brisa le silence.

— Comment est-ce que tu te sens devant une toile blanche ? osa-t-elle demander. C'est tellement beau... J'ai de la difficulté à concevoir que tout ça, ce soleil, ces fleurs, cette lumière, c'était dans ta tête et qu'avec juste un peu de couleur tu es arrivée à créer un univers qui nous parle.

Émilie hésita. Elle avait bien entendu les mots de Charlotte quand elle avait dit la toile blanche mais aussitôt l'expression *page blanche* s'était imposée. Elle avait l'impression que la conversation prenait un tour imprévu, devenait plus intime et que l'instant qu'elle avait tant souhaité était là, à portée de main, à portée d'intention. Si elle n'osait pas parler maintenant, jamais elle ne le ferait. Et que durant toute sa vie, elle le regretterait. Alors, d'une voix très douce, elle dit :

— Probablement que je me sens comme toi devant la page blanche.

Émilie n'avait pas vraiment parlé, mais elle avait tout dit. Et Charlotte avait tout compris. Elle manqua de souffle, comme si une main invisible s'était plaquée contre sa bouche.

Ainsi donc, Émilie savait...

Ses mains se mirent à trembler. Pourtant, au lieu de la colère qu'elle aurait dû ressentir, c'était une forme de soulagement qui s'était emparé d'elle. Il n'y avait probablement que ce matin, dans toute leur vie, où Émilie pouvait saisir cette occasion de lui dévoiler son secret sans que Charlotte ne le sente comme un viol. À son tour, elle détourna les yeux vers la fenêtre. Curieusement, même si elle se doutait que pour avoir découvert qu'elle écrivait, Émilie l'avait épiée, surveillée, elle n'arrivait pas à lui en vouloir. Pas ce matin. Charlotte sursauta. Elle venait d'employer les mêmes mots qu'Émilie quand elle parlait de Blanche. Pourquoi?

Elle était encore à essayer de comprendre tout ce qui vibrait si fort en elle quand Émilie recommença à parler.

— C'est drôle, murmura-t-elle tant pour Charlotte que pour elle-même, dans le fond, toi et moi, on utilise le même moyen pour s'exprimer. Chacune à notre façon, nous prenons le crayon pour créer, pour nous libérer peut-être, pour nous comprendre, pour espérer... Les résultats sont différents, mais les chemins pour y arriver se ressemblent. On est différentes en apparence mais dans le fond on se ressemble.

Jamais Charlotte n'aurait pu imaginer qu'un jour elle se sentirait si proche d'Émilie. Tout comme Gabriel avant elle, Émilie semblait tout comprendre, par instinct. C'est pourquoi quand celle-ci se tut, Charlotte prit aussitôt la relève, parlant d'une voix éteinte sans regarder Émilie. Seul Gabriel, jusqu'à ce jour, avait eu droit à ses confidences, avait eu accès à l'intimité qu'elle vivait avec les mots et d'avoir la chance d'en parler encore aujourd'hui lui procurait un grand apaisement. Maintenant qu'Émilie avait avoué qu'elle était au courant de l'écriture, il semblait important aux yeux de Charlotte qu'elle sache pourquoi elle le faisait.

— Je ne peux parler que pour moi, expliqua-t-elle lentement. C'est tellement personnel, l'acte de créer. Mais quand je prends un crayon, c'est parce que je sens l'urgence d'écrire. Je me sens fébrile. Les mots se bousculent, pressés d'être enfin vrais, couchés sur le papier. Avant, ils ne sont que supposition dans mon esprit. Puis brusquement, ils m'envahissent, ne laissent aucun répit. J'ai peur d'étouffer si je ne leur permets pas de sortir. Chaque fois, c'est pareil : le livre est là en moi tout entier. Je voudrais que d'eux-mêmes les mots se placent pour que je puisse lire. Parce que dans le fond, c'est la même chose, le même dépaysement. Écrire ou lire… L'un découle de l'autre, s'emboîte à l'autre sans que je fasse la différence. Ils se précèdent et se suivent inexorablement, emmêlés l'un à l'autre.

Émilie sentait tellement de passion dans les confidences de Charlotte qu'elle n'osait l'interrompre. Et ce fut à son tour de l'envier. Elle n'avait jamais ressenti cette intimité avec les couleurs. Elles faisaient partie de son univers mais elles n'étaient pas son univers. Elle sursauta quand Charlotte l'interpella :

— Est-ce que tu sens cette urgence, toi aussi, devant la toile ? Est-ce que les couleurs te parlent comme moi les mots le font ?

Émilie esquissa un petit sourire. Comment lui expliquer ? Émilie ne savait pas. Elle n'était pas une femme de passion comme Charlotte mais une femme de persévérance. Le plaisir qu'elle ressentait devant le chevalet lui sembla tout à coup bien dérisoire à côté de la folie créatrice qu'elle avait perçue chez Charlotte. Pourtant, le peinture était une grande partie de sa vie.

— C'est difficile à dire, commença-t-elle péniblement. Je… je ne me sens pas fébrile, comme tu dis. C'est sûr que c'est important pour moi. J'aime peindre, c'est indéniable. Et quand je suis devant le chevalet, j'oublie tout. Mais il me semble qu'il y a deux parties en moi. Celle qui veut se retrouver devant le chevalet pour peindre et celle qui veut être admirée une fois la toile terminée.

— Moi aussi, j'aimerais être lue, avoua Charlotte à voix faible. Quand on écrit, c'est aussi pour être lue.

— Et alors? Qu'est-ce qui te retient?

— J'ai essayé, confessa tristement Charlotte. Mais on n'a pas retenu mes manuscrits.

Puis une lueur de colère traversa son regard.

— On a dit que mon écriture était trop «territoriale».

— Mais qui a pu dire une telle ânerie? «Territoriale», ça ne veut rien dire du tout.

Charlotte échappa un soupir fataliste.

— Ça, c'est toi qui le dis. Pas une mais deux maisons d'édition françaises ont employé ce même mot. Ils doivent savoir ce qu'ils disent non?

— Non!

La réplique d'Émilie avait fusé avec une telle ferveur, une telle spontanéité que les deux jeunes femmes éclatèrent de rire en même temps. Puis Émilie reprit:

— Je crois qu'il faut apprendre à dissocier l'œuvre du résultat. Séparer la création du but poursuivi. C'est un peu comme ça que je me sens face à la peinture. Il y a Émilie qui peut passer des heures seule à jouer avec les couleurs et Émilie qui aime bien voir le produit fini dans la vitrine d'une galerie.

— Et c'est possible de tout dissocier?

— Je le crois. J'aime peindre, mais je veux aussi être vendue. L'un ne va pas sans l'autre. Peut-être que si tu arrivais à voir les choses de façon distincte, à laisser de côté les émotions parfois, peut-être que ce serait différent.

Émilie soupira bruyamment.

— C'est tellement difficile à expliquer…

Charlotte resta un long moment silencieuse, essayant de comprendre comment elle pourrait arriver à être moins émotive face à l'écriture. Un mot d'Émilie l'avait surprise: jouer. Cela lui semblait impossible de jouer avec les mots comme elle semblait le faire avec les couleurs. Les mots étaient à la fois son tyran et sa récompense, mais ils ne pouvaient pas être un jeu.

— Tu vois, Émilie, quand j'écris, j'ai l'impression que je vais à la découverte de moi. C'est difficile, c'est douloureux. Et à cause de ça, j'ai toujours cru que la réalisation se ferait dans la douleur. Je ne vois pas comment je pourrais mettre une frontière entre l'écriture et le livre fini. Et je ne vois pas comment m'en amuser. Mais peut-être as-tu raison? Peut-être qu'un jour j'arriverai à mettre mes émotions de côté pour devenir une femme d'affaires. Peut-être...

Tout en parlant, Charlotte avait recherché le regard d'Émilie. Et ce fut en la regardant droit dans les yeux qu'elle ajouta:

— Mais ce jour-là, peut-être aussi que je ne saurai plus écrire...

Émilie ne répondit pas tout de suite. Il lui semblait impossible que Charlotte n'écrive plus. Myriam était trop vivante, trop belle pour que cette source-là finisse par tarir.

— Je ne crois pas, Charlotte, je ne crois pas que tu aies à craindre que ce jour-là arrive. Ce que tu écris est trop beau.

— Comme tes toiles sont belles.

— Peut-être, fit Émilie en se relevant.

Puis elle se tourna vers la toile fleurie qui dominait la pièce.

— Sais-tu ce que je pense réellement de tout ça? Et ça rejoint peut-être ce qui s'est dit hier.

Charlotte haussa les épaules en signe de négation. Alors Émilie enchaîna aussitôt:

— Je crois que c'est un peu grâce à maman que tu écris et que moi je peins. Sa différence nous a renvoyées à nous-mêmes et nous a obligées à nous dépasser. C'était ça ou lui ressembler. Mais chose certaine, on n'a pas eu le choix d'apprendre à nous faire confiance. C'est à tout ça que j'ai pensé la nuit dernière. On n'a peut-être pas eu la plus belle des enfances, mais c'est peut-être cette même enfance qui a pavé le chemin de nos vies d'adulte et comme j'aime vraiment ce que je fais, je me dis que c'était une bonne chose. Peut-être que je n'ai pas eu le choix, mais j'ai appris à faire confiance.

La clairvoyance d'Émilie troubla Charlotte. Jamais elle n'avait cru que leurs pensées étaient si proches, finalement. Cette différence dont elle parlait, Charlotte aussi l'avait toujours sentie. Tout comme l'obligation d'aller toujours plus loin. Et il y avait aussi un autre côté d'Émilie qui l'avait surprise. Cette foi qu'elle sentait, cette confiance, cette envie d'aller plus loin. Elle décida d'être moqueuse. Gentiment.

— Serait-ce ton petit côté paternel qui fait surface?

Émilie fronça les sourcils.

— Mon petit... je ne comprends pas. Pourquoi tu dis ça?

— Tu dis les mêmes choses que papa. L'autre jour, lui aussi il me parlait justement de faire confiance.

Émilie n'osa demander pourquoi son père avait dit cela. Cela ne la regardait pas. Elle aurait simplement voulu que cette journée ne s'achève jamais. Elle l'avait tant souhaitée. Même si c'était encore fragile, imprécis, Émilie avait l'intuition que cette fois-ci, les liens entre elles avaient quelque chose de durable. D'essentiel. Alors elle prit Charlotte par la main pour l'obliger à se lever.

— Viens, j'aimerais te montrer mon atelier et avoir ton avis sur les toiles que je dois livrer pour le mois prochain.

— D'accord. Mais à une condition.

Charlotte s'était levée pour suivre Émilie, mais elle la retint un instant et l'obligea à la regarder.

— Quelle condition?

— Que tu acceptes de lire l'histoire de Myriam.

Émilie se mit à rougir. Puis, dans un murmure, elle avoua :

— Rien ne pourrait me faire plus plaisir. Je n'osais le demander… Tu sais, si un jour j'ai décidé de me prendre en mains, c'est beaucoup grâce à elle. Et quand tu es partie, elle m'a manqué presque autant que toi…

Les semaines qui suivirent resteraient un curieux mélange de certitude et d'ambivalence pour Charlotte. La certitude qu'un seuil avait été franchi entre Émilie et elle. L'abolition de certaines frontières qui, avec le temps, mèneraient peut-être à la connaissance l'une de l'autre. Mais en même temps, elle avait l'intuition qu'il restait encore des zones d'ombre.

Parce que jamais, à aucun moment, Émilie ne parlait d'Alicia. Pas même la mention de son nom.

Pourquoi ?

Charlotte avait l'impression que sur le sujet, on entretenait un flou volontaire qu'elle n'arrivait pas à définir, à cerner. Et que c'était beaucoup plus profond qu'une simple indifférence face aux enfants.

Puis le jour du vernissage arriva. Le propriétaire de la galerie avait organisé l'événement jusque dans ses moindres détails. Critiques, journalistes, amateurs ou simples curieux, tout le monde se pressait dans la salle de l'hôtel réservée à cette fin. Les toiles d'Émilie mises en valeur par l'éclairage tamisé de la salle et quelques projecteurs donnaient des allures de printemps à la pièce un peu sombre. Déjà quelques tableaux avaient trouvé preneur et les petites pastilles rouges collées sur le carton indiquant le nom de l'œuvre disaient l'urgence de se décider pour ceux qui voulaient acquérir une peinture d'Émilie Deblois.

Sollicitée de toutes parts, Émilie était rose de plaisir. C'était son heure de gloire que Marc, à deux pas d'elle, partageait sans l'ombre d'un doute.

Assise dans un coin reculé de la salle, Charlotte regardait. Comme toujours, vampire d'émotions et de physionomies, elle se gavait des images de cette scène qu'un jour, probablement, elle utiliserait dans un de ses livres.

À cette pensée, ses épaules se courbèrent et son regard glissa sur le sol.

Il n'y avait pas de livres.

Ce n'était tout au plus que des manuscrits volumineux, que des feuilles de papier couvertes de mots, que des histoires sans autre intérêt que d'avoir été écrites. Même si Émilie avait insisté après avoir terminé la lecture de l'histoire de Myriam, Charlotte ne savait pas si un jour elle aurait le courage de présenter encore une fois son manuscrit à une maison d'édition. Après un double refus, ce ne serait pas de courage qu'elle aurait besoin mais de témérité, elle en était consciente. Il y avait encore très loin de la coupe aux lèvres.

Elle enviait tellement Émilie d'être ainsi entourée de gens qui appréciaient ses œuvres, son talent. Avec à ses côtés, un mari qui semblait gonflé de fierté…

Assise à l'écart, Charlotte écoutait se débattre en elle les habituelles contradictions qui présidaient aux moments importants de sa vie. Comme si une éternelle insatisfaite habitait en elle. Heureuse pour Émilie, déçue pour elle-même… Même l'ennui de chez elle, l'ennui de cette nouvelle famille qui était aussi la sienne n'avait pas la saveur habituelle. Elle regardait Marc qui s'empressait auprès d'Émilie et ne pouvait s'empêcher de comparer. Andrew saurait-il la seconder si jamais un jour, il y avait le lancement d'un livre de Charlotte Deblois? Même si dans ses lettres, son mari se faisait nettement plus expansif et que l'amour qu'il ressentait pour elle était clair, réconfortant. Charlotte ébaucha un sourire. Peut-être qu'Andrew et elle avaient plus de points communs qu'elle se plaisait à l'admettre? Le monde des mots écrits leur semblait à tous les deux beaucoup plus confortable que celui de la parole.

— Fatiguée, ma grande?

Charlotte sursauta. Elle n'avait pas vu venir son père qui se tenait maintenant tout près d'elle.

Son père qui était seul tout comme elle, Blanche étant retenue au lit par la migraine. Encore...

Pourtant, habituellement, pour Émilie, Blanche était capable de faire des efforts, comme elle le disait. Pourquoi était-elle absente ce soir alors que l'événement était si important pour Émilie? Combien de fois son père s'était-il retrouvé seul lors de réunions, de rencontres, de fêtes? « Pauvre papa » pensa Charlotte en dessinant un grand sourire pour lui avant de répondre. Puis tout en parlant elle se leva et glissa un bras sous le sien.

— Pas vraiment fatiguée... Je regarde, c'est tout. J'aime bien regarder des foules... Et j'avoue que j'envie un peu Émilie d'être ainsi adulée.

Charlotte n'osa dire pourquoi. Raymond lui tapota la main comme lorsqu'elle était enfant et qu'il voulait la consoler d'un petit malheur.

— C'est vrai qu'elle est chanceuse, approuva-t-il. Mais tu ne crois pas qu'elle l'a bien mérité? La vie ne lui a pas fait de faveurs et malgré cela, Émilie a beaucoup travaillé. Quand on fait des efforts et qu'on y met tout son cœur, la vie finit toujours par le reconnaître.

Charlotte ne releva pas cette dernière affirmation, il y en aurait trop eu à débattre. Et ce n'était ni le lieu ni le moment de le faire, pas plus qu'elle ne se sentait assez sûre d'elle-même pour avouer qu'elle écrivait.

Un jour peut-être...

— Tu as raison, papa. Émilie mérite bien tout ce qui lui arrive. Ce doit être merveilleux de voir que les gens apprécient ce que l'on fait... Tu viens? J'aurais envie de faire le tour de l'exposition, encore une fois. Elle a vraiment du talent, ma sœur!

Le soir même, Charlotte écrivait à Mary-Jane pour lui dire qu'elle verrait à réserver deux places sur le prochain vol de l'armée en direction de la Grande-Bretagne. Même si elle savait qu'Andrew n'y serait pas avant décembre, il lui tardait d'être chez elle. Elle avait envie d'attendre son mari dans l'univers qui était le leur.

Ici, elle avait fait le tour du jardin.

Et c'était peut-être préférable qu'Émilie n'ait pas voulu rencontrer Alicia...

Chapitre 20

Anne se cherche un nid

Depuis qu'elle avait réservé des places dans un avion de l'armée, Charlotte s'était mise à compter les jours. Puis les heures…

Maintenant, elle aurait voulu être capable de retenir les minutes. Anne pleurait sans retenue, de grosses larmes coulaient sans interruption sur ses joues alors qu'elle tenait Alicia assise sur ses genoux. Son père avait les yeux plus brillants qu'à l'habitude et sa moustache frémissait comme sous l'effet d'un invisible frisson. Charlotte n'en menait guère plus large. Mais elle s'était juré de ne pas pleurer devant Alicia et Anne. Pour contrer les picotements qui s'entêtaient à agacer le bord de son nez, elle parlait vite et inventait des tas de projets pour tout le monde.

— Et pourquoi ne viendrais-tu pas passer les vacances de Noël avec moi, Anne ? Ce serait chouette, non ? Et toi papa, ce serait à ton tour de venir l'été prochain. Tu vas voir comme notre maison est jolie. Tellement différente de ce que l'on a ici. De toute façon, il serait temps que tu songes à voyager. Tu n'es jamais sorti de ton petit coin de pays…

Blanche, quant à elle, était restée à la maison.

— J'ai été malade cette nuit, ma pauvre Charlotte. L'estomac tout à l'envers, comme une espèce de nausée qui ne veut pas s'en aller… Il vaut mieux que je reste ici et que je ne t'embrasse pas. S'il fallait que ce soit une gastro ! C'est contagieux comme la peste. Et dire que je voulais tant t'accompagner à l'aéroport…

— Bien sûr, maman.

Charlotte s'y attendait, elle ne fut ni surprise ni déçue.

Puis le moment des adieux fut brusquement là. Le départ se vécut comme tous les départs, dans la précipitation. Dès que Charlotte vit le commandant lui faire signe qu'il était temps d'embarquer, elle récupéra Alicia qui ne voulait pas laisser Anne, ramassa les bagages à main. Dernière accolade, derniers baisers, promesse de revenir bientôt.

— Et la prochaine fois, Andrew sera du voyage.

Puis les pas claquèrent sur le dallage, la porte se referma sur les voyageuses, sur un dernier signe de la main…

L'ultime pensée de Charlotte pour les siens fut pour Émilie quand l'avion commença à rouler sur la piste.

Émilie qui, d'une excuse à un empêchement, d'un prétexte à une rencontre avec le propriétaire de la galerie, avait réussi l'incroyable tour de force de ne pas croiser Alicia.

Pourquoi ?

Ce matin, comme l'avait expliqué Émilie la veille au soir au téléphone, elle n'aurait pas le choix, elle l'avait promis : elle devait apporter quelques toiles neuves à l'exposition…

— Je regrette, mais je ne pourrai pas aller te reconduire à l'aéroport.

Curieusement, Charlotte s'y attendait. Elle ne fut pas surprise, mais cette fois-ci, elle fut déçue.

L'avion décolla enfin, survola la banlieue est de Montréal et prit de l'altitude. Charlotte transforma sa tristesse en curiosité et essaya de deviner quelles étaient les villes qu'elle apercevait tout en bas. Puis Alicia la tira par la manche et Charlotte la prit sur ses genoux.

Alors, le nez au hublot, la mère et la fille s'amusèrent à regarder les nuages qui se précipitaient vers l'appareil puis s'extasièrent en riant quand l'avion commença à s'enfoncer dans un lit de ouate…

Mary-Jane les attendait à l'aéroport de Londres où exceptionnellement l'avion faisait une escale. Dès qu'elle vit Charlotte, elle se mit à faire de grands signes avec les bras, visiblement heureuse, émue de les revoir. Charlotte y répondit d'un grand sourire. À l'autre bout de son voyage, elle avait la même impression qu'à son arrivée à Montréal: elle venait de rentrer chez elle. L'odeur chaude et humide de la cité en cette fin du mois d'août lui était familière. Son cœur se mit à battre très fort.

Mary-Jane, avant même de prendre Alicia dans ses bras, lui fit une longue accolade en lui souhaitant la bienvenue, en l'embrassant sur les deux joues, les yeux pleins d'eau.

Une accolade, un accueil comme Charlotte aurait tant aimé en recevoir parfois de sa mère...

Un peu plus tard, bras dessus, bras dessous, Alicia pendue au cou de sa «grand-ma», elles avaient récupéré la vieille guimbarde pour faire la route jusqu'au village qu'elles habitaient. Monsieur Winslow était resté à la maison et s'il n'était pas venu, c'était qu'il avait préparé sa spécialité pour célébrer le retour de Charlotte. Un *kidney pie* les attendait...

* * *

Quand l'avion n'avait plus été qu'un point grisâtre disparaissant petit à petit derrière les nuages, Raymond avait pris Anne tout contre lui et l'avait emmenée prendre un chocolat chaud avant de la ramener à la maison.

Puis il avait regagné son étude et s'était abruti d'ouvrage pour éviter de penser que ce soir, au souper, Charlotte et Alicia ne seraient plus là pour l'accueillir chez lui.

Il avait passé la nuit sur le divan de son bureau parce que Blanche dormait en ronflant quand il était entré et qu'il avait permis à Anne de passer la nuit chez son amie Martine.

Il avait quitté la maison à l'aube.

Et maintenant, il avait l'impression de tourner en rond.

Le soir avant son départ, Charlotte lui avait fait promettre de bien s'occuper d'Anne.

— Je crois que ma... que ta femme a recours assez libéralement à son merveilleux tonique.

Quand Charlotte parlait de sa mère en disant ta femme, cela voulait dire qu'elle n'avait plus la moindre illusion.

— Il ne faudrait pas qu'Anne soit...

— Je sais, l'avait alors interrompue Raymond, agacé, douloureusement conscient de tous les problèmes qui existaient chez lui. Je sais très bien ce que tu veux dire. Et si j'avais le plus petit contrôle qui soit sur la situation, je te jure que ce serait bien différent. Malheureusement, je dois composer avec les limites qui sont les miennes. Mais promis, je vais être très prudent, très présent pour ta petite sœur.

Ce qui, en soi, n'était pas très difficile à promettre. Ne restait qu'à trouver les modalités, ce qui était nettement plus difficile à faire...

En arrivant ce matin, il était resté un long moment immobile assis à son bureau, les yeux dans le vague. Puis il s'était relevé et debout devant la fenêtre, il avait contemplé le ciel vers l'est, se demandant si Charlotte s'était bien rendue, si elle était arrivée chez elle, dans cette petite maison qu'elle avait si bien décrite. Elle savait si bien raconter, sa Charlotte! Puis il avait cherché à deviner ce qu'elle faisait à cet instant précis. Raymond avait alors essuyé une larme indiscrète qui s'était faufilée le long de son nez avant de se perdre dans sa moustache. Après avoir calculé le décalage horaire et soupiré, il avait repris sa place derrière son bureau et impulsivement, il avait pris une feuille de papier à lettres.

Il sentait le besoin de mettre ses pensées par écrit pour y voir clair parce qu'il n'y avait plus personne à qui se confier. Pourtant, ce matin, il en aurait tant eu besoin.

Toute sa vie, il avait eu à prendre des décisions. Seul.

Toute sa vie, il avait travaillé comme un forcené pour y arriver. À cause de Blanche qui coûtait une fortune en médicaments, en médecins.

Toute sa vie, il avait tenté de faire pour le mieux. Pour ses filles.

Aujourd'hui, il avait l'impression d'avoir commis erreur sur erreur. Que Charlotte sente le besoin de lui dire de bien voir à Anne en était la preuve. Mais que pouvait-il faire de plus? Il se sentait pieds et poings liés. Or Charlotte avait raison: il devait protéger Anne.

Machinalement, du bout de la plume, il avait dessiné des courbes, des arabesques, des fioritures qui se croisaient et se recoupaient au fil de ses pensées. Il fit une boulette avec la feuille de papier et l'envoya d'une chiquenaude au panier.

— Des courbes qui tournent en rond. Comme ma vie, murmura-t-il en prenant une seconde feuille où la plume recommença à courir.

Il n'avait surtout pas le droit d'entraîner Anne dans cette spirale qu'il voyait sans fin, ce matin. Elle méritait mieux que de vivre en sursis à cause de sa mère.

Pourtant, contre Blanche et ses maladies, contre Blanche et son alcoolisme, le combat lui semblait perdu d'avance. Essayer de lui parler était une utopie, la confronter serait inutile, peut-être même dangereux. Il savait de quoi Blanche était capable. Feindre la maladie était devenue la moindre des possibilités. Il était persuadé qu'Anne serait la grande perdante s'il forçait la note. Depuis toujours, il avait eu à mettre des gants blancs quand venait le temps de faire entendre raison à sa femme. Elle n'acceptait pas les remarques, encore moins les reproches.

Aujourd'hui, c'était pire que jamais.

Quand il était entraîné dans les vapeurs de l'alcool, l'esprit malade de Blanche devenait insidieux, soupçonneux, brutal et cela lui faisait peur.

Tout en revoyant mentalement quelques moments de leur pitoyable vie familiale, Raymond avait l'impression que les mots s'entrechoquaient dans sa tête. Après quelques instants, il s'aperçut qu'il les avait écrits à travers les fioritures.

Alors il prit une troisième feuille blanche et inscrivit la date.

Puis il ajouta : Chère Antoinette…

S'il ne pouvait parler à personne, au moins allait-il confier ses tourments au papier.

Comme jadis il avait confié ses réflexions à Antoinette quand elle faisait partie de sa vie.

Comme il avait pris certaines décisions avec elle.

Comme il avait été heureux et soulagé de pouvoir partager avec elle ses désillusions et parfois certains espoirs…

Raymond écrivit pendant plus d'une heure, penché sur la copie, insensible au bruit qui envahissait les pièces adjacentes peu à peu. Il raturait, relisait, ajoutait, faisait le point. Il était seul au monde et avait l'obligation de voir clair dans sa vie pour remplir la promesse qu'il avait faite à Charlotte.

Il sortit de l'exercice épuisé mais combien soulagé.

Sur le bureau devant lui, il y avait maintenant quatre feuilles couvertes de son écriture élégante. Quatre feuilles qui racontaient les dernières années de sa vie. Sans complaisance, sans utopie. Il avait parlé au papier comme il avait si souvent parlé à Antoinette.

Dans le style sobre et concis qui était le sien, il avait raconté son désespoir quand il avait compris que Blanche buvait toujours. Que chaque fois où il en avait l'occasion, il fouillait la maison pour trouver les bouteilles, mais en vain. Que depuis qu'Émilie était mariée, son inquiétude était plus grande encore parce qu'il savait que ce départ avait anéanti Blanche hors de toute commune mesure et que Blanche démunie était une femme capable des pires extravagances. Que s'il s'écoutait, il s'enfuirait avec Anne mais qu'en même temps, il savait que c'était totalement impossible. On ne recommence pas sa vie à cinquante ans. Et puis, il avait son travail, il y avait Émilie qui continuait d'avoir besoin de lui. Il avait surtout peur de perdre Anne si Blanche savait que pour son mari, elle n'était plus rien. L'amour entre eux était mort, il savait que Blanche était un volcan en activité qui pouvait exploser à tout moment, mais allez donc expliquer tout ça! Alors Raymond se contentait d'entretenir les apparences en priant le ciel, lui qui ne croyait ni à Dieu ni à diable, qu'Anne soit épargnée dans cette tourmente.

Blanche l'avait séduit, manipulé, exaspéré.

Aujourd'hui, elle lui faisait peur.

Il terminait en écrivant à Antoinette qu'il l'aimait toujours et cela lui fit un bien immense de voir ces quelques mots sur la blancheur du papier.

Puis il remit le tout au propre, plia soigneusement les feuillets, les glissa dans une enveloppe qu'il cacheta avant d'inscrire l'adresse qui figurait sur la lettre qu'Antoinette lui avait fait parvenir au décès de son mari et il plaça le tout dans un tiroir de son bureau.

Puis il prit le dossier qui attendait son bon vouloir sur le dessus de la pile, sur un coin du bureau, et il l'ouvrit.

Comme avant, quand il avait l'occasion de parler avec Antoinette, Raymond se sentait bien.

Il était surtout rassuré.

Pendant qu'il écrivait, il avait trouvé une avenue pour contourner le problème de Blanche. Rien de parfait mais au moins, il existait peut-être cette solution pour soustraire Anne à une vie familiale malsaine.

Peut-être…

Pour l'instant, il allait faire confiance au temps qui passe. L'école allait bientôt commencer et les cours de musique reprendraient avec plus de régularité. Ce serait peut-être suffisant. Mais chose certaine, aucune décision ne se prendrait sans l'accord de sa fille.

Et il lui parlerait dès ce soir. Pour qu'elle sache qu'il pensait à elle, qu'il ne la laisserait jamais tomber. Pour qu'elle sache que si elle n'en pouvait plus, il y avait autre chose.

Pour qu'elle sache, tout simplement, qu'il l'aimait plus que tout au monde.

Car finalement, c'était à elle qu'il avait pensé, ce matin, tout en faisant le point avec lui-même.

Au même instant, à des centaines de kilomètres de là, Antoinette revenait à pas lents vers sa maison. Tous les matins, elle attendait que Jason parte pour l'école ou chez la voisine qui s'occupait de lui quand elle était absente, puis elle se rendait à la boîte aux lettres près de la rue afin de retirer son courrier avant de quitter pour l'imprimerie.

Tous les matins depuis deux ans, elle revenait à pas lents parce que la lettre qu'elle continuait naïvement d'espérer n'était jamais là.

Pourtant, elle n'aurait voulu qu'une lettre.

Elle n'avait pas voulu forcer la main de Raymond en lui apprenant le décès d'Humphrey et c'était pourquoi elle avait dit que sa vie était ici. Il en ferait ce qu'il voudrait. Elle était prête à se contenter d'un échange de lettres, si c'était là ce qu'il pouvait se permettre, comme elle s'était contentée d'être la maîtresse, puisque lui l'avait ainsi souhaité. Mais comme elle était libre désormais et qu'elle savait que le cœur de Raymond l'était aussi, elle lui avait écrit. À moins qu'elle n'ait rêvé tout ce qui s'était dit au décès de sa mère, à moins que toute cette nuit d'amour dans ses bras n'ait été qu'un rêve, il lui avait semblé qu'elle se devait de le prévenir du décès de son mari.

Elle n'avait donc pas hésité avant de se décider à prendre la plume. Il lui avait semblé que c'était important puisqu'ils s'étaient tous les deux avoué leur amour. Alors elle lui avait écrit et s'était mise à attendre une lettre de sa part.

Mais Raymond n'avait jamais répondu...

Une chance qu'elle avait son travail, sinon, qu'aurait-elle fait? Retourner à Montréal n'aurait été qu'une source de déception. Rester ici aurait été difficile, sans emploi. Même si elle avait autour d'elle de nombreux amis, que l'héritage reçu la mettait à l'abri de tout besoin, il lui fallait plus que cela dans la vie. Antoinette avait toujours travaillé sauf durant les années qui avaient suivi la naissance de Jason. Après, quand il avait pris le chemin de l'école, jamais elle n'aurait pu rester à attendre que le temps passe, à ne rien faire d'autre qu'espérer le retour de son fils après l'heure des classes.

Sans Humphrey, la vie à Bridgeport, sans emploi, n'aurait eu aucun sens.

Et c'était à lui qu'elle pensait en entrant dans la maison pour un dernier coup d'œil avant de partir. Humphrey, son ami, son mari et celui qui avait été un merveilleux père pour son fils.

Un gros soupir souleva sa poitrine. Comme il lui manquait parfois. Son rire de bon vivant, sa clairvoyance, son jugement sûr, ses remarques à l'emporte-pièce, sa délicatesse envers elle... Son amour. Même l'odeur de cigare qui le suivait partout manquait à l'âme de cette maison.

Elle prenait les clés de l'automobile lorsque le téléphone sonna. Antoinette hésita. Elle avait pris tout son temps, ce matin, et elle était en retard. Malgré cela, elle décrocha par curiosité. L'heure était indue pour un appel à la maison. Et si c'était…

Le temps d'une petite grimace de déception puis un large sourire éclaira son visage, toute morosité envolée.

C'était le propriétaire de la galerie new-yorkaise lui annonçant qu'ils venaient de recevoir quelques toiles de Gabriel Lavigne, ce peintre canadien établi au Portugal, celui qu'Antoinette aimait tant.

— Des toiles récentes?

— Tout à fait. Elles datent de l'été. Elles sont… comment dire, elles sont d'une sensibilité extrême. Ce qu'il a fait de mieux, à mon avis.

Antoinette prit sa décision dans l'instant.

— Ne vendez rien de façon définitive sans m'en parler. Je me libère et je viens à New York. Je devrais être là dès jeudi.

Les galeries, les discussions avec Humphrey, leurs disputes même quand venait le temps de décider d'un achat lui revinrent brusquement en mémoire et elle ferma les yeux sur sa nostalgie. Cet appel de New York, c'était lui qui venait encore une fois à la rescousse dans ce petit signe du destin.

Sur cette pensée, Antoinette décida que l'attente avait assez duré.

Elle allait se remettre à vivre pleinement. Pour elle, pour Jason. Pour la beauté de la vie tout simplement.

Mais qu'est-ce que c'était que ce vague à l'âme qu'elle entretenait depuis deux ans? Et au nom de quoi l'entretenait-elle? Au nom de quelques souvenirs qui lui restaient d'une autre vie? C'était morbide et stérile.

Le deuil, tous les deuils d'Antoinette venaient de prendre fin.

Avec l'achat d'œuvres d'art, avec l'imprimerie, elle reviendrait aux valeurs qu'elle avait partagées avec Humphrey. C'était ce qu'il aurait voulu.

Dans deux jours, elle allait initier Jason aux subtilités de l'art avant qu'il soit en âge de comprendre les subtilités du monde des affaires.

Parce que même si finalement le travail lui avait permis de passer à travers la tristesse occasionnée par le décès d'Humphrey, c'était pour Jason qu'elle gardait le phare. Plus tard, ce serait lui le patron.

Après les études à l'école de la ville, après l'université, Jason succéderait à son père.

Il en parlait même déjà avec elle à l'occasion et dans sa voix, Antoinette croyait entendre la vivacité, la fièvre, la détermination qui avaient toujours été celles d'Humphrey.

* * *

Pour Anne, le départ de Charlotte et d'Alicia avait été un vrai chagrin, de ceux que l'on pleure longtemps avec de grosses larmes, le soir en s'endormant, et qui laissent un drôle de goût amer dans la bouche et dans le cœur au réveil.

Puis, lentement, les larmes s'étaient faites plus rares, mais la tristesse était restée intacte.

Même si l'école avait rouvert ses portes, même si Anne suivait ses cours de piano avec un plaisir et une fierté qui allaient croissant, elle n'arrivait pas à s'habituer de nouveau au lourd silence de la maison. Elle s'ennuyait terriblement des rires et des courses que la grande maison avait connus durant l'été. Elle avait l'impression qu'ils s'étaient cachés quelque part, peut-être suspendus au plafond ou camouflés dans un placard, et qu'un bon jour, en revenant de l'école, ils allaient lui tomber dessus comme une bonne surprise et qu'alors elle pourrait recommencer à vivre normalement.

Mener la vie normale d'une petite fille de dix ans qui aime rire, courir, grimper aux arbres et s'amuser.

Parce que depuis le départ de sa grande sœur, la vie d'Anne n'avait plus rien de celle d'une enfant.

Elle était maintenant une petite fille qui se sentait seule. Une petite fille qui n'avait plus de parents…

À commencer par Blanche qui ne se cachait plus pour dormir un peu partout, presque tous les jours. Quand elle arrivait chez elle, la première chose qu'Anne faisait était d'aller vérifier dans le salon si Blanche y était. Si c'était le cas, elle ressortait aussi vite de la maison et allait se promener en attendant que son père arrive. Invariablement, elle prétendait que la pratique de piano avait été plus longue que prévu ou qu'elle avait commencé ses devoirs chez des amies. Jusqu'à maintenant, son père la croyait. Mais s'il le fallait, Anne était prête à inventer les pires mensonges pour ne plus jamais se trouver dans la maison quand sa mère dormait au salon.

Ce n'était plus de la peur, c'était de la panique.

Même si Anne était tout à fait convaincue maintenant que son père la croyait quand elle affirmait que sa mère n'était pas toujours malade de la même façon, la solution qu'il avait apportée ne lui souriait guère.

La solution, l'unique, lui pendait au-dessus de la tête comme un mauvais présage.

C'était donc aussi pour cela qu'elle était prête à mentir. Pourvu que papa croie que tout allait pour le mieux, elle éviterait le pensionnat. Seulement à imaginer de longues semaines enfermée dans un vieux couvent qui sentait sûrement la poussière, elle en avait la chair de poule. Non, pas question de se laisser emprisonner. Son père ne se débarrasserait pas d'elle aussi facilement. Alors la petite fille taisait ses peurs, inventait des sourires pour lui et cachait ses larmes dans l'oreiller quand elle était trop malheureuse.

Par contre, quand sa mère était dans sa chambre, Anne passait par la cuisine pour une collation puis elle filait dans sa chambre pour faire ses devoirs et rattraper le temps perdu des jours où elle se promenait. Elle savait que ses cours de musique dépendaient de ses notes et la perspective de ne plus jouer de piano était aussi angoissante que celle de trouver sa mère par terre.

Depuis la rentrée scolaire, Anne revenait donc tous les jours chez elle, le ventre noué par la peur de ce qu'elle allait trouver et le cœur lourd en pensant à Charlotte.

Si sa sœur avait été là, Anne n'aurait plus jamais eu peur.

Mais Charlotte était retournée au bout de la terre, Émilie était toujours occupée et Anne se sentait toute seule au monde.

Et c'était dans cet esprit-là qu'elle avait fait la route aujourd'hui. Comme tous les jours. Un peu plus vite cependant parce qu'il pleuvait à boire debout. Un peu plus inquiète parce que le cours de musique avait été annulé, son professeur ayant la grippe, et qu'il était vraiment plus tôt que d'habitude. Mais comment ne pas rentrer chez elle par une pluie pareille ? Elle avait bien essayé de se faire inviter par quelqu'un, mais à croire que tout le monde s'était donné le mot, toutes ses amies avaient quelque chose à faire.

Anne entra sur la pointe des pieds. Peine perdue, Blanche l'avait entendue ouvrir la porte.

— Anne, c'est toi ? Réponds ! C'est bien toi ?

La voix de sa mère venait du salon. Anne s'en approcha à contrecœur. Blanche portait une vieille robe dépenaillée qu'elle ne lui connaissait pas et avait les cheveux en broussailles. Sa voix était écorchée comme celle d'une corneille.

— J'ai fait du ménage, croassa-t-elle en se tournant vers elle, une main agrippant le dossier d'une chaise. Comme ça, ton cher père me regardera pas de travers parce que j'ai rien fait.

Le contenu du buffet de la salle à manger, adjacente au salon, était éparpillé un peu partout sur les meubles et le plancher et sa mère la regardait d'un air triomphal. Quand elle eut fixé Anne assez longtemps pour être bien certaine que c'était elle, Blanche délaissa son appui et fit un pas en titubant avant d'ouvrir un tiroir.

— Et le dernier ! lança-t-elle en s'agrippant au tiroir qui glissa pour tomber sur le sol avec fracas.

Blanche resta un long moment immobile à contempler le dégât. Puis elle haussa les épaules.

— Tant pis, marmonna-t-elle. Je vais m'asseoir par terre. Je suis fatiguée.

Puis elle se laissa lourdement tomber sur le plancher.

— Les nappes ! C'est le tiroir des nappes, lança-t-elle à l'intention d'Anne. Des tas de nappes qui ont jamais servi... J'haïs ça recevoir. Ça fait des saletés partout.

Puis elle tourna la tête vers sa fille.

— Qu'est-ce que tu fais là à me surveiller ? Tu veux choisir ?

Figée sur le seuil de la pièce, Anne osait à peine respirer. Jamais elle n'avait vu sa mère dans un tel état de surexcitation. Était-ce une autre sorte de maladie ? D'une main impatiente, Blanche lui faisait signe d'avancer.

— Reste pas plantée là, voyons ! T'as peur ou quoi ? Le chat t'a mangé la langue ? Approche, ordonna-t-elle. Viens choisir ton héritage. T'es chanceuse d'avoir une mère qui pense à l'héritage de ses filles.

Anne avala sa salive, incapable de bouger. Sa mère était-elle en train de lui annoncer qu'elle allait mourir ? Avec un père notaire, elle savait fort bien ce que signifiait le mot « héritage ». Mais Blanche ne se préoccupait déjà plus d'elle. Elle sortait fébrilement les nappes et les serviettes de table et les lançait à la volée par-dessus son épaule. Les morceaux de tissu tombaient un peu n'importe où, transformant la salle à manger, habituellement plutôt coquette avec son papier peint fleuri et ses bibelots, en un fouillis indescriptible, en une pièce de mise au rancart.

— Tu veux pas de mes nappes, Anne ? Tant pis pour toi. Je vais en faire des guenilles. Des tas de guenilles. Des montagnes de guenilles pour faire le ménage. C'est important le ménage. À cause des microbes.

Blanche éclata d'un rire strident qui fit peur à Anne.

— Je vais faire un grand ménage pour tuer tous les microbes.

Le rire de Blanche était immense dans la maison silencieuse. Il prenait toute la place, retombait sur Anne, l'enveloppait si fort qu'elle courba les épaules et pencha la tête. Elle avait tellement peur de cette mère qui ressemblait à un monstre, à une sorcière maléfique.

Puis le rire retomba d'un seul coup. Et le silence qui suivit fut encore plus inquiétant. Un si grand désordre causé par la folie avait quelque chose de normal. Un si grand désordre sans raison était pathétique. Anne remarqua que des assiettes étaient cassées, que les couverts s'alignaient sur le rebord de la fenêtre, que les beaux verres de cristal étaient empilés les uns dans les autres…

À présent, Blanche se balançait, d'avant en arrière, exactement comme Anne le faisait quand elle était malheureuse et l'image lui transperça le cœur avant que les mots que Blanche psalmodiait d'une voix sourde ne l'atteignent de plein fouet :

— Oui, je vais faire des guenilles avec les nappes. C'est plus utile des guenilles que des nappes qui servent jamais.

Tout en parlant, Blanche avait commencé à déchirer un chemin de table en dentelle. Celui qu'elle ne sortait que dans les grandes occasions et qu'elle disait aimer plus que les autres. Elle s'y prenait avec application, acharnement. Ses longs doigts noueux agrippaient les trous et tiraient, tiraient jusqu'à ce que le tissu lâche. Puis les doigts trouvaient un autre trou et recommençaient à s'acharner.

— Il faut faire le ménage avant de mourir. Je vais tout laisser propre avant de partir. Parce que c'est tout ce qui me reste, partir. Personne s'occupe de moi. Elle dérange, Blanche. Elle est malade. C'est pour ça que je vais faire le ménage. Parce que moi, je les aime et que je vais leur montrer même si personne m'aime. Puis après ça, je vais me rouler en boule dans un coin. Toute seule comme un chien. Comme ça, je dérangerai plus personne.

Blanche déchirait le napperon à gestes saccadés et de grosses larmes coulaient sur son visage. Anne avait les yeux agrandis par l'horreur de ce qu'elle venait d'entendre. Sa mère disait qu'elle voulait mourir et Anne ne comprenait pas. Pourquoi ? Sa mère disait qu'elle était toute seule et Anne ne comprenait pas plus. Sa mère n'était pas toute seule. Elle était là, elle, et son père aussi. Et Émilie, et Charlotte, et Alicia…

Quand Blanche recommença à rire en jetant les bouts de dentelles comme des confettis, ce fut plus que ce qu'Anne était capable de supporter. Elle se boucha les oreilles et sortit précipitamment de la maison, dévala l'escalier devant la maison et courut jusqu'au trottoir. De la porte qu'elle avait laissée entrouverte, elle entendit sa mère qui l'appelait. Alors la petite fille tourna instinctivement sur sa gauche et fonça vers le carrefour. Elle voulait mettre toute la distance du monde entre cette voix qui la poursuivait, son cœur qui battait à grands coups et sa tête qui avait peur de la folie subite de sa mère. Parce que c'était là tout ce qu'elle pensait, la petite Anne : sa mère était devenue subitement folle et elle en avait une peur terrible. Une peur qui lui donnait mal au ventre.

À la croisée des rues, elle fonça droit devant sans s'arrêter.

Peut-être qu'à cette heure, même s'il n'y avait pas de musique aujourd'hui, les portes de l'école étaient encore ouvertes ? Elle l'espérait. Parce qu'il pleuvait toujours autant et qu'elle ne pouvait se réfugier au bureau de son père. Pas plus que chez Émilie.

Raconter qu'elle avait vu ce qui se passait à la maison était signer son admission au pensionnat.

Et cela, il n'en était absolument pas question…

Quand elle arriva devant l'école, le ciel si gris depuis le matin avait viré au noir. Malheureusement, l'école était fermée. Seules les lumières installées près des portes luisaient faiblement à travers le rideau de pluie. Pendant une fraction de seconde, Anne eut la certitude d'être seule au monde. Une orpheline comme Oliver Twist dans le roman qu'elle avait choisi avec Charlotte à la bibliothèque municipale.

C'était là un des cadeaux que Charlotte lui avait faits durant son séjour à Montréal.

— Tu n'es pas abonnée à la bibliothèque ? avait demandé sa grande sœur, toute surprise, alors qu'il ne faisait pas très beau et qu'Anne se lamentait qu'il n'y avait rien à faire. Tu ne lis pas ? Pourtant, c'est magique pour oublier la pluie.

Ah oui ? La petite fille avait ouvert les yeux tout grands. Anne savait déjà que la musique était magique pour chasser l'ennui et les chagrins. Mais comme il n'y avait pas de piano à la maison, Anne continuait de s'ennuyer souvent. Et pour elle, jusqu'à maintenant, la lecture servait essentiellement pour l'école. Mais si Charlotte le disait… Alors elle l'avait accompagnée à la bibliothèque et c'est ainsi qu'elle avait découvert la magie de la lecture.

Charlotte avait raison: la lecture aussi était magique.

Et c'est ainsi que présentement, elle se sentait un petit peu moins seule. Il y avait Oliver qui était comme elle. Mais de le savoir ne chassait ni la pluie ni le froid. Anne eut un long frisson. Il fallait qu'elle se mette à l'abri sinon elle allait attraper une vilaine grippe qui la garderait à la maison.

C'est alors qu'elle eut une idée. Une idée qui l'intimidait un peu, mais quand on n'a rien d'autre…

Elle tourna sur ses talons et reprit sa course. Elle était détrempée comme un canard et elle avait faim…

— Mais qu'est-ce que tu fais là, toi?

Enveloppée dans un grand châle de laine, un mouchoir à la main, Mathilde Gingras détaillait Anne d'un air interloqué.

— On ne t'a pas prévenue qu'il n'y avait pas de cours aujourd'hui?

— Je sais. Ce n'est pas ça. C'est juste que…

Brusquement l'idée qui lui avait semblé excellente l'instant d'avant lui paraissait maintenant ridicule. Anne se tut en rougissant, prête à faire demi-tour. Mais au même moment, madame Mathilde l'avait attrapée par le capuchon et la faisait entrer.

— Vite, viens, entre. Je vais transformer ma grippe en pneumonie si je reste sur le pas de la porte comme ça. On gèle!

La bonne chaleur qui régnait dans le logement du professeur de musique enveloppa aussitôt Anne qui se mit à frissonner de la tête aux pieds au contact de ce grand contraste avec l'extérieur.

— Mais tu es toute détrempée! Allez, enlève ton manteau, tes bottes et suis-moi. Je vais te prêter une serviette pour éponger tout ça.

Mathilde Gingras n'avait aucune idée de ce qui s'était passé.

Mais si une petite fille comme Anne, toujours gentille, toujours polie, était là devant sa porte par un temps pareil et dans un état aussi lamentable, c'était sûrement que c'était important. Ou grave…

Mais comment savoir, comment demander sans l'effaroucher? Mathilde était une femme qui aimait les enfants et les traitait avec respect. Si elle n'en avait pas elle-même, c'était par choix et non par indifférence. Elle laisserait Anne aller à son rythme. Elle laisserait les confidences venir toutes seules, quand elles seraient prêtes comme le fruit mûr tombe de la branche.

Et elle eut raison d'attendre.

Les confidences tombèrent une à une, comme le soluté tombe goutte à goutte, entretenant la vie et l'espoir du patient. Toutes deux étaient assises à la cuisine. Mathilde se mouchant toutes les deux minutes et Anne dévorant un petit gâteau accompagné d'un lait chaud. Et les confidences arrivèrent à leur temps, provoquées par une simple question. Une interrogation banale, prévisible.

— Tes parents savent que tu es ici?

Anne leva un regard apeuré. Même si pour éviter le pensionnat, elle était prête à mentir, Anne détestait les mensonges. Madame Mathilde était une femme très douce sous des apparences d'autorité et très patiente, Anne l'avait vite deviné. Obligée depuis toujours de détecter les humeurs de sa mère pour savoir quelle attitude adopter, Anne avait développé un sens critique face aux gens qui la trompait rarement. Et elle savait qu'elle pouvait faire confiance à son professeur. Elle opta donc pour la franchise car du haut de ses dix ans, elle se disait qu'elle n'avait plus rien à perdre.

— Non. Ils ne savent pas que je suis ici. Et…

Anne prit une profonde inspiration.

— Et je ne veux pas qu'ils le sachent, précisa-t-elle en parlant très vite.

— Et pourquoi ?

Du bout du doigt, Anne grattait la nappe. Comment dit-on que l'on croit que notre mère est folle et que notre père ne nous aime pas parce qu'il n'attend qu'une toute petite raison pour nous enfermer dans un couvent ? Comment dit-on qu'à dix ans on n'espère plus grand-chose de la vie parce que la vie s'amuse à détruire nos rêves et nos espoirs ? Comment dit-on toutes ces choses quand on arrive à peine soi-même à les comprendre ?

Mathilde respecta le silence d'Anne. Émue, elle regardait les mains de la petite fille qui grattait la nappe en se disant que c'étaient des vraies mains de musicienne. Et elle s'y connaissait. Mathilde Gingras n'avait que deux passions dans la vie : la musique et Renée, son amie, sa complice, sa compagne depuis tant d'années maintenant.

Dans leur quartier, on les appelait les deux musiciennes et on les appréciait beaucoup.

Impulsivement, Mathilde couvrit la main d'Anne avec la sienne comme elle le faisait parfois pour placer correctement les doigts de la petite fille sur les notes du piano. Et le geste provoqua l'avalanche des secrets trop lourds à porter. Anne leva les yeux vers son professeur et scruta longuement son visage. Puis elle haussa les épaules, soupira et reportant son regard sur la nappe, elle se mit à parler.

— Il ne faut rien dire, madame Mathilde. Mes parents ne comprendraient pas que je sois ici. Ils sont différents, mes parents. Pas comme les autres.

Comprenant rapidement qu'elle ne pourrait s'en tenir à des propos aussi vagues, Anne précisa :

— Il ne faut pas croire qu'ils ne sont pas gentils. C'est pas ça.

Papa l'est. Très, même. Il m'emmène au concert et c'est lui qui a accepté que je suive des cours de piano. Mais s'il apprend que je suis ici, je vais me retrouver pensionnaire et ça ne me tente pas. C'est ce qu'il m'a proposé l'autre jour si j'étais trop malheureuse à la maison. Mais moi, je ne veux pas. Même si maman est bizarre parfois, j'aime encore mieux rester chez moi.

— Et il n'y a personne d'autre dans ta famille? Des frères, des sœurs?

Nouveau haussement d'épaules.

— Charlotte habite en Angleterre et Émilie est mariée. De toute façon, Émilie est toujours occupée. Ou malade comme maman.

— Malade?

— Oui... Mais c'est pas vraiment comme maman. Émilie, elle, a un vrai mal. Elle a mal au ventre. Ça, je comprends ça, avoir mal à quelque part. Ça m'arrive à moi aussi. Mais maman, elle, je ne comprends pas comment elle est malade. Des fois, c'est comme Émilie quand elle dit qu'elle a mal à la tête ou au ventre. Mais d'autres fois...

Anne s'interrompit un moment, cherchant les mots qui sauraient expliquer ce qu'elle-même ne comprenait pas vraiment.

— Maman est bizarre, commença-t-elle en hésitant, espérant que madame Mathilde allait saisir ce qu'elle tentait d'expliquer. Elle vient tout croche. Elle dit n'importe quoi et on dirait que ses jambes sont comme de la guenille.

Le mot «guenille» lui fit fermer les yeux un instant puis elle continua:

— Ça me fait peur quand maman est comme ça. J'ai peur qu'elle tombe comme l'autre fois. Et aujourd'hui, c'était encore pire que d'habitude. C'est pour ça que je suis partie de chez moi.

J'aime pas revenir seule chez moi après l'école. Quand papa est là, ça va. Mais quand je suis seule avec ma mère...

Anne s'interrompit brusquement, réfléchit un instant puis leva un regard implorant vers Mathilde.

— Mais je vais y arriver. Je suis assez grande maintenant pour me débrouiller. Alors c'est pour ça qu'il ne faut pas parler à mes parents. Si papa apprend que j'ai vu maman comme elle était aujourd'hui, c'est sûr que je vais aller au couvent. Et je ne veux pas. Des fois, j'ai l'impression que c'est moi le problème et qu'il veut se débarrasser de moi. Pour maman...

Troisième haussement d'épaules.

— Ça ne servirait à rien d'appeler: elle ne répondra même pas. On dirait des fois qu'elle a peur du monde...

Même si la description était malhabile, Mathilde n'eut aucune difficulté à se faire une image précise de la situation. « Pauvre petite » pensa-t-elle, sincèrement attristée par les révélations de la fillette.

Impulsivement, sa main se referma sur celle d'Anne et son cœur se serra. Non seulement Anne avait-elle des mains de musicienne, mais elle en avait l'âme. Mathilde l'avait compris depuis longtemps devant la patience, l'application que la petite fille mettait à faire ses gammes. Probablement que tout ce qu'elle vivait avait développé une sensibilité extrême qui s'exprimait à travers la musique. Mathilde ne voulait pas perdre sa petite élève. Un tel talent se voyait rarement dans une carrière de professeur. Mathilde voulait être celle qui aiderait ce talent à se développer, à s'épanouir, à éclater au grand jour...

— Alors, si je comprends bien, résuma-t-elle enfin, le problème c'est surtout ta mère.

— Si on veut. Mais papa aussi devient un problème quand je pense au couvent.

— Je suis d'accord avec toi : le couvent ne réglerait pas vraiment les choses.

Anne lança un regard soulagé vers son professeur. Enfin, quelqu'un qui pensait comme elle.

— Par contre, je ne crois pas que ton père cherche à se débarrasser de toi, comme tu l'as dit. Et s'il te proposait le pensionnat uniquement parce qu'il voit que tu es malheureuse ? En espérant que loin de la maison et de ta mère, tu serais mieux ?

Anne fronça les sourcils. Elle n'avait pas envisagé la situation sous cet angle. Et probablement que madame Mathilde avait raison car finalement, à bien y penser, papa était plutôt gentil avec elle.

— Oui, peut-être, fit-elle pensive. Mais ça ne règle rien, tout ça.

— Alors si on proposait autre chose à ton père ?

— Autre chose ? Je ne vois pas ce qui...

— Laisse-moi terminer. J'ai peut-être une idée.

À son tour, Mathilde resta silencieuse un moment. Elle ne voulait pas créer de faux espoirs mais en même temps, elle avait l'impression qu'elle devait agir. Si Anne avait choisi de frapper à sa porte, c'était signe qu'elle pouvait peut-être quelque chose pour elle.

— Voilà ce qu'on va faire, proposa-t-elle enfin. Appelons les choses par leur nom : tu as du talent. Tes progrès sont constants et rapides. Alors il serait important que tu puisses pratiquer souvent. Et c'est ce que je vais dire à ton père. Il serait bien que tu puisses travailler tous les jours. Et comme vous n'avez pas de piano chez vous, je vais lui proposer que tu viennes ici après l'école, chaque jour mais aussi chaque fois que tu en auras envie. On a quatre pianos dans l'appartement, ça ne devrait causer aucun problème. Et il y a toujours quelqu'un ici. Qu'est-ce que tu en penses ?

Anne avait le regard brillant d'une enfant qui vient de recevoir l'étrenne dont elle rêvait depuis des mois. Non seulement la solution de madame Mathilde la mettait-elle à l'abri du pensionnat mais en plus, elle pourrait jouer du piano aussi souvent qu'elle en aurait envie et elle n'aurait plus jamais peur de rentrer chez elle puisque, ainsi, elle arriverait à la maison en même temps que son père.

— Ce que j'en pense? Ce serait merveilleux! Mais je ne sais pas ce que papa va en dire.

Mathilde repoussa l'objection de la main.

— Ne t'inquiète pas. Je vais lui parler moi-même. Je suis persuadée qu'il ne sera pas insensible à ce que je vais lui dire. Mais pour l'instant, je crois que tu devrais téléphoner chez toi. As-tu vu l'heure? Ton père doit sûrement être revenu de son travail et il doit s'inquiéter. Tu ne voudrais pas le mettre de mauvais poil, n'est-ce pas? Dis-lui que tu devais me voir concernant tes cours et que tu arrives tout de suite. Et ce soir, dis-lui aussi que j'aimerais lui parler. Il n'a qu'à m'appeler quand il aura un instant de libre.

Quand elle quitta la maison de madame Mathilde, ce soir-là, Anne se remit à courir comme quelques heures plus tôt quand elle y était venue.

Mais ce n'était plus à cause de la pluie ou du froid.

Si Anne courait ainsi, c'était tout simplement parce qu'elle avait l'impression d'avoir des ailes...

Chapitre 21

Je ne l'ai pas assez aimé…

Quand elle était partie pour le Canada, au printemps, Charlotte avait eu la hantise de ne jamais vouloir revenir en Angleterre. Trop peu d'attaches la retenaient là-bas. De plus, elle se souvenait trop bien de l'ennui qu'elle avait ressenti quand elle était arrivée au campement de l'armée canadienne. C'est pourquoi elle avait eu l'impression que de renouer avec sa famille et Montréal serait une vision du paradis. Plus jamais elle ne voulait connaître ce vide qu'elle avait éprouvé les premiers temps où elle avait vécu en Angleterre. Combien de nuits s'était-elle endormie en pleurant la tête cachée sous l'oreiller parce que les siens lui manquaient trop ? Elle ne saurait le dire tant ces nuits-là avaient été nombreuses. Elle ne voulait pas revivre pareil cauchemar.

Mais contre toute attente, cette fois-ci, cela avait été un profond soupir de soulagement qui avait salué son arrivée sur le sol anglais, et ce, dès qu'elle avait posé le pied sur le tarmac de l'aéroport.

Enfin !

Finis les problèmes, les interrogations, les migraines et les penchants malsains de Blanche.

Finis les sursauts, les ruses, les prétextes pour soustraire Alicia à la présence de sa grand-mère.

La sensation de liberté que Charlotte avait alors ressentie n'avait pas de prix.

Sa famille d'adoption était peut-être différente, trop polie à son goût, trop discrète, encline à une pudeur émotive qui la faisait rager parfois. Mais ils étaient des gens de cœur, capables d'amour, de désintéressement, d'attention et d'écoute. Choses que Blanche était incapable de faire.

Et Blanche était tellement omniprésente, envahissante qu'elle obscurcissait les meilleures intentions des gens qui l'entouraient.

Quand on était sous le toit des Deblois, on n'entendait, on ne sentait, on ne voyait que Blanche.

Dommage pour son père et pour Anne qui n'arrivaient pas à faire oublier la présence de cette femme sombre, aux idées préconçues et définitives, mais Charlotte était heureuse d'être de retour auprès des Winslow. Quant à Émilie, l'espèce de zone grise qui s'étendait entre sa sœur et elle avait fait que l'ennui s'était transformé en interrogation. Pourquoi Émilie avait-elle fui Alicia ? Et ce n'était pas le simple fait du hasard. C'était un acharnement, un entêtement à ne jamais vouloir la rencontrer. À la fin de son séjour, les prétextes et les excuses avaient été cousus de fil blanc. Un jour peut-être, lors d'un prochain voyage, Charlotte comprendrait-elle ce qui s'était réellement passé. Mais en attendant, cela n'avait pas été suffisant pour atténuer son plaisir d'être enfin chez elle.

Quand elle était entrée dans sa maison, Charlotte avait rapidement constaté que Mary-Jane était passée par là avant elle. Sa petite demeure brillait comme un sou neuf et des fleurs fraîches garnissaient tous les vases que Charlotte possédait. Et ils étaient nombreux ! C'était à cela, à ces petits détails, à cette délicatesse que tenait le plaisir de vivre auprès des Winslow.

Toujours aussi sensible aux odeurs et aux images, Charlotte avait fermé les yeux sur le soleil couchant qui se reflétait sur la patine des meubles de même que sur le parfum de lavande qui embaumait sa maison.

— Bienvenue chez toi Charlotte, avait-elle murmuré, curieusement émue.

Puis elle avait souri en entendant les cris de joie qu'Alicia poussait en redécouvrant ses jouets et ses poupées...

Dès le lendemain la routine avait repris. Mais alors qu'elle l'impatientait au printemps dernier, Charlotte y puisait aujourd'hui une sensation de confort, de sécurité.

C'était sa vie, celle qu'elle avait choisie et le voyage lui avait fait comprendre à quel point elle y tenait.

Dès lors, les lettres d'Andrew avaient commencé à se faire plus nombreuses.

À sa façon habituelle de dire les choses, à mots couverts, Charlotte avait lu entre les lignes que son mari avait entretenu les mêmes craintes qu'elle au printemps. Il savait que leur relation battait de l'aile et il avait peur qu'elle choisisse de rester à Montréal.

La sachant de retour, aujourd'hui, il se languissait de revenir chez lui.

«...revenir chez nous, écrivait-il dans sa dernière lettre. Vous me manquez beaucoup, Alicia et toi. D'être loin, tout seul, m'a fait comprendre à quel point vous aviez de l'importance pour moi. Je m'ennuie.»

Venant d'Andrew, c'était une déclaration d'amour enflammée.

Alors Charlotte se surprit à penser qu'il serait peut-être temps de donner un petit frère ou une petite sœur à Alicia...

Elle se mit à surveiller le facteur et à compter les jours.

Dans moins de deux semaines, Andrew serait de retour. Dans moins de trois semaines, ce serait Noël.

Elle fit de la pâtisserie avec Mary-Jane en fredonnant de vieux cantiques, parfois en français, parfois en anglais comme elle vivait ici, dans ce curieux mélange des langues, des cultures et des habitudes.

Puis elle fit de beaux dessins avec Alicia pour les envoyer à Montréal en guise de cartes de vœux.

Elle décora la maison de guirlandes et de couronnes. Et en dernier lieu, elle plaça un bouquet de houx à la porte d'entrée pour le traditionnel baiser qui devait porter chance aux amoureux.

Profitant d'une belle journée d'hiver, un peu froide mais toujours sans neige, Charlotte prit le train pour se rendre à Londres faire les emplettes des fêtes. Elle réserva cependant les achats pour Alicia. Elle les ferait avec Andrew à son retour. Il avait écrit qu'il aurait droit à deux semaines de vacances. S'il pouvait se mettre à neiger, ils en profiteraient tous ensemble pour aller glisser sur la colline derrière la maison des Winslow.

Ils allaient rattraper le temps perdu, Andrew et elle. Ils allaient se donner une seconde chance et ce serait la bonne. Apprendre à mieux se connaître, se respecter à travers leurs différences, apprécier les qualités de l'autre.

Depuis son retour, Charlotte alignait les projets grands et petits. Elle repensait souvent à ces quelques mots de son père qui disait de faire confiance. Cependant, même si elle était d'accord en principe avec lui, Charlotte n'était pas de la trempe de Raymond. Attendre sans agir ne lui ressemblait pas. Elle acceptait de mettre toute sa confiance en la vie, soit, mais elle allait tout de même donner une petite erre d'aller à sa chance.

— Encore deux dodos, Alicia, et papa sera là!

Charlotte avait aussi hâte que sa fille de voir Andrew apparaître dans le cadre de la porte. Ils avaient convenu qu'ils se retrouveraient à la maison…

Le soir, en s'endormant, Charlotte imaginait inlassablement à quoi ressembleraient leurs retrouvailles...

Quand Charlotte vit que c'était le colonel Jackson qui se tenait à la porte, elle devina aussitôt qu'il était arrivé quelque chose.

Quand il retira son calot de militaire dans l'aviation et le porta à son cœur, elle sut que c'était grave.

Quand il demanda à entrer, sans préciser la raison de sa présence, Charlotte comprit pourquoi le supérieur d'Andrew était là, à la place de son mari. L'impensable était arrivé.

Elle sentit aussitôt que tout son sang se retirait de son corps pour se réfugier dans ses jambes qui devinrent lourdes, lourdes... Le colonel n'eut que le temps de glisser un bras sous ses épaules pour la retenir. Puis il l'aida à regagner le salon...

Un accident imprévisible et banal avait surpris Andrew en plein vol de démonstration d'un nouvel appareil. Un moteur qui crache, un bruit d'explosion et un avion qui tombe en spirale sous le regard horrifié des copains.

Sans avoir été présente, Charlotte ne cessait de voir un avion qui tombe à l'infini...

Des deux semaines qui suivirent, Charlotte ne garda aucun souvenir précis. Il ne lui resta qu'une sensation. Celle d'être emportée dans une immense spirale, dans un ouragan qui tourbillonnait sans fin comme l'avion d'Andrew, lui donnant une incroyable nausée.

Il ne lui resta que cette sensation désagréable de perdre pied, et ces mots : je ne l'ai pas assez aimé...

On porta Andrew en terre le 31 décembre 1947. Une année finissait, une autre partie de la vie de Charlotte s'éteignait. À peine vingt-quatre ans et elle avait l'impression que plusieurs vies s'alignaient déjà derrière elle. Ce qu'elle ferait de l'avenir n'avait plus vraiment d'importance. Hier, elle avait jeté aux ordures le plum-pudding préparé pour Andrew. Charlotte détestait ce dessert.

Pendant tout le mois de janvier, Charlotte entretint ses regrets, sa peine et consola Alicia. À quatre ans et demi, c'était juste assez vieux pour comprendre que plus jamais elle ne reverrait son père, mais pas suffisamment pour se l'expliquer…

Le « plus jamais » qui pesait sur la vie de Charlotte était insoutenable. Il n'y aurait pas de seconde chance pour Andrew et Charlotte.

Puis le quotidien reprit ses droits petit à petit, d'un repas à préparer parce qu'Alicia criait qu'elle avait faim à une brassée de lavage parce qu'il n'y avait plus rien à se mettre sur le dos…

Une rapide rencontre avec le colonel Jackson avait été suffisante pour que Charlotte comprenne qu'elle n'aurait pas assez de la pension allouée par l'armée pour subsister. Il lui faudrait travailler.

Mais que faire et où ?

Dans un village de banlieue comme le sien, il n'y avait aucun débouché.

Et tout ce qu'elle savait faire, c'était soigner des malades.

Charlotte avait l'impression que la vie lui avait tendu une embuscade et qu'elle y avait sauté à pieds joints. « Faire confiance » disait son père. Une belle utopie, oui !

Charlotte reprit le train pour Londres où il y avait de grands hôpitaux. Malheureusement, deux brevets de la Croix-Rouge obtenus au Canada et son expérience dans l'armée canadienne ne suffisaient pas pour se trouver un emploi décent. Tout au plus lui offrait-on une place comme auxiliaire.

Ridicule !

Charlotte bouillait de rage. Non seulement détestait-elle la maladie et tout ce qui s'y approchait mais en plus, elle ne pourrait en vivre. La gifle était douloureuse. Elle eut cependant l'avantage de la sortir de sa torpeur. Elle n'était pas seule, il y avait Alicia. Il lui fallait trouver quelque chose. Si ses manuscrits avaient trouvé preneur, aussi, elle n'en serait pas là...

Ce fut en repensant à ses livres, en entendant résonner dans sa tête les louanges qu'Émilie en avait faites que Charlotte recommença à penser à Montréal.

Et si elle rentrait au pays? Peut-être que là-bas, elle trouverait un éditeur et peut-être aussi que les hôpitaux reconnaîtraient ses brevets?

Ce fut ce même jour que la lettre arriva. La troisième que son père lui envoyait depuis que Charlotte lui avait annoncé le décès d'Andrew.

Cette fois-ci, il avait ajouté un mandat postal d'une belle valeur.

«Tu en feras ce que tu voudras. C'est à toi.»

Le montant était suffisamment élevé pour qu'elles soient à l'aise durant quelques mois. Charlotte, reconnaissante, en profita pour oublier ses tracas. Elle prit le temps de penser à elle, à sa fille et à Mary-Jane. Si Charlotte avait perdu un mari, Mary-Jane avait perdu son fils unique. Charlotte admettait facilement que la douleur devait être encore plus grande et chaque fois qu'elle y pensait, elle ne pouvait faire autrement que de prendre Alicia dans ses bras et la serrer très fort contre elle.

Quand Mary-Jane lui proposa de retourner chez elle, dans son pays, près de sa famille, Charlotte comprit à quel point elle était aimée.

— Retourne chez toi. Ta place est auprès de ta famille, Charlotte. Même si nous t'aimons beaucoup, rien ne remplace les parents quand vient un revers de la vie. Et malheureusement, nous ne pouvons t'aider financièrement. Être cultivateurs suffit à peine à nous faire vivre décemment.

Ce jour-là, Charlotte pleura longtemps sur l'épaule de

Mary-Jane. Elle savait que sa belle-mère devait beaucoup l'aimer pour accepter de la voir partir. La vieille dame aimait tellement Alicia…

Mais elle savait que Mary-Jane avait raison. Il n'y avait aucun avenir pour elle en Angleterre.

Elle mit de côté l'argent pour un éventuel voyage de retour et attendit que la balance du pécule fonde tranquillement avant de partir. Quand elle quitterait l'Angleterre, Charlotte savait qu'elle y laisserait une grande partie de son cœur. Elle y laisserait une mère…

* * *

L'avion décrivit un large cercle au-dessus de Montréal comme pour permettre à Charlotte de constater à quel point la ville était sale et grise en cette fin de mars. Fini la blancheur de la campagne anglaise, le calme feutré de son village.

Et ici, il faisait un froid à pierre fendre comme l'Angleterre n'en connaissait jamais. Le vent qui soufflait sur le tarmac était insupportable. Même si Alicia n'était plus un bébé, Charlotte se pencha pour la soulever dans ses bras et elle regagna la chaleur de l'aéroport en courant, regrettant déjà sa décision. Elle aurait dû explorer un peu mieux toutes les possibilités qu'il y avait là-bas. À commencer par les opportunités que l'armée anglaise aurait pu lui offrir. Les autorités militaires devaient sûrement avoir un certain respect pour elle puisqu'elles lui avaient fait la surprise de couvrir une grande partie des coûts d'un voyage par les airs plutôt que par la mer.

— Nous devons bien cela à Andrew, avait expliqué le colonel Jackson.

Raymond était venu l'attendre.

Malgré la joie sincère que Charlotte ressentait à le revoir, l'accolade de son père ne vint pas à bout de ses frissons. Surtout quand il ajouta, en empoignant ses bagages :

— Anne n'est plus la même depuis qu'elle sait que vous allez revenir, Alicia et toi. J'ai retrouvé ma petite fille et c'est merveilleux. Quant à ta mère…

Raymond soupira avant de poursuivre. Comment décrire Blanche sans tomber dans les détails ?

— Ta mère va de mal en pis, se contenta-t-il de dire.

Ce fut au tour de Charlotte de soupirer en refermant étroitement les pans de son manteau. Mais qu'est-ce qui lui avait pris d'imaginer qu'ici, elle trouverait la paix, la sérénité et le calme qui lui faisaient tant défaut depuis le décès d'Andrew ? La mort dans l'âme, elle prit sa fille par la main.

— Viens Alicia, on s'en va chez grand-papa.

Cette fois-ci, Charlotte n'avait pas envie de dire « chez nous » comme elle l'avait fait à l'été.

Deux jours. À peine deux jours et Charlotte comprit qu'elle ne pourrait rester indéfiniment chez son père.

L'humeur de Blanche était massacrante.

Privée de la liberté de boire comme elle l'entendait, sa mère était invivable. Jamais Charlotte ne l'avait vue aussi agressive, emportée.

Ce qui s'ensuivit était donc prévisible.

Alicia, depuis toujours entourée de douceur et de calme, devint à son tour maussade, pleurnicheuse. Ce qui en un sens servait les mensonges de Charlotte qui en avait fait une obsession : elle avait tellement peur qu'un jour ou l'autre la conversation ne tombe sur l'âge d'Alicia et que candidement la petite fille annonce qu'elle avait presque cinq ans. Aux yeux de tous, ici, sa fille n'avait pas encore quatre ans. Les caprices étaient donc tolérables d'autant plus qu'elle n'avait plus les bras confortables de sa « grand-ma » qu'elle réclamait régulièrement. Et ce n'était pas Blanche qui pouvait pallier ce manque d'affection. C'était à peine si elle regardait sa petite-fille.

Et quelle serait la réaction d'Alicia quand elle comprendrait, à l'automne, que la rentrée scolaire ne s'adressait pas à elle? Depuis novembre, Charlotte biffait les jours sur le calendrier, les uns après les autres, le soir avant l'heure du coucher tant Alicia avait hâte d'aller à l'école comme son amie Élizabeth qui habitait juste à côté de chez elle. À moins qu'elle ne fasse comme Blanche l'avait fait pour elle et inscrive Alicia dans un couvent où les religieuses accepteraient peut-être de la prendre en première année malgré son âge. Mais alors, cela voulait dire des frais que Charlotte n'avait pas vraiment les moyens de payer...

Charlotte comprit que pour arriver à s'en sortir, il fallait qu'elle se bâtisse une autre vie. Pour Alicia comme pour elle.

Et qu'elle quitte la demeure familiale. Après, elle finirait bien par trouver des solutions à ses problèmes.

Le seul avantage qu'elle voyait à être à Montréal était que la présence d'Andrew lui manquait un peu moins. Montréal, ce n'était pas Andrew ni la vie qu'elle avait menée en Angleterre.

À son corps défendant, Charlotte décida de se présenter à certains hôpitaux. Elle avait longuement jonglé avec l'idée de présenter ses manuscrits à une maison d'édition dont le nom lui sonnait agréablement aux oreilles, Les éditions de l'arbre. La peur d'être encore une fois éconduite avait dominé. Avant d'entreprendre des démarches, elle voulait l'opinion de quelqu'un en dehors de sa famille. Elle s'occuperait donc de ses écrits plus tard. Pour l'instant, il lui fallait un emploi stable.

— Et tout ce que je sais faire, grommelait-elle tout en marchant vers Sainte-Justine, c'est m'occuper des malades. C'est ridicule...

Tout ce qu'elle avait trouvé pour adoucir la situation, c'était de tenter sa chance dans un hôpital pour enfants. Ce serait peut-être moins difficile de partir travailler tous les matins sachant que ses patients avaient tous moins de seize ans. En autant, bien entendu, qu'on trouve sa candidature intéressante.

Et ce fut le cas.

Charlotte poussa un soupir de soulagement. Le premier depuis fort longtemps.

— Le temps d'analyser votre demande d'emploi et de vérifier ce que vous avez écrit et je vous rappelle.

Comme Charlotte n'avait écrit que la vérité, elle n'avait aucune crainte.

Puis l'infirmière avait levé les yeux vers elle en souriant.

— Si tout est beau, seriez-vous prête à commencer la semaine prochaine ?

C'était un peu rapide, mais Charlotte n'était surtout pas en position d'argumenter. La seule perspective de se doter des moyens financiers de quitter la demeure de Blanche suffisait à accepter tout ce que l'on voudrait.

— La semaine prochaine ? D'accord, je vais m'arranger.

— Merveilleux !

En quittant l'hôpital, Charlotte avait la sensation que la chance venait de tourner. Et quand elle entendit une voix qui lui sembla familière, elle en eut la conviction. Mais à qui appartenait cette voix qu'elle avait l'impression de bien connaître ?

— Charlotte ? Charlotte Deblois... C'est bien toi ?

La jeune femme se retourna vivement, fronça les sourcils en examinant la foule. Une petite femme plutôt ronde la regardait en souriant. Le visage de Charlotte s'éclaira aussitôt. C'était Françoise, l'amie de son enfance, de son adolescence.

— Françoise ?

— Charlotte !

Les deux femmes tombèrent dans les bras l'une de l'autre. Et malgré la réticence qu'elle avait à le faire, Charlotte éclata en sanglots devant tout le monde.

— C'est Andrew qui te met sur ma route, annonça-t-elle en reniflant. Je ne vois pas autre chose.

Devant la mine interrogative de Françoise, Charlotte se mit à rire à travers ses larmes et dit en reniflant de plus belle :

— C'est une longue histoire… Est-ce que tu as le temps de prendre un café ?

Françoise avait tout son temps. Glissant un bras sous celui de Charlotte, elle l'entraîna dans un petit restaurant du quartier qu'elle connaissait bien.

Et alors, tout comme du temps de leur adolescence, la conversation glissa naturellement entre elles. Les deux femmes se racontèrent leurs vies. Des vies qui se ressemblaient un peu.

— Je n'ai pas été mariée longtemps, expliqua Françoise, une pointe de tristesse dans la voix. Jacques et moi faisions partie de cette centaine de couples qui se sont mariés à la cathédrale avant le départ des soldats. Nous n'avons vécu qu'une seule nuit ensemble. Le lendemain, Jacques prenait le train pour Halifax et dès le surlendemain, il montait à bord d'un bateau qui l'emmenait en Angleterre. Un mois plus tard, il mourait sur la plage en Normandie. Ça va faire quatre ans en juin. Je ne me suis pas encore remise de tout ça. J'ai l'impression de vivre dans l'attente de quelque chose sans trop savoir quoi. Si j'avais pu le voir, au moins… J'aurais probablement mieux vécu mon deuil. Mais là, sans image précise, j'ai toujours l'impression qu'il va revenir.

— Alors nos chemins se ressemblent, Françoise. Et je comprends ce que tu veux dire. Moi aussi, j'ai l'impression d'attendre…

Et Charlotte raconta. Tout, depuis le jour où jeunes bachelières, elles s'étaient perdues de vue. Elle raconta tout, sauf ce qui l'avait amenée à s'enrôler.

— ...Alicia est une merveilleuse petite fille.

— Chanceuse.

— Oui, je le sais. Je suis chanceuse de l'avoir.

Puis elles oublièrent un peu le passé pour parler du présent. Françoise travaillait à Sainte-Justine depuis la fin de ses études. Elle habitait un logement dans le quartier de leur enfance.

— Comme je n'ai qu'eux, je voulais rester auprès de mes parents. Ils vieillissent mais sont encore en pleine forme.

— Comme je viens d'arriver, je suis encore chez mon père. Mais si tout va bien, je ne compte pas y rester très longtemps. Tu connais ma mère... L'air est malsain chez mes parents. Ce n'est pas du tout ce que je veux comme vie pour ma fille. Depuis sa naissance, elle a vécu dans une famille qui l'aimait et respectait ses besoins d'enfant. Ce qui n'a rien à voir avec l'idée que ma mère se fait de la vie... Non, il faut que je trouve autre chose et vite.

Charlotte n'osa parler de la discussion qui risquait de survenir quand Alicia verrait qu'elle n'entrait pas à l'école, car de fil en aiguille, Charlotte en était venue à comprendre qu'elle n'aurait jamais les moyens d'envoyer Alicia dans un couvent. Aussi bien que tout cela se vive ailleurs que sous le toit des Deblois, car une confrontation entre la mère et la fille risquait d'amener toutes sortes de questions. L'âge d'Alicia était une véritable obsession pour Charlotte. Avouer la vérité, c'était ouvrir la porte à trop de suppositions...

Perdue dans ses pensées, Charlotte sursauta quand Françoise l'interpella en haussant le ton:

— Et qu'est-ce que tu dirais d'habiter chez moi?

— Tu dis? Habiter chez toi?

— Pourquoi pas? On s'entendait plutôt bien, non? Le logement est assez grand, il y a trois chambres.

— Mais tu es habituée à ta tranquillité. Une enfant, ça brasse de l'air même si Alicia est plutôt du genre sage et réservée. Je ne sais pas si...

— Justement, interrompit vivement Françoise. Ça va me faire du bien un peu de vie autour de moi. Allez! Dis oui...

Et Charlotte l'impulsive accepta sans autre forme de réflexion. Pourquoi pas?

Françoise était aux anges.

— Et dans un premier temps, proposa-t-elle, maman pourrait s'occuper d'Alicia quand tu vas travailler. Qu'est-ce que tu en penses? Depuis toujours, on était destinées à être ensemble!

Françoise jubilait et Charlotte avait l'impression d'avoir enfin le droit de recommencer à respirer librement. Elle répondit avec affection au sourire de Françoise.

— De toute façon, ça m'arrange un peu, confia-t-elle un peu confuse. Je n'ai pas de meubles, j'ai tout laissé ce qui n'était pas en location à ma belle-mère. Quant aux effets personnels, avec un peu de chance, ils arriveront à la fin du printemps en bateau. Pour l'instant, je n'ai absolument rien.

— Tu vois bien que j'ai raison!

— Si je me souviens bien, tu avais effectivement souvent raison!

Elles éclatèrent de rire en même temps et pour toutes les deux ce rire avait des résonances de complicité sincère.

En moins d'une semaine, Charlotte obtenait un emploi et déménageait ses pénates dans le logis de Françoise.

Madame Simard organisa même un souper de fête, avec gâteau, banderoles et ballons.

— J'ai l'impression de retrouver ma seconde fille, fit-elle émue en tendant les bras à Charlotte. Viens ici que je t'embrasse.

Charlotte ferma les yeux sur la bonne odeur de savonnette que dégageaient les joues de pomme de la mère de Françoise. Puis celle-ci se dégagea et prenant appui sur le coin de la table, elle se pencha et regarda gentiment Alicia.

— Et toi, je parie que tu es Alicia…

Intimidée, la petite fille se tenait en retrait à demi cachée par la jupe de sa mère.

— Je m'appelle Adèle et je connais très bien ta maman. Quand elle était une petite fille comme toi, elle venait souvent jouer chez moi. Est-ce que tu aimerais ça, toi, venir jouer ici ?

— Peut-être…

Alicia n'osait aller plus loin. Bien sûr, cette dame avait l'air d'être gentille. Mais justement, elle avait l'air trop gentil et lui faisait penser à « grand-ma ». Si Alicia faisait confiance à cette nouvelle grand-maman, n'allait-on pas la lui enlever comme on l'avait fait quand elle avait quitté sa maison ? Adèle continuait de sourire en la regardant.

— C'est toi qui vas décider. Mais si je me rappelle bien, il y a en haut dans une chambre un grand garde-robe rempli de jouets. Il y avait vraiment beaucoup d'enfants qui vivaient ici, avant, tu sais. Et j'ai gardé tous les jeux… Quand tu en auras envie, tu me le diras et on ira voir ça ensemble. D'accord ?

— D'accord…

Alicia était déjà un peu moins réticente. Alicia n'était encore qu'une toute petite fille et de tout son cœur, elle ressentait le besoin de retrouver une grand-maman comme celle qu'elle avait laissée à son autre maison.

Depuis que son papa était parti, Alicia avait l'impression que tout allait de travers autour d'elle et elle n'aimait pas cela.

Mais là, devant elle se tenait une dame qui la regardait avec un sourire très doux.

Et, de plus, il y avait dans la voix de cette gentille dame une intonation qu'elle connaissait bien.

C'était celle toute douce, tout attentive, de sa grand-maman Mary-Jane. Et cela, c'était amplement suffisant pour lui inspirer confiance…

Chapitre 22

La vie impose ses lois

Avec cette insouciance propre à l'enfance, Alicia s'habitua très vite à vivre avec deux mamans plutôt qu'avec un papa et une maman. Quant aux horaires déroutants de Charlotte qui devait partager son temps entre la maison et l'hôpital, parfois la nuit, parfois le jour, Alicia n'y voyait pas le moindre inconvénient puisque c'était grand-maman Adèle qui prenait la relève au besoin. La petite fille avait rapidement compris qu'une grand-maman Adèle valait tout autant qu'une « grand-ma Mary-Jane ».

Cette vie-là semblait tellement lui plaire qu'au grand soulagement de Charlotte, Alicia n'avait pas reparlé de la possibilité d'aller à l'école après l'été.

L'hiver avait enfin cédé la place au printemps. Un printemps qui eut la merveilleuse idée d'être ensoleillé et chaud comme pour faire oublier le climat anglais. Charlotte ne se rappelait l'Angleterre que sous la forme d'une correspondance régulière avec Mary-Jane. Et c'était bien. Lentement, elle avait l'impression de rattacher entre elles les différentes parties de sa vie. Et la courtepointe des images qui illustraient ce qu'elle avait vécu jusqu'à maintenant devenait de plus en plus grande mais aussi de plus en plus colorée. Les pointes sombres de son enfance, celles du silence de Gabriel, puis celles de sa grossesse, des déceptions face à Andrew et des regrets au moment de son décès étaient maintenant entourées de losanges vifs et joyeux. Tout comme lorsqu'elle était petite, la présence des Simard apportait une stabilité, une joie de vivre qui teintait tout le reste.

Charlotte avait pris l'habitude de voir son père et sa petite sœur le dimanche après-midi quand elle ne travaillait pas. Souvent chez elle mais aussi parfois chez ses parents. Le reste du temps, elle évitait systématiquement de se retrouver chez Blanche. Alicia n'avait pas à être témoin des excès de sa grand-mère. L'alcoolisme de leur mère n'était plus qu'un secret de Polichinelle. Elle buvait de plus en plus, mangeait de moins en moins et se plaignait tout le temps. On évitait d'en parler, on se contentait d'approuver tout ce que Blanche disait au risque de déclencher des querelles et des discussions à n'en plus finir.

Blanche Gagnon-Deblois n'était plus entêtée, elle était bornée.

Son monde commençait et s'arrêtait dans les vapeurs qui l'entouraient. Avec le temps, son organisme avait probablement dû s'habituer, car elle arrivait tout de même à mener un semblant de vie normale. Sa normalité à elle : les lavages étaient scrupuleusement faits et les repas à peu près convenables. De toute façon, plus personne ne s'inquiétait de ce qui se passait sous le toit des Deblois entre huit heures le matin et dix-huit heures le soir car, hormis Blanche, plus personne n'y mettait les pieds. Même Émilie évitait de s'y rendre. Elle se contentait de prendre des nouvelles par téléphone. Mais dès qu'elle comprenait que sa mère n'était pas dans un état acceptable, quand il lui arrivait de répondre, Émilie trouvait un prétexte pour raccrocher. De toute façon, Blanche ne se souvenait jamais qu'elle l'avait appelée. Émilie, à l'instar de Charlotte, ne venait chez ses parents que le dimanche.

Mais uniquement quand Charlotte travaillait.

Toutefois, Émilie n'arrivait pas à désavouer sa mère. Elle se contentait de désapprouver.

— Il ne faut pas lancer la pierre, Charlotte, avait-elle conseillé l'autre jour au téléphone. Si maman est ainsi, c'est sûrement qu'elle a ses raisons. Des raisons qui nous échappent et qui ne nous regardent pas. Mais je suis d'accord avec toi qu'elle aurait pu choisir une autre façon de réagir. Elle doit être très malheureuse pour agir comme elle le fait. Pauvre maman!

Émilie s'entêtait à dire maman alors que Charlotte ne l'appelait plus que Blanche.

Et les contacts entre les deux sœurs se résumaient à des appels téléphoniques...

Ce qui en soi, n'était pas vraiment normal. Cette froideur d'Émilie restait une épine qui continuait d'agacer grandement Charlotte.

Pourquoi Émilie agissait-elle ainsi?

Pourtant, en juillet, Charlotte avait sincèrement cru que la dernière barrière venait d'être abattue entre elles. Cette complicité qu'elle avait ressentie et l'enthousiasme de sa sœur devant ses romans... Émilie était-elle une excellente comédienne ou...

La réflexion de Charlotte n'arrivait jamais à aller plus loin parce qu'elle ne comprenait pas. En quoi Alicia pouvait-elle déranger Émilie au point que celle-ci finisse toujours par trouver un prétexte ou une excuse pour l'éviter?

C'était insensé.

C'est pourquoi, par un bel après-midi de mai, ayant congé et Alicia ayant choisi de passer l'après-midi avec Adèle puisque celle-ci allait faire les courses et que la petite fille adorait magasiner parce qu'elle en revenait habituellement avec des gâteries, Charlotte décida de se présenter à l'improviste chez Émilie. Elle voulait en avoir le cœur net, cela ne pouvait plus durer.

Les deux sœurs n'allaient tout de même pas passer leur vie à s'éviter sous prétexte de...

Charlotte n'arrivait même pas à trouver une excuse valable à cette attitude et toutes celles qu'Émilie évoquait ou inventait n'avaient pas plus de sens.

C'en était rendu ridicule.

Elle arriva devant l'immeuble au moment où quelqu'un en sortait, ce que Charlotte vit comme un heureux présage. Pas besoin de sonner pour avoir accès à l'escalier qu'elle grimpa rapidement. Puis elle frappa doucement à la porte, fit une petite grimace n'ayant entendu aucune réponse. Mais plutôt que de rebrousser chemin, elle décida de frapper plus fort. C'est alors que, ténue, lui parvint la voix d'Émilie. Sans hésiter, Charlotte sonda la poignée qui tourna sans difficulté.

Émilie était au lit. Aussi blanche que les draps, les cheveux collés sur son front par la chaleur suffocante qui régnait dans la chambre, elle tourna un visage livide vers Charlotte.

— Ah! C'est toi… Je pensais que c'était Marc. Il m'a promis de rentrer plus tôt aujourd'hui.

Charlotte n'eut besoin d'aucune explication pour comprendre que sa sœur était malade. Vraiment malade. Émilie faisait peur à voir. S'approchant du lit, elle s'installa à même le plancher.

— Mais veux-tu bien me dire ce qui se passe?

Émilie soupira en laissant tomber sa tête sur l'oreiller.

— Si je le savais moi-même…

— Mais encore? demanda Charlotte chez qui la patience n'était pas la vertu dominante. Tu ne restes tout de même pas à suffoquer dans ton lit pour rien par une si belle journée.

— Non, bien sûr…

Plus Émilie hésitait à répondre franchement et moins Charlotte comprenait. Ce n'était toujours pas ses fichus problèmes de digestion qui mettaient Émilie aussi mal à l'aise devant elle. Charlotte tendit une perche, à des lieux maintenant de ce qui l'avait emmenée chez sa sœur.

— Et ça t'arrive souvent d'être blanche comme un drap et d'avoir l'air d'une lavette? Je comprends qu'il fait chaud mais quand même.

— Souvent, non, mais à l'occasion…

Émilie ferma les yeux un instant. Allait-elle enfin se décider à parler? Elle détestait avoir à toujours refuser les invitations, mais c'était plus fort qu'elle: revoir Alicia qui lui ressemblait tant était au-dessus de ses forces. Elle rêvait toujours autant d'avoir un enfant et malgré une carrière qui se dessinait prometteuse, elle n'y pouvait rien: depuis qu'elle avait vu Alicia, l'envie d'avoir un bébé bien à elle était revenue la hanter jusqu'à devenir une obsession. Quant à savoir si ce qu'elle avait aujourd'hui avait un lien avec tout cela, Émilie n'en savait rien. Le système digestif et ses réactions n'avaient aucun secret pour elle mais pour le reste… Elle se décida en se disant que Charlotte y connaissait peut-être quelque chose. Après tout, elle avait des brevets de la Croix-Rouge et elle travaillait dans un hôpital.

— Je ne suis pas comme ça souvent, répéta-t-elle en évitant de regarder Charlotte dans les yeux. Mais depuis trois ans que je suis mariée, c'est peut-être arrivé quatre fois. J'ai des hémorragies épouvantables. Avec des crampes terribles. Rien à voir avec ce que j'endure habituellement. J'ai l'impression que mon ventre va se fendre en deux.

En un éclair Charlotte se douta de ce qui se passait. Émilie était en train de faire une fausse couche. Même si elle n'était pas experte en ce domaine, les symptômes que décrivait Émilie étaient suffisamment précis et clairs pour au moins soupçonner cette possibilité. Et au même instant, elle eut l'intuition qu'elle était à deux doigts de comprendre ce qui motivait tant Émilie à éviter la petite Alicia.

— En as-tu parlé à un médecin ? J'ai l'impression que tu fais une fausse couche, ma belle.

La jeune femme soupira. Si c'était tout ce que sa sœur avait à suggérer, elle n'en sortirait jamais. Car le médecin semblait formel : à première vue, c'était Marc le problème, pas Émilie. Il l'avait même répété au téléphone quand elle l'avait appelé plus d'un an après sa visite. Alors...

— J'ai consulté, oui. Le docteur qui m'avait opérée quand j'étais plus jeune. Tu te souviens ? Dire que je trouvais que j'avais mal au ventre, dans ce temps-là... Si j'avais su, jamais je ne me serais lamentée. Ce n'était rien à côté de ce que je ressens aujourd'hui.

Effectivement, Charlotte se rappelait très bien ce médecin suffisant à la voix sirupeuse. Elle ne l'avait jamais aimé. Il semblait trop imbu de lui-même. Mais si c'était lui qu'Émilie avait consulté, elle n'avait qu'à s'incliner.

— Oui, je m'en souviens. Mais j'avoue que je ne l'ai jamais trouvé très édifiant... « Arrogant » serait peut-être le mot pour le qualifier.

Une lueur d'amusement parut dans le regard d'Émilie.

— Toi aussi... Moi non plus, je ne l'aime pas beaucoup. Mais maman ne jurait que par lui.

— Et quand Blanche avait choisi un médecin, conclut Charlotte en levant un index... Oui, je sais. Mais qu'on l'aime ou pas, il est tout de même médecin. Qu'est-ce qu'il t'a dit quand tu l'as vu ?

— Rien de particulier. Il m'a examinée puis il a confirmé que tout était beau.

— Mais ce n'est pas normal d'avoir des hémorragies et des douleurs comme tu les décris... Je le répète, je crois que tu fais une fausse couche, Émilie. Tu devrais peut-être consulter un autre médecin.

Tandis que Charlotte parlait, Émilie avait fermé les yeux. Ce que sa sœur supposait était impossible puisque Marc ne pouvait avoir d'enfant. Ce devait être autre chose. Et pour ce qui était de consulter, il faudrait peut-être que Marc soit d'accord. Même le médecin l'avait dit : sans la présence de Marc, il ne voulait pas revoir Émilie. Mais Marc ne voulait pas en entendre parler. Il s'entêtait, en disant qu'il le sentirait s'il était stérile. Il refusait de voir la réalité en face. Mais alors qu'Émilie entendait encore les échos de leur dernière discussion sur le sujet, elle se dit que Charlotte pourrait peut-être l'aider à convaincre Marc. Ils s'entendaient bien tous les deux et Charlotte avait une longueur d'avance sur elle : elle travaillait dans un hôpital. Peut-être saurait-elle trouver les arguments qui lui faisaient défaut ? Quant à ses hémorragies, quelle que soit leur cause, si elle était enceinte, ce ne serait plus un problème. Elle se décida d'un coup à révéler ce qui était toujours un secret entre Marc et elle. L'espoir de trouver enfin quelqu'un qui puisse l'aider était plus fort que tout.

— Je comprends ce que tu essaies de me dire, Charlotte, dit-elle dans un souffle. Mais c'est impossible. Je ne peux pas faire une fausse couche puisque Marc ne peut pas avoir d'enfant. Là-dessus, le médecin semblait tout à fait certain. Malheureusement, Marc ne veut pas le reconnaître.

Charlotte détourna la tête, se sentant rougir jusqu'à la racine des cheveux. Mais qu'est-ce que c'était que cette histoire-là ? Un beau charlatan que ce médecin, oui ! Un arrogant doublé d'un incompétent... Mais cela ne changeait rien à la situation d'Émilie. Sans avouer ce qu'elle s'était promis de ne jamais dire, Charlotte ne pouvait rien pour elle. À moins que Marc ne change lui-même d'avis, personne ne pouvait rien pour l'instant. Elle sentit alors la main d'Émilie se glisser dans la sienne.

— Charlotte, aide-moi à convaincre Marc. Je t'en prie. Si tu savais comme je voudrais avoir un bébé. Une petite fille comme Alicia…

Émilie pleurait maintenant sans retenue.

— La vie est injuste. C'est… c'est pour ça que je ne veux jamais voir ta fille. Ça me fait mal, Charlotte, ça me fait tellement mal de la voir. Elle me ressemble tant. Je pourrais avoir une petite fille comme elle… Aide-moi, Charlotte, à convaincre Marc. Il existe peut-être des traitements, des pilules…

Charlotte soupira aux derniers mots d'Émilie, croyant entendre Blanche. Une pilule pour chaque problème. Comme si la vie n'était qu'une immense pharmacie où il suffit de piger pour tout régler. Les pleurs de sa sœur lui brisaient le cœur, mais que pouvait-elle y faire à part dire la vérité? Cela aiderait peut-être Émilie à trouver une solution. Parce que le problème venait d'elle. Malgré tout, Charlotte était optimiste. Il semblait bien que sa sœur n'était pas stérile puisque, en ce moment, elle avait ces saignements qui ressemblaient étrangement à un avortement spontané.

Charlotte ferma les yeux, tout étourdie, indécise, tout en serrant spontanément la main d'Émilie dans la sienne. Jamais elle n'avait été aussi déchirée de toute sa vie. Mais comment Émilie prendrait-elle la nouvelle? Se sentirait-elle encore une fois responsable d'une situation qui dans le fond lui échappait totalement ou au contraire y verrait-elle enfin une raison d'espérer? Et comment accepterait-elle qu'un jour, son mari et sa sœur aient couché ensemble? À cette pensée, Charlotte se remit à rougir.

— Ce que tu me demandes est plutôt délicat, tu sais. Parler à Marc d'un sujet aussi personnel… Disons que je vais y penser?

Puis elle embrassa la main d'Émilie avant de la reposer sur le drap.

— Promis, je vais y penser, confirma-t-elle. Quand tu iras mieux, on en reparlera et on verra ensemble.

Charlotte s'écoutait parler en se demandant de quoi elles pourraient bien reparler. Puis elle se releva. L'important, pour l'instant, était de détourner la conversation. Se donner au moins la chance de tout bien peser avant de prendre une décision.

— Maintenant, fit-elle faussement enjouée, il faut que tu penses à toi. J'ouvre un peu la fenêtre, la brise est trop bonne aujourd'hui pour s'en priver. Et je vais voir à la cuisine s'il n'y aurait pas quelque chose que tu puisses manger. Il faut que tu refasses tes forces.

Et sans attendre de réponse, Charlotte sortit de la chambre avec la nette impression qu'elle s'enfuyait comme une lâche.

Elle trouva au réfrigérateur de quoi faire une bonne soupe. Le temps de peler les légumes et de tout couper en petits, tout petits dés, lui donnerait le temps de se ressaisir.

Et ce fut là que Marc la trouva, debout devant l'évier à préparer une soupe pour Émilie. Tel qu'il l'avait promis, il était en avance et fut surpris de voir Charlotte en train de cuisiner chez lui. Il était passé par la cuisine pour se servir quelque chose de frais à boire avant de rejoindre Émilie. Si elle n'était pas au salon, c'était qu'elle devait être encore au lit. Visiblement, il était inquiet, ce qui n'échappa nullement à Charlotte même s'il dessina un petit sourire quand il l'aperçut.

— Mais qu'est-ce que tu fais là ?

— Une soupe… J'étais en congé aujourd'hui et je suis passée par hasard… Pauvre Émilie, elle n'en mène pas large.

— À qui le dis-tu… Le temps de voir si elle n'a besoin de rien et je reviens t'aider.

De loin, Charlotte entendit le murmure des voix puis quelques instants plus tard, Marc réapparaissait dans la cuisine.

Au passage, il attrapa un tablier derrière la porte avant de rejoindre Charlotte.

— Qu'est-ce que je peux faire pour me rendre utile?

Charlotte ne put s'empêcher d'esquisser un petit sourire moqueur. Le grand Marc était vraiment drôle avec le tablier fleuri d'Émilie qui lui ceinturait la taille.

— Mais rien, voyons. J'ai presque fini. De toute façon, ce n'est pas un travail d'homme que…

Marc fronça les sourcils.

— Mais qu'est-ce que c'est que ces idées? Pourquoi un homme n'aurait-il pas le droit d'aimer cuisiner? J'adore faire à manger, tu sauras. C'est une détente parfaite pour quelqu'un qui passe son temps dans la paperasse et les mots. Alors, que veux-tu que je fasse?

— Si tu insistes… Il reste les oignons à peler et à couper. Je les fais toujours en dernier parce que j'en ai pour quinze bonnes minutes à pleurer chaque fois que je m'en approche.

— Et c'est parti pour les oignons!

Pendant quelques instants, ils travaillèrent côte à côte dans un parfait silence. Dehors, on entendait des enfants qui jouaient en riant et au loin le bruit des automobiles faisait un fond sonore troublé parfois par l'avertissement d'un klaxon. Charlotte repensa alors à ce qu'Émilie lui avait demandé pour aussitôt sentir son esprit changer de direction et se mettre à penser que, si elle l'avait voulu, la scène qu'elle vivait présentement aurait pu être quotidienne et banale.

Marc et elle. Ensemble tous les deux.

Avec Alicia.

À cette pensée, Charlotte tressaillit. «Que la vie tient parfois à peu de choses» pensa-t-elle, consciente que d'une peur, d'une décision prise en une fraction de seconde, des années et des années pouvaient être changées. « Il aurait suffi que je dise à Marc que j'attendais un bébé de lui et toute ma vie aurait été différente et celle de ma petite fille aussi » constata-t-elle surprise de l'ampleur que peuvent prendre certains choix.

Perdue dans sa réflexion, Charlotte sursauta quand Marc se mit à parler.

— Tu as vu Émilie, n'est-ce pas ? Qu'est-ce que tu en penses ? Est-ce que c'est normal ce qui lui arrive ? Je n'y connais rien. J'en ai parlé à maman, mais elle non plus n'ose pas se prononcer. Elle dit que ça arrive parfois. Mais toi, qu'est-ce que tu en penses ? répéta-t-il en se tournant vers elle.

« Ce que j'en pense, se dit Charlotte intérieurement, s'efforçant d'avoir l'air terriblement concentrée sur ce qu'elle faisait, c'est que vous faites fausse route tous les deux. Mais je ne peux rien dire sans détruire des tas de choses entre nous. Et ça, Marc, ça me fait peur. Alors je vais dire comme ta mère : ça arrive parfois. »

Mais avant qu'elle n'ait pu ouvrir la bouche, Marc reprenait :

— La vie est parfois bizarre, murmura-t-il d'un ton si étouffé que Charlotte sut aussitôt qu'il parlait tant pour lui que pour elle. Un jour, tu t'aperçois que quelqu'un que tu connais depuis toujours est en fait l'être qui a le plus d'importance pour toi. Comme ça, fit-il en claquant des doigts, ça te tombe dessus comme ça. Tu es amoureux. Et subitement, la vie est ce qu'il y a de plus merveilleux. Tu fais des tas de projets. Des fous, des irréalisables, des plus raisonnables. Et parmi ces derniers, tu parles des enfants que tu auras. Ils seront les plus beaux, c'est certain. Puis le temps passe.

Charlotte retenait son souffle. Fallait-il que Marc ait confiance en elle pour oser lui parler de la sorte. Surtout après ce qu'ils avaient vécu ensemble. Si l'amour n'avait pas été réel entre eux,

Marc était en train de lui prouver que l'amitié, elle, avait vraiment existé. Et quelle avait été sa réponse ? Charlotte avait fui. Elle s'était moquée de la sincérité des sentiments qui avaient un jour tissé une toile entre eux. Par peur, par manque de confiance justement. En lui comme en elle. Elle sentit les larmes lui monter aux yeux.

— … le temps passe, poursuivait Marc. Et tu comprends que même tes rêves les plus raisonnables ne se réalisent pas. Et tu vois celle que tu aimes plus que tout au monde devenir de plus en plus triste.

Marc fit une courte pause qui se termina en un profond soupir.

— C'est terrible de voir souffrir quelqu'un que tu aimes. Surtout quand tu sais que c'est toi le responsable.

Incapable de s'en empêcher, Charlotte posa sa main sur celle de Marc.

— Pourquoi dis-tu ça ? Tu n'es responsable de rien. Vous étiez faits pour aller ensemble, Émilie et toi. C'est évident.

Marc ne releva pas les derniers mots de Charlotte. C'était comme s'il n'avait rien entendu.

— Je l'aime tellement, poursuivit-il sur le même ton. Mais n'empêche que c'est à cause de moi qu'Émilie est malheureuse. Et ça, c'est la pire chose qui me soit arrivée. Comme si elle n'avait pas assez d'être malade.

Tout en parlant, Marc avait déposé son couteau et s'était tourné vers Charlotte.

— Je ne suis pas capable de lui faire un enfant, cracha-t-il subitement, les yeux pleins d'eau. Et je suis certain que c'est à cause de cela qu'elle est parfois aussi malade. Elle est trop malheureuse.

— Tais-toi, Marc. Ce n'est pas vrai ce que tu dis. Tu n'es responsable de rien.

— Alors pourquoi elle n'est pas enceinte? Hein? Le sais-tu, toi, pourquoi?

Marc lui avait pris les mains entre les siennes et maintenant il les serrait à lui faire mal. Mais Charlotte sentait qu'il y avait tellement de douleur derrière les mots, tellement de chagrin en Marc qu'elle n'osa se dérober. Alors elle leva les yeux et attacha son regard à celui de Marc.

— Je ne sais pas pourquoi Émilie n'est pas enceinte, mais je sais que ce n'est pas toi. Cesse de te torturer comme tu le fais. Ça ne donnera rien.

Elle espérait seulement que ces quelques mots suffiraient à réconforter Marc et qu'il en resterait là. Mais comme la digue qui vient de se rompre, les mots de Marc ne tarissaient plus.

— Et pourquoi ça ne serait pas moi? Tu sembles si certaine de toi. Le médecin dit pourtant le contraire. C'est dur à encaisser mais si c'est ça…

Charlotte avala sa salive. Allait-elle risquer de voir l'amour s'éteindre entre Marc et Émilie pour préserver un secret qui n'avait d'importance peut-être que pour elle? Serait-ce si terrible de dire la vérité si cette dernière permettait de voir refleurir l'espoir entre eux? Charlotte ferma les yeux un instant. Quand elle les ouvrit de nouveau, la douleur qu'elle vit briller dans le regard de Marc suffit à la convaincre. Elle n'avait plus le droit de se taire.

— Non, Marc. Va falloir que vous regardiez ailleurs, que vous consultiez si vous voulez un bébé. Parce que tu es le père d'Alicia.

Un grand silence s'abattit sur la cuisine et Marc s'aperçut qu'il tremblait. Il relâcha aussitôt les mains de Charlotte et resta un instant les bras étendus devant lui. Avait-il bien entendu? Il prit les épaules de Charlotte et les broya entre ses mains.

— Répète, fit-il d'une voix sourde.

Jamais il n'en avait voulu à quelqu'un comme il lui en voulait présentement. De quel droit n'avait-elle rien dit ? Et de quel droit parlait-elle aujourd'hui ? Marc secoua la tête. Il allait se réveiller. Ce n'était qu'un rêve. Qu'une farce de mauvais goût. Pourtant, il ne rêvait pas parce que Charlotte maintenant pleurait sans retenue.

— Alicia est ta fille, Marc. C'est pour ça que je…

— En as-tu beaucoup des secrets comme ça à mon sujet, Charlotte ? L'autre jour, c'étaient les pilules et les sirops. Aujourd'hui, c'est Alicia. Est-ce que je dois encore me méfier ou si c'est fini ?

Appuyée contre le chambranle de la porte, Émilie les regardait tous les deux les yeux agrandis par l'horreur. C'était elle l'épouse, la compagne et elle se sentait exclue de la conversation. Encore une fois, on parlait d'elle, d'une partie de sa vie, mais il aurait été préférable qu'elle n'entende pas. Pourquoi ? Qu'avait-elle fait pour mériter pareille injustice ? Charlotte avait vécu son grand rêve à sa place : elle avait porté l'enfant de Marc. L'image de Charlotte enceinte fut si réelle, si désagréable qu'elle se mit à trembler. Puis elle repensa à toutes ces nuits dans les bras de Marc. Marc qui avait couché avec Charlotte, aussi. Avait-il comparé les prouesses des deux sœurs ? Comme ils s'étaient bien moqués d'elle ! Affaiblie par les saignements trop abondants, toute fragile dans sa robe de nuit qui flottait sur ses frêles épaules, Émilie se sentait insignifiante. Elle n'avait plus qu'à disparaître pour leur laisser toute la place. Pendant quelques instants, son regard se promena de l'un à l'autre. Marc avait toujours les mains sur les épaules de Charlotte qui semblait pétrifiée. Plus personne ne parlait. Émilie haussa imperceptiblement les épaules. De toute façon, il n'y avait plus rien à dire. Il y avait tellement de haine et de colère en elle qu'elle se demanda qui des deux elle détestait le plus. Charlotte pour avoir osé dire la vérité ou Marc qui n'avait rien dit de ce qu'il avait vraiment vécu avec sa sœur.

Charlotte se dégagea et fit un pas vers elle. Instinctivement, Émilie recula.

— Laisse-moi t'expliquer. Ce n'est pas ce que tu crois.

— Tu n'as rien à expliquer, Charlotte. Au contraire, tu ne pouvais être plus claire. Maintenant, je te demanderais de t'en aller.

— Laisse-moi au moins…

— Va-t-en !

Émilie avait crié ses derniers mots et d'une main tremblante elle montrait le couloir et la porte d'entrée. Elle recula d'un autre pas. Mais au moment où Charlotte passait près d'elle, elle ajouta :

— C'est fou ce que tu ressembles à maman, parfois. Toutes les deux, vous êtes capables d'être très méchantes.

Puis elle détourna la tête.

Quand elle entendit la porte qui se refermait, Émilie sursauta. Elle était épuisée. Elle avait besoin d'être seule. Tant mieux si Marc n'avait pas bougé et semblait hébété.

Sans dire un mot, elle regagna sa chambre. Il lui semblait que plus jamais, elle n'aurait envie d'en ressortir…

* * *

Quand Marc avait entendu la voix d'Émilie, il n'avait même pas sourcillé. C'était dans la logique absurde du moment qu'elle soit là. Il avait bien senti qu'il aurait dû dire quelque chose, mais il en avait été incapable.

Il avait même été soulagé de voir qu'elle quittait la pièce sans lui parler.

Alors, il avait laissé ses larmes couler silencieusement. Parce qu'au fond de lui, la seule chose qu'il ressentait était une immense déception. Il ne voulait pas comprendre pourquoi il était déçu. C'était là, en lui, et cela faisait terriblement mal.

Puis il avait regagné le salon où le grand tableau d'Émilie l'avait accueilli. Émilie, c'était toute sa vie. Pour lui, cela ne faisait aucun doute. Pourquoi, alors, quelqu'un s'était-il permis d'en douter ?

Charlotte avait parlé d'Alicia et Marc ne savait plus où il en était.

Il se laissa tomber dans un fauteuil.

Et pourquoi Charlotte n'avait-elle rien dit à l'époque ? N'avait-elle aucune confiance en lui ? À cet instant il comprit d'où venait cette grande déception qui lui faisait débattre le cœur. Entre Charlotte et lui, il y avait eu encore moins que tout ce qu'il avait cru. Il savait depuis longtemps que ce qu'il avait ressenti n'était pas vraiment de l'amour, mais de là à penser que même l'amitié était absente de leur relation, il y avait un monde. Un monde de déception.

Il essaya de se rappeler. Mais les souvenirs se refusaient à lui. Il n'y avait que cette espèce d'amertume qui lui revenait quand il repensa qu'elle ne lui avait même pas écrit. Rien, pas un mot à l'exception d'une carte de Noël et de l'annonce de son mariage.

À cette pensée, Marc tressaillit. Quand Charlotte s'était mariée, elle était déjà mère. Était-elle amoureuse de cet Andrew ou ne l'avait-elle marié que pour régulariser sa situation ? Mais à l'instant même où il formulait sa question, il comprit qu'il s'en fichait éperdument. Charlotte l'avait exclu de sa vie. C'était son choix et lui, Marc, n'avait rien eu à dire. Tant pis. Aujourd'hui, il était bien trop tard pour y changer quelque chose. De toute façon, il n'avait pas envie de changer quoi que ce soit. C'était Émilie qu'il aimait, pas Charlotte. Alors que venait faire Alicia dans toute cette histoire? Alicia qui ressemblait étrangement à Émilie mais qui était la fille de Charlotte.

Et la sienne.

Marc soupira. Pourquoi ne ressentait-il pas un élan du cœur, un frémissement des émotions? Il revit le visage étroit de la petite fille, sa chevelure fauve toute bouclée, ses grands yeux bleus. Elle était jolie et gentille, pour le peu qu'il en savait. Mais au-delà de cette constatation, Marc ne ressentait rien de plus. Alicia était sa nièce et rien d'autre. On lui avait refusé la chance et le droit de l'attendre, de la désirer. Alors présentement, il ressentait une forme de colère envers Charlotte et une forme d'attendrissement pour Alicia. Comme il en avait généralement devant les enfants.

Puis lentement, imperceptiblement, d'une pensée à une autre, la déception se transforma en soulagement. Ce n'était pas sa faute si Émilie n'était pas encore enceinte. Il s'en voulut aussitôt. Mais quelle sorte d'homme était-il donc? Un égoïste qui s'en lavait les mains?

Marc se releva et se mit à marcher de long en large dans le salon. En colère contre lui-même. Et Charlotte dans tout cela? S'il lui en voulait, elle, qu'est-ce qu'elle avait ressenti quand elle avait compris qu'elle était enceinte?

Elle n'avait que dix-huit ans. Sa vie ne faisait que commencer et déjà elle devait faire face à la lourde responsabilité de prendre soin d'un enfant qu'elle avait fait en dehors des liens du mariage. Impensable dans une société comme la leur.

La colère de Marc retomba aussitôt.

Si Charlotte n'avait rien dit, c'était qu'elle devait être terrifiée. Par sa mère, par la réaction que lui-même aurait pu avoir... Et malgré tout, malgré cette solitude qu'elle s'était imposée, Charlotte avait réussi à s'en sortir.

Alors pourquoi avoir parlé aujourd'hui?

La nuit commençait à tomber. Au-dessus de la maison d'en face, le ciel virait à l'indigo. La soirée serait douce et belle. Si Émilie n'avait pas été malade, il serait allé la chercher pour l'emmener prendre une glace au petit restaurant du coin afin qu'ensemble, ils puissent oublier les heures qu'ils venaient de vivre.

Émilie...

Son cœur se gonfla d'amour pour elle. S'il ne pouvait sortir avec elle, il allait au moins la rejoindre et lui répéter qu'il l'aimait. Ce que Charlotte lui avait appris n'y changeait rien.

Il reprit sa place dans le fauteuil. Il irait rejoindre Émilie dans un instant. Mais avant, il voulait être bien certain qu'il avait pensé à tout. Il ne voulait jamais revenir à cette soirée. Jamais. Il allait faire le tour de la question, envisagerait chacune des possibilités, mesurerait les conséquences de la révélation de Charlotte puis il retrouverait Émilie.

Et ensemble, ils décideraient de ce qu'ils allaient faire...

Quand il entra dans leur chambre, la nuit était tombée. La lumière d'un réverbère dessinait la forme d'Émilie sous le drap. Marc s'en approcha tout doucement. Puis, comme Charlotte l'avait fait en après-midi, il s'installa à même le plancher et posa sa main sur celle d'Émilie. Au bruit irrégulier que faisait son souffle, il savait qu'elle ne dormait pas.

— Je t'aime, Milie.

Il se sentait gauche et maladroit. Il avait envie de demander pardon pour tout ce gâchis, même si finalement, il n'y était pas pour grand-chose. Alors, il murmura :

— Je suis désolé.

À ces mots, Émilie se souleva sur un coude.

— Tu n'as pas à être désolé. C'est moi qui suis désolée pour la réaction que j'ai eue.

Puis elle étouffa un sanglot.

— Et je suis désolée de ne pas pouvoir te donner d'enfant. Alors je comprendrais que…

Marc l'empêcha de continuer en posant un baiser au coin de sa bouche.

— Ne dis plus rien. Ce n'est la faute de personne. Pas même celle de Charlotte. Personne n'a voulu ce qui est arrivé.

Émilie étouffa un soupir rempli de sanglots.

— Je sais. J'y ai longtemps pensé. Ça n'a pas dû être facile pour Charlotte. Toute seule au bout du monde à attendre un bébé… Mais je crois que j'aurais fait la même chose. J'aurais eu tellement peur de la réaction de maman.

À ces mots, Marc eut l'impression qu'un lourd fardeau venait de dégringoler de ses épaules. Il se sentait tout léger.

— Tu crois que c'est ça ?

— En partie sûrement. Tu connais ma mère…

Émilie n'eut pas besoin d'aller plus loin. Elle savait que Marc comprendrait parce qu'elle connaissait l'opinion qu'il avait de Blanche. Si dans un premier temps il avait été séduit par elle, Marc avait rapidement compris à quel point Blanche était différente, tellement possessive envers Émilie. Ce n'était pas normal. Cela avait pris un certain temps avant de le faire admettre à Émilie mais aujourd'hui, elle comprenait ce qu'il voulait dire quand il disait que Blanche était malade. Et cela n'avait rien à voir avec les migraines…

— C'est vrai que ta mère n'est pas facile… Et moi, je t'aime, répéta-t-il en posant la tête sur l'oreiller tout près de celle d'Émilie.

— Moi aussi, je t'aime, Marc. Et j'ai compris que ce qui s'était passé avant moi ne me regardait pas. Même si c'est difficile, même si ça me fait mal…

Émilie hésita avant de poursuivre. Il y avait une question qu'elle voulait poser, une seule, mais elle avait tellement peur de la réponse. Pourtant, elle savait qu'elle ne pourrait jamais passer à autre chose si elle ne savait pas ce que Marc avait l'intention de faire.

— Et Alicia ? demanda-t-elle dans un souffle.

— Quoi, Alicia ?

— Qu'est-ce que tu vas faire pour elle ?

— Rien, Émilie. Rien du tout. Charlotte a choisi pour moi.

— Mais tu ne ressens rien pour elle ? Savoir qu'elle est ta fille et que…

— Non, Émilie. L'amour ne se commande pas comme ça. Alicia est la fille de Charlotte. C'est ainsi que ta sœur l'a voulu et c'est exactement comme ça que je le sens.

Tout en parlant, Marc avait glissé une main sous les couvertures et l'avait posée sur le ventre d'Émilie.

— Si un jour j'ai un enfant, c'est avec toi que je l'aurai fait. Et personne d'autre, tu m'entends ? C'est toi que j'aime, Émilie.

— Merci.

Émilie avait les yeux pleins d'eau. Elle laissa passer le plus gros de son émotion, puis du regard elle chercha celui de Marc.

— Tu sais ce que Charlotte m'a dit ? Elle pense que je fais une fausse couche. Cela veut peut-être dire que tout espoir n'est pas mort.

Puis Émilie cala sa tête dans l'oreiller et ferma les yeux.

— Je te demande seulement d'attendre que je t'en reparle, fit-elle d'une voix lasse. Pour l'instant je ne suis pas prête. Je dois encore me faire à l'idée que c'est moi qui suis différente. Comme toujours… Si tu savais comme j'en ai assez d'avoir des problèmes de santé…

Sur ce, Émilie tourna le dos à Marc et se roula en petite boule sur le côté. Brusquement, elle était terriblement fatiguée et elle avait mal partout, comme si elle avait été rouée de coups. Elle bâilla longuement. Elle sentait que sa volonté sombrait tout doucement dans l'abîme feutré du sommeil. Dans quelque temps, Marc et elle verraient ce qu'ils pouvaient faire. Peut-être appelleraient-ils même Charlotte pour savoir ce qu'elle en pensait. Peut-être… Mais chose certaine, d'abord, Émilie avait besoin de tout son temps pour accepter cette nouvelle gifle de la vie…

CHAPITRE 23

L'espoir refleurit

Pour Charlotte l'impétueuse, deux semaines étaient déjà très longues en soi. Quand l'attente de quelque chose de bien précis s'y mêlait, toutes ces journées avaient même une saveur d'éternité. Et voilà que cela faisait deux interminables semaines aujourd'hui qu'elle n'avait reçu aucune nouvelle de sa famille.

À l'impatience naturelle qui était la sienne avait succédé une certaine curiosité inquiète.

Mais que se passait-il, au juste ?

Elle s'attendait à un froid indéniable entre Émilie et elle, un froid qu'elle espérait temporaire, mais connaissant Émilie, elle savait qu'il y aurait un temps de réflexion, ou de bouderie, avant l'acceptation.

Cependant, que son père ne l'appelle pas était plutôt surprenant. Émilie lui avait-elle parlé, lui avait-elle tout raconté ? Charlotte n'en savait rien et cette ignorance était plus lourde à porter qu'une accusation directe. Alors, maintenant c'était de l'inquiétude à l'état pur qui présidait à chacun de ses réveils et soulignait plusieurs moments de ses journées, quand l'esprit, curieuse entité souvent indépendante de la volonté, imposait les derniers mots d'Émilie.

« Tu es capable d'être aussi méchante que maman... »

Chaque fois que cette phrase remontait à la surface, le cœur de Charlotte tressaillait. Comment Émilie pouvait-elle la comparer à Blanche ?

Surtout que, malgré les apparences, c'était bien la dernière chose qu'elle avait voulue, être méchante.

Quoi qu'il en soit, le résultat restait le même. Chaque fois que Charlotte y pensait, la kyrielle de mensonges qui entouraient la naissance d'Alicia s'y emmêlaient, la laissant complètement démunie. Que dire et que faire pour ramener la situation à une dimension acceptable ?

Présentement, les dernières années de sa vie et les souvenirs qui s'y rattachaient lui pesaient très lourd.

Andrew avait recommencé à lui manquer de façon quotidienne, Mary-Jane aussi.

La seule chose qu'elle voyait comme étant positive dans cette situation pour le moins délicate, c'était que sa fille pourrait s'inscrire à l'école dès septembre prochain. Plus de mensonges, plus de cachette. Mais c'était bien le seul soulagement qu'elle ressentait à avoir dit la vérité.

Piètre consolation !

Et dire qu'elle était revenue à Montréal pour tout reprendre à zéro. Elle ne s'était cependant pas imaginé que ce serait aussi radical.

Allait-elle passer le reste de sa vie mise au ban par sa famille ?

C'était impossible à ses yeux, intolérable, d'envisager que son père lui battrait froid pour toujours. Pire, qu'il l'ignorerait peut-être.

Et que dire d'Anne dans tout cela ?

Si Charlotte devenait une indésirable aux yeux de son père, il lui interdirait sûrement de revoir sa sœur.

Anne qu'elle aimait comme une fille et qu'elle voyait changer d'une visite à l'autre. Quand elle était présente ! Car plus souvent qu'autrement, lors des rencontres dominicales, sa petite sœur brillait par son absence.

— Chez son professeur de musique, répondait alors

invariablement Raymond quand Charlotte demandait pourquoi elle n'était pas là.

Charlotte n'aimait pas cela. C'était trop, beaucoup trop. Déjà qu'elle trouvait exagéré qu'Anne y aille tous les jours après l'école et qu'elle y fasse ses devoirs, si en plus on ajoutait les pratiques du samedi et celles du dimanche, elle jugeait que cela n'avait plus aucun sens. Charlotte avait l'impression par moments qu'Anne ne faisait même plus partie de la famille. « Autant déménager ses pénates chez madame Mathilde, pensait-elle curieusement ébranlée par cette idée. Ce serait plus pratique pour tout le monde. »

Bien sûr, elle était tout à fait consciente du contexte particulier où ils se trouvaient tous à cause de Blanche. Son père faisait pour le mieux, elle en était persuadée. Mais était-ce là ce mieux tant recherché ? Charlotte était loin d'en être certaine. Il y avait Émilie qui n'habitait pas très loin de l'école et avait suggéré qu'Anne y vienne à l'occasion, voire régulièrement, pour les devoirs. Et Charlotte avait proposé que durant les fins de semaine où elle n'était pas de service à l'hôpital, Anne en profite pour venir chez elle. Il y avait même un piano chez les parents de Françoise pour les incontournables pratiques. Peine perdue, la petite fille opposait toujours une fin de non-recevoir. Ce que Charlotte ne voyait pas d'un très bon œil. Pourquoi Anne refusait-elle l'aide de ses sœurs ? Et surtout pourquoi rejeter la chance d'être avec Alicia, ne l'aimait-elle plus ?

Cela faisait maintenant quelque temps que Charlotte voulait en parler à son père. Mais d'une occasion à une autre, elle n'avait jamais senti que Raymond était prêt à discuter de la chose. Ou il semblait préoccupé par son travail, ou il était visiblement tendu, fatigué.

Et maintenant, comme si tout cela ne suffisait plus, cela faisait deux semaines qu'elle ne lui avait même pas parlé...

Aujourd'hui, Charlotte avait l'impression qu'elle n'avait plus aucun droit de parole dans sa propre famille.

De toute façon, son père accepterait-il ses remarques maintenant qu'il savait peut-être la vérité à son sujet? Intègre et droit comme il l'était, Raymond accorderait-il une oreille attentive aux propos d'une menteuse?

C'est alors qu'elle décida d'aller directement voir Anne, avant que les interdits ne tombent. Demain, elle était en congé, elle en profiterait pour aller chercher sa sœur après l'école. Ce qu'elle allait lui dire n'avait que peu d'importance. Charlotte voulait surtout l'écouter, l'entendre dire ce qui la poussait à vouloir toujours être chez madame Mathilde. Quant à savoir ce qu'elle en ferait, ce qu'elle proposerait, Charlotte se fiait à l'amour inconditionnel qu'elle ressentait pour Anne afin de trouver.

Le lendemain, Charlotte arriva devant l'école quelques minutes avant la fin des classes. Devant la porte de la cour de récréation, il y avait la foule habituelle des mères venues attendre leurs enfants. Charlotte s'en amusa pendant un instant. Dans un an, elle ferait partie de ce joyeux groupe. Puis elle revint à ce qui l'avait amenée là.

Anne...

Charlotte était restée un peu à l'écart. Elle n'avait pas prévenu Anne de sa présence, ne voulant pas essuyer un refus de sa part. Elle comptait sur l'effet de surprise pour lui proposer de prendre une collation dans un petit restaurant. Gourmande comme elle l'était, Anne ne refuserait sûrement pas. Puis, cette chose étant réglée, elle avait hésité: allait-elle emmener Alicia avec elle? Sûrement qu'Anne serait ravie de voir sa fille, cela faisait presque un mois qu'elle n'avait pas eu cette chance. Par contre, comment jaser calmement avec une enfant aussi jeune?

Elle avait donc décidé d'y aller seule, comptant sur le pouvoir de persuasion d'une bonne glace bien fondante.

Et après…

Charlotte soupira. Après, elle verrait.

Quand la cloche se mit à sonner, annonçant la fin des classes, Charlotte sentit son cœur battre un peu plus vite. Elle se trouvait un peu ridicule de réagir ainsi. Après tout, ce n'était que prendre une collation dans un restaurant avec sa petite sœur. Tout le reste n'était encore qu'échafaudage dans son esprit. Mais avant qu'elle n'ait pu s'approcher suffisamment pour interpeller Anne, la petite fille s'élançait vers une grande femme, aux allures un peu masculines, qui lui tendait les bras.

Sans l'avoir jamais vue, à la description qu'Anne en avait déjà faite, Charlotte savait que ce n'était pas madame Mathilde.

Elle vit Anne qui embrassait la forte femme sur la joue puis, se mettant à gambader à ses côtés, elles prirent l'avenue sur la gauche et disparurent au coin de la rue.

Charlotte eut envie de les suivre. Puis elle haussa les épaules en se traitant d'imbécile. Anne n'était tout de même pas en danger !

N'empêche que Charlotte passa la soirée à y repenser. Était-ce la jalousie de voir sa sœur donner de l'affection à quelqu'un d'autre qui la poussait à voir la situation d'un si mauvais œil ?

Elle tourna mentalement la situation dans tous les sens, cherchant une réponse satisfaisante.

Puis elle comprit.

Ce qui n'était pas normal, c'était qu'Anne avait besoin d'étrangères pour avoir des attitudes d'enfant de son âge. L'insouciance qu'elle dégageait quand elle l'avait aperçue cet après-midi, la démarche sautillante qui était la sienne aux côtés de l'étrangère ne ressemblaient en rien à l'image que sa sœur projetait quand elle la voyait habituellement.

« Comme une orpheline qui vient d'apprendre que quelqu'un veut l'adopter » pensa-t-elle spontanément, le cœur serré.

Alors elle sut ce qu'elle allait faire.

Demain à la première heure, elle irait au bureau de Raymond.

Mensonges ou pas, et quels que soient les griefs que l'on entretenait à son égard, Charlotte sentait que son intuition ne pouvait la tromper. Ce n'était pas normal qu'Anne préfère la demeure d'un professeur à celle de ses sœurs.

Et les petites filles de dix ans n'avaient pas l'habitude de sauter au cou de leur gardienne, si c'était là le rôle dévolu à l'étrangère.

Charlotte savait qu'il y avait dans le cœur de sa petite sœur une brisure, une cassure qu'il fallait réparer avant qu'il ne soit trop tard.

À l'accueil que son père lui réserva, Charlotte sut aussitôt qu'Émilie n'avait rien dit. Il avait l'air terriblement fatigué, soit, mais aussi vraiment heureux de la voir. Sans hésiter, il s'était levé de sa chaise et était venu la prendre tout contre lui.

— Bien content de te voir !

— Et moi donc !

Charlotte était surtout soulagée.

Tous les problèmes qu'elle avait anticipés découlant de son aveu reculèrent d'un pas. Elle y verrait plus tard. De toute façon, comment avait-elle pu croire que son père la répudierait sans aucune forme de procès ? Il y avait entre eux des liens trop solides pour être si facilement brisés. Et ce fut aussi sur cette même complicité que Charlotte se fia pour oser aborder son père directement sans pour autant se risquer à demander la raison d'un si long silence entre eux.

— J'aimerais te parler d'Anne.

Raymond avait repris sa place derrière son bureau. Il leva les yeux.

— Anne ? Pourquoi ? Il me semble qu'enfin tout va mieux. Pour une fois que je la sens détendue, heureuse.

— Bien justement, tu trouves cela normal, toi ?

— Comment normal ? Je ne te suis pas.

Charlotte fronça les sourcils. Elle avait l'impression que son père se faisait volontairement évasif. Elle reprit avec un peu plus de virulence dans le ton :

— Je trouve cela, comment dire, un peu particulier. Ce n'est pas courant que pour être heureuse, comme tu dis, il ait fallu que deux étrangères entrent dans la vie d'une petite fille de dix ans.

Puis sans attendre de réponse, brusquement, Charlotte s'emporta.

— Bon sang, papa ! Anne a une famille, que je sache.

Raymond resta silencieux un moment. Quand il se décida à répondre, sa voix était dure, brusque.

— Une famille ? Tu appelles ça une famille, toi, une mère qui n'est là qu'à moitié, l'esprit embrumé la plupart du temps ? Alors si tu veux en parler, parlons-en de cette famille… Moi, vois-tu, j'appelle ça un pis-aller et je remercie le hasard qui a bien voulu que cette Mathilde croise la route de ma fille. Anne est cent fois mieux avec elle qu'avec sa mère, crois-moi.

— Oh ! pour te croire, je te crois sans difficulté, répondit aussitôt Charlotte avec une pointe de sarcasme dans la voix. Ce n'est pas difficile de trouver mieux que Blanche.

En prononçant ces mots, Charlotte vit que son père rougissait. Elle s'en voulut aussitôt. Ce n'était pas lui qu'elle voulait attaquer, c'était Blanche. Le timbre de sa voix se radoucit quand elle ajouta :

— Je m'excuse, papa. Ce n'est peut-être pas agréable à entendre, mais c'est vraiment ce que je pense. Mais je pense aussi que le professeur de musique est également un pis-aller.

Madame Mathilde n'est rien d'autre qu'un pansement sur une jambe de bois. Une gardienne après les heures de classe. En soi, ce n'est pas si terrible. Mais quand une petite fille de dix ans saute au cou de sa gardienne, ça, par contre, je ne comprends pas. Quand la même petite fille refuse la main tendue de ses sœurs, je ne comprends pas plus. Et quand Anne décline toutes mes invitations et refuse les occasions de voir Alicia en venant chez moi, je comprends de moins en moins. C'est pour ça que je dis que le professeur de musique ne règle pas le problème d'Anne pour autant.

Raymond ouvrit les bras en signe d'impuissance.

— Qu'est-ce que je peux faire d'autre?

Charlotte resta silencieuse à son tour. Pendant cette brève discussion, elle était restée debout, les deux poings appuyés sur le bureau. Elle se redressa. Puis selon une convention qui semblait établie entre son père et elle, Charlotte vint se poster devant la fenêtre. C'était leur place pour les confidences, les moments importants. À peine le temps d'un battement de cœur et Raymond la rejoignait.

— Tu penses que je ne suis pas conscient qu'Anne est en train de s'attacher un peu trop à son professeur? Tu crois sincèrement que je suis heureux de la situation présente? Si c'est le cas, tu te trompes lourdement. Je ne veux pas m'en laver les mains, Charlotte. C'est juste que je ne vois rien d'autre pour l'instant.

— Et s'il était temps de faire le grand ménage, papa? demanda alors Charlotte d'une voix très douce, malgré tout surprise de son audace. Tu ne crois pas que tu y verrais plus clair?

Charlotte sentit son père se crisper.

— Si je fais le ménage, comme tu dis, je vais tout balayer, fit-il d'une voix sourde. Et je crois que je n'aurais pas de difficulté à trouver un médecin qui m'appuierait en ce sens… Mais laisse-moi te dire que c'est pénible de constater que nous en sommes arrivés là. J'ai beau tourner et retourner la situation dans tous les sens et je ne vois rien d'autre. La solution passe par Blanche que je dois éloigner de la maison. Mais pour ce faire...

Raymond se tut brusquement. L'idée de faire interner sa femme lui était si désagréable à envisager qu'il n'arrivait pas à l'exprimer clairement. Mais Charlotte avait compris, même à demi-mot.

— Et si c'était là ce dont Blanche a besoin pour s'en sortir? Des soins médicaux qui l'aideraient à quitter l'enfer où elle nous a tous emmenés avec elle. Sans oublier Anne qui est probablement la première concernée. Anne a peut-être autant besoin que toi de ce grand ménage, murmura Charlotte. L'été dernier, tu me disais que tu étais encore avec Blanche à cause de nous, les trois filles.

— Et c'est vrai, l'interrompit précipitamment Raymond. Je ne...

— Laisse-moi terminer, papa. Après, si tu le juges toujours à propos, tu me donneras tous tes arguments. Mais pour l'instant, laisse-moi finir... Et c'est justement parce que je sais que tu aimes Anne plus que tout que j'ose te parler comme ça.

Charlotte prit une profonde inspiration avant de poursuivre.

— Pour Anne aussi, il faut que ça change, papa. C'est même urgent. Tu dois éloigner Blanche de la maison parce que c'est probablement la seule façon de faire pour protéger ta fille. Et si c'est la peur d'un jugement des autres qui te retient, dis-toi que je suis convaincue que personne d'important dans notre vie n'osera te juger. Ni Émilie ni ta famille... Même si dans un sens le geste peut paraître odieux, dans le fond, c'est pour le bien de tous qu'il serait posé. Tant celui de Blanche que de tout le monde. Même si pour l'instant, le bien-être de Blanche m'importe fort peu.

— Tu es dure, Charlotte… Mais peut-être as-tu raison.

Raymond sentit qu'un fardeau était en train de glisser de ses épaules. Charlotte venait de dire exactement toutes ces choses qu'il confiait à Antoinette dans les nombreuses lettres qu'il lui avait écrites depuis l'automne.

— Il est temps que tu penses à toi, papa, poursuivait Charlotte en lui serrant affectueusement le bras. Je suis certaine que le bonheur d'Anne passe par là, lui aussi. Et dis-toi que tu n'es pas seul. Il y a plein de femmes qui t'aiment autour de toi.

Sans dire un mot, Raymond prit Charlotte dans ses bras et la serra très fort contre lui. Elle le sentait tendu comme les cordes d'un violon.

Elle comprit qu'il avait très bien saisi ce qu'elle avait essayé de dire quand elle sentit la chaleur des larmes mouiller son cou…

— Je t'aime, papa, murmura-t-elle à son oreille, curieusement émue de voir son père pleurer.

C'était la première fois que cela arrivait…

Quand Charlotte eut quitté le bureau, Raymond resta un long moment à la fenêtre. Puis il s'en détourna et son regard vint buter sur la pile de dossiers restés en attente devant sa place.

Il n'avait surtout pas envie de travailler.

Après les larmes était venue la détermination et il allait en profiter.

— Si prendre de l'âge n'apportait qu'une prise de conscience lucide de ce que l'on est vraiment, ce serait déjà ça de gagné, murmura-t-il en attrapant son veston posé sur la patère.

Il quitta l'étude en précisant à Carmen qu'il ne serait de retour que le lendemain.

Et il ne donna aucune raison à son absence…

Quand il entra dans la maison, un étrange silence régnait. Non pas le silence habituel d'une maison vide, mais celui d'une maison sans âme. Dans la cuisine, le robinet fuyait, mal fermé, et du sous-sol lui parvenait le bruit de la machine à laver qui tournait. Sans hésiter, il ouvrit la porte de la cave. S'il était un domaine qui n'eut jamais souffert des manquements de Blanche, c'était bien le lavage. Pourquoi? Raymond avait l'intuition qu'il trouverait à la cave la réponse à ses recherches restées stériles depuis tant d'années. Mais il avait aussi l'intuition qu'il n'aimerait pas ce qu'il allait trouver.

À cause du bruit de la laveuse, Blanche n'avait rien entendu. Comme tous les matins, elle avait mis une brassée de lavage, avait plié celui de la veille et s'était dirigée vers le fond de la cave l'esprit en paix. Le temps de boire quelques gorgées et elle irait voir les fleurs au jardin. Puis elle viendrait chercher les vêtements pour les étendre et prendrait le reste de sa dose quotidienne, une bonne demi-bouteille. Après, l'effet serait à son meilleur et elle en profiterait pour faire la sieste. Comme il était assez tôt en matinée, elle aurait le temps de dormir puis de quitter la maison pour refaire ses provisions en après-midi. Après elle verrait à préparer un bon souper.

Blanche se félicitait déjà de la journée parfaite qui commençait quand Raymond arriva en bas de l'escalier. Le temps d'habituer son regard à l'obscurité qui régnait puis il la vit.

Dans le fond de l'immense cave de ciment, à côté des boîtes que Raymond avait toujours cru vides puisque celles du dessus l'étaient, Blanche buvait à même le goulot d'une bouteille. Il ferma les poings de rage, fit un pas vers elle en se plaçant volontairement dans l'angle de la lumière.

— C'est donc ici que tu cachais ta maudite boisson?

La voix de Raymond résonna, immense et gutturale, dans le vide de la cave. Blanche sursauta et la bouteille lui glissa des mains, se fracassant sur le sol de ciment.

— Ma bouteille, gémit-elle en pliant les genoux, insensible pour l'instant à la présence de son mari.

Blanche se pencha et ne put s'empêcher de cueillir une goutte sur le bout d'un doigt pour la porter à ses lèvres avant de soulever la tête. L'ombre de Raymond portée par l'ampoule nue qui pendait du plafond la rejoignait. Blanche la suivit et remonta jusqu'au visage de son mari qui la fixait avec une curieuse lueur dans le regard.

Même si elle commençait à avoir l'esprit moins clair, ou peut-être parce qu'elle avait l'esprit moins clair, elle crut y voir du mépris. Mais de quel droit? Blanche se releva et soutint son regard. De quel droit la méprisait-il, lui qui n'avait jamais rien fait pour l'aider? Il était toujours parti, la laissant seule à élever les filles... Le travail avait été sa seule raison d'être. Le travail et les reproches. Elle fit un pas vers lui. Mais comme elle n'avait que des pantoufles aux pieds, un éclat de verre la blessa. Elle poussa un gémissement en portant les yeux sur son pied. Une tache de sang maculait le satin de la pantoufle.

Tout cela, c'était la faute de Raymond.

Il n'avait pas le droit d'être là à cette heure. Il n'avait pas le droit de la surveiller comme il le faisait. Tout ce qu'elle voulait, c'était qu'on la laisse vivre en paix. Cela faisait longtemps maintenant qu'elle avait cessé d'espérer qu'on la comprenne, qu'on accepte qu'elle était malade. Tout ce qu'elle demandait, c'était qu'on la laisse boire tranquille. Pendant ce temps, elle n'était pas malheureuse. Elle pouvait tout oublier.

Mais même cela, il semblait bien que c'était trop demander.

Blanche frissonna de la tête aux pieds puis porta de nouveau les yeux sur le plancher de ciment qui finissait d'absorber le brandy contenu dans la bouteille.

Sa dernière bouteille.

Une grande tache sombre s'étalait tout autour d'elle, irrécupérable.

Ce fut à cet instant que Blanche sentit naître en elle une haine totale, viscérale envers cet homme qui avait tout gâché dans sa vie. Même aujourd'hui, il continuait de le faire. S'il avait seulement essayé de la comprendre un peu, elle aurait pu être heureuse. Mais à cause de lui, elle ne l'avait jamais été parce qu'il n'avait jamais fait l'effort de la comprendre. Le voir devant elle avec cette ombre immense qui l'avalait lui fut insupportable. L'ombre et l'homme qui la projetait allaient la détruire, anéantir le peu de force qui lui restait.

— Va-t-en Raymond. Laisse-moi tranquille.

Qu'il parte. Pour l'instant, Blanche ne voulait rien d'autre.

— Mais c'est bien ce que j'ai l'intention de faire, approuva alors Raymond à son grand soulagement. Regarder quelqu'un qui cuve son vin n'a rien d'une réjouissance.

Il avait l'air de se moquer. Blanche entendait l'impatience dans cette voix qui résonnait contre les murs de la cave. Raymond parlait trop fort, bien trop fort, sa tête allait éclater. Alors elle répéta:

— Oui, va-t-en. Je ne demande rien. Je n'ai jamais rien demandé.

À ces mots, l'ombre se mit à rire. Un gros rire du ventre qui éclata contre les murs avant de se refermer sur Blanche qui croisa les bras sur sa poitrine, écrasée par la raillerie. Puis le rire cessa brusquement et la trop forte voix prit la relève, faisant se recroqueviller Blanche de plus en plus.

— Ce n'est pas vrai, Blanche, quand tu dis que tu ne demandes rien. Au contraire, tu as passé ta vie à demander. À quémander sans jamais rien donner. Tu sais prendre, ça oui. Mais tu n'as jamais su donner.

Maintenant la voix l'accusait. Elle devait se défendre, elle n'avait pas le choix.

— C'est pas vrai, pleurnicha-t-elle. Je t'ai tout donné, Raymond. Tout. Ma jeunesse, mes forces, ma santé. Mais t'as rien vu, rien compris. Parce que c'était jamais assez. Tu voulais plus et encore toujours plus.

Blanche ouvrit les mains devant elle, glissant un regard à la dérobée.

— Aujourd'hui, j'ai plus rien. Et c'est ta faute. T'étais jamais satisfait. Pourtant, tu as tout eu. Tu voulais une maison, on a eu une maison. Tu voulais ton étude et tu as eu ton étude. Tu voulais des enfants et je t'ai fait des enfants. Même si je trouvais ça dégoûtant, même si chaque fois que j'étais enceinte j'y laissais une partie de ma santé. Je l'ai fait parce que je t'aimais, Raymond.

Le rire reprit, enfla un instant puis se cassa.

— Tu appelles ça de l'amour, cette espèce de rencontre vite faite entre deux draps ? Cette espèce de résignation geignarde devant notre famille ? Tu n'as rien compris, ma pauvre Blanche. L'amour n'a rien à voir avec ce que tu prétends avoir connu. C'est tellement mieux, tellement plus grand que toutes tes préoccupations mesquines. Et malgré ça, Dieu m'est témoin que je t'ai aimée, Blanche. Et même si la chose te dégoûte, je t'ai désirée aussi. À en devenir fou parce que toi, tu ne voulais jamais que je te touche. Et de se sentir rejeté, ça tue un homme, Blanche. Tu as tué l'homme en moi.

À ces mots, Blanche se redressa. Raymond mentait. Tout ce qu'il venait de dire n'était qu'un tissu de mensonges. Il essayait de la piéger. Encore une fois. Elle ne savait pas pourquoi il avait passé sa vie à vouloir l'acculer au mur, mais quelle importance ? Elle allait lui montrer qu'elle ne se laisserait pas faire. Elle avait encore un atout dans son jeu. Un atout qu'elle n'avait jamais sorti en se disant qu'un jour peut-être, il serait utile pour acheter la paix. Ce jour-là était venu. Elle tendit un index vers lui.

— Menteur ! L'homme n'est jamais mort en toi. Il était trop bien entretenu par Antoinette. Hein Raymond ? La belle grosse Antoinette. Avoue Raymond ! C'est avec elle que tu forniquais, n'est-ce pas ? Je le sais. Je t'ai déjà vu avec elle.

Raymond la regarda en fronçant les sourcils, décontenancé. Déjà vu avec elle ? Ce n'était pas possible. Ils n'étaient jamais en public ensemble. Puis il haussa les épaules, sans répondre. C'était si loin tout ça. Il n'y avait que Blanche pour y accorder encore de l'importance. De toute façon, ce qu'il vivait dans le secret de son cœur, ce qu'il espérait dans ses rêves les plus fous n'appartenait qu'à lui. Mais Blanche n'était pas complètement soûle et elle savait que ce silence était un aveu. Alors elle esquissa un sourire, celui qui avait déjà séduit Raymond. Mais ce matin, ce n'était pas par séduction pour lui. C'était par vengeance pour toutes ces années perdues. Toutes ces années qu'il lui avait volées. C'était elle qui avait le bon bout du bâton, maintenant. Se redressant un peu plus, elle se permit même d'en rajouter.

— Ça t'en bouche un coin, hein ? Tu pensais que je ne savais pas ? Mais je savais. Et si je disais rien, c'était parce que je t'aimais, Raymond.

À son tour, Raymond esquissa un sourire. Amer. Même l'esprit embrouillé, Blanche restait manipulatrice. Elle avait toujours su détourner les conversations, les bonnes intentions. Brusquement, il comprit qu'il était fatigué de tout cela. Terriblement fatigué. Il soupira.

Blanche voulait la paix ? Alors elle allait l'avoir.

Et encore plus que tout ce qu'elle pouvait supposer.

— À quoi bon nous déchirer un peu plus ? demanda-t-il d'une voix lasse. Tout ce qui avait à être dit l'a été, n'est-ce pas, Blanche ? On sait tous les deux à quoi s'en tenir. Tu veux avoir la paix ?

D'accord. Tu vas l'avoir. Je m'en vais, Blanche. Tu veux boire? Alors bois si c'est ce qui fait ton bonheur. Vide toutes les bouteilles dont tu as envie. Je te rends ta liberté. Moi, ça ne me regarde plus.

Enfin! Blanche trouvait drôle que Raymond accepte de voir la réalité en face et qu'il le fasse aussi facilement. Avoir su, elle aurait parlé d'Antoinette bien avant ce matin.

— Ça ne t'a jamais regardé, Raymond, fit-elle en haussant les épaules. Tu ne manquais de rien, c'était là le principal.

Pauvre Blanche! Raymond ferma les yeux d'impatience.

— Bien sûr, accorda-t-il, de nouveau sarcastique. L'important pour toi se résumant à quelques repas et à du linge propre, c'est évident que tu as été à la hauteur de la tâche.

Puis il haussa les épaules pour indiquer qu'il s'en lavait les mains.

— Fais donc comme bon te semble. Et pense ce que tu veux. Je m'en fous. Je vais prendre les mesures qui s'imposent pour mettre une certaine distance entre nous. C'est bien ce que tu veux, non?

Blanche fronça les sourcils. Elle n'arrivait pas à comprendre exactement ce que Raymond essayait de dire. Elle avait l'impression que quelque chose lui échappait. Puis elle haussa les épaules. Qu'importe puisqu'il venait de dire qu'elle aurait la paix pour boire tant qu'elle le voulait.

Tandis que Blanche se débattait avec ses pensées confuses, Raymond s'était détourné et avait traversé la cave. Puis il monta l'escalier sans un seul regard derrière lui.

Voilà, c'était fini. Il venait de mettre un terme à plus de vingt-cinq ans de mariage. Car pour lui, faire interner Blanche n'était qu'une étape. Après, il verrait à trouver une solution pour ne plus jamais avoir à vivre sous le même toit qu'elle.

Jamais il n'aurait cru se sentir aussi soulagé.

Lorsqu'il atteignit le couloir, la voix de Blanche le rattrapa. Nasillarde, pointue, agaçante.

— Et compte pas avoir un souper ce soir, espèce d'ingrat. Après ce que tu viens de me dire… Je suis toute bouleversée.

Raymond ferma les yeux, exaspéré.

Blanche n'avait toujours rien compris…

Il passa l'après-midi à se promener sur le mont Royal, savourant ce semblant de liberté qu'il venait de se donner.

Un peu plus tard, il irait chercher Anne à l'école.

C'était Charlotte qui avait raison.

Anne avait une famille qui allait l'aider à sourire, à rire et à grimper aux arbres si c'était ce qu'elle voulait. En premier lieu, il y aurait la stabilité d'une vraie famille sans avoir à craindre de passer le seuil de sa porte. Après, et seulement après, il y aurait madame Mathilde. Ainsi, les proportions seraient plus justes.

Et ce soir, il l'emmènerait souper au restaurant puisqu'il semblait qu'il n'y aurait pas de souper à la maison. De toute façon, Raymond n'avait pas la moindre envie de retourner chez lui pour l'instant. Par contre, il ferait les choses dans l'ordre, posément.

À commencer par parler avec Anne pour expliquer la situation.

Puis à prendre quelques semaines de vacances. Cela ne détruit rien, les vacances, et elles ne pourraient se retourner contre lui, le jour où il demanderait à un médecin de l'appuyer dans sa démarche pour éloigner Blanche de la maison.

Pourquoi avait-il tant attendu ?

Oui, il allait commencer par partir au bord de la mer. Ce serait toujours cela de gagné sans la présence de Blanche.

Avec ses filles, sa petite-fille et son gendre comme il en avait toujours rêvé. Pour une fois, on fermerait l'étude pour deux semaines.

La mer…

Raymond ferma les yeux un instant. Un autre rêve qu'il n'avait jamais réalisé à cause de Blanche.

Peut-être iraient-ils à Bridgeport. Pourquoi pas? Antoinette était une femme libre. De toute façon, ce n'était pas lui qui avait parlé d'Antoinette, c'était Blanche.

Là aussi, il était temps de rattraper le temps perdu. Tant pis pour les autres, Charlotte avait raison quand elle disait qu'il était temps qu'il pense un peu à lui. Après tout, Antoinette était une amie de longue date, une amie de jeunesse.

Et après, il verrait ce qu'il allait faire de sa vie.

Dans le fond, cinquante ans, ce n'était pas trop vieux pour tout rebâtir. Il était toujours le même à l'intérieur et se sentait aussi jeune et fonceur qu'à vingt ans…

Et question santé, il était solide comme le roc.

Anne fut surprise de le voir à la sortie de l'école mais ne se fit pas tirer l'oreille pour le suivre. C'était si rare qu'elle ait son père à elle toute seule depuis quelque temps.

Et la lueur de soulagement qui traversa son regard quand Raymond lui dit, à mots prudents et respectueux, qu'il pensait important de confier sa mère aux soins d'un médecin lui fit comprendre que Charlotte avait eu raison de le secouer de sa torpeur. Il était en train de perdre sa petite Anne…

Ils firent des projets ensemble, tous les deux, comme si la situation était déjà réglée. Puis ils parlèrent de vacances à la mer et l'enthousiasme incrédule de sa fille fit monter les larmes aux yeux de Raymond.

Quand ils revinrent à la maison, Blanche dormait déjà.

Anne fila à sa chambre pour faire ses devoirs et Raymond

entreprit de déménager ses effets personnels dans la chambre de Charlotte. Pour lui, le compte à rebours venait de commencer. Le sablier du temps qui le conduirait à la délivrance commençait à s'écouler. Quand il se glissa sous les draps, il s'endormit sans aucune difficulté. Pour la première fois depuis fort longtemps, il se sentait en paix avec lui-même…

* * *

Quand elle entra chez elle, après avoir fait les courses et passé un bon moment avec Adèle, Charlotte trouva deux notes épinglées sur le babillard au-dessus du téléphone.

Avant que Françoise ne quitte pour l'hôpital où elle était de garde en soirée, Charlotte avait reçu deux appels.

Le premier provenait de son père qui planifiait un voyage pour la famille et voulait connaître ses disponibilités. Charlotte ne put s'empêcher de sourire. Pour un homme habituellement calme et pondéré, il n'y allait pas avec le dos de la cuillère. Le voilà qui parlait de vacances… Mais l'idée était séduisante, Charlotte en convenait facilement.

— Demain, je verrai comment ça se présente pour moi, murmura-t-elle emballée par l'idée de souffler un peu, loin du travail.

Le second message lui tira des larmes en même temps que son cœur sursautait.

C'était Émilie qui voulait la voir.

Avec Alicia…

* * *

Si Charlotte avait été seule, elle aurait sans doute fait la route à pieds. Pour avoir le temps de se calmer, de se préparer. Avec Alicia, c'était impensable. Alors elle prit l'autobus et traversa une partie de la ville vers le sud, l'esprit emporté par des milliers de suppositions.

Quel serait l'accueil d'Émilie?

Comment allait-elle se sentir devant Marc?

Et lui, comment serait-il face à elle, face à Alicia maintenant qu'il savait qu'elle était sa fille?

Le premier regard entre eux fut empreint d'une gêne indéniable. Charlotte se sentit rougir jusqu'à la racine des cheveux et Marc se réfugia derrière le battant de la porte qu'il tenait grand ouvert pour que Charlotte et Alicia puissent entrer. Seule la petite fille était égale à elle-même, étrangère aux émotions que sa simple présence suscitait.

— Émilie est au salon, se contenta de dire Marc, fuyant le regard de Charlotte.

Sa sœur l'attendait assise exactement au même endroit que l'été dernier. Cela sentait la mise en scène et habituellement, Charlotte détestait ce genre de situation. Elle préférait s'en remettre aux impulsions du moment quand venait le temps de régler certains différends. Mais pas Émilie, elle le savait. Et dans le cas présent, elle était prête à accepter de bonne guerre que sa sœur garde un certain contrôle sur la situation. N'était-ce pas elle qui était la plus blessée par les événements? À moins que ce ne soit Marc... Charlotte soupira légèrement, incapable d'arriver à faire une juste part des choses. Mais aussi ténu fut-il, son soupir fit se retourner Émilie qui contrairement à ce que Charlotte s'attendait, porta aussitôt les yeux sur Alicia. Le temps de calmer son cœur en émoi devant leur si grande ressemblance, puis Émilie se redressa contre les coussins.

— Bonjour, tu es Alicia, n'est-ce pas? Moi je m'appelle Émilie. On ne se connaît pas vraiment, mais je suis la sœur de ta maman. Ce qui veut dire que je suis ta tante. Comme Anne...

À ces mots, Charlotte comprit qu'Émilie avait décidé d'escamoter la vérité. De Marc, il ne serait pas question. C'était peut-être mieux ainsi.

— Si on ne s'est pas vues très souvent toutes les deux, poursuivait Émilie, c'est parce que je suis très occupée. Je fais des peintures.

Le regard d'Alicia se mit à briller de plaisir et elle oublia aussitôt qu'elle se sentait gênée.

— Moi aussi j'aime ça dessiner et peinturer.

— Ah! Oui?

— Oui. Maman dit que j'ai beaucoup de talent, ajouta Alicia toute fière. J'aime beaucoup faire mes couleurs moi-même. Au début, je trouvais cela difficile, mais maintenant ça va.

Émilie se mit à sourire.

— Si tu aimes la peinture autant que tu le dis, est-ce que tu voudrais visiter mon atelier?

Les yeux d'Alicia s'ouvrirent tout grand.

— Un atelier? Un vrai atelier avec un chevalet?

— Oui, oui. Avec trois chevalets même parce qu'il arrive souvent que je fasse plusieurs toiles en même temps.

— Trois? Chanceuse!

Le sourire d'Émilie s'accentua devant la visible envie de la petite fille.

— Donne-moi deux minutes pour que je parle à Charlotte et promis, tout de suite après, on va visiter l'atelier ensemble.

Ce ne fut qu'à ce moment-là, comme si elle venait tout juste de prendre conscience de la présence de sa sœur, qu'Émilie leva la tête en direction de Charlotte et soutint son regard durant un long moment avant de se décider à parler. Ce qu'elle fit enfin d'une voix très douce mais en même temps, très catégorique.

— Marc et moi, on préfère ne plus jamais revenir sur ce qui

s'est dit l'autre soir. Autrefois, tu as choisi qu'Alicia soit ta fille, uniquement ta fille. Alors on va respecter ton choix.

— Je... D'accord, balbutia Charlotte qui ne s'attendait pas à ce que la situation tourne en ce sens.

Charlotte avait prévu des larmes, ou de la rancune, ou même de la colère mais pas cette attitude qui frôlait, lui semblait-il, l'indifférence. Mais Émilie avait peut-être raison après tout. Car n'était-ce pas la vérité de dire que Charlotte avait choisi de vivre sa maternité seule? Elle haussa imperceptiblement les épaules. Pourquoi pas? C'était vrai que cela facilitait les choses pour tout le monde même si elle savait que le poids du silence qui avait entouré la naissance de sa fille la poursuivrait probablement jusqu'à son dernier souffle. Les rôles avaient été décidés à l'avance, depuis longtemps déjà. Et c'était elle-même qui les avait distribués. Aujourd'hui, ils n'avaient plus qu'à s'y conformer. Elle n'eut qu'une seconde de déception en se disant qu'elle aurait préféré que Marc lui dise tout cela lui-même. À ses yeux, il était le premier concerné. Mais ce regret, si regret il y avait, ne dura que l'espace d'un petit soupir, car au même instant, les yeux d'Émilie s'étaient mis à briller de larmes contenues.

— Mais la présence de ta petite fille n'est pas facile à accepter pour moi. Ça me ramène à mon éternel problème. Encore une fois, tout est de ma faute même si je n'y suis pour rien...

Émilie tendit les mains vers Charlotte.

— Toi, Charlotte, tu travailles dans un hôpital. Est-ce que tu peux m'aider? Si tu savais comme je voudrais avoir une petite Alicia moi aussi...

Émilie n'avait pas fini de parler que déjà Charlotte avait fait les deux pas qui la séparaient de sa sœur et s'était agenouillée sur le tapis devant elle. Avec une infinie tendresse, elle prit les mains d'Émilie entre les siennes.

— On va remuer ciel et terre s'il le faut, Émilie. Promis. Je suis certaine qu'un jour, toi aussi tu auras cette joie immense d'avoir un bébé. Je... je vais en parler à Françoise. Elle travaille à la maternité. Elle peut sûrement te conseiller...

Maintenant, Émilie pleurait sans retenue. Sans comprendre ce qui se passait, Alicia restait à quelques pas immobile en attendant que le chagrin de sa tante passe pour qu'elle l'emmène voir l'atelier, trouvant surtout désagréable cette manie qu'avaient les adultes, parfois, d'agir et de parler comme si les enfants n'étaient pas là.

Pour passer le temps, elle leva la tête pour admirer le grand tableau au-dessus de la cheminée, se demandant si c'était sa tante Émilie qui l'avait fait. « Si oui, pensa-t-elle, elle est vraiment très bonne ! »

Resté dans l'embrasure de la porte, Marc était tout aussi immobile. Il était d'accord avec tout ce qu'Émilie avait dit. Ils en avaient longuement discuté ensemble. Toutefois, il ne s'attendait pas à ce que son cœur se mette à battre aussi fort quand il verrait la petite Alicia. Incapable de détacher son regard, il regardait intensément la petite fille, comprenant que l'indifférence qu'il avait dit éprouver n'était que de la poudre aux yeux. Comment réagirait-il s'il fallait qu'Émilie ne puisse avoir d'enfant ? Saurait-il garder ses distances comme il avait juré de le faire ?

Ne voulant surtout pas apporter de réponse à son interrogation, Marc détourna vivement la tête et fila vers la cuisine tandis qu'à voix basse, Émilie et Charlotte continuaient de parler d'avenir...

Chapitre 24

Conclusion du livre d'Émilie

Dans deux quartiers de Montréal, sous le toit de deux logis différents, ce matin, on avait installé des valises ouvertes au pied des lits pour commencer à y déposer les effets qu'on ne voulait pas oublier.

Samedi, à l'aube, Raymond partait avec deux de ses filles et sa petite-fille pour des vacances bien méritées.

Quant à Émilie, elle devait être de la partie, bien sûr, mais elle avait choisi, d'un commun accord avec Marc, de décliner l'invitation à la dernière minute. Au souper du dimanche précédent, alors qu'ils étaient tous réunis autour de la table de Charlotte, elle avait annoncé, rose de plaisir, qu'elle était enceinte et ne voulait prendre aucun risque. Douze heures de route, dans son état, c'était beaucoup trop long selon les dires du médecin.

La visite au Dr Ménard recommandé par Françoise avait donc porté fruit.

Un rapide examen et quelques questions avaient apporté certains éclaircissements à défaut de réponses précises.

— Si vous me dites que vos retards occasionnels datent de votre mariage et que vous avez déjà subi une intervention pour vos maux de ventre menstruels, je crois bien qu'une autre petite intervention devrait régler le problème. Mais vous avez le choix. Ou on intervient tout de suite ou on attend un prochain retard de vos règles pour faire un test de grossesse. S'il s'avère positif mais que vous ne gardiez pas le bébé, et je crois que le véritable problème est là, on pourra alors intervenir. C'est à vous de choisir.

À peine un regard entre Marc et Émilie et celle-ci avait alors répondu :

— Tout de suite. Faites tout de suite ce que vous jugez important. On a déjà suffisamment attendu.

— D'accord. Tenez-vous prête, je vous rappelle dans quelques jours. Ce ne sera pas douloureux, un simple curetage suivi d'un mois d'abstinence et après vous avez le feu vert. Je crois bien que l'intervention subie il y a quelques années a laissé des traces. Voilà pourquoi vous n'arrivez pas à garder le bébé. De toute façon, on n'a rien à perdre. Si ça ne marche pas, on cherchera ailleurs...

Et cela avait marché ! Du moins jusqu'à ce jour. Émilie était enceinte de cinq semaines et ne voulait surtout pas prendre le plus petit risque.

— Dommage pour le voyage, papa, mais Marc et moi, on préfère rester à Montréal. On se reprendra une autre fois.

Le sacrifice ne semblait pas lui peser bien lourd, Émilie était resplendissante en disant cela.

C'est pourquoi, ce matin, les valises ne s'étaient ouvertes que dans deux logis. Raymond avait éveillé Anne en déposant une lourde malle de cuir au pied de son lit.

— C'est aujourd'hui qu'on commence à préparer le voyage, jeune fille, avait-il lancé tout joyeux quand Anne avait entrouvert les yeux.

La petite s'était aussitôt assise dans son lit.

— C'est vrai, on part dans deux jours. Youpi !

Puis après s'être longuement frotté les paupières, elle avait demandé comme elle le faisait chaque matin depuis le début des vacances scolaires :

— Est-ce que je peux aller chez Martine, aujourd'hui ? Sa mère est d'accord, on lui en a parlé hier.

— Comme tu veux. Chez Martine, ça me va très bien.

Jusqu'à maintenant, depuis six semaines que duraient les vacances, ils avaient toujours trouvé une solution pour qu'Anne ne reste pas à la maison. Tous les après-midi de semaine, il y avait les cours de musique ou les pratiques. Le reste du temps allait selon les disponibilités de tout un chacun. Quant à Blanche, elle ne vivait plus qu'entre deux sessions de brandy, proclamant haut et fort, à jeun ou en état d'ébriété, qu'on ne devrait pas compter sur elle pour soigner tout le monde au retour du voyage, les grippes étant à prévoir.

— L'eau de la mer est bien trop froide et l'air commence à fraîchir au mois d'août. Sans parler du risque d'insolation. Mon pauvre Raymond ! Tu ne réfléchiras donc jamais avant d'agir !

Depuis quelque temps, Raymond ne se donnait même plus la peine de répondre. De toute façon, c'était elle qui venait de parler sans réfléchir. Craindre les insolations en même temps que l'air trop frais était à tout le moins contradictoire ! Mais cela faisait l'affaire de Blanche qu'on ne lui réponde plus. Elle n'avait même pas soulevé le fait que son mari ne l'avait pas incluse dans le projet. Elle voyait dans ces deux semaines de liberté un véritable cadeau du ciel. Enfin ! Plus personne pour la surveiller et plus de raisons à s'inventer pour descendre au sous-sol puisqu'elle n'aurait plus besoin de descendre au sous-sol ! Elle se promettait bien d'installer la bouteille de brandy à côté de la cafetière. Ce serait ses vacances à elle.

— Ainsi vogue la galère, murmura Raymond en arrivant à son bureau. Encore deux jours et on s'en va !

Un peu plus et il se serait mis à sautiller sur place comme le faisait parfois Anne quand elle était heureuse et qu'il lui fallait exprimer un trop-plein d'émotion.

Il avait contacté le Dr Hamel, le psychiatre qui avait déjà suivi

Blanche lors d'une ancienne hospitalisation et ce dernier était formel: on n'aurait aucune difficulté à retirer Blanche de chez elle pour la confier à un institut qui la soignerait. Malgré le fait qu'il n'avait pas le choix, l'idée de faire interner sa femme répugnait terriblement à Raymond. C'était pourquoi il avait dit au médecin qu'il le contacterait de nouveau à son retour de vacances. Raymond était persuadé que Blanche ne se doutait de rien. Elle était trop égale à elle-même. Si elle avait pressenti quoi que ce soit, elle aurait été fébrile, il en était convaincu.

Alors il se préparait pour le voyage le cœur divisé entre la joie de partir et l'horrible sentiment de culpabilité devant le fait qu'il s'apprêtait à faire interner sa femme. Les mois à venir seraient difficiles, mais il avait décidé de ne pas trop y penser. Il s'occuperait de tout cela au retour, quand il aurait fait le plein d'énergie auprès d'Antoinette qui les attendait. Quand il l'avait appelée, elle n'avait posé aucune question, se contentant de dire qu'elle était heureuse de voir qu'il ait pensé à elle pour des vacances.

— Tu vas voir, Raymond, la plage est merveilleuse ici.

Et Charlotte avait promis de se faire on ne peut plus discrète, comprenant que la liaison qui avait déjà uni son père et Antoinette devait rester secrète. Il en allait de la tranquillité d'Anne et sur le sujet, Charlotte était aussi catégorique que Raymond: Anne avait présentement tous les droits, surtout celui de vivre avec la sérénité d'une enfant de onze ans.

Quand il rentra chez lui, en ce jeudi soir, Raymond avait passé la journée comme un enfant à faire le décompte des heures, chaque fois que son regard tombait sur l'horloge. À seize heures, il n'en pouvait plus. Il avait refermé le dossier sur lequel il était penché, avait attrapé sa veste par le col pour la jeter négligemment sur son épaule et il avait quitté l'étude en sifflotant.

Dans quarante-huit heures, il serait presque rendu !

Ce fut le silence habituel qui l'accueillit chez lui. Depuis que Raymond avait annoncé à Blanche qu'il lui rendait sa liberté, ils n'en avaient jamais reparlé. Probablement que Blanche n'y avait vu que ce qu'elle voulait bien y voir : le droit de boire de plus en plus, ce qui faisait qu'elle était toujours à se reposer quand il revenait en fin de journée. Habituellement, il téléphonait chez une amie d'Anne ou une autre pour dire à sa fille qu'il était revenu puis il préparait le souper qu'ils prenaient le plus souvent en tête-à-tête sur la terrasse.

Mais pas ce soir.

Raymond avait décidé qu'il s'occuperait lui-même de rafraîchir ses vêtements de détente avant de les ranger dans la valise. Le temps d'un lavage puis de suspendre ses chemises et culottes courtes sur la corde à linge et ensuite il appellerait Anne pour décider avec elle du restaurant qui ferait l'affaire pour le repas. Puis ils iraient faire un saut chez Charlotte juste pour le plaisir de parler ensemble du voyage.

La vue obstruée par la pile de vêtements qu'il avait descendus de sa chambre pour les mettre à laver au sous-sol, Raymond ne vit d'abord rien. Ce fut au moment où il étirait le cou pour voir où il mettait les pieds qu'il l'aperçut.

Sa colère, son impatience furent immédiates.

Qu'est-ce que c'était encore que cette mise en scène ?

Au bas des marches de l'escalier menant à la cave, Blanche, recroquevillée, semblait dormir à même le plancher de ciment. Qu'allait-elle encore inventer pour l'empêcher de partir ? Qu'elle venait de faire une crise de cœur, ou un engorgement du foie ?

Ce ne fut qu'en arrivant à côté d'elle que Raymond comprit que c'était sérieux. La position des jambes de Blanche ne laissait aucune place au doute : il y avait fracture.

Pourtant, Raymond prit tout de même le temps d'aller déposer le linge près de la laveuse avant de revenir sur ses pas pour s'accroupir près de Blanche qui dégageait une forte odeur d'alcool. Elle avait probablement dû trébucher dans l'escalier. Il ferma les yeux un instant, le temps de reprendre sur lui. À l'impatience venait de succéder une rancœur sans nom. Blanche allait-elle toujours trouver moyen de réduire à néant la moindre perspective de plaisir ? Puis en soupirant, il se redressa. Pour une fois, il se doutait bien que sa femme n'y était pour rien. Sinon que, si elle ne buvait pas, rien de tout cela ne serait arrivé. Cependant, seul, il ne pouvait rien faire. Il avait besoin d'aide.

Alors il remonta l'escalier et se dirigea vers le téléphone. Il se permit même un sourire sarcastique devant l'interminable liste des personnes à contacter en cas d'urgence que Blanche gardait bien à la vue depuis le jour où ils s'étaient mariés. Pour une fois, ce serait utile et il n'aurait pas à recourir à l'assistance de l'opératrice.

En parcourant la colonne des noms de médecins et autres commodités médicales, il s'aperçut que les numéros de la police et des pompiers ne figuraient même pas dans les priorités de sa femme.

— Pauvre Blanche, soupira-t-il en signalant le numéro d'une compagnie de pompes funèbres qui offrait aussi un service d'ambulance.

Hormis de l'impatience et une bonne dose de rancune envers Blanche, Raymond ne ressentit aucune émotion tandis que, se promenant du haut de l'escalier à la porte d'entrée, il surveillait l'arrivée des secours…

Blanche n'ouvrit les yeux qu'au moment où bien attachée sur une civière, les ambulanciers allaient la faire glisser dans le véhicule d'urgence. Une douleur incroyable lui vrillait tout le bas du corps.

Mais que lui était-il arrivé ? Et où donc allait-on l'emmener ?

Blanche promena un regard craintif autour d'elle quand elle aperçut enfin Raymond. Alors les larmes parurent. Larmes de douleur, larmes de soulagement. Elle n'était pas seule.

Avec une énergie que seule la détresse pouvait lui donner, Blanche réussit à glisser une main hors des couvertures et la tendit vers Raymond.

— Tu es là, murmura-t-elle difficilement.

Puis elle poussa un long gémissement et réussit de nouveau à articuler quelques mots tandis que la civière glissait dans l'ambulance.

— Ne les laisse pas m'emmener, Raymond, reste avec moi. J'ai si mal, j'ai si peur. Je t'en prie, aide-moi !

Puis les portes se refermèrent et dans un hurlement de sirène, l'ambulance se mit en branle…

* * *

Assise bien droite sur la banquette, Charlotte regardait le paysage qui défilait à bonne allure à ses côtés. Devant elle, appuyées l'une sur l'autre, Anne et Alicia s'étaient finalement endormies.

Comme convenu, tôt le samedi matin, Charlotte avait pris la route des vacances. Mais seule avec les filles, Raymond n'ayant pu se résoudre à quitter Montréal. Blanche avait été opérée d'urgence, les deux jambes fracturées. Une à deux endroits et l'autre à trois.

— Les os semblent très friables, anormalement délicats quand on regarde la radiographie, avait expliqué le médecin. Et la patiente est vraiment faible, sans aucune résistance. Le pouls est lent, le rythme cardiaque irrégulier. Je ne peux donc avancer aucun pronostic. A-t-elle des problèmes de santé ?

Raymond s'était contenté de dire qu'elle buvait, comprenant que ses vacances étaient fichues. Par contre, pas question de décevoir Anne une autre fois. Il lui avait promis un voyage et elle le ferait.

Ainsi, très tôt ce matin, il avait reconduit Charlotte, Anne et Alicia à la gare Windsor. Le trajet se ferait en train. Antoinette irait les chercher à l'autre bout des rails en cours de soirée, à l'heure prévue pour l'arrivée du convoi.

— Charlotte aura quelque chose pour toi, avait alors dit Raymond, la mort dans l'âme. Si tu savais combien je regrette de ne pouvoir être de la partie… Promis, je me reprends dès que possible.

Et il avait raccroché avant de se mettre à pleurer comme un enfant.

Même si elle n'avait plus tellement le cœur à se réjouir, Charlotte regardait le paysage qui défilait. D'abord les montagnes verdoyantes du Vermont, puis quelques petits villages de maisons toutes blanches aux volets colorés. Petites agglomérations de résidences blotties près des églises et entourées de fermes qui semblaient prospères.

Maintenant, alors que l'après-midi était bien entamé, le train traversait des petites villes industrielles où de hautes cheminées crachaient une fumée dense.

Sous ses pieds, Charlotte avait déposé le lourd fardeau de ses deux manuscrits qu'elle ne voulait confier à personne. Elle avait bien vu la lueur de curiosité qui avait traversé le regard de son père quand il était venu la chercher. Mais elle n'avait toujours rien dévoilé de son secret. Seule Émilie avait eu droit à ses confidences. Quand Antoinette aurait donné son opinion, elle qui était dans le domaine de l'édition, Charlotte parlerait de ses écrits et prendrait une décision. Tant pis si l'amie de son père évoluait dans un milieu anglophone, Charlotte s'accrochait à l'idée que cette femme que Raymond avait toujours décrite comme étant de bon jugement, saurait l'aider. Après, elle parlerait à son père. Mais pas avant. Une espèce de pudeur la retenait.

À côté d'elle, Charlotte avait placé une petite boîte enveloppée de papier brun et retenue par une ficelle que son père lui avait confiée avant qu'elle n'embarque dans le train.

— C'est pour Antoinette, avait-il dit sans fournir plus d'explications.

Puis le train s'était mis en branle et Charlotte avait oublié le colis de son père, occupée à répondre aux mille et une questions des deux petites filles qui étaient excitées de partir.

Et la journée avait passé.

Comme promis, Antoinette était venue les attendre. Charlotte n'eut aucune difficulté à la reconnaître. Tout comme elle reconnut aussitôt le jeune garçon qui l'accompagnait. Nul doute maintenant : le fils d'Antoinette ressemblait de plus en plus à leur père.

Les filles se sentirent aussitôt à l'aise dans la grande maison du bord de mer. Elles allaient de pièce en pièce en s'exclamant, envieuses de la chance que Jason avait d'habiter sur le bord d'une plage.

Puis ce fut l'heure de coucher les enfants.

— Vous avez deux longues semaines devant vous pour tout explorer ! Allez, au lit maintenant, il est assez tard.

En quelques minutes à peine un silence réconfortant enveloppait la maison.

— Et maintenant, un bon café pour nous. Si cela vous convient, Charlotte ?

— Cela me convient tout à fait. Mais de grâce, ne me dites pas « vous », ça m'intimide !

— D'accord. Mais c'est réciproque. On se tutoie!

Charlotte commençait à se détendre et finalement, malgré l'absence de son père, elle espérait que les vacances soient bonnes.

— Va au salon, lança Antoinette depuis la cuisine. Je te rejoins dans quelques minutes.

Charlotte s'orienta un moment puis comprit que le salon se trouvait à l'arrière de la maison.

— Quelle bonne idée! La vue de la mer doit être superbe, lança-t-elle en enfilant un long couloir.

Elle accéléra le pas pour se figer dès qu'elle mit un pied dans l'immense pièce vitrée qui donnait sur la plage.

Cette toile, là, au-dessus de la cheminée…

Ses mains se mirent à trembler. C'était impossible. Un mauvais tour de son imagination.

Quand Antoinette la rejoignit, Charlotte n'avait pas bougé d'un pouce et elle fixait toujours le tableau. Suivant le regard de Charlotte, Antoinette dessina un sourire.

— Elle est belle, n'est-ce pas?

Et sans attendre de réponse, elle enchaîna en déposant un plateau sur la table à café devant le canapé:

— Cela fait quelques années que mon mari et moi avons acheté cette toile à New York. J'ai même eu la chance d'y rencontrer le peintre qui l'a faite et il m'a expliqué que cette femme était le grand amour de sa vie, mais qu'il l'avait perdue de vue. Il s'apprêtait à partir pour l'Europe dans l'espoir de la rejoindre. Alors pendant des années, chaque fois que je regardais la peinture, je me demandais s'il avait fini par retrouver son amour. Et j'ai eu ma réponse!

La voix d'Antoinette était pétillante de joie.

— Regarde!

Charlotte dut faire un effort réel pour détacher ses yeux de la jeune femme nue, drapée de rouge dont on ne voyait qu'un reflet du visage dans l'ombre qui l'enveloppait.

Sur le mur derrière elle, il y avait une autre toile de Gabriel. On y voyait la même jeune femme, le visage dans l'ombre d'un chapeau à large bord, sur une plage auprès d'un jeune garçon qui jouait.

Mais qui donc était cet enfant?

Charlotte s'approcha de la peinture pendant qu'Antoinette expliquait:

— Cette toile a été faite l'été dernier. Et même si le visage n'est pas très précis, nul doute qu'il s'agit de la même femme. Alors j'ai su qu'il avait retrouvé celle qu'il cherchait.

— Non, murmura alors Charlotte. Malheureusement, il ne l'a pas retrouvée.

Du bout du doigt, elle suivait le tracé des initiales de Gabriel.

— S'il avait revu cette femme, le visage aurait vieilli, poursuivit-elle d'une voix émue. Mais peut-être que cela ne saurait tarder, sait-on jamais.

Puis elle se retourna vers Antoinette qui avait froncé les sourcils, ne comprenant pas d'où venait cette assurance dans le ton de la voix de Charlotte.

— La jeune femme des deux tableaux, c'est moi, dit alors Charlotte, laissant les larmes couler sur son visage.

Puis elle revint face au premier tableau en ajoutant:

— Je ne le savais pas en arrivant ici, mais finalement je suis peut-être venue pour Gabriel aussi. La vie a de ces curieux hasards, parfois.

Puis elle prit une profonde inspiration avant de revenir face à Antoinette.

— J'espère seulement que tu pourras m'aider.

À suivre…